À PROPOS DE PATRICK SENÉCAL…

« […] UN AUTEUR QUÉBÉCOIS QUI POSSÈDE L'ART
DE NOUS ÉBRANLER LES ÉMOTIONS
ET QUI NOUS ENTRAÎNE LOIN, TRÈS LOIN,
DANS LE GOUFFRE DE LA DÉMENCE. »

Le Soleil

« À L'AVANT-PLAN DE SES HISTOIRES, IL Y AURA TOUJOURS… DES HISTOIRES, JUSTEMENT. ET IL [PATRICK SENÉCAL] EXCELLE À CELA. PRENANT PLAISIR À BÂTIR CETTE MÉCANIQUE TRÈS PRÉCISE QU'EST CELLE DU THRILLER, HUILANT LE MOINDRE ROUAGE, ÉCOUTANT LE TIC-TAC IMPLACABLE DES MOTS QUI… BIEN, IL FAUT LE DIRE, LUI SERVENT À MANIPULER LE LECTEUR. »

La Presse

« LE THRILLER D'HORREUR
AUSSI BIEN MAÎTRISÉ NE SE VOIT
QUE DANS QUELQUES PLUMES ÉTRANGÈRES. »

Le Nouvelliste

« […] LE JEUNE ROMANCIER A DE TOUTE ÉVIDENCE FAIT SES CLASSES EN MATIÈRE DE ROMANS D'HORREUR. NON SEULEMENT IL CONNAÎT LE GENRE COMME LE FOND DE SA POCHE, MAIS IL EN MAÎTRISE PARFAITEMENT LES POUDRES ET LES FUMÉES. »

Ici

« PATRICK SENÉCAL ÉCRIT DE FAÇON EFFICACE.
L'ACTION, LE RYTHME, LA *PRISE DE POSSESSION* DU
LECTEUR LUI IMPORTENT PLUS
QUE LES EFFETS DE MAN
TANT MIEUX POUR N

Nuit Blanche

LE VIDE

Du même auteur

5150, rue des Ormes. Roman.
Laval: Guy Saint-Jean Éditeur, 1994 (épuisé).
Beauport : Alire, Romans 045, 2001.

Le Passager. Roman.
Laval: Guy Saint-Jean Éditeur, 1995 (épuisé).
Lévis: Alire, Romans 066, 2003.

Sur le seuil. Roman.
Beauport: Alire, Romans 015, 1998.
Lévis : Alire, GF, 2003.

Aliss. Roman.
Beauport: Alire, Romans 039, 2000.

Les Sept Jours du talion. Roman.
Lévis: Alire, Romans 059, 2002.

Oniria. Roman.
Lévis: Alire, Romans 076, 2004.

LE VIDE

PATRICK SENÉCAL

Maquette de couverture
ALIRE

Photographie
SOPHIE DAGENAIS

Diffusion et distribution pour le Canada
Messageries ADP
2315, rue de la Province, Longueuil (Québec) Canada J4G 1G4
Tél. : 450-640-1237 Fax : 450-674-6237

Diffusion et distribution pour la France
DNM (Distribution du Nouveau Monde)
30, rue Gay Lussac, 75005 Paris
Tél. : 01.43.54.49.02 Fax : 01.43.54.39.15
Courriel : libraires@librairieduquebec.fr
Internet : www.librairieduquebec.fr

Pour toute information supplémentaire
LES ÉDITIONS ALIRE INC.
C. P. 67, Succ. B, Québec (Qc) Canada G1K 7A1
Tél. : 418-835-4441 Fax : 418-838-4443
Courriel : info@alire.com
Internet : www.alire.com

Les Éditions Alire inc. bénéficient des programmes d'aide à l'édition de la Société de développement des entreprises culturelles du Québec (SODEC), du Conseil des Arts du Canada (CAC) et reconnaissent l'aide financière du gouvernement du Canada par l'entremise du Programme d'aide au développement de l'industrie de l'édition (PADIÉ) pour leurs activités d'édition.

Gouvernement du Québec – Programme de crédit d'impôt pour l'édition de livres – Gestion Sodec.

Dépôt légal : 1er trimestre 2007
Bibliothèque nationale du Québec
Bibliothèque nationale du Canada

TABLE DES MATIÈRES

Mais parmi les chacals, les panthères, les lices,
Les singes, les scorpions, les vautours, les serpents,
Les monstres glapissants, hurlants, grognants, rampants,
Dans la ménagerie infâme de nos vices,

Il en est un plus laid, plus méchant, plus immonde !
Quoiqu'il ne pousse ni grands gestes ni grands cris,
Il ferait volontiers de la terre un débris
Et dans un bâillement avalerait le monde ;

C'est l'Ennui ! – l'œil chargé d'un pleur involontaire,
Il rêve d'échafauds en fumant son houka.
Tu le connais, lecteur, ce monstre délicat,
– Hypocrite lecteur, – mon semblable, – mon frère !

Charles Baudelaire, *Les Fleurs du mal*

Toute ressemblance entre des personnages
et des personnes réelles ne serait que pure coïncidence.

21

— J'ai rien à dire.

Devant l'air déçu de son collègue, Fournier hausse une épaule et engage sa voiture dans la rue des Érables, parfaitement déserte à cette heure. Aucun doute là-dessus : Lapointe est sûrement le coéquipier le plus bavard qu'a connu Jean-Guy Fournier en vingt-deux ans de carrière dans les forces de l'ordre. Ce ne serait pas si grave s'il parlait de choses intéressantes, mais non ! Depuis quinze minutes, il ne fait que déblatérer sur la perception qu'ont les jeunes des policiers. Fournier veut bien l'écouter même s'il trouve le sujet assommant, mais de là à participer ! Malgré tout, Lapointe, du genre entêté, tend une seconde perche :

— Allons, Jean-Guy, tu as sûrement une opinion là-dessus ! Par exemple, ces adolescents qu'on vient tout juste d'avertir, tu as bien senti leur mépris pour nous, non ?

— Oui, oui…

— Tu crois pas que ça vient d'une espèce de cercle vicieux qu'on se complaît à entretenir, autant nous, les flics, que les jeunes ? Comme si c'était un *pattern* tellement enraciné dans notre culture qu'on ne songe même plus à le remettre en question ou même à le modifier !

Fournier, fixant la route devant lui, se retient pour ne pas soupirer. Il n'y échappera pas, il doit dire quelque chose. C'est le seul moyen pour que Lapointe lui foute la paix. Il finit donc par laisser tomber :

— Tant que les jeunes vont agir en épais pis qu'ils vont tout faire pour nous faire chier, les choses changeront pas.

Plutôt satisfait de sa réponse, il jette un rapide coup d'œil vers son coéquipier. Mais ce dernier le considère d'un air vaguement découragé. Pour enfin changer de sujet, Fournier demande :

— As-tu vu le nouveau modèle qu'Audi veut sortir l'an prochain ?

Au même moment, un son percutant éclate dans la nuit, assez proche du claquement de fouet mais en plus définitif. Fournier, oubliant complètement la question qu'il vient de poser, applique les freins.

— As-tu entendu ?

Lapointe fait signe que oui. Pour mieux écouter, le conducteur coupe le moteur. Le son retentit à nouveau.

— C'est un *gun*, ça ! s'exclame Fournier en pointant son doigt vers le cottage à leur droite.

— Tu... tu penses ?

Lapointe affiche un brin de frayeur, contrairement à son collègue qui sort prestement de la voiture. Depuis qu'il est flic, Fournier n'a jamais participé à une vraie opération d'envergure. Il faut dire qu'à Drummondville, les coups de feu sont une musique rare. Par exemple, à l'instant même, Lapointe et lui reviennent d'un appartement où l'on fêtait un peu trop au goût d'une voisine qui doit se lever à trois heures du matin, donc dans quatre heures. La grande aventure, quoi. Dire que Fournier était devenu policier pour vivre une existence palpitante ! Il y a bien eu « l'affaire Hamel », quelques années plus tôt, mais, manque de pot, Fournier était en vacances à ce moment-là ! Il a déjà songé à déménager à Montréal, où le quotidien d'un policier connaît à l'occasion quelques giclées d'adrénaline. Mais pour sa femme Danielle, aller habiter dans la grande métropole revient à vivre sur Saturne. Et encore, sur Saturne, au moins, il n'y a pas « toutes ces ethnies mélangées ». Alors Fournier se contente de mater les bagarres de couples, d'arrêter les chauffards et de prévenir les jeunes fêtards. Mais tout en courant vers le cottage d'où ont retenti les coups de feu, il ne peut s'empêcher de se dire (tout en gardant une attitude professionnelle, il va sans dire) que ce soir, en ce premier jour de juin 2006, ses longues années à servir dans les forces de l'ordre vont enfin être récompensées, que même si sa femme ne couche plus avec lui depuis dix ans et que ses deux adolescents d'enfants le fuient à longueur de journée, tout cela n'a plus d'importance, car dans quelques instants, dans quelques minutes, il va vraiment, *vraiment* se passer quelque chose dans sa vie, quelque chose de sûrement dangereux mais d'important.

Et même s'il en meurt, ce n'est pas vraiment grave, car sa mort, au moins, aura eu du *sens* !

Cette dernière pensée l'étonne tellement qu'en arrivant près de la porte du cottage, son Glock 9 mm bien en main, il se fige un moment. En est-il là ? Ces dernières années ont-elles été merdiques à ce point ?

— Qu'est-ce qu'on fait ? souffle Lapointe qui l'a rejoint.

Fournier, revenu de sa brève escapade mentale, demande à son collègue s'il a appelé du renfort. Lapointe hoche affirmativement la tête.

— Parfait. Va voir en arrière de la maison s'il y a une autre entrée.

— On attend pas les renforts ?

— S'il y a un gars avec un *gun* là-d'dans, faut pas lui donner le temps de tirer encore ! Envoie, *let's go !*

Le jeune policier contourne la maison. Fournier remarque que la porte avant est entrebâillée. Il prend le bouton et tourne la tête vers la rue. Quelques voisins scrutent par les fenêtres avec curiosité. Fournier leur fait signe de ne pas sortir, puis il entre, pistolet tendu devant lui.

Hall d'entrée. Agréable chaleur intérieure. Ballade sirupeuse en sourdine. À quelques pas, le salon s'ouvre sur sa gauche. Il y entre. La pièce est bien éclairée, la décoration assez criarde. Un verre de vin presque vide attend qu'on le termine sur une petite table centrale.

Et deux corps. Un homme et une femme. Cette dernière, assise, a tout le haut du corps qui pend hors du fauteuil et son faciès n'est plus qu'un brouillon de visage. « À bout portant… », se dit aussitôt Fournier, dont l'excitation, en doublant d'intensité, balaie dédaigneusement peur, répulsion et autres émotions de même nature. L'homme, étendu au sol sur le dos, a le torse et le visage qui disparaissent derrière le divan, mais le sergent mettrait sa main au feu qu'il est dans le même état que la femme.

Entre les complaintes d'Isabelle Boulay, une autre sorte de pleurnichement se fait entendre : les cris d'un bébé. Peut-être même de deux.

— Mon Dieu…, souffle une voix derrière lui.

Fournier se retourne vivement en braquant son arme. Lapointe observe le spectacle en tenant stupidement son pistolet le long de sa jambe. La pâleur de son visage a poursuivi son éclosion pour atteindre une blancheur immaculée. Au loin, des sirènes se font entendre. Fournier a encore quelques secondes pour régler la situation seul. Car en ce moment, Lapointe n'existe plus. D'ailleurs, ce dernier, bouche bée, ses yeux écarquillés allant d'un cadavre à l'autre, ne bronche pas d'un millimètre lorsque Fournier passe devant lui pour revenir dans le hall. Fournier se plante devant l'escalier menant au premier étage et dresse l'oreille. Outre les pleurs d'enfants, il perçoit des pas. Le policier prend alors une grande respiration et lance cette phrase qu'il a entendue des centaines de fois dans autant de films, tout en rêvant de la crier lui-même un jour :

— Police ! Rendez-vous, vous êtes cerné !

Un coup de feu, le troisième en moins de quatre minutes, lui répond brutalement. Fournier s'élance aussitôt dans l'escalier, tandis que l'explosion d'une quatrième détonation se mêle aux hululements des sirènes et aux miaulements de freins de voitures. Dans cette cacophonie, le sergent remarque que les pleurs d'enfants ont cessé. Oubliant toute précaution, Fournier surgit dans le couloir obscur et fait irruption dans la première pièce en brandissant son arme.

La chambre est plongée dans le noir, mais le sergent distingue la silhouette devant lui, qui lève rapidement quelque chose qui ressemble à…

— Bouge pas ! beugle Fournier.

Un fusil ! C'est un fusil de chasse que le gars se colle sur la tempe ! Ou une carabine !

Fournier n'a jamais été mêlé à une situation aussi critique, mais il s'est répété mentalement ce genre de scénario tellement souvent qu'il n'hésite pas une seconde sur le comportement à adopter : il abaisse son pistolet et tire dans la jambe de l'inconnu. Ce dernier pousse un couinement aigu, lâche son arme et s'effondre sur le tapis. Fournier en profite pour s'élancer et, repoussant le fusil du pied, met l'inconnu en joue.

— Bouge plus !

La femme est trop occupée à se tordre de douleur pour résister… car il s'agit d'une femme, Fournier s'en rend maintenant compte. Et il l'a arrêtée ! Il l'a arrêtée *seul* ! Survolté, il regarde autour de lui et réalise enfin qu'il est dans une chambre d'enfants: papier peint sur les murs, bureaux miniatures, oursons sur les étagères… et deux berceaux, côte à côte.

Desquels ne provient aucun pleur.

Fournier arrête de respirer et se précipite vers les berceaux. Malgré l'obscurité, il distingue les deux bébés immobiles, emmaillotés dans leurs couvertures respectives. Si petits.

Il distingue aussi le reste. Surtout leur inertie. Surtout les taches opaques. Surtout l'horreur.

L'ivresse que ressentait Fournier deux secondes plus tôt n'existe plus. Elle n'existera plus jamais. D'ailleurs, dans cinq mois, lorsqu'il se sera remis de sa dépression nerveuse, il donnera sa démission et se cherchera un travail tranquille et monotone, du genre pompiste ou commis de club vidéo. Son couple éclatera enfin et sa conjointe le quittera, le laissant seul pour les vingt-huit années qui lui resteront à vivre, à se rappeler que ce soir-là, le soir où il avait cru que sa vie aurait enfin un sens, il était arrivé trop tard.

Jean-Guy Fournier se tourne vers la femme sur le sol, les mouvements saccadés, et dirige son pistolet vers elle. Il n'y a plus rien de vivant dans le visage du policier. À l'exception des yeux. Qui flambent comme les feux du Jugement dernier.

Il va tirer. Il le sait.

Les sirènes sont toutes proches, des rumeurs proviennent de l'extérieur. Mais aussi des mots, tout près. C'est la femme. Tout en se tenant la jambe, elle articule des phrases que Fournier saisit de manière floue.

— … pas à vous de faire ça… laissez-moi le faire moi-même…

Elle tend une main tremblotante. Non pas en un geste d'imploration mais d'autorité. Les mots vibrent de rage.

— *… laissez-moi le faire!*

Fournier la fixe en silence, tandis que le chaos qui lui tiendra lieu d'esprit au cours des prochaines semaines lui envahit déjà la tête. Non, il ne lui donnera pas ce plaisir. Pas question. Il avance son arme vers la tête, le doigt se crispe déjà pour appuyer sur la détente…

— Jean-Guy!

Le sergent lève la tête. Lapointe, dans l'embrasure de la porte, le dévisage comme s'il avait pressenti ce qui allait se produire. En bas, des gens entrent dans la maison, courent partout, montent l'escalier. Fournier baisse son arme. Il sent derrière lui la présence des deux berceaux, comme deux lances pointues qui lui vrillent le dos.

Il se met à pleurer.

◆

Bien installé dans son fauteuil devant la télé ouverte, Pierre Sauvé émet un petit son découragé. Non, franchement, il n'y arrive pas. Il a pourtant fait son effort: il écoute ce film depuis une demi-heure, essaie d'y trouver un quelconque intérêt... en vain. Les films français sont décidément trop bavards pour lui. Au cinéma, il faut que ça bouge, non? Il jette un œil sur l'horloge murale: minuit dix. Bon. Il va se coucher ou il cherche un meilleur film à un autre poste? Il commence à zapper sans conviction, arrête un moment à RDI: une analyse des quatre premiers mois de Harper en tant que premier ministre du Canada. Après deux minutes, ennuyé, il change de chaîne. Et ce film en anglais, qu'est-ce que c'est? En tout cas, la fille est *cute*...

Sans transition, l'image tressaute et devient une sorte de bande allongée et difforme. Merde! Encore! Pierre change de poste et, devant l'inutilité de son action, se lève pour frapper du poing sur la télé. Elle est en train de foutre le camp, elle va tenir encore une semaine au maximum! Qu'est-ce qu'il attend pour s'en acheter une nouvelle, qu'elle lui pète dans les mains au milieu d'une de ses émissions préférées? Situation qui le mettrait en furie, il le sait bien. Cette perspective l'amène à donner un coup particulièrement énergique sur l'appareil et l'image redevient enfin normale. Pierre fait quelques pas de recul, satisfait. À l'écran défile une suite de scènes très rapides plus surréalistes les unes que les autres: un gars en parachute qui embrasse une fille attachée à lui, un homme d'âge mûr qui, au volant d'une décapotable, fonce dans la façade d'une maison, une femme en bikini qui se fait masser par six nains... Le tout accompagné d'une musique *hard-rock* et d'une voix très virile qui lance sur un ton dynamique:

— Malgré les plaintes, malgré les protestations et les manifestations, elle est de retour! L'émission que *vous* voulez parce qu'elle vous permet *tout*!

Pierre écoute avec attention. Incroyable que cette émission revienne, après tous les scandales de l'année dernière. Tant mieux: il a bien hâte de l'écouter.

Le téléphone sonne. Son visage devient sévère tandis qu'il va décrocher à la cuisine: un appel à pareille heure signifie que quelque chose de grave vient de se produire en ville.

— Oui... (silence) Hmmm... (silence, rétrécissement des yeux) OK, j'arrive...

Il raccroche et marche rapidement vers le placard du salon. Rien dans son attitude ne laisse croire qu'il est déçu de quitter le nid douillet à pareille heure. Dix secondes plus tard, il sort de la maison sans un regard vers la télé, où l'image est à nouveau une mince bande difforme. On peut tout de même y discerner le visage d'un homme au regard vert perçant qui, accompagné de la même musique assourdissante, lance vers le téléspectateur:

— *Vivre au Max,* saison 2006, dès le jeudi 8 juin, à vingt et une heures! Vous n'avez encore rien vu!

◆

Pierre étudie la femme assise devant lui, de l'autre côté de la table. Il tente de prendre un air impassible, mais a de la difficulté à dissimuler son émoi. Bien sûr, après dix-huit ans de métier, dont treize comme sergent-détective, il n'en est pas à son premier interrogatoire, loin s'en faut. Il est vrai qu'il n'a pas souvent travaillé sur des meurtres. Quatre fois, pour être précis. Mais les tueurs ne l'impressionnent pas particulièrement. Sauf que cette fois, il s'agit d'une femme. Un précédent. Et pas pour n'importe quel meurtre.

— Vous voulez un avocat?

La femme, ses cheveux bruns mi-longs couvrant la moitié de son visage morne, ne répond rien et fixe la table, les mains entre les cuisses. Le vrombissement électrique des néons plane dans la petite pièce blanche.

— Si vous voulez pas d'avocat, pourquoi vous dites rien alors?

Elle garde le silence, attitude dont elle n'a pas dérogé depuis qu'on l'a arrêtée il y a un peu plus d'une heure. Pierre croise ses mains sur la table.

— On en sait déjà pas mal. Votre nom est Diane Nadeau. Vous avez trente-trois ans. Paul Gendron était votre ex-mari, vous n'étiez plus ensemble depuis presque deux ans. Il vivait avec sa blonde, Catherine Saint-Laurent, avec qui il venait d'avoir deux enfants.

Il fait une pause et ajoute, en détachant chacun des mots:

— Des jumeaux de six mois.

Aucun tressaillement sur le visage de l'inculpée, dont le regard est toujours baissé vers la table.

— On a pas encore de preuves irréfutables, mais vous étiez la seule autre personne dans la maison des victimes, vous aviez l'arme du crime en main, un fusil de chasse calibre 12, et vous avez es…

— C'est moi qui les ai tués, marmonne enfin Nadeau. Tous les quatre.

Ce n'est évidemment pas une surprise, mais d'en entendre la confirmation fait frissonner Pierre malgré lui. Lapointe, qui se tient immobile à l'écart, se gratte brièvement la joue d'un geste nerveux.

— Vous devriez appeler votre avocat.

— J'en ai pas besoin.

— Trouve-lui un avocat d'office, ordonne le détective à Lapointe. Qu'il vienne au plus vite.

Subtile crispation sur le visage de la meurtrière. L'indifférence qu'elle affecte commence à agacer Pierre, au point que le malaise ressenti jusque-là se mue en une sourde colère.

— Vous venez d'avouer avoir tué froidement quatre personnes, dont deux bébés. Je pense que vous allez *vraiment* avoir besoin d'un avocat. Mais si vous voulez mon avis, il pourra pas grand-chose pour vous.

— Je suis bien d'accord, approuve-t-elle dans un souffle.

Pierre avance le torse. De l'émotion, enfin? Du remords?

— Après votre quadruple meurtre, vous avez voulu vous suicider, c'est vrai?

C'est ce que leur a expliqué Fournier. Expliquer est un grand mot. Disons qu'entre deux crises de larmes, il a réussi à balbutier cette information au demeurant très floue. En ce moment, il doit se trouver à l'hôpital, toujours en état de choc.

Nadeau retrousse les lèvres.

— Suicider… Oui, si vous voulez…

— Vous regrettez donc ce que vous avez fait?

La femme le toise pour la première fois, sans bouger la tête ni le corps. Elle ne dit rien, mais Pierre, dans ces yeux sombres, lit clairement la réponse : aucun remords. Sa colère naissante de tout à l'heure a une soudaine poussée de croissance. Il ouvre la bouche pour lui demander : « Pourquoi ? », mais se retient. Attendre l'avocat. Justement, Lapointe revient dans la pièce et annonce que maître Gagné est en route.

Dix minutes s'allongent, durant lesquelles Nadeau ne profère pas le moindre mot, ne bouge pas le moindre muscle. Dix minutes qui paraissent un siècle à Pierre.

À l'arrivée de Gagné, homme maigre et cerné dégageant encore les effluves de son sommeil interrompu, les choses ne s'arrangent guère. Il se présente et tend la main, mais Nadeau ne daigne même pas le regarder. Ou peut-être très rapidement, du coin de l'œil.

— Votre client a déjà avoué, maître.

Gagné serre les mâchoires d'un air fataliste, mais se reprend rapidement :

— État de stress. Peut-être qu'elle n'a pas bien compris ce que vous lui demandiez.

— Parfait. Madame Nadeau, avez-vous tué votre ex-mari Paul Gendron, sa petite amie Catherine Saint-Laurent ainsi que leurs jumeaux William et Julien ?

— Vous n'êtes pas obligée de répondre à…

— Oui, je les ai tués, coupe Nadeau d'une voix parfaitement désintéressée.

Gagné se tait puis observe sa cliente avec effroi. Peut-être qu'il commence à comprendre à quel genre de monstre il a affaire, se dit Pierre. Peut-être, soudainement, regrette-t-il son lit.

— Pourquoi vous avez fait ça ? poursuit le sergent-détective.

Nadeau ferme les yeux, non pas par émotivité mais par lassitude. Pierre ressent une furieuse envie de lui allonger une baffe, qu'il retient bien évidemment. Devant le silence de sa cliente, Gagné répond avec un peu trop d'emphase :

— Nous plaiderons la folie passagère. Ma cliente venait de se séparer de son mari, elle était encore sous le choc de la…

— On est séparés depuis deux ans, le choc est passé depuis un moment, le coupe Nadeau avec négligence.

Gagné se passe une main dans les cheveux, déjà en bataille.

— Si vous voulez que je vous défende, il va falloir que vous m'aidiez un peu !

— J'ai demandé à personne de me défendre.

Elle s'anime un tantinet, recule sur sa chaise, masse ses cuisses.

— J'ai dit tout ce que j'avais à dire, articule-t-elle comme si chaque mot lui était pénible. Je vous ai dit que je les avais tués, alors maintenant foutez-moi la paix. Et si vous voulez régler ça au plus vite…

Elle darde son regard sur Pierre.

— … donnez-moi un *gun*, pis tout est fini dans cinq secondes.

Pierre soutient son regard. Étrange, ce désir de mourir alors qu'elle n'éprouve pas de remords…

— Madame Nadeau, voyons…, intervient Gagné.

Les yeux de la meurtrière sont maintenant suppliants : la supplication de celle qui enrage à l'idée qu'on ne la laisse pas terminer ce qu'elle a commencé.

— Donnez-moi un *gun* que je puisse me retirer…

— Vous retirer ? s'étonne Pierre.

— Madame Nadeau, écoutez-moi, susurre l'avocat en lui mettant une main sur l'épaule.

— *Donnez-moi un* gun *!* crache-t-elle en bondissant.

Et avant même qu'on comprenne ce qui se passe, elle se jette sur Lapointe et tente de lui prendre son pistolet dans son étui. Pierre bondit et agrippe la démente que Lapointe, éperdu, repousse violemment. On la couche enfin sur la table, sous le regard ébaubi de Gagné qui n'arrête pas de se frotter le cou, et Pierre, tout en lui enfilant tant bien que mal les menottes, l'entend hurler comme une louve en détresse, la tête rejetée en arrière :

— *Laissez-moi me retirer ! C'est fini, je veux me retirer ! Tout de suite !*

8

Frédéric Ferland cessa de lécher l'anus, retira ses trois doigts du vagin et les considéra d'un air morne.

— Qu'est-ce que tu fais ? haleta la femme couchée sur le ventre.

Au lieu de répondre, il tourna la tête vers les deux jeunes filles qui lui suçaient la verge.

— Continue ! le pressa la femme.

Il examinait toujours les deux petites vicieuses qui, en gloussant, déployaient tous leurs efforts et leurs talents pour le faire exploser dans un gigantesque orgasme. C'est d'ailleurs ce qui aurait dû arriver. Et pourtant, non. Rien ne venait, il le sentait bien. Deux adolescentes de seize ans, mignonnes comme tout et sexy à mort dans leur string, qu'est-ce qu'il aurait pu demander de mieux ? De plus, il avait l'impression que son pénis, gonflé à bloc vingt secondes plus tôt, commençait même à ramollir entre les deux bouches gourmandes.

— Mais qu'est-ce que tu fais, criss ? s'impatientait la femme qui, elle, devait avoir une quarantaine d'années.

Frédéric se sentait singulièrement désincarné, comme si tout à coup il ne participait plus à cette scène mais était devenu un simple regard anthropologique. À trois mètres de lui, sur un autre divan, le gars (dont le nom lui échappait) avait cessé de se masturber, les sourcils froncés. Derrière ce divan, camouflées par le meuble, trois autres personnes forniquaient avec allégresse et leurs gémissements planaient dans la pièce comme une douce musique d'ambiance dans un supermarché. À l'écart, sur l'écran d'une télévision dont on avait coupé le son, défilait le générique de fin du téléjournal. Frédéric se mit à lire chacune des lignes de ce générique : la liste des journalistes et des techniciens, le nom du diffuseur, l'année 2004 écrite en chiffres romains… Il se secoua en lissant ses rares cheveux poivre et sel, replongea ses doigts déjà secs dans le vagin humide et recommença à lécher l'anus qui, tout à coup, lui parut terreux. Mais il avait beau faire, il sentait son sexe rapetisser de plus en plus, au point qu'une des deux filles lui demanda si ça allait.

— Je… je ne sais pas, on dirait que…

Il se tut. Car, en effet, il ne savait pas. Ou il redoutait de savoir.

— *Hey*, bonhomme ! lança le gars avec humeur. Tu gâches le show !

— Je sais comment le recrinquer, moi ! fit la femme.

Elle quitta le divan, s'agenouilla sur le sol et, le dos arqué, ondula de manière lascive ses fesses vers Frédéric.

— Envoie, encule-moi ! minauda-t-elle. C'est ça que t'aimes le plus, hein, défoncer des culs ? Vas-y, encule-moi d'aplomb !

Frédéric se dégagea des deux adolescentes et commença à se masturber. Lucie était peut-être dans la quarantaine, mais elle avait une croupe splendide, juste assez généreuse pour former un cœur bien dodu. Il rebanda assez rapidement, assez pour enfoncer son sexe dans l'anus de la femme qui, en poussant un long râle, caressa son clitoris de la main droite. Les deux jeunes filles, désormais inoccupées, avaient voulu mettre leur talent au service du gars sur le divan, mais ce dernier, presque épouvanté, s'était exclamé :

— Non, non ! Touchez-moi pas ! Faites-moi juste un bon show !

Les mouvements de Frédéric s'accéléraient à mesure que l'anus se dilatait, et pourtant, il sentait à nouveau que, bien malgré lui, il se dissociait de son propre corps. Il tourna la tête vers les deux jeunes filles qui, couchées sur le dos, se masturbaient mutuellement en s'embrassant goulûment. Mais son regard était redevenu clinique, froid, et il trouva ce spectacle insignifiant. De nouveau, la télé lui parut attirante, lui qui pourtant ne l'écoutait jamais.

— Viens-moi dans le cul ! haletait la femme, qui manifestement était au bord de l'orgasme, son troisième de la soirée. Viens-moi dans le cul, ostie de cochon !

Le genre de phrase qui, en tant normal, aurait provoqué chez Frédéric une éjaculation titanesque mais qu'il trouva, ce soir, presque ridicule. L'autre gars s'était levé et, sans cesser de se branler, approcha son sexe des deux filles. Hé oui, il allait leur gicler au visage, comme Frédéric l'avait vu faire dans tous ces films pornographiques qu'il avait loués à la tonne dans le temps où il était en couple. Et, comme il l'avait prédit, le gars éjacula, arrosa les deux adolescentes qui s'embrassaient toujours. L'une d'elles, la rousse, y prit un plaisir évident, au point même d'en jouir, mais Frédéric remarqua que l'autre, la blonde, eut une petite réaction de stupeur en recevant le sperme dans le visage. Oh, rien d'appuyé, pas même un signe de réel dégoût, juste un… comment dire ?… la crispation perplexe de celle qui ne trouve pas ça aussi formidable que prévu. Était-ce la première fois qu'elle participait à une partouze ? Sans aucun doute. Encore novice, encore à la recherche de toutes les sensations, de toutes les possibilités. Lesquelles, finalement, n'étaient peut-être pas infinies. Comme cet anus, qu'il était en train de pénétrer… Il l'étudia sans cesser ses mouvements. Qu'avait-il, en somme, de si différent des trente-cinq autres sphincters qu'il avait pistonnés au cours des dix derniers mois ? Audrey, durant leur relation, avait accepté plusieurs fois de se faire sodomiser, mais sans en éprouver un réel plaisir. Frédéric se rappelait les premières filles qu'il avait enculées, après sa séparation, les cris de plaisir qu'elles poussaient. À l'époque, cela l'allumait au point qu'il pouvait jouir trois ou quatre fois par nuit, ce qui, pour un homme de cinquante ans, relevait de l'exploit. Et quand la sodomie était devenue une pratique moins « spéciale », il avait rajouté des variantes, comme baiser à trois. Puis, plus tard, à quatre. Et pourquoi pas à cinq, sept ou dix ? Et des ados, tiens, ça c'est pervers ! Quand on cherchait bien, tout se trouvait. À chaque nouvelle étape, à chaque nouvelle limite dépassée, il retrouvait l'excitation, le plaisir délirant.

Il fixait toujours l'anus, son pénis y effectuant son va-et-vient de manière mécanique. Complètement étranger aux sensations de son corps, il se demanda ce qu'il allait faire la semaine suivante. Sodomiser une obèse ? Pisser sur deux lesbiennes ? Baiser une masochiste tout en lui foutant une baffe ? Éjaculer en déféquant ? Cette dernière idée lui fit pousser un petit gloussement et, enfin, sa semence jaillit en une mesquine éjaculation provoquée plus par les lois physiologiques que par le plaisir. L'orgasme de sa partenaire fut beaucoup plus spectaculaire, accompagné d'une série de convulsions telles que son anus éjecta le membre de Frédéric, au demeurant déjà mou.

Période de repos, où tout le monde, étendu, humide de sueur et autres sécrétions corporelles, soupira d'aise. Enfin, pas tout le monde : derrière le divan, les trois autres s'activaient toujours.

— Belle performance, les filles, marmonna l'homme sur le divan.

— Je te l'avais dit que c'était cool, hein ? lança la rousse avec enthousiasme à sa copine, tout en lui caressant gentiment un sein.

— Ouais, mets-en ! approuva la blonde qui ne cessait d'essuyer son visage pourtant sec.

— Un peu de bouffe avant qu'on recommence ? proposa la femme en frappant dans ses mains. Y a des sandwichs dans la cuisine, servez-vous !

L'homme et les deux ados, sans prendre la peine de se rhabiller, sortirent de la pièce en discutant, ignorant complètement l'autre trio qui produisait d'amusants bruits de succion. La femme s'installa sur le divan, aux côtés de Frédéric déjà assis. Ce dernier avait trouvé ses cigarettes et en fumait une en silence.

— T'as pas trippé, toi, dit-elle. La soirée a bien commencé mais, à un moment donné… Je sais pas, je te sentais moins.

— Désolé, Lucie. J'avais la tête ailleurs, faut croire.

— Pas juste la tête.

Tout en jouant nonchalamment avec une mèche de ses cheveux, elle ajouta avec une pointe de reproche :

— Tantôt, tu fourreras les deux petites. Des plus jeunes vont sûrement te faire plus d'effet.

Il jaugea Lucie un moment. Quarante-trois ans, mais incroyablement désirable, encore plus d'une certaine manière que les deux nymphettes. Non pas qu'elle avait l'air plus jeune que son âge, ni qu'elle avait un corps parfait (une belle croupe, oui, mais le ventre sortait, les seins pendaient), mais elle dégageait une sexualité insatiable parfaitement assumée, et chacun de ses mouvements était érotique. Un seul de ses regards pouvait déclencher une solide érection.

— Ça n'a rien à voir, assura-t-il en écrasant son mégot.

Il se leva et tapota gentiment le mollet de la femme.

— De toute façon, je vais y aller.

— Voyons, il est juste onze heures ! On est vendredi !

— À cinquante ans, c'est l'heure où on se couche.

— Ça veut dire que dans sept ans, va falloir que je fasse mes partouzes l'après-midi ?

Son pantalon remis, il la considéra avec scepticisme.

— Tu penses vraiment faire encore ça dans sept ans ?

— Tu peux être sûr ! répondit-elle avec ce regard qui aurait rendu infidèle le plus vertueux des maris.

Frédéric l'avait rencontrée un mois plus tôt, dans une soirée organisée dans une maison privée de Saint-Lambert. C'était sa quatrième visite, mais Lucie s'y trouvait pour la première fois. Tout de suite, il avait su que cette femme lui ferait littéralement exploser la queue et il n'avait pas été déçu. Il l'avait sodomisée tandis qu'un autre gars la pénétrait vaginalement, un *DP* comme on disait dans le jargon des pornophiles. Elle avait eu trois orgasmes dans cette seule position. Frédéric et trois autres gars s'étaient déchargés sur son visage et ses seins (*cum shower* pour les initiés), et le plaisir qu'elle y avait pris était si affriolant à voir que Frédéric avait éjaculé une seconde fois sans même reprendre son souffle. Elle l'avait invité chez elle pour la semaine suivante, précisant qu'elle aussi donnait des soirées spéciales. « Parfois, il y a même des mineures ! » Au froncement de sourcils de Frédéric, elle avait précisé : « Stresse pas, je parle d'adolescentes de seize ou dix-sept ans, pas des fillettes ! Je suis pas perverse à ce point-là ! » De retour chez lui, il avait voulu se convaincre que la présence d'adolescentes l'empêcherait d'y aller, mais il se contait des histoires. Au contraire, l'idée de baiser de jeunes étudiantes l'enflammait au plus haut point, même s'il en ressentait une certaine culpabilité. Mais seize ans, quand même ! Ce ne sont plus des enfants, elles savent ce qu'elles font ! Si lui, à cet âge, avait eu une vie sexuelle plus éclatée, les choses auraient peut-être été différentes plus tard.

Peut-être… mais pas sûr.

Il était donc allé chez Lucie. Et il n'avait pas regretté. Au point qu'il y était retourné la semaine d'après. Ce soir était sa troisième visite.

— Tu seras pas lassée de tout ça, dans sept ans ? persistait Frédéric en boutonnant sa chemise.

— J'ai baisé pour la première fois à treize ans, j'ai eu mon premier orgasme un mois après, ma première expérience lesbienne à quinze ans et mon premier *threesome* à seize. J'ai eu un *chum steady* de seize à dix-huit ans, mais je l'ai trompé une dizaine de fois, dont sept avec ses meilleurs amis. Après quoi, j'ai été célibataire pendant huit ans, durant lesquelles j'ai couché à peu près avec tout ce qui bouge, sauf les avocats, question de principe. À vingt-six ans, je tombe en amour avec un gars qui accepte qu'on soit un couple *open*. Pendant un an, on sort ensemble et on baise la plupart du temps à trois ou quatre. C'est bien, mais je finis par me tanner et je comprends enfin qu'après avoir fourré une couple de centaines de fois avec la même personne, je n'ai plus envie d'elle, que je l'aime ou non. Je me sépare donc de mon *chum*, qui n'y comprend rien. Je pense qu'il a fait une dépression quand je suis partie. Il s'est dit qu'il ne serait jamais capable d'avoir une vie sexuelle normale, donc plate, après moi ! (Elle rit.) Entre l'amour avec du cul sage et du bon cul sans amour, j'ai opté pour la seconde solution. J'ai fait ce choix-là à vingt-sept ans, et jusqu'à maintenant, ça ne m'a pas trop mal réussi : j'enseigne au secondaire et j'aime ça, je voyage beaucoup, j'ai des amis intelligents et je mouille autant que quand j'avais vingt ans ! En plus, mes orgasmes sont plus puissants et je les contrôle mieux. Alors je ne vois pas pourquoi je serais blasée dans sept ans. J'ai même des projets d'avenir : aller enseigner le français un an au Japon, m'acheter une maison de campagne, écrire un roman et coucher avec des jumelles.

Frédéric sourit en remontant la fermeture-éclair de son pantalon. De derrière le divan retentit un cri de volupté masculin, tandis qu'une voix haletante de femme ordonnait : « Continue ! Continue, merde ! » Des bruits de discussion provenaient toujours de la cuisine.

— Franchement, je… je t'envie, fit Frédéric en restant debout.

— Pourquoi ? T'as commencé ta carrière de cochon sur le tard, c'est vrai, mais t'as appris vite. Cinquante ans, c'est pas si vieux. T'as encore quelques belles années de décadence devant toi, faut pas se…

— C'est pas ça. J'envie ton…

Une scène lui revint en mémoire, lorsqu'il avait quitté Audrey dix mois plus tôt. Ils venaient de faire l'amour, comme s'il avait voulu passer un dernier test avant de rendre son jugement. Le plus ironique, c'est qu'elle avait été particulièrement déchaînée. Elle avait toujours bien aimé le sexe, mais ce soir-là, elle s'était dépassée. Et pourtant, Frédéric lui avait tout de même annoncé quelques minutes après qu'après deux ans de liaison, il la laissait. Parce que même si la baise avait été formidable, même s'il avait pu avoir la garantie qu'Audrey lui aurait toujours fait l'amour de cette manière durant les vingt prochaines années, cela n'aurait rien changé au fait que, justement, rien ne changerait. L'extraordinaire, par définition, ne peut se prolonger dans le temps. Le quotidien l'érode, à coups de répétitions qui lui arrachent une couche de vernis à chaque passage, jusqu'à faire disparaître ses cinq premières lettres. Et c'est là que commence l'intolérable pour Frédéric. Gisèle l'avait quitté pour cette raison des années plus tôt. Plus tard, il s'était donné une seconde chance et était retourné dans le labyrinthe, cette fois avec Audrey. Tout ça pour rien. Depuis le début, il avait vu juste. Il avait été lucide. Il ne se trompait malheureusement jamais sur ses auto-diagnostics, même si souvent il devait parcourir tous les dédales du labyrinthe pour les trouver. Tout ça pour comprendre que le seul moyen d'échapper au Minotaure était de sortir du labyrinthe. Et ne jamais y retourner. Ni dans celui-ci ni dans aucun autre. Il avait donc quitté Audrey, échangeant son rôle de Thésée contre celui d'Icare. Mais contrairement au héros grec, il ne se brûlerait pas les ailes. Ce n'est pas le soleil qui l'intéressait mais la hauteur. Alors, il monterait, sans cesse. Pour ne jamais redescendre. Comme le ciel est sans fin, l'exaltation de la montée serait infinie. Il montait donc toujours ; l'ascension, tel qu'il l'avait prévu, continuait d'être grisante.

Et pourtant…

— J'envie ton enthousiasme qui ne s'étiole jamais, compléta-t-il.

Lucie afficha un sourire orgueilleux, consciente de sa chance. Derrière le divan, deux hommes et une femme se relevèrent, exténués mais satisfaits. Ils saluèrent Lucie et Frédéric.

— Pour se refaire des forces, c'est à la cuisine, leur lança la maîtresse des lieux, toujours assise sur le divan.

Ils remercièrent et s'éloignèrent, tandis qu'un des deux hommes lançait vers Lucie :

— Oublie-pas, toi, tu m'as promis la pipe du siècle !

— Je tiens toujours mes promesses !

Frédéric enfila ses bas.

— Allez, bonsoir, Lucie.

— Tu viens la semaine prochaine ?

— Je ne sais pas.

— Tu devrais. France va être ici. Tu la connais pas encore : c'est la reine des *golden showers !*

Frédéric hocha la tête. Oui, pourquoi pas, ça pouvait être intéressant, ça… Encore un battement d'ailes, encore un peu plus haut… Tandis qu'il attachait ses souliers, l'adolescente blonde revint au salon, gênée, comme tout à coup consciente de sa nudité.

— Je vais y aller, moi, dit-elle en commençant à s'habiller.

Sa copine vint la rejoindre.

— Tu t'amuses pas ? lui demanda-t-elle.

— Au contraire, c'était super génial !

Un peu trop enthousiaste, la voix ?

— Mais je travaille au resto demain, pis…

Lucie les regarda discuter avec un sourire entendu. Une idée saugrenue traversa l'esprit de Frédéric : ces deux ados étaient-elles de ses élèves ? Ridicule ! Il n'osait pourtant pas poser la question, comme s'il craignait la réponse. Il salua Lucie une dernière fois, ignora les deux filles qui poursuivaient leur conciliabule et sortit.

Dehors, un vent frisquet, inhabituel pour le mois de juillet, fit frissonner Frédéric. Après vingt secondes à peine de marche, il arriva dans la rue Saint-Charles, où était stationnée sa voiture. Le vieux Longueuil était plutôt paisible ce soir. En sourdine, on percevait la musique de certains bars, mais les passants se faisaient rares. À quelques poteaux étaient encore accrochées des banderoles qui proclamaient « Bonne fête du Canada 2004 ! » Frédéric monta dans sa voiture et contempla sans la voir la petite fissure dans son pare-brise qu'il négligeait de faire réparer depuis six mois. On aurait dit qu'il mettait au défi la vitre de tenir le plus longtemps possible.

Il n'était pas sûr, finalement, de revenir la semaine prochaine. Non, pas sûr du tout… Alors que ferait-il ? Il repensa à ce patient, cette semaine, qui lui avait parlé de parachutisme, que c'était un trip incomparable. Oui, il pourrait essayer cela… Même à cinquante ans, pourquoi pas ? Il avait le cœur d'un jeune homme de trente ans, son médecin ne cessait de le lui répéter. Il avait bien pratiqué la planche à neige, en janvier dernier ! Il avait d'ailleurs adoré cela, c'était une excitation différente du sexe, mais tout aussi vivifiante. Mais après six ou sept semaines, durant lesquelles il avait tenté des descentes de plus en plus difficiles et même des sauts, l'excitation s'était atténuée. Il avait donc arrêté. Mais le parachutisme… Fallait voir, non ?

Il tourna la clé. Le son du moteur lui parut assourdissant. Il vit alors, de l'autre côté de la rue, la petite adolescente blonde qui trottinait vers l'arrêt d'autobus, le cou rentré entre les épaules. Frédéric la suivit des yeux. Une fois dans la cabine, elle parut se détendre, protégée du vent. Elle regarda autour d'elle, se frotta le front comme si elle réalisait quelque chose, puis se mit à pleurer. Frédéric se trouvait plutôt loin, mais il distingua nettement ce tressautement d'épaules et cette inclinaison de la tête associés aux sanglots. Il assista à cette démonstration de détresse avec curiosité. Que ferait cette gamine en arrivant chez elle ? Elle se coucherait et oublierait tout ça ? Ou elle se couperait les veines ? Si la seconde possibilité s'avérait la bonne, Frédéric donnerait cher pour voir ça…

« Comment un psychologue peut-il avoir de telles pensées ? » lui aurait dit Gisèle qui, à l'époque, avait parfois peur de son mari.

Qu'est-ce que Frédéric aurait bien pu lui répondre ? Il ne souhaitait pas que cette adolescente se tue ; il songeait seulement que, si elle le faisait, cela pourrait être quelque chose d'intéressant à observer. Comme l'avait été cet incendie au centre-ville de Saint-Bruno, sur lequel lui et sa femme étaient tombés par hasard en revenant de Montréal il y a plusieurs années, particulièrement le spectacle de cet homme en flammes qui avait surgi de la maison sinistrée, se tordant de douleur sur le sol durant de longues secondes. Frédéric avait réalisé qu'il était en train de regarder un homme mourir et n'avait pu s'empêcher de trouver cette expérience fascinante. Mais les pompiers avaient fini par recouvrir l'infortuné d'un drap et le psychologue avait enfin remarqué que Gisèle le dévisageait avec épouvante.

— Tu as aimé voir ça, avait-elle dit. Avoue que tu as aimé ça.

Il avait cherché une réponse et avait finalement nuancé :

— Disons que j'ai trouvé ça intéressant. Ça l'était, non ?

Gisèle n'avait rien dit. C'est à partir de ce jour qu'elle avait commencé à considérer son mari comme une sorte d'aberration insaisissable.

Dans l'arrêt d'autobus, l'adolescente cessa rapidement de pleurer. Elle sortit un miroir de son sac à main, corrigea rapidement son maquillage, puis ne bougea plus. Frédéric donna un coup d'accélérateur et s'engagea sur la route en direction de Saint-Bruno.

Il avait faim.

22

Pierre ne peut s'empêcher d'être tendu. Chaque fois qu'une personne sort de l'autobus, il s'attend à reconnaître sa fille et cela le rend nerveux. C'est parfaitement bête ! C'est lui qui l'a invitée à venir passer quelques jours à Drummondville, comme à chaque mois de juin, comme à chacun de ses anniversaires. Alors qu'a-t-il à être si anxieux ? La fatigue, sûrement. Cette enquête sur le quadruple meurtre de Diane Nadeau lui a grugé beaucoup d'énergie au cours des derniers jours.

Karine descend la dernière et, de nouveau, il est frappé par sa beauté. La beauté de sa mère. Même cheveux châtains avec des reflets roux mais plus courts, mêmes immenses yeux bruns en amande, même bouche mince mais au dessin parfait. Une beauté sans défaut, s'il n'y avait cette ombre constante qui l'enveloppe, une chape qui, sans l'enlaidir, atténue son éclat. Pierre sait bien de quand date cette ombre qui, au fil des ans, a grandi avec l'enfant ; mais lorsque la fille a cessé de croître, l'ombre, elle, a poursuivi son expansion.

Et si elle ne cessait jamais de progresser ?

— Karine ! l'appelle-t-il en brandissant la main.

La jeune fille cherche des yeux, sourit et se fraye un chemin dans la petite foule jusqu'à Pierre. Elle est habillée d'un jeans à taille basse usé et d'un pull serré qui camoufle sans conviction une poitrine modeste mais ferme. Pierre tique en la regardant s'approcher. Il n'aime pas quand elle s'habille comme ça. Il se rappelle qu'à quatorze ans, elle se donnait déjà des airs d'allumeuse et cela le mettait hors de lui.

Elle l'embrasse sur les deux joues et il lui ébouriffe les cheveux.

— Bonne fête, ma chouette.

— Hé, c'est juste demain !

— Je le sais. Demain, je vais te le chanter.

Il prend son sac de voyage et tous deux se mettent en marche vers la voiture, stationnée face au terminus. Le soleil a entrepris sa longue chute au ralenti.

— Le voyage a bien été ?

— Oui, oui. J'ai lu.

— Hmmm, hmmm…

Silence jusqu'à la Suzuki Aerio du détective. Lorsque celle-ci démarre, Pierre se rend compte qu'il serre son volant inutilement fort et relâche la tension dans ses doigts.

— À Montréal, ça va bien ? demande-t-il.

— Super.

Elle le regarde d'un air taquin, ses doigts traçant des formes invisibles sur la vitre de sa portière.

— As-tu fini par te faire une blonde ?

— J'ai pas vraiment le temps.

— À cause du travail, je suppose ?

Ça y est, l'ironie. Déjà ? D'habitude, elle attend qu'ils soient au moins rendus à la maison.

— Tu t'en étais ben faite une l'an passé, non ?

— Ç'a duré trois semaines. Elle était trop compliquée.

— Tu la trouvais déjà compliquée après trois semaines ?

— T'es ben curieuse, toi ! On parle pas de ces affaires-là avec sa fille.

— Ta fille va avoir vingt ans demain, fait que *slaque* un peu.

— Toi, as-tu un *chum* ?

— Non.

Il prend une mine moqueuse :

— T'es ben placée pour donner des leçons, on dirait…

Il veut être drôle, mais elle répond d'une voix sèche :

— Pas être en amour à vingt ans, c'est un choix. Pas être en amour à quarante, c'est rarement voulu !

— Trente-neuf.

— Tu vas avoir quarante le 19 août, c'est dans deux mois.

Pierre, avec une certaine stupéfaction, réalise que sa fille connaît sa date d'anniversaire par cœur.

Le silence s'étire sur deux longues minutes, puis :

— Je suis sur un cas assez effrayant, en ce moment. Un quadruple meurtre.

Ennuyée, Karine se détourne pour contempler le décor extérieur. La voiture roule maintenant dans le quartier du Golf. Bungalows et cottages défilent comme des petits canards dans un stand de tir. Presque personne dans les rues, sauf quelques enfants à l'occasion.

— Une femme qui a tué son ex-mari et la nouvelle blonde de son ex, continue le policier, pris par son histoire. Le pire, c'est qu'elle a aussi tué leurs jumeaux ! T'imagines ? Je me rappelle pas d'une histoire aussi sanglante à Drummondville.

Karine ne dit toujours rien. Une petite fille, qui court sur le terrain d'une maison, s'arrête et lui envoie la main. Karine la suit des yeux, le visage tout à coup mélancolique. Pierre ne remarque rien, trop ravi de parler enfin avec autant de facilité.

— Une certaine Diane Nadeau. Elle est née ici. Ça te dit quelque chose ?

— Non.

— Je la connaissais pas non plus. À Drummond, on pense que parce qu'on vit dans une petite ville, on se connaît tous. C'est tellement pas vrai. Dans le fond, on se connaît pas.

— Pour ça, t'as ben raison, approuve Karine d'une voix équivoque.

Pierre se tourne vers elle, frappé par ce ton. Mais sa fille, par le rétroviseur latéral, regarde toujours vers la petite fille, maintenant loin derrière.

◆

Aussitôt dans la maison, elle va s'installer dans sa chambre, qui n'a pas changé depuis son départ trois ans plus tôt. Pierre n'a touché ni à la commode, ni aux bibelots de chats sur l'étagère, ni aux posters de *Eminem* et de *Shaggy* sur les murs. Karine défait sa petite valise et Pierre va regarder la télé en attendant ; quelques minutes plus tard, la jeune femme va à la cuisine se faire un sandwich au fromage.

— Je vais devoir aller travailler pendant une couple d'heures, la prévient Pierre. Pour mon enquête. On va interroger la meilleure amie de l'accusée.

Karine mange lentement, assise à la table de la cuisine. Debout, appuyé contre le comptoir, son père l'examine à la dérobée. Oui, l'ombre qui entoure sa fille grandit chaque fois qu'il la revoit et cela l'inquiète. Pourtant, il ne lui en parle pas. Il ne saurait même pas comment. Mais il y a autre chose chez elle, aujourd'hui, quelque chose d'indéfinissable, tapi sous ses airs désinvoltes. Il se demande s'il devrait la questionner là-dessus, puis se dit qu'il se fait sûrement des idées.

Karine jauge la décoration désuète, le désordre, la poussière.

— Un vrai célibataire, commente-t-elle, la bouche pleine.

Il hausse les épaules. Elle répète cette observation à chacune de ses visites. Et lui, immanquablement, réplique :

— Je me débrouille, je trouve.

— Ces vieux cadres-là, sur les murs, ça doit ben faire dix ans qu'ils sont là.

Elle prend une autre bouchée. Pierre examine les tableaux en question (des paysages d'automne sans personnalité), se demandant quel intérêt il pourrait bien y avoir à les changer. Il revient à sa fille.

Qu'as-tu de différent, Karine ? Qu'est-ce qui se passe dans ta tête ?

Pourquoi ne le lui demande-t-il pas ? Ce n'est pourtant pas compliqué. Poser la question serait effectivement simple… mais la discussion qui s'ensuivrait risque de l'être moins, comme toute discussion impliquant les émotions. Il regarde autour de lui dans la cuisine, comme s'il cherchait une issue.

— Je change peut-être pas les cadres, mais j'ai refait le plancher.

Karine examine le sol.

— Ça ressemble à l'autre en maudit.

— C'est le même matériau.

— Pis la même couleur.

— Oui, mais c'est neuf, moins usé. En plus, ils ont amélioré le produit. C'est comme une sorte de colle chaude qui fait adhérer le bois plus vite. Je l'ai installé moi-même.

Il se baisse pour toucher le plancher :

— J'suis pas pire, tu sais ! Il est bien droit. À part dans les coins, où c'était plus *tough*. Quand on regarde d'ici, on voit que ça relève un peu.

Karine mastique son sandwich et laisse son regard dériver vers le salon, où la télévision diffuse *Miss Swan*.

— Denis, mon voisin, m'a donné des conseils, continue Pierre qui, arc-bouté, examine toujours le sol. Il a tellement des bons outils ! Faudrait que je m'en achète des nouveaux.

Sur l'écran télé, une femme découvre en s'extasiant de bonheur son nouveau nez, ses nouvelles pommettes, ses nouvelles lèvres et, surtout, ses nouveaux seins, sous les regards admiratifs de sa famille et de l'animatrice. Karine jette un œil vers sa propre poitrine, retrousse ses lèvres de déception puis ramène son regard envieux à la télévision.

— Pendant mes vacances, en septembre prochain, je pense que je vais m'attaquer au sous-sol, poursuit le policier en découvrant une marque sur le plancher. Je sais jamais quoi faire durant mes vacances, ça serait une bonne façon de m'occuper.

Tout à coup, sur l'écran télé, l'image se réduit à une mince bande de quelques centimètres de hauteur. Karine pousse un juron et son père relève la tête. En voyant ce qui se passe, il se dirige vers l'appareil.

— Elle me fait ça dix fois par jour ! Faut vraiment que je m'en achète une autre.

Karine semble tout à coup perdue dans ses pensées. Son père donne un coup de poing sur le dessus du téléviseur, mais l'image ne change pas.

— J'ai envie de m'acheter une cinquante-cinq pouces. J'ai toujours rêvé d'une grosse télé.

Il frappe à nouveau. Karine marmonne :

— Oui, je me rappelle, pis maman était pas d'accord.

Le poing du policier reste suspendu en l'air. Sa fille ajoute :

— Dans un mois, ça va faire dix ans qu'elle est morte.

Pierre baisse lentement sa main, les traits contractés par l'embarras. Karine se mordille la lèvre, puis demande :

— Tu penses à elle, des fois ?

— Des fois, oui.

Silence, si ce n'est qu'une musique insipide fuse de l'appareil. Comme si cette question lui demandait tout son courage, Pierre demande :

— Pis toi ?

— Souvent.

Les sourcils du père se froncent.

— Est-ce que tu… As-tu recommencé à voir un psy ?

La question déstabilise Karine.

— Non…

— Tant mieux…

— Pourquoi ?

— C'est la preuve que… heu…

Il cherche ses mots.

— C'est la preuve que tu vas bien, non ?

Karine ne répond rien. Par contenance, Pierre assène un dernier coup sur le téléviseur. Cette fois, l'image redevient normale et on voit en gros plan le visage d'un homme séduisant, aux cheveux châtains parsemés de mèches blondes et au regard vert vif, qui lance à la caméra avec un sourire complice :

— Deuxième saison de *Vivre au Max,* dès demain, à vingt et une heures ! Vous n'avez encore rien vu !

— Hé, ça recommence demain, ça ! s'exclame Karine, maintenant tout enjouée.

— C'est vrai : t'aimes ça, toi aussi.

— C'est mon émission préférée !

Elle est sur le point d'ajouter quelque chose mais, avec une expression de trouble parfaitement inhabituelle chez elle, avale le dernier morceau de son sandwich. Pierre, qui n'a rien remarqué, propose avec entrain :

— On pourrait l'écouter ensemble demain soir, en revenant de ton souper de fête !

Ils se regardent, l'air rassuré, comme deux étudiants qui viennent d'apprendre qu'ils n'auront finalement pas à passer un examen particulièrement difficile. Quitte à ne jamais savoir s'ils ont bien compris la matière du cours.

◆

Pierre arrête sa voiture devant l'immeuble à appartements. Une femme dans la trentaine, aux longs cheveux bruns attachés en queue de cheval, habillée d'un tailleur classique mais d'un rouge vif, s'approche, ouvre la portière et demande en souriant :

— Vous acceptez de donner un *lift* à une jeune femme en détresse, monsieur l'agent ?

Tandis qu'elle s'assoit, Pierre a une grimace qui peut s'apparenter à un sourire. Il est toujours pris au dépourvu par l'humour de sa collègue. Il connaît pourtant assez bien le sergent-détective Chloé Dagenais : elle a été transférée au poste de Drummondville il y a maintenant onze mois, elle et Pierre ont donc eu de nombreuses occasions pour discuter.

Mais c'est la première fois qu'ils travaillent sur une enquête ensemble et, en une semaine, les blagues de la jeune femme ont souvent désorienté le détective. Mais, bon, elle est gentille et, surtout, compétente. En tout cas, plus que cet empoté de Gauthier qui serait incapable de trouver un litre de lait dans un dépanneur.

— On va voir la grande amie de Nadeau, c'est ça ? demande Chloé une fois la voiture repartie.

— Julie Dubé, acquiesce Pierre. Elle habite dans le quartier Saint-Jean-Baptiste.

Au cours de la dernière semaine, les deux détectives ont questionné la famille de Diane Nadeau ainsi que quelques copines. Outre le fait qu'ils étaient tous en état de choc (particulièrement les parents), chacun a insisté sur le fait que Nadeau n'était plus la même depuis sa séparation, vingt-deux mois auparavant. Elle a vécu avec Paul Gendron pendant huit ans et l'a aimé comme une dingue, au point qu'elle ne le lâchait jamais d'une semelle. De plus, elle voulait des enfants, mais Paul a toujours refusé.

— Le pire, c'est qu'il a eu des jumeaux avec sa nouvelle conjointe ! a pleurniché la mère de la meurtrière. Diane ne le lui a jamais pardonné !

Dans la voiture, Chloé consulte son calepin :

— Selon les copines de Nadeau, Gendron voyait sans doute déjà cette Catherine Saint-Laurent au moment de la séparation.

Vingt minutes plus tard, dans un salon bien rangé rempli de photos de famille, Julie Dubé confirme ce fait aux deux policiers :

— Il a avoué à Diane qu'il la quittait pour une autre ! Et honnêtement…

Elle hésite un long moment en brassant silencieusement son café avec une petite cuiller. Pierre et Chloé, assis en face, attendent la suite. Dubé se lance enfin :

— Honnêtement, je peux comprendre qu'il soit parti. Il devait vraiment étouffer avec Diane ! C'est mon amie, mais je sais que lorsqu'elle est en amour, elle… elle perd un peu les pédales. Trop possessive, vous voyez ce que je veux dire ? Ils parlent de ça dans un livre, *Ces femmes qui aiment trop*. Il y en a tellement de femmes comme ça ! J'écoute beaucoup les lignes ouvertes à la radio et j'en entends plein qui appellent parce qu'elles sont jalouses… En tout cas, Paul est parti il y a presque deux ans et depuis ce temps-là, Diane a presque arrêté de vivre. Quand j'allais la voir, elle ne parlait presque pas, elle ne prenait plus soin d'elle, c'était vraiment… malsain.

— Est-ce que vous avez essayé de la faire parler sur ce qu'elle ressentait ? demande Chloé.

— Un peu, mais… Ce n'est pas évident, parler de ces affaires-là. Je voulais surtout lui changer les idées : j'essayais de l'emmener magasiner ou au cinéma, mais… Ça ne donnait pas grand-chose. Mais jamais j'aurais cru qu'elle aurait… qu'elle pourrait…

Elle a un sanglot et dépose son café sur la petite table de verre, enfouissant sa tête entre ses mains.

— Pauvre Diane ! Qu'est-ce qui lui a pris, donc ?

Chloé hoche la tête avec compassion, tandis que Pierre, impassible, referme son calepin en jetant un coup d'œil entendu vers sa collègue : ils n'en apprendront pas plus. Tandis que les deux détectives se lèvent, Dubé, tout en tamponnant ses yeux avec un kleenex, bredouille :

— Elle a dit qu'il fallait que ça flambe…

Pierre et Chloé, qui marchaient déjà vers la porte, stoppent leur mouvement, intrigués.

— La dernière fois que je l'ai vue, c'est il y a deux semaines. Elle était vraiment bizarre. Comme si elle ne tenait plus en place… Et elle m'a dit qu'elle n'en pouvait plus et qu'il fallait que ça… que ça flambe au plus vite.

— Que ça flambe ?

— Je lui ai demandé ce qu'elle voulait dire, mais elle n'a rien ajouté.

Dans la voiture, quelques instants plus tard, Chloé réfléchit à haute voix.

— Faut que ça flambe… Particulier, non ?

— Une façon imagée de dire qu'il fallait qu'elle tue son ex et sa famille.

— Drôle d'expression, quand même.

La voiture s'arrête devant l'immeuble de Chloé. Elle descend et, se penchant par la portière ouverte, lance à Pierre :

— On se voit demain pour l'interrogatoire du patron de Nadeau ?

— Parfait. À une heure et demie.

Elle sourit, comme cela lui arrive souvent. Pierre trouve d'ailleurs que les sourires de sa collègue ont quelque chose de particulier, mais il ne saurait dire quoi au juste.

Tandis qu'il roule vers chez lui, il repense à ce que leur a dit Julie Dubé.

« Il faut que ça flambe au plus vite… »

Pour flamber, ç'a flambé, songe Pierre avec amertume.

◆

Pierre ouvre les yeux, réveillé par des sons lancinants. Pendant quelques secondes, complètement perdu, il se demande qui peut bien geindre ainsi, puis il se souvient : Karine est à la maison.

Le radio-réveil indique trois heures du matin. Inquiet, il se lève et marche rapidement vers la chambre de sa fille. Cette dernière dort dans son lit, couchée sur le dos. Ses yeux sont fermés, mais les mouvements rapides des globes oculaires sous les paupières trahissent un sommeil tourmenté. De sa bouche entrouverte jaillissent de petits geignements craintifs et enfantins. Le policier ressent une désagréable sensation, celle d'être projeté plusieurs années en arrière. Durant les mois qui ont suivi la mort de Jacynthe, Karine a connu un nombre incalculable de nuits semblables à celle-ci. Souvent, c'était bien pire : les gémissements se muaient en cris, appels, puis hurlements, jusqu'au réveil hystérique. Pierre la calmait du mieux qu'il pouvait, démuni.

À l'idée que sa fille puisse se réveiller en état de panique, il va s'asseoir sur le lit, tout près d'elle, puis, maladroitement, lui caresse la tête. Pourquoi cette nuit ? Lors de ses précédents passages à la maison, elle n'a jamais eu ce genre de sommeil torturé. Pourquoi maintenant ?

Tu le sais pourquoi. Elle te l'a dit tout à l'heure. Ça va faire dix ans…

Elle geint toujours. Peu à peu, les caresses de Pierre s'assouplissent, deviennent plus naturelles.

— Tout va bien, chuchote-t-il.

La dernière fois qu'il l'a apaisée ainsi, elle était encore une enfant. Maintenant, elle a vingt ans et ressemble à sa mère de manière presque cruelle.

— Tout va bien, papa est là…

Réveille-la ! Réveille-la pour qu'elle t'entende vraiment !

Ses doigts lissent lentement ses cheveux courts et, peu à peu, les murmures de sa fille s'atténuent, disparaissent, et la quiétude revient sur le visage de Karine, à l'exception de l'ombre qui, même dans le sommeil, s'obstine à la maintenir dans sa chape.

— Je t'aime, Karine…

Il l'embrasse sur le front et sort rapidement.

Dans son lit, il cherche le sommeil durant une bonne heure.

1

À treize heures quarante-six exactement, l'auto-patrouille s'arrêta devant la réception du Tulipe. Le sergent Pierre Sauvé et son coéquipier, le sergent Sylvain Drouin, descendirent de voiture et plissèrent les yeux sous le soleil particulièrement fort pour un mois d'octobre, au point que Drouin enfila ses lunettes fumées. Dans les alentours du motel en forme de fer à cheval, tout semblait normal, mais le gérant, qui les attendait dehors devant la réception, affichait une nervosité certaine. Les deux policiers s'approchèrent de lui et l'homme les considéra de travers, comme s'il trouvait ces deux flics bien jeunes pour une situation aussi périlleuse. Car il croyait qu'il y avait un danger réel.

— C'est dans la chambre 8, expliqua-t-il en pointant le menton vers la série de portes de l'autre côté du stationnement. Le bruit et les cris ont commencé il y a environ une heure… Je suis allé frapper à leur porte, mais le gars m'a hurlé de… sacrer mon camp.

Pierre et Drouin posèrent quelques questions. Le couple était arrivé durant la nuit, vers trois heures trente : un gars dans la trentaine qui semblait névrosé et une femme du même âge, fatiguée et l'air apeuré. Le gérant expliqua que ce genre de situation ne se produisait jamais, ici. Il tenait un endroit respectable, pas un motel de passe pour jeunes en fugue ou pour maris infidèles.

Les deux policiers, munis de la clé de la chambre, s'approchèrent de la porte numéro 8. Le stationnement était vide, à l'exception du gérant qui, au loin, observait la scène. Pierre ne ressentait aucun trac : des cas d'hommes qui menacent leur femme, c'était monnaie courante. C'était même plutôt banal. Mais en attendant qu'il devienne détective, il devrait se contenter de ce genre de broutilles. Car il le deviendrait, cela ne faisait pas l'ombre d'un doute. Il allait d'ailleurs passer son examen dans un an ou deux, même si tout le monde disait qu'il était trop jeune.

Ils s'arrêtèrent à la porte numéro 8. Plus loin, un couple sortait d'une chambre en se faisant la gueule, suivi d'un jeune enfant en larmes. Drouin frappa et aussitôt, une voix grogna derrière la porte :

— Laissez-nous tranquilles !

— Police, monsieur, veuillez nous ouvrir, lança Drouin d'une voix presque lasse.

Silence. Machinalement, Pierre jeta un coup d'œil vers la voiture en face de la chambre : une Saturn rouge, pas récente mais encore présentable.

— On va se calmer, vous pouvez partir, répondit la voix, toujours agressive mais plus traquée.

Drouin déverrouilla la porte. Trois secondes plus tard, ils se retrouvaient dans une chambre de motel tout à fait banale, avec un lit *queen*, un bureau et une fenêtre panoramique. La femme était assise sur le lit, la moitié inférieure de son visage derrière ses mains. Ses yeux rougis évitaient les policiers. Elle ne bougeait pas et avait son manteau sur le dos, comme sur le point de sortir. L'homme, debout, portait un pantalon mais avait le torse nu. Physiquement quelconque, il ne semblait pas particulièrement menaçant, mais la lueur de nervosité et de rage qui clignotait dans ses yeux n'inspirait pas confiance. La télévision était ouverte et diffusait le témoignage d'une femme qui affirmait avoir découvert le bonheur le jour où elle avait cessé de vouloir changer les choses.

Drouin expliqua les plaintes émises par le gérant : cris, coups, grabuge divers. L'homme se voulut sécurisant : tout allait bien maintenant. Pierre remarqua une valise ouverte dans un coin, d'où sortaient des bouts de vêtements, un pantalon propre, une robe élégante. Sur le miroir pendait une cravate, des souliers en cuir étaient alignés à côté du bureau. Puis il observa la femme, dépeignée, toujours immobile, les mains sur le visage, comme si elle voulait se faire oublier.

— Il vous a frappée ? demanda Pierre.

C'était la première fois qu'il parlait depuis l'arrivée au motel. Une voix sèche, plus mature que celle d'un gars de vingt-cinq ans mais pas très chaleureuse. Une voix qui constatait, sans plus.

Elle leva enfin la tête, découvrant le reste de son visage et, par la même occasion, sa lèvre supérieure enflée. Un pot-pourri d'émotions confuses envahit son visage, mais celle qui ressortait le plus était le désir de parler. Pourtant elle baissa la tête et marmonna :

— Non... Non, c'est correct...

— Vous voyez ! s'écria l'homme. Laissez-nous tranquilles, maintenant !

Amer, Drouin évalua les dégâts autour de lui : un miroir éclaté, une petite table brisée, un tableau cassé en deux sur le sol... L'homme lui assura qu'il allait payer pour tout ça.

— Vous avez intérêt, le prévint Drouin. Je vais dire au gérant que vous allez le dédommager immédiatement, c'est clair ?

À la télé, on diffusait la publicité d'une machine à exercices pour maigrir en dix jours. Pierre examina un moment la femme au bord des larmes, puis ses yeux se reportèrent sur cette cravate, ces souliers en cuir, cette valise...

— Non, on les embarque.

Drouin haussa les sourcils. La femme releva la tête, déconcertée, tandis que l'homme devenait blême instantanément.

— Co... comment ça ?

— Bris de matériel, expliqua laconiquement Pierre.

— Mais je vais payer, je vous dis !

— Peut-être, mais si le gérant porte plainte, on vous amène au poste pour dresser un rapport.

L'homme protesta. Il tentait de mettre de la menace et de la rage dans ses récriminations, mais la frousse perçait de plus en plus. Pierre demanda à son coéquipier désarçonné de les surveiller pendant que le gars s'habillait : il allait attendre dehors.

À l'extérieur, Pierre alla rapidement rejoindre le gérant, toujours dans le stationnement.

— Ils ont brisé certaines choses dans la chambre. Ils vont vous offrir de payer, mais je vous conseille de porter formellement plainte.

— S'ils paient, pourquoi je ferais ça ?

— Rendez-moi ce service.

Sa voix demeurait aussi sèche et égale, mais son regard était insistant. Sans trop comprendre, le gérant lui dit que c'était d'accord.

Deux minutes après, Drouin sortait avec le couple et, gauchement, le gérant portait plainte pour bris de matériel. L'homme eut beau contester sur tous les tons, Drouin les fit monter tous deux dans la voiture de patrouille. Avant que lui-même ne s'installe derrière le volant, il demanda discrètement à Pierre ce qu'il avait derrière la tête.

— Je vais rester ici un peu, fouiller dans leur chambre.

— Mais qu'est-ce que tu veux qu'on fasse avec eux ?

— Interrogatoire habituel, remplis un rapport, n'importe quoi.

— Tu sais bien que s'ils sont prêts à payer les dommages, je pourrai pas les garder longtemps !

— Ce sera pas long. Envoie une voiture me chercher.

Tandis que l'auto-patrouille s'éloignait, Pierre, tout en ignorant les regards de deux ou trois curieux dans le stationnement, retourna dans la chambre numéro 8 et examina l'intérieur, les mains sur les hanches. Cette cravate, ces souliers en cuir, ces vêtements propres… Tous ces signes d'un petit couple rangé, sage, de classe moyenne, le titillaient depuis le début. Une valise vite faite, avec des vêtements de travail et non de tourisme, comme s'ils fuyaient ; la femme qui se fait engueuler et frapper parce que… parce que quoi ? Elle n'est pas d'accord ? Elle veut retourner chez elle ? Ou bien… Il fouilla dans la valise et finit par découvrir un sac en papier avec, à l'intérieur, des liasses de billets de banque. Au moins cinquante mille dollars.

Même s'il sentit un chatouillement lui parcourir la colonne vertébrale, Pierre se contenta de lisser sa petite moustache brune. Il remit le sac à sa place, fit le tour de la pièce des yeux et sortit. Comme il avait toujours la clé, il verrouilla la porte puis s'approcha de la Saturn rouge. La portière du passager n'était pas fermée à clef. Il fouilla dans la boîte à gants et trouva un permis de conduire : Grégoire Leblanc. Sur la photo, il reconnut l'homme qu'ils venaient d'arrêter. Il habitait à Québec. Il découvrit à l'arrière une feuille chiffonnée. Il la déplia et, par l'en-tête, comprit qu'elle provenait d'une banque de Québec.

« Monsieur Leblanc (…) coupures (…) compression (…) regret de vous annoncer que la banque ne retiendra plus vos services (…) consciente de vos quinze ans de fidélité (…) votre travail chez nous prendra fin dans deux semaines… »

Le directeur de la banque avait signé. La missive datait du 8 octobre 1991, soit l'avant-veille.

L'embrasement de Pierre gonflait de plus en plus, mais il réussit à refermer calmement la porte de la Saturn et, d'un geste en apparence nonchalant, rangea le papier dans la poche de son uniforme. Ce faisant, il frôla de la main sa poitrine et il constata que son cœur battait la chamade.

Il venait de résoudre une première enquête, en quelques minutes. Lui, un simple sergent !

Au même moment, une auto-patrouille vint s'arrêter devant lui. Il ouvrait la portière pour monter lorsqu'il vit, par hasard, un taxi s'arrêter devant la réception du motel et une femme en descendre.

Il reconnut Jacynthe. Et elle n'était pas seule : Karine la suivait.

Déjà à moitié entré dans la voiture, il en sortit complètement, suivant sa conjointe des yeux. Son visage se contracta lorsqu'il constata qu'elle tenait une valise.

— Je reviens dans une minute, lança-t-il au conducteur de la voiture.

Il marcha rapidement vers le taxi et dit au chauffeur de celui-ci d'attendre un peu. Jacynthe, sur le point de franchir la porte de la réception, lui tournait le dos et Pierre osa enfin l'interpeller tout en s'approchant. Elle se retourna et, en reconnaissant son mari, elle pinça les lèvres, le visage soudain crispé en une douloureuse résolution. Karine, cependant, courut vers le policier en gazouillant :

— Papa, papa !

Elle souriait en criant ce mot, comme d'habitude, mais Pierre perçut la crainte qui irradiait de cette joie. Il la souleva en l'embrassant et, sa fille dans les bras, s'arrêta devant sa conjointe. Le couple s'observa un moment en silence, embarrassé.

— Qu'est-ce que tu fais ici ? demanda-t-il stupidement.

— Tu vas tout de même pas faire semblant d'être surpris.

Il s'humecta les lèvres, puis déposa la fillette de cinq ans sur le sol. Elle regarda tour à tour ses parents avec de grands yeux interrogateurs.

— Écoute, commença-t-il doucement. Je t'avais dit qu'il fallait qu'on parle sérieusement avant que tu prennes une décision, pis t'étais d'accord.

— Oui, j'étais d'accord, mais comme cette discussion ne venait jamais…

— Jacynthe, *come on*, tu le sais que j'ai eu des heures supplémentaires !

— Que t'étais pas obligé de faire !

— Je suis en congé lundi, tu pouvais quand même attendre trois jours !

— Parce que tu penses que j'attends juste depuis trois jours ! répliqua-t-elle avec un rictus amer.

Le visage de Pierre se durcit et ses lèvres s'avancèrent en une lippe farouche.

— Laisse faire les grandes phrases, on est pas dans un téléroman !

— C'est ça, répliqua Jacynthe en prenant Karine par la main. Ridiculise ce que je ressens, comme d'habitude…

— Attends, attends, on va pas… Voyons, faut qu'on se parle !

Elle arrêta son mouvement vers la réception tout en émettant un soupir conciliant :

— Tu finis de travailler à trois heures. Si tu veux parler après, tu sais où je suis.

— Justement, je sais pas si je vais finir à trois heures. Je pense que je viens de découvrir quelque chose d'assez gros, ici même au motel, pis…

Devant l'expression douloureusement ironique de sa femme, il se tut et se passa une main dans les cheveux en regardant sa fille. Cette dernière le fixait intensément. Jamais il ne l'avait vue aussi sage.

— À cinq heures, maximum, lâcha-t-il enfin. Promis.

Elle oscillait entre son désir d'y croire et les déceptions passées. La porte de la réception s'ouvrit et laissa passer une petite famille, la même qui était sortie d'une chambre tout à l'heure. Elle passa près du couple et Pierre crut entendre l'homme articuler avec rage : « … toujours la même maudite histoire, vas-tu finir par… » L'enfant pleurait toujours en suivant ses parents.

Jacynthe accepta enfin mais en silence, comme si elle regrettait déjà.

— Alors, retourne à la maison ! l'implora-t-il. On va pas discuter dans une chambre de motel, voyons !

Elle consentit à cela aussi. Pierre voulut l'embrasser, mais elle lui présenta seulement sa joue, qu'il trouva froide, puis elle retourna au taxi, valise à la main, tandis que Karine la suivait, toute contente.

— À plus tard, papa ! lança-t-elle en sautillant de joie.

Pierre lui envoya la main. Ce n'est que lorsqu'il vit le taxi sortir du stationnement qu'il se permit une profonde expiration. Bon Dieu ! s'il n'était pas resté pour fouiller dans la chambre de ce Leblanc, il n'aurait jamais vu Jacynthe… Ce hasard incroyable était un signe.

Une dernière chance.

Il ne fallait pas qu'il la gaspille. Ce soir, tout serait réglé. D'un pas décidé, il marcha vers l'auto-patrouille qui l'attendait et s'installa sur le siège du passager.

— C'était pas ta femme, ça ? demanda le conducteur.

— Envoie, au poste, pis allume la sirène.

◆

Au poste, lorsque Pierre la mit face à ses découvertes, la femme craqua rapidement et, en pleurs, raconta tout : son mari qui était revenu du boulot la veille en annonçant qu'on l'avait foutu à la porte, l'argent qu'il avait volé en partant, la fuite de la ville, les menaces de Leblanc vis-à-vis de son épouse, la tentative de celle-ci, à son réveil vers midi, d'aller tout raconter aux flics de Drummondville… Leblanc lui-même, jouant d'abord les scandalisés, finit par abdiquer et avoua à son tour.

Le sergent-détective Lachapelle s'occupa de la déposition, mais Pierre insista pour être présent : après tout, cette arrestation était son œuvre, non ? Lachapelle, plus ou moins irrité, ne put qu'accepter. Tout le monde savait que Pierre aspirait à être détective et sa hâte à le devenir provoquait chez lui des comportements agaçants, comme de se mêler aux enquêtes, de faire du zèle… Il savait que cela excédait ses collègues, mais il s'en foutait : quand il passerait ses examens de détective, il avait bien l'intention d'avoir un dossier spectaculaire. Et ce coup de filet ne pouvait pas mieux tomber.

Après les dépositions, il s'empressa d'appeler la banque à Québec et, après avoir tout raconté au gérant, il prit rendez-vous avec lui le lendemain. Lachapelle cette fois s'énerva et conseilla à son ambitieux collègue de se mêler de ses affaires, mais le capitaine Leclerc lui-même prit la défense de Pierre :

— Allez, allez, Sauvé est le héros de la journée ! Je paie la tournée à tout le monde !

Et il sortit du tiroir de son bureau sa célèbre bouteille de rhum cubain, qu'il ne partageait avec ses collègues qu'en deux occasions : lorsqu'ils étaient sur un cas si complexe qu'ils se voyaient dans l'obligation de le refiler à la Sûreté et lorsqu'ils avaient réussi un bon coup qui allait rejaillir sur tout le corps policier de Drummondville. Les neuf policiers présents levèrent donc leur verre en l'honneur de Pierre Sauvé, même Lachapelle qui, maintenant modéré, félicitait le jeune sergent pour son flair. Pierre, fidèle à son habitude, afficha un contentement sobre et poli, même si, en son for intérieur, il jubilait comme un gamin.

Le hasard voulut que rien d'important ne survienne dans la petite ville paisible de Drummondville durant les deux heures qui suivirent, ce qui permit à tous de prendre du bon temps. Hélas, comme c'était à prévoir, Leclerc but trop, commença à vilipender sa femme, ses enfants et, par extension, toute la population planétaire, et l'ambiance devint plus amère, au point que dans l'esprit de Pierre le souvenir de Jacynthe se fraya un chemin parmi les fumées de la gloire. Il regarda sa montre : dix-huit heures quarante !

Il trouva le moyen de s'éclipser et arriva à l'appartement quinze minutes plus tard. Il était vide. Dans leur commode, il manquait beaucoup de vêtements. Le toutou préféré de Karine, un koala hilare, ne se trouvait pas sur le lit de la petite. Ni ailleurs. En vitesse, il retourna au motel. Le même gérant l'accueillit en le félicitant chaleureusement. Pierre le remercia avec impatience, puis donna le nom de sa femme. Non, pas de Jacynthe Demers. Peut-être s'était-elle inscrite sous un faux nom ? Une jeune femme de vingt-quatre ans, très belle, aux cheveux longs châtains-roux, avec une petite fille de cinq ans qui lui ressemblait comme deux gouttes d'eau ? Désolé, le gérant secoua la tête.

Dix minutes après, Pierre retournait à l'appartement, morose. Quand il s'installa sur le divan, bière à la main, son visage démontrait une ténébreuse résignation. Il prit une gorgée et lança dans la pièce :

— J'ai réussi ma première enquête, connasse ! En une heure ! Avant même d'être détective ! Si tu m'avais attendu, t'aurais tout compris !

Il se trouva pathétique de crier ainsi tout seul. Ho ! Et puis à quoi bon broyer du noir ? Demain, elle l'appellerait et ils régleraient tout ça.

Il alluma la télé et regarda un téléroman. Ce soir, ça promettait : après huit épisodes, Valérie allait enfin choisir entre Benoît et Michel.

◆

Il eut beau implorer, s'excuser, crier, supplier, elle demeura inflexible : le divorce, et le plus rapidement possible. Mais que voulait-elle, qu'il travaille moins ? Bon, s'il le fallait, il était prêt à être détective un peu plus tard, ce n'était pas grave. Enfin, pas *si* grave… Mais elle lui dit que le travail n'était qu'un aspect du problème, il y avait plus que ça. Il ne comprenait pas.

— Allons, Pierre, on en a déjà parlé…

Il insista. Aussitôt qu'elle dit les mots « investissement émotionnel », il s'impatienta. Encore ces niaiseries ! Criss ! il avait accepté d'avoir un enfant à dix-neuf ans, alors qu'il étudiait encore à Nicolet ! C'était pas un investissement émotionnel, ça ? La plupart des gars de son âge prenaient un coup dans les bars et s'envoyaient en l'air avec plein de filles, alors que lui avait une vraie carrière, s'occupait de sa famille, faisait tout pour qu'ils soient bien ! Si tout allait comme prévu, ils pourraient s'acheter une maison dans trois ans ! Alors qu'elle cesse de le faire chier avec son « investissement émotionnel » ! Elle soupira, pas surprise du tout.

— Je t'aime, Jacynthe ! Qu'est-ce que… comment est-ce que je peux te le prouver ?

Elle le regarda d'un air très grave.

— Inscrivons-nous à une thérapie de couple.

Il fit littéralement un pas de recul. Les portes d'un château devant un gueux ne se seraient pas fermées avec plus d'irrévocabilité que son visage. Jacynthe se contenta d'esquisser un sourire résigné.

Quand Pierre finit par comprendre que c'était vraiment fini, ils parlèrent de Karine qui, pendant toute cette discussion, se trouvait chez sa grand-mère, avec son koala. Jacynthe demanda à son futur ex-mari s'il voulait la petite une semaine sur deux.

— Mais tu sais bien que je peux pas, voyons ! répliqua-t-il.

— Évidemment, marmonna-t-elle, et son ton suintait un tel cynisme que pendant une brève seconde, Pierre eut envie de la frapper, pensée qui fut aussitôt suivie d'une bouffée de remords.

Ils décidèrent donc qu'il verrait sa fille une fin de semaine sur deux.

Quand Jacynthe vint chercher toutes ses choses et celles de sa fille, il s'arrangea pour ne pas être là. En fait, il ne vit Karine que deux semaines plus tard, lorsqu'il alla la chercher pour sa première fin de semaine. La fillette lui sauta dans les bras et Pierre la serra avec force, remué. Sur le porche de son nouvel appartement, Jacynthe les observa un moment, ébranlée malgré elle, mais rentra en refermant la porte. Il emmena sa fille au McDonald's et lui acheta le petit jouet promotionnel, qui se cassa avant la fin du repas. Ils passèrent un bon moment en mangeant, mais en avalant sa dernière frite, Karine demanda d'un ton candide :

— Pourquoi maman et toi vous vivez plus ensemble ?

Il l'attendait, celle-là. Embêté, il jeta un coup d'œil à l'adolescent qui nettoyait le plancher pourtant propre, revint à sa fille et répondit :

— Parce que notre couple ne marchait plus, mon bébé.

— Pourquoi ?

Le visage de la petite était plus sérieux, tout à coup. Pierre joua avec le contenant vide de son Big Mac, puis, sans lever la tête, articula :

— C'est trop compliqué, trésor…

Karine le regarda avec ses grands yeux verts, les yeux de sa mère, puis recommença à manger.

Une demi-heure plus tard, ils se trouvaient tous deux dans le salon, chez Pierre, lui assis dans son fauteuil, elle debout devant lui.

— Qu'est-ce qu'on fait ? demanda-t-elle en se dandinant sur une chanson imaginaire.

Pierre, les deux bras sur les accoudoirs du fauteuil, l'observa longuement, sentant une soudaine bouffée d'angoisse lui remonter dans la gorge.

Qu'est-ce qu'on fait, maintenant ?

— Tu veux écouter la télévision ? proposa-t-il.

23

— Bon, ben, je pense qu'on a fait le tour ! conclut Pierre en déposant le dernier rapport sur son bureau.

Assise en face de lui, Chloé s'étire en approuvant. Quelques heures plus tôt, ils ont interrogé le patron de Diane Nadeau, Jean-Philippe Martel, directeur des ressources humaines du cégep de Drummondville. Nadeau était sa secrétaire depuis six ans. Martel, bien installé derrière son bureau, a décrété d'un air fataliste :

— Moi, ça ne me surprend pas vraiment. J'ai vu des reportages à Canal D où ils expliquent que les gens qui tuent sur un coup de tête sont souvent des personnes ordinaires, très renfermées, qui vivent dans une bulle. Diane a toujours été une introvertie, très *low profile*, vous voyez ? Et depuis sa séparation, ç'a empiré. Elle ne travaillait plus très bien non plus, je l'avais avertie plusieurs fois. Vous savez ce qu'on dit, hein ? « Méfiez-vous de l'eau qui dort »… Comme ça, vous êtes détectives ? Ça doit être excitant, ça, hein ? En tout cas, pas mal plus que de passer ses journées dans un bureau comme le mien ! (petit rire)

Pierre se lève de sa chaise et, en accomplissant quelques pas dans son bureau mal éclairé, il résume la situation :

— Meurtre passionnel classique, juste plus sanglant que d'habitude. La femme dont l'univers tourne autour de son *chum*, qui devient dépressive lorsqu'il la quitte. Le pire, c'est que Gendron a créé avec une autre femme la famille qu'il a jamais voulu donner à Nadeau. Pour elle, c'était injuste, insupportable. Cette famille-là avait pas le droit d'exister. Elle rumine sa colère pendant des mois pis, un soir, elle pète les plombs. Comme elle l'a dit à son amie Dubé, il faut que ça « flambe »...

Il se tait un moment, songeur, puis poursuit:

— Évidemment, comme dans la plupart de ces cas-là, elle a voulu se suicider après. Le plus ironique, c'est qu'elle a utilisé le 12 que lui a acheté Gendron, il y a quelques années, quand il a voulu l'initier à la chasse.

— N'empêche: classique ou pas, j'imagine que des histoires de même, ça arrive pas souvent ici. En onze mois, j'ai compris que Drummondville était un coin tranquille.

— T'as raison. Je pense qu'on a rien eu de si spectaculaire depuis l'affaire Hamel.

— La suite, c'est quoi?

— Elle a plaidé coupable dès son arrestation, il y aura donc pas de procès. En ce moment, elle est à Montréal, à Tanguay, mais elle va revenir lundi pour sa représentation sur sentence. Comme son avocat veut convaincre le juge qu'elle a des problèmes mentaux, on aura sûrement pas la sentence à ce moment-là, ça va prendre une autre semaine.

— Et toi, tu penses qu'elle a des problèmes mentaux?

Pierre prend la pile de rapports et la range dans son tiroir. Il pense à ces singulières expressions utilisées par la meurtrière: *« Laissez-moi me retirer », « Il faut que ça flambe »*...

— En tout cas, pour faire ce qu'elle a fait, faut être fêlée quelque part, finit-il par dire.

— Je pense qu'il faut surtout être très malheureux.

Pierre lui lance un regard oblique:

— C'est ça. Au fond, elle fait ben pitié...

Chloé remarque la condescendance dans le ton de son collègue, mais elle sourit, sans rancune, puis demande:

— Donc, le dossier Nadeau est clos?

— Absolument.

— Parfait! lance-t-elle en se levant. On va prendre un verre pour bien finir ça?

Pierre prend un air désolé.

— Non, pas ce soir...

Elle hoche la tête avec un sourire entendu. Depuis son arrivée à Drummondville, cela doit faire la sixième fois qu'elle invite son collègue à sortir... sans succès. Au poste, tout le monde se doute bien que Chloé a le béguin pour Pierre. On l'a pourtant prévenue que ce ne serait pas facile. En effet, le cas « Sauvé » est depuis un bon moment l'un des sujets de discussion préférés des hommes du poste, évidemment lorsque le principal intéressé est absent : a-t-il eu une blonde sérieuse depuis sa séparation avec Jacynthe il y a quinze ans ? De mémoire, non. Ou, alors, il a été très discret et cela n'a pas duré. D'ailleurs, a-t-il une vie sexuelle tout court ? On le croise rarement dans les bars, sauf lorsqu'il daigne aller jouer quelques parties de billard avec les collègues. Une fois, Boisvert l'a vu avec une fille au cinéma. Cela a créé toute une commotion au poste ainsi que les rumeurs les plus optimistes, mais la mystérieuse inconnue a disparu aussi vite qu'elle est apparue. Et voilà que cette nouvelle détective de trente-cinq ans, Chloé Dagenais, sympathique et pas laide du tout, tente l'impossible depuis quelques mois ! Et même si Pierre refuse poliment mais systématiquement ses invitations, elle continue, de temps à autre, à lui tendre une perche.

— C'est que j'ai rendez-vous avec ma fille à six heures et demie pis je suis déjà en retard de vingt minutes, précise Pierre en se levant. C'est sa fête aujourd'hui : elle a vingt ans ! T'imagines ?

— Toujours aussi belle ?

Chloé l'a vue une fois, lors des dernières vacances de Noël. Elle avait été surprise qu'un homme de trente-neuf ans ait une fille de cet âge. Puis, peu à peu, à travers des discussions avec des collègues, elle avait connu l'*histoire* de Pierre.

— Elle embellit, même ! répond le détective avec fierté.

— Comme sa mère, paraît-il, hein ?

Pierre regarde vers la fenêtre et répond d'une voix évasive :

— Oui…

Silence. Sujet délicat, Chloé le sait. Elle n'insiste donc pas.

◆

Comme chaque année, Pierre emmène Karine au Charlemagne et, comme chaque année, ils parlent peu, car plusieurs policiers mangent aussi à cet endroit. La moitié du repas est donc constamment interrompue par des « Salut, tu te rappelles ma fille ? » ainsi que des « Coudon ! Elle est encore plus belle que l'an passé », même que Pierre n'a pas du tout apprécié l'éclair de convoitise qui s'est allumé dans le regard d'un ou deux collègues. La jeune femme ne démontre ni agacement ni plaisir devant ces brèves rencontres. Elle salue, sourit, répond aux questions (Oui, toujours à Montréal… Oui, toujours gérante d'une boutique de mode… Non, pas de *chum*…), avec l'air de celle qui se prête de bonne guerre au rituel.

À vingt heures quarante-cinq, Pierre propose de partir s'ils ne veulent pas manquer la première de *Vivre au Max*. Karine approuve avec enthousiasme. D'ailleurs, plusieurs clients quittent le restaurant en même temps qu'eux. Le caissier lui-même, dépité, fait remarquer à Pierre :

— Ça y est ! *Vivre au Max* commence, les jeudis soirs vont être déserts pour l'été !

En arrivant à la maison de son père, Karine va ouvrir la télé, tandis que Pierre lui offre une bière. Deux minutes plus tard, tous deux sont rivés au petit écran, bouteille à la main. Pierre demande à sa fille si elle a écouté toutes les émissions l'an passé. Elle répond que oui.

— Même celle où le gars est mort ?

— Voyons, p'pa, on en a parlé à Noël ! On se voit juste deux fois par année, pis tu trouves le moyen d'oublier de quoi on parle ?

Est-ce un reproche ou de la simple dérision ?

— Tu m'avais dit que t'avais trouvé ça ben épouvantable, lui rappelle-t-elle.

— Ce l'était aussi ! Un gars qui meurt en direct ! Je sais bien que ça faisait partie du risque, que le jeune savait tout ça, mais quand même… Ça m'a horrifié !

— On a pas vu grand-chose…

— C'était effrayant pareil ! Après ça, j'avais quasiment peur de regarder les autres émissions !

— Mais tu les as regardées quand même, fait-elle avec un drôle de sourire.

— Ben… oui.

Il se tait, comme s'il trouvait sa réponse étrange sans trop savoir pourquoi. Il fixe sa fille et, même si elle ne le regarde pas, il jurerait qu'elle attend, qu'elle espère qu'il va la relancer, qu'il va…

… dire quelque chose…

… parler…

Une musique rock assourdissante et agressive éclate dans la pièce et Pierre tourne à son tour la tête vers la télévision.

Générique en dessin animé au cours duquel un jeune homme aux mouvements surréalistes et une jeune fille aux seins démesurés traversent une série de mésaventures qui consistent, avec une rapidité et une fluidité époustouflantes, à plonger dans un lac empli de crocodiles hilares, à se promener au centre-ville en voiture en défonçant toutes les vitrines de magasins, à forniquer sur un iceberg sous l'œil lubrique d'un ours polaire, à uriner du haut de la tour Eiffel, à manger un immense sandwich dans lequel se trouve un éléphant cuit et, pour finir, à s'allumer deux bâtons de dynamite dans la bouche. Explosion finale, au centre de laquelle surgit en lettres spectaculaires le titre de l'émission : *Vivre au Max*.

— Cool, le nouveau générique, approuve Karine tout en jouant avec le bord de son pantalon, geste qu'elle faisait déjà toute petite devant la télé.

Le studio est immense, coloré, avec des lumières qui tournoient partout. La scène est dénudée, mais d'immenses photos représentant des exploits plus ahurissants les uns que les autres tapissent les murs latéraux. Parmi les applaudissements, une voix très énergique, très maniérée, beugle soudain :

— Et voici celui que vous attendez tous, celui que certains ont voulu réduire au silence, celui qui dérange parce qu'il vous permet de réaliser vos vrais rêves, celui qui est toujours là, MaaaAAAX LAVOIE !

Les applaudissements deviennent jubilatoires tandis qu'un homme s'avance vers le centre de la scène, cheveux châtains avec mèches blondes soigneusement dépeignés, barbe de deux jours parfaitement coupée, vêtements chics mais relax, sourire sympa et arrogant à la fois. Il brandit son poing et ses bras, désigne du doigt les gens dans la salle, court vers la droite, brandit à nouveau le poing, court vers la gauche, effectue des moulinets avec ses doigts dressés en V, le tout accompagné par une musique techno-rock qui fait vibrer le vieil appareil de Pierre.

— Criss qu'y est *hot !* marmonne Karine, les yeux soudain vaporeux.

À l'écran, une caméra aérienne balaie l'assistance, qui doit bien se chiffrer à quatre cents personnes et compte autant de représentants mâles que femelles. Même si la majorité se situe entre dix-huit et trente ans (il faut être majeur pour assister à cette émission), il y a tout de même des gens dans la quarantaine et même des quinquagénaires. Tous sont debout, applaudissent et poussent des cris saugrenus, certains affectent même des poses grotesques en fixant la caméra avec fierté. Manifestement, on a placé dans les premières rangées les plus belles filles et celles-ci exhibent fièrement leur nombril percé. Pierre a déjà songé à assister à l'émission en studio, mais la vue de cette foule emportée l'a toujours empêché de composer le numéro de téléphone qui apparaît à l'écran. Il se sentirait complètement idiot au milieu de ce zoo déchaîné. Aussi bien regarder l'émission dans le confort de son salon, comme le font tous les autres spectateurs qui, d'ailleurs, sont fort nombreux… Quelle cote d'écoute, l'année dernière ? Plus que deux millions et demi, non ? Quand même ! Ainsi, Pierre a l'impression de participer à une grande action collective. Faire partie de cette immense masse, regarder cette émission en même temps que des millions d'autres personnes, cela a quelque chose de… comment dire… quelque chose de *rassurant*.

Oui, voilà : rassurant.

— Salut tout le monde ! crie l'animateur en se frappant dans les mains. Ça va bien ?

Un « ouais » radical répond aussitôt à l'appel.

— Ça fait neuf mois qu'on s'est pas vus, pis je vous jure que ç'a été neuf mois pas mal *heavy* ! poursuit Lavoie de sa voix de bonimenteur de foire. Neuf mois durant lesquels les bien-pensants, les intellos et même certaines instances gouvernementales ont essayé d'empêcher le retour de votre émission préférée !

Un « bouhou » gras et bien senti parcourt toute la salle, au grand plaisir de Lavoie.

— Des puritains coincés du cul qui capotent ! commente Karine.

— J'aurais pas dit ça comme toi, mais je suis assez d'accord, approuve Pierre. Ils ont le droit de pas aimer l'émission, mais qu'ils nous laissent tranquilles pis qu'ils écoutent d'autre chose, c'est tout.

— En plein ça !

Ils se lancent un regard satisfait et ébahi à la fois, étonnés d'être tout à coup sur la même longueur d'ondes. Une sorte d'émotion furtive traverse le regard de Karine et Pierre détourne les yeux, embarrassé par l'attendrissement qu'il a perçu chez sa fille.

— Il paraît qu'il y a même des politiciens qui ont dit que notre émission « sentait mauvais » ! poursuit Lavoie. Ça m'étonne, ça ! Au Parlement, ils devraient pourtant être habitués aux mauvaises odeurs : ils arrêtent pas de brasser de la marde !

Rires et applaudissements éclatent dans la salle, en même temps que Lavoie, avec ses doigts, simule un coup de fusil, geste accompagné par l'enregistrement sonore d'une détonation parfaitement synchronisée. Karine applaudit aussi, ravie, et Pierre, plus sobre, émet un grognement approbateur.

— On a donc essayé de nous faire disparaître, reprend Max Lavoie, mais grâce aux milliers de gens qui ont manifesté pour nous, grâce à notre diffuseur et grâce au CRTC qui a mis ses culottes, *WE'RE BACK!*

Le délire atteint dans la salle un stade effarant. La joie manifestée par les spectateurs est si féroce qu'elle s'apparente à une sorte de rage. Lavoie savoure le tout un moment, rétablit l'ordre et poursuit sa présentation, sans cesser de se claquer les mains :

— OK, on est prêts (clac !) pour une nouvelle saison ! (clac !) Pis vous allez voir que nos onze émissions de cette année (clac !), ça va être quelque chose ! (clac !) Pis ça, avec tous les risques que ça comporte (clac !), parce que nos participants sont majeurs, vaccinés et consentants, *right* ?

— *Right* ! beuglent quatre cents bouches, et même Karine, dans le fauteuil, lâche le mot en hochant la tête.

— On y va donc avec le premier de nos trois participants, il s'agit en fait d'un couple, un couple disons… assez *open* ! Josée Bouchard et Guillaume Plante !

Sous les applaudissements et les jeux de lumières stroboscopiques, une jeune femme d'à peine vingt ans accompagnée d'un homme du même âge font leur apparition sur scène avec fierté, accomplissant des moulinets avec leurs poings et criant des « you-hou ! » inaudibles. Max les salue, leur sourit, leur donne la main, tout cela rapidement. La fille est toute chavirée de se tenir près de la grande star et le garçon, malgré ses airs cool et sa poignée de main sportive, camoufle mal une réelle admiration.

— Pas laid, lui, fait remarquer Karine.

Pierre a envie de lui dire qu'avec sa casquette à l'envers, son pantalon trop grand et ses longs bras tatoués, il ressemble à tous les jeunes, mais il préfère se taire, car lui-même trouve la jeune fille assez sexy, avec son jeans à la taille ultra-basse et son t-shirt qui porte l'inscription « girl 69 ». Il n'aime pas que Karine porte ce genre de vêtements, mais sait tout de même les apprécier lorsqu'ils sont portés par d'autres filles.

— Alors, Josée et Guillaume, vous sortez ensemble depuis maintenant un an et deux mois. Expliquez-nous c'était quoi votre rêve ultime.

Les deux jeunes gens se regardent, comme s'ils se demandaient qui devait commencer, puis Josée, avec un ricanement tendu et niais, commence :

— Ben… Moi pis mon *chum*, on est… mettons que… On aime ça regarder des films pornos ensemble, pis…

Des « houuuuu » amusés jaillissent des gradins. Josée a une moue coquine tandis que son compagnon, dont la gamme d'expressions du faciès semble assez limitée, a un semblant de sourire qui pourrait passer pour de la fierté.

— Donc, les films pornos, c'est pas juste pour les gars ? demande l'animateur.

— Ben… J'pense pas, non ! fait Josée.

— C'est vrai qu'une fille moderne, aujourd'hui, ça arrête de jouer les saintes-nitouches pis ça assume son côté *nasty* autant que les gars, hein, Guillaume ?

— Ouais, grogne le gars en accomplissant un geste de la main ressemblant approximativement à une mimique de chanteur hip-hop.

Acclamation tapageuse de la foule. Lavoie hoche la tête en souriant.

— Tiens, il a encore ce sourire, fait Karine en jouant avec le bord de son pantalon.

Pierre se demande de quoi elle parle, mais il ne lui pose pas la question, car il ne veut rien manquer de ce que raconte Josée, qui prend toujours son air enjôleur en poursuivant :

— On regardait des films pornos pis… Ben, on aime ben gros les scènes, genre, les *threesomes*… (réaction de la foule) Pis Guillaume dit souvent qu'il aimerait ben ça se taper une… ben, une *pornstar*, tsé…

— Il doit pas être le seul, hein les gars ?

Approbation massive de la gente masculine dans la salle. Josée poursuit :

— Pis l'autre jour, il m'a demandé si j'aimerais ça, moi itou, coucher avec une *pornstar*...

— Une *pornstar* masculine ? demande Lavoie.

— Non, une fille... Pis, ben... (ricanement) J'ai dit que j'haïrais pas ça...

Après que la foule s'est manifestée par des rires, des sifflets et autres sons divers, Lavoie demande :

— Vous avez fait ça souvent, des trips à trois ?

— Ouais, articule Guillaume avec un son s'apparentant au rire.

— Ben, pas souvent, là, mais, genre, une couple de fois, rectifie Josée, s'attirant par cette remarque un bref regard désapprobateur de son petit ami.

Josée explique donc qu'ils rêvaient de faire du triolisme avec une actrice porno, mais qu'ils ne voyaient pas comment réaliser un tel fantasme, car ils voulaient une vraie *pornstar* californienne et connue. Et c'est à ce moment que Guillaume a pensé à auditionner pour *Vivre au Max*.

— Quand Josée et Guillaume sont venus auditionner il y a sept mois pis qu'ils nous ont parlé de leur rêve, on s'est dit que des trips à trois, on en avait déjà fait l'an passé, explique Lavoie à la caméra. Mais l'élément nouveau avec eux autres, c'était d'introduire une *pornstar* là-d'dans... Pis introduire, je pense que c'est le bon terme, hein ?

Hilarité générale, jusque dans le salon de Pierre.

— Donc, ce détail-là nous a intéressés... pis on a décidé de transformer leur rêve... en trip... réel !

Là-dessus, les lumières en studio se tamisent et, sur un écran géant descendu du plafond, des images apparaissent. Première scène : on voit un avion atterrir à l'aéroport de Los Angeles. Seconde scène : Guillaume et Josée descendent de l'avion, exaltés, en confiant leurs impressions à la caméra qui ne les lâche pas d'une semelle.

JOSÉE — *Juste d'être ici, à L.A., c'est déjà trippant !*

GUILLAUME — *Ouais, c'est cool !*

Puis montage rapide avec musique rythmée des deux tourtereaux en voiture, au centre-ville, qui prennent des photos, puis dans des magasins chics, puis au resto... et enfin, le soir, la voiture s'arrête devant un hôtel. Scène suivante : Josée et Guillaume marchent dans un couloir, accompagnés par Mike, le coanimateur de l'émission, sorte d'émule de Max Lavoie en moins charismatique.

MIKE — *Maintenant, c'est le temps de passer aux choses sérieuses. On s'en va dans une chambre d'hôtel où vous attend… qui, pensez-vous ?*

JOSÉE (enjouée et incrédule) — *Voyons donc, ça se peut pas ! Vous en avez pas trouvé une ?*

MIKE — *Laquelle, vous pensez ?*

GUILLAUME — Fuck, man, *j'sais pas, là !*

Ils s'arrêtent devant une porte, frappent et, quatre secondes après, une jeune femme, sur laquelle on a gonflé tout ce qui était chirurgicalement gonflable, ouvre la porte, en sous-vêtements rouges, affichant un sourire candide. La conversation qui suit est alors en anglais, sous-titrée en français :

MIKE — So, guys, this is, just for you, the one and only…

GUILLAUME — Fuck ! Amber Scream !

— Crime, y ont réussi à avoir une des plus connues, j'en reviens pas ! commente Pierre.

— T'as l'air à connaître ça ? glisse malicieusement Karine.

Rouge pivoine, Pierre ne sait que dire pendant une seconde puis finit par grommeler sans conviction, comme s'il reconnaissait lui-même l'ineptie de son explication :

— Les gars m'en ont parlé, à la job…

MIKE — Amber, say hello to our public in Quebec…

AMBER (à la caméra) — Hi, everybody.

MIKE — I'm sure there's some of your fans in Quebec who would like to be here right now.

AMBER (avec un clin d'œil) — Hmmm… And I'd like that too…

— Qu'est-ce qu'elle a dit ? demande Pierre, peu doué en anglais et qui n'a pas eu le temps de lire les sous-titres.

— Rien d'important, fait Karine vaguement découragée. Exactement ce que les gars voulaient entendre…

Mike explique donc qu'ils vont passer la nuit entière ensemble tous les trois, avec une caméra qui filmera tout, mais sans cameraman pour ne pas intimider trop les deux novices.

MIKE — *Alors, prêt, mon Guillaume ?*

GUILLAUME (hypnotisé par Amber) — *Mets-en !*

MIKE — *Josée ?*

JOSEE (qui glousse depuis le début de la scène) — *Heu… Oui, oui !*

MIKE — So let's party, guys !

AMBER (avec des simagrées vicieuses exagérées) — Come on, sweeties. It's gonna be the night of your life…

Le couple entre enfin dans la chambre, sous l'œil goguenard de Mike qui referme la porte en chuchotant vers la caméra :

— Bon, ben, moi, je pense que je vais aller louer un film de Amber Scream…

Hilarité dans le studio.

— Ils vont quand même pas nous les montrer en train de… de baiser ? s'exclame Pierre.

Il a beau faire vibrer son objection avec des accents choqués, son regard indique bien qu'au fond il ne détesterait pas cela du tout.

— Du calme, p'pa, t'as écouté les émissions l'an passé, tu sais ben qu'ils montrent pas tout.

Comme pour appuyer les paroles de Karine, les images sur l'écran disparaissent et les lumières se rallument dans le studio, le tout suivi par un long « ahhhhhh » général aussi déçu que convenu. Lavoie lève les bras. À ses côtés, Josée et Guillaume s'amusent de la déception de la foule.

— Voyons donc, vous savez ben qu'on peut pas montrer ça ! Mais vous savez aussi que si vous devenez membre de notre site Internet *www.maxplus.com* pour la ridicule somme de dix dollars, vous pourrez voir tous les trips préenregistrés de notre émission dans leur intégralité, y compris la folle nuit de Josée et de Guillaume ! Pis pour vous donner une petite idée, on vous montre juste… ça !

Et sur l'écran géant, on voit Amber Scream, debout dans une chambre d'hôtel de mauvais goût, déjà nue, en train d'embrasser Josée en sous-vêtements, un peu raide mais manifestement allumée, tandis que Guillaume s'approche d'elles, nu aussi mais les parties génitales camouflées par un cache électronique. Au moment où il rejoint les deux filles, l'image disparaît. Nouvelle clameur de déception.

— On peut aussi vous faire entendre quelques sons, ajoute Lavoie d'un air grivois.

Dans le studio éclate soudain la voix langoureuse de la *pornstar*, qui susurre en anglais des phrases du genre : « *Ho yeah, big boy, fuck me hard* ! » ou « *Ho, your pussy tastes so good…* », le tout accompagné des gémissements de Josée et des « *Ah, ouais !* » répétitifs de Guillaume. Dans la foule, ça crie, ça applaudit, et Pierre, un rien mal à l'aise devant sa fille, fait remarquer :

— Ouais, ça part osé cette année ! Les plaintes vont recommencer à pleuvoir !

— « *Your pussy tastes so good !* » s'esclaffe Karine. *Hey*, si on me disait ça pendant qu'on me mange, je pense que je hurlerais de rire !

— Karine ! s'offusque Pierre.

La jeune fille soupire en levant les yeux au plafond. Le policier se demande alors si c'était une bonne idée qu'il écoute cette émission avec elle… mais s'ils ne l'avaient pas écoutée, ils auraient fait quoi ? Karine serait peut-être retournée à Montréal dès ce soir…

— Ça promet, hein ? fait Lavoie. Ils sont *hot* pas à peu près ! Je le sais, j'ai vu la vidéo au complet, moi, pis après l'avoir regardée, ben… je suis allé prendre ma douche !

La foule croule de rire, imitée par Guillaume et Josée.

— Alors, pour tout voir, triple w point maxplus point com, *right ?*

— *Right !* crie la foule.

— Alors, Guillaume et Josée, vos commentaires sur cette nuit torride ?

Plus ou moins articulés, les deux amoureux réussissent tant bien que mal à passer l'idée que cela avait été une expérience mémorable, que Amber savait aussi bien s'y prendre avec les hommes qu'avec les femmes et qu'elle n'avait pas volé sa réputation de superstar. Josée avoue même (en ricanant bien sûr) que par moments c'était presque complexant mais que, finalement, elle a été à la hauteur (applaudissements de la foule), et Guillaume conclut en affirmant que tous ses amis sont maintenant très jaloux de lui (cette impression ayant été communiquée dans une phrase de plus de six mots, une première dans la soirée pour le jeune homme).

— Pis comment on se sent quand on a accompli un rêve ? demande Lavoie avec austérité.

Les deux réfléchissent un moment. Josée dit enfin, les traits tirés par la concentration :

— C'est… c'est spécial parce que là… Tu passes du rêve au vrai pis… C'est un accomplissement, genre, comme si tu te disais : « Ben, je l'ai fait ! Y en a qui font juste y penser, mais moi, je l'ai fait », tsé… On a une vie pis faut le faire… Genre… Pis je suis pas une… une guidoune pour ça, comme ! Pis mon chum est pas un macho pour ça non plus. On est jeunes, pis il faut essayer des affaires, faut… Faut tripper, genre, pis… c'est ça qu'on a voulu montrer.

— Ouais, faut tripper, approuve Guillaume, le faciès grave.

— Mais en même temps, ajoute Josée, de plus en plus réfléchie, c'est un peu *weird* parce que… À c't'heure que c'est fait, tu te dis… Bon, ensuite ? C'est quoi, après ? Ça crée comme un… (silence de réflexion) comme un trou, genre…

Silence dans la foule, un peu étonnée de ce soudain sérieux. Lavoie, de son côté, micro tendu vers Josée, approuve avec un mince sourire.

— Tiens, t'as vu ? lance Karine en indiquant la télé. Il a encore fait son sourire.

— Quel sourire ? Il sourit tout le temps !

Elle fait signe à son père de se taire : elle veut écouter.

— Mais ça valait la peine ? s'enquiert Lavoie.

— Ah, ça, c'est sûr ! s'empresse de répondre Josée.

— Au boutte ! renchérit le garçon.

— En passant, Guillaume, même si j'ai regardé la vidéo, je ne me souviens plus trop : as-tu gardé ta casquette tout le long ?

La foule éclate de rire et tandis que Guillaume, indéterminé, en est encore à se demander s'il s'agit d'une vraie question ou non, Lavoie les désigne de la main et s'exclame dans son micro :

— Alors, c'étaient nos premiers participants de la saison, pour qui un rêve inaccessible est devenu un trip réel !

Sous les applaudissements de la foule, Guillaume et Josée saluent avec orgueil, tandis que l'orgie de lumière et de musique rock reprend de plus belle, parasitée par la voix spectaculaire de Lavoie qui clame :

— Revenez-nous après la pause : deux autres chanceux qui ont accompli leurs rêves les plus fous vous attendent, parce qu'ils ont décidé de…

— … VIVRE AU MAX ! complète la foule fanatique.

Fade out, puis publicité qui montre un couple dont la vie a changé depuis qu'il magasine à la quincaillerie annoncée.

— Ça commence bien ! commente Karine.

En allant leur chercher chacun une autre bière, Pierre prédit :

— Les deux prochains participants vont sûrement être ben différents. Si ma mémoire est bonne, l'an dernier il y avait rarement plus d'un trip sexuel sur trois.

Il revient au salon, donne la bière à sa fille.

— C'est quoi, cette histoire de sourire ?

— C'est juste que des fois Max Lavoie a une sorte de sourire qui… Je sais pas, qui est différent des autres qu'il fait.

— Un sourire moins sincère ?

— Non, non. C'est un sourire qui a l'air sincère, mais… d'un autre genre ou… Comme si, pendant une seconde, on voyait… autre chose…

— C'est ben compliqué, ton affaire !

— Toi, on sait ben, quand c'est pas simple, tu t'énerves !

Elle s'enfonce dans son fauteuil, jouant plus furieusement que jamais avec son bord de pantalon. Pierre, déconfit, cherche quelque chose à dire, mais Karine, de sa main, a un geste nonchalant et dit :

— *Anyway*, oublie ça, c'est pas important, là, un criss de sourire…

Il est bien de cet avis. D'ailleurs, l'émission reprend : le rêve du second participant sera réalisé *live* en studio. Un trip exécuté devant public est toujours excitant : l'émission étant en direct, on ne peut rien censurer, rien couper, et tout peut arriver. Même le pire, comme cette fameuse émission de l'année dernière. Cette fois, si on se fie à l'installation dans le studio, on aura affaire à une sorte d'épreuve sportive. Une petite piscine de quatre mètres de diamètre et de trois mètres de profondeur trône maintenant sur la scène. Un échafaudage près de la piscine monte si haut qu'avec la caméra utilisée pour filmer la scène de face, on ne peut voir jusqu'où exactement.

Lavoie présente l'invité : Anthony Prodi, un homme d'une quarantaine d'années qui va sauter dans cette piscine, à vingt mètres de hauteur. Là-dessus, une seconde caméra effectue une contre-plongée pour montrer la hauteur du tremplin et Pierre se dit, une fois de plus, que ce studio est vraiment immense. Mais l'épreuve ne consiste pas en un simple plongeon. En effet, entre le plongeoir situé à vingt mètres du sol et la piscine, on a fixé à l'échafaudage deux grandes vitres rectangulaires à l'horizontale, une à dix mètres du sol et l'autre à cinq, de sorte qu'en sautant, le participant devra les traverser toutes deux avant d'atteindre l'eau. Prodi, vêtu d'un simple maillot de bain, bedonnant mais plutôt bien bâti, explique avec un léger accent italien que cette idée lui est venue d'un film d'action qu'il a vu il y a trois ans, où le héros accomplissait quelque chose de similaire. Arborant un faciès austère, Lavoie lui rappelle qu'il n'est pas trop tard pour abandonner, que les risques de blessures sont sérieux. Mais Prodi, conscient de son effet, dit qu'il ne reculera pas et qu'il est prêt à tout. Sous les applaudissements admiratifs de la foule, le participant commence son ascension jusqu'au plongeoir, tandis que Max rappelle que Prodi a signé une décharge qui le rend seul responsable des conséquences d'un tel défi. Il explique aussi que les vitres sont réelles et non pas en cristaux de sucre comme dans les films.

— Crime, y est capoté, le gars ! souffle Karine en avançant sur le divan.

Pierre se dit que c'est exactement le genre d'épreuve qui peut mal finir… mais il doit aussi s'avouer qu'il a diablement hâte de voir ça.

Une musique poignante, très hitchcockienne, accompagne l'ascension de Prodi. Une fois en haut, il s'avance jusqu'au bout du plongeoir. Un montage alterné passe de la concentration de l'homme à l'assistance figée qui retient son souffle. Puis, les jambes relevées au menton et le visage entre les genoux, Prodi saute… traverse une vitre dans un fracas épouvantable qui fait crier plusieurs spectateurs, tout comme Karine qui en échappe la moitié de sa bière… pulvérise la seconde vitre… puis disparaît dans la piscine au centre d'une immense gerbe d'eau qui éclabousse une partie de la scène. La musique devient encore plus dramatique. Une caméra se trouvant au plafond du studio filme l'eau de la piscine, encore trop embrouillée pour qu'on distingue le fond… et tout à coup, des filaments rouges apparaissent. Rumeur dans la salle.

— Criss, du sang ! souffle Karine, maintenant presque debout.

Pierre ne dit rien mais a vraiment, vraiment hâte que le gars remonte… Enfin, le voilà qui surgit de l'eau en brandissant un poing victorieux. La musique devient spectaculaire, l'éclairage se met en mode épileptique, Max vocifère de joie, la foule est debout. Prodi sort de la piscine : il a quelques petites coupures, dont une plus profonde à la cuisse. Il doit aller se faire examiner rapidement (un médecin, toujours sur place, s'approche déjà avec un assistant), mais Lavoie lui demande un commentaire rapide.

— C'est génial ! lance le participant, le regard extatique. Ç'a été le moment le plus excitant de ma vie ! Je l'ai fait pour mon fils, pour lui montrer que dans la vie, quand on veut, on peut !

— Un autre participant pour qui un rêve inaccessible est devenu un trip réel ! lance Lavoie à la foule ardente.

Toujours heureux malgré le sang qui continue de couler de sa cuisse, Prodi sort en envoyant la main à la foule, le pas claudiquant, escorté par le médecin et son assistant.

Avant le dernier participant, Lavoie présente une surprise à son public. Il s'agit d'Éric Duval, un concurrent de l'année dernière dont le trip consistait à vivre une relation sexuelle durant un saut en parachute. Dans la vingtaine, sûr de lui, très à l'aise devant la caméra, le jeune homme est accueilli chaleureusement.

— Éric a été un des concurrents préférés de l'an passé pis il a une bonne nouvelle à nous annoncer ! explique Lavoie.

— Ben oui, poursuit Duval avec fierté. Je vais avoir ma propre émission, *Souvenirs chauds,* qui va commencer dans trois semaines !

Éric explique qu'il s'agira d'une émission où monsieur et madame Tout-le-monde viendront raconter leur expérience sexuelle la plus croustillante.

— Un domaine que tu connais bien, Éric, *right ?*

Éric prend une expression de modestie qui ne berne personne.

— Si ça parle juste de cul, je suis pas sûr que ça va m'intéresser, marmonne Pierre en prenant une gorgée de sa bière, tandis qu'une petite voix narquoise dans sa tête rétorque qu'il sait très bien qu'il se raconte des histoires.

Puis arrive le dernier participant : Louise Béliveau, une femme de trente-deux ans. Elle n'est pas en studio mais dans une rue coquette d'Outremont, filmée en direct par une caméra qui renvoie son image sur l'écran géant de la scène. Elle explique qu'elle travaille dans une usine et en a marre de se faire exploiter par son salaud de patron, un certain Lavigne. Elle a toujours rêvé de lui dire ses quatre vérités en pleine face, et ce, devant le plus de gens possible afin de l'humilier. Ce qui l'a fait reculer jusqu'à maintenant n'est pas le congédiement qui s'ensuivrait automatiquement et dont elle se moque éperdument, mais plutôt l'appréhension d'être poursuivie en justice par ledit patron pour diffamation.

— Mais maintenant, tu vas pouvoir réaliser ton rêve, explique Lavoie autant à Louise qu'aux spectateurs, parce que nous autres, à l'émission, on va prendre toute la responsabilité de tes actes pis si ton *boss* veut un procès, c'est contre nous autres qu'il va devoir l'intenter, pas contre toi. Bref, on prend tout sur notre dos ! T'as juste pas le droit de l'attaquer physiquement ni de t'en prendre à ses biens. Parfait pour toi, ça, Louise ?

— Parfait ! approuve Louise sur l'écran, déjà agitée.

— Donc, tu te trouves en ce moment devant la maison de ton *boss*. On sait qu'il est chez lui avec sa famille, fait que vas-y, on regarde ça ! Pour les quatre prochaines minutes, t'as pus aucune responsabilité ! Défoule-toi !

Louise traverse la rue déserte du quartier cossu et marche vers la maison, suivie par la caméra-épaule. Au bas de l'écran apparaît un compteur qui, de quatre minutes, commence à descendre seconde par seconde.

— Ostie, ça, ça va être drôle ! fait Karine.

Même si Pierre n'approuve pas tellement ce genre de rébellion contre l'autorité, il est tout de même intrigué. Quelques secondes après que Louise a sonné, la porte s'ouvre et un homme dans la cinquantaine recule d'un pas, déstabilisé par la présence de la caméra. Sur le moment, il ne reconnaît pas son employée, puis s'exclame :

— Louise ? Mais… qu'est-ce que vous voulez ?

La femme a une seconde de flottement, puis lance maladroitement :

— T'es un salaud.

— Pardon ?

Nouveau flottement, puis :

— Un ostie de salaud de crosseur !

Le patron cligne des yeux, puis se tourne vers la caméra.

— C'est quoi qui se passe, là ? C'est quoi, cette caméra-là ?

— Tu fourres tes employés pis y est temps que tout le monde le sache !

— Vous, vous allez m'expliquer ce que…

Une voix d'adolescent provient alors de l'intérieur de la maison :

— P'pa ! Tu passes à tv ! Cool !

Franche rigolade et applaudissements dans le studio. Et tout à coup, Louise ne se retient plus. Un doigt accusateur pointé vers son patron, elle ouvre les vannes et laisse tout sortir pêle-mêle, à une vitesse foudroyante. Elle dit qu'il a toujours refusé les syndicats, qu'il n'a pas donné d'augmentations de salaire depuis dix ans, que chaque fois qu'un employé veut conscientiser les autres il est mis à la porte… Devant l'air égaré de Lavigne qui n'arrive pas à placer un mot, devant l'apparition de la femme du patron essayant de comprendre qui est cette cinglée venue les insulter ainsi, Louise se pompe encore plus, la voix maintenant aiguë, en même temps que les accusations deviennent personnelles. Ainsi, toutes les femmes de l'usine en ont assez de se faire regarder le cul toute la journée, parce que le harcèlement sexuel, pour lui, c'est un droit, même s'il doit prendre du Viagra pour baiser sa secrétaire. Et tout cet argent qu'il gagne, il faudrait être bien naïf pour croire qu'il provient uniquement de son usine, on sait bien qu'il y a des affaires louches là-dessous. En entendant le mot « drogue », Lavigne ferme brutalement la porte. Louise, emportée par une vague de fond, recule dans la rue et se met à hurler vers la splendide maison. Son discours devient incohérent et elle y mêle des éléments de sa propre vie, criant que son existence est merdique, qu'elle en a assez de gratter les fonds de tiroir, de vivre dans un taudis, et que tout ça est de sa faute à lui, au salaud, à l'écœurant de salaud ! Tout à coup, Mike intervient, guilleret, en apportant un mégaphone à Louise. Elle le prend sans même regarder le coanimateur et crie dans l'appareil :

— Salaud ! Ostie de salaud !

Des visages apparaissent aux fenêtres des maisons voisines, quelques silhouettes sortent sur les galeries. Mais Louise, enivrée par la puissance de ses vociférations qui roulent dans toute la rue, devient de plus en plus vulgaire, de plus en plus hystérique et des sanglots font tressauter sa voix qui fuse tels des crachats :

— Va chier, gros cochon sale ! Crève, mon ostie, crève pis on va tous aller pisser sur ton cercueil ! Criss de fourreur ! Fourreur, menteur pis crosseur ! Crosseur, crosseur, *crosseur !*

– Batince ! souffle Pierre, tétanisé dans son fauteuil.

À l'étage de la maison, une fenêtre s'ouvre et le torse de Lavigne apparaît.

— Toi, tu vas avoir de mes nouvelles, ma p'tite criss ! T'as pas fini avec moi, tu vas voir !

Et il referme la fenêtre, car les anathèmes de Louise, loin de diminuer, redoublent d'ardeur. Cependant, le compteur, au bas de l'écran, atteint zéro, une cloche retentit et Mike, toujours radieux, s'élance vers Louise pour lui dire que son temps est écoulé. Mais elle continue à crier pendant quelques secondes, au point que le coanimateur, sans se départir de son sourire, doit lui arracher le mégaphone des mains. Alors enfin elle se tait et cligne des yeux, comme si elle ne se rappelait plus où elle était. En studio, le public rugit de ravissement.

— Ouf ! On appelle ça un défoulement, hein ? s'esclaffe Mike en prenant Louise par les épaules. Alors, comment tu te sens, maintenant que tu t'es vidé le cœur ?

Louise ne dit rien pendant quelques secondes, puis finit par marmonner, les yeux dans le vague :

— Ça… ça fait du bien…

— J'imagine, oui ! approuve Lavoie en studio. Mettons que dans ces quartiers de snobs-là, ils entendent pas du bruit souvent, à part les cris que poussent les femmes quand leurs gros maris banquiers les battent !

Rires dans la salle. Et, à nouveau, l'animateur fait semblant de tirer un coup de fusil, accompagné par le bruit de la détonation.

— En tout cas, poursuit-il, je suis sûr que ce soir, Louise, tu es l'héroïne de ben des employés exploités à travers le Québec !

Dans la salle, la foule se lève pour applaudir à tout rompre. Louise, à l'écran, a un petit sourire décalé. Elle semble fatiguée, comme si elle n'avait pas dormi depuis deux semaines. Tout en regardant la foule, Lavoie hoche la tête en souriant.

— Regarde ! lance Karine. Encore son sourire, là !

Mais Pierre, trop sidéré par la scène qui vient de se jouer devant ses yeux, n'entend même pas sa fille. Lavoie, s'adressant à Mike sur l'écran géant, suggère :

— Bon, ben, vous feriez mieux de partir de là, parce que la police va sûrement arriver bientôt !

Puis, se tournant vers la foule toujours debout, il lance :

— Une autre personne pour qui un rêve inaccessible est devenu un…

Et l'image devient une mince bande de couleurs tandis que le son se transforme en crachotements inaudibles.

— *Fuck*, pas encore ! s'écrie Pierre en s'élançant vers l'appareil. Même le son est tout croche, maintenant !

Il donne de petits coups de poing sur la télé, mais l'image persiste dans sa non-présence.

— *Anyway*, c'est fini, il reste une minute, intervient Karine, tout de même déçue.

Pierre donne un ultime coup et, cette fois, la bande de couleurs et les crachotements disparaissent complètement. Penaud, le policier observe la défunte télé.

— Ça y est, tu l'as achevée, commente Karine.

Pierre ne se résigne pas à s'asseoir. Sa fille poursuit :

— La dernière participante, c'était *hot*, hein ?

— Oui, pas pire…

Il regarde toujours sa télé en se frottant le menton. Long silence, puis il propose :

— On peut aller au cinéma.

— À neuf heures et demie, y a sûrement pas de films qui commencent… Non, je vais aller me coucher.

— Déjà ?

— Je vais lire un peu. Je veux prendre l'autobus de huit heures demain matin… pis je veux aller sur la tombe de maman avant.

— Je peux y aller avec toi.

Elle proteste, dit qu'il n'a pas à se lever si tôt, surtout qu'il a congé demain. Il insiste et elle finit par accepter, avec un petit sourire reconnaissant.

— T'es gentil, merci, marmonne-t-elle.

Court silence, puis elle lâche un « bonne nuit » et marche vers sa chambre. Il songe qu'il doit dire quelque chose et lance enfin :

— Ta mère serait fière de toi.

Elle se retourne.

— Ah oui ? Comment ça ?

— Qu'est-ce que tu veux dire ?

— Tu lui dirais quoi sur moi, à m'man, pour qu'elle soit fière ?

— Heu…

Il s'humecte les lèvres.

— Je lui dirais que t'es belle, en santé… Que t'es gérante d'une boutique de mode à Montréal… Que…

Il ne trouve rien d'autre et se tait, honteux. La mince bouche de Karine prend un pli ironique, tandis que l'aura sombre qui l'entoure semble s'épaissir tout à coup.

— Bonne nuit, p'pa…

Et elle disparaît dans sa chambre. Pierre se gratte la tête, une moue presque comique aux lèvres. Il retourne s'asseoir dans son fauteuil et, les mains sur les accoudoirs, regarde bêtement l'écran vide de sa télé morte.

◆

Il ouvre les yeux, couché sur le dos.

Il a rêvé. Il est entré au poste de police et a commencé à crier après Bernier, son supérieur. Il ne se rappelle plus quoi exactement, mais c'était une série de reproches qu'il avait sur le cœur. Puis il a crié après ses collègues. Ensuite, il est sorti, est allé au cimetière et a crié sur la pierre tombale de son ex-femme. Dans les rues, il a crié après les passants, les conducteurs de voiture, les enfants, tout le monde. Impossible de se rappeler ce qu'il vociférait, mais c'était plein de rage et de rancœur. Il est monté sur le toit d'un édifice et, avec un mégaphone, a gueulé sur toute la ville, en espérant que le pays entier l'entendrait. Il criait après la planète entière et après lui-même. Et même si cela lui procurait un soulagement énorme, le vide en lui que créaient les mots en sortant lui donnait le vertige. Tout en continuant à hurler dans son porte-voix, il s'est retourné… et a vu Karine, devant lui, immobile. Alors, il a baissé le mégaphone, incapable de dire quoi que ce soit. Puis il s'est réveillé.

Il soupire en fixant le plafond. Un rêve désagréable, même s'il ne l'a pas trop compris. Extrêmement désagréable.

Il regarde l'heure sur le réveil et se redresse d'un mouvement brusque : huit heures vingt ! D'un bond, il est dans la chambre de sa fille. Vide. Le lit bien fait. Le sac de voyage disparu. Merde ! Pourquoi ne l'a-t-elle pas réveillé ? Il lui avait pourtant dit qu'il irait la reconduire ! Il cherche un petit mot qu'elle aurait laissé sur un bureau, sur la table de la cuisine, un petit « bye-bye, p'pa », quelque chose du genre.

Il ne trouve rien.

FOCALISATION ZÉRO

Exactement 2 765 447 personnes sont devant leur télévision en train d'écouter la première de *Vivre au Max,* deuxième saison, soit 145 315 de plus que sa meilleure cote d'écoute de l'été dernier. Trente-trois pour cent de ces gens ont entre 18 et 30 ans, 27 pour cent ont entre 30 et 50 et 9 pour cent ont 60 et plus. Même si l'émission s'adresse à un public adulte, 23 pour cent des spectateurs ont entre 14 et 18 ans et 8 pour cent ont entre 11 et 14 ans (les deux tiers l'écoutent avec consentement des parents, l'autre tiers sans que ceux-ci ne le sachent). On peut compter aussi 2453 enfants de moins de 11 ans.

Parmi tous ces spectateurs, il y a Benoît (tranche des 30-60 ans), l'ex de Louise. En voyant celle-ci aller engueuler son patron en pleine rue, Benoît se dit qu'il a toujours su que son ex était complètement folle, mais se masturbe tout de même un peu plus tard en songeant à elle, aux côtés de sa conjointe endormie.

Il y a aussi parmi les spectateurs Jonathan (tranche des 11-14 ans), fils d'Anthony Prodi, et sa gardienne (tranche des 14-18). En voyant Prodi traverser les deux vitres et, surtout, en le voyant saigner de la jambe tout en saluant triomphalement, le jeune garçon se dit qu'il a le père le plus cool du monde et que demain, lui-même sera la vedette de son école.

Il y a aussi Karl (tranche des 30-60 ans), le père de Guillaume, dont la femme est morte il y a cinq ans d'une crise du foie. Assis dans son salon sale et défraîchi, sa huitième bière à la main, il regarde son fils qui s'approche de Amber

Scream et, fier mais envieux, rigole en se disant que c'est bien là le fils de son père.

Il y a aussi Normand et Denise (tranche des 30-60 ans), les parents de Josée, qui, l'an passé, ont écouté l'émission une fois sur deux. Atterrés, ils observent leur fille ricaner à la télé en entrant dans la chambre d'hôtel. La mère, en pleurant douloureusement, demande à son mari où ils se sont trompés et ce qu'ils ont bien pu faire de travers. Le père demeure stoïque, mais dans son regard on peut voir l'univers s'écrouler dans le plus abominable des silences.

Après cette première, 654 234 auditeurs se contentent de dire à leur conjoint ou amis qu'il s'agit vraiment d'une émission stupide et dégradante, mais ils l'écouteront presque tous jeudi prochain. Le lendemain, les plaintes outragées qui déferleront sur de nombreuses lignes ouvertes attireront, pour l'émission de la semaine suivante, 187 862 nouveaux téléspectateurs.

24

— En tout cas, lance Maxime Lavoie à l'intention de la femme sur l'écran géant, je suis sûr que ce soir, Louise, tu es l'héroïne de ben des employés exploités à travers le Québec ! Bon, ben, vous seriez mieux de partir de là, parce que la police va sûrement arriver bientôt.

Et tandis que sur l'écran Mike vient chercher Louise Béliveau, l'animateur se tourne vers la foule enthousiaste et clame :

— Une autre personne pour qui un rêve inaccessible est devenu un trip réel ! On se revoit la semaine prochaine, envers et contre tous, parce que rien peut vous empêcher de réaliser vos trips, *right ?*

— *Right !* répète la foule à l'unisson.

Et la musique rock démarre, tandis que Maxime Lavoie, arrosé de jets lumineux anarchiques, envoie des signes complices à la foule frénétique. Aussitôt que Bédard, le régisseur, lui fait le signal convenu (indiquant que son image n'est plus diffusée à la télé), l'animateur salue de la main une dernière fois et s'empresse de sortir de la scène. En coulisses, une grande lassitude s'empare de ses traits tandis que quatre personnes se précipitent vers lui, dont une femme qui lui tend une serviette et un jeune boutonneux qui lui donne un Coke diète bien froid. Maxime en prend une bonne rasade, puis essuie son visage tout en écoutant une fausse blonde dans la quarantaine, tout émoustillée, lui jeter une série d'informations sans reprendre son souffle :

— C'était génial, Max, génial ! Ça part sur des chapeaux de roue ! Il y a quatre radios qui te veulent demain et trois émissions télé ! Martineau veut une entrevue avec toi, mais comme c'est pour te planter, je l'ai envoyé au diable !

— T'aurais pas dû, réplique Maxime, d'une voix plus posée qu'à la télé, tandis qu'on lui enlève son micro-casque. Il faut rencontrer tout le monde, surtout les détracteurs. Et penses-tu que Martineau me fait peur ? Chaque fois qu'il me plante dans son journal, il écrit son opinion sur un paragraphe, puis cabotine durant tout le reste de sa colonne pour épater la gang du Plateau. Tu le rappelles et tu lui dis que je suis prêt à le rencontrer.

— Max…, commence la quatrième personne, un homme à lunettes en complet-cravate qui semble très stressé.

— Comme tu veux, Max, poursuit la femme sans s'occuper du petit stressé à lunettes, je le rappelle demain.

— Max…

— Super, ça, Lisette… T'es contente, hein ?

— Si je suis contente ? Criss, ça se voit pas dans ma face ?

— Pas vraiment, elle est tellement bourrée de Bottox…

Imperturbable, il se met en marche tandis que Lisette émet un petit rire forcé puis lance dans son dos :

— Oublie pas Macha Lemay, elle t'attend au salon-rencontre !

— Je suis là dans quinze minutes, répond-il sans se retourner.

— Max, persiste l'homme à lunettes qui trottine à ses côtés, Langlois veut que tu le rappelles.

— Pour me féliciter, je suppose ?

— Pas sûr… L'émission était même pas finie que la station recevait déjà des dizaines de plaintes !

— Voyons, Robert, c'est pas nouveau, ça.

Robert hausse une épaule et répète, penaud :

— En tout cas, il veut te parler.

— Je l'appelle dans mon bureau.

Tandis que Maxime marche d'un pas décidé, les techniciens s'écartent tous devant lui, lui lançant des salutations obséquieuses. À l'écart, il aperçoit Guillaume et Josée dans un coin, qui discutent avec un technicien. Il parvient même à entendre quelques phrases :

— Moi, je vous propose ça parce que vous avez l'air d'un couple ben *open !* explique le technicien. En tout cas, c'est ce que tout le Québec pense ce soir !

— On l'est aussi ! fait Guillaume. Pis ça nous intéresse, hein, bébé ?

— Oui, oui, dit Josée, un peu perturbée. Mais, heu… à soir, je sais pas trop…

Maxime poursuit son chemin, sort des coulisses, se retrouve dans un couloir moderne et glacial, croise une ou deux personnes qui le félicitent pour l'émission ; il remercie sans ralentir. Il arrive devant une porte imposante sur laquelle est inscrit ce simple mot en lettres dorées : MAX. Il entre et referme derrière lui.

La pièce est grande mais étonnamment dénudée : un bureau classique noir, sur lequel se trouve un ordinateur et quelques papiers ; une petite bibliothèque bien garnie ; aux murs, deux reproductions de Escher, sur lesquelles on voit des personnages parcourir un escalier circulaire qui semble toujours monter ou descendre, selon la direction prise ; dans un coin, loin du bureau, deux fauteuils devant une grande télé. Un jeune adolescent est assis dans l'un d'eux. Il fixe l'écran sur lequel débute un film avec Jean-Claude Van Damme. Maxime s'approche du fauteuil.

— Salut, mon grand.

Le jeune garçon ne dit rien.

— T'as regardé l'émission ?

L'adolescent ne réagit toujours pas. Pourtant, Maxime, loin d'être embêté par ce silence, hoche la tête, comme s'il avait saisi une réponse que lui seul peut décoder.

— Ça part fort, hein ?

Cette fois, le garçon le regarde, mais sans aucune expression dans les yeux. Il doit avoir treize ans. Avec ses cheveux noirs frisés et ses traits délicats, il serait plutôt beau garçon si ce n'était de cette impassibilité bizarre sur son visage et dans ses yeux noirs. Mais ça n'empêche pas Maxime de le contempler avec tendresse et de lui ébouriffer les cheveux. L'animateur fronce alors les sourcils, comme s'il remarquait quelque chose.

— T'as pas de Froot Loops ?

Cette fois, une discrète expression de dépit flotte sur le visage de l'adolescent. Maxime comprend aussitôt ; les traits convulsés de colère, il marche à son téléphone et appelle son assistant, qui arrive moins d'une minute après.

— Gabriel n'a pas eu ses céréales, ce soir, fait Maxime sur un ton de reproche.

Le jeune homme d'une trentaine d'années se confond en excuses, dit ne pas comprendre ce qui s'est passé, qu'il en a pourtant bien acheté une boîte plus tôt…

— Cet enfant a un caprice, un seul, rétorque l'animateur froidement.

À l'écart, dans son fauteuil, Gabriel assiste à la scène sans sourciller.

— Je sais que tu travailles pour moi seulement depuis un mois, Donald, mais tu vas devoir apprendre que…

— Je m'en occupe tout de suite, Max !

Et Donald détale à toutes jambes. Gabriel, impassible, s'intéresse à nouveau à la télévision.

Maxime marche vers son bureau et pianote sur le clavier de son ordinateur ; une série de noms apparaît dans une fenêtre et il clique sur « Jacques Langlois ». Il attend un moment, puis l'image d'un gros homme dans la cinquantaine, à la calvitie avancée, remplit l'écran.

— Salut, Jack.

— Hé, Max ! s'emballe Langlois. *Great show, my man!* Tout un début !

— Pourtant, Robert m'a dit de t'appeler et il avait l'air inquiet…

— Sanschagrin s'inquiète tout le temps, comme tout bon directeur de production ! Il est payé pour s'inquiéter !

— Bien, fait Maxime qui détache lentement sa chemise. De quoi tu voulais me parler, alors ?

— C'est le gars, là, le patron de la connasse qui est allée l'engueuler chez lui… C'est quoi son nom, déjà ?…

Donald revient dans la pièce, boîte de Froot Loops en main.

— Lavigne, répond Maxime en suivant son secrétaire d'un œil noir.

— *Right*, Lavigne ! Il a déjà appelé pis il veut nous coller un procès au cul.

Donald donne la boîte de céréales à Gabriel. Ce dernier la prend et y plonge la main.

— On s'y attendait, non ? rétorque Maxime.

— Oui, mais là, c'est pas à l'animateur que je parle, mais au producteur…

Donald sort et Gabriel commence à manger ses Froot Loops.

— Justement, c'est moi qui vais tout payer, Jack, comme d'habitude ! C'est déjà écrit dans le contrat qu'on a signé avec Louise Béliveau.

— *I know*, mais le procès va être juteux. La fille a carrément traité Lavigne de harceleur sexuel, de crosseur…

— Je m'en occupe.

— Ahhhh ! (Langlois a un sourire carnassier.) T'avais tout prévu ? Il y a une petite clause dans le contrat de ta Louise qu'elle a pas lue *and now, she's in deep shit ?*

– Pas du tout, on va tenir nos engagements envers Louise Béliveau, elle ne sera pas dans le trouble, réplique Maxime qui détache le dernier bouton de sa chemise. On va régler ça à l'amiable, fais-toi-z-en pas. Je vais faire une offre à Lavigne qui va lui faire tout oublier, jusqu'à l'existence même de Béliveau.

Langlois secoue la tête, comme s'il ne comprenait pas.

— *Shit,* Max, je veux ben croire que ton show marche à fond, mais… *Take it easy, man !*

– *Don't worry, Jack.*

Et, la voix plus basse, il ajoute :

— Je sais exactement où je m'en vais.

— Content d'entendre ça, commente Langlois avec ironie.

Maxime coupe le contact, se lève et enlève sa chemise. Deux secondes après, il est totalement nu. Gabriel, toujours devant la télé, ne lui accorde aucune attention. L'animateur ouvre un placard, y prend un maillot de bain qu'il enfile prestement. Puis, il traverse une autre porte, à côté du placard.

Il se retrouve dans une pièce immense, dont les murs sont en lamelles de bois. Une grande piscine éclairée de l'intérieur occupe la presque totalité du plancher. Maxime, déjà sur le point de sauter, se fige net.

Immergées jusqu'à la poitrine, deux filles nues, une brunette et une noiraude, discutent et pouffent entre elles. Elles réalisent enfin la présence du nouveau venu et prennent un air coquin.

— Bonjour, Max ! lance la brunette.

Et elles rient de plus belle. Elles doivent avoir vingt-cinq ans et leurs seins généreux, tout humides de perles scintillantes, donnent l'impression de flotter sur l'eau.

— Tu viens nous rejoindre ? propose la noiraude.

— Qui êtes-vous ? demande l'interpellé. Comment avez-vous pu avoir accès à ma piscine ?

— Il parle pas comme à la télé, fait remarquer Brunette à son amie.

— Vous êtes qui ? répète Maxime.

Elles s'expliquent d'un air entendu : deux fans de la première heure qui rêvent depuis un bon moment de rencontrer le beau Max Lavoie, leur idole. Elles ont enfin osé venir au studio, elles ont soudoyé Donald et ce dernier, pour faire une bonne surprise à son patron, leur a dit d'aller l'attendre dans la piscine.

— On avait pas de costume de bain, mais on s'est dit que c'était pas nécessaire…

Elles commencent alors à se câliner en jetant des coups d'œil lourds de signification vers l'animateur.

— Alors, tu viens nous rejoindre ?

Pendant un moment, le visage de Maxime se contorsionne, comme s'il tentait tant bien que mal de réprimer une émotion particulièrement désagréable, puis, d'une voix neutre, il finit par lâcher :

— Sortez et allez-vous-en.

Et il marche rapidement vers un interphone sur le mur, tandis que les deux filles, toujours enlacées mais figées, le suivent avec des yeux incertains.

— Qu… quoi ? balbutie Noiraude.

— Je veux que vous soyez rhabillées dans vingt secondes.

Il appuie sur l'interphone :

— Donald ! Viens me rejoindre à la piscine !

— Mais… mais on est majeures, capote pas ! l'assure Brunette qui s'est enfin détachée de sa copine.

— Je vous ai dit de sortir.

Il n'a pas crié, mais le ton est ferme. Les deux filles, incrédules, glissent vers l'échelle.

— T'as une blonde ? demande Noiraude. Elle le saura pas, voyons… Pis moi aussi, j'ai un *chum* !

— J'ai pas de blonde ! S'il vous plaît, dépêchez-vous !

Elles sortent enfin. Maxime les toise rapidement, voit leurs deux corps nus et superbes, tout ruisselants d'eau, et à nouveau son visage se convulse, laissant cette fois deviner de la répulsion. Brunette, qui s'en est rendu compte, lâche avec dépit :

— *Fuck,* t'es gai !

— Vous seriez deux clones de Johnny Depp que je vous ordonnerais la même chose ! Allez, rhabillez-vous !

Elles s'exécutent rapidement, humiliées.

— Y a des gars qui seraient prêts à payer pour avoir la moitié de ce qu'on voulait te faire, finit par grommeler Brunette en enfilant son minuscule t-shirt.

— Parfait, allez les voir.

Sur les entrefaites, Donald entre dans la pièce, tout souriant, s'attendant sans doute à ce que son patron, pour le remercier d'une telle attention, l'invite à se joindre aux festivités aquatiques. Mais en voyant les deux filles rhabillées, il s'immobilise, confus. De l'autre côté de la piscine, Maxime l'interpelle avec colère :

— T'as vraiment décidé de battre le concours des gaffes, ce soir, ou quoi ?

Donald est complètement dépassé. Maxime se tourne vers les deux filles qui attendent bêtement.

— Vous êtes encore là, vous deux ?

— J'ai compris, fait Brunette qui, décidément, veut absolument trouver une raison au refus incompréhensible de son idole. T'es aux p'tits gars !

Maxime émet un bref rire dédaigneux.

— Ton neveu Gabriel, avec qui on te voit tout le temps, poursuit la fille, c'est lui qui te fait bander, hein ?

Instantanément, l'amusement sur le visage de Maxime se transforme en une rage bouillante et avant même que Brunette comprenne ce qui lui arrive, elle reçoit une gifle de l'animateur qui, une seconde plus tôt, se trouvait pourtant à plusieurs mètres d'elle. L'insolente pousse un petit cri et Maxime lève déjà la main pour frapper une deuxième fois.

— Max !

L'admonition de Donald est décuplée par l'écho de la vaste pièce. Maxime stoppe son geste et son visage vacille, comme si l'animateur réalisait ce qu'il était en train de faire. La colère qui émane de lui semble maintenant dirigée contre lui-même. Enfin, il reprend son flegme et se confond en excuses, mais les filles, particulièrement Brunette qui frotte sa joue rougie, ne sont pas du tout satisfaites de ces remords.

— Donald va vous donner une généreuse compensation, allez l'attendre dans le couloir.

Cette fois, les deux groupies daignent rentrer leurs griffes et, d'un air hautain, marchent vers la porte. Lorsqu'elles sont enfin sorties, Maxime, toujours à l'autre bout de la piscine, lance vers son secrétaire :

— Qu'est-ce qui te prend de laisser entrer des pétasses dans ma piscine ?

— Mais je… je pensais que vous aimeriez ça ! Les patrons pour qui j'ai travaillé avant aimaient bien que je…

— Compare-moi pas à tes anciens patrons ! Compare-moi jamais à qui que ce soit, t'as compris ? *Jamais !*

Donald baisse la tête, au bord des larmes, convaincu que sa courte aventure dans les *Entreprises Maxtrip* vient de se terminer lamentablement. Maxime, qui le remarque, se tait un moment puis s'approche de Donald.

— Bon, je sais que tu n'es pas ici depuis assez longtemps pour connaître tous mes… mes désirs et caprices, alors… je te laisse une chance.

Donald jubile, remercie, assure son patron qu'il ne le regrettera pas et tend même une main reconnaissante. Sans la lui serrer, Maxime dit :

— Fais deux chèques de mille dollars pour les deux filles… Attends : deux mille pour celle que j'ai giflée…

Donald, la bouche pleine de « oui, Max… bien, Max… merci, Max », finit par sortir.

En poussant un long soupir, Maxime se glisse enfin dans la piscine en grognant de bien-être. On a mis sa patience à rude épreuve, ce soir, et à plusieurs reprises. Une vraie conspiration. Et cette connasse qu'il a frappée ! Là, il a gaffé, il fallait bien l'admettre. Mais les insinuations indécentes qu'elle a proférées, c'était… c'était trop… C'était inadmissible ! De toute façon, il s'en est plutôt bien sorti. Dans le passé, il a déjà perdu le contrôle de façon plus dramatique…

Un flash confus : deux phares de voiture, deux visages éclairés et effarés, un choc sourd… et le regard accusateur de Francis…

Pour chasser ces réminiscences, il s'empresse de glisser dans l'eau et se relaxe enfin, en bougeant à peine. Il a beau être mince, il ne pratique aucun sport et nage avec autant de grâce qu'un unijambiste manchot. Appuyé contre le bord, il fixe le plafond, le visage tout à coup mélancolique. Puis, après quelques minutes, il sort de la piscine et retourne dans son bureau, où Gabriel ne se trouve plus, ce qui ne semble pas inquiéter l'animateur. Rapidement, il se rhabille puis sort de la pièce. En chemin, il rencontre quelques personnes qui le saluent. Il arrive devant une porte sur laquelle est inscrit « salon-rencontre » et entre.

La pièce est conviviale, avec des couleurs apaisantes. Un bar dans un coin, une table de billard dans un autre, plusieurs fauteuils confortables. Dans l'un d'eux est installée une femme d'une quarantaine d'années qui se lève à l'entrée de l'animateur.

— Bonsoir, monsieur Lavoie, dit-elle en tendant la main. Macha Lemay, pour la Première Chaîne.

Il lui donne la main.

— Je croyais que Radio-Canada ne s'intéressait pas aux reality shows, fait-il remarquer d'une voix suave, tout en marchant vers le bar.

— Votre émission n'est pas tout à fait un reality show. Et ce n'est pas votre show qui nous intéresse autant que le phénomène.

— Qu'est-ce que vous prenez ? demande l'animateur en se dirigeant vers le bar.

— Pendant les entrevues, je préfère ne pas boire.

— Voyons, ne me faites pas rire…

Il prépare deux gin tonic tandis que Macha poursuit :

— Nous préparons un reportage-radio qui sera diffusé dans quatre jours, le douze. Ça parle de la popularité des reality shows.

— Vous venez de me dire que mon émission n'entre pas vraiment dans cette catégorie.

— Disons que c'est un reality show nouveau genre.

Max approuve en silence et s'assoit. La journaliste l'imite tout en déposant son verre sur une petite table sans y avoir goûté.

— J'avoue que je ne suis pas une fan et que je n'écoute ni votre émission ni aucune autre télé-réalité. L'entrevue ne sera donc pas complaisante. Vous pouvez encore refuser, vous savez…

— J'assume parfaitement ce que je fais, je ne redoute aucune entrevue. Mais attendez-vous à toutes les réponses.

— C'est parfait.

Elle sort un petit magnétophone. Avant de le mettre en marche, elle observe Maxime en penchant la tête sur le côté, l'air maligne.

— Vous parlez mieux que dans votre émission… Pourquoi ?

— Vous avez remarqué ça ? Je croyais que vous ne l'écoutiez pas…

Le petit sourire de Macha défaille un moment, mais elle se reprend rapidement :

— Il a bien fallu que je l'écoute un peu pour préparer mon dossier.

— Évidemment.

— Alors, pourquoi utilisez-vous un niveau de langage plus populaire en ondes ?

— Pourquoi les animateurs de la Première Chaîne se donnent-ils un accent français même s'ils sont nés à Sorel ?

Lemay hoche la tête d'un air entendu, comme si elle disait : « Un à zéro. » Tout à coup, le bruit d'une porte qu'on ouvre lui fait tourner la tête. C'est Gabriel qui entre dans la pièce, toujours avec sa boîte de céréales.

— Il sera discret, promet Maxime.

Lemay hoche la tête et lance vers le garçon :

— Bonsoir, heu… Gabriel, c'est ça ?

L'adolescent, silencieux, va s'asseoir dans un fauteuil à l'écart. Il prend quelques Froot Loops, les porte à sa bouche et les mâche mécaniquement, sans quitter la journaliste des yeux. Cette dernière paraît mal à l'aise un court moment, puis se désintéresse du jeune adolescent. Elle dépose le magnétophone près de son verre et explique :

— Nous parlerons de la popularité de votre émission et de la controverse qu'elle engendre. Nous parlerons aussi de votre parcours atypique…

— Atypique ?

— Tout de même, vous avez été pendant six ans un homme d'affaires à la tête d'une des entreprises les plus puissantes du pays, puis, il y a deux ans, vous lâchez tout pour faire de la télé…

Maxime a un très léger soupir ennuyé.

— Passer du monde de l'équipement de ski à celui de la télévision, c'est assez inattendu, insiste Lemay. Vous croyez que votre père, s'il était toujours vivant, serait fier de…

— Si vous n'y voyez pas d'inconvénients, je préférerais qu'on ne parle que de l'émission, coupe l'animateur. J'ai parlé de mon ancienne vie dans tellement d'entrevues…

La journaliste paraît un peu saisie. Pendant une seconde, on n'entend plus que le son de Froot Loops grignotées.

— Si vous voulez, accepte finalement Lemay.

Elle met en marche le magnétophone, prend le micro qui y est branché et, d'une voix toute professionnelle, commence :

— Maxime Lavoie, vous êtes le concepteur, le producteur et l'animateur de l'émission *Vivre au Max*, qui entame cet été sa seconde saison. Il s'agit d'une des émissions les plus écoutées dans toute l'histoire de la télé québécoise, mais aussi de la plus controversée…

Maxime écoute mais une partie de son esprit se répète la phrase que lui a dite la journaliste quelques secondes plus tôt: « *… il y a deux ans, vous lâchez tout pour faire de la télé…* »

Deux ans déjà…, songe-t-il en prenant une gorgée de son gin tonic.

9

Le marbre de la grande table était si poli qu'on pouvait y voir le reflet des visages stupéfaits des neuf actionnaires principaux. Maxime, debout à l'une des extrémités, les mains posées à plat sur la table, attendait patiemment une réaction.

— Une émission de télévision ? demanda enfin l'un des hommes, dubitatif.

— Exact, acquiesça Maxime. Un projet immense qui va accaparer toute mon attention. Je voudrais que cette émission soit prête pour l'été 2005, ce qui veut dire qu'il ne me reste qu'une année pour la préparer. Je n'aurai donc plus le temps d'être ni président du conseil d'administration ni directeur de l'entreprise.

Silence, puis la seule femme du conseil articula d'une voix presque neutre :

— Eh bien, voilà une nouvelle assez bouleversante…

— Allons, pas de ça, voulez-vous ? Vous attendez tous ce jour depuis six ans ! Cette entreprise a besoin d'un vrai PDG, c'est-à-dire de quelqu'un sans moralité qui saura saisir toutes les opportunités d'enrichissement pour la compagnie, sans égard aux gens qu'elle exploite ! Quelqu'un comme l'était mon père !

Malaise dans la salle.

— Ton père a été le meilleur président de cette compagnie, répliqua avec dignité l'un des hommes.

Tous les yeux se tournèrent vers celui qui avait parlé, un vieillard qui démontrait une solidité et une assurance impressionnantes.

— Tu oublies, Michaël, qu'il n'y en a eu que trois, lui rappela Maxime d'une voix sèche.

— Il n'y en aura jamais de meilleur.

Les doigts élégamment posés sur sa tempe grise, Michaël Masina fixait le PDG dans les yeux. Celui-ci soutint son regard un moment, puis expliqua en prenant un dossier devant lui :

— Comme vous le savez, et à votre grand regret, je possède actuellement 40 pour cent des actions de Lavoie inc. J'ai l'intention de ne garder que 5 pour cent et de vendre le reste.

Comme il l'avait prévu, des lueurs discrètes mais réelles s'allumèrent dans huit paires de prunelles. La neuvième, celle de Masina, demeura sombre, toujours rivée sur le futur ex-PDG.

— Dans le dossier devant vous, il y a ma lettre de démission, le détail de mes actions, ainsi que le prix de vente que je vous propose.

Les chemises s'ouvrirent et, peu à peu, les expressions devinrent accablées.

— Mais… mais vous les vendez beaucoup plus cher que leur valeur boursière ! osa enfin dire un homme.

— Je n'étais peut-être pas un très bon président, mais je ne suis pas un imbécile. Si l'un d'entre vous achetait la totalité de ces actions, il deviendrait l'individu le plus puissant de Lavoie inc. Détenir le pouvoir sur des milliers d'employés au pays, sans compter ceux que nous exploitons dans le tiers-monde, c'est un droit qui se paie.

Nouveau malaise dans l'assistance. Masina demeurait imperturbable, mais derrière son visage dur on devinait un cerveau qui réfléchissait à toute vitesse.

— Alors voilà, je vous laisse négocier entre vous, conclut Maxime en fermant son dossier. Michaël, en tant que vice-président, présidera le reste de la réunion. N'oubliez pas, je conserve 5 pour cent. Au revoir et, si tout va bien, nous ne nous reverrons jamais : mon avocat s'occupera des transactions.

Il sortit de la pièce sans un mot de plus. Tandis qu'il s'éloignait de la porte fermée, il entendait déjà derrière celle-ci une cacophonie de discussions passionnées et houleuses. Quand il entra dans son bureau, une minute plus tard, il lança :

— C'est fait !

Assis au bureau, un garçon de onze ans jouait sur l'ordinateur. Maxime s'approcha et jeta un coup d'œil vers la grande fenêtre : à l'extérieur, sur la corniche de pierre, aucune trace du faucon. D'ailleurs, il ne s'était pas montré de la journée. Le milliardaire interpréta cette absence comme un bon présage.

— Tu entends, Gabriel ? C'est réglé !

Gabriel regarda enfin Maxime, inexpressif, et pourtant l'ex-PDG hocha la tête comme s'il approuvait un commentaire silencieux. Toute trace de cynisme avait maintenant disparu de ses traits. Il détacha sa cravate (Dieu ! qu'il détestait ces ornements bourgeois !) et c'est avec gravité qu'il marmonna :

— Dès maintenant, je peux m'y mettre pour de vrai.

Durant la demi-heure qui suivit, il rangea ses affaires, donna un ou deux coups de téléphone, remplit deux boîtes de dossiers et d'effets personnels, tandis que Gabriel continuait de jouer sur l'ordinateur, le visage par moments plissé par l'effort et la concentration, jamais par la joie ou le plaisir. Puis entra Masina, sans s'annoncer, sans frapper. Ni Maxime ni Gabriel ne lui prêtèrent la moindre attention et lorsque le vieillard, ses mains parcheminées croisées devant lui, comprit qu'on l'ignorait complètement, il lança d'une voix sèche :

— Alors, tu t'es bien amusé, tout à l'heure ? Tu es fier de ton petit numéro ?

— C'est toi qui as remporté le gros lot ? demanda Maxime en déposant un cadre dans une boîte.

— Évidemment.

— Combien ?

— Vingt pour cent.

— Avec les vingt-cinq que tu possédais déjà, cela t'en fait maintenant quarante-cinq. *Congratulazioni*, monsieur le président ! Tu dois jubiler.

— Pas vraiment, non. Et tu le sais très bien.

Court silence.

— Pourquoi, Max ?

— Je l'ai expliqué tout à l'heure.

— Arrête, nous sommes…

Il était sur le point de dire « entre nous », mais son regard bifurqua vers Gabriel, concentré sur sa partie.

— Je souhaiterais que nous parlions seuls.

— Je n'ai rien à cacher à Gabriel, fit Maxime en se relevant.

L'Italien eut un ricanement rauque qui trahissait son âge.

— Tu tiens maintenant plus à ce gamin que…

— Ce gamin est mon petit-neveu.

— *Basta*, de ces fadaises ! Je connais ta famille plus que tu ne la connais toi-même ! Tu n'as aucun petit-neveu de onze ans ! Pas plus que tu n'as jamais rêvé d'être dans le show-business ! Je t'ai vu grandir depuis ta naissance, alors ne me prends pas pour un *babbeo* !

— Tu sais donc que je n'ai jamais vraiment souhaité prendre la succession de mon père.

— Sauf au début. À ce moment, tu étais enthousiaste, tu y croyais.

Maxime hocha la tête. Il contempla, tout à coup rêveur, le petit écriteau doré « Président-directeur » qu'il venait d'attraper sur son bureau.

— C'est vrai, au début j'y croyais… Tu as toi-même tout fait pour que j'y croie.

Il leva un regard accusateur vers Masina, mais ce dernier ne démontra aucun signe de regrets ou de remords.

— Mais ça n'a pas duré longtemps, ajouta Maxime.

Et il jeta l'écriteau dans la corbeille. Il alla ouvrir un classeur tout en poursuivant :

— Si tu ne me crois pas, attends l'été prochain et tu vas voir. Tu vas entendre parler de moi, c'est sûr.

— Il s'est passé quelque chose, Maxime, marmonna Masina d'un ton sentencieux. Depuis ton retour de Gaspé, il y a un mois…

Maxime se tourna brusquement vers lui, le regard furieux. Masina ne broncha pas, comme par défi. L'ex-président jeta un œil vers Gabriel. Ce dernier avait cessé de jouer et, les doigts figés sur le clavier, dévisageait le vieillard d'un air farouche, la bouche serrée.

— Va m'attendre au salon des employés, Gabriel, j'arrive tout de suite, fit alors gentiment Maxime.

Docile, l'enfant sortit de la pièce, non sans jeter un dernier regard plein de rancune vers Masina.

— Il ne faut pas parler de la Gaspésie devant Gabriel ! lança Maxime. Cela lui rappelle la mort de ses parents et…

— Qu'est-ce qui s'est passé, là-bas ?

— Mais tu le sais ! J'étais allé au second anniversaire de notre usine de Gaspé et, par hasard, j'ai su qu'un de mes petits-neveux, que je ne connaissais pas, venait de perdre ses parents ! On allait le mettre dans une famille d'accueil quand j'ai décidé de l'adopter ! J'ai toujours voulu avoir des…

— Ça suffit ! le coupa Masina. Je vois bien que tu ne veux rien dire.

Il se lissa les cheveux, s'approcha et mit ses mains sur les épaules de Maxime. Ce dernier en sursauta et fit même un pas de recul. Mais Masina, dont la poigne était encore solide pour un homme de son âge, ne le lâcha pas et insista, presque avec rage :

— J'ai toujours juré à ton père que je te surveillerais, que je t'empêcherais de faire des bêtises, alors…

Maxime se dégagea et, avec des gestes secs, ferma la boîte qu'il avait à moitié remplie. Masina, les bras ballants, le considéra avec tristesse et, tout à coup, ses soixante-treize ans ressurgirent par tous les pores de son visage défait.

— Ton père serait tellement déçu…

— Jamais autant que je l'ai été.

— De lui ?

Légère hésitation de Maxime, puis, en grimaçant :

— De tout.

Il était pressé de partir. Il évita le regard de Masina et expliqua en saisissant son veston accroché au mur :

— Bon, j'ai à faire. Et toi aussi, j'en suis sûr. Comme il ne te reste pas beaucoup d'années de présidence devant toi, tu n'as pas de temps à perdre, n'est-ce pas ? Je ferai prendre mes boîtes plus tard cette semaine. Si tu as des questions concernant la succession, je préférerais que tu en parles à Nicole ou à Serge au lieu de m'appeler. Pour moi, c'est fini.

— Et nous deux ? demanda Masina.

Maxime soutint enfin son regard.

— Je te nourrissais à la cuiller quand tu avais deux ans, marmonna le nouveau président.

— C'est vrai. Et de ta main libre, tu serrais celle de mon père qui venait de congédier deux cents employés.

Le vieil homme hocha la tête, comme s'il avait compris. Maxime ouvrit la porte et sortit. Dans son dos, Masina, comme incapable de retenir son ressentiment plus longtemps, cracha alors avec rancune :

— Tout ça pour faire de la télé ! *Porca miseria!* Ça va être quoi, au juste, cette stupide émission ?

Maxime se retourna, le visage étonnamment grave.

— Une bombe.

◆

Les journaux annoncèrent le départ de Maxime de Lavoie inc. Cela ne fit évidemment pas les premières pages, mais le monde des affaires s'en trouva tout de même secoué. La plupart des spécialistes s'entendirent pour affirmer que ce départ allait être des plus profitables pour la multinationale, dont le chiffre d'affaires avait diminué depuis la nomination du jeune Lavoie comme PDG.

Quelques jours plus tard, au cours de la dernière semaine de juin, Maxime rencontra Jacques Langlois, directeur de la programmation d'une chaîne de télévision, pour lui proposer un projet d'émission. Le gros homme, au départ, semblait peu intéressé, mais lorsque Maxime annonça qu'il s'agissait d'une télé-réalité nouveau genre, Langlois devint attentif. Maxime parla longtemps. Langlois l'écouta, d'abord sceptique, puis saisi, finalement totalement abasourdi. Quand il objecta qu'il y avait des risques d'accidents graves, le milliardaire expliqua qu'on n'avait qu'à faire signer des « décharges » aux participants. Légalement, c'était faisable. Lorsque Maxime se tut, le directeur de la programmation étudia longuement l'homme devant lui et l'ex-homme d'affaires discerna clairement l'intérêt dans ses yeux. Un intérêt dérouté et prudent.

— Vous avez une idée de combien ça va coûter, une folie pareille ?

— Je serai producteur.

— Pis après ?

— Vous savez qui je suis ?

— *Of course I know*, dit Langlois, qui avait la manie de ponctuer ses phrases d'expressions anglophones. Pis je sais que vous êtes milliardaire.

— Exact. Donc, je paierai tout et vous, rien. Pas un sou. Vous n'aurez même pas de studio à me fournir puisque je construirai le mien, qui devra être immense.

Défiance de Langlois, qui jouait avec son coupe-papier.

— Pis vous, vous demandez quoi ?

Maxime exigeait que l'émission passe l'été, pour simplifier les tournages extérieurs. Et le seul salaire qu'il voulait était celui d'animateur… car il animerait l'émission. Langlois s'opposa : pas question qu'un inconnu, et un gars sans expérience de la télévision de surcroît, anime un show si ambitieux. Mais Maxime demeura inflexible : il payait tout, donc il décidait tout. Le coupe-papier virevoltait tellement entre les gros doigts boudinés qu'il risquait de s'envoler à tout moment. Langlois examinait toujours le milliardaire, se demandant s'il avait affaire à un illuminé ou à un homme raisonnable.

— C'est pour ce projet de fous que vous avez lâché la business ?

— Exactement. Je le ferai, avec ou sans vous. Vous ne pouvez le faire sans moi, car vous n'aurez jamais assez d'argent pour y arriver. Mais moi, je peux aller voir ailleurs. Radio-Canada ne s'intéresserait sûrement pas à ce genre de concept, mais je suis sûr que TVA, votre concurrent direct, serait preneur.

Tournoiement du coupe-papier.

— *You're fuckin' nuts, you know that ?*

Maxime ne réagit pas. Langlois finit par dire qu'il le rappellerait.

Trois semaines plus tard, le contrat était signé.

À la mi-juillet, Maxime rencontra un policier de Montréal. Le rendez-vous eut lieu dans un stationnement désert près du vieux port. Les deux hommes marchèrent en discutant, puis à un moment donné, un échange fut fait : de l'argent passa des mains de Maxime à celles du flic, tandis qu'une feuille de papier effectuait le trajet inverse. Aucune poignée de main. Le lendemain, Maxime se rendait à l'adresse indiquée sur la feuille de papier, un appartement minable de la rue Ontario. Le locataire, maigre, les yeux injectés, la peau blanche et moite, écouta Maxime. À la fin, plusieurs billets de cent dollars glissèrent sur la table vers le locataire. Celui-ci ramassa l'argent et dit à Maxime qu'il le rappellerait dans les trois jours. Le milliardaire lui donna un numéro de cellulaire. Maxime reçut le coup de téléphone deux jours plus tard. Le gars donna l'heure et l'endroit du rendez-vous. Maxime nota, remercia et lui assura qu'il n'entendrait plus jamais parler de lui. Après quoi, il se débarrassa du cellulaire. La semaine suivante, Maxime se rendit dans un restaurant espagnol de Montréal. Au garçon, il se présenta ainsi :

— Je suis Maxime Lavoie. Salvador m'attend.

Il ne ressortit du restaurant que trois jours plus tard, cerné, les vêtements fripés, le visage marqué d'ecchymoses mais victorieux.

Au début d'août, Maxime acheta un immense terrain vague dans Montréal-Nord et la construction d'un imposant studio se mit en branle.

Il retourna au restaurant de Salvador et, cette fois, fut accueilli avec courtoisie par l'Espagnol lui-même. Maxime lui donna plusieurs photos, dont celle de René Coutu, directeur du CRTC.

— Je veux que tu montes un dossier complet sur ce gars. Découvre toutes ses faiblesses et ses secrets.

Salvador, l'air désinvolte, le visage ravagé de rides malgré sa jeune quarantaine, habillé d'un costard digne du plus kitch des *pimps,* approuva en souriant.

— Tu brasses des grosses affaires mystérieuses, hein, *compañero ?*

— Notre entente est que je paie et que tu ne poses pas de questions, tu te souviens ?

Salvador gloussa et tendit la photo de Coutu à l'un de ses gardes du corps.

Les publicités à la télé et dans les journaux débutèrent. On annonçait une révolution télévisuelle pour bientôt. Une émission qui allait concrétiser les rêves les plus fous, les fantasmes ultimes, les idées hors d'atteinte, les souhaits secrets. Les gens intéressés à voir leur rêve se réaliser devaient se présenter à telle adresse, selon la région où ils habitaient, du lundi au vendredi, entre huit heures trente et dix-huit heures, sans rendez-vous. Les demandeurs devaient être âgés de dix-huit ans et plus.

Maxime mit sur pied quarante-quatre centres d'auditions dans seize régions du Québec : trois dans la région du Saguenay–Lac-Saint-Jean (un à Jonquière, un à La Baie, un à Roberval), trois en Abitibi-Témiscamingue (Val-d'Or, Rouyn et Ville-Marie), deux en Mauricie (Trois-Rivières et Shawinigan), deux en Outaouais (Gatineau et Buckingham), trois dans les Laurentides (Mont-Tremblant, Mont-Laurier et Lachute), deux dans Lanaudière (Joliette, L'Assomption), deux dans Charlevoix (La Malbaie et Baie-Saint-Paul), quatre en Montérégie (Brossard, Sorel, Valleyfield et Saint-Jean-sur-Richelieu), trois dans le Centre-du-Québec (Victoriaville, Drummondville et Bécancour), trois dans les Cantons-de-l'Est (Sherbrooke, Lac-Mégantic et Cowansville), trois dans Chaudières-Appalaches (Lévis, Beauceville et Montmagny), trois dans le Bas-Saint-Laurent (La Pocatière, Rivière-du-Loup et Rimouski), trois en Gaspésie (Matane, Gaspé et Paspébiac), deux sur la Côte-Nord (Baie-Comeau et Sept-Îles), deux dans la ville de Québec et quatre à Montréal. Les quarante-quatre centres d'auditions furent prêts en un mois, ce qui impressionna hautement Langlois :

— Vous niaisez pas avec le *puck*, vous ! On s'est rencontrés y a deux mois à peine pis vous êtes prêt à commencer les auditions ! Ça a dû vous coûter la peau des fesses !

— Mais ça va valoir la peine, rétorqua Maxime.

Les auditions commencèrent en septembre. Il y eut tellement de monde que dans certains centres, les demandeurs devaient attendre en file pendant des heures. Durant ce temps, les journalistes, intrigués, tentaient d'avoir une entrevue avec l'ex-homme d'affaires qui se lançait dans cette mystérieuse et très coûteuse aventure. Maxime refusa toute entrevue et demanda la même discrétion à Langlois qui, même s'il avait envie de tout déballer, respecta la consigne. La construction du studio progressait et il y avait souvent une foule de curieux autour du chantier.

Les auditions se poursuivirent pendant quatre mois, durant lesquels trente-deux mille personnes dans le Québec auditionnèrent. Juste avant Noël, Maxime ferma les quarante-quatre centres d'auditions qui, uniquement en salaires, lui avaient coûté quatre millions de dollars. Dès les premiers jours de 2005, Maxime déposa sur le bureau de Langlois les dossiers des trente-trois participants sélectionnés pour les onze émissions de l'été. L'équipe de production fut aussitôt constituée et dès la fin de janvier, on se mit au travail. Préparatifs, plans de travail, horaire de pré-tournages et logistique furent mis sur pied… et c'est à ce moment, au tout début de février, que Maxime annonça qu'il prenait neuf semaines de vacances. Langlois s'alarma : deux mois de vacances, alors que l'émission commençait dans quatre mois ? Le milliardaire fut inflexible : il avait besoin de ce long « décrochage » et il ne daigna même pas dire où il allait, se contentant de laisser un numéro de cellulaire. De toute façon, toute l'équipe avait suffisamment d'instructions pour se débrouiller sans lui pendant deux mois.

Il disparut littéralement pendant neuf semaines. On l'appela une dizaine de fois et à chacune de ces occasions, il donna des consignes brèves et précises, sans préciser où il se trouvait.

À son retour au début d'avril, il ne semblait guère plus reposé. Pourtant, il se lança dans la production de l'émission avec une énergie extraordinaire. Les tournages des trips « préenregistrés » allaient bon train et aucun journaliste ne fut admis sur les locations. Si l'un d'eux réussissait à se faufiler et menaçait de tout raconter, on achetait son silence. Au début de mai, le Studio Max était à peu près terminé, suffisamment pour que toute l'équipe de Maxime y déménage. On dévoila enfin le titre de l'émission et la date de la première : *Vivre au Max,* dès le 9 juin, à vingt et une heures. Dans les journaux et à la télé, on supputait de plus en plus.

À la mi-mai, seul au centre de la scène sur laquelle se déroulerait l'émission, Maxime contemplait le décor et les gradins du studio, les mains dans les poches, le visage ravagé par la fatigue. Il devait se reposer un peu s'il voulait être à la hauteur. Mais tout était prêt. Avant même la grande première, le projet avait déjà coûté au milliardaire cent vingt millions de dollars.

— Dans trois semaines, marmonna-t-il.

Et ses yeux devinrent vaporeux, comme si son regard percevait autre chose que les gradins vides.

Que penserait Francis de tout ça, Max ?

Son front se plissa et dans son regard passa l'ombre du doute.

— Maxime…

Le futur animateur tourna la tête. Lisette Boudreault, la relationniste de l'émission, venait d'entrer. Boulotte pas très grande, elle devait avoir quarante-quatre ans au maximum, mais trop de bronzage intensif avait incrusté dix années supplémentaires dans la peau de son visage.

— J'ai encore reçu huit demandes d'entrevue de différents journalistes.

Elle gratta sa tempe avec son stylo.

— Je sais que vous voulez garder le mystère jusqu'au bout, mais… l'émission commence dans trois semaines, alors…

Maxime la considéra un moment. Elle se teignait les cheveux en blond, se maquillait trop… C'était clair qu'elle luttait contre ce corps ingrat qu'elle n'acceptait pas. Mais quand Maxime l'avait engagée, il lui avait offert un salaire qu'elle n'avait sûrement jamais imaginé pouvoir gagner un jour. Mentalement, il prédit que, dans les six mois, elle commencerait à dépenser son fric non seulement pour poursuivre le combat contre son corps, mais pour le gagner. Elle n'aurait pas besoin de l'émission, elle, pour réaliser son rêve : avec l'argent, elle le concrétiserait seule. Du moins pour un temps.

— D'accord, Lisette, dit-il en souriant. On commence les entrevues.

11

— J'ai envie de rien… J'ai beau suivre vos conseils, ça marche pas. Pas pantoute.

Elle faisait face à Frédéric Ferland, le regard implorant et éteint à la fois. Assis à deux mètres d'elle, le psychologue fixait son calepin ouvert qu'il tenait sur son genou croisé. En haut de la page, il avait inscrit : *10 juin 2005, Pierrette Allard*, puis plus rien. Que pouvait-il bien écrire, d'ailleurs, qu'il n'avait pas déjà noté des centaines de fois ?

La pièce était décorée de manière déroutante, avec moult reproductions et bibelots, tous artistiquement intéressants mais de styles totalement disparates. Van Gogh côtoyait Andy Wharol, une chaise en acier de style Bauhaus trônait devant une petite table très Louis XV, des miniatures de madones italiennes voisinaient des idoles africaines… Au milieu de ce foisonnement baroque, Pierrette Allard, une quinquagénaire à l'air abattu, à la coiffure fatiguée et à la chair molle, roula un moment la bague de son annulaire, puis jeta avec rancœur :

— Tout le monde a des passe-temps sauf moi !

— Vous seriez étonnée, rétorqua Frédéric. Beaucoup de gens n'occupent leur journée qu'avec le travail, les repas et les enfants.

— Tout le monde devrait avoir un passe-temps !

— Vous avez bien raison.

— Le vôtre, c'est quoi ?

Frédéric leva les yeux.

En fait, je n'en ai pas un précis. J'ai essayé toutes sortes de choses. Il y a trois mois, j'ai même essayé de baiser un homme, pour la première fois de ma vie. Le fait qu'il éjacule sur mon visage m'a énormément excité, mais deux heures plus tard, lorsque nous avons recommencé, j'étais déjà blasé. Il y a neuf mois, j'ai essayé le parachutisme. Très grisant aussi. Mieux que la planche à neige, que j'avais aussi pratiquée auparavant. J'ai fait du parachutisme durant tout l'automne, puis il a fallu arrêter pour l'hiver. Quand j'ai recommencé il y a un mois, je ne trouvais plus cela très intéressant. En ce moment, je cherche autre chose, je poursuis mon vol... Icare continue de monter, de battre des ailes, mais il rencontre de moins en moins de choses sur sa trajectoire, il est sur le point de quitter la stratosphère... Peut-être avez-vous des idées à me suggérer? Qu'est-ce que vous diriez si je vous enculais, là, tout de suite? Je n'ai jamais baisé une de mes clientes. Encore moins une névrosée comme vous qui êtes sexuellement si coincée que vous ne devez même pas savoir où est votre clitoris. Oui, enculer une sainte-nitouche et jouir aux sons de ses hurlements d'incompréhension... Vous êtes volontaire?

— Nous ne sommes pas ici pour parler de moi, Pierrette.

— Mais ça pourrait me donner des idées, insista-t-elle.

Frédéric ressentit une soudaine envie de rire, qu'il eut bien du mal à réprimer.

— Eh bien... je lis.

— J'aime pas lire... Si je lisais, j'imagine que ça irait mieux. Faudrait peut-être que je me force.

— J'ai des patients qui lisent beaucoup et qui ont tout de même de graves problèmes. Un passe-temps n'est pas non plus la solution mira...

— Je regarde la télévision, le coupa-t-elle, comme si elle n'avait pas entendu le psy. Mais j'imagine que c'est pas vraiment un passe-temps...

— Cela dépend. Un passe-temps est une activité que nous pratiquons avec plaisir parce qu'elle vient chercher en nous des ressources que nous n'exploitons habituellement pas dans nos activités principales.

Pierrette a un renfrognement déçu.

— Je regarde la télé surtout parce que j'ai rien de mieux à faire...

Son visage s'éclaira tout à coup.

— Des fois, il y a des mozustes de bonnes émissions! Y en a une nouvelle qui a commencé hier: *Vivre au Max!* L'avez-vous écoutée?

Frédéric soupira intérieurement. Il ne regardait pas beaucoup la télé, mais depuis ce matin, impossible d'ouvrir un journal sans tomber sur une critique ou une analyse de cette émission.

— Non, je ne l'ai pas écoutée.

— C'est vraiment spécial ! Des gens viennent réaliser leur rêve, vous imaginez ? Ça fait tout un scandale ! C'est vrai qu'ils font des affaires assez capotées ! Y en a un qui…

— Pierrette, ce n'est pas en regardant la vie des autres que vous allez régler les problèmes de la vôtre.

Elle blêmit.

— Qu'est-ce que vous voulez dire ?

Tu t'en doutes un peu, non ? Même si tu viens me voir encore pendant dix ans, cinq fois par semaine, ça ne changera rien parce qu'il est trop tard ! Tu as cinquante-trois ans, tu as passé ta vie à travailler en aménagement urbain, à t'occuper de ta maison, à magasiner, à élever des enfants qui sont partis, à rester fidèle à un mari qui ne te désire plus, à parler de rien avec tes voisines aussi ternes que toi, à écouter la télévision, à te coucher à dix heures quarante et à te lever à sept heures dix, à faire un voyage dans le Sud de temps en temps dans un hôtel plein d'autres Québécois blasés, à prendre un petit verre une fois par six mois, à te faire coiffer, à maigrir et à engraisser, à feuilleter des magazines féminins, à fantasmer sur ton beau-frère que tu évites comme la peste, à empiler des REÉR pour tes vieux jours, à écouter Céline Dion et Bruno Pelletier, à t'émouvoir sur de mauvais films, à décorer ton salon et ta cuisine, et là, après trente ans de ce rythme, tu te couches le soir, tu regardes le plafond et tu étouffes, tu paniques et tu ignores pourquoi, tu l'ignores mais tu comprends une chose, c'est qu'il est trop tard ! Trop tard pour quoi, tu ne sais pas, mais trop tard, oui, ça tu le sais, tu le sens, trop tard, TROP TARD !

Il se frotta l'arête du nez, replaça ses lunettes et dit posément :

— Je veux dire que vous ne pouvez pas vous contenter de vivre différentes excitations uniquement par procuration.

Il dérapait, ça n'avait pas de sens de parler ainsi à une cliente. Et il commettait ce genre de maladresses de plus en plus souvent. Difficile de croire qu'il s'était déjà intéressé à ses clients… En fait, non : il s'intéressait aux névroses, qu'il trouvait jadis fascinantes. Quant aux gens qui les vivaient, il devait bien admettre qu'il n'avait jamais rien ressenti à leur égard. Ni empathie ni agacement, juste de l'indifférence.

Rien de nouveau dans cette vision des choses. Déjà, durant l'enfance, il trouvait tout terne. L'adolescence, malgré les quelques beuveries et les soirées de danse, était rapidement devenue pénible. Il avait eu peu d'amis, pour la simple raison que la communication avec autrui s'avérait souvent un acte ennuyant. Les gens avaient si peu de choses à dire… tout comme lui, d'ailleurs, il en était bien conscient. Au cégep, après bon nombre de questionnements, il avait opté pour la psychologie. Si les gens ne l'intéressaient guère, leurs désordres mentaux, par contre, promettaient d'être plus stimulants. Tout en étudiant à l'université, il s'était marié avec Gisèle, une étudiante en socio. Il la connaissait peu, mais elle était follement amoureuse de lui. En fait, il ne s'était même pas demandé si lui l'aimait. Mais comme ses propres parents étaient mariés et semblaient comblés, Frédéric s'était dit qu'il n'avait rien à perdre à essayer. Et effectivement, pendant quelques années, il avait connu un certain bonheur. Il avait même eu deux enfants, parce qu'après tout, c'était la suite logique, non ? La vie de famille lui avait donc donné une certaine félicité et il avait commencé son travail de psychologue avec enthousiasme, captivé par ses patients… ou plutôt par leurs névroses. Mais après quelques années, la monotonie s'était installée. Et après vingt ans de fidélité et d'ennui, il avait commencé à s'intéresser à tout ce qu'il avait négligé dans son adolescence : il s'était mis à tromper Gisèle, à sortir et à boire beaucoup. Gisèle l'avait quitté alors qu'il avait quarante-trois ans, faisant ainsi preuve d'un courage qu'il n'avait pas.

Il considéra sa cliente avec lassitude et précisa plus doucement :

— Vous devez trouver un sens à votre vie.

Pierrette l'observa avec effroi et, au bord des larmes, elle demanda :

— Comment on fait ça ?

Une image affolante s'imposa à l'esprit du psychologue : Icare qui sortait de la stratosphère, qui manquait d'air mais qui continuait son ascension, suffoquant… Il regarda sa montre et s'empressa de dire :

— L'heure est passée, nous en reparlerons la semaine prochaine.

— Mais… vous avez pas répondu à ma question !

— C'est une question complexe, on ne peut pas y répondre en trente secondes. Nous prendrons le temps qu'il faut à notre prochaine rencontre.

Pierrette se leva, quelque peu hagarde. Elle lança un regard contrit vers Frédéric, salua mollement, puis finit par sortir.

Le psychologue fit quelques pas dans la pièce en poussant une longue expiration, les mains sur la tête. Il devait reprendre le contrôle, sinon ses clients finiraient par l'abandonner... Pourquoi n'arrêtait-il pas, alors ? Cinquante et un ans, c'est un bel âge pour la retraite, non ? Mais il avait besoin d'argent. Il en avait dépensé tellement au cours des deux dernières années... Et il y avait la pension de Gisèle qui lui coûtait un bras.

Il pensa au prochain week-end. Rien de prévu. Il n'avait eu aucune relation sexuelle depuis neuf semaines. Il pourrait retourner aux partouzes de Lucie. Cela devait bien faire quatre ou cinq mois qu'il n'y était pas allé. Oui, pourquoi pas ? Peut-être avait-elle trouvé de nouvelles variantes, elle qui était si imaginative. Pourtant, cette perspective ne l'enthousiasmait pas tellement. Après le parachutisme, quel pourrait bien être le degré suivant ? Le *bunjee*, peut-être ? Son cœur serait-il assez fort ? Le *bunjee* était peut-être à étudier, mais par pour ce week-end, qui commençait demain et s'annonçait donc plutôt terne...

Pourtant, après que Gisèle l'eut quitté, les week-ends avaient été très colorés. Pendant quatre ans, il avait accumulé les aventures d'une nuit, même s'il ne s'intéressait pas davantage à son prochain. Il ne trouvait les gens intéressants que dans la mesure où ceux-ci le désennuyaient, ce qui arrivait à l'occasion. C'est ce qui expliquait sans doute qu'il n'avait pas vraiment d'amis. Mais après quatre années de célibat, il commençait à en avoir marre et c'est à ce moment qu'il avait rencontré Audrey, de dix ans plus jeune que lui. Une révélation : artiste en arts visuels, intellectuelle, belle et bonne baiseuse. Le couple avait duré deux années. Dont une de parfait bonheur, d'ardeur continuelle, autant physique qu'intellectuelle. Frédéric avait autant de plaisir à faire l'amour à Audrey qu'à lire les livres de philosophie qu'elle lui faisait découvrir. Mais l'ennui, toujours en alerte, était revenu à la charge. Avait-il vraiment aimé Audrey ou l'avait-il tout simplement trouvée plus distrayante que la moyenne des gens ?

Frédéric avait su enfin, de manière irrémédiable, que la vie de couple ne le comblerait jamais à long terme. Ce qu'il devait rechercher, c'était l'extrême. L'impensable. Le hors-limites. C'est ce qu'il s'efforçait de faire depuis bientôt deux ans.

Il regarda sa montre. Son prochain client serait là bientôt. Il erra dans la pièce, examina d'un air absent son diplôme sur le mur, mit de l'ordre dans ses papiers pourtant parfaitement classés... Son regard tomba sur un livre sur la petite table Bauhaus. Le roman policier qu'il était en train de lire. Un flash: envoyer au diable son prochain patient et lire pendant l'heure suivante. Il adorait les polars. D'ailleurs, n'avait-il pas rêvé d'être flic quand il était jeune? Mais ses parents l'en avaient dissuadé. Peut-être n'aurait-il pas dû les écouter... Détective: voilà un boulot qui aurait été réellement passionnant. Des enquêtes, des vraies, le défi de trouver la solution, de percer le mystère... Toujours un but à atteindre, toujours des énigmes à résoudre, toujours différentes... L'exaltation de chercher, de comprendre, de trouver... Chaque criminel étant un cas différent, complexe... Mais n'était-il pas devenu psy pour les mêmes raisons, croyant que chaque névrose serait différente? Et pourtant, il s'en lassait de plus en plus...

Non, une enquête policière, c'était différent! Aller sur le terrain, frayer avec le monde de l'illégalité, se frotter au sordide et au danger, au vrai danger! Rien à voir avec le fait d'écouter les mêmes symptômes et les mêmes obsessions durant des heures! De plus, son envie d'être flic n'avait rien à voir avec la fierté de faire respecter la loi. Celle-ci, d'ailleurs, lui avait toujours semblé assez assommante. Non, le défi était d'entrer dans la mécanique opaque du crime, de la comprendre, de la dépasser et de la casser! Un jeu. Un jeu perpétuel. Le criminel lui-même devait s'amuser aussi, pourquoi pas? Sa passion à lui était de déjouer tout le monde, de désobéir...

Il s'appuya des deux mains sur son bureau. S'il était trop tard pour vivre l'embrasement de l'enquêteur, il lui restait celui du criminel...

Il fut si foudroyé par cette idée qu'il n'entendit pas les petits coups frappés à la porte. Il fallut que le visiteur ouvre lui-même pour que Frédéric, hébété, se retourne. Un grand Noir dans la trentaine piétinait sur place, emprunté, et le psychologue reconnut enfin Hervé Desroches, son client suivant.

— Heu... c'est l'heure de mon rendez-vous...

Frédéric plaqua un sourire d'usage sur son visage.

— Excusez-moi, Hervé. Allez, venez vous asseoir…

Les deux hommes s'installèrent l'un en face de l'autre, et Frédéric demanda comment s'était déroulée sa semaine. L'autre prit un air piteux.

— Assez déprimante… Au travail, c'était mortel… On s'est engueulés, ma femme et moi… Je suis allé au cinéma deux fois et les films étaient vraiment nuls…

Frédéric hocha la tête, remerciant le ciel que ce patient soit le dernier de la journée. Hervé releva alors la tête et annonça avec enthousiasme :

— Mais j'ai vu une nouvelle émission à la télé, hier soir, *Vivre au Max*. Vous l'avez écoutée ?

25

L'affaire Diane Nadeau est déjà désignée, dans les journaux de Drummondville, comme l'événement le plus dramatique de 2006, même si l'on n'est que le 12 juin, date à laquelle la criminelle doit passer devant le juge pour sa représentation sur sentence. Pierre, en montant dans sa voiture pour se rendre au Palais de justice, ressent une certaine lassitude. Il se doute bien de ce qui va se passer tout à l'heure : la Défense va plaider la folie, la Couronne va réfuter, et le juge va se donner une semaine pour étudier tout cela. De la simple formalité.

Tandis qu'il roule, le détective allume la radio : la musique qui en sort ne l'intéresse pas et Pierre cherche distraitement une autre chanson. Il tombe alors sur une entrevue avec Max Lavoie et écoute avec intérêt.

— Il y a beaucoup de gens qui s'inscrivent pour participer à votre émission ? demande l'intervieweuse.

— Trente-deux mille l'année dernière, pis à peu près le même nombre cette année, répond Lavoie.

— Et, paraît-il, vous lisez chacune des demandes ?

— *Right !* Pendant quatre mois, je ne sors plus pis je fais juste lire ! Pis je les conserve toutes, répond Lavoie avec une fierté affectée. Ce qui fait que si, à la dernière minute, il y a un concurrent qui ne peut plus ou qui *back*, je retourne fouiller dans les vieilles demandes pour trouver un remplaçant. C'est déjà arrivé une couple de fois.

— Et vous n'en retenez que trente-trois par saison… Quels sont les critères pour qu'un participant voie son rêve se réaliser à *Vivre au Max* ?

— Que ce soit possible pis non criminel.

— Et, si on se fie à ce qu'on voit, plutôt… insignifiant ?

— Dites ça aux concurrents, pas à moi. Moi, j'offre des possibilités, mais ce sont les gens qui décident quoi en faire. Je les laisse libres.

Si Chloé entendait cette entrevue, se dit Pierre, elle serait sûrement découragée. Du moins, c'est ce que croit le policier à la lumière de sa discussion avec sa collègue l'autre soir.

Eh oui : il a fini par accepter d'aller prendre un verre avec elle, il y a deux jours. Rien de sérieux, juste une manière de conclure agréablement leur première enquête ensemble. Chloé était habillée d'un short en jeans et d'un t-shirt rouge, comme pour bien marquer qu'il s'agissait d'une sortie non professionnelle. Pierre, lui, était vêtu comme d'habitude, avec son pantalon noir et sa chemise grise, abandonnant tout de même son veston et sa cravate pour la soirée. Ils ont discuté une couple d'heures au Saint-Georges, un bar relax. Enfin, c'est surtout elle qui a parlé. De son divorce à Sherbrooke, de son choix de venir à Drummondville, du fait qu'elle aurait aimé avoir des enfants. Pierre, moins loquace, glissait quelques phrases de temps à autre. Puis, il y a eu un silence, rempli par les discussions ambiantes et les sonneries de téléphones cellulaires qui retentissaient à intervalles réguliers. La jeune femme a regardé son collègue dans les yeux, comme si elle disait : « À ton tour ! Qu'as-tu donc à dire ? » Pierre a fini par parler de Diane Nadeau.

— Un cas sordide mais qui, finalement, a été ben facile à régler…

— On va pas parler de la job en buvant une bière ! a rétorqué gentiment Chloé.

Pierre a pris une gorgée de son verre, se demandant ce que les femmes pouvaient bien avoir contre l'idée de parler du boulot. Il travaillait dix heures par jour, il ne pouvait tout de même pas parler de patin artistique !

— C'était ben le fun avec ma fille, la semaine passée.

— J'imagine ! a répondu Chloé, emballée par ce sujet. Tu ne la vois pas souvent, je pense.

— Deux fois par année, parfois trois…

— Montréal, pourtant, c'est pas si loin !

— C'est ça que je lui dis.

— Je disais ça pour toi, surtout.

Et elle a eu un sourire malicieux.

— Je suis tellement occupé, s'est défendu Pierre.

— Vous avez fait quoi, elle et toi ?

Pierre a cherché un moment.

— On est allés au resto. On a jasé un peu, pis... on a regardé la télé.

Comme si cette phrase lui tendait une perche, il a expliqué qu'il venait de s'acheter un nouveau téléviseur (un cinquante-cinq pouces, enfin !) et qu'il pourrait désormais écouter ses émissions sans risquer de se fracturer la main à force de frapper sur l'appareil. Chloé a ri, ce qui a agréablement surpris Pierre, réputé pour avoir peu d'humour.

— À cause de mon ancienne télé, j'ai manqué la fin de *Vivre au Max,* jeudi passé, a-t-il ajouté.

Chloé a grimacé.

— Tu aimes cette émission ?

— Ben... oui.

— Moi, je la déteste. Je trouve que c'est le comble de la niaiserie humaine.

Tout en conduisant sa voiture, Pierre se rappelle que la remarque de sa collègue l'a insulté, comme si elle le concernait, lui, personnellement. À la radio, la journaliste demande :

— En tout cas, monsieur Lavoie, on ne peut pas dire que vos émissions fassent appel à ce qu'il y a de plus noble dans l'être humain.

— L'année passée, il y a eu quelques rêves très touchants, rétorque la star. Comme cette femme qui a emmené six enfants pauvres de son quartier à Disney World...

— Ce genre de rêve ne se produit pas souvent.

— C'est pas de ma faute à moi ! Je vous répète que ce sont les concurrents qui décident. Pis ça dépend de ce que vous entendez par noble. On tombe dans les jugements de valeur, là...

Bien répondu, se dit Pierre qui, par ricochet, songe de nouveau à sa sortie avec Chloé. Cette dernière, à un moment, est revenue sur *Vivre au Max* et lui a demandé :

— Qu'est-ce que tu aimes dans cette émission ?

Après avoir fixé son verre un moment, il a fini par répondre :

— Quand j'écoute la télé, c'est pour relaxer après une dure journée de travail, pas pour trouver un sens à la vie.

Il s'est dit que cette réponse boucherait Chloé. Mais, à sa grande surprise, la jeune femme a éclaté de rire.

— Tu penses que j'écoute la télévision pour trouver un sens à la vie ? Moi aussi, le soir, je suis crevée !

Pierre a remarqué la musicalité des éclats de rire de sa collègue, comme s'ils étaient autant de manifestations de sa joie de vivre. Sans cesser de sourire mais le regard un peu plus songeur, elle a ajouté doucement :

— De toute façon, le plus important, c'est pas de trouver un sens à la vie, mais à la nôtre.

Pierre a tiqué. Ça voulait dire quoi, ça, trouver un sens à *notre* vie ? La vie allait tout droit et on n'avait qu'à suivre, ce n'était pas plus compliqué que ça. Il a donc pris soin d'orienter la discussion vers un autre sujet (son intention de rénover son sous-sol, tiens !) tout en commandant une nouvelle bière.

— Comment expliquer que tant de gens aiment regarder ce genre d'émission ? demande l'intervieweuse à la radio.

— Ils vivent les mêmes expériences que les participants, mais par procuration, répond Lavoie sans louvoiement. C'est pas tout le monde qui aurait le *guts* de faire l'amour en parachute ou de plonger dans une rivière au volant d'un *char*. Ces idées-là excitent sûrement ben du monde ! De voir des gens les exécuter à la télé, ça donne au spectateur une sorte de contentement, ça crée une complicité. C'est comme au cinéma. On se met à la place du héros. Pourtant, personne dénonce le cinéma, alors pourquoi on dénonce les reality shows ?

— Parce que c'est avec du vrai monde et ce qu'ils font est réel.

— Justement, c'est plus vrai, donc c'est ben mieux !

Pierre s'arrête à un feu rouge, encore une fois songeur. Après deux consommations, il est allé reconduire Chloé (l'été, elle refuse de prendre sa voiture car elle préfère marcher) et elle lui a demandé d'arrêter une minute à la tabagie Marier, encore ouverte. Elle est revenue dans la voiture avec cinq ou six journaux, dont certains qu'il ne connaissait même pas. Lisait-elle tout cela ? Lorsqu'ils se sont arrêtés devant le triplex où elle habite, elle a posé un baiser sur la joue du détective avec un naturel déroutant. En retournant chez lui, Pierre a frotté sa joue qui portait une mince trace de rouge à lèvres et s'est dit que, même s'il avait passé une agréable soirée, il devrait, à l'avenir, ne plus accepter les invitations de Chloé.

Pourquoi donc ? se demande-t-il au volant de sa voiture en repensant à cette résolution. *Pourquoi ce refus de sortir avec une collègue ? Au contraire, ça simplifierait les choses, non ?* Le feu passe au vert et la voiture se remet en route.

— Même si ces exploits ne sont pas les vôtres, vous les assumez en les montrant à la télé, insiste la journaliste. Le modèle de vie que vous proposez est assez superficiel, non ?

— Voyons, je propose aucun modèle, moi, vous voyez plus de choses dans mes émissions que je veux en mettre ! Je propose des trips, point final. Pis s'il y a des gens qui veulent faire de ces trips leur mode de vie, j'y peux rien ! De toute façon, y est où, le problème ?

Pierre approuve en souriant. Cette manie qu'ont certains journalistes intellos de compliquer les choses ! Heureusement, Max Lavoie n'est pas du genre à se laisser marcher sur les pieds ! Cette intervieweuse s'entendrait bien avec Chloé, tiens ! Pierre arrête sa voiture dans le stationnement du Palais de justice et, avant de descendre, écoute encore l'entrevue un bref moment.

— Tout de même, monsieur Lavoie, vous ne faites pas ça par philanthropie. Tout cela doit être plutôt payant.

— Vous pensez ça ? Savez-vous combien ça me coûte, une saison de *Vivre au Max* ? Juste en procès, c'est débile ! J'aime l'argent, mais si je peux mener la vie de luxe que je mène en ce moment, c'est plus grâce à la vente de Lavoie inc. qu'à mon émission !

— Alors, quoi ? Si ce n'est pas pour l'argent, quel est votre moteur ?

— Mon moteur…

Lavoie prend deux bonnes secondes puis :

— Mon moteur premier, c'est le plaisir. Ça fait de moi un producteur assez *weird,* disons.

Pierre regarde sa montre : allez, pas une minute à perdre. À regret, il ferme la radio.

◆

— L'accusée est donc convoquée lundi prochain, à la même heure, pour connaître sa sentence, conclut le juge.

Son marteau émet un petit « poc » sec contre le bois, mettant ainsi fin à la séance. Les deux avocats ramassent leurs affaires tandis que deux policiers s'approchent de Diane Nadeau pour l'escorter. Au fond de la salle, Pierre observe la meurtrière, qui se laisse faire en silence, le visage aussi sépulcral que lors de son arrestation il y a douze jours. Les deux policiers de Tanguay ont expliqué au détective, tout à l'heure, qu'elle ne parle presque pas depuis son incarcération, sinon pour demander, de temps en temps, qu'on la laisse « se retirer ».

— Terme intéressant, a expliqué un psy à Pierre la semaine dernière. « Retirer » implique l'idée qu'elle a accompli quelque chose, mais pas nécessairement qu'elle le regrette. C'est comme si elle constatait que désormais, il n'y a plus de raison valable pour qu'elle demeure dans ce monde.

Ces théories psychanalytiques, ce n'est vraiment pas la tasse de thé du détective, lui qui n'est motivé que par une chose : arrêter les criminels. Comprendre leurs motivations peut, à la limite, être intéressant pour les retrouver plus vite, mais dans le cas de Diane Nadeau, tout a été dit : femme introvertie qui n'a pas accepté que son ex fonde une famille avec une autre conjointe. Elle a pété les plombs, et voilà. Qu'elle utilise le mot « retirer » au lieu de « suicider » avait d'abord intrigué Pierre (tout comme cette autre phrase qu'elle avait dite à sa meilleure amie deux semaines avant de passer à l'acte, qu'est-ce que c'était, déjà ? « *Il faut que ça flambe au plus vite.* »), mais au bout du compte, cela change quoi aux faits ? Rien du tout.

Les deux policiers de Montréal ont par contre ajouté que depuis hier, Nadeau, tout en conservant le silence, montre quelques signes d'agitation. Effectivement, Pierre remarque que l'assassin, tandis qu'on l'escorte vers le fond de la salle d'audience, paraît plus troublée. Malgré son visage fermé, elle lance des regards traqués autour d'elle, a des gestes plus secs, cligne souvent des yeux. Pierre croit même voir ses lèvres bouger, comme si elle marmonnait des mots pour elle-même. Il se tourne vers Chloé, debout à ses côtés, et propose :

— Bon, allons disperser la bande d'énervés dehors avant que Nadeau sorte.

La détective, qui observe Nadeau avec intensité, ne bouge pas, comme si elle n'avait pas entendu. Pierre répète sa phrase et Chloé, qui réagit enfin, approuve de la tête et suit Pierre.

— Je pensais à Nadeau, s'excuse-t-elle. Qu'est-ce qui a bien pu la pousser à commettre un tel geste ?

— On le sait, voyons : meurtre passionnel.

— Non, non, je veux dire : comment peut-on en arriver là ? Comment peut-on être malheureux au point de faire *ça ?*

Pierre ne relève pas, quelque peu ennuyé. Décidément, cette Chloé aime vraiment se poser des questions compliquées…

En sortant du Palais de justice, ils tombent sur une petite foule d'une trentaine d'individus et sur deux caméras de télévision en provenance de Montréal. Pierre et Chloé demandent à tout ce beau monde de dégager le passage et le repoussent posément. Malgré leurs expressions peu avenantes et agressives, les gens obéissent. Mais lorsque Diane Nadeau, escortée par les deux flics, apparaît quelques secondes plus tard, la foule explose en malédictions haineuses. Pierre et Chloé demeurent de chaque côté du passage, les bras écartés, mais personne ne fait mine de vouloir s'approcher de la meurtrière. Cette dernière, le visage crispé, perdue dans des pensées manifestement chaotiques, semble à peine se rendre compte de la présence de ses pourfendeurs. Elle ne cesse de se mordiller les lèvres, daigne enfin observer la foule autour d'elle… et, en apercevant l'une des caméras tout près, la meurtrière s'immobilise, hésite un centième de seconde et tout à coup, comme si elle laissait enfin surgir ce qui la tourmente depuis la veille, se met à crier vers l'œil de verre :

— Il faut que vous fassiez quelque chose ! Pis vite ! Le plus vite possible !

C'est si inattendu que tous se taisent instantanément. Pierre et Chloé eux-mêmes se retournent avec curiosité. Les deux gardiens veulent obliger Nadeau à se remettre en marche, mais celle-ci se dégage d'un mouvement brusque, tend tout son corps vers la caméra et sa voix est si enragée, si désespérée, que la foule impressionnée recule de quelques pas :

— Je pourrai pas me retenir longtemps, vous entendez ? Je… je ne peux plus ! *Je ne peux plus !*

La cohue se remet aussitôt à l'injurier. Les deux policiers réussissent enfin à remettre leur prisonnière en marche. Nadeau, tout à coup adoucie, se laisse guider sans résistance, le visage blême d'épuisement. Pierre la suit des yeux tandis qu'on la fait entrer dans le fourgon qui la ramènera à Montréal.

— Qu'est-ce qu'elle a voulu dire, tu penses ? demande une voix.

C'est Chloé qui s'est approchée. Autour des deux détectives, les manifestants s'éparpillent déjà, curieusement sereins, comme satisfaits de s'être tant défoulés.

— Aucune idée, répond Pierre en réajustant son veston.

Tous deux observent le fourgon s'éloigner sur le boulevard.

3

Maxime Lavoie, les bras le long du corps, le torse bien droit, observa le cadavre de son père à ses pieds et ne put empêcher sa bouche de se tordre en un rictus de dégoût.

L'aspect physique du macchabée à lui seul justifiait une telle réaction. René Lavoie était obèse et sa nudité le rendait encore plus burlesque. L'énorme ventre flasque débordait sur le carrelage en céramique et le minuscule pénis, éperdu au milieu de cette graisse, inspirait plus la dérision que la virilité. Étonnant, d'ailleurs, que ce dérisoire appendice ait pu encore servir. Non pas tant à cause de l'âge de René Lavoie que de son poids et de sa lamentable forme physique. D'ailleurs, quel âge avait-il, déjà ? Le jeune homme se livra à un rapide calcul. Nous étions en 1998, donc… ma foi, cinquante-quatre ans seulement. Bien jeune pour passer l'arme à gauche, mais plutôt vieux pour se livrer aux galipettes qui l'avaient conduit à sa mort. À la pensée de ce qui s'était vraisemblablement passé, Maxime n'en grimaça que davantage.

— Tu pourrais au moins être plus discret, souffla une voix à son oreille.

Maxime tourna la tête. Le sexagénaire à ses côtés semblait parfaitement réveillé et l'empressement avec lequel on l'avait tiré du lit n'altérait en rien sa dignité et son élégance naturelle. Mais Maxime décelait bien la lueur de reproche dans le regard de l'homme, qui poursuivit à voix basse :

— Pour l'instant, il n'y a que des policiers, mais dans cinq minutes, les journalistes seront ici, alors *per favore,* joue le jeu, ne serait-ce qu'un minimum…

Maxime regarda autour de lui : les policiers, éclairés par les luminaires extérieurs, qui allaient et venaient dans l'immense cour ; la poufiasse en robe de chambre, toujours en pleurs, qui racontait tant bien que mal, pour la dixième fois, son histoire à deux flics ; la piscine creusée, illuminée de l'intérieur, avec un îlot-bar en plein centre ; et sur le sol en céramique, René Lavoie, son père, nu, le ventre à l'air, les yeux entrouverts, le front ouvert et maculé de sang séché, mort. Maxime observa tout cela d'un œil morne et articula :

— Pour la discrétion, Michaël, je pense que c'est trop tard.

— Tu sais ce que je veux dire, Maxime…

Bien sûr, qu'il savait. Jouer le jeu. Comme toujours. Comme partout. Sauf que Maxime n'avait jamais aimé cette sorte de jeu. Cette manie des gens de dévier la réalité l'avait toujours radicalement écœuré. Et là, même dans la mort, il semblait qu'il faille jouer encore. Et son père aurait sans doute été le premier d'accord. Il toisa le corps à nouveau et tenta de l'imaginer en train de courir, nu et hilare, affreusement vulgaire, puis glisser sur le carrelage, se péter le front sur cette petite table design et laide, puis s'étendre de tout son long, foudroyé par la crise cardiaque, cherchant un souffle que ses poumons ravagés ne trouvaient pas, suffoquant comme un énorme morse échoué sur une banquise… Oui, il imaginait très bien la scène, et s'il n'avait été aussi nauséeux, il aurait sans doute ri, d'un rire sans joie, un rire qui aurait eu la même texture et le même goût qu'un jet de vomissure.

La main discrète mais solide de Michaël Masina lui prit le bras.

— Viens, on va aller discuter à l'intérieur…

Maxime se laissa guider à travers la foule de policiers. L'un d'eux s'approcha, avec un visage de circonstance.

— Excusez-moi de vous déranger encore, monsieur Lavoie, mais je ne veux faire aucune erreur dans le rapport et… C'est bien monsieur Masina qui vous a appelé et non madame Lambert, c'est ça ?

Maxime retint un sourire. Accoler à cette pétasse de dix-huit ans le mot « madame » était pour Maxime le comble de la politesse poussée jusqu'à l'hypocrisie. Il se demanda combien de maîtresses comptait son père. Car il devait posséder un harem, comme tout pacha qui se respecte.

— Exactement.

Il jeta un œil vers Iza Lambert, mannequin au futur prometteur, toujours en pleurs près d'un flic. Quand Maxime était arrivé un peu plus tôt, elle était hystérique, mais il avait tout de même réussi à comprendre l'histoire qu'elle racontait aux policiers. Car elle n'avait même pas essayé de camoufler la vérité, trop bouleversée pour réfléchir (en supposant qu'il lui arrivât de se livrer à pareil exercice). Elle et René étaient arrivés à la résidence secondaire du milliardaire vers minuit trente, après un luxueux souper en ville. Ils s'étaient baignés dans la piscine (nus, manifestement), puis René avait prétendu être un méchant rôdeur à la recherche de chair fraîche, l'un de ses jeux préférés.

Le jeu, toujours...

Iza, bonne joueuse, était sortie de la piscine en faisant mine de se sauver

(autre évocation risible : Iza, sur le bord de la piscine, qui mime la frayeur en ondulant son cul provocant, poussant de petits rires idiots)

et René, comme à l'habitude, était sorti à son tour en jouant les mauvais garçons

(son père, énorme et repoussant, de trente-six ans l'aîné de sa maîtresse et quatre fois et demie sa corpulence, courant sur le carrelage, grognant stupidement comme un ours, ses mains grasses brandies devant lui, inconscient que dans quelques secondes, il allait crever, crever comme un porc, nu et grotesque, affichant enfin à la face du monde sa laideur, sa profonde et fondamentale laideur)

mais il n'avait pas fait attention au carrelage glissant et...

Elle avait appelé le 9-1-1, bien sûr. Et, tout de suite après, elle avait rejoint Masina. Et ça, Maxime savait pourquoi. Il l'imaginait penchée sur le corps suffocant de Lavoie, en pleurs, tandis que celui-ci, en proie à la crise cardiaque, bredouillait : « Masina... Appelle Michaël Masina... », ou quelque chose du genre. Jusqu'à la porte de la mort, le grand homme d'affaires aura pensé à tout. Mais Iza Lambert n'était pas une femme d'affaires et tout ce qu'elle avait vu, c'était l'éventualité de se retrouver seule avec un mort. Contacter la police, pour elle, allait de soi. Comment lui en vouloir ? Après son coup de fil aux flics, elle s'était sans doute rappelé la demande de son amant. Elle avait fouillé dans le calepin de Lavoie et trouvé le numéro dudit Masina. Cette scène aussi, Maxime l'imaginait sans difficulté : le fidèle bras droit, redressé dans son lit, dépeigné mais déjà en alerte, le téléphone sur l'oreille, faisant signe à sa femme préoccupée de se taire.

— Vous avez appelé quelqu'un d'autre ? avait-il sûrement demandé.

Maxime aurait donné cher pour voir la grimace de Masina en entendant la réponse de la mannequin surexcitée.

— Vous ne leur dites rien avant que j'arrive, d'accord ? avait-il sûrement ordonné de cette terrible voix qu'il prenait lorsqu'il parlait aux subalternes de la compagnie.

Le jeu, encore, sauf que personne ne s'amusait dans cette partie. Drôle de jeu, se disait Maxime... Puis, Masina l'avait rejoint, lui, tout de suite après le coup de téléphone d'Iza.

— Je passe te chercher, il est arrivé quelque chose à ton père. N'appelle pas ta mère !

Quand ils étaient arrivés, la police était déjà là et Iza, incapable de se maîtriser, avait tout raconté. Seule consolation pour l'Italien : aucun journaliste n'était encore sur les lieux.

Le policier écrivit quelque chose dans son rapport, tandis que Masina lui demandait si on allait dégager le corps bientôt.

— Encore quelques minutes, monsieur, mais ça ne devrait pas tarder.

Le vieil homme entraîna de nouveau Maxime et, trente secondes plus tard, ils se retrouvaient tous deux au second étage dans le bureau de René Lavoie, presque entièrement vitré et dont la vue donnait sur la piscine. Masina, les mains dans les poches, observa un moment la scène en bas, les policiers grouillants, le corps blanc du PDG sur le bord de la piscine, et pour la première fois de la soirée, la tristesse apparut sur son visage ridé. Cette fois, Maxime sut que le vice-président de Lavoie inc. avait momentanément cessé de jouer.

— Il était comme mon *fratello*, Max.

Maxime ne dit rien, mais il savait que le vieil homme ne frimait pas. S'il y avait une chose vraie et sincère dans cette entreprise, c'était l'amitié qui liait son père et Michaël Masina. Du plus loin que pouvaient remonter les souvenirs de Maxime, l'Italien avait toujours été là, à toutes les fêtes, à tous les événements importants de la famille Lavoie, heureux ou malheureux. Et si, quand il était petit, Maxime le trouvait très drôle et très généreux, il avait fini par découvrir que lorsque son père et lui se retrouvaient dans le bureau de René Lavoie, l'oncle Masi devenait le vice-président Masina.

Le sexagénaire se tourna vers Maxime. La tristesse avait déjà disparu de son visage et la sévérité de l'homme d'affaires avait refait surface.

— Mais nous pleurerons plus tard. Pour l'instant, il faut que tu saches, Maxime : tu es le nouveau directeur général de Lavoie inc.

Le jeune homme ouvrit de grands yeux.

— Tu n'es pas surpris, tout de même ? Tu es fils unique. Ton père te lègue non seulement sa fortune, mais toutes ses actions. Je le sais, il m'en a souvent parlé. Quarante pour cent de la compagnie t'appartient désormais.

— Mais c'est absurde ! Je ne me suis jamais intéressé aux affaires de mon père ! Je les ai toujours méprisées !

— Tu crois qu'il ne le savait pas ? Ç'a toujours été le drame de sa vie ! Mais il s'est dit qu'à sa mort il te léguerait tout et que tu n'aurais pas le choix.

— Comment, pas le choix ?! Je n'ai qu'à vendre les parts, c'est tout ! Tiens, je te les vends à toi, pas cher ! Avec tes propres actions, tu seras majoritaire dans la compagnie ! C'est ce que tu souhaites, non ?

— Non !

Maxime fronça les sourcils. À travers la gravité du visage de Masina, la tristesse se fit entrevoir par quelques fissures.

— Lavoie inc. appartient à ta *famiglia*. C'est ton grand-père qui l'a fondée. Il a été le premier à vendre, dans une petite bâtisse grosse comme ma main, des accessoires de ski qu'il fabriquait le soir à la sueur de son front. C'est ton père qui en a fait une multinationale. Et c'est toi qui vas poursuivre l'œuvre familiale.

Encore une fois, Maxime savait que ce discours n'était pas de la frime. Comme s'il avait lu dans ses pensées, Masina ajouta :

— De tous les hommes qui ont travaillé dans l'entreprise de ton père, je suis le seul qui ne trahira jamais la confiance d'un Lavoie. Mon poste de vice-président me va très bien et je m'en accommoderai jusqu'à ma mort… si tu veux de moi, bien sûr.

— Comment, si je veux de toi ?

— Parce que tu seras aussi le président du conseil d'administration. Ne t'inquiète pas, ta nomination ne sera pas un problème, j'y veillerai.

— Michaël, tu… tu me faisais faire l'avion quand j'avais cinq ans, je ne peux pas être ton patron !

— Tu vas voir que ça ne marche pas comme ça. Ton père et moi étions des partenaires.

— Justement, je ne connais rien, moi, en affaires ! Et je n'ai même pas trente ans !

— Ton père savait tout ça, et c'est pour ça qu'il m'a fait jurer de t'aider du mieux que je le pourrais si jamais il venait à…

Il ne compléta pas sa phrase, remué. Maxime marcha vers la fenêtre en se lissant les cheveux. Il observa l'animation en bas, son regard glissa jusqu'au cadavre flasque de son père. Le dégoût revint sur son visage. Masina s'en rendit compte et s'approcha de lui. Pendant une seconde, il fit mine de lui prendre affectueusement les épaules, mais se retint au dernier moment.

— Je sais que tu n'avais pas beaucoup d'estime pour ton père…

Maxime eut un rictus amer pour souligner l'euphémisme.

— Mais lui, poursuit l'Italien, croyait en toi… Si la compagnie ne restait pas dans la *famiglia*, ce… ce serait comme le tuer une deuxième fois !

— Voilà une excellente raison pour refuser, alors !

— Et tu feras quoi ? se fâcha alors Masina. Tu continuerais à vivre dans ton petit trois et demi ? à remplacer de temps à autre des enseignants malades ? à corriger des épreuves pour un salaire ridicule ? et, entre deux emplois temporaires, à rêvasser à un monde meilleur et à lire ton foutu Baudelaire ? Tu as vingt-huit ans, Maxime ! Tu vas mener cette vie merdique pendant combien de temps encore ?

Maxime tiqua. Ses études en lettres et en philosophie n'avaient jamais donné de travail très stable au jeune homme. Son père lui avait offert durant des années un poste intéressant dans la compagnie, mais Maxime avait toujours refusé. C'étaient d'ailleurs à peu près les seules fois où Lavoie et son fils avaient parlé ensemble : lorsque le père voulait que son fils travaille pour lui. Sa vie était-elle aussi misérable que l'insinuait l'Italien ? Maxime revit les vingt-huit dernières années en accéléré : son enfance entre un père qu'il ne voyait jamais et une mère dépressive qui dépérissait ; ses amis d'école qui ne le fréquentaient que pour son argent et son luxe, mais qui ridiculisaient son tempérament rêveur et romantique ; ses études au cégep et sa quête de l'idéal au moyen de toutes sortes de causes sociales anti-capitalistes, qui s'étaient avérées décevantes ; son départ de la maison à dix-huit ans ; d'autres faux amis qui voulaient profiter de son argent ; sa désillusion du monde universitaire, où les facultés étaient à la solde des grandes entreprises ; son exaspération, lorsqu'il enseignait, de constater que ses jeunes étudiants se gavaient de conneries et n'aspiraient qu'à une chose : baiser le plus possible, gagner un max d'argent et faire la fête jusqu'à la fin des temps... Et il y avait eu Nadine, une étoile qui s'était transformée en trou noir... Il l'avait rencontrée à l'université. Ils avaient sorti ensemble et il l'aimait à devenir dingue. Elle était la Pureté, l'Idéal qu'il cherchait tant dans ce monde sans cœur. Mais quand, au bout de quatre mois, elle avait compris qu'il n'avait pas l'intention de travailler dans l'entreprise de son père, elle l'avait plaqué pour un imbécile de fils à papa qui étudiait en finances. C'était pire qu'une trahison, c'était... c'était l'écroulement complet. Sa réaction avait été irrationnelle, absurde. Dangereuse. Heureusement, Francis était là et l'avait aidé.

Francis... La seule vraie perle dans ce dépotoir. Son complice depuis l'école secondaire. Son seul et vrai ami. Celui qui lui donnait l'espoir de croire qu'il devait bien y avoir d'autres personnes comme eux, quelque part, prêtes à se battre pour changer les choses. D'ailleurs, si Francis s'était trouvé là à ce moment, dans cette pièce richement meublée, s'il avait entendu l'offre qu'on lui faisait, qu'aurait-il fait ? Comment aurait-il réagi ?

Cette fois, Masina mit sa main sur l'épaule de Maxime et ce dernier fut frappé par l'éternelle jeunesse de l'homme devant lui. Il avait soixante-sept ou soixante-huit ans, mais on ne l'aurait jamais cru. Ce n'était pas une question physique, ses rides étaient nombreuses et évidentes, ses cheveux d'un poivre et sel assumé. En fait, son air de jeunesse venait de la solidité qu'il dégageait, de la *superbe* qu'il affichait toujours, en toutes circonstances. Une idée désagréable traversa le jeune homme : l'obsession de faire de l'argent gardait-elle plus jeune que le sport ?

— Écoute, fit l'Italien. Tu as la chance de devenir le principal actionnaire d'une des compagnies les plus riches du pays. Tu vas avoir le genre de pouvoir que peu de gens peuvent se targuer de posséder. Si tu veux dire non à ça, juste pour aller contre la volonté de ton père ou pour des raisons idéologiques, libre à toi. Mais toi qui as toujours voulu changer les choses, tu aurais maintenant le pouvoir de le faire. Réfléchis à ça.

Maxime fronça les sourcils. Les deux hommes se mesurèrent du regard, mais c'est le plus jeune qui finit par baisser la tête. Maxime songea que la dernière fois que Masina avait baissé les yeux le premier devant quelqu'un devait remonter à sa petite enfance dans une cour d'école italienne… Et encore !

La main quitta l'épaule de Maxime. Masina replaça une mèche de ses cheveux, ajusta son veston sur ses épaules et jeta un coup d'œil vers la fenêtre.

— *Cazzo…*, marmonna-t-il.

En bas, quatre individus faisaient irruption dans la cour, dont deux avec des appareils photo.

— Viens, fit Masina en marchant rapidement vers l'escalier.

— Mais… Mais comment ont-ils su ?

— Comment les vautours trouvent-ils une carcasse dans le désert ? Allez, viens !

Maxime suivit Masina. Lorsqu'ils arrivèrent dans la cour, les photographes avaient déjà commencé à prendre des clichés du corps inanimé de Lavoie, tandis que les journalistes bombardaient les flics de questions.

— Messieurs, s'il vous plaît, lança l'Italien d'une voix ferme.

Tous se tournèrent vers lui, comme s'ils avaient reconnu la voix d'une autorité naturelle. Maxime demeura à l'écart tandis que le sexagénaire expliquait :

— Je suis Michaël Masina, vice-président de Lavoie inc. Je me ferai un plaisir de répondre à vos questions.

— Lavoie était avec sa maîtresse, c'est ça ?

— Allons, qu'est-ce qui vous fait croire une telle chose ?

Ironique, le journaliste désigna Iza Lambert plus loin, maintenant seule et qui, toujours emmitouflée dans la robe de chambre masculine, observait la scène avec égarement. Les mâchoires de Masina se raidirent un moment, mais, flegmatique, il articula :

— Je vous propose de me suivre pour que nous puissions discuter de tout ça posément.

Et sans attendre de réponse, il marcha vers la serre vitrée, à quelques pas de là. Après un bref moment de flottement, les journalistes lui emboîtèrent le pas. Masina ouvrit la porte de la serre pour laisser passer les journalistes, mais avant d'entrer lui-même, il revint rapidement sur ses pas. Il sortit un chéquier de son veston, signa rapidement un chèque en blanc et le tendit à Maxime.

— Tiens, donne quelque chose à cette *puttana* pour qu'elle déguerpisse enfin et qu'on n'en entende plus jamais parler.

— Pas question ! Je ne veux rien savoir de ces magouilles dégu…

— Tu veux que le scandale sorte un peu partout ?

— Je m'en fous complètement !

— Et ta *madre*, tu t'en fous aussi ?

Maxime se figea, pris de court. Sa mère dépressive, qui n'avait jamais pu vraiment s'occuper de lui mais qui avait fait le maximum que ses capacités lui permettaient… Sa mère fragile qui se gavait de pilules et restait assise au salon ou près de la piscine toute la journée, à lire des romans à l'eau de rose…

À contrecœur, Maxime prit le chéquier. Masina approuva de la tête.

— Tu vois, quand je te dis de réfléchir, c'est exactement pour *ça*.

Il retourna rapidement vers la serre. Maxime avait mal au cœur, comme lorsqu'il sortait d'un fast-food. Il regarda autour de lui : il ne restait que deux policiers qui discutaient près de l'entrée de la cour. Plus loin, un médecin légiste agenouillé examinait le corps. Plus personne ne s'occupait d'Iza. Maxime essuya sa bouche pourtant sèche et marcha vers elle. Elle le regarda approcher, l'air méfiant malgré ses pleurnichements.

— Écoute…, commença-t-il froidement.

— Je te reconnais, le coupa-t-elle tandis que son regard s'éclairait. T'es Maxime, son fils !

Maxime fit signe que oui.

— C'est toi qui vas hériter de tout, alors ?

Évidemment, elle avait vite fait le lien. Le jeune homme sentit sa nausée s'intensifier tandis que la mannequin se remettait à chialer :

— C'est épouvantable ! René était un homme tellement exceptionnel ! Je sais qu'il était marié, mais… je l'aimais pour de vrai ! Vraiment !

Maxime l'observa faire son numéro un moment, le visage de glace.

Alors, voir un homme mourir, ça joue sur les nerfs, ma belle ? Surtout quand cet homme vaut des milliards et a des relations un peu partout, y compris dans le monde de la mode ! Pas drôle d'être obligée de se trouver un autre vieux riche à sucer ! On commence à peine à s'habituer à son sperme ranci et hop ! on doit faire subir à ses papilles gustatives un entraînement intensif en vue du prochain choc ! Pas facile... Est-ce qu'il te battait, en plus ? Devais-tu subir non seulement sa queue mais ses coups ? Si c'est le cas, difficile de lui en vouloir là-dessus ! Moi-même, en ce moment, si je ne me retenais pas, je te foutrais une ou deux baffes solides, ou même pire, je...

Il frissonna, soufflé par tant d'agressivité.

— Bon, ça suffit, dit-il d'une voix retenue pour ne pas attirer l'attention. Voici un... un petit quelque chose pour... pour te consoler.

Allez, aussi bien jouer un peu lui aussi. Le temps d'éloigner toute cette saleté, toute cette boue... Iza cessa de pleurer, soudain intéressée. Le stylo dans une main, le chéquier dans l'autre, Maxime hésitait. Combien devait-il donner ? Merde, merde, il ne connaissait rien là-dedans, *rien !* D'un geste rageur, il inscrivit le nombre vingt mille, détacha le chèque et le jeta presque au visage de la fille, qui, en voyant le montant, loucha de stupéfaction.

— J'imagine que tu sais ce que ça veut dire.

Elle leva la tête vers lui. Et tout à coup, un sourire enjôleur retroussa ses lèvres, en total contraste avec la détresse qu'elle affichait dix secondes plus tôt.

— Merci... Mais l'argent ne remplacera jamais René...

Elle s'approcha alors de Maxime jusqu'à le frôler et entrouvrit la robe de chambre, qui laissa furtivement voir un corps parfait. Maxime contempla cette splendeur de la nature une courte seconde. Plusieurs années auparavant, il se serait sûrement agenouillé devant cette icône en remerciant Dieu de lui envoyer une telle preuve de Son existence, mais depuis sa séparation avec Nadine, les charmes féminins le laissaient assez froid. Il avait bien couché avec quelques filles au fil des années, mais les expériences s'étaient avérées décevantes. En fait, ce n'était pas un corps sculptural qu'il voyait en ce moment, mais le jeu qu'il représentait, crasse et convenu, stupide, vain et insignifiant.

Le jeu, l'ostie de jeu...

— Peut-être que le fils pourrait me faire oublier le père, susurra Iza avec un regard si exagérément vicieux qu'il en était risible.

Mais Maxime n'avait même pas envie de se moquer. La seule chose qui aurait pu fuser de sa bouche à ce moment était un crachat, qu'il réussit à retenir par un effort de volonté colossal et, surtout, grâce à l'évocation de sa mère. Il entrouvrit les lèvres, juste assez pour râler les mots :

— Va-t'en... tout... de suite...

La mine vicieuse de l'allumeuse flancha ; après un haussement d'épaules, elle referma sa robe de chambre, alla ramasser ses vêtements qu'elle s'obstinait à ne pas enfiler et disparut.

Maxime ferma les yeux en prenant une grande respiration, puis reluqua vers la serre, tout illuminée dans la nuit. À l'intérieur, Masina parlait avec animation aux journalistes qui écoutaient, sur la défensive mais attentifs. Un autre jeu qui se jouait, avec des joueurs consentants, prêts à réinventer les règles au fur et à mesure.

Il détourna la tête, épuisé autant physiquement que moralement. Son regard tomba sur le corps de son père, là-bas. Le légiste se relevait et s'éloignait. Après une brève réticence, Maxime s'approcha du cadavre et reprit la même posture qu'un peu plus tôt, avec la même répugnance dans le regard. Il essayait de trouver un soupçon de compassion ou de tristesse dans son âme. Rien. Au contraire. Voir un tel rapace mort, n'était-ce pas une immense délectation ?

Pour ne pas dire une solution ?

Les mots de Masina lui revinrent à l'esprit. Avoir un pouvoir gigantesque, un pouvoir que très peu de gens possèdent... Un pouvoir qui, au lieu d'empirer les choses, pourrait les améliorer... À nouveau, le jeune homme se demanda ce que serait la réaction de Francis s'il était là. Que ferait-il ? Que ferions-*nous* ?

Deux infirmiers arrivaient avec un brancard. Sans s'occuper de Maxime, ils soulevèrent péniblement le corps, ce qui produisit sur le carrelage un désagréable bruit de succion, et s'affairèrent à le glisser dans une grande enveloppe de tissu. Maxime observait la scène avec une soudaine résolution dans le regard. Quand on remonta la fermeture-éclair de l'enveloppe, Maxime s'éloigna à grands pas, sans un regard vers la serre. Il monta dans sa Honda et démarra.

Il arriva à Montréal trente minutes plus tard, roula dans les rues assoupies du Plateau-Mont-Royal et arrêta sa voiture devant un logement de la rue Fabre. Le pas décidé, il monta l'escalier et sonna plusieurs fois. Au bout de trois minutes, un jeune homme grassouillet et à peine réveillé, habillé d'un caleçon et d'un t-shirt, apparut à travers la vitre de la porte. En reconnaissant le visiteur, il s'empressa d'ouvrir.

— Max ! Criss, as-tu vu l'heure ?

— Faut que je te parle, Francis !

En émettant un grognement pour la forme, Francis fit entrer son ami. Une minute plus tard, ce dernier était assis à la table de la cuisine éclairée par une ampoule au plafond. Francis, après s'être frotté les yeux, installa sur son nez ses petites lunettes rondes, puis alla au frigo en demandant à son visiteur s'il voulait quelque chose.

— Un gin tonic.

— Je suis à moitié endormi, Maxime, tu pourrais pas me demander quelque chose de plus simple ?

— Une bière.

Francis revint à la table avec deux bouteilles, s'assit et croassa :

— Si mes étudiants me demandent demain matin pourquoi je suis si fatigué, je répondrai que mon ami m'empêche de dormir la nuit… Et ils vont penser que je suis gai.

— Mon père est mort cette nuit.

Francis n'eut aucune réaction d'apitoiement ou de compassion. Au contraire, il eut une petite moue presque indifférente et, en dirigeant la bouteille vers sa bouche, lâcha d'un ton neutre :

— C'est pour ça que tu as ressenti un besoin urgent de fêter…

Maxime ne put s'empêcher d'esquisser un sourire. Déjà à l'école secondaire, au début de leur amitié, Francis Lemieux était le plus ironique des deux, celui qui avait le plus de répartie, et Maxime lui avait toujours envié cette personnalité forte. Comme lui, c'était un idéaliste, un poète, un rebelle qui refusait les règles du jeu, mais son humour et sa personnalité le rendaient plus efficace que Max. Alors qu'en société, durant des discussions animées, le jeune Lavoie finissait par se fâcher devant l'égoïsme et la bêtise des interlocuteurs, le jeune Lemieux, lui, toujours souriant, répondait avec des pointes brillantes, caustiques et dévastatrices.

— C'est vrai que je ne me noie pas dans mes larmes, admit Maxime.

— J'imagine même le contraire. Je me souviens de t'avoir souvent entendu souhaiter sa mort.

Il prononça ces mots sur un ton de reproche et ajouta même :

— Maintenant que ton vœu est exaucé, peut-être que tu as des remords…

— Aucun.

Francis secoua la tête et, tout en prenant une autre gorgée, laissa tomber sur un ton mi-sérieux, mi-railleur :

— Tu es vraiment inquiétant, parfois…

Il déposa la bouteille déjà à moitié vide sur la table en ajoutant :

— Mais, bon, je dois avouer que je n'irai pas pleurer sur sa tombe.

— Francis, il me lègue tout son fric et ses actions de la compagnie.

Cette fois, le jeune enseignant ne trouva rien à répliquer.

— Je n'ai qu'un mot à dire pour devenir PDG de Lavoie inc.

— Et milliardaire.

— Et milliardaire.

— Tu vas enfin accepter de me payer une bière de temps en temps…

En voyant l'air grave de son ami, Francis devint austère à son tour.

— Tu ne vas quand même pas accepter ?

— Je crois que oui.

Cette fois, c'est l'appréhension qui apparut sur les traits du jeune prof.

— Tu vas devenir ce que toi et moi méprisons le plus ?

— Écoute, ça fait plus de douze ans qu'on veut changer les choses, toi et moi, et qu'on trouve que nos efforts sont vains.

— Erreur : *tu* trouves que nos efforts sont vains. Moi, j'ai toujours considéré que mes petits gestes au jour le jour, que mes efforts pour sensibiliser mes étudiants étaient parfaitement valables en considération du peu de munitions dont je dispose. C'est toi qui es perpétuellement frustré. Frustration, d'ailleurs, qui ne peut que te nuire, je te l'ai toujours dit…

— Exactement, je suis toujours frustré ! Mais si je suis riche, si je prends la tête de Lavoie inc., je pourrai frapper grand et large ! Je pourrai mener l'entreprise à ma manière !

— Il y aura de la résistance au sein même de la compagnie, tu t'en doutes bien.

— Et alors ? s'emporta le jeune héritier. Ce sera moi le patron, c'est moi qui déciderai ! Et ceux qui s'opposeront à ma vision seront éliminés, voilà tout !

— Qu'est-ce que tu entends par éliminer ?

Maxime émit un petit rire puis, en voyant l'air sévère de son ami, comprit qu'il ne se moquait pas.

— Voyons, Francis, c'est une façon de parler, pourquoi tu poses une telle question ?

— Parce que ce mot a déjà eu un sens très littéral pour toi.

Maxime eut l'impression que les ténèbres, autour de la table, devenaient encore plus épaisses.

— Pourquoi tu… pourquoi tu reparles de ça, Francis ? Ça fait huit ans… Et je t'ai dit je ne sais combien de fois que mon intention n'était pas de les tuer…

— La police a pourtant dit que c'était un miracle que le gars n'ait que les deux jambes cassées.

— Je sais, mais j'avais bu quelques bières, mon jugement était faussé et… Je voulais juste leur flanquer la frousse !

Mais était-ce vraiment le cas ? Lorsqu'en roulant en voiture cette nuit-là (cette vieille bagnole que Francis et lui avaient achetée en mettant en commun leurs maigres économies d'étudiants), il avait vu Nadine et son nouvel amoureux bourgeois marcher dans cette petite rue déserte main dans la main en lui tournant le dos, qu'avait-il ressenti exactement ? La rage, bien sûr. La frustration. La révolte à l'idée que cette fille si belle, si intelligente, puisse nourrir des projets si vains, si bassement matériels… Qu'elle puisse ne pas être d'accord avec ses idéaux à lui, qu'elle ne comprenne pas… Pire : qu'elle *refuse* de comprendre et qu'elle choisisse consciemment et volontairement ce clown nuisible, ce futur financier, symbole même de tout ce qui était le contraire de Maxime ! Aveuglé par cet outrage, il avait foncé vers eux, mais dans quel but, exactement ? Uniquement pour leur faire peur, vraiment ? Alors pourquoi n'avait-il pas ralenti ? N'était-ce pas un miracle que Nadine se soit retournée juste à temps pour voir la voiture, crier et se jeter sur le côté ? Et si son amoureux, alerté par le cri, n'avait pas effectué lui-même un saut à la dernière seconde, la voiture se serait-elle contentée de lui fracasser les jambes au vol ? S'il n'avait pas l'intention de les tuer,

Maxime aurait-il ressenti, tandis qu'il se sauvait à pleins gaz, cette amère déception ?

Mais non, il n'avait pas voulu les éliminer, c'était absurde ! Et cela le mettait en colère d'être obligé de le répéter à son meilleur ami huit ans plus tard.

— D'ailleurs, tu sais bien que ce n'était pas mon intention puisque tu m'as aidé ! lui rappela Maxime sur un ton sombre.

Francis approuva en silence. C'était vrai qu'il avait tiré son ami du pétrin. Car cette nuit-là, sur le chemin du retour, la déception avait rapidement disparu en Maxime pour laisser place à l'incrédulité, au remords et surtout à la peur. Lorsqu'il était allé réveiller Francis dans son appartement de la résidence universitaire et qu'il lui avait tout expliqué en pleine panique, son ami avait réagi promptement : il avait pris la voiture et il était allé percuter un arbre de plein fouet. Alibi parfait pour Maxime : lui et Francis avaient eu un accident et avaient passé la nuit à chercher un garage ouvert. Alibi qui tint la route lorsque la police, le lendemain, vint questionner Maxime et examiner la voiture, trop cabossée pour y déceler toute trace louche. L'amoureux de Nadine s'en était tiré avec les deux jambes cassées. Mais aucun des deux ne pouvait identifier ni le chauffard ni même la marque de la voiture : il faisait trop noir et tout s'était déroulé trop vite. Plus tard cette journée-là, Francis avait dit à son ami : « Tu me dis que tu as perdu la tête, cette nuit, et que c'était une erreur. Je te crois. Nous n'en reparlerons plus. Mais ne refais jamais une connerie pareille. Jamais. Je ne pourrais pas l'accepter une seconde fois. » Maxime n'avait jamais vu son ami si grave. Francis était-il déçu du comportement de son complice de toujours ? Peut-être. Mais il venait tout de même de lui procurer la plus belle preuve d'amitié et de confiance. En larmes, Maxime l'avait remercié en répétant qu'il ne voulait pas les tuer. Et ils n'en avaient plus reparlé.

— Alors, pourquoi tu reviens là-dessus aujourd'hui ? s'énervait Maxime.

Francis enleva ses lunettes d'une main en levant l'autre dans un signe d'apaisement.

— Je suis désolé… Tout ce que tu me racontes en ce moment me prend au dépourvu, tu es particulièrement fébrile et quand tu as dit le mot « éliminer », j'ai… C'est ridicule, excuse-moi.

Il mit ses deux mains à plat sur la table, l'air sincèrement désolé, ce qui tranquillisa Maxime, puis :

—Je ne suis pas sûr que tu puisses éliminer, ou écarter, ou appelle ça comme tu voudras, ceux qui te tiendront tête, même si tu es le grand patron. Ce n'est sûrement pas si simple.

—Je peux au moins essayer ! Écoute, l'idée, c'est d'être PDG, mais pas à la manière de mon père ! À la mienne ! Au milieu de toute cette fange qui sévit partout, Lavoie inc. sera un phare, une bouée, un îlot ! Un exemple à suivre ! La preuve qu'une grande compagnie peut être fructueuse et humaine ! Et ça va marcher ! Tellement qu'on oubliera que l'entreprise a déjà fonctionné autrement ! On oubliera même mon père ! Et ça, ce sera ma plus grande réussite !

Francis observa son ami un long moment, les yeux rétrécis. Maxime attendait sa réaction avec anxiété. Depuis treize ans, ils étaient toujours d'accord, menaient les mêmes combats. Maxime était celui qui montrait le plus souvent des signes d'abattement, celui qui y croyait de moins en moins, et Francis lui avait plus d'une fois donné la force de continuer. Si son ami ne l'appuyait pas dans cette décision, dans cette immense aventure dans laquelle il était sur le point de se jeter, alors Maxime n'aurait sans doute pas le courage de sauter à l'eau seul.

Francis roula sa bouteille entre ses paumes un moment, haussa les épaules et lâcha sur le ton pince-sans-rire que son ami lui connaissait bien :

— Tant qu'à être fatigué demain matin, aussi bien avoir la gueule de bois…

Et il termina sa bière, l'œil brillant, tout en se levant pour aller chercher une seconde bouteille. Maxime sourit et prit enfin une première gorgée.

— Ça va marcher, Francis, tu vas voir !

— C'est bien possible, oui…

Assis dans la modeste petite cuisine, au centre d'un étroit halo de lumière, ils trinquèrent avec optimisme.

27

Les bras croisés, Pierre regarde Diane Nadeau sortir du Palais de justice de Drummondville et marcher vers le fourgon, escortée par les deux policiers montréalais, sous les insultes de la foule. Et voilà, la sentence a été rendue : prison à vie, sans possibilité de libération conditionnelle avant vingt-cinq ans. Le juge a complètement rejeté la thèse de la folie. Pierre se sent satisfait. Justice a été rendue. Nadeau semble si épuisée qu'elle a peine à tenir debout. Chloé, qui se tient près de Pierre, lui explique :

— Les deux gars de Tanguay m'ont dit tout à l'heure qu'elle a piqué des crises au cours des deux derniers jours. Elle hurlait qu'elle n'en pouvait plus, qu'elle voulait se retirer… Vraiment hystérique. Il a fallu qu'on lui donne des calmants.

On fait monter Nadeau dans le fourgon. Pierre explique sans enthousiasme :

— En tant que détective principal de cette affaire, je dois me rendre aussi à Tanguay pour signer des papiers.

— Tu veux que je t'accompagne ?

Pierre la remercie mais lui dit qu'elle sera plus utile ici. Le travail ne manque pas depuis quelques jours : un vol de voiture il y a deux jours, un suicide hier, un appel de femme battue ce matin très tôt…

— D'accord, fait la policière. Bonne route, alors.

Pierre s'approche du fourgon. Les deux policiers montréalais attachent les pieds de la meurtrière à une chaîne fixée à la paroi intérieure du véhicule, puis vont s'asseoir à l'avant. Un troisième policier, un jeunot tout blond, est assis face à Nadeau.

— Prêt ? lui demande Pierre

— Prêt, répond le blondinet.

Pierre approuve et lance un dernier regard à la meurtrière. La tête chancelante de fatigue, elle tourne les yeux vers lui. Le détective a une petite lippe dédaigneuse, puis veut s'éloigner lorsque Nadeau l'interpelle :

— Est-ce que vous venez ?

Pierre s'arrête.

— Quoi ?

— Est-ce que vous venez à Montréal ?

— Oui, répond froidement Pierre.

— Écoutez, je veux…

Elle ferme les yeux et, comme à contrecœur, souffle en fixant le sol :

— … je veux vous parler quand on sera rendus à Tanguay… Je… j'en peux plus… J'en peux plus…

Pierre la dévisage, mais elle garde la tête baissée tandis que le jeune flic referme la lourde porte de métal. Le détective va à l'avant du fourgon et passe la tête par la fenêtre baissée de la portière où se trouvent installés les deux agents.

— Pis ce gars qu'on a lâché lousse dans une SAQ pendant douze heures ! raconte le plus âgé, derrière le volant. T'as vu tout ce qu'il a bu ?

— Ouais, mais t'as vu tout ce qu'il a vomi ensuite ? rétorque son collègue.

Ils s'esclaffent. Pierre aussi a écouté *Vivre au Max* jeudi passé. C'est vrai que le gars qui a bu pendant douze heures dans une SAQ, c'était assez drôle. Stupide mais drôle.

— Excusez-moi, les gars… Pierre Sauvé, sergent-détective responsable de l'enquête Nadeau.

Les deux autres se présentent : Croteau derrière le volant, Rivard à ses côtés.

— Il faut que j'aille à Tanguay signer des papiers. Je vous suis avec ma voiture, OK ?

Les policiers approuvent. Trois minutes plus tard, sous un soleil sans merci, le fourgon roule sur le boulevard Saint-Joseph, suivi par la voiture de Pierre. Ce dernier pense à ce que vient de lui demander Nadeau : lui parler en arrivant à Tanguay… Lui parler de quoi ? De ses remords ?

Il regarde sa montre : quinze heures moins cinq. Parfait, il ne devrait pas revenir trop tard. Peut-être même qu'il pourra écouter *Dominic et Martin*. Il ne les trouve pas vraiment drôles mais, bon, ça passe le temps…

La chaleur est suffocante. Le fourgon s'immobilise à un feu rouge près du restaurant Jucep et Pierre profite de l'arrêt pour ouvrir les deux vitres. Inutile: il n'y a pas un souffle d'air. Tiens, il devrait faire comme ces gens dans la décapotable qui vient de s'arrêter à la gauche du fourgon. Ça, ce sont des gens qui savent profiter de l'été.

Croteau, assis derrière le volant et attendant que le feu tourne au vert, se dit la même chose que le sergent-détective tandis qu'il examine la décapotable à sa gauche. Tout de même, il a rarement vu quatre individus aussi dépareillés. Un jeune couple est assis à l'avant: le jeune homme derrière le volant est encore un adolescent, il porte un jeans sale et un t-shirt à l'effigie d'un groupe rock, tandis que sa compagne, une fille dans la vingtaine, est habillée de vêtements griffés sûrement très chers. À l'arrière sont installés deux hommes. Celui dans la trentaine, avec sa chemise blanche et ses cheveux courts peignés sur le côté, a un look très conservateur tandis que l'autre, dans la quarantaine, ressemble à un artiste anarchiste avec ses cheveux gris attachés en queue de cheval et sa chemise aux couleurs si psychédéliques qu'elle donne le tournis. Drôle de quatuor, se dit Croteau. Mais la fille est vraiment mignonne, avec sa camisole rose. Comme si elle se savait observée, elle tourne la tête vers le fourgon et lance un sourire ensoleillé au policier. Ce dernier ne voit pas ses yeux camouflés par des lunettes noires, mais il jurerait qu'elle est asiatique. Flatté de pouvoir encore, à son âge, susciter de telles réactions chez les nymphes, il sourit à son tour.

La fille lève une main qui tient un pistolet et tire. Croteau sourit toujours lorsque la balle lui traverse l'œil droit.

Le cerveau de Pierre Sauvé a besoin de deux secondes pour saisir qu'on vient de tirer un coup de feu et que ce tir a été exécuté par la fille de la décapotable. Dans le même laps de temps, les trois autres occupants de la voiture sport se lèvent et se mettent à arroser le fourgon de tirs de mitraillettes.

De *mitraillettes!*

Tétanisé, Pierre observe la scène sans pouvoir réagir, comme si tout son être avait décidé de se mettre sur pause pour questionner la vraisemblance de ce qui se déroule devant lui. Son moteur interne se remet enfin en marche lorsqu'il aperçoit Rivard, du côté opposé à la décapotable, surgir du fourgon, pistolet en main, et marcher prudemment vers l'arrière du véhicule, le souffle court. Il lance vers Pierre un regard égaré qui hurle silencieusement: *Mais qu'est-ce qui se passe?*, puis, risquant un œil, tire un coup vers la décapotable. Personne n'est touché, mais les quatre cinglés changent la direction de leurs tirs. Rivard recule juste à temps, tandis que des étincelles éclatent sur le fourgon, tout près de sa tête. Sans même s'en rendre compte, Pierre a pris la radio et, d'une voix étonnamment solide, ordonne:

— Fusillade sur Saint-Joseph, en face du Jucep! Des renforts, pis vite! Beaucoup de renforts!

Il lâche le radio et, tandis que le policier montréalais continue à résister à l'assaut, fouille dans la boîte à gants. Il saisit son Glock, le sort du réceptacle mais, trop survolté, l'échappe. En poussant un juron étouffé, il se penche vers le sol et cherche son arme. Il ne la trouve pas! Comment peut-il perdre un pistolet dans une voiture, c'est complètement... Ses mains l'agrippent enfin et, au moment où il se redresse, il voit qu'un des occupants de la décapotable, l'adolescent, a contourné le fourgon et s'approche maintenant de Rivard par-derrière, à l'insu de ce dernier.

— Attention! crie Pierre à travers la vitre de sa voiture.

Le jeune tireur fait cracher sa mitraillette. Des dizaines de balles fusent dans toutes les directions, quelques-unes viennent même réduire en miettes le pare-brise de Pierre qui, instinctivement, se protège des deux mains. Mais il a tout de même le temps de voir le policier se cambrer sous l'impact des projectiles qui lui lacèrent le dos avec une telle force qu'il en est projeté sur le capot de la voiture du détective. Pendant une seconde, les visages des deux hommes ne sont séparés que par cinquante centimètres, deux visages atrocement conscients de ce qui se passe, puis les yeux de Rivard deviennent vitreux et son corps glisse mollement vers le sol.

La colère qui envahit soudain Pierre se confond avec son instinct de survie et ce mélange procure au policier une foudroyante lucidité. D'un geste assuré, sans trembler, il passe la main qui tient le pistolet par le pare-brise éclaté, vise et tire, un seul coup. L'adolescent, atteint droit au cœur, bascule par-derrière sans émettre un son. Les trois autres tireurs dans la décapotable font aussitôt taire leurs armes, pris au dépourvu par ce nouveau participant. Durant ces deux secondes de cafouillage, on entend quelques hurlements en provenance des alentours. Pierre, qui devrait profiter de cet avantage, reste paralysé, la bouche entrouverte, son semi-automatique toujours brandi vers le cadavre du tireur.

Pour la première fois de sa carrière, il a tiré sur un être humain… et l'a tué !

Il entend deux coups de feu, qui sont suivis d'une brûlure glaciale à son épaule gauche. C'est la fille au pistolet, qui est revenue la première de son saisissement. Pierre s'effondre sur la banquette de sa voiture, hors d'atteinte, et se met à gémir en tenant son épaule blessée. Les trois tireurs sortent enfin de leur véhicule. Haletants, le visage tendu, ils se mettent à tirer sur la serrure arrière du fourgon qui cède rapidement. La fille, sans hésitation, ouvre la porte, pour aussitôt recevoir en pleine gorge une balle tirée par le jeune flic blondinet à l'intérieur. Les deux mitraillettes se remettent à vomir des dizaines de balles et le policier, après avoir aspergé l'intérieur du fourgon de son propre sang, s'écroule aux pieds de Nadeau, qui assiste à la scène sans broncher.

Toujours renversé sur sa banquette, Pierre entend tous ces coups de feu. Il ne peut pas rester là à ne rien faire ! Mais où est son Glock ? Quand il a été blessé, tout à l'heure, il l'a lâché… sur le capot… Péniblement, il se redresse et se hisse à travers le pare-brise éclaté. À plat ventre sur le capot, il rampe vers le pistolet tout près, à quelques centimètres devant lui. Il jette un rapide coup d'œil plus loin et comprend immédiatement que deux tireurs sur quatre sont morts… que les deux survivants dirigent leur arme vers Nadeau, toujours assise et menottée… que la prisonnière, à la vue des canons pointés vers elle, se borne à soupirer en fermant les yeux… Et Pierre jurerait… oui, il jurerait qu'il s'agit d'un soupir de soulagement. Les deux mitraillettes pétaradent brièvement, Nadeau a un violent tressaillement, puis ne bouge plus, la tête rejetée vers l'arrière.

Est-ce à cause de sa blessure ou de toute cette violence, Pierre ne saurait dire, mais sa vision devient soudain floue, un étourdissement nauséeux se saisit de lui et, sans qu'il puisse l'en empêcher, son corps glisse du capot et va percuter le sol. La première chose qu'il voit en ouvrant les yeux est le cadavre de Rivard à ses côtés. Puis il tourne la tête vers le haut. Les deux tireurs s'approchent lentement de lui, mitraillettes pointées. Plus de cris en provenance de la rue, maintenant. En fait, il n'y a plus personne, le boulevard est désert sur plus de deux cents mètres, certains véhicules ayant même été abandonnés en pleine rue. À travers les vitrines de certains commerces, on peut voir des visages blêmes qui observent la scène avec une fascination épouvantée.

Pierre lève une main tremblante.

— Fai… faites pas ça, faites pas…

Les deux tireurs respirent rapidement et leurs yeux clignotent. Un indéfinissable mélange de résignation et de contentement détend tout à coup leurs traits. Ils se consultent du regard, hochent rapidement la tête et, à l'unisson, enfoncent le canon de leur mitraillette dans leur bouche. Le policier n'a pas le temps de fermer les yeux : sang et cervelle l'éclaboussent tandis qu'il se met à hurler, à hurler avec tant de force qu'il n'entend pas le miaulement des sirènes de plus en plus près.

Trois minutes plus tard, entre les mains des infirmiers qui l'étendent sur la civière, il hurle toujours.

10

L'un des moments les plus attendus de l'été 2005 était sans contredit la première de la nouvelle émission *Vivre au Max*. Depuis le temps qu'on en parlait ! Mais on ne savait pas trop à quoi s'attendre. Une émission qui réalisait les rêves les plus fous des gens ? Fallait voir…

Dans le Studio Max, les gradins étaient presque pleins, essentiellement de gens entre dix-huit et trente ans, mais on comptait quelques têtes grises aussi. L'animateur de foule réussissait à dérider l'assistance, mais les gens avaient surtout hâte de voir si l'émission allait être à la hauteur des attentes créées.

Dans les coulisses, Maxime ressentait une telle nervosité qu'il craignait d'être malade. Il prit de grandes respirations, puis tourna la tête vers sa gauche. Il vit Langlois, plus loin. Celui-ci n'avait pas l'habitude de venir sur les lieux de tournage des émissions, mais pour cette première, il tenait à être là. Il leva un pouce confiant, même s'il était manifestement tout aussi anxieux. La musique du générique débuta, suivie de la voix de l'annonceur :

— Et voici celui qui prendra vos rêves les plus fous et les transformera en trips inoubliables : Max Lavoie !

Maxime s'élança sur la scène, tout souriant, comme on le lui avait montré durant les quelques ateliers d'animation qu'il avait suivis. Au cours de la dernière semaine, toute une équipe avait travaillé sur son apparence et son style. Quand il s'était regardé dans le miroir, il avait eu du mal à se reconnaître, surtout avec ses grotesques mèches blondes et cette barbe de deux jours, qui devait être bien taillée tout en ayant l'air négligée… mais on lui avait assuré que son look aurait l'effet d'une bombe. « Vous êtes déjà bel homme, Max ! Avec ces petites touches supplémentaires, vous allez rendre les filles folles et leurs *chums* jaloux ! » Il s'était donc laissé faire.

Sous les exhortations gestuelles de l'animateur de foule, les spectateurs en studio se mirent à applaudir, certains poussèrent même des petits cris d'enthousiasme. Tout en souriant, Maxime ne cessait de se répéter les consignes qu'il avait bien assimilées au cours de la semaine. Les consignes du jeu…

Souris, fais des signes avec tes mains, promène-toi de long en large…

Après quelques secondes, la musique s'arrêta et Max commença à parler.

Parle fort, toujours…

— Bonsoir, tout le monde ! Ça va bien ?

Tous dirent oui, mais avec retenue.

— J'ai dit : ça va bien ?

Cette fois, les « oui » furent plus solides. Maxime remarqua que plusieurs filles, dans la salle, l'observaient d'un œil intéressé.

— Alors, nous voici enfin à la première de cette émission qui a suscité tant d'intérêt au cours des dernières semaines, et même des derniers mois ! Finis les secrets, fini le suspense, place maintenant au concret !

Tu parles trop bien ! Fais comme les humoristes, prends un niveau de langage populaire, ça fait cool.

— Ça fait qu'à soir, on va réaliser trois rêves ! Trois super trips qui vont vous en mettre plein la vue, *checkez* ben ça !

Trouve un leitmotiv qui va revenir souvent dans l'émission et que le public va répéter, pour qu'il se sente complice avec toi. Un leitmotiv simple et insignifiant.

— Préparez-vous, parce qu'on va passer une soirée méga-hot ! Pis vous êtes ici pour ça, *right ?*

Pause, puis il répéta :

— *Right ?*

Une vingtaine de personnes répétèrent « *right* », bons joueurs.

Claque dans tes mains souvent. Ça fait du mouvement, ça fait du bruit, ça donne l'impression que tu es dynamique.

— Alors notre premier invité est un gars de Trois-Rivières (clac !) qui, depuis quelques années, est obsédé par une idée assez capotée ! (clac !) OK, la gang (clac !), on accueille Marc-André Barrière !

Un homme d'environ vingt-cinq ans arriva sur scène, sous les applaudissements de la foule. Maxime lui sourit.

Donne-lui la main.

Il hésita.

Allez, donne-lui la main !

Max lui serra la main, son sourire un rien crispé.

Sois sympathique avec lui, familier, parle-lui comme si c'était ton ami depuis des années !

— T'as l'air en forme, Marc-André ! Vas-y, mon vieux, raconte-nous ça !

Le rêve de Barrière consistait à chanter une chanson d'Elvis Presley tout en faisant un strip-tease. Il se livrait depuis deux ans à ce petit numéro chez lui, devant sa blonde ou des amis, mais il rêvait de le faire à la télé, devant des milliers de personnes. Surtout que sa blonde ne serait pas choquée puisqu'elle ne sortait plus avec lui (Max ne manqua pas de rire avec force après cette précision).

Pendant le numéro, les gens, d'abord irrésolus, se décoincèrent peu à peu, commencèrent même à s'amuser, puis à frapper des mains au rythme de la musique. Barrière, force était de l'admettre, chantait et dansait plutôt bien. Lorsqu'il ne fut plus qu'en string, de véritables cris d'encouragement explosèrent. Même les cameramen, sans cesser de filmer, se bidonnaient derrière leur viseur. Le danseur, sur la dernière note, tira sur son string retenu par un simple velcro et se retrouva complètement nu, pendant environ trois secondes, car les lumières s'éteignirent d'un coup. Cris de joie dans la salle qui applaudit à tout rompre, à l'exception de quelques individus, manifestement choqués. Quand les lumières se rallumèrent, Barrière était à nouveau en string et saluait, triomphant. Maxime vint le rejoindre en applaudissant lui aussi.

— *Wow !* J'espère que les directeurs de compagnie de disques ont regardé ça, parce qu'on a une future vedette ici, *right ?*

Cette fois, la moitié de la salle répéta « *right* » sans se faire prier.

— Ça va peut-être donner des idées à certains de nos chanteurs ou chanteuses connus, on sait jamais !

Oublie pas de faire des jokes, *des* jokes *grossières et puériles…*

— Quoique Ginette Reno en string… Hmmm… Pas sûr…

Rires assez généralisés dans la salle.

Pendant la pause publicitaire, les gens discutèrent entre eux avec ardeur. Des coulisses, Maxime en vit tout de même une dizaine se lever et quitter la salle d'un air débecté. Il les suivit des yeux en hochant étrangement la tête.

Après la pause, Maxime présenta son second invité, Jacques Gamache, un homme de quarante-trois ans qui avait toujours rêvé de conduire une formule 1 au cœur de Montréal. Maxime expliqua que son rêve avait été réalisé quelques semaines plus tôt et que le tout avait été filmé. Un montage d'une dizaine de minutes fut montré sur écran géant. On avait préparé un mini-circuit en plein centre-ville de Montréal et les rues, bien sûr, avaient été fermées pour la cause. Gamache pouvait faire ce circuit autant de fois qu'il le désirait. La scène était filmée par une trentaine de caméras, placées un peu partout sur le trajet, dont six étaient sur rails et deux en hélicoptère. Dans le casque de Gamache, il y avait un micro pour capter ses commentaires.

Tandis que Gamache, sur l'écran, roulait à pleins gaz, Maxime se remémora la complexité du tournage de cet événement. La Ville avait exigé un tarif exorbitant pour fermer ces rues, de même que les commerçants qui voulaient être dédommagés. En échange, tous avaient signé des contrats dans lesquels ils promettaient de ne divulguer aucune information sur l'événement en question, sous risque d'amende sévère. Bien sûr, des curieux avaient sans doute réussi à voir ce qui se passait et en avaient sûrement parlé dans leur entourage, mais ces fuites étaient trop insignifiantes pour tout gâcher…

Gamache en était à son troisième tour. On entendait sa voix, enregistrée par le micro de son casque, qui jubilait de joie.

— C'est… c'est délirant, j'ai… j'ai jamais rien ressenti comme ça, c'est… Y a pas de mots !

Le montage était dynamique, rapide, avec musique rock rythmée. Gamache prenait de l'assurance, allait de plus en plus vite. Tellement qu'à la fin du quatrième tour, au moment où il tournait dans Peel, le bolide glissa sur le côté, hors de contrôle, tandis que la voix de Gamache lançait comme pour lui-même :

— Oups, je pense que j'ai… Oh *shit, shit, SHIT !*

Et la formule 1, dans un fracas assourdissant qu'on avait pris soin d'amplifier au montage, traversa la vitrine du magasin

HMV. Cris dans la salle. Une caméra à l'épaule s'approcha rapidement du magasin, avec une image instable qui donnait une impression de reportage de guerre. Plusieurs personnes, dont Mike le coanimateur, s'approchaient du bolide, immobilisé au milieu de centaines de CD et de DVD éparpillés. On vit enfin Gamache, qui enleva son casque, tourna un visage suant et extatique vers la caméra et souffla :

— Génial !

Mike éclata de rire et applaudit tandis que, dans le studio, tous les spectateurs l'imitaient en poussant des hululements de joie. Sur l'écran géant, les images disparurent et sur scène, Gamache, les yeux brillants au souvenir de cette aventure, expliqua à Maxime qu'il s'était cassé deux côtes et la clavicule, mais qu'il ne regrettait rien.

— C'était incroyable, ajouta-t-il. Je pourrai plus jamais ressentir quelque chose comme ça, c'est sûr !

Et pendant qu'il prononçait ces mots, une crispation de dépit tordit brièvement ses lèvres, mais personne ne s'en rendit compte car Max criait déjà vers la foule :

— C'est ce qu'on appelle vivre à fond la caisse, *right ?*

— *Right !* répondirent en chœur les trois cent cinquante spectateurs dans les gradins.

Le troisième et dernier invité était en fait un couple, Joël et Manon, début trentaine, qui fantasmait depuis longtemps sur l'idée de faire l'amour à la télévision, en direct. Maxime expliqua qu'on ne pouvait évidemment pas montrer cela à la télé, mais qu'on avait trouvé un moyen. Sur scène, on avait aménagé une sorte d'immense boîte de deux mètres de haut, deux de large et trois de long. Le côté face à la foule était ouvert et on voyait un grand lit. Une fois le couple installé, on refermerait la boîte pour camoufler leurs ébats.

— Sauf qu'un micro nous permettra de tout entendre ! Mais nos deux amis, eux, pourront rien entendre de ce que *nous* on va dire, pour pas être trop déconcentrés, quand même !

Maxime, en plus, les mit au défi d'avoir chacun un orgasme dans les sept prochaines minutes. Sous les airs douteux des spectateurs, Joël et Manon montèrent dans la boîte, puis deux techniciens vinrent la refermer avec un panneau insolite qui ressemblait à un tableau noir d'école. Durant les sept minutes suivantes, Maxime joua au commentateur cabotin, d'une voix exagérément suave.

— Alors, en ce moment même, nos deux tourtereaux en sont sûrement aux préliminaires… Est-ce que Joël commence par caresser les seins de sa douce ou s'attaque-t-il directement à l'entrejambe ? Hmmm… Grande question philosophique…

Même si plusieurs personnes dans la salle riaient des pitreries de l'animateur, la plupart étaient confus, tiraillés entre le malaise et la réjouissance. Quand les premiers gémissements résonnèrent dans les haut-parleurs, il y eut bon nombre d'expressions sceptiques. Maxime le remarqua et dit :

— Ahhhhh ! Vous y croyez pas, hein ? Vous pensez que c'est de la *bullshit* pis qu'ils font semblant, hein ? Ben *checkez* ben ça…

Et tout à coup, la paroi de la boîte face à la foule s'éclaira de singulière façon et un spectacle surréaliste apparut. Comme si on projetait un dessin animé sur la boîte, deux squelettes mal définis, recouverts d'une enveloppe diaphane, apparurent sur la paroi : celle-ci était en fait un écran de radiologie ! L'un des squelettes était à califourchon sur le second et donnait de furieux coups de bassin, tandis que des halètements féminins scandaient le rythme. Un brouhaha indescriptible envahit la salle, amalgame de cris, de rires, de claquements de mains et de commentaires incrédules, puis tout à coup, la tête du squelette couché sur le dos se renversa vers l'arrière tandis qu'un long râle masculin fusait des haut-parleurs.

— Ah ! fit Maxime en levant un doigt. On dirait bien que Joël a fini son *shift !*

Cette fois, l'hilarité l'emporta sur l'embarras. Sept ou huit spectateurs se levèrent pour quitter la salle, outrés, mais passèrent inaperçus, noyés par l'emballement général. De toute façon, les caméras se gardèrent bien de les filmer. Puis, l'écran à rayons-X s'éteignit et la boîte perdit tout de son caractère indécent. Clameurs de déception dans la salle.

— Hé, on peut pas tout montrer, quand même ! fit Maxime, exagérément désolé.

Et il continua à commenter de façon comique les sons qui fusaient des haut-parleurs. Lorsque ce fut au tour de la fille de pousser son cri primal, Maxime leva les bras en clamant :

— Et voilà ! Moins d'une minute avant la fin, mission accomplie !

Triomphe dans les gradins, tandis que l'animateur expliquait :

— Pis pour que le rêve exhibitionniste de Joël et Manon soit complet, vous pouvez aller sur notre site *www.maxplus.com!* Juste dix piastres pour devenir membre et vous pourrez y voir tous les trips de nos émissions dans leur intégralité, y compris le petit tête-à-tête de nos deux *chums* ! Parce qu'il y avait une caméra aussi dans la boîte !

Derrière Max, la boîte s'ouvrit et les deux en sortirent, habillés mais dépeignés, les yeux vaseux, intimidés mais fiers. Maxime les montra de la main en annonçant avec force :

— Deux chanceux pour qui un rêve inaccessible est devenu un trip réel !

Alors, comme s'ils éclataient sous une pression trop forte pour eux, les spectateurs se levèrent d'un seul mouvement, applaudissant à s'en casser les doigts, les yeux brillants comme s'ils venaient d'avoir la révélation de leur vie. Maxime écarta les bras, comme un prédicateur qui se ferait irradier par l'admiration de ses disciples. Et lentement, subtilement, son sourire changea, prit une expression indéfinissable qui n'avait rien à voir avec l'air cool et sympathique qu'il affichait depuis le début de l'émission.

Mais cela dura à peine une seconde.

◆

Dans les coulisses, c'était l'exultation. Tout le monde triomphait, félicitait Maxime à coups de claques dans le dos. Sobre, l'animateur acceptait les louanges. Lisette Boudreault, qui montrait beaucoup plus d'assurance que deux semaines plus tôt à peine, le prévint :

— Vous avez besoin d'être en forme pour les prochains jours : je vous prédis que vous allez être invité à une dizaine d'émissions au moins ! Est-ce qu'il y en a auxquelles vous ne voulez pas participer ?

Maxime la jaugea d'un rapide coup d'œil. Son physique était toujours aussi ingrat, mais elle s'habillait maintenant avec des vêtements chers et griffés.

— Non, Lisette, j'accepte toutes les invitations.

Ce fut au tour de Langlois de s'approcher, jubilant.

— Mais qu'est-ce que vous faisiez dans les articles de ski ? Vous perdiez votre temps, *you little rascal !*

Il fit une accolade à Maxime. Le visage de ce dernier se crispa une seconde, mais son sourire était revenu lorsque Langlois le lâcha.

— J'ai jamais vu quelque chose de même à TV ! *Never!* En tout cas, pas ici ! C'est tellement… tellement…

Son cellulaire sonna. Il répondit. Écouta. Raccrocha. Soucieux.

— C'est la station. Le téléphone dérougit pas. Des plaintes par dizaines !

— C'est bon signe… *right* ? fit Maxime.

Langlois jongla mentalement un moment, puis un rictus gourmand vint altérer son air inquiet.

— *Right…*

◆

Assis à l'arrière de la limousine, Maxime lâcha dans un souffle :

— Et voilà, Gabriel, c'est parti…

Face à lui, le jeune de douze ans plongea sa main dans une boîte de Froot Loops, le visage inexpressif. Maxime le considéra, mi-attendri, mi-mélancolique.

— Tu y crois, n'est-ce pas ?

Dans le regard en apparence neutre de Gabriel, une lueur qui pouvait ressembler à un assentiment passa rapidement. Maxime sourit et ébouriffa les cheveux du jeune. Tout de même, il aurait aimé discuter *pour de vrai* avec Gabriel. Même s'il respectait et comprenait le mutisme du garçon, même s'il se sentait appuyé par lui, le milliardaire trouvait son silence parfois frustrant. Il aurait eu tellement besoin d'échanger avec quelqu'un…

Francis aurait pu être cette personne…

Tu sais bien que c'est faux.

Le visage du milliardaire s'assombrit.

Au loin, la grille de sa nouvelle villa, qu'il avait achetée quelques mois plus tôt, apparut… et garée juste devant, une autre limousine noire, dont seuls les reflets métalliques l'empêchaient de se fondre totalement dans la nuit.

Maxime hocha imperceptiblement la tête, comme s'il avait compris.

— Arrête-toi, ordonna-t-il à son chauffeur.

La limousine s'arrêta à une dizaine de mètres de son double, puis Maxime sortit. Tandis que le milliardaire marchait vers la seconde voiture, un chauffeur sortait de celle-ci et ouvrait la portière arrière. Un homme s'en extirpa, avec une aisance stupéfiante pour son âge avancé.

— C'est bien la première fois que je te vois attendre à une grille comme un vulgaire visiteur, railla Maxime.

Masina fit quelques pas. L'éclairage de l'unique réverbère de la grille rendait plus creuses ses innombrables rides.

— J'ai sonné, mais ton majordome ne me connaît manifestement pas. Il a un drôle d'accent… Un Latino ?

— Ça devrait te plaire, non ? Lavoie inc. a toujours apprécié les travailleurs étrangers.

Sans relever l'ironie, Masina évalua le vaste terrain obscur qui s'étendait de l'autre côté de la grille. Très loin, derrière les arbres, on devinait les fenêtres éclairées d'une immense demeure.

— En tout cas, je suis bien aise de voir que tu as enfin un environnement digne de ton statut.

— Tu viens me voir à onze heures du soir pour apprécier ma nouvelle maison ?

Les deux hommes s'étaient immobilisés à deux mètres de distance. Derrière l'Italien, le chauffeur remonta dans la voiture.

— Tu ne me fais pas visiter ? demanda Masina.

— Je pense que non. Il me semble que la dernière fois qu'on s'est vus, il y a un an, j'avais exprimé la volonté que ce soit la dernière…

— C'est vrai.

Silence. La maison la plus près était à trois cents mètres, on n'entendait aucun son en provenance de la forêt environnante du mont Royal.

— Alors, comment tu t'en tires comme président ? demanda Maxime.

— Très bien. Il y a Dumont qui est de plus en plus dépressif mais, bon, rien de nouveau là-dedans.

Maxime eut un sourire fugace. Masina poursuivit :

— Depuis ton départ, les actions ont grimpé de 14 pour cent. En fait, au train où vont les choses, nous allons avoir une année record.

— Ça ne m'étonne pas du tout.

— Mais évidemment, tu t'en moques.

— Pas du tout. Cela va augmenter les petits dividendes de mon 5 pour cent d'actions, ce qui n'est pas une mauvaise chose si on considère tout l'argent que j'ai dépensé récemment.

Nouveau silence.

— Eh bien, bonne nuit, Michaël...

— Maxime, ça n'a pas de sens ! rétorqua Masina en avançant d'un pas, laissant enfin tomber les formalités. Tu ne peux pas m'effacer de ta vie comme ça, comme on le ferait d'un employé qu'on congédie !

— Intéressant de constater à quel point un individu trahit sa personnalité dans le choix de ses comparaisons...

— Je t'ai vu grandir, je t'ai bercé, je t'ai...

— Michaël, j'ai déjà eu un père, que j'ai profondément détesté. Je n'en ai pas besoin d'un second, surtout s'il suit les traces du premier.

Masina hocha la tête, la baissa un moment puis, en fixant le sol, articula :

— J'ai écouté ton émission, tout à l'heure...

Maxime releva le menton. Bien sûr. Il aurait dû y penser.

— J'imagine que tu as détesté.

— *Evidentemente*, que j'ai détesté, mais la question n'est pas là ! Tu as...

Il se frotta le menton en regardant au loin, comme s'il cherchait ses mots.

— Tu as quitté la compagnie parce que tu n'en pouvais plus de... de notre philosophie de gestion...

— Bel euphémisme.

— Tu trouvais qu'on ne respectait pas la dignité humaine, qu'on exploitait les gens... Bref, tu nous trouvais ignobles. Mais ce que j'ai vu, ce soir...

Il émit un petit rire ironique.

— Ce que tu fais dans cette émission est tout aussi méprisable, Maxime, et tu le sais ! *Porca dio !* je suis sûr que tu le sais, tu es trop intelligent pour ne pas t'en rendre compte !

Il écarta les bras dans un geste d'impuissance.

— Alors pourquoi ? Pour l'Amour du Ciel, explique-moi !

Maxime garda le silence un moment, les mains dans les poches de son pantalon capri. Puis il répondit d'une voix lointaine :

— Je voulais être utile ailleurs.

— Où ça? Dans ta nullité d'émission? Avec tes sourires idiots et tes participants lobotomisés? Moi, j'exploite peut-être les gens mais au moins, je fabrique des produits de qualité! Mais toi? Toi? En quoi *Vivre au Max* est plus utile que Lavoie inc, explique-moi ça!

Il avança vers Maxime, rageur.

— Et ne me sors pas les *stupidaggini* que tu vas servir aux journalistes au cours des prochains jours! Parce que je l'entends d'ici, ton boniment, ton droit au divertissement, ton respect du désir du public! Je veux la vérité! Alors, explique-moi! *Explique-moi!*

Les lèvres de Maxime tremblèrent légèrement et, pendant un instant, le vieillard crut qu'il allait parler... mais le son d'une portière attira leur attention. Gabriel venait de sortir de la limousine et, immobile près de la voiture, observait la scène de loin. Masina émit un petit son ironique en désignant le garçon du menton.

— Parlant de choses incompréhensibles...

Il se tut un moment, puis commença plus bas:

— Je ne sais pas ce qui s'est vraiment passé en Gaspésie, mais c'est depuis ce voyage que tu as...

— Parce que tu penses que la Gaspésie est la cause de tout? le coupa Maxime avec emportement. Tu ne crois pas que cela a commencé *avant*? Ce que je suis est le résultat d'un long processus, Michaël, un processus qui a débuté dans ma jeunesse et dont la Gaspésie n'a été que le point d'orgue, le dernier coup de pinceau qui a finalement achevé le tableau, qui a permis la révélation complète!

Il se tut et serra les lèvres, comme s'il regrettait d'en avoir tant dit. Masina secoua la tête comme au ralenti et, la voix brisée, souffla:

— Quel gâchis...

— Moi, je suis un gâchis? s'énerva à nouveau le milliardaire, avec une agressivité aussi soudaine qu'incompréhensible. Tu oses dire que *moi*, je gâche tout, alors que c'est moi qui... qui...

Les traits méconnaissables, Maxime leva la main dans l'intention de frapper le vieil homme... mais la vue du chauffeur qui sortait de la voiture d'un air menaçant le calma aussitôt. Devant lui, Masina n'avait pas bronché d'un centimètre, mais s'était borné à afficher une expression blessée. Maxime se couvrit les yeux brièvement de la main droite puis, comme s'il faisait un effort pour garder le contrôle, articula sans regarder son ancien vice-président :

— Écoute-moi, Michaël. Je ne veux plus te revoir, tu as compris ? Si tu viens m'embêter une autre fois, tu... tu vas avoir des ennuis.

Et sans attendre la réaction de l'Italien, il marcha vers sa voiture et y remonta rapidement. Gabriel observa encore quelques secondes Masina, avant de disparaître à son tour dans la limousine.

Dix secondes plus tard, la voiture de Maxime franchissait la grille qui s'ouvrait. Quand elle se referma, Masina, le corps voûté, tourna les talons et regagna sa limousine d'un pas accablé.

FOCALISATION ZÉRO

La première de *Vivre au Max* est écoutée par 1 088 231 personnes. Soixante-quinze pour cent d'entre elles trouvent l'émission géniale. L'autre quart est outré et scandalisé ; ces indignés, le lendemain, en parlent à leurs collègues et amis qui n'ont pas écouté l'émission et en font un compte-rendu si ignoble que les amis en question se promettent de ne pas la manquer la semaine suivante.

Parmi les téléspectateurs, il y a des milliers de couples dans la vingtaine. Parmi ceux-ci, plusieurs centaines de garçons, en voyant Joël et Manon baiser en direct, demandent à leur copine si elles ne trouveraient pas ça cool de faire quelque chose du genre, juste pour le *kick*. Les réponses sont variées : environ 10 pour cent d'entre elles répondent par l'affirmative avec enthousiasme, une grande majorité envoient leur conjoint au diable et environ 15 pour cent, d'abord réticentes, finissent par reconnaître (sans conviction et face aux sarcasmes de leur copain qui les traite de *straight*) que cela pourrait être distrayant.

Après l'émission, Marc-André Barrière, le strip-teaseur imitateur d'Elvis, retourne à Trois-Rivières et sort dans un bar avec des amis pour fêter son passage à la télé. Sur place, plusieurs consommateurs qui viennent d'écouter l'émission reconnaissent Barrière et lui paient un verre, admiratifs. Quelques-uns se foutent de sa gueule, mais se font rabrouer par les nombreux supporteurs. Trois filles paient une bière au héros du jour et n'arrêtent pas de le minauder. À la fin de la soirée, il part avec l'une d'elles. Dans l'appartement de cette dernière, il lui refait son imitation d'Elvis ; l'admiratrice rit, applaudit et lui taille une pipe. Durant les semaines suivantes, Barrière couche avec bon nombre de filles qui ont toutes adoré son numéro à la télé et qui ne demandent qu'à avoir une représentation privée. Trop sûr de lui, il devient insupportable et ses amis finissent par le laisser tomber. Mais au bout de trois mois, au début de l'automne, l'effet Barrière a fait son temps. On le reconnaît de moins en moins et ceux qui se souviennent encore de lui l'observent de loin. Barrière essuie plusieurs échecs féminins avant de réaliser qu'il est redevenu ce qu'il était, c'est-à-dire un anonyme, ce qui équivaut désormais dans son esprit à loser, constat qui le jette dans une profonde déprime.

Durant les jours qui suivent la première de l'émission, le magasin HMV, qui s'est fait rembourser tous ses dommages par Maxime Lavoie, voit sa clientèle doubler.

Durant les semaines qui suivent, les éditoriaux explosent. Si certains affirment que l'émission est plutôt amusante et inoffensive, la plupart fustigent *Vivre au Max* et la démolissent allègrement. Maxime est invité à plusieurs tribunes, autant télévisuelles que radiophoniques. Certains animateurs l'affrontent, tentent de lui faire avouer que son émission est une merde démagogique, mais le milliardaire se défend habilement, appelant à lui le droit au divertissement et la liberté d'expression, affirmant que les combats de boxe sont beaucoup plus violents, les films pornos beaucoup plus indécents et que, pourtant, ces deux formes de divertissement sont parfaitement acceptées dans la société. Par ailleurs, plusieurs émissions le reçoivent comme un roi, surtout les émissions du matin et les talk-shows, durant lesquels les animateurs et animatrices s'empressent d'en faire leur bon ami. TQS l'invite à sa tribune sportive pour toute une semaine, il partage sa recette préférée à une émission culinaire de TVA et il participe même à un jeu télévisé à Radio-Canada. Au moment de son passage à CKMF-FM, les animateurs le présentent comme un grand provocateur des temps modernes, invitant même les auditeurs à appeler pour raconter leurs fantasmes ultimes, le tout se déroulant dans la joie, la complicité et une orgie de fous rires qui démontre, sans l'ombre d'un doute, qu'on ne s'ennuie vraiment pas à cette délirante station de radio.

À la quatrième émission, les plaintes ont doublé et l'auditoire s'élève maintenant à 2 143 597 spectateurs.

À la mi-juillet, Maxime Lavoie a déjà fait la couverture des magazines et journaux *Le Lundi, Dernière Heure, La Semaine* et *Voir. Elle-Québec* lui propose de faire la première page de son prochain numéro.

Deux sondages faits par TQS et *Écho-Vedettes* le placent numéro 1 comme sex-symbol québécois.

13

Frédéric Ferland étudiait la montre entre ses doigts en prenant un air connaisseur. En fait, il était à l'affût de ce qui se passait autour de lui. Du coin de l'œil, il devinait le vendeur snobinard qui embobinait l'unique autre client du magasin. La difficulté ne résidait pas tant dans l'acte de mettre la montre dans sa poche que dans celui de quitter discrètement le commerce. Car aussitôt que le psychologue marcherait vers la sortie, le commerçant remarquerait l'absence de l'article de luxe sur le comptoir. Très risqué.

Et donc, très excitant.

Disons : *assez* excitant. C'était tout de même le sixième vol qu'il effectuait en un mois et demi. Le sixième ! Vraiment incroyable ! À bien y penser, il n'avait pas vraiment chômé depuis deux ans : 2003 avait été l'année de ses premiers pas dans les partouzes et les drogues, 2004 celle des premiers essais en sports extrêmes… et maintenant, l'été 2005 marquerait son entrée dans la criminalité ! Entrée fort humble, il fallait le reconnaître. Bon, quand il s'était fait prendre par le gardien de sécurité, trois semaines plus tôt, l'excitation avait atteint une sorte de paroxysme. Mais en constatant que celui qui avait volé un portefeuille en cuir d'une cinquantaine de dollars était un psychologue d'âge mûr, le gérant avait eu pitié et avait laissé partir Frédéric en lui conseillant de ne plus se livrer à ce genre de gamineries. Bien sûr, Frédéric avait continué. Car oui, l'exaltation du criminel existait, comme il l'avait si bien présumé. Mais comme toutes les autres, elle s'émoussait aussi. Et Frédéric devait accomplir des larcins de plus en plus coûteux pour augmenter l'adrénaline. Cette montre, par exemple, valait deux mille dollars. C'était de loin son vol le plus audacieux. Si on le pinçait, on ne se contenterait pas cette fois de lui faire la morale.

Il était vingt heures cinquante, le magasin allait fermer dans dix minutes. S'il voulait agir, c'était maintenant ou jamais. Il entendit le vendeur dire à la dame : « Attendez, j'en ai un autre quelque part… » Frédéric le vit disparaître sous son comptoir, le tout accompagné de bruits de boîtes que l'on ouvre. C'était le moment. Le cœur au galop, mais le pas normal, Frédéric marcha vers la sortie en enfouissant d'un geste machinal la montre dans sa poche de veston. À l'extérieur, il se fraya rapidement un chemin dans la foule montréalaise mouvementée, puis, après avoir tourné deux coins de rue, reprit une allure normale.

Hé bien, il l'avait fait, une fois de plus. Il sortit la montre de sa poche et l'admira. Deux mille dollars, tout de même… La prochaine fois, il volerait quoi ? Un bijou ? Une voiture ? Et après ? Il dévaliserait une banque ? À moins qu'il aille plus loin dans le crime…

Il enleva ses lunettes, se frotta les yeux. Était-il donc en train de perdre l'esprit ?

Il regarda la rue Sainte-Catherine autour de lui, tous ces gens insignifiants qui déambulaient dans leur vie monotone… N'y avait-il donc pas moyen d'échapper à *ça ?* La nausée le saisit soudain. Une ruelle étroite et sombre apparut sur sa droite et il s'y lança. Il alla presque jusqu'au fond, finit par s'appuyer contre le mur et prit de grandes respirations, au milieu de déchets de toutes sortes et de vieilles poubelles cabossées. Les sons de la rue lui provenaient faiblement. Mais une voix tout près le fit sursauter :

— Tu t'sens pas ben, bonhomme ?

Un sans-abri, si sale et aux vêtements si misérables qu'il était impossible de dire s'il avait trente ou soixante ans, était vautré par terre, le dos au mur. Malgré la noirceur, Frédéric percevait son œil flou fixé sur lui. Il l'observa un moment en silence. Une envie naissait en lui, devant ce déchet de l'humanité, devant cette existence sans intérêt qui ne comptait plus pour personne. Le sans-abri se redressa un peu.

— T'aurais-tu un peu de change ?

Les mains de Frédéric tremblaient. Aller plus loin dans le crime…

— Pour manger un peu…

… juste pour voir…

— *Come on,* un p'tit trente sous !

… ce qu'on ressentait…

Et l'excitation déferla en lui comme un raz-de-marée, avec cette force que la nouveauté provoquait chaque fois, cette formidable et extraordinaire impression de vivre *quelque chose d'unique*. En s'en rendant à peine compte, il se saisit d'une vieille poubelle en métal, la leva et la fracassa sur la tête du clochard de toutes ses forces. L'homme poussa une sorte de cri enroué, dressa mollement un bras pour se protéger et, tandis qu'il relevait la poubelle, Frédéric l'entendit marmonner :

– Pour… pourquoi ? Pour…

Il frappa à nouveau. Le cri, cette fois, devint râle, et le psychologue répéta son geste encore, et encore. Chaque fois que la poubelle percutait l'homme, Frédéric savait qu'il s'enfonçait davantage dans l'odieux, dans l'inacceptable, et c'est justement ce qui l'embrasait, car en enlevant la vie à quelqu'un, la sienne devenait d'autant plus importante, d'autant plus unique. Mon Dieu, comment se sentir plus vivant qu'en transgressant la valeur même de la Vie, qu'en osant ce que personne n'osait ! Impossible de ne pas être enflammé en se sentant si fort, si supérieur ! Je tue, donc *je vis !* Il se remémora cet homme en flammes que Gisèle et lui avaient vu des années plus tôt, il se souvint de la fascination qu'il avait alors ressentie… et il frappa, frappa encore, tandis qu'Icare volait tout à coup plus haut, encore plus haut…

Lorsqu'il s'arrêta enfin, à bout de souffle, il réalisa qu'il avait éjaculé dans son pantalon.

Toujours fébrile, il prit le pouls du sans-abri, en évitant de se tacher du sang qui recouvrait tout le visage de l'homme.

Mort. Voilà. Aucun remords. Au contraire : l'euphorie était totale.

Il ne pouvait sortir de la ruelle tout de suite. C'était la fermeture des magasins, les rues seraient bondées et il ne voulait pas courir le risque qu'on le voie. Il allait attendre une petite heure, jusqu'à ce que les trottoirs soient moins bondés. Il s'assit donc à côté du cadavre, s'alluma une cigarette et observa sa victime. Oui, c'était sans aucun doute une des grandes excitations qu'il avait vécues. Courte, mais redoutable.

Alors quoi ? Il allait devenir un meurtrier ? un tueur en série ? Le jour, il traiterait des patients, et le soir, il tuerait des gens ? L'absurdité de cette situation lui sauta soudain au visage. Combien de temps pourrait-t-il vivre ainsi ? Jusqu'à ce que la police le trouve ? Car elle finirait par le trouver, c'était évident. Il regarda à nouveau le corps ensanglanté. Pour celui-ci, il pouvait dormir tranquille : comment remonter jusqu'à lui ? La victime était un pauvre clochard anonyme. Frédéric songea tout de même à l'inspecteur faisant son enquête, relevant des indices. Encore une fois, il s'imagina flic. Oui, ça, ça devait être stimulant… Enquêter, fouiller… et gagner ! Travailler ensuite sur un nouveau cas, de nouvelles pistes… Tout à coup, il se dit qu'il devrait peut-être envoyer des indices au flic qui enquêterait sur la mort de ce clochard. L'aider un peu dans sa recherche. Ce serait ensorcelant, non ? Être des deux côtés à fois : flic et criminel. Ça devait être toute une expérience…

Mais une fois qu'il serait pris, il serait arrêté. Et tout serait fini. Alors, à quoi bon ?

L'excitation s'atténuait peu à peu, le marasme pointait le bout du nez, comme à la fin d'un trip de cocaïne. Il jeta un coup d'œil à la montre qu'il avait volée : vingt-deux heures. Il se leva et, sans un regard pour sa victime, sortit de la ruelle. Les quelques piétons dans Sainte-Catherine ne lui prêtèrent aucune attention. Il avait mal à la tête. Rapidement, il marcha jusqu'à sa voiture et démarra en direction du pont Jacques-Cartier.

Vingt-cinq minutes plus tard, il roulait dans les rues de Saint-Bruno. Chez lui, le silence de la maison lui parut insoutenable et il alluma la télévision. Debout, il regarda quelques secondes les manchettes à RDI, mais n'écoutait pas vraiment.

Il y a peut-être une fin, après tout. Peut-être qu'Icare ne peut pas monter indéfiniment, peut-être qu'il y a une limite : la répétition des mêmes étoiles, des mêmes planètes… du même néant.

Un soudain haut-le-cœur : Frédéric eut tout juste le temps de se rendre aux toilettes et de vomir. Alors qu'il était toujours penché sur la cuvette, la bouche dégoulinante, il songea pour la première fois à mourir.

Il retourna au salon d'un pas si lourd qu'on l'aurait cru sur le point de s'effondrer. Une forte envie de pleurer le prit et il se retint par pur orgueil. Pendant une seconde, il songea à rappeler Audrey, à lui dire qu'il avait été idiot, qu'elle lui manquait et qu'il voulait juste être dans ses bras. Et il le croyait. Il était convaincu qu'en ce moment même, s'il se blottissait contre son ancienne amoureuse, il pourrait rester dans cette position pendant trois jours. Mais il savait que ce n'était qu'un leurre. Il retournerait avec Audrey non pas par amour, mais juste pour qu'elle le *désennuie*. Ce qui ne durerait qu'un temps. Cette simple idée lui enleva toute force, le fit littéralement choir vers le sol, où il se retrouva assis à l'indienne, les bras tout mous, la tête basse.

Puis, le son de la télé se fraya un chemin jusqu'à son cerveau.

— ... scandale de l'émission *Vivre au Max* bat toujours son plein. En effet, à la suite de la mort accidentelle et en direct d'Éric Boyer, l'un des jeunes participants de l'émission d'hier soir, le CRTC a reçu un nombre record de plaintes qui...

Frédéric fixa l'écran d'un œil bilieux. Encore cette histoire ! Déjà que tout le monde parlait de l'émission avant même ce drame... Maintenant qu'il y avait eu mort d'homme, c'était la démesure !

— Maxime Lavoie, producteur et animateur de cette émission très controversée, affirme qu'il se battra pour la survie de son émission...

Le visage du milliardaire apparut à l'écran, en parfait contrôle :

— C'est évident que cet accident est une tragédie et que nous le déplorons tous. Mais les participants sont au courant des risques...

Ferland regardait toujours l'écran. C'était donc lui, l'excentrique milliardaire qui avait conçu cette émission aliénante ? Était-ce sa façon à lui de voler toujours plus haut ? Lavoie ajoutait sur un ton presque tragique :

— ... je suis moi-même secoué par cet événement... mais il faut que l'émission se poursuive, parce que deux millions de gens croient que cela vaut la peine ! *Vivre au Max* continuera à réaliser les rêves de ceux qui ont l'audace d'aller plus loin que les autres.

Ferland fronça les sourcils. Le lecteur de nouvelles parlait maintenant d'un suicide spectaculaire survenu sur la Côte-Nord, mais le psychologue n'écoutait plus.

Réaliser les rêves des gens qui ont l'audace d'aller plus loin que les autres...

Il n'avait jamais écouté l'émission, mais les discussions qu'il ne pouvait s'empêcher d'entendre autour de lui sur le sujet n'étaient pas très édifiantes.

Tout à coup, et pour la première fois, il eut envie de voir par lui-même. Pas une envie de voyeur, ni une envie ludique, mais comme pour vérifier quelque chose... Confirmer une impression... Et un espoir, peut-être ? Mais un espoir de quoi ? Que Maxime Lavoie soit peut-être celui qui avait trouvé le moyen de voler toujours plus haut sans jamais se heurter à des limites ? Il ne se sentait pas la patience d'attendre jusqu'à jeudi prochain. À moins que... son fils de vingt-huit ans était bien le genre à écouter ce type d'émission. La dernière fois qu'il l'avait vu, huit mois plus tôt, Simon s'extasiait sur *Loft Story* et *Facteur de risques,* deux insipidités abrutissantes. Il devait donc logiquement compter parmi les fans de Maxime Lavoie...

Il appela chez lui, sans succès, et ne réussit à le joindre que le lendemain en fin d'après-midi. Simon Ferland ne cacha pas son étonnement en reconnaissant la voix de son père. Ce n'était ni son anniversaire ni Noël, alors quoi ? De but en blanc, Frédéric lui demanda s'il écoutait l'émission *Vivre au Max*. Il apprit que non seulement Simon l'écoutait, mais qu'il l'enregistrait sur vidéocassettes.

— Tu peux m'en prêter quelques-unes ?

— Tu t'intéresses à cette émission, *toi* ?

Frédéric inventa une histoire de recherches universitaires en psychologie sur l'impact émotionnel de cette émission.

— Tu sais qu'avant-hier un participant est mort ? expliqua son fils. C'était vraiment...

— Je peux passer les prendre tout de suite ?

De plus en plus abasourdi, Simon répondit par l'affirmative.

Vingt minutes plus tard, Frédéric sonnait à la porte de la maison de son fils, un beau grand cottage acheté à peine deux ans auparavant et qui démontrait une réussite sociale indéniable. Un jeune homme vint ouvrir la porte, souriant mais empêtré. Poignée de main. Dans le vestibule, Simon demanda à son père s'il voulait prendre un café.

— Non, je suis assez pressé, alors...

Simon hocha la tête, déçu mais pas surpris.

— D'accord. Mais dis quand même bonjour à ton petit-fils. C'est moi qui ai la garde d'Alexis cette semaine.

Il se tourna vers la cuisine et appela son fils. Un petit bonhomme de quatre ans apparut, timoré mais curieux.

— C'est grand-papa Frédéric ! Tu viens lui dire bonjour ?

Alexis s'approcha. Frédéric, avec réticence, se pencha et le prit dans ses bras.

— Ça alors, tu as grandi, toi ! Tu vas bien ?

— Oui, dit tout simplement le gamin.

Simon paraissait ému par la scène. Frédéric s'en rendit compte et, avec indifférence, déposa le garçon, qui demeurait sur place à fixer ce monsieur qui ressemblait à son papa. Simon tendit un sac :

— Tiens, il y a les six premières émissions, y compris celle d'il y a deux jours.

Frédéric prit le sac en remerciant. Allons, un petit effort ! Il ne pouvait quand même pas s'en aller sans au moins s'informer un peu !

— Alors, comment tu te débrouilles sans Nadia ?

— C'est correct. Ça fait quand même presque un an, ça se place.

Ça se place. Eh oui, Simon, ça se place… Tout se place, c'est bien ça le problème. Tu brûles d'envie de me demander pourquoi on ne se voit pas plus souvent, tous les deux. Pour quoi faire ? Pour parler ? Pour échanger ? Sur quoi ? Sur les mêmes banalités dont je peux discuter avec n'importe qui ? Ou alors, tu me parlerais de ta vie ? des étapes que tu es en train de traverser et que j'ai traversées moi-même, que tout le monde traverse ? Qu'est-ce que tu pourrais me dire sur ton divorce que je ne sais pas déjà ? Tu crois que j'en ai envie ? Et lorsque tu sentiras la lassitude s'installer dans ton travail, tu vas aussi m'en parler, comme si je n'avais pas connu ça ? À moins que ce soit de l'aide que tu cherches ? Tu crois que ton père pourrait te conseiller ? Mon pauvre vieux ! L'être humain est un mauvais comédien qui répète la même pièce, et c'est à croire que nous faisons des enfants pour qu'ils la poursuivent jusqu'à la fin des temps ! J'ai été acteur de cette pièce, Simon, il est hors de question que j'en devienne le spectateur. De toute façon, tu vas la jouer quand même, que la salle soit pleine ou vide.

Frédéric mit alors une main sur l'épaule de son fils, qui en sursauta.

— Je suis désolé, Simon.

— Désolé de quoi ? bredouilla le fils, le regard brillant d'espoir.

— Désolé que tout soit si décevant.

Le reproche apparut dans le regard du fils.

— Tu l'es surtout pour toi, n'est-ce pas ?

Frédéric ne répliqua rien. Il ébouriffa la tête d'Alexis, qui eut un petit sourire poli, puis il sortit.

Dans sa voiture, il aperçut, sous le porche de la maison, son fils et son petit-fils qui le suivaient des yeux. Il tenta de les imaginer dans dix ans, dans vingt ans... Alexis qui deviendrait grand et qui se tiendrait à son tour sous un porche de maison, avec son fils à ses côtés, qui lui-même grandirait et se tiendrait sous un porche de maison avec son fils qui à son tour grandirait et...

La nausée de la veille refit son apparition. Il trouva tout de même la force de leur envoyer la main. Dépité, Simon lui répondit, de même que le petit Alexis.

◆

Tout d'abord, Frédéric écouta trois émissions, dont la dernière, celle où un concurrent mourait en direct. Bien sûr, il trouva le concept insupportable, les effets grossiers et poseurs, et la foule parfaitement pathétique dans son acharnement à être cool. Mais ce qui le frappa encore plus fut l'insignifiance des rêves des participants. À l'exception d'une femme qui avait emmené avec elle quelques jeunes enfants pauvres de son quartier à Disney World, les autres trips consistaient essentiellement en des prouesses sexuelles, des défis sportifs, des agissements extrêmes ou des vengeances pathétiques. Et pourtant, Frédéric ne se perdait-il pas lui-même dans une multitude d'actions futiles pour chercher le nirvana ultime ? Ses innombrables partouzes, ses sauts en parachute, ses petits larcins récents... son meurtre... Tout ça n'était-il pas aussi vain que les actes des noyés de *Vivre au Max* qui se débattaient avec désespérance pour rester à la surface ? Il se découvrait donc des points communs avec ces gens... et cela le déprima au plus haut point. Il était bien placé pour comprendre que la réalisation de ces trips spectaculaires n'était que poudre aux yeux.

Mais au-delà de l'émission, ce qui l'intriguait encore plus était l'animateur, Maxime Lavoie. Cet homme n'était-il pas l'ancien PDG d'une des compagnies québécoises les plus puissantes ? Pourquoi lâcher une grande carrière pour faire… *ça ?* Il écouta avec attention le discours que fit Lavoie à chaud, quelques instants après la mort du concurrent :

— Vous comprendrez, bien sûr, que nous interrompions l'émission pour ce soir. Je me donne comme devoir d'appeler personnellement la famille d'Éric et, évidemment, de me mettre à leur entière disposition. Ce soir, nous avons vu que… que parfois, dans nos rêves, il y a des parties sombres. Des parties sombres qu'Éric Boyer, malgré tout, a accepté d'assumer… jusqu'au bout.

Il réécouta ce laïus une vingtaine de fois, étudiant avec attention la physionomie de Lavoie, ses gestes, son attitude… Frédéric finit par conclure que cela sonnait faux.

Pendant deux jours, il se tapa les six émissions en boucle. Plus le psychologue analysait Lavoie, moins il croyait à cet homme. Il finit même par remarquer chez l'animateur un certain sourire, discret, furtif mais révélateur d'une émotion intérieure et vraie que Lavoie, malgré lui, laissait percevoir durant ces brefs instants : une tristesse teintée de mésestime.

Le soir du deuxième jour, Frédéric, dans son lit, n'arriva pas à s'endormir, il ne pensait qu'à Lavoie. Étrange homme… Étrange émission…

Dans la semaine qui suivit, le psychologue effectua des recherches sur l'animateur dans différentes revues et archives électroniques. Ce qu'il trouva ne fit qu'accentuer sa perplexité, qu'aiguiser sa curiosité.

Tellement qu'il résolut de rencontrer Maxime Lavoie.

12

— OK, la gang, on est rendus à notre deuxième participant de la soirée ! Pis préparez-vous, ça va être quelque chose : Éric Boyer !

Musique, applaudissements, puis un jeune homme dans la vingtaine, habillé d'un pantalon sport de toile et d'un t-shirt sur lequel était inscrit « *Dare or die* », vint rejoindre Maxime en saluant la foule, l'air très relax. Derrière les deux hommes, on avait érigé une grande arène circulaire qui devait bien avoir dix mètres de diamètre.

— En forme, Éric ?

— Ouais, méga-cool ! répondit le jeune d'une voix molle.

— C'est notre sixième émission, à soir, j'espère que tu as écouté les cinq autres ?

— Mets-en ! J'en ai pas manqué une !

Son corps bondissait imperceptiblement, comme s'il avait des ressorts dans les pieds. Il mâchait une gomme en souriant vers les caméras et faisait constamment des signes de victoire avec son majeur et son index, on ne savait trop à qui.

— Ce soir, tu vas te payer un trip assez pété : tu vas défier un taureau !

Boyer approuva, tandis que les gens émettaient des sons interloqués.

— Pis dans la vraie vie, ton travail, c'est quoi ?

— Ah ! je travaille dans une boutique d'électronique pis c'est plate à mort…

— Ben, si tu veux, on pourrait remplacer le taureau par ton *boss*.

Rires dans la salle, tandis que Maxime faisait mine avec son doigt de tirer, geste accompagné par l'enregistrement sonore d'un coup de feu. Boyer approuva.

— Pis qu'est-ce qui t'attire dans la corrida ? demanda Maxime.

— La quoi ? rétorqua le jeune homme, désorienté.

— Pourquoi t'as envie de jouer les toréadors ?

— Ah, ben, j'ai vu ça l'autre jour, à la télévision. J'ai trouvé que ça avait l'air méga-cool. Y a un pays où que c'est leur sport national, y paraît… L'Allemagne, je pense…

— L'Espagne.

— Ouais, dans ce coin-là.

— Pis pourquoi tu trouves que ç'a l'air trippant ?

— Ben, j'sais pas… (grattement de tête, effort de concentration) Y a de l'action, c'est dangereux pis… c'est défoulant, aussi. En tout cas, ça doit être excitant en cali… heu, en maudit !

Il se remit à tressauter, satisfait de sa réponse.

— Pis le risque ? demanda Maxime. Ça peut être dangereux.

— Ben c'est ça le plus méga-cool !

— Pourquoi ?

— Parce que…

Réflexion, puis, l'expression soudain plus sérieuse, il poursuivit :

— … quand y a un risque, tu te sens en vie.

Cette fois, tout le monde écoutait avec attention.

— Qu'est-ce que tes amis pensent de ça ?

— Ah, ils me trouvent ben *fucké !*

Il rit, en recommençant ses signes avec ses doigts.

— Pis tes parents ?

— Hein ? Ah, ils le savent pas…

— Peut-être qu'ils te regardent ce soir.

Cette éventualité ne sembla pas trop plaire à Boyer et Maxime s'empressa de changer de sujet :

— Donc, tu vas jouer au toréador ce soir devant nous, mais on a quand même limité les risques : on a choisi un taureau assez vieux, pas trop méchant, pas trop fringant. Mais c'est un taureau quand même pis il a des vraies cornes.

— Méga cool !

— Pis évidemment, comme on a des lois précises sur les animaux, tu pourras pas le mettre à mort, comme on peut le faire en Espagne. Au lieu de lui planter des vraies pointes dans le corps, tu vas le piquer avec… ça !

Et Maxime sortit de l'étui accroché à sa ceinture une longue tige dont l'extrémité était en caoutchouc rouge.

— C'est une sorte de suce qui adhère au poil du taureau. On aura pas de troubles avec la SPCA, ça saignera pas pis les gars du ménage vont moins sacrer après le show !

La salle rit. Mais on sentait le jeune homme un rien déçu.

— T'as cinq minutes pour en coller trois sur le taureau. Si tu réussis, tu gagnes pis on te donne un beau trophée ! Si le taureau te renverse une seule fois, on arrête tout. Mais que tu réussisses ou non, t'auras réalisé ton rêve, *right ?*

– *Right*, répondit Boyer, à nouveau exultant.

— OK, qu'on apporte la cape de monsieur !

Un accessoiriste apporta une cape rouge à Boyer, qui la prit et la soupesa, admiratif.

— Tu t'es pas mis en costume de torero ? demanda Maxime.

— Ah non ! Je trouve qu'ils ont l'air *fif* avec ça sur le dos !

Nouveaux rires dans la salle.

— OK, je vais sortir de l'arène pis vingt secondes après, on lâche le taureau ! Il est pas trop tard si tu veux tout arrêter !

— Jamais de la vie !

— *All right !* On applaudit le courageux Éric !

Tonnerre d'applaudissements tandis que Maxime sortait de l'arène pour aller se planter dans un coin, hors de l'éclairage. Boyer, seul au centre de l'arène, remonta son pantalon, fit un dernier signe vers la caméra en ricanant, puis attendit, anxieux, sautillant plus que jamais. Une musique espagnole se fit alors entendre dans la salle…

… et, apparaissant par une grande porte qui s'ouvrit soudain à une extrémité de l'arène, un taureau s'avança. Une rumeur impressionnée parcourut la salle. Boyer devint tout raide, tétanisé par cette vision qu'il ne s'était, jusque-là, qu'imaginée. L'animal, de son côté, regarda à gauche et à droite, nonchalant, comme s'il se demandait ce qu'il fabriquait là. Après quelques secondes de saisissement, Boyer cracha sa gomme et, maladroitement, déploya enfin sa cape. Un éclair traversa le regard du taureau et, tête baissée, il fonça vers le jeune homme. Dans la salle, tous les spectateurs cessèrent de respirer et, lorsque les cornes rencontrèrent la cape, plusieurs cris fusèrent. Mais Boyer, avec une rapidité peu élégante mais efficace, évita la bête et celle-ci continua sa course sur quelques mètres. Les cris apeurés devinrent admiratifs et les applaudissements suivirent. Boyer contempla la foule, béat de joie, dressa ses deux doigts à nouveau, puis revint au taureau, l'air plus assuré.

Pendant deux minutes, il réussit plusieurs passes, avec de plus en plus de style, de plus en plus d'audace, au point que la foule, prise au jeu, criait un immense « olé » à chaque passage. Il est vrai que la bête n'était pas des plus agressives, mais tout de même, ses cornes affilées donnaient le frisson et frôlaient chaque fois l'apprenti torero. Boyer avait réussi à coller une pointe sur l'animal et cherchait à fixer la seconde. Maintenant crâneur, il tenait la cape d'une seule main et brandissait la deuxième pointe. Le taureau, sans trop d'agressivité, fonça sur la cape. Boyer l'évita et, dans son mouvement, colla la pointe…

Fut-ce un soudain éveil de l'animal ? un hasard ? un réflexe déclenché par la relative douleur causée par la pointe ? Toujours est-il qu'après avoir fauché la cape, la bête, au lieu de poursuivre sa course, fit immédiatement volte-face, avec une brusquerie qu'elle n'avait pas démontrée jusqu'à maintenant, et sa corne droite accrocha le flanc de Boyer. Son petit couinement de douleur, tandis qu'il tombait sur le sol, fut audible pour tous. Et tandis que la dernière syllabe du « olé » de l'assistance se muait en cri d'effroi, le taureau donna un second coup de cornes, cette fois dans le ventre du jeune homme qui poussa un cri rauque.

Trois mouvements eurent lieu avec un parfait synchronisme : le redressement spontané des spectateurs, qui se mirent tous debout en poussant des exclamations d'épouvante ; l'apparition de trois assistants qui sautèrent dans l'arène pour attirer l'attention du taureau ; et la tombée d'un immense rideau qui n'avait jamais servi et qui cacha la scène en moins de deux secondes.

Rapidement, un homme apparut sur la scène pour expliquer que tout était sous contrôle, mais, dans les coulisses, le chaos régnait. En effet, les trois assistants avaient beau crier, faire bouger des capes et claquer des mains pour attirer l'attention de la bête, celle-ci continuait à s'acharner sur Boyer qui, après avoir reçu un troisième coup de cornes, avait réussi à se mettre sur le ventre pour ramper sous les regards horrifiés des techniciens qui ne s'occupaient plus de leur équipement. Un homme armé d'une carabine sauta enfin dans l'arène, mais tandis qu'il épaulait son arme, le taureau donna un quatrième coup de cornes, cette fois dans le dos de sa victime, et Boyer cessa net de bouger. La carabine tira et une fléchette alla se ficher dans le dos de la bête qui gronda, se retourna, mais vacilla rapidement, pour enfin s'écrouler au sol, endormie. On s'empressa de sortir l'animal, tandis que plusieurs personnes, dont le médecin de l'émission, entouraient Boyer. Maxime apparut, le visage soucieux.

— Alors ? demanda-t-il.

— C'est… Il est mort…

Des exclamations catastrophées accueillirent cette affirmation. Deux ou trois techniciens sortirent en vitesse du plateau, en larmes. Les mâchoires de Maxime se serrèrent, puis il marcha vers le *boot* technique. Derrière sa console, Chapdelaine, le réalisateur, qui affichait normalement une expression blasée, tourna vers le milliardaire un visage blanc comme neige.

— Est-ce que la diffusion a été interrompue ? demanda l'animateur.

— O… oui…

— Comment ça ? Je t'ai dit de jamais, *jamais* interrompre la diffusion, peu importe ce qui se passait !

— C'est pas nous, c'est la station elle-même qui a coupé ! Dix secondes après que le rideau est tombé ! Pis si tu veux mon avis, ils ont eu raison !

Maxime poussa un juron, sortit de la régie en lançant :

— Téléphone, Robert !

Robert Sanschagrin, tétanisé, se tenait près de l'arène et fixait le cadavre avec l'expression d'un homme qui voit sa maison brûler.

— *Robert !*

Sanschagrin sursauta, s'approcha et, tout en tendant le cellulaire, balbutia :

— On est vraiment dans le trouble, là, Maxime… Vraiment…

L'animateur prit le téléphone et appuya sur une touche. Presque aussitôt, une voix hystérique retentit à son oreille :

— *Jesus fucking Christ !* Que c'est qui s'est passé ?

Mais au-delà de la colère, c'était la peur que Maxime devinait dans cette voix.

— Il paraît que t'as coupé ?

— Mets-en que j'ai coupé ! Au premier coup de cornes, j'ai appelé à la station pour en donner l'ordre, qu'est-ce que tu penses ?

— Criss, Jack ! on s'était entendus que jamais on couperait !

— *Are you fucking nuts ?* On parle pas d'une fille qui se montre les boules, on parle d'un gars qui se fait embrocher par un taureau, tabarnac !

Autour, c'était la pagaille, on transportait enfin le corps de Boyer sur une civière, personne ne se préoccupait de Maxime sauf Sanschagrin qui, tout en se tordant les mains, attendait près de son patron avec un air de chien battu.

— Chapdelaine a dit que ç'a coupé en même temps que le rideau tombait ! rétorqua Maxime. Le monde n'aurait rien vu de toute façon !

— Y avait pas de chance à prendre !

— OK, OK ! Mais maintenant, je veux que tu me remettes en ondes !

— *Dream on !* Y est pas quest…

— Le rideau va rester fermé, je veux juste parler aux gens !

— Parler aux gens ? Veux-tu ben me dire ce…

— Jack, si tu veux pas qu'on soit dans la marde…

— On est déjà dans la marde*, you sick fuck !* hurla Langlois.

— Si tu veux pas qu'on le soit encore plus, écoute-moi et fais ce que je te dis, *you got that, you hysterical fat ass ?*

Le ton agressif de Maxime atteignit son but. Le directeur de la programmation se tut un moment, ne laissant percevoir que son souffle gras. Puis, d'une voix de laquelle perçait cette fois une sorte de supplication, il abdiqua :

— *All right…* T'es en ondes dans deux minutes…

– Merci, Jack.

Il referma le cellulaire et le tendit à Sanschagrin, sans même le regarder, tandis que ce dernier demandait :

— Et puis ? On est foutus ?

Sans lui répondre, Maxime claqua les mains et cria d'une voix forte :

— OK, je veux que tout le monde soit prêt, on retourne en ondes ! On va agir en professionnels et en gens responsables, d'accord ? Dans cinq minutes, on pourra tous pleurer ! Mais pas tout de suite ! Pas encore ! Je compte sur vous tous ! *Let's go !*

Après quelques secondes de flottement, tous se mirent péniblement en branle. Une femme dans la trentaine, qui était la troisième participante de l'émission, s'approcha gauchement de Maxime pour lui demander :

— Ça… ça veut-tu dire que je ferai pas mon trip ?

Maxime l'ignora complètement et, une minute plus tard, traversait le rideau pour aller se planter devant la foule houleuse. Lorsque le voyant rouge s'alluma sur la caméra, Maxime ajusta son micro-casque et clama :

— S'il vous plaît, tout le monde… Un peu de calme, s'il vous plaît…

Le silence revint peu à peu. L'air très solennel, l'animateur marmonna :

— J'ai… j'ai le regret de vous annoncer qu'Éric Boyer est… mort.

Consternation dans la salle. Maxime, en levant une main, s'empressa de continuer :

— Vous comprendrez, bien sûr, que nous interrompions l'émission pour ce soir. Je me donne comme devoir d'appeler personnellement la famille d'Éric et, évidemment, de me mettre à leur entière disposition. Ce soir, nous avons vu que… que parfois, dans nos rêves, il y a des parties sombres. Des parties sombres qu'Éric Boyer, malgré tout, a accepté d'assumer… jusqu'au bout.

Quelques marmonnements dans la salle. Maxime poursuivit :

— *Vivre au Max* est un reality show nouveau genre. Et dans reality show, il y a le mot réalité. Et dans la réalité, il y a la mort, absurde et imprévisible. Nous en avons eu une terrible démonstration ce soir. Mais Éric nous a quittés en toréador. Je ne prétends pas que c'est ce qu'il aurait souhaité et, d'ailleurs, nous ne le saurons jamais. Mais aussi ironique que cela puisse paraître, il est mort en accomplissant son rêve. Alors que des millions de gens meurent avec le regret de ne jamais l'avoir accompli.

Quelques personnes dans l'assistance grimacèrent avec tiédeur, mais la grande majorité ne bougeait plus, buvait les paroles de Maxime. Ce dernier cligna soudain des yeux, ses lèvres tremblèrent et, la voix chevrotante comme s'il retenait un sanglot, il ajouta :

— Je crois… je propose que nous gardions une minute de silence en hommage à Éric.

Il baissa la tête, imité par les quatre cents spectateurs dans la salle. Dans les coulisses, la plupart des techniciens firent de même. Le silence fut absolu.

Au bout d'une minute, Maxime releva la tête et murmura:

— Merci. Je vous assure que j'assumerai toute ma responsabilité dans cette histoire.

Il sortit dignement. Une centaine de personnes applaudirent de manière désordonnée, mais rapidement les discussions passionnées reprirent.

Aussitôt que l'animateur revint en coulisses, Sanschagrin lui tendit le cellulaire.

— *Not bad,* fit Langlois à l'autre bout de la ligne, un peu plus calme. Pas mal de *bullshit,* mais assez habile. Ça n'empêche pas que notre émission est morte.

— Ça, c'est loin d'être sûr…

— Max, voyons, on pourra jamais…

— On s'en reparle demain.

Il coupa, redonna le cellulaire à Sanschagrin en ignorant ses questions et marcha rapidement vers le couloir des bureaux. Lisette Boudreault l'intercepta, son visage encore plus figé qu'à l'accoutumée:

— Il va y avoir des tas d'appels pour des entrevues, j'en ai déjà reçu quatre, je sais pas si… heu…

— Accepte-les toutes.

Il repartit, traversa le couloir empli de gens qui allaient et venaient, puis rentra dans son bureau. Gabriel était assis devant la télé, boîte de Froot Loops en main, et fixait l'écran sur lequel défilait le générique de l'émission, sans musique. Le garçon tourna la tête vers Maxime. Le milliardaire hocha la sienne avec fatalisme:

— C'était inévitable, non? Fallait s'attendre à ce que ça finisse par arriver.

Il marcha vers son bureau en lissant lentement ses cheveux.

— Ça va être une grosse semaine…

Il donna trois petits coups de paume sur le bord de son bureau et lâcha avec énergie:

— OK! On va y arriver!

Gabriel le regardait toujours en silence. Dieu! que Maxime aurait eu besoin, à ce moment-là, de quelqu'un avec qui *vraiment* parler de ce qu'il ressentait! Ce silence, par moments, devenait vraiment lourd. Mais il ne pouvait en vouloir à

Gabriel, il le savait bien, et il se sentit aussitôt coupable de sa frustration.

Dix semaines plus tôt, en mai, il avait discrètement souligné la fête de Gabriel en lui achetant une multitude de nouveaux jeux vidéo. Enfin, Maxime ignorait sa date d'anniversaire exacte, mais comme il s'agissait du jour où il avait *rencontré* Gabriel, pourquoi ne pas en faire son anniversaire ? Et comme il savait que le garçon avait onze ans lorsqu'il l'avait ramené de Gaspésie, il avait donc mis douze bougies sur le gâteau. Gabriel n'avait semblé ni enchanté ni incommodé de cette fête discrète.

Maxime se laissa tomber dans sa chaise avec une petite moue :

— Tu aurais dû voir ça, en coulisses. C'était assez atroce…

Mais il prononçait ces mots d'une voix neutre, qui contrastait avec le contenu de ses paroles, comme si au fond cela ne l'impressionnait guère. Maxime se tourna vers Gabriel et son visage se teinta d'une certaine compassion tandis qu'il marmonnait :

— C'est vrai que l'horreur ne t'impressionne plus beaucoup…

L'enfant le fixa encore un moment, puis reporta son attention sur l'écran de la télévision, en se fourrant une poignée de céréales dans la bouche.

◆

Maxime accorda bon nombre d'entrevues, la plupart très agressives à son égard. À chacune d'elles, il conserva un sang-froid admirable et ses propos consistèrent en une série de variations sur ce qu'il avait déjà dit en ondes. À la station de télévision et au CRTC, les plaintes furent abondantes. Langlois, par contre (suivant les conseils de Maxime), déclarait sur toutes les tribunes que sa chaîne n'avait pas l'intention de retirer l'émission. Néanmoins, quatre jours après le drame, Langlois recevait un appel du CRTC et apprenait sans surprise que *Vivre au Max* était sur la sellette. On ne lui enlevait pas son permis pour l'instant, mais le conseil discutait de l'avenir de l'émission et l'affaire pourrait même se rendre en cour. La nouvelle parut dans les journaux et provoqua bon nombre de manifestations dans plusieurs villes. À Montréal, huit mille personnes descendirent dans les rues pour clamer que l'émission devait demeurer en ondes au nom de la liberté d'expression et pour inciter le CRTC à respecter les auditeurs québécois. Une centaine d'individus profitèrent de la manifestation pour vandaliser quelques vitrines de magasins. À Québec, le nombre de manifestants s'éleva à cinq mille.

La même journée, Maxime rencontrait Salvador dans son restaurant.

— Tu te souviens quand je t'ai demandé, il y a quelques mois, de me monter un dossier sur René Coutu ?

L'Espagnol, qui était concentré sur une grille de mots croisés, lança un ordre à l'un de ses hommes qui, une minute plus tard, tendait une grande enveloppe brune au milliardaire. Maxime examina le contenu et approuva :

— Bon travail, *amigo*.

— Si j'étais aussi bon en mots croisés ! regretta Salvador en lâchant son crayon avec dépit.

Trois jours plus tard, Maxime, accompagné de son chauffeur espagnol baraqué, rendit visite à René Coutu, le directeur du CRTC ; l'animateur avait pris soin de choisir un soir où il savait la femme du directeur absente. Coutu accueillit froidement les deux hommes et daigna les rencontrer quelques minutes seulement dans son bureau. Dans la petite pièce, l'animateur exposa la situation, puis fit un petit signe au Latino qui déposa une mallette sur la table. Maxime l'ouvrit et plusieurs piles de billets de banque apparurent, toutes bien rangées, sous les yeux d'abord ahuris, puis choqués de Coutu, qui s'écria qu'il n'était pas à vendre, que son intégrité était sans faille et que Lavoie et son gorille avaient trois secondes pour vider les lieux. Maxime, l'air faussement désolé, fit un autre signe à son homme de main qui, cette fois, sortit une enveloppe brune, celle donnée par Salvador trois jours plus tôt. Comme Coutu, altier, refusait de l'ouvrir, Maxime s'en chargea lui-même et aligna délicatement sur le bureau tout le contenu qu'elle renfermait, devant le directeur dont le visage s'affaissait au fur et à mesure que les documents apparaissaient. Il y avait tout d'abord une série de photocopies du site Internet illégal que Coutu visitait plusieurs fois par semaine, *Real raped girls*, et qui montrait exactement ce que promettait son titre évocateur. Suivaient des photos de Coutu lui-même en train de se masturber devant son écran saturé d'images de femmes ensanglantées. Le directeur ne demanda même pas comment ces photos avaient pu être prises, trop occupé à se désagréger de honte. Quand Maxime et l'Espagnol sortirent de sa maison, il pleurait en serrant la photo de ses enfants sur sa poitrine.

La limousine de Maxime était garée devant la maison de Coutu. L'Espagnol alla s'asseoir derrière le volant, tandis que Maxime montait à l'arrière rejoindre Gabriel qui attendait sagement.

— Tu as tout entendu? demanda l'animateur en s'assoyant face à lui.

Car Maxime portait, caché sous sa chemise, un micro qui avait permis à Gabriel de suivre toute la discussion.

— Édifiant, non? poursuivit le milliardaire. Ça donne encore plus de sens à notre projet.

Et il ébouriffa affectueusement les cheveux de son protégé, qui le regardait sans broncher.

Deux semaines après la mort de Boyer, le CRTC renversa tout le monde en annonçant que l'affaire n'irait pas en cour et que, par conséquent, *Vivre au Max* ne serait pas retirée des ondes. Aux médias qui demandaient les raisons de cette décision, un porte-parole du CRTC résuma la position du conseil en trois points:

1- Le conseil avait examiné les contrats signés par Boyer et, effectivement, il était spécifié que le signataire était conscient des risques encourus, y compris celui de mourir, et qu'il les assumait complètement et personnellement.

2- La station avait arrêté la diffusion dès les premières secondes du drame, ce qui démontrait sa bonne volonté de ne pas verser dans le sensationnalisme.

3- Il s'agissait tout de même d'un cas isolé et, après tout, aucune émission présentée en direct n'était à l'abri de ce genre de situation.

Cette décision, si elle déclencha la fureur de certains éditorialistes et de quelques milliers de citoyens, soulagea les 2,2 millions de fans de Maxime Lavoie, au point que plusieurs manifestations furent organisées à nouveau, cette fois dans un but festif. Même ceux qui n'écoutaient pas l'émission approuvèrent la décision du CRTC, arguant qu'après tout, « on était dans un pays libre ».

Quand Maxime entra dans le bureau du directeur de la programmation, il s'attendait à trouver un Langlois jubilatoire. À la place, il tomba sur un homme qui le dévisageait avec une sorte de crainte décontenancée.

— On garde notre permis et c'est tout l'effet que ça te fait ? s'étonna le milliardaire.

Langlois, assis derrière son bureau, demanda d'une voix basse, comme s'il craignait que des oreilles indiscrètes l'entendent :

— Tu tires les cordes, pas vrai ?

— Quelles cordes ? De quoi tu parles ?

— Arrête tes conneries ! Le CRTC ne prend jamais une décision si rapidement ! Surtout pas sur un cas aussi *heavy* !

Maxime se laissa tomber dans un fauteuil.

— L'émission reste, c'est le principal, non ?

Langlois se leva, fit quelques pas vers une étagère, soupesa un vieux trophée Gémeau qu'il avait gagné huit ans auparavant, alors qu'il était producteur, puis marmonna :

— *I don't like the smell of all this, Max.* Je veux pas d'emmerdes, moi. Je suis pas sûr que je veux continuer.

Maxime ne broncha pas.

— C'est pour ça que tu n'es que le diffuseur, Jack. Il ne peut rien t'arriver.

— C'est pas si simple…

— Mais oui, ce l'est.

Langlois s'humecta les lèvres, toujours en examinant son trophée :

— Pis j'ai des principes, aussi.

Cette fois, Maxime eut un grognement dédaigneux.

— *Cut the crap, Jack.*

— Parce que toi, t'en as, je suppose ? rétorqua le directeur avec une ironie sans joie.

— Oh oui, j'en ai, justement…

Langlois tourna la tête vers lui, étonné par l'accent de sincérité de cette réponse.

— Écoute, Jack, ne tourne pas autour du pot : tu redoutes d'être mouillé et moi, je te dis que tu n'as pas à avoir peur. Mais si tu es trop peureux, je vais voir TVA, qui va m'accueillir comme le Messie. Non seulement la mort de Boyer ne nuira pas à l'émission, mais elle va faire grimper nos cotes d'écoute déjà vertigineuses. Et ça, tu le sais parfaitement. Alors à toi de décider si c'est ton compétiteur qui va en profiter… ou toi.

Langlois inspira en déposant le trophée sur l'étagère, fit quelques pas en se massant la mâchoire, puis se tourna finalement vers Maxime.

— Pourquoi tu fais cette émission, Max ? Moi, elle m'enrichit, mais toi, elle va finir par te ruiner. Alors pourquoi tu y tiens tant ?

Maxime croisa sagement les mains sur son ventre et, avec le plus grand sérieux, répondit :

— Je te l'ai dit : j'ai des principes.

Pendant un instant, Langlois songea à lui demander d'être plus clair, puis, réalisant après réflexion qu'il était effectivement mieux pour lui d'en comprendre le moins possible et de profiter de l'argent apporté par ce succès tombé du ciel, il estima qu'il était préférable de se taire.

Ce qu'il fit.

28

Dans son demi-sommeil tenaillé, il entend des pas. Alerté, il ouvre les yeux pour voir une ombre qui approche, qui tient quelque chose… Un pistolet, sûrement ! Éperdue, sa main droite s'étire vers son bureau à la recherche de son Glock… Mais il n'est pas chez lui ! Non, il est à l'hôpital ! Sans arme ! Sa main ne rencontre qu'un verre d'eau qui se renverse. Comment a-t-on pu… a-t-on pu le laisser seul, aux mains de… des… Le souffle lui manque, vite, pousser un cri avant de suffoquer définitivement. Il ouvre la bouche…

— Du calme, monsieur Sauvé, tout va bien.

Une voix de femme, lasse. Une lumière s'ouvre dans la pièce et la silhouette devient infirmière.

— Je… Je m'excuse, halète-t-il. J'ai… Pendant une seconde, j'ai cru que…

Sa voix chevrote. Merde, encore ! Depuis son arrivée à l'hôpital, hier, il a toujours envie de pleurer ! Heureusement, il a pu, jusqu'à maintenant, se retenir. L'infirmière, avec des gestes blasés et mécaniques, examine sa blessure à l'épaule, heureusement superficielle, et prend sa température. Pierre ne dit rien, trop occupé à retenir ses larmes. L'infirmière le remarque et articule sèchement :

— Voyons, c'est pas si pire ! Y en a qui souffrent ben plus que vous !

Une minute après, il se retrouve seul. Des gens passent dans le couloir ; de temps à autre on entend dans les haut-parleurs une voix demander un médecin ; quelques sonneries de téléphone parviennent jusqu'à lui. Il se met à fixer le joint qui relie le plafond au mur… puis se repasse le film de la veille, dans ses moindres détails. Un film d'horreur qui ne cesse de défiler devant ses yeux, ouverts ou fermés. Il voudrait bien l'interrompre, mais comme il n'y a aucun bouton « stop », le film repasse en boucle, sans possibilité d'arrêt.

La nuit dernière, la projection a été pire, des variantes aussi absurdes que démentes se sont ajoutées. Les assassins tiraient sur Nadeau et les policiers, mais Rivard ne mourait pas sur le coup: son ventre explosait, son visage se faisait déchiqueter par les balles, il continuait pourtant de hurler à l'aide, en tendant sa main sanglante vers Pierre. Et lui fouillait sur le plancher de sa voiture, à la recherche de son foutu Glock qu'il ne trouvait pas… Enfin, il l'attrapait ! Mais il l'échappait aussitôt, se remettait à le chercher, le reprenait et le perdait derechef, ça n'avait aucun sens ! Et Rivard, devant lui, qui recevait des centaines et des centaines de balles, l'appelait toujours à l'aide. Pierre jurait, cherchait son pistolet et, enfin, le tenait solidement ! Alors, il bondissait hors de sa voiture, pointait son arme, prêt à appuyer sur la détente… mais ce n'était pas son Glock qu'il tenait ! C'était une feuille de papier. Hébété, il l'approchait de ses yeux ; il y avait un long texte sur la feuille : *Pour faire changement, tu n'es pas à l'heure. Il est sept heures et demie et tu ne m'as même pas…*, mais l'encre se mettait à dégouliner sur la feuille, comme si une eau invisible diluait les phrases maintenant illisibles. Qu'est-ce que ce stupide bout de papier foutait entre ses mains ? Où était son arme ? Il la cherchait dans la voiture, sur l'asphalte de la rue, partout, ne la trouvait pas. Désespéré, il regardait vers son confrère qui, sous le tir incessant des mitraillettes, n'avait plus forme humaine. Mais de cet amas de chair écarlate surgissaient toujours une main implorante, des cris inarticulés, et Pierre, s'arrachant les cheveux de démence, tournait la tête vers le fourgon dans lequel il croyait maintenant voir la silhouette d'une petite fille, immobile et tournée vers lui…

À ce moment, il se réveillait en criant. Et il repensait à cette foutue feuille de papier dans son rêve, qu'il tenait entre les mains ; cette feuille dont il se souvenait très bien, qu'il tentait d'oublier depuis des années, qu'il avait même réussi à repousser très loin de sa conscience et qui, tout à coup, sans aucun lien avec ce qui lui arrivait, revenait le hanter.

Pourquoi ? *Pourquoi ?*

Le téléphone sonne, mais le regard de Pierre demeure fixé au mur. Nouvelle sonnerie. Qui cela peut-il bien être, cette fois ? Sa mère ? Elle est venue hier, mais elle est bien capable d'appeler tous les jours… Son frère ? Il vit en Belgique depuis cinq ans, il ne peut être au courant. À moins que maman l'ait prévenu. Des amis ? Ils sont tous flics et sont venus le voir hier. Peu importe, il n'a pas envie de répondre. La troisième sonnerie lui donne envie de pleurer. Criss ! il en a ras le bol, de ces réactions de fillette ! Tout à coup, il croit deviner. Rapidement (du moins le plus rapidement que le lui permet son état), il prend l'appareil et le porte à son oreille. En reconnaissant la voix de sa mère, il est déçu. Il a espéré celle de Karine. Il réussit à convaincre sa mère que ce n'est pas nécessaire de revenir le voir aujourd'hui, puis il raccroche.

Pas dans le couloir, sonneries, appels dans les haut-parleurs… À un moment, un homme à l'allure démontée et un médecin passent devant la porte du détective et ce dernier saisit au passage une phrase du docteur indifférent : « Écoutez, votre père n'est pas le seul malade, ici… »

Pierre repense à la visite de ses confrères la veille. Ils ne connaissaient pas les trois flics tués, mais il s'agissait tout de même de collègues et ils jurèrent qu'ils allaient tirer cette épouvantable histoire au clair. Pierre leur a posé des questions sur ce qu'on savait jusqu'à maintenant, mais les gars ont expliqué qu'on n'avait encore rien trouvé de concluant et que, de toute façon, il devait se reposer. Chloé est aussi venue mais seule, encore plus bouleversée que les autres. Elle a carrément pris Pierre dans ses bras qui, gêné, s'est laissé faire.

— Pierre, c'est… c'est vraiment… Je trouve pas les mots pour…

— Je sais, je sais.

Et le film repartait, les images, les cris, le sang…

— J'aurais dû t'accompagner, aussi ! s'était-elle reproché.

— C'est moi qui ai voulu que tu restes ici.

— Je sais mais… Si j'avais été là, peut-être que j'aurais… que j'aurais pu faire quelque chose…

Elle a un peu pleuré et cela a beaucoup touché Pierre. Il a ensuite demandé qui s'occupait de l'enquête.

— Moi, puisque j'étais sur le cas Nadeau.

— Alors, tu es prête à prendre ma déposition ?

— Voyons, c'est pas le temps de parler de ça !

— Il faut toujours interroger les témoins le plus vite possible, pendant que les souvenirs sont encore chauds. Plus on attend, plus c'est risqué. C'est pas avec de la sensiblerie qu'on fait des bonnes enquêtes !

— Ça, c'est ton point de vue. Votre ancien enquêteur, Mercure, il paraît qu'il travaillait pas comme ça…

— Ouais, pis ça lui a souvent joué des tours.

— Chiale si tu veux, ta déposition va attendre à demain. C'est Gauthier qui va venir la prendre, ou moi.

— Gauthier ?

— Il est sur le cas avec moi.

Pierre s'est renfrogné en répétant :

— Franchement, c'est moi qui devrais mener cette enquête.

— Tu viens de te faire tirer dessus !

— C'est une blessure légère.

— Légère ou pas, tu as eu un choc et tu as droit à plusieurs semaines de convalescence.

— Ce dont j'ai vraiment besoin, c'est de reprendre mon travail le plus vite possible.

— T'es pas heureux à l'idée de passer quelques semaines chez toi, tranquille ?

— Non.

— Comment ça ?

Il s'était tu. En effet, pourquoi cette éventualité lui déplaisait-elle tant ? Il avait donc tenté de s'imaginer chez lui, seul pendant un ou deux mois, à avoir toutes ses journées libres pour pouvoir faire… faire quoi, au fait ? Que ferait-il, s'il ne travaillait pas ? Une sorte d'angoisse, tout à coup, s'était saisie de lui, cette même angoisse, étrange et inexplicable, qui finissait immanquablement par le ronger chaque fois qu'il passait quelques jours sans travailler.

— J'ai pas besoin de convalescence, s'est-il borné à répéter.

Des pleurs sortent Pierre de ses pensées. Les sanglots proviennent en sourdine d'une autre chambre. Le détective, avec la télécommande, allume la télévision accrochée au mur. Les hôpitaux, c'est tellement déprimant ! Il se souvient de la mort de son père, il y a douze ans. Cet homme taciturne, qui avait eu une vie bien paisible, qui avait été agent immobilier pendant trente-cinq ans et dont le seul vice avait été de jouer au poker avec ses copains une fois par semaine, a été emporté par un cancer qui l'a torturé pendant quatre longs mois dans un lit d'hôpital. Chaque fois que Pierre venait lui rendre visite (environ une fois par semaine, au grand découragement de sa mère et de son frère qui eux, bien sûr, venaient tous les jours), il se sentait inconfortable, entouré de ces malades et de cette souffrance, comme si chacune de ses visites lui rappelait qu'il allait un jour lui-même se retrouver ici.

Il se rappelle surtout sa dernière visite. Il était seul au chevet de son père (sa mère était descendue manger à la cafétéria, son frère déjà reparti) qui, depuis trois semaines, fixait le plafond d'un regard éteint et, comme unique son, émettait une respiration rauque entrecoupée de râles sinistres. Pierre songeait à une enquête qu'il menait depuis quelques jours lorsque Hervé Sauvé s'était tout à coup agité. Le détective, alarmé, s'était approché, avait pris la main soudain tremblante de son père et ce dernier, si terrorisé qu'il ne réalisait même pas la présence de son fils, avait articulé d'une voix brisée par la détresse :

— Mon Dieu ! C'est fini ! Et il ne s'est rien passé… *Rien!*

Et il était mort, ses yeux figés dans une abominable révélation qu'il était le seul à avoir vue.

Pierre n'a jamais répété les derniers mots de son père à personne, pas même à sa mère. Pourquoi troubler ses proches à cause d'une phrase sans queue ni tête ? Car c'était bien le cas : rapidement, Pierre s'est convaincu qu'il ne fallait pas chercher de sens dans l'ultime message de son père, vraisemblablement provoqué par la panique d'un homme qui sent la mort toute proche. Il ne repensait d'ailleurs jamais à ces mots absurdes, sauf lorsqu'il se retrouvait dans un hôpital.

— P'pa ?

Pierre est si plongé dans ses pensées qu'il sursaute littéralement en tournant la tête. Karine est là, dans l'entrebâillement de la porte. Et l'émoi qu'il lit sur son visage le ravit malgré lui.

— Karine…

Elle s'approche enfin.

— T'es-tu correct ? T'es-tu ben blessé ?

— Tout va bien, ma blessure est légère, c'est…

Il doit se mordre les lèvres pour ne pas éclater en sanglots. Il comprend alors que cette visite est celle qu'il espérait le plus. Sa gorge est tellement contractée qu'elle se fissure de douleur.

— P'pa ?

Il se racle la gorge, tousse puis reprend sur un ton contrôlé :

— J'ai eu une balle dans l'épaule gauche, mais elle a touché aucune articulation.

— Tant mieux.

Court silence. Il ouvre la bouche pour lui dire à quel point il se réjouit de sa présence, mais d'autres mots sortent :

— T'aurais pas dû te déplacer, voyons...

— T'es drôle, toi ! Je lis dans le journal que mon père s'est fait tirer dessus pis tu penses que je vais rester chez nous ?

Elle sourit et lui prend alors la main et pendant un court moment, l'ombre qui enveloppe constamment Karine s'atténue quelque peu, comme une toute petite percée de soleil dans le brouillard. Pierre doit se retenir pour ne pas lui serrer la main de toutes ses forces.

— Mais... mais qu'est-ce qui s'est passé, au juste ? s'enquiert-elle.

— Je sais pas...

— Comment, tu sais pas ? T'étais là !

— Karine, j'ai vu des... des collègues se faire assassiner en quelques secondes, comment veux-tu que...

— T'as raison, excuse-moi, c'est... c'est juste que... Une fusillade de même, à Drummondville, c'est... c'est *heavy!*

— Oui... C'est *heavy,* oui.

— As-tu... as-tu réussi à leur tirer dessus ?

— J'en ai tué un.

— C'est vrai ? *Wow!*

Pierre ne dit rien. L'idée qu'il a tué quelqu'un, même en pleine légitime défense, même s'il s'agissait d'un dingue, ne lui est pas particulièrement agréable. Et pourtant, s'il avait été assez vite pour tous les flinguer, on aurait peut-être évité la tragédie.

Le silence tombe. Ils regardent tous deux la télévision un moment, où un long reportage montre des dizaines de fans aguichés qui attendent, devant l'hôtel Saint-James de Montréal, la sortie de Madonna.

— Tu vas rester ici longtemps ? demande enfin Karine.

— Pas question. Demain, je sors. Pis je retourne au travail dans deux jours.

— Pourquoi si vite ? Profites-en pour te reposer un peu.

— Non, non. C'est au travail que je me sens le mieux.

À la télévision, on voit enfin Madonna sortir de l'hôtel, la voix off de l'animatrice devient passionnée tandis que les fans se mettent à hurler, mais trois secondes plus tard, la star a déjà disparu dans une voiture. Un des admirateurs présents, un homme d'une trentaine d'années, témoigne alors devant la caméra et, pantelant, affirme avoir vécu l'un des moments les plus paroxystiques de sa vie.

— Tu veux que je reste cette nuit ? demande Karine.

Pierre se sent touché.

Oui, Karine. Oui, j'aimerais que tu restes.

— Non, non, c'est pas nécessaire.

Elle n'insiste pas. Elle consulte sa montre, dit qu'un autre autobus part dans une heure et embrasse son père. Un baiser modeste, sans emphase mais peut-être un peu plus long que d'habitude. Elle le regarde dans les yeux lorsqu'elle lui dit :

— Prends soin de toi, p'pa…

Et elle ajoute avec sincérité :

— Pis j't'aime.

Pierre, interdit, se met à bredouiller :

— Ben… Moi aussi, voyons, tu… tu le sais ben.

Et il ajoute :

— Ça va aller.

Une fois sa fille sortie, il fixe longuement la porte ouverte, puis revient à la télé, où une jeune femme analyse l'impact de Madonna sur la mode au cours des vingt dernières années. Mentalement, il se répète ses derniers mots.

Ça va aller.

◆

La visite de Samuel Gauthier a lieu quelques heures plus tard, en fin d'après-midi. Assis sur son lit d'hôpital, le convalescent est en train d'écouter une émission dans laquelle on explique ce que sont devenues les vedettes de l'ancienne émission *Baywatch*. Pierre reçoit son collègue assez froidement : il ne l'a jamais trouvé particulièrement compétent. Gauthier, jeune quadragénaire grassouillet au visage angélique, s'approche du lit, les yeux pleins de compassion.

— Tu es sûr que ça va, Pierre ? Si tu ne te sens pas d'attaque, je peux repasser…

— Ça va très bien, Sam. Bon. Alors, je te raconte tout ?

— S'il te plaît, fait le sergent-détective en s'assoyant, calepin de notes en main.

Pierre baisse le son de la télé. Il s'est préparé mentalement à cette déposition. Il raconte donc tout avec objectivité. Une ou deux fois, sa voix tressaille et il doit faire une courte pause, mais il ne flanche jamais, comme si le contexte professionnel de ce témoignage le consolidait émotionnellement. À la fin, Gauthier observe son collègue avec un regard qu'il veut consolant mais qui, pour Pierre, ne parvient qu'à être risible.

— Ouais, c'est affreux... Dire que tu es le seul à avoir survécu.

— Ils étaient venus tuer Nadeau. Nous autres, les flics, on était juste des obstacles, rien de plus. Une fois qu'ils ont eu Nadeau, ils n'avaient plus de raison de me tuer.

— Chloé pense la même chose.

Évidemment! Et si tu avais deux sous d'intelligence, tu en serais venu à la même conclusion tout seul!

— Ça explique pourquoi c'était si absurde comme attaque, si risqué, poursuit Pierre. Ils agissaient comme des kamikazes. Quand la fille pis le gars ont été tués, les deux autres ont eu aucune réaction.

— Dirais-tu qu'ils agissaient comme si leur propre vie était sans importance?

— Je dirais plus que...

Pierre se concentre, revoit les visages des tueurs: calmes, certes, mais allumés.

— C'est pas leur vie qui était importante, mais ce qu'ils étaient en train de vivre... Et quand ils se sont suicidés, ils...

Il revit ce moment si pénible, si atroce. Il subit cette image depuis trois jours, mais l'expliquer rationnellement l'aidera peut-être à mieux la supporter.

— ... ils avaient l'air tellement...

Il secoue la tête, cherche une image pour bien se faire comprendre... et pour comprendre lui-même.

— ... comme deux personnes qui s'apprêteraient à faire une course de chars mais... mais qui savent que... que les voitures ont pas de freins...

Il regarde Gauthier.

— ... pis c'est justement ça qui les excite.

Gauthier, qui prenait des notes, se met à secouer son stylo:

— Merde, il est vide...

Il cherche bêtement dans la pièce quelque chose pour écrire, sous l'œil corrosif du convalescent.

Si tu utilisais des crayons à mine, comme moi, ce genre de gaffes n'arriverait pas!

Gauthier s'excuse et sort de la chambre. Pierre soupire, puis revoit les deux tueurs se fourrer le canon des mitraillettes dans la bouche. Il entend les détonations… Il sent le sang gicler sur lui… puis le hurlement… *son* hurlement.

Gauthier revient avec un autre stylo, l'air victorieux. Au moment où il se rassoit, Pierre lui demande ce qu'ils ont trouvé sur les quatre tueurs.

— Pas grand-chose. Aucun n'est fiché. Rien n'indique qu'ils se connaissaient. Ils viennent tous de régions différentes : un de Montréal, un de Gatineau, un de Roberval et l'autre de Ville-Marie, au Témiscamingue ! Les deux les plus éloignés ont quitté leur famille la veille de la fusillade. Ils se sont sûrement rencontrés tous les quatre à Montréal le dix-neuf au matin. Ils devaient donc savoir que Nadeau serait transférée ce jour-là. Bien organisées pour quatre personnes qui, en apparence, ne se connaissent pas.

— Ils se connaissaient, c'est sûr ! Un coup comme ça, ça s'organise à l'avance ! Avec des mitraillettes en plus !

— D'après les familles de ceux qui habitaient à Roberval et Ville-Marie, ils ne quittaient jamais la ville, ou très rarement. Et personne dans l'entourage des quatre assassins ne connaît Diane Nadeau.

— Pourtant, ils sont venus pour la tuer.

Pierre revoit la porte du fourgon s'ouvrir, Nadeau se faire tirer dessus, sans même essayer de se défendre ou de se cacher derrière ses mains. Et, surtout, il revoit son visage, une seconde avant qu'elle soit fauchée par les balles.

— Elle avait l'air soulagé, souffle-t-il.

— Quoi ?

— Quand Nadeau a vu les deux tireurs sur le point de la tuer, elle a eu l'air… soulagé.

— T'es sûr de ça ?

Pierre s'effleure le front du bout des doigts. Les images se chevauchent sous son crâne, mais au centre de cette cavalcade écarlate, il distingue nettement le visage de Nadeau, ses traits qui se détendent, sa bouche qui s'entrouvre comme pour laisser sortir une expiration de contentement…

— Oui… Oui, pas mal sûr.

Pour la première fois, il recule plus loin, jusqu'à la sortie du Palais de justice, lorsque Nadeau, dans le fourgon, lui a parlé, le visage vaincu, épuisée de lutter contre… contre…

« Je veux me retirer, vous entendez ? »

— Elle voulait me parler, une fois qu'on serait à Montréal. Elle disait qu'elle n'en pouvait plus et qu'elle devait me parler. Elle en avait sans doute long à me dire et voulait attendre qu'on soit seuls à Tanguay.

— Pour te dire quoi ?

Pierre regarde le mur devant lui.

« Laissez-moi me retirer ! »

— Aucune idée.

Un mal de tête se profile à l'horizon, en haut de la nuque. Pierre se masse en grimaçant. Gauthier se lève.

— OK, Pierre, je ne t'achale plus avec ça.

— Ça m'achale pas pantoute ! J'arrête pas de penser à ça, de toute façon. Pis je trouve aucune logique, je comprends rien, c'est tellement… surréaliste !

— On va trouver, inquiète-toi pas.

— Quand je pense qu'on a cru jusqu'ici que le cas Nadeau était juste un crime passionnel… C'est clair que c'est plus que ça.

— Je pense qu'il faut remonter jusqu'à Gendron, l'ex de Nadeau. Elle l'a peut-être tué pour d'autres raisons que la jalousie. Le meurtre de sa nouvelle blonde et des bébés, c'était peut-être juste pour camoufler les vraies causes.

Pierre, presque à contrecœur, doit admettre que l'idée n'est pas bête.

— Mais pourquoi elle aurait eu l'air soulagé qu'on vienne la tuer ? demande-t-il.

Gauthier se gratte l'oreille, gêné. Pierre comprend.

— Tu penses que j'ai imaginé ça, hein ?

— Pierre, t'étais au cœur d'une fusillade, tu peux avoir… T'avais pas l'esprit clair, c'est normal.

Le détective a une mine farouche. Pourtant, il sait que son collègue peut avoir raison. Le mal de tête remonte jusqu'à ses tempes. Il cligne des yeux, soudain fatigué.

— Merci pour tout, Pierre. C'est fini. Essaie de plus trop penser à ça.

S'il en avait la force, Pierre rigolerait.

◆

Les funérailles des trois agents ont lieu deux jours plus tard à Montréal. Des centaines de policiers des quatre coins du pays, et même certains des États-Unis, sont venus soutenir leurs collègues montréalais. Des délégués politiques sont aussi présents, dont le ministre de la Justice. L'ambiance est lourde, austère, et dans les regards des policiers sur place, l'incompréhension et la révolte brillent avec la même amplitude.

Pierre, le bras en écharpe, est évidemment présent et l'expérience lui est pénible. C'est la seconde fois en quatorze mois qu'il assiste à des funérailles de policiers : l'an passé, le sergent Henri Guérin, âgé de cinquante et un ans, s'est tué après avoir, en moins de vingt-quatre heures, battu sa femme, violé sa voisine et volé une banque. On l'a trouvé trois jours plus tard, dans une cabane dans les bois, pendu. Il n'a laissé aucun mot d'explication. On le savait dépressif depuis quelque temps, mais jamais à un point si critique. À la longue, s'est dit Pierre, ce métier peut vraiment rendre dingue… Et pourtant, il n'en pratiquerait aucun autre. Un peu plus d'un an après le suicide de Guérin, Pierre se retrouve dans un cimetière à Montréal, pour les mêmes raisons mais dans des circonstances encore plus dramatiques puisque, cette fois, il est personnellement impliqué. La vue des trois cercueils lui scie littéralement les jambes et c'est par miracle qu'il peut tenir debout durant le service religieux. Les réactions à son égard sont un désagréable mélange de compassion et de malaise. Certains sont incapables de lui dire quoi que ce soit et d'autres, par nervosité, sortent des maladresses du genre : « Écoute pas ceux qui disent que c'est de ta faute, Pierre, c'est pas vrai ! » ou encore, comble de l'absurde : « Si t'as besoin d'argent, hésite pas ! » Lorsqu'il peut enfin s'isoler dans des toilettes, il se recroqueville sur la cuvette, les mains si tremblantes qu'il n'arrive même pas à essuyer la sueur sur son front.

De retour à Drummondville, il file directement au poste et informe son supérieur qu'il veut se remettre au travail. Bernier essaie de le convaincre de prendre congé, mais en vain. Quand le capitaine lui dit qu'il a même droit aux services d'un psychologue, Pierre se fâche et Bernier change de direction :

— En plus, t'as le bras en écharpe !

— C'est une petite blessure de rien ! Dans trois jours, j'en aurai plus besoin, de cette écharpe ! Écoute, Gilles, si je reste chez nous, je vais juste penser à ça pis là, je vais virer fou pour de vrai ! Faut que je travaille ! C'est ça qui va vraiment m'aider ! Je voudrais reprendre l'enquête sur Nadeau.

— Hors de question que tu travailles sur ce cas-là ! C'est Chloé qui s'en occupe maintenant, avec Sam. Je veux bien que tu travailles, Pierre, mais pas sur le terrain. Pas tout de suite. (Pause, puis :) Tu pourrais faire de la révision de dossiers en cours, ça te va ?

Le détective ne bondit pas d'enthousiasme, mais il accepte. C'est mieux que rien. Et puis, cela ne sera que pour une semaine ou deux.

Le lendemain, au poste, on lui remet le rapport d'une arrestation d'un homme en état d'ébriété. Pierre révise le dossier, apporte des annotations, mais a de la difficulté à se concentrer. Chloé vient le saluer, même si on sent qu'elle n'approuve pas son obstination à vouloir travailler.

— Et l'enquête ? demande Pierre.

— Rien de concluant encore. Je vais te tenir au courant.

Il ne sait pas s'il doit la croire. Peut-être qu'elle veut le « ménager »…

Dans l'après-midi, les choses se gâtent. Dans le rapport que Pierre révise, il est écrit qu'un adolescent a frappé le policier qui lui demandait son permis de conduire. Pierre se dit que le flic a eu de la chance. Cela aurait pu mal se terminer si le jeune avait été armé… d'un pistolet, par exemple…

… ou, pire, d'une mitraillette…

… qu'il aurait vidée sur le policier…

Pierre se secoue, mais durant une bonne heure, il n'avance presque pas dans son travail, obsédé par cette image absurde. Bernier, qui vient le voir, le remarque :

— Cibole, Pierre, t'as pas l'air à filer ! T'es en sueur !

Le détective veut le rassurer, lui dit que ça va. Mais le capitaine, constatant le peu de progrès dans le travail du policier, prend un air désapprobateur.

— Tu vois bien que ça va pas ! Prends donc une couple de semaines pour…

— Demain, ça va aller mieux.

— C'est la Saint-Jean-Baptiste, demain !

— Pas grave, je vais venir travailler quand même. Tu me donneras un autre rapport à réviser pis ça va être correct.

Tandis qu'il sort du poste, il sent tous les regards apitoyés le suivre jusqu'à la sortie. Cela l'humilie tellement qu'il songe pendant une seconde à tous les envoyer au diable. Le soir, il décide d'aller au cinéma. Il ne suit pas du tout ce qui se passe à l'écran. Il ne peut s'empêcher de repenser à Nadeau, qui souhaitait lui parler en arrivant à Montréal, comme si elle voulait se vider le cœur... Aurait-il dû lui demander de parler tout de suite ? Cela aurait-il tout changé ? La nuit est pénible, éclaboussée de cris, de sang et de fureur. Il se réveille encore plus fatigué qu'il ne s'était couché.

Au poste, les quelques agents présents se souhaitent une joyeuse Saint-Jean. Pierre hérite d'un nouveau rapport à réviser et, plein de bonne volonté, se met au travail. Le dossier raconte une histoire presque cocasse : une vieille femme a appelé au poste pour déclarer un vol. Elle a affirmé avoir laissé dans sa voiture trois sacs de nourriture pour chien, et lorsqu'elle a voulu aller les chercher, ils avaient disparu. Devant l'insistance de la vieille, un agent s'est rendu sur place et a tout fait pour convaincre la petite dame que personne ne volerait de la nourriture pour chien, qu'elle avait sûrement cru acheter les sacs ou quelque chose du genre. Mais la vieille avait la tête dure et avait exigé une enquête. Pierre, sans quitter le rapport des yeux, prend son café en esquissant un sourire amusé. Il imagine le pauvre flic en train de relever les empreintes dans la voiture. Si c'était lui le responsable de cette pseudo-affaire, il passerait dès ce soir chez la vieille et lui dirait que le cirque a assez duré. Il lui expliquerait qu'elle se fait des idées, qu'aucun voleur ne s'intéresse à de la bouffe pour chien, et que de toute façon, il n'y a aucun voleur dans un quartier si tranquille, encore moins des assassins, sauf, peut-être, des fous furieux avec des mitraillettes qui pourraient, sait-on jamais, s'introduire chez la dame sans défense, sans raison, comme ça, et Pierre, en arrivant chez elle avec la ferme intention de l'apaiser, sonnerait à la porte et entendrait tout à coup les coups de feu alors à toute vitesse il défonce la porte bondit dans la maison et voit quatre dingues en train de cribler de balles la petite vieille et Pierre comprend qu'il est arrivé trop tard qu'il n'a pu rien faire qu'il...

Quelque chose brûle sa peau. Son regard se tourne vers sa main. Le gobelet qu'il tient tremble tellement que du café est en train de se répandre sur ses doigts et ses cuisses. Pierre demeure immobile, hébété, à observer le phénomène. Sa main vibre, le café déborde, sa peau brûle… et il ne fait rien pour arrêter cela.

Présence autour de lui. Il lève la tête. Trois policiers le dévisagent avec consternation. Il revient à sa main spasmodique. Pourquoi ne dépose-t-il pas le gobelet sur le bureau ? Pourquoi ne crie-t-il pas de douleur ? Pourquoi ne fait-il pas *quelque chose ?*

Pourquoi je n'ai pas ramassé mon ostie de pistolet plus vite ?

Il lâche alors le gobelet qui tombe sur ses cuisses. Un collègue intervient enfin et fait un pas vers lui.

— Pierre…

— Quoi ? crie-t-il en se levant. Qu'est-ce qu'il y a, là ? Vous auriez fait mieux, c'est ça ? Vous auriez réagi plus vite que moi ?

Cette fois, tous les policiers dans la salle le dévisagent. Pierre pointe un doigt accusateur vers eux, un à un.

— C'est tellement facile à dire, hein ? Tellement facile !

Une main se dépose sur son épaule, celle de Bernier qui s'est approché, mais Pierre sursaute avec une telle violence qu'il bondit sur le côté, trébuche sur sa chaise et tombe littéralement sur le plancher. Pendant une pénible seconde, il tente de se relever, n'y parvient pas à cause de son bras en écharpe et, tout à coup, tout lâche : il se laisse retomber, la main droite sur les yeux. Les sanglots remontent dans sa gorge et il déploie un tel effort pour les retenir qu'il émet, malgré lui, des hoquets rauques et douloureux.

Ses collègues, rassemblés autour de lui, le regardent râler, pétrifiés.

15

Aussitôt le jeune homme sorti de la pièce, Marie-Josée Jobin enleva ses lunettes et se frotta les yeux avec le pouce et l'index.

— Un petit coup de fatigue ? fit Louvain à ses côtés.

Jobin observa l'homme qui souriait avec trop d'ostentation. Ses cheveux courts à l'avant et longs à l'arrière, dignes des années quatre-vingt, lui donnaient un air parfaitement caricatural. Comment, en 2005, pouvait-on encore arborer une telle coupe de cheveux ? Et ses lèvres qui étaient constamment mouillées…

— Oui, mais ça va passer, répondit Jobin.

Maxime Lavoie l'avait approchée trois mois plus tôt, à la fin de juillet, en lui expliquant qu'il cherchait des psychologues pour la sélection des concurrents de la seconde saison de son émission. Elle serait assignée à l'un des bureaux de la Montérégie. Jobin avait longuement tergiversé. Elle trouvait *Vivre au Max* plutôt insignifiant et dégradant. Bon, elle l'écoutait de temps à autre, mais de là à s'y impliquer… Mais Lavoie lui avait proposé un salaire si exorbitant qu'elle avait rapidement fait taire ses scrupules. Puis, il lui avait expliqué le fonctionnement des auditions : chacun des quarante-quatre centres d'auditions dispersés dans le Québec serait, comme l'année précédente, sous la responsabilité d'un analyste et d'un psychologue.

— L'analyste dirige l'entrevue et note avec précision le rêve que souhaite réaliser le demandeur, avait expliqué Lavoie. Le demandeur doit présenter son trip de manière détaillée. Plus il le décrira avec précision, plus cela démontrera qu'il y rêve depuis longtemps. L'analyste devra ensuite classer la demande dans la bonne catégorie. Il y en a quatre. Catégorie A: fantasmes sexuels. Catégorie B: épreuves difficiles ou dangereuses. Catégorie C: libération de frustrations. Et catégorie D: croissance personnelle ou buts humanitaires.

— Et moi, comme psy, je sers à quoi? avait demandé Jobin.

— Au rapport factuel de l'analyste, vous ajouterez un court diagnostic psychologique sur le demandeur. N'hésitez pas à intervenir durant l'entrevue, à poser des questions. Le demandeur est-il psychologiquement stable ou non? Est-il dangereux ou pas? dépressif? conscient de ce qu'il demande? Et surtout: est-il influençable, manipulable? Vous comprendrez que je ne veux pas me retrouver avec des psychotiques ou des dépressifs à l'émission.

— Chaque entrevue durera combien de temps?

— Une heure maximum.

— Ça me paraît insuffisant pour établir un diagnostic très précis, même si je lui pose des questions.

— Je sais bien, madame Jobin, je veux seulement les grandes lignes, disons la… « tendance mentale » de l'individu.

Puis, il avait poursuivi avec gravité:

— Les analystes et les psys doivent être neutres durant l'entrevue. Ne laissez pas voir si le rêve du demandeur vous plaît ou non, vous choque ou pas. Si sa demande est illégale ou criminelle, ne réagissez pas. Le tri de ce qui est légal ou non sera fait plus tard. Vous passerez neuf auditions par jour. Votre seule pause aura lieu entre midi trente et une heure pour le dîner. Je vous préviens, ça va être des grosses journées.

En effet… Jobin en était à sa neuvième semaine d'entrevues, donc à mi-chemin, et en était venue à la conclusion que, finalement, son salaire élevé était pleinement mérité. Ce qui l'avait le plus surprise au cours des deux derniers mois était l'ennui qui semblait ronger les demandeurs. Même si la plupart d'entre eux étaient de bonne humeur (ce jour-là, comme c'était l'Halloween, certains s'étaient même déguisés!), leurs réponses trahissaient la grisaille de leur vie, l'absence de motivation réelle dans leur existence. Quelques-uns étaient carrément effrayants. Comme cet homme, sinistre et amorphe, dont le rêve était d'enfermer son ex-femme claustrophobe dans un ascenseur pendant trois jours, juste pour lui donner une bonne leçon! Et il semblait vraiment sincère! La psychologue avait posé quelques questions pour rapidement se rendre compte que l'homme en question représentait un danger potentiel. Mais le rapport avait été rempli et expédié à Lavoie, qui insistait pour lire la totalité des demandes.

Jobin s'étira et Louvain lui dit :

— Ça fait deux ans que je fais ça. L'année passée, à mi-chemin, j'ai eu un coup de fatigue, moi aussi. Mais tu vas voir, ça se place.

Elle ne dit rien et, d'un air entendu, il ajouta :

— À moins que t'aies trop fêté hier… T'as l'air d'une fille de party, toi.

Elle le dévisagea en remettant ses lunettes. Est-ce qu'il la draguait ? Après neuf semaines, il tentait tout à coup le grand jeu ? Il avait beau avoir à peine trente ans, soit une dizaine d'années de moins qu'elle, il l'avait tutoyée dès le début des auditions. Et voilà qu'il lui lançait même un clin d'œil, prenant un air séducteur qui ne le rendait que plus pathétique. Il allait l'inviter à prendre un verre à la fin de la journée, elle en était convaincue, ce qu'il n'avait encore jamais osé faire. S'il avait été plus beau, juste un peu, elle aurait dit oui et l'aurait même suivi au motel. Elle ne trompait pas son mari souvent, mais quand une bonne occasion de déjouer la routine se présentait, comment refuser ? Sauf que là, franchement… Elle imaginait le contact de ces lèvres moites et collantes et cette évocation la fit frémir.

— Pas vraiment, non.

Sur quoi, elle s'empressa de terminer la rédaction de son mini-rapport. Louvain se leva, alla ouvrir la porte et lança le mot : « Suivant ! » Le temps qu'il revienne s'asseoir, le septième postulant de la journée entrait : un homme d'une cinquantaine d'années, grand et svelte, avec une calvitie avancée et des petites lunettes argentées. Un bel homme, malgré la froideur qui émanait de lui. Louvain lui tendit la main :

— Bonjour, monsieur. Je suis Alain Louvain, l'analyste de votre demande. Voici madame Marie-Josée Jobin, mon assistante, qui est aussi psychologue.

Nouvelle poignée de main et le postulant, impassible, s'installa sur la chaise devant la table.

— Allons-y, fit ensuite Louvain en prenant son crayon. Alors, nom, occupation et âge.

— Frédéric Ferland, cinquante et un ans, psychologue.

Jobin ne put s'empêcher de hausser un sourcil. L'analyste s'enquit aussi de l'adresse et du numéro de téléphone, puis demanda d'un air affable :

— Et quel rêve souhaiteriez-vous réaliser, monsieur Ferland ?

— Mon cas est assez particulier. Je crois que le plus simple serait que j'en parle à monsieur Lavoie lui-même. J'ai passé les trois derniers mois à essayer d'entrer en contact avec lui mais, ma foi, je crois que j'aurais eu plus de chance avec le pape ! Alors, je me suis dit que le meilleur moyen était peut-être de venir à ces… auditions.

— Monsieur Lavoie ne peut rencontrer les postulants personnellement. Il nous engage justement pour faire une sorte de tri. Dites-nous ce qu'est votre rêve et c'est lui qui jugera.

— C'est que… C'est plus compliqué que ça…

Louvain demeurait poli. Jobin jetait des notes sur son rapport : tendances narcissiques ? Encore un peu tôt pour le dire.

— Si vous ne me dites rien, je ne pourrai rien écrire, insista Louvain.

Ferland caressait son menton.

— Peu importe ce que je vous dis, vous allez l'écrire ?

— Bien sûr.

— Et vous me garantissez que Lavoie le lira ?

— Il lit toutes les demandes, dans la semaine qui suit l'audition.

— Eh bien, mon rêve est…

Petite crispation de la bouche. Il se reprit :

— Je n'ai pas de rêve précis. Je veux… Je veux juste le rencontrer. Écrivez cela.

Tout en notant la réponse, Louvain sourit discrètement. Sur sa feuille, Jobin inscrivit : rigide. Et un peu fan, aussi. Comme s'il avait deviné ce que la psychologue avait écrit, Ferland précisa :

— Je ne veux pas le rencontrer parce que je suis un admirateur. Je trouve son émission parfaitement ridicule et aberrante.

Jobin haussa à nouveau un sourcil. Culotté, le confrère ! Sur sa feuille, elle raya « fan », souligna « narcissique », ajouta « arrogance ». Louvain, malgré son professionnalisme, ne put s'empêcher de pincer les lèvres, lui qui était un grand admirateur de l'émission.

— Alors, pourquoi souhaitez-vous le rencontrer ?

— Parce qu'il est comme moi. Il…

Il chercha ses mots un moment, sans cesser de caresser son menton, puis ajouta d'une voix aérienne :

— … il a constaté le vide.

Jobin étudiait avec attention son confrère, le crayon oscillant entre ses doigts, puis elle inscrivit : « projection ».

— Qu'est-ce que ça veut dire, au juste ? demanda enfin l'analyste.

— Écrivez juste ça.

Manifestement à contrecœur, Louvain s'exécuta. Ferland regarda Jobin et ajouta :

— Et vous, chère consœur, vous pouvez bien écrire « dépressif » sur votre feuille si vous voulez, mais ajoutez « lucide ».

Avant que Jobin puisse réagir, le psychologue se levait pour prendre congé.

— Attendez, j'ai d'autres questions à vous poser, fit Louvain.

— Et j'aimerais bien vous en poser quelques-unes aussi, ajouta Jobin d'une voix neutre.

— Désolé, je n'ai pas d'autres réponses pour vous.

Il sourit poliment.

— Merci à l'avance de transmettre ma demande à monsieur Lavoie.

Il sortit. Louvain se mit à écrire en marmonnant :

— Puisque Lavoie veut voir *toutes* les demandes…

La psychologue, elle, observait avec indécision les quelques mots qu'elle avait jetés sur le papier. Il fallait maintenant dresser un court rapport. Qu'est-ce qu'elle allait bien pouvoir écrire ? Tandis qu'elle réfléchissait à la chose, Louvain lui demanda, après s'être humecté les lèvres :

— Au fait, je suis invité à un party d'Halloween ce soir. T'as envie de venir avec moi ?

5

À RDI, le commentateur rappelait la force des frappes américaines infligées à Bagdad en ce dix-neuvième jour de guerre, mais Pierre, installé dans son fauteuil, n'écoutait pas. Son oreille était à l'affût de tout son en provenance de l'extérieur.

Enfin, un bruit de moteur le fit bondir vers la fenêtre de la cuisine. Dans la pièce plongée dans le noir, il n'essayait même pas de se cacher, au point que si Karine avait pris la peine de regarder dans cette direction, elle l'aurait vu. Du moins, elle aurait aperçu sa silhouette. Mais non: sur le trottoir, devant la voiture dont le moteur continuait de tourner, elle était bien trop occupée à embrasser son petit ami pour réaliser que son père l'observait d'un œil maussade. D'ailleurs, il ne savait même pas que Karine avait un petit ami. Qui était donc ce garçon ? Difficile de discerner les traits de quelqu'un à deux heures du matin. Surtout lorsque ces traits se frottent de manière obscène sur ceux d'une autre personne, en l'occurrence ceux de sa fille. Et puis, on ne s'embrasse pas comme ça à seize ans !

Là ! Il lui passait les mains sous le manteau pour lui caresser les fesses ! Et elle se laissait faire ! Pierre serra les poings, retenant une envie folle de marteler la fenêtre. Il se demanda même si elle ne l'avait pas vu et n'agissait pas ainsi par pure provocation. Supposition qui disparut bien vite lorsque Karine, mettant fin à ce baiser obscène, tourna le visage vers la maison et aperçut enfin son père. Pierre la vit se raidir et il en ressentit une mesquine satisfaction. Oui, tu peux bien avoir peur ! Réaction qui, dans une minute, sera parfaitement justifiée ! Elle dit un mot rapide au garçon qui, après avoir lui-même jeté un œil vers la fenêtre (avait-il souri ? Pierre l'aurait juré !), retourna dans sa voiture en même temps que Karine marchait vers la porte de la maison. Le détective s'empressa d'aller fermer la télévision.

Lorsque sa fille apparut dans la cuisine toujours plongée dans le noir, Pierre, debout, les bras croisés, gardait le silence. Karine tituba un moment sur place, changea son sac à main d'épaule, puis finit par le déposer sur le bahut.

— Salut… T'es encore debout ?

Elle tentait de prendre une voix désinvolte. La désinvolture, c'était sa spécialité. Pour ne pas dire l'impertinence.

— Comment tu veux que je dorme quand je sais que ma fille se dévergonde toute la nuit !

— Dévergonde ! Relaxe, là ! Je suis pas sortie toute la nuit !

— Y est deux heures et demie du matin !

— Tous ceux qui rentrent à cette heure-là sont dévergondés, c'est ça ?

— Y ont pas tous seize ans !

— Je vais en avoir dix-sept dans deux mois ! Pis la plupart des jeunes de mon âge rentrent à cette heure-là, tu sauras !

— La plupart des jeunes de ton âge sont dévergondés, aussi !

— Ah, OK, OK ! T'as envie de ça là, là ! Cette nuit, hein ? Ouais, ouais ! Cool !

Avec un soupir plein de morgue, elle marcha d'un pas incertain vers l'évier pour se remplir un verre d'eau qu'elle but d'un trait. Pierre retint son envie de s'approcher d'elle : son immobilité comptait parmi ses moyens d'intimidation les plus efficaces, il le savait d'expérience. En tout cas, cette tactique fonctionnait toujours devant les inculpés qu'il interrogeait.

— Pis tu te laisses tripoter par les gars, en pleine rue !

— Ben oui ! À cette heure-là, tout le quartier a dû nous voir, c'est sûr !

Elle but un second verre d'eau, puis le remplit à nouveau.

— On s'embrassait, on se tripotait pas ! Pis c'est mon *chum* !

— Tu m'avais pas dit que t'en avais un !

— Tu me l'as pas demandé !

Elle fit cul sec une troisième fois. Pierre remarqua enfin cette absorption d'eau aussi spectaculaire qu'inhabituelle. Et ce pas titubant qu'elle avait depuis son entrée…

Ah ben criss !…

Il brisa enfin son immobilité et la rejoignit en deux pas. Il lui prit le menton et tourna son visage vers le sien d'un mouvement sec.

— Qu'est-ce que tu fais là ! s'insurgea Karine, insultée.

Tout près d'elle, il discernait parfaitement ses traits. Elle avait les yeux rougis. Il renifla, comme s'il voulait détecter une odeur, et aussitôt son visage s'empourpra autant de colère que de honte.

— T'as bu !

— Ben oui, une couple de bières…

— *Hey*, mens-moi pas ! J'ai assez vu de monde soûl pour savoir à quoi ça ressemble !

— OK, j'ai pris un petit coup ! Pis, ça ?

— T'es mineure, Karine !

— Voyons donc, tous les jeunes de mon âge prennent de la…

— Lâche-moi, avec les jeunes de ton âge ! T'es ma fille, t'as seize ans, pis moi, je suis un policier ! Je permettrai pas que…

— Oui, oui, je le sais, que t'es un policier, comment tu veux que je l'oublie ! Criss, j'aurais pu avoir un père médecin, comptable ou plombier ! Ben non, y a fallu que je tombe sur un flic !

— Tu devrais être fière !

— Ah, ben fière ! Ben fière qu'il m'empêche de rentrer tard, de boire de la bière, d'être une ado normale ! Pis tiens, avant que tu fouilles dans mes affaires…

Elle plongea une main fiévreuse dans son sac à main, comme si elle voulait mettre fin le plus rapidement possible à cette scène grotesque, en sortit quelque chose qui ressemblait à une cigarette et le lança vers son père.

— J'ai du shit, aussi ! Pis j'en ai fumé tout à l'heure ! Voilà ! Vous allez faire quoi, monsieur l'agent ? Me mettre en prison ?

Interdit, Pierre fixa le petit rouleau de papier sur le sol comme s'il s'agissait d'une coquerelle géante surgissant d'une fente du plancher. Il perdit alors la tête. Saisissant sa fille par les épaules, il la secoua en tous sens sans cesser de répéter entre ses dents serrées : « T'as pas fait ça ! T'as pas fait ça ! » Elle se démenait, lui criait de la lâcher, pour enfin réussir à le repousser avec force. Pleurant sans même s'en rendre compte, elle cracha vers lui :

— J'suis écœurée, écœurée ben raide ! Tu comprends rien, criss, rien, pis tu veux même pas comprendre ! J'en peux pus !

— Comprendre quoi ? Que ma fille est une droguée ?

— Ostie que t'es con ! T'es con, t'es con, *t'es con!*

— Karine !

— M'man, elle, elle comprendrait !

Pierre se tut, électrifié par cette phrase. Karine ravala un sanglot en essuyant sa bouche et ajouta comme pour elle-même :

— Si elle était vivante, je serais avec elle pis ce serait pas mal plus simple…

Le cœur de Pierre se tordit comme un morceau de cellophane jeté au feu. Disait-elle cela pour lui faire mal ou le pensait-elle vraiment ? Ce n'était pas la première fois qu'elle utilisait ce genre de chantage émotif et cela le meurtrissait chaque fois. Mais cette nuit, il y avait quelque chose de plus résigné dans sa voix, dans son attitude même.

— Ta mère serait d'accord avec moi, rétorqua-t-il d'une voix chamboulée.

— Elle a jamais été d'accord avec toi, répliqua Karine avec une douceur incongrue. Même avant de mourir, elle m'a dit que…

Le cœur de Pierre ne se tordit pas, il s'arrêta littéralement de battre. Jamais Karine ne lui avait parlé de ce qui s'était passé ce soir-là, pas une seule fois. À sa psychologue, oui ; à des amis, peut-être. Mais jamais à *lui* !

…et jamais tu n'as tellement insisté non plus…

Karine, sans terminer sa phrase, se tut et, mal à l'aise, fixa le plancher.

— Qu'est-ce qu'elle a dit ? demanda le policier dans un souffle.

Silence de Karine.

— *Qu'est-ce qu'elle a dit ?*

Il fit un geste menaçant vers elle, comme s'il allait lui prendre le bras ou quelque chose du genre. Mais, avec une rapidité étonnante, Karine se saisit du verre sur le comptoir et le brandit en marmonnant :

— Arrête, sinon je te le casse sur la tête.

Et sa voix était gonflée d'une tristesse trop usée pour une fille de seize ans. Pierre ne fit plus un mouvement. Il aurait évidemment été capable de lui enlever ce verre en un tour de main, mais la violence du geste de sa fille le paralysait complètement. Alors Karine lança le verre dans l'évier, le faisant ainsi éclater en morceaux, et marcha d'un pas lourd vers sa chambre.

Pierre, seul dans la cuisine silencieuse, alla s'asseoir dans la chaise berçante. Il se fondit peu à peu dans l'ombre de la pièce.

◆

Au poste de police, Pierre passa la matinée à repenser à la nuit. Ce n'était pas sa première engueulade avec Karine, loin de là, mais cette fois, une limite avait été dépassée : il y avait de la drogue. Et même si Pierre savait qu'un petit joint n'était pas dramatique, il savait aussi que cela pouvait être le premier pas vers quelque chose de plus critique.

Que devait-il faire ? La punir, bien sûr. Il n'avait pas le choix. Ainsi elle comprendrait que c'était beaucoup plus grave qu'elle semblait ne le croire. Peut-être n'avait-il pas été assez sévère par le passé. Oui, peut-être... Il décida de retourner dîner à la maison, certain d'y trouver Karine, à peine réveillée, en train de manger un bol de céréales. Il lui annoncerait sa punition : un mois sans sortie. Voilà. De la fermeté.

En stationnant sa voiture devant la maison, il resongea à ce que sa fille avait dit sur sa mère, à l'allusion sur sa dernière soirée passée avec elle. Pour la première fois, elle avait entrouvert une porte devant son père sur ce qui s'était passé ce soir-là. Il aurait dû en profiter, ouvrir cette porte lentement, avec précaution. Mais il l'avait défoncée comme un sourd. Il devait en reparler à Karine. Profiter de cette perche tendue. Oui, il le devait. Mais comment ?

Tandis qu'il marchait vers l'entrée de sa maison, il se sentait mal à l'aise, comme chaque fois qu'il avait songé à aborder des sujets personnels avec sa fille mais qu'il avait toujours fini par repousser l'idée. Mais là, il devait plonger.

C'était trop important. Il s'agissait du traumatisme que sa fille avait vécu sept ans plus tôt, traumatisme qui avait empêché Karine de dormir pendant des mois et qui avait nécessité une thérapie de deux ans, avec courte rechute dix mois auparavant. Oui, il devait profiter de cette occasion unique… mais pas tout de suite. La punition avant tout. Après, il tenterait une approche.

Il trouva Karine, comme il l'avait prévu, en train de manger des céréales à la cuisine, encore en robe de chambre, ses cheveux nouvellement teints en orange (quelle horreur !) complètement ébouriffés. Elle ne le regarda même pas lorsqu'il entra.

— Bonjour, dit-il d'une voix qu'il voulut normale.

Elle daigna tourner un œil torve vers lui, puis ramena son attention vers la télé ouverte dans le salon. Une capsule culturelle annonçait que le disque de Star Académie était celui qui se vendait le mieux au Québec, nouvelle qui semblait emballer la chroniqueuse au plus haut point.

— B'jour…

Il se fit un sandwich aux tomates, sans un mot. Le son de la cuiller dans le bol tintait de temps à autre. Il s'installa enfin devant elle. Les yeux dans son bol, la joue écrasée contre sa main ouverte, Karine avait la sale gueule typique des lendemains de brosse. Mais le pire, c'est qu'elle réussissait tout de même à rayonner de beauté. Dieu qu'elle ressemblait à sa mère. Mais il y avait cette ombre autour d'elle, qui l'enveloppait depuis la mort de Jacynthe, telle une coquille secrète et impénétrable.

Allez, de la fermeté. Vas-y.

— Karine, j'ai pris une décision par rapport à cette nuit…

— Je vais m'en aller, p'pa.

Elle dit cela d'une voix égale, sans quitter son bol des yeux. Pierre ne comprit pas. Elle leva enfin la tête et, voyant l'air interrogatif de son père, elle ajouta :

— Je vais quitter la maison.

— De quoi tu parles ?

— Je vais aller vivre en appartement à Montréal.

Après quelques secondes de stupéfaction, il hocha la tête d'un air entendu. C'était donc sa nouvelle tactique de chantage ! Elle avait déjà menacé de ne plus manger, de lâcher l'école, de mettre le feu à sa chambre, mais de quitter la maison alors qu'elle était encore mineure, c'était une première !

— Tu penses que je vais te laisser faire ? se pompa peu à peu le détective, qui avait complètement oublié son sandwich entre ses mains. Pour que tu puisses courailler dans tous les bars de Montréal pis te tenir avec toutes sortes de *bums*, de…

— Je veux aller faire mes auditions de théâtre ! l'interrompit l'adolescente.

Pierre se tut. Karine, du bout de sa cuiller, taquinait ses céréales.

Une chanson pop à la mode se fit tout à coup entendre : c'était le cellulaire de l'adolescente, sur la table, qui sonnait. Karine étirait la main mécaniquement pour le prendre lorsque Pierre se fâcha :

— Laisse faire ton cellulaire, Karine, c'est vraiment pas le temps !

La jeune fille le laissa sonner. Quand l'appareil se tut enfin, elle expliqua :

— Ça fait longtemps que je te parle que je veux essayer d'entrer dans une école de théâtre de Montréal…

— Oui, mais tu as toujours dit que tu ferais tes auditions *après* le cégep, qu'avant ça ne valait même pas la peine d'essayer… pis tu commences ton cégep en août prochain !

— Ben, j'ai changé d'avis.

Elle lui expliqua qu'elle voulait essayer dès maintenant. Même si cela ne fonctionnait pas tout de suite, elle se trouverait un bon coach à Montréal et pourrait pratiquer ses auditions longtemps à l'avance. Elle précisa que son amie Marie-Claude déménageait aussi à Montréal en juillet et qu'elles pourraient vivre ensemble, surtout que Marie-Claude était une fille sérieuse et fiable, ce que Pierre fut bien obligé de reconnaître.

— Tu vois ben que c'est pas pour aller virer le *party* à longueur de journée ! se défendit-elle.

Pierre, qui tenait toujours son sandwich, la considéra un long moment, avec l'air de quelqu'un à qui on ne la fait pas.

— Pis tu penses à ça ce matin, par hasard… juste après notre engueulade de cette nuit !

— C'est sûr que… ça précipite les choses.

Une autre discussion s'ensuivit. Ne voyait-il donc pas que cela ne pouvait plus continuer ainsi ? Mais lui croyait que c'était normal, ce genre d'engueulades, que les relations parent-enfant n'étaient jamais simples.

— On ne vit plus sur la même planète, p'pa.

— Voyons, j'ai déjà été adolescent, moi aussi !

— Non, justement, t'as jamais été un ado : à dix-neuf ans, tu devenais père de famille !

Et elle ajouta :

— C'était peut-être trop jeune, justement.

Le regard de Pierre se durcit et Karine, dont la gueule de bois s'estompait peu à peu, se redressa en un geste de conciliation :

— Écoute, je veux pas qu'on se chicane encore, c'est juste que... On fait déjà chacun nos affaires de notre bord, pis on s'engueule de plus en plus souvent.

— J'ai pas été un bon père, c'est ça ?

— C'est pas ça que je dis.

Court silence, durant lequel on n'entendit que l'animateur de Musique Plus qui annonçait dans un français approximatif que l'émission *Jackass* allait débuter dans quelques secondes. Pierre, sans conviction, tenta un dernier argument :

— Tu pourrais attendre d'être majeure, l'année prochaine. Tu commencerais ton DEC en sciences humaines pis...

— Si on attend un an, on va s'entretuer tous les deux d'ici là.

Elle avait dit cela en souriant, mais Pierre n'y trouva rien de drôle. Plus pondérée, elle expliqua qu'ils feraient ainsi d'une pierre deux coups : d'un côté, ils prendraient leurs distances, ce qui ne pourrait être que bénéfique ; de l'autre, Karine pourrait commencer ses démarches en théâtre. La détresse s'empara du policier. Voilà, sa fille voulait le fuir. Elle n'en pouvait plus de lui. Elle le détestait. Comme si Karine avait lu dans ses pensées, elle lâcha timidement :

— Je t'aime, p'pa.

Voilà des mots qu'elle n'avait pas prononcés souvent, mais cela tranquillisa Pierre à un tel point qu'il sut, à ce moment précis, qu'il accepterait sa demande. Parce qu'il savait qu'elle avait raison. Il lui prit la main gauchement. Elle se laissa faire, tourna la tête vers la télé et éclata de rire : à l'écran, un jeune homme entrait son bras dans l'anus d'une vache, déclenchant l'hilarité de ses potes et du caméraman lui-même.

— Ces gars-là sont fous raides ! commenta Karine, hilare.

Pierre regarda vers la télé, émit un petit rire à son tour et l'idée de discuter avec Karine de la porte entrouverte durant la nuit lui sortit peu à peu de l'esprit.

◆

Pierre aida sa fille à déménager trois mois plus tard, par une splendide journée ensoleillée. Marie-Claude et le père de celle-ci étaient également présents, ainsi que trois amis qui étaient descendus de Drummondville avec leur propre voiture. La mère de Pierre avait aussi voulu venir pour aider sa « petite fleur » à s'installer, mais Pierre avait réussi à la convaincre que ce n'était pas nécessaire.

C'était un quatre et demi plutôt étroit, à l'intérieur d'un immeuble de huit logements, et pendant un moment, Pierre ressentit une certaine anxiété à l'idée que deux adolescentes allaient demeurer dans un endroit si minuscule. Malgré tout, le déménagement se déroula dans la bonne humeur et se termina par la traditionnelle pizza, sur le petit balcon qui donnait sur la rue Drolet. Les bruits de la rue Saint-Denis, tout près, ne leur parvenaient qu'en sourdine. Au moins, se dit Pierre, sa fille dormirait bien.

Le père de Marie-Claude partit vers dix-huit heures trente, puis ce fut au tour de Pierre, tout à coup rattrapé par l'émotion. Karine, elle, était si survoltée qu'on aurait eu bien du mal à déceler le moindre signe de mélancolie chez elle. Mais elle rassura son père avec tendresse.

— Je vais descendre à Drummond de temps en temps.

— Je vais venir te voir souvent.

Elle eut un petit sourire sceptique, mais s'abstint de tout commentaire. Enfin, ils se firent une longue accolade, sûrement la plus longue depuis que Karine n'était plus une petite fille. Pierre éprouva à ce contact une immense bouffée de chaleur et ferma même les yeux un moment. Mais il fut le premier à se dégager.

— C'est mieux pour nous deux, marmonna Karine.

Lorsqu'il sortit de l'immeuble et arriva sur le trottoir, il entendit les rires et les bruits de bouteilles qui fusaient déjà de la fenêtre ouverte de l'appartement. Pendant une seconde, son instinct lui fit faire un pas vers la porte, comme pour retourner dans l'appartement, mais il réalisa aussitôt la stupidité de son intention.

Ça ne te concerne plus, Pierre…

Sur la route du retour, il se raisonna : maintenant, il serait seul, il n'aurait qu'à penser à lui-même. Belle perspective, non ? Évidemment, la culpabilité surgit presque simultanément, mais il se raisonna : il avait élevé seul une fille pendant sept ans ! Il pouvait bien souffler un peu, maintenant qu'elle était adulte ! Enfin, presque adulte…

Lorsqu'il entra chez lui, qu'il se retrouva dans la cuisine, il se dit que le départ de Karine allait tout de même créer un vide.

Quel vide ? Tu es au boulot douze heures par jour ! Et quand vous étiez ensemble au salon, vous vous parliez si peu ! À part pour échanger des banalités !

Il se dit qu'il aurait dû lui parler plus souvent. Si elle n'était pas partie, il aurait réparé cette erreur et aurait discuté davantage avec elle… Il s'installa au salon dans l'intention d'écouter la télévision et, au moment d'appuyer sur le « *on* » de la télécommande, songea qu'il s'apprêtait à faire exactement la même chose que d'habitude. Et demain, à sa seconde journée de congé, comment tromperait-il l'ennui qui menaçait toujours de se pointer lorsqu'il ne travaillait pas ? Il bricolerait sans doute un peu. Tiens, il n'avait pas joué une ou deux parties de billard avec les collègues depuis un bout de temps. À moins qu'il aille au cinéma, voir le nouveau film de Wesley Snipes…

Bref, exactement ce qu'il faisait quand sa fille vivait avec lui.

Assis dans son fauteuil, sans allumer la télé, il abaissa lentement la main qui tenait la télécommande, sidéré par une révélation bouleversante.

L'absence de Karine ne créerait pas un vide.

L'absence de l'adolescente ne lui procurerait aucune liberté.

L'absence de sa fille ne changerait à peu près rien.

29

Pierre s'interrompt, comme s'il réalisait quelque chose, puis regarde la femme presque avec reproche.

— Mais pourquoi je vous parle de ma fille ?

La psychologue, assise devant lui, les jambes croisées et un calepin entre les mains, relève la tête.

— Je vous ai demandé s'il y avait eu d'autres moments dans votre vie où vous vous étiez senti coupable de quelque chose et, comme réponse, vous me parlez du départ de votre fille pour Montréal.

— Je sais, mais je veux dire : quel rapport ont mes… mes moments de culpabilité avec ma… avec la raison pour laquelle je suis ici ?

— Monsieur Sauvé, il est clair que la mort de vos collègues durant cette fusillade a déclenché en vous un sentiment de culpabilité…

— Je me sens coupable mais pas tant que ça, se défend le policier.

La psychologue fait un geste diffus de la main, comme si cette remarque n'était pas importante pour le moment, et poursuit :

— J'essaie donc de voir comment, en temps normal, vous affrontez la culpabilité. Pour cela, je dois connaître d'autres occasions où vous avez connu ce sentiment.

Pierre lui décoche un regard par en dessous.

— C'est pas avec ma fille que j'ai un problème, docteur…

— Je ne suis pas docteur.

— … c'est avec ce qui m'est arrivé il y a dix jours !

— Justement, il faut savoir ce qui vous est arrivé émotionnellement lors de cette fusillade. Et, pour comprendre cela, je dois dresser une sorte de carte émotive de votre personnalité.

Pierre gratte avec impatience les accoudoirs de son fauteuil. Cette Girouard représente exactement ce qu'il pensait des psychologues. Non seulement elle ressemble à une intellectuelle coincée, mais elle parle avec de grandes phrases savantes qui ne veulent rien dire ! Mais le détective se rappelle alors ce que lui a dit Chloé :

— C'est excellent, Pierre, que tu acceptes de rencontrer un psychologue. Mais n'oublie pas que tu dois le faire avec de la bonne volonté et une ouverture d'esprit. Il faut que tu dises tout. Si tu es sur la défensive, ça ne donnera rien.

Docile, il explique donc :

— C'est pas compliqué : je suis ici parce que j'ai assisté à une fusillade qui m'a traumatisé ! J'arrête pas de penser à ça ! Tout le temps !

— Il faut déterminer à quoi vous pensez exactement.

— À la fusillade, tiens ! Je revois les tirs de mitraillettes, les policiers qui… qui tombent, pis…

Il sent sa gorge se serrer.

— Pis j'y rêve tout le temps, sans arrêt !

— Justement, racontez-moi ces rêves plus en détail.

Pierre raconte : Rivard qui se fait littéralement déchiqueter par les balles en tendant une main vers lui, Pierre qui n'arrive pas à saisir son Glock qui lui glisse sans cesse entre les doigts, Rivard qui n'a plus forme humaine et qui l'appelle à l'aide…

— Rien d'autre ? demande la psychologue.

— Vous trouvez pas que c'est assez ?

— C'est juste que ce rêve est très près de la réalité. Je me demandais s'il n'y avait pas des détails insolites qui, symboliquement, pourraient en révéler beaucoup sur ce que vous ressentez.

Pierre se gratte furtivement le nez. Bien sûr qu'il y a des détails insolites. Comme lorsqu'il croit saisir son pistolet pour réaliser qu'en fait il tient une feuille de papier sur laquelle est écrit : *Pour faire changement, tu n'es pas à l'heure. Il est sept heures et demie et tu ne m'as même pas…*, tandis que le reste du texte se perd en encre dégoulinante. Ou lorsqu'à la fin du rêve, il distingue la silhouette dans le fourgon, qui n'est plus celle de Nadeau mais celle d'une fillette floue et immobile… Il sait parfaitement qui est cette silhouette. Tout comme il sait ce qu'est cette feuille de papier insolite. Il le sait, mais ne comprend par leur présence dans son rêve.

Pourquoi n'en parle-t-il pas à la psy ?

— Rien d'autre ? répète Girouard en regardant Pierre dans les yeux.

Pierre soutient son regard.

— Non, rien d'autre.

Girouard hoche la tête, regarde sa montre et annonce :

— Parfait, ça va être tout pour cette première rencontre. On se revoit lundi, c'est ça ?

C'est Pierre qui souhaite deux rencontres par semaine. Le plus vite il ira mieux, le plus vite il retournera au travail. Car, évidemment, après sa petite crise de l'autre jour, il a dû prendre un congé. Bernier, cette fois, ne lui a même pas laissé le choix.

En sortant du bureau de la psychologue, il traverse la salle d'attente, où se trouvent assis un homme et une femme. Cette dernière ne jette qu'un bref regard vers Pierre, mais l'homme lui sourit en marmonnant un « bonjour » poli. Pierre lui répond brièvement et baisse la tête, comme s'il sortait d'un club de danseuses. Il va voir la secrétaire pour confirmer son prochain rendez-vous dans quatre jours.

— Monsieur Felps ou madame Girouard ? demande la femme en regardant l'écran de son ordinateur.

— Girouard.

Elle regarde enfin le policier et aussitôt s'exclame :

— Ah ben ! Détective Sauvé !

Pierre prend un air surpris, puis la reconnaît à son tour. Avec un sourire forcé, il salue la femme et avoue qu'il a oublié son nom. Lyne Salvail, bien sûr ! Elle paraît en pleine forme. Beaucoup plus que lorsque Pierre s'est rendu chez elle il y a six mois, alors que son appartement venait d'être vandalisé et qu'elle était convaincue que c'était l'œuvre de son ex-mari, qu'elle a toujours soupçonné d'être dangereux.

— Je ne vous remercierai jamais assez d'avoir fait avouer mon ex si rapidement ! déclare-t-elle avec autant de gratitude que si l'événement s'était produit la veille.

— C'est mon travail, répond-il rapidement. Donc, dans quatre jours, à trois heures, c'est ça ?

Elle semble alors se souvenir de quelque chose et elle ouvre de grands yeux.

— Mon Dieu, mais… C'est vrai ! Vous étiez là pendant la fusillade !

Une grande lassitude s'empare du policier. Quand il a vu sa photo dans tous les quotidiens de la province qui le présentaient comme « l'unique survivant du spectaculaire massacre », il a compris qu'il était loin d'être sorti du bois.

— Il paraît qu'il y avait une Asiatique dans la bande ? demande Lyne Salvail. Ils sont bizarres, ces gens-là…

— Écoutez, il faut que j'y aille…

Le professionnalisme de la secrétaire reprend enfin le dessus. D'une voix plus basse, le visage confiant, elle marmonne :

— Vous allez voir, madame Girouard est une excellente psychologue, elle va vous aider rapidement.

Pierre bredouille un merci piteux, se sentant tout à coup extrêmement gêné. Il se retourne dans l'intention de marcher vers la sortie et fait de nouveau face à la salle d'attente. La femme évite toujours son regard, mais l'homme le dévisage avec curiosité. Pierre étouffe. D'un pas rapide, il atteint la porte et se retrouve enfin dans la rue.

L'idée de manger seul chez lui avec ses pensées brunâtres lui paraît trop lourde. Une seconde, il songe à appeler Chloé pour l'inviter à souper, mais repousse cette idée : lui qui, deux semaines plus tôt, avait pris la décision de ne plus répéter leur petite soirée amicale, a déjà fait deux entorses à cette résolution depuis sa sortie de l'hôpital. Mais il doit avouer que cela lui a fait beaucoup de bien. Finalement, il mange seul chez lui en écoutant le téléjournal : poursuite de l'enquête sur les dix-sept terroristes qui préparaient une attaque en Ontario ; capture de huit ministres palestiniens par l'armée israélienne ; mort d'une jeune fille de vingt ans qui s'est enlevé la vie après avoir traversé tout le Québec dans une voiture volée ; fermeture d'une chaîne de vêtements qui se spécialisait en vêtements équitables… Rien pour remonter le moral de Pierre. Trois heures plus tard, il écoute l'émission *Vivre au Max* où les mésaventures d'une participante obèse, qui a réalisé son rêve de manger pendant une semaine chez les plus grands pâtissiers d'Europe, réussissent enfin à lui changer les idées, et même à le faire rire.

— Revenez-nous la semaine prochaine ! proclame Max Lavoie à la fin de l'émission. Et oubliez pas, tout le monde, de…

— VIVRE AU MAX ! clame la foule jubilante.

◆

Le lendemain, Pierre gaspille quelques heures à se demander quoi faire. Même lorsqu'il n'a que deux jours de congé, il trouve le temps long, alors comment réussira-t-il à remplir deux, peut-être trois semaines ? Il décide de travailler un peu sur le terrain de sa maison. Maintenant qu'il n'a plus son écharpe, il est temps que son bras gauche retrouve sa souplesse. Mais l'esprit n'y est pas. Ses mains tremblent souvent, la simple vue du râteau déclenche en lui des souvenirs violents et par deux fois, agenouillé près de sa galerie, il combat une colossale envie de pleurer. Il songe aussi à cette secrétaire, Lyne Salvail, qui a dû raconter à ses amies que le détective Sauvé voit un psychologue à cause de, vous savez, ce terrible massacre de l'autre jour... Pauvre monsieur Sauvé, il doit être *tellement* traumatisé... À cette pensée, Pierre frappe son cerisier avec le râteau, ce qui non seulement casse l'instrument en deux mais provoque une onde de douleur aiguë dans son bras blessé.

Le soir, comme c'est vendredi, il va se promener au centre commercial. Il erre d'une boutique à l'autre, croise des gens aux visages fermés, jette un regard suspicieux vers un groupe d'adolescents de quinze ans réunis au centre de l'allée principale, mais s'adoucit rapidement en constatant qu'ils comparent leur cellulaire respectif. À vingt heures, écrasé d'ennui, il entre dans un magasin d'électronique à la recherche de fils pour brancher sa nouvelle télévision à sa chaîne stéréo. Le vendeur lui dit qu'il revient dans une minute et, en attendant, Pierre se plante devant un mur d'écrans qui diffusent tous la même émission. On y voit trois filles et trois gars dans un bain à remous, en mini-maillots de bain. L'image change et on voit un des trois gars, maintenant habillé, qui confie à la caméra :

— Cynthia est vraiment cool. Elle a une belle personnalité pis elle est drôle. J'aime ça, moi, les filles qui sont drôles. C't'une preuve d'intelligence pis de... heu... de quelqu'un qui est le fun.

La scène revient dans le spa, où la dénommée Cynthia explique aux autres baigneurs :

— Moi, j'ai juste du 34-b, mais c'est du 34-b qui s'assume en maudit ! Tiens !

Elle remonte sa poitrine et, déclenchant les rires des autres dans la piscine, ajoute :

— Toujours au garde-à-vous, toujours prêts !

— Parle-moi de ça, une fille qui ose s'exprimer ! approuve le vendeur du magasin qui, fils en main, s'est approché de Pierre.

— Ouais, pour moi elle va finir avec Martin, ajoute Pierre qui ne sait plus sur lequel des dix écrans fixer son attention.

— Vous avez manqué l'émission de la semaine dernière, vous, hein ? Parce que Cynthia et Martin, ça ne marche plus du tout ! Elle s'intéresse à Didier, maintenant.

— Ah oui ?

Tous deux regardent l'émission en silence un moment. Tandis que Cynthia, sur une musique pop et toujours en bikini, danse de manière lascive devant un Didier béat, le vendeur tend les fils à Pierre en lui demandant s'il a besoin d'autre chose. Le détective le remercie et, fils en main, se dirige vers la caisse… lorsqu'il voit, près des chaînes stéréo, un client qu'il reconnaît tout de suite : c'est l'homme qui était assis dans la salle d'attente, chez sa psychologue. Il est avec une femme, sûrement son épouse, et est pour l'instant trop occupé à s'obstiner avec elle sur le prix d'un lecteur CD pour remarquer le policier. Pierre s'empresse d'aller payer à la caisse. Mais tandis que le commis range les fils dans un sac, le client aperçoit le détective et, manifestement, le reconnaît. Les deux hommes s'observent un bref moment, puis l'inconnu fait un petit signe de tête, presque complice, comme s'il indiquait discrètement à Pierre qu'il *comprenait*.

Mais comprendre quoi ?

Pierre saisit le sac et, rapidement, sort du magasin. Il constate que l'homme, tout en le suivant des yeux, marmonne quelque chose à sa femme, qui à son tour se tourne vers le policier. Pierre sort du centre commercial et s'engouffre dans sa voiture avec l'allégement de l'enfant chétif ayant échappé aux persiflages des plus grands. Dans son lit, plus tard, il repense à cet homme… puis à la secrétaire de sa psychologue…

Durant la nuit, il rêve de nouveau à la fusillade. À la silhouette de la petite fille dans le fourgon… À la feuille de papier dont l'encre se dilue entre ses doigts…

Quand, le lundi après-midi, il arrive à son rendez-vous, il entend une voix l'interpeller au moment où sa main se tend vers le bouton de la porte. Il tourne la tête et aperçoit Sévigny de l'autre côté de la rue, un de ses voisins, qui traverse pour venir à sa rencontre. Sévigny demande au détective comment il va depuis la tragédie. Pierre répond du bout des lèvres et le voisin lui-même ne semble plus trop savoir comment poursuivre cette conversation lorsqu'il voit inscrits, sur la porte qu'était sur le point d'ouvrir le policier, les noms de deux psychologues de la place. Un certain embarras apparaît sur les traits de Sévigny tandis que Pierre se sent rougir jusqu'aux cheveux.

— Eh ben... Lâche pas, mon Pierre, bredouille le voisin qui s'éloigne rapidement.

Le détective regarde autour de lui avec humeur. Combien d'autres connaissances va-t-il croiser, comme ça, chaque fois qu'il va venir consulter ? Il monte l'escalier en se disant que cela ne peut pas fonctionner ainsi.

Dans la salle d'attente, quatre personnes sont assises, quatre paires d'yeux qui se tournent vers lui aussitôt qu'il pousse la porte, quatre regards qui le paralysent sur place. Va-t-il croiser ces quatre personnes un peu partout dans la ville, comme le gars d'hier au magasin d'électronique ? au resto ? au cinéma ? Ou, pire, plus tard pendant le travail ? Auront-ils encore confiance en un flic qui était tellement *fucké* qu'il a dû voir un psy ?

Tout à coup, il prend sa décision. Il s'approche de la secrétaire qui l'accueille avec un sourire mielleux.

— Détective Sauvé ! Comment al...

— Je vais mettre fin à mon traitement.

— Après une seule séance ? s'étonne la secrétaire.

— Je vais très bien maintenant, merci, réplique-t-il avec un sourire si forcé qu'il en est hideux.

Et il s'en va sans regarder personne.

Au poste de police, il va au bureau de Pauline, la responsable des ressources humaines, et lui explique qu'il ne peut pas voir un psy à Drummondville, qu'il trouve cela trop incommodant, qu'il a l'impression que tout le monde est au courant.

— Ce n'est pas une honte de voir un psychologue, Pierre.

— Je sais, mais... Est-ce que ça serait possible que... que je voie un psychologue à l'extérieur de Drummondville ?

Pauline lui dit qu'elle va voir ce qu'elle peut faire.

Une heure plus tard, elle rappelle le policier chez lui. Les psychologues dans les villes les plus près de Drummondville ne peuvent prendre de nouveaux clients avant dix jours. Elle n'en a trouvé que deux qui sont prêts à le recevoir dès jeudi: un à Trois-Rivières et l'autre à Saint-Bruno. Au hasard, sans raison particulière, Pierre choisit le second.

Le détective note l'heure et l'adresse dans son calepin, ainsi que le nom du psychologue: Frédéric Ferland.

16

Tout le gratin artistique québécois était là. C'était une première tellement attendue, la plus attendue de l'année : pas moyen de se promener en ville sans voir d'immenses affiches qui annoncent : *novembre 2005 : Trente Arpents*. Après la projection du film, tout le monde s'était rendu au Club Soda pour fêter. Autour de la piste de danse remplie, on discutait en prenant un verre.

– Ça va marcher au *boutte,* c'est sûr ! expliquait le distributeur. Ça m'étonnerait pas que ça batte le succès de *Séraphin!*

Une productrice, un réalisateur et une actrice l'écoutaient en hochant la tête d'assentiment. Il y avait aussi le scénariste du film, très fier de l'appui de son distributeur. Maxime Lavoie, présent parmi le petit groupe, eut une petite moue admirative et dit :

— C'est pas des farces, juste en promotion, vous avez mis vingt fois le salaire du scénariste !

On le regarda d'un œil suspect. Le scénariste eut un sourire figé. Maxime changea de sujet :

— Le dernier Morin est vraiment bon, vous l'avez vu ? En passant, comment il s'en tire en salles ?

— Ben moyen, répondit le distributeur. Comme on l'avait prévu.

— C'est sûr qu'avec juste cent mille dollars de marketing dessus, il passe plus inaperçu… Et il joue sur combien d'écrans, déjà ?

— Dix-sept.

— Et *Trente Arpents*, il va jouer sur combien ?

— Cent vingt-trois.

Maxime hocha la tête avec ironie en prenant une gorgée de son gin tonic. Pas impressionné, le distributeur, qui semblait habitué aux pointes de l'animateur-vedette, rétorqua :

— Écoute, Max, on met de l'argent sur les films qu'on sait que le monde va aimer. Le dernier Morin, c'est très bon, mais c'est pas grand public, alors que *Trente Arpents,* ce l'est.

— C'est un classique de la littérature du terroir, rappela le scénariste.

— C'est vrai, approuva Maxime. Il doit bien y avoir un Québécois sur dix mille qui a lu ça.

— Pas grave ! rétorqua le distributeur sans se démonter. Ça se déroule dans le passé, le monde aime ça ! Pis y a une belle histoire d'amour.

— Histoire d'amour qui n'était pas très importante dans le roman, si je me rappelle bien.

Le scénariste prit une gorgée de son verre :

— Oui, je l'ai gonflée. Je trouvais que ça manquait, dans le livre.

Tous approuvèrent avec conviction. Un photographe intervint. Automatiquement, tous les membres du petit groupe se rapprochèrent, bras dessus, bras dessous, en adoptant des expressions hilares. Le photographe prit le cliché dans les deux sens du terme, puis s'éloigna, tandis que les membres du groupe reprenaient leurs postures initiales.

— Tu as lu le roman si je comprends bien ? demanda la productrice.

— En effet, répondit Maxime. Je ne sais pas ce qui m'a pris : un soir, j'ai décidé de lire. Ma télévision devait être défectueuse.

Petits rires bons joueurs, sauf le distributeur qui éclata franchement de rire.

— Sacré Max ! Toujours aussi provocateur ! T'as pas inventé *Vivre au Max* pour rien !

— En passant, c'était super bon, ton émission ! s'empressa de dire le réalisateur.

À nouveau, tout le monde approuva. Maxime prit une gorgée de son gin sans rien dire.

— J'ai beaucoup aimé ça, moi aussi, ajouta avec empressement le scénariste. Est-ce que ça revient l'été prochain pour une deuxième saison ?

— Absolument, dit Maxime. On auditionne en ce moment.

— De la bonne télé, renchérit la productrice. Provocante, divertissante, ludique, proche du vrai monde…

— Je comprends pas ceux qui se plaignent, c'est du snobisme, fit le distributeur.

— C'est à cause du gars qui est mort, ajouta la comédienne. Mais ça, ça faisait partie du risque.

— Moi, je trouve qu'il était temps qu'on fasse de la télé de même au Québec ! déclara avec emphase le réalisateur.

Maxime les écoutait en silence, le sourire crispé. D'une voix à peine audible, il marmonna :

— Je vais aller me chercher un autre verre.

Tandis qu'il s'éloignait, il ferma les yeux un moment. Il avait bien failli éclater, mais s'était retenu à temps. D'ailleurs, ce soir, il poussait l'ironie un peu loin.

Francis aurait sûrement apprécié…

Sauf qu'il devait faire attention : l'alcool le rendait moins circonspect. Mais comment supporter de telles soirées autrement ? Il s'approcha de la piste de danse, où la musique était tonitruante. Il observa d'un œil morne les danseurs qui s'éclataient, plusieurs étant des comédiens et comédiennes connus. Certains l'aperçurent et lui envoyèrent la main avec enthousiasme. Maxime leva la sienne poliment, alors qu'il n'avait jamais rencontré la plupart d'entre eux. Mais tout le monde le saluait, tout le monde le regardait avec envie, lui, Maxime Lavoie, le symbole même du succès, qu'on invitait à tous les lancements, toutes les premières, toutes les occasions. Et comme il aurait été mal vu que la plus grande star du Québec les refuse tous, Maxime devait de temps à autre faire bonne figure… comme ce soir-là.

On lui prit le bras et il se retourna. Un autre producteur, entouré de quelques personnes, fit une accolade à Maxime, qui se dégagea rapidement.

— Hé, Max ! En forme, le grand ? lança le producteur qui n'avait rencontré le milliardaire qu'une seule et brève fois. Tu connais Yves ? C'est lui qui a fait la musique du film !

— J'ai beaucoup aimé ton émission, fit le dénommé Yves, manifestement sous les effets du haschisch, la voix couverte par la musique rock. C'était ben cool.

Les autres personnes approuvaient en silence, les yeux grands ouverts. Maxime remercia d'un sourire.

— Et la musique du film, c'est vraiment bon, hein ? ajouta le producteur. Comment tu l'as trouvée, Max ?

Tous attendaient la réponse, surtout Yves, même s'il feignait d'être indifférent. L'animateur s'humecta les lèvres et répondit enfin :

— Omniprésente.

Le petit groupe, Yves en tête, ne sut trop comment réagir. Prétextant une soudaine envie d'uriner, Maxime s'éloigna. Il devait rentrer… Il était un tantinet ivre et disait trop de conneries. Et puis, il n'en pouvait plus de…

— Maxime !

Une fille dans la vingtaine, habillée de manière à ce que tout le monde soit conscient des sommes faramineuses investies dans son corps, se jeta littéralement dans ses bras. Maxime la reconnut : l'une des comédiennes les plus en vue du moment, qui lui avait déjà fait des avances dans deux ou trois *partys* précédents.

— Maxime, dis-moi pas que t'es encore tout seul ! minauda-t-elle en l'entourant de ses bras. As-tu une blonde ou un *chum* secret que personne connaît ?

— Peut-être, répondit Maxime qui tentait de se dégager.

— Pourquoi tu couches pas avec moi ? lui susurra-t-elle à l'oreille en pressant ses cinq kilos de silicone contre l'animateur. Envoie donc, mon *chum* est en tournage en Europe pis je suis sûre qu'il fourre avec plein de Françaises ! Envoie, viens chez nous ! J'ai suivi un cours de *strip dance* pour mon prochain film pis j'ai envie de pratiquer un peu…

Maxime savait qu'au moins trente gars l'observaient avec envie. Il réussit tout de même à se libérer et, poli mais froid, articula :

— Peut-être une autre fois, OK ?

Mimant avec exagération un air boudeur, la comédienne continuait de rechigner mais Maxime s'éloignait déjà. Il devait sortir et vite…

Au vestiaire, la musique était moins forte. Tandis qu'il enfilait son manteau, un comédien connu arrivait. Manifestement, il avait déjà bu quelques verres. Un rien chancelant, il rangeait son ticket de vestiaire dans son veston lorsque son regard tomba sur Maxime. Il fronça les sourcils :

— Max Lavoie ?

Maxime, tout en boutonnant son manteau, soupira :

— Oui, oui…

Le comédien eut un hideux rictus et, la voix un peu pâteuse mais dure, articula :

— Ton émission pue.

Les doigts de l'animateur se figèrent sur le dernier bouton et il leva la tête. Le comédien poursuivait :

— Le fait que des millions de personnes l'écoutent, c'est alarmant, mais qu'on puisse produire une telle émission pour rire du monde et faire de l'argent sur leur dos, c'est carrément honteux.

Maxime ne disait rien. Le comédien, trop ivre pour s'en rendre compte, ajouta en pointant un doigt vers l'animateur :

— Sais-tu ce que tu es ? La preuve de notre décadence !

Il attendit, son regard liquide plein de défi. Maxime brandit la main et, dans un réflexe de défense, le comédien leva son bras comme pour parer un coup, mais la main de l'animateur se posa sur son épaule. Maxime, avec tristesse, marmonna alors :

— Tu ne pouvais pas mieux dire…

Et il se dirigea vers la sortie, sous l'œil déstabilisé de son détracteur.

◆

La voiture s'arrêta devant l'entrée de la luxueuse demeure.

— Bonne nuit, Luis, fit Maxime au chauffeur espagnol.

— Bonne nuit, monsieur. Si vous ne voulez pas avoir mal à la tête demain matin, prenez deux grands verres d'eau avant de vous coucher. Un vieux truc qui marche tout le temps !

Maxime remercia du conseil et entra chez lui. Luis était peut-être bavard mais, au moins, il ne posait aucune question sur les affaires de son patron. Maxime le préférait de loin à Pablo, le prédécesseur de Luis, tellement curieux que l'animateur avait dû demander à Salvador de trouver un remplaçant.

Il traversa le hall d'entrée. Cette demeure surdimensionnée lui semblait pédante, inutile, il aurait facilement vécu dans un cottage ordinaire. Mais les apparences… Surtout ne pas négliger les apparences.

Jouer le jeu…

Cette idée le ramena sept ans en arrière, lorsqu'il se tenait debout devant le cadavre de son père, tandis que tout le monde autour (Masina, les journalistes, la maîtresse de son père) jouaient le jeu. Lui aussi jouait, maintenant. Mais dans un but tout à fait différent.

Tout de même, cette immense maison lui faisait encore plus réaliser à quel point il était seul dans ce projet. Il y avait Gabriel, bien sûr, mais il ne pouvait communiquer avec lui. Une fois de plus, Maxime regretta de n'avoir personne avec qui partager, quelqu'un à qui il aurait pu raconter sa vie afin qu'on comprenne ses motivations, quelqu'un qui l'aurait appuyé et approuvé, qui aurait été une sorte de consolation, la preuve que Maxime n'était pas le seul à *voir*. Une pâle mais tangible étoile dans cette nuit d'encre.

Quelqu'un comme Francis…

Arrête, tu sais bien que Francis n'aurait pas approuvé.

Cette idée lui revenait de plus en plus souvent à l'esprit. Et il savait que c'était vrai. Francis était si idéaliste, encore plus que Maxime.

Hélas, il avait tort. Sa mort en est la preuve…

Oui, sans doute. C'est à ce noir constat que Maxime devait se raccrocher.

Dans le vaste salon vitré qui avait vue sur les bois du mont Royal, l'écran de la télévision affichait le menu d'un film DVD. Moitié-assis, moitié-couché, Gabriel dormait sur le divan, la télécommande toujours en main. Maxime le considéra un moment avec un sourire affectueux. Pourquoi ne pas le laisser là ? Il risquait de le réveiller en le portant dans sa chambre. Dans son sommeil, l'adolescent se mit à gémir. Maxime s'assombrit. Gabriel rêvait. Et l'animateur se doutait bien à quoi. À ses parents. Et aux *autres*, aussi. À sa vie d'avant. Et, par ricochet, à la vie en général, cette existence merdique, ces gens si… tellement…

Le milliardaire serra les poings.

Les plaintes de Gabriel cessèrent enfin et Maxime lui caressa le front. Après quoi, il monta l'escalier. Il ne se sentait plus ivre du tout. Il décida donc de lire quelques rapports d'audition avant d'aller se coucher.

Le bureau était une grande pièce avec de larges baies vitrées. Rien de faste ni de tape-à-l'œil dans la décoration. Beaucoup de simplicité, de bois, de chaleur, tout cela décoré avec sobriété et bon goût, en parfait contraste avec le reste de la maison, beaucoup plus moderne, froid et artificiel. Maxime marcha vers un placard et l'ouvrit. Il s'agissait d'un vaste garde-robe *walk-in* dans lequel il entra avec circonspection. C'était son jardin secret, sa caverne d'Ali Baba.

Tout en marchant lentement, Maxime examinait les deux étagères qui couraient le long du mur. Sur la première, il y avait une vieille édition des *Fleurs du mal* qu'il avait achetée au cégep, une véritable révélation dans sa vie. Juste à côté, une pile de *L'Actif*, un journal étudiant engagé dans lequel il avait écrit nombre d'articles, la plupart cosignés avec Francis. Deux photos aussi : sur la première on le voyait avec Nadine, son seul amour. Sur la seconde, on voyait Nadine avec son imbécile d'étudiant en finances, tous deux

que j'ai failli écraser avec ma voiture

souriants et bien enlacés. La première photo était la preuve qu'il avait déjà aimé ; la seconde lui rappelait l'inutilité de l'amour. Il y avait aussi un verre vide avec l'inscription *Verre bouteille*, le bar où Francis et lui allaient si souvent prendre une bière. Sur la seconde étagère, on retrouvait entre autres une photo de son père avec l'annonce nécrologique du journal, puis un état de compte de la compagnie Lavoie inc. pour lui rappeler ses années inutiles comme PDG de la compagnie. Ensuite, un ticket de métro, avec la date fatidique inscrite dessus, ainsi qu'un article de journal datant du lendemain, relatant la mort de Francis ; la liste des invités de la toute première de *Vivre au Max ;* quelques couvertures de magazines le représentant dans toute sa gloire ; une chaîne à moitié rouillée, en provenance de la Gaspésie… et, bien sûr, des copies des DVD dont il s'était servi pendant ses neuf semaines de « vacances » en février et mars derniers, de même que les vidéos qu'il avait enregistrées durant ces mêmes « vacances ».

Vacances qui, d'ailleurs, allaient se répéter l'hiver prochain.

Enfin, sur le sol, quinze boîtes de carton pleines de papiers : les rapports d'auditions rejetés. Trois semaines plus tard, il y aurait certainement quatre ou cinq boîtes de plus.

Les grandes étapes de sa vie étaient là, dans ce garde-robe : les débuts pleins d'illusions et d'espoir, la longue désillusion le plongeant en enfer… et, enfin, la solution. Il avait souvent besoin de revenir dans cet antre intimiste, d'en contempler l'intérieur pendant parfois une heure, pour se rappeler… se motiver… se confirmer qu'il avait raison. Plus tard, quand on découvrirait ce *walk-in* et qu'on se pencherait sur son contenu, on comprendrait peut-être…

Il prit la dernière boîte, à moitié pleine, et la traîna jusqu'à son bureau. Sur ce dernier se trouvait une impressionnante pile de feuilles de papier, représentant des rapports d'auditions pour son émission, en provenance d'un des quatre centres de la Montérégie. Il y avait aussi une chemise contenant quelques rapports sur laquelle on pouvait lire *Montérégie*.

Chaque vendredi soir (ou samedi matin pour les régions plus éloignées), Maxime recevait les rapports en provenance des quarante-quatre centres d'auditions. En moyenne 1900 par semaine. Des demandeurs de tous les âges : la moitié avait entre 18 et 35 ans, le tiers entre 36 et 50 ans et le reste représentait les plus de 50 ans. Environ 60 pour cent des demandeurs étaient des hommes. Maxime prenait les sept jours suivants pour lire les 1900 rapports hebdomadaires. Il ne sortait pas (sauf exception comme ce soir), ne dormait que cinq heures par nuit et lisait seize heures par jour, en moyenne dix-sept rapports à l'heure, tandis que Gabriel jouait à des jeux vidéo ou regardait la télé. Souvent, après quelques lignes seulement, le milliardaire éliminait le rapport : plus de 65 pour cent d'entre eux étaient ainsi expédiés en quelques secondes. Il y avait un certain équilibre entre les catégories A (trips sexuels), B (trips sportifs ou dangereux) et C (trips de défoulement). Quant aux rapports de la catégorie D (trips humanitaires), ils étaient les moins nombreux. On retrouvait dans celle-ci des gens qui rêvaient de retrouver leur enfant biologique, ou qui voulaient construire de belles choses pour leur patelin, ou qui souhaitaient créer une fondation pour les pauvres, ou juste aider leurs parents malades. Mais sur 1900 demandes hebdomadaires, à peine une soixantaine entrait dans cette catégorie. Maxime en conservait quelques-unes, les plus intéressantes et les plus réalisables.

Il s'installa sur sa chaise et commença à lire les rapports de l'impressionnante pile. Le premier fut éliminé en quinze secondes à cause de la banalité de sa demande (le gars voulait baiser dans un ascenseur de la Place-Ville-Marie ! Qu'il le fasse, c'est tout !). Il déposa le rapport dans la boîte de carton, avec les autres rejetés. Le second fut lu et étudié en quatre minutes : un homme voulait descendre en patins à roulettes le mât du Stade olympique. Il inscrivit sur la première page « catégorie B » et le mit de côté : il s'agissait là d'un concurrent potentiel pour l'émission. Le troisième retint l'attention de Maxime pendant six ou sept minutes. Le rêve de la fille en question était de trouver l'amour de sa vie. Elle avait trente-huit ans, était obèse, inhibée et sans instruction, n'avait jamais embrassé un homme de sa vie. Le rapport du psy notait que la fille était désespérée, influençable et dépressive. Elle avait même versé quelques larmes durant l'audition. Maxime lut le rapport plusieurs fois puis, sans rien inscrire dessus, le glissa dans le dossier *Montérégie*. Le quatrième rapport fut aussi expédié dans la boîte à rejets après vingt secondes : une grand-mère voulait emmener son petit-fils au Japon. Noble idée, mais l'été précédent, un rêve semblable avait été réalisé à l'émission, sauf que la destination était l'Australie. Trop semblable, donc. Les deux rapports suivants furent aussi jetés dans la boîte en moins de trente secondes. Maxime bâilla et prit le septième rapport sur la pile.

Le demandeur s'appelait Frédéric Ferland. Psychologue de cinquante et un ans, divorcé, actuellement célibataire, il souhaitait rencontrer Maxime Lavoie. Ce type de requête était assez courant, surtout chez les femmes. Mais ici, l'analyste précisait qu'il ne s'agissait pas d'un fan.

> Le demandeur n'a pas de rêve à proprement parler. D'ailleurs, il n'aime pas du tout l'émission et la trouve même ridicule et aberrante. Mais il aimerait rencontrer monsieur Lavoie.

L'animateur expira avec lassitude. Il lut tout de même les dernières lignes :

> Raison pour laquelle il souhaite cette rencontre, et je cite mot pour mot : *« Parce que Maxime Lavoie, comme moi, a constaté le vide. »*

Maxime sentit l'air se figer autour de lui. Il eut même l'impression que la feuille de papier, entre ses doigts, s'était cristallisée. Il relut plusieurs fois cette dernière phrase, puis passa enfin aux commentaires de la psychologue, une certaine Marie-Josée Jobin. Elle mentionnait les mots narcissisme, arrogance, projection et dépressif. Mais, surtout, elle concluait ainsi :

> Sous son air froid et en contrôle, cet homme, qui se considère comme lucide, semble vivre une grande brisure, une grande désillusion.

Maxime se leva, la bouche sèche. Il alla se remplir un verre d'eau à la salle de bain et revint à son bureau en prenant une bonne gorgée. Il relut le rapport.

Maxime Lavoie, comme moi, a constaté le vide.

Était-il envisageable que quelqu'un d'autre puisse avoir compris… ou, du moins, pressentir… *partager…?* Ses yeux accrochèrent certains mots du rapport.

Lucide.

Désillusion.

Vide.

Il se leva et alla à la grande fenêtre. Il contempla l'immense parc, la grille d'entrée tout au bout, à peine visible. Au-delà, la route, puis plus bas, la ville, avec tous ces gens. Plus loin, d'autres villes, d'autres gens, tous pareils ou à peu près… Et il y en aurait un, parmi eux, qui aurait entrevu ce que lui-même voyait depuis si longtemps ?

Comme moi…

Maxime émit un petit claquement de langue, comme pour se convaincre qu'il divaguait. Mais le doute avait creusé son nid, il y penserait sans arrêt maintenant, il le savait. Il revint à son bureau et, en demeurant debout, prit le rapport pour lire le paragraphe d'identification : Frédéric Ferland, psychologue, Saint-Bruno.

Il sentit que cette nuit-là, il ne trouverait pas facilement le sommeil.

30

— Eh bien, on dirait que c'est ici, fait Chloé en s'arrêtant devant la porte vitrée.

Pierre s'arrête aussi, lit l'inscription sur la porte et approuve en silence. Chloé se tourne vers la montagne, de l'autre côté de la rue.

— Je ne savais pas que c'était si joli, Saint-Bruno.

Pierre regarde la montagne à son tour en haussant une épaule, puis revient à la porte, comme s'il se demandait comment l'ouvrir. Conciliante, Chloé désigne le petit parc en face de l'immeuble.

— Je vais aller m'asseoir là-bas et t'attendre.

— Qu'est-ce que tu vas faire ?

— Rien. Regarder la montagne.

Devant l'air interloqué de Pierre, elle ajoute :

— Un beau décor comme ça, ça fait réfléchir.

— À quoi ?

— À la beauté. À la vie. À nous-même.

Puis, très naturellement, elle l'embrasse sur la joue et, avant que Pierre réagisse, elle dit :

— Allez ! Bonne chance !

Elle traverse la rue vers le parc.

Pierre a d'abord refusé qu'elle l'accompagne pour son premier rendez-vous à Saint-Bruno, mais il a fini par céder devant son insistance. C'est vrai que les cent minutes de route, aller-retour, seraient moins longues avec quelqu'un. Et puis, il n'avait tout simplement pas la force de tenir tête à sa collègue.

En plus, elle est agréable, tu peux bien le dire !

Il s'est aussi dit que l'occasion serait bonne pour discuter avec Chloé de l'enquête en cours. Mais finalement, tandis qu'ils roulaient sur l'autoroute 20, la détective n'a pas eu grand-chose à dire.

— Les trois mitraillettes étaient des AK-47. C'est une arme de contrebande très populaire, mais ça coûte plus cher qu'une carabine à plomb ! On a fouillé dans les maisons des quatre tueurs mais on n'a rien trouvé. Ils ont détruit et brûlé tout ce qui pouvait révéler des informations intimes sur eux : disques durs d'ordinateurs, archives informatiques, journaux personnels, papiers divers, agendas... En tout cas, c'étaient quatre citoyens tout à fait ordinaires, sans histoires.

— Mais qui ont réussi à se procurer des Kalachnikov ! a ajouté Pierre d'un air entendu.

Chloé a conclu :

— En ce moment, on essaie de trouver un lien entre eux et... franchement, on patauge.

Pierre n'a rien pu tirer de plus.

Au milieu de la route, Chloé attend qu'un camion passe, puis marche vers le parc, de son pas juvénile, comme si elle était toujours sur le point de gambader. Elle a attaché ses longs cheveux bruns en queue de cheval. De loin, Pierre détaille les fesses de sa collègue, particulièrement bien moulées dans son short blanc. Bon, un petit peu larges peut-être, mais faut avouer qu'elles rebondissent plutôt bien tandis qu'elle marche ainsi dans le parc... En tout cas, c'est mille fois mieux que les croupes étroites et sans forme de ces adolescentes anorexiques. Pierre la regarde s'asseoir sur un banc. Allons, il la trouve intéressante et plutôt jolie, pourquoi lutter contre ça ? Il pourrait au moins coucher avec elle de temps en temps, non ?... Non, mauvaise idée, il le sait. Chloé, au départ, accepterait peut-être ce compromis, mais finirait par vouloir plus, évidemment. Comme Chantal l'année dernière, qui voulait s'engager après trois semaines... Comme Rachel il y a cinq ans... Pourtant, Chloé semble différente, moins compliquée... Sauf qu'elle est une collègue de travail.

Objection plutôt illogique, non ? Sortir avec une flic ne simplifierait-il pas les choses ? Contrairement à Jacynthe, elle comprendrait l'horaire surchargé de Pierre. Et ils pourraient tous les deux parler du travail. Pourtant, la simple idée que son boulot et son quotidien puissent s'entremêler procure au détective une sourde angoisse qu'il n'arrive pas à s'expliquer.

Et que je n'ai pas envie de m'expliquer !

Chloé se tourne vers lui et, égayée, lui fait signe d'entrer au plus vite. Pierre lui répond d'un petit mouvement de la main et ouvre enfin la porte.

Il monte l'escalier. Pourvu que ce nouveau psy ne soit pas comme Girouard, qu'il soit moins… moins « chiant », tiens. D'ailleurs, le détective n'est pas du tout convaincu que ce rendez-vous soit nécessaire. Il va beaucoup mieux depuis deux jours.

Ah oui ? Alors pourquoi tu combats des envies de brailler encore tous les jours ? Et le rêve que tu fais plusieurs fois par nuit ?

Oui, ce foutu rêve… toujours avec ce bout de papier qu'il tient entre ses mains et ces mots inscrits dessus…

En haut, une toute petite salle d'attente, déserte. Pas de secrétaire. Une seule porte, fermée. Pierre s'assoit, mais dix secondes plus tard, la porte s'ouvre et un homme d'une cinquantaine d'années, à la calvitie avancée mais au corps svelte, apparaît.

— Monsieur Pierre Sauvé ?

Pierre se lève en approuvant.

— Frédéric Ferland. Entrez, je vous prie.

Le bureau est bien ordonné, mais Pierre trouve la décoration plutôt chargée. Les deux hommes s'assoient l'un en face de l'autre et le détective remarque sur l'horloge murale (en forme d'animal avec une tête de femme !) qu'il est seize heures sept.

— Je m'excuse du retard.

— Aucun problème. Depuis quelques mois, je ne prends que quelques clients par semaine, donc je ne suis pas à cinq minutes près.

Le psychologue est poli, sa voix agréable, mais Pierre remarque une certaine froideur chez lui, pour ne pas dire un désintérêt, ce qui accroît le malaise du détective.

— Alors, monsieur Sauvé, vous venez de Drummondville, c'est ça ? Pourquoi choisir un psychologue à Saint-Bruno ?

— Je voulais plus de discrétion. À cause de mon travail.

— Et de quel travail s'agit-il ?

— Je suis sergent-détective.

Un changement parfaitement perceptible s'opère alors chez Ferland.

— C'est vrai ? Un inspecteur ?

— On dit « sergent-détective ».

— Détective, marmonne Ferland en reculant dans son fauteuil, un sourire mélancolique aux lèvres. Ce travail m'a toujours émerveillé… Ce doit être excitant, non ?

— Ben… j'aime beaucoup ça. Vous n'étiez pas au courant que j'étais… ?

— On m'a seulement dit que c'était dans le cadre d'un programme d'aide aux employés.

Pierre lui dit que justement, il a une feuille à lui faire signer. Il sort de sa poche un papier plié en deux et le tend au psychologue, qui s'y intéresse à peine et le dépose sur son bureau en disant qu'il le signera tout à l'heure. Il revient à Pierre et l'examine un moment en silence, rêveur.

— Détective, répète-t-il.

Pierre ne sait que dire, décontenancé par cette attitude. Enfin, Ferland semble se rappeler que l'homme devant lui est avant tout un client et il étire la main pour prendre un calepin et un crayon sur son bureau.

— Bien ! Alors, qu'est-ce qui vous amène ici ?

— Vous le savez pas non plus ?

— Mais non. On m'a parlé d'un traumatisme, mais je ne voulais pas en savoir plus. Je préfère que les patients s'expliquent eux-mêmes.

Pierre se frotte les paumes, cherche ses mots.

— J'imagine que vous êtes au courant de la tuerie qui a eu lieu à Drummondville, il y a deux semaines…

Ferland fronce les sourcils, et tout à coup une stupéfaction presque comique envahit son visage.

— Est-ce que vous êtes… le policier qui a survécu ?

Pierre se borne à hocher la tête. Ferland, hébété, souffle enfin après quelques secondes de silence :

— Eh bien… Eh bien, c'est… Ça alors !…

Mais quel genre de psychologue est-ce donc là ? Lui qui est supposé agir en professionnel, il démontre le même étonnement encombrant que tout le monde ! Même que dans l'expression de Ferland, il y a une sorte d'éblouissement que le policier considère comme peu approprié. Comme s'il réalisait l'inconvenance de sa réaction, Ferland croise une jambe, met son crayon en position d'écriture au-dessus du calepin et, d'une voix redevenue neutre, articule :

— Je vois… Parfait, Pierre, je vous écoute.

Pendant une trentaine de minutes, Pierre relate le drame et répète ce qu'il a *grosso modo* expliqué à Girouard. Il conclut, sur la défensive :

— Et avant que vous me le demandiez, oui, je me sens un peu coupable.

— Pourquoi ? demande Ferland.

— Si j'avais trouvé mon *gun* plus vite, si j'avais pas figé après avoir tiré sur l'un des tueurs… Faut dire que c'était la première fois que je tuais quelqu'un, alors…

— Vraiment ? demande le psychologue. C'est quelque chose, n'est-ce pas ?

Pierre se renfrogne.

— C'est pas… pas agréable du tout…

Ferland hoche la tête. Il a l'air vraiment intéressé, et pourtant Pierre ne sent chez lui aucune réelle empathie, contraste qui déroute quelque peu le détective.

— Mais, bon, je me raisonne pis je me dis qu'au fond, peut-être que ça aurait rien changé. Où je veux en venir, docteur, c'est que…

— Je ne suis pas docteur.

— Vous dites tous ça ! On vous appelle comment, alors ?

— Frédéric sera parfait.

Pierre n'a pas l'air convaincu : il se voit mal appeler son psychologue par son prénom.

— Où je veux en venir, c'est que la culpabilité est pas vraiment le problème. Le problème, c'est que je pleure souvent, j'arrête pas de revoir les images du massacre pis… C'est épuisant moralement et ça m'empêche de… de travailler, de fonctionner.

— Et vous croyez que cela n'a rien à voir avec votre culpabilité ?

Pierre s'assombrit.

— Vous, vous pensez que oui, hein ?

— Ça peut être un élément parmi d'autres.

Le policier est alors convaincu que Ferland va lui demander s'il s'est déjà senti coupable à d'autres moments dans sa vie, comme le lui a demandé Girouard. Cette fois, il ne parlera pas de Karine, qui n'a rien à voir dans cette histoire. Mais, contre toute attente, le professionnel demande :

— Deux des quatre meurtriers se sont suicidés devant vous, selon les journaux. Ont-ils dit quelque chose ?

— Heu, non..., répond le détective, pris au dépourvu. Pourquoi vous me demandez ça ?

Le regard de Ferland devient lointain, comme s'il pensait à tout autre chose, puis il finit par répondre :

— Si les tueurs avaient dit quelque chose, il aurait été intéressant de connaître l'impact de ces paroles sur vous...

Il remonte ses lunettes sur son nez puis ajoute :

— Le fait qu'on ne connaisse pas le mobile de cette tuerie ne vous aide sûrement pas non plus... car on ne sait toujours pas les causes, n'est-ce pas ?

— Non, admet Pierre en fixant ses mains. On se doute bien que leur but était de tuer Nadeau, mais... on sait pas pourquoi.

— Cette incompréhension devant un acte si barbare et si absurde est sûrement un facteur supplémentaire de votre traumatisme.

À nouveau, il se perd dans ses pensées et c'est presque sur un ton négligent qu'il demande :

— Vous rêvez lorsque vous dormez ?

Pierre lui avoue qu'il rêve à la fusillade toutes les nuits, mais en plus sanglant encore. Il raconte son rêve mais, comme avec Girouard, ne parle ni de la fillette dans le fourgon ni de la feuille de papier qu'il tient à la place de son pistolet. La voix de Chloé intervient dans sa tête :

« Si tu vas voir un psy, Pierre, il faut tout lui dire... »

Il n'est pas question qu'il parle de *ça* ! Il n'est pas là pour subir une psychanalyse sur toute sa vie mais uniquement sur son traumatisme, point final !

Pierre s'attend à ce que Ferland insiste, qu'il demande quelque chose du genre : « Rien d'autre ? » Mais non. Le psychologue hoche la tête en silence et, pendant de longues secondes, fixe Pierre avec fascination. Mal à l'aise, le détective cherche quelque chose à ajouter, mais Ferland réagit enfin et se lève en annonçant :

— Bien, je crois que cela va être suffisant pour une première visite. J'ai les bases de votre problème, je vais méditer là-dessus.

Il dépose son calepin sur son bureau et Pierre, en se levant à son tour, réalise que Ferland n'a rien écrit durant toute l'heure. Dubitatif, il marche vers la porte, que le psychologue lui ouvre.

— Et le papier que je vous ai donné ? s'informe le détective.

— Je vais le remplir et le poster directement à votre employeur. Vous voulez deux rencontres par semaine, n'est-ce pas ? Alors disons lundi dans quatre jours ? Une heure plus tôt, ça vous va ?

Pierre acquiesce. Ferland se fait alors très solennel :

— Je vais vous aider, Pierre. Je vous le garantis.

Cette assurance presque exagérée intimide quelque peu le policier.

— Heu… j'espère bien. Merci, docteur.

— Au revoir, inspecteur.

— Je ne suis pas inspecteur.

— Je ne suis pas docteur non plus.

Il sourit et Pierre lève un doigt en hochant la tête, pour montrer qu'il a compris. Mais tandis qu'il serre la main du psychologue, un détail, qui échapperait sans doute au commun des mortels mais qu'un policier expérimenté remarque presque naturellement, attire son attention. Une cicatrice vieille de quelques mois traverse le poignet droit de Ferland. Une cicatrice dont l'origine ne peut faire aucun doute. Un psychologue qui a tenté de se suicider ? Pour Pierre, ça semble aussi farfelu qu'un dentiste qui aurait la bouche pleine de dents cariées. Il sort enfin, décontenancé par ce Ferland.

Dehors, il traverse la rue pour aller rejoindre Chloé. Il ne voit pas, à la fenêtre du premier étage de l'édifice qu'il vient de quitter, Ferland qui l'observe avec attention.

17

Sur la table du salon, il y avait une corde et une lame de rasoir.

Frédéric, assis sur le divan, les étudia avec attention, puis tourna la tête vers la fenêtre. Une faible neige tombait. Dans la nuit perçaient les lumières multicolores des décorations de Noël, particulièrement celles du voisin d'en face, dont l'immense *Joyeux Noël 2005* était si flamboyant qu'il devait servir de repère pour les avions égarés. Mourir moins d'un mois avant Noël… Un peu mélo, non ? Pourtant, on aurait été au printemps que cela n'aurait changé en rien sa décision. Il reporta son attention sur la table et se demanda lequel des deux accessoires choisir. Voyons voir les pour et les contre de chacun.

La corde, tout d'abord. Pour : c'était propre et rapide. Contre : cela devait être douloureux et il n'était pas sûr de se rappeler comment faire un nœud coulant.

La lame de rasoir. Pour : c'était sans réelle douleur et facile d'exécution. Contre : malpropre et lent.

Il n'avait même pas la frousse. En fait, il ressentait seulement une incommensurable déception. Deux semaines auparavant, il était finalement retourné chez Lucie et avait rencontré cette jeune femme qui éjaculait durant ses orgasmes, une certaine Michelle. Drôle de fille, qui affirmait venir d'un coin de Montréal que personne ne connaissait et qui refusait d'expliquer pourquoi elle n'y vivait plus. Elle ne voulait pas qu'on la touche, mais lorsqu'elle se masturbait, elle giclait littéralement sur tout homme ou femme se trouvant à moins de trois mètres devant elle. Vraiment unique. Frédéric avait répété l'expérience deux fois. Après, il en avait eu assez. De plus, il avait effectué son second meurtre. Un autre clochard, deux semaines plus tôt. L'excitation avait été beaucoup moindre que la première fois. Enfin, il était retourné récemment à la philosophie, avait même goûté au bouddhisme : rien.

Il décrochait de plus en plus, les signes le démontrant se multipliaient : cette semaine, en plein milieu d'une consultation, il avait demandé à son client de partir, prétextant une migraine, alors qu'en réalité il se sentait sur le point de lui exploser au visage, de lui crier qu'il perdait son temps en venant ici parce que, de toute façon, rien ne valait la peine, rien de rien de rien !

Alors, aussi bien tout arrêter tout de suite. Dans quelques minutes, Icare cesserait enfin de battre des ailes. Mettre fin à ces mouvements de bras désordonnés, cela lui ferait le plus grand bien. Il était tellement, tellement fatigué…

Il contempla la pièce autour de lui. Les bibelots de toutes les cultures, les reproductions de peinture de tous les genres, le roman policier sur le fauteuil, l'écran vide de la télé éteinte, la fenêtre qui donnait sur la rue illuminée… Enfin, il prit entre ses doigts la lame de rasoir. Cette méthode serait plus contemplative : il aurait le temps de voir la mort approcher. Peut-être que cela serait intéressant. Peut-être que la vraie béatitude résidait dans l'acte de mourir. Il allait le savoir très bientôt.

Le téléphone sonna.

Il n'accorda aucune attention à l'appareil. Tout de même, qui pouvait bien l'appeler, lui qui n'avait pas vraiment d'amis ? Son fils ? Sa fille ? Improbable. Il avait d'ailleurs songé vaguement à laisser un petit mot à leur intention… mais pour dire quoi ? Qu'il regrettait de leur faire de la peine ? Cela aurait été faux. Alors ? Tandis que le téléphone sonnait pour la troisième fois, il approcha la lame de son poignet droit. Où fallait-il couper, exactement ? C'était tout de même un comble : lui qui avait déjà eu certains patients suicidaires, il n'avait aucune idée de la façon de s'y prendre. Il sourit, malgré la déception.

Le répondeur du téléphone se déclencha. Il entendit sa propre voix, amorphe, qui articulait simplement : « Laissez un message. »

Il appuya la lame sur la peau. Ce devait être là, ou tout près. Lentement, il trancha. La douleur, comme il l'avait prévu, fut minime. Le sang commença à couler, mais vraiment lentement. Il ne devait pas avoir sectionné l'artère. Bon, ce serait plus long. Fallait-il qu'il se tranche l'autre poignet ?

Un *beep* aigu, puis une voix riche, détachée.

— Bonjour, j'espère que je suis bien chez monsieur Frédéric Ferland. C'est Maxime Lavoie à l'appareil.

Le psychologue leva enfin les yeux. En une seconde, il se souvint à quel point il avait voulu rencontrer cet homme, allant même jusqu'à participer à ces grotesques auditions. On lui avait dit que Lavoie lisait les rapports dans la semaine qui suivait l'audition, mais comme, un mois plus tard, il n'avait toujours aucune nouvelle, Frédéric s'était dit que cette démarche n'avait finalement rien donné. Et puis, qu'avait-il espéré de cette rencontre, au juste ? Il tenait donc tant à vivre une autre déception ? Mais voilà que Lavoie appelait. Et au moment précis où Icare s'apprêtait à cesser son battement d'ailes.

— Je... heu... j'imagine que vous savez qui je suis, poursuivit la voix de l'animateur-vedette. J'ai lu le rapport de votre audition il y a trois semaines et...

Court silence, puis la voix reprit :

— J'ai hésité longtemps avant de vous appeler, mais j'avoue que vous m'intriguez, ce qui est... disons, peu courant. Comme vous souhaitiez me rencontrer, je crois que... je crois bien que je le souhaite aussi.

La lame toujours figée sur son poignet tranché, Frédéric écoutait, déconcerté par ce message. La voix laissa son numéro de téléphone, puis conclut :

— Alors, voilà, n'hésitez pas à m'appeler dès votre retour. Je crois que...

Nouvelle pause, puis :

— Je crois vraiment que nous devrions nous parler.

Déclic. Lavoie avait raccroché. Frédéric fixait l'appareil. Des petits sons secs lui firent baisser les yeux : il s'agissait de son sang qui gouttait sur le plancher.

Il ne croyait pas aux signes, mais cet appel à ce moment si précis... Que faisait-il maintenant ? Il se coupait l'autre poignet pour en finir, tel que prévu ?

Ou il tentait un dernier envol ? Vraiment un dernier ?

Après avoir tout fait pour rencontrer cet homme, ce serait bête de ne pas répondre à son invitation... Et si cette rencontre ne donnait rien (ce qui était fort probable), il n'aurait qu'à revenir dans son salon et à reprendre la lame de rasoir, tout simplement.

Il observa le sang sur le tapis. Non, il utiliserait la corde. La lame, c'était décidément trop salissant.

◆

Maxime désigna les luxueux fauteuils du salon.

— Je vous en prie, assoyez-vous.

Ferland, qui venait d'être introduit par le majordome espagnol, porta son regard un bref moment vers la grande baie vitrée, qui donnait sur les bois autour de la maison. S'il apprécia la vue, il n'en montra rien et alla s'asseoir. Il continuait à fouiller des yeux la pièce richement meublée mais terne, mais pas de cette manière impressionnée qu'affichaient la plupart des visiteurs qui pénétraient dans l'antre du milliardaire pour la première fois. Non, c'était plutôt une sorte d'examen rapide mais minutieux, comme si Ferland cherchait quelque chose, comme si le décor recelait des informations qui lui seraient utiles.

Maxime se tourna vers son majordome et lui dit:

— À propos, Miguel, ces achats que je voulais que tu fasses pour moi… Vas-y donc maintenant avec Luis, il t'attend au pavillon.

Miguel s'inclina et marcha vers le garde-robe.

— Vous n'avez pas beaucoup l'esprit des fêtes, fit le psychologue en pointant du menton l'unique décoration de Noël: une couronne accrochée au mur, au-dessus du miroir.

— La naissance d'un imposteur qui nous a fait de fausses promesses ne me donne pas tellement envie de fêter… Un verre?

— Si vous voulez.

L'animateur se dirigea vers le bar.

— Vous prenez quoi?

— Comme vous.

Tout en préparant les deux gin tonic, Maxime examinait discrètement son visiteur. Même s'il était plutôt bel homme, il ne dégageait rien de particulier, à part une certaine froideur qui s'apparentait plus à de la lassitude. Miguel sortit enfin de la maison et, par la fenêtre, Maxime le vit marcher vers le pavillon. Même s'il avait une confiance absolue en ses deux employés espagnols, il préférait que cette première rencontre avec Ferland ait lieu en privé.

— C'est compliqué d'entrer chez vous, dit enfin Ferland. Cet interphone à votre grille d'entrée, ça fait très sérieux. Votre majordome m'a même demandé si j'avais rendez-vous.

— Si vous saviez le nombre de personnes qui veulent me voir, expliqua Maxime en s'approchant, verres en main. Vous êtes un privilégié, monsieur Ferland.

Commentaire qui laissa le visiteur indifférent. Maxime lui donna un verre. Sans prendre de gorgée, le psychologue le déposa sur la petite table devant lui.

— Vous avez trouvé l'endroit facilement? demanda Maxime en s'assoyant.

Ferland eut un petit sourire, comme s'il disait: *Allons, nous n'allons pas perdre notre temps avec ce genre de lieux communs!* Maxime se sentit ridicule, ce qui ne lui était pas arrivé depuis des lustres. Par contenance, il prit une gorgée de son verre et avisa le bandage autour du poignet droit de Ferland. Ce dernier le remarqua et expliqua:

— C'est récent. Quelques minutes avant votre coup de fil, j'avais entamé mon suicide.

Il avait articulé ces mots d'une voix parfaitement neutre, peut-être un rien ironique mais sans joie. Maxime ne trouva rien à dire, le verre figé à ses lèvres. Le psychologue ajouta:

— En fait, notre rencontre déterminera si, en revenant chez moi, je poursuis ce projet ou non.

Cette fois, malgré son air blasé, une étincelle d'espoir brilla dans son regard.

— Je ne suis pas sûr de vouloir assumer cette responsabilité, fit le milliardaire en déposant son verre. Ce n'est pas un CLSC, ici.

Le visiteur ne répliqua rien.

— Pourquoi vouliez-vous me voir, monsieur Ferland?

— Et vous? rétorqua Ferland. Vous avez vous-même dit que j'étais un privilégié. Alors, pourquoi moi plus qu'un autre?

— Je vous l'ai dit: le rapport de votre entrevue m'a intrigué. Il était différent des autres.

— En quoi?

Maxime prit une autre gorgée, pour se donner le temps de réfléchir. Comment dire à cet homme qu'il avait cru, en lisant le rapport, sentir un… une…

« *Maxime Lavoie, comme moi, a constaté le vide…* »

… une sorte de connexion, de… lien ? Mais ce fut Ferland qui répondit :

— Cette rencontre a lieu parce que tous les deux, nous espérons y trouver quelque chose d'important.

— Ah bon ? Dites-moi donc ce que moi, je pourrais y trouver ?

Ferland plissa les yeux.

— Quelqu'un qui puisse vous comprendre… qui soit apte à apprécier ce que vous êtes en train de faire…

Une brève décharge électrique parcourut Maxime. Qu'est-ce que cela voulait dire, au juste ? Ferland était-il en train de l'adoucir ou de le menacer ? Et pouvait-il avoir *vraiment* compris ?

— Qu'est-ce que je suis en train de faire, selon vous ?

— Je n'ai pas dit que je comprenais, j'ai dit que je suis peut-être apte à comprendre.

— Monsieur Ferland, si vous n'êtes pas plus clair, je vais être obligé de vous demander de partir.

Ferland se gratta l'oreille, comme s'il se demandait comment poursuivre. Il prit enfin une gorgée de son verre, sous l'œil effarouché de Maxime, puis se lança :

— Vous êtes fils unique, vous avez fait des études en littérature et en philosophie, au grand dam de votre père dont les affaires ne vous intéressaient pas. Vous étiez un rêveur et vous aviez un ami qui partageait les mêmes idéaux que vous, Francis Lemieux, mort il y a plus de deux ans. Vous étiez, et êtes toujours, un admirateur de Baudelaire. On ne vous connaît aucune histoire sentimentale sérieuse. Vous avez vécu de manière précaire jusqu'à vingt-huit ans de petits contrats d'enseignement.

Maxime haussa un sourcil. Ferland, qui ne regardait pas Maxime directement, croisa les jambes.

— … puis, à la mort de votre père en 1998, vous devenez président de l'entreprise familiale.

— Exact, approuva Maxime. L'idéalisme, c'est beau quand on est jeune, mais à un moment, il faut manger et vivre.

— Non, vous aviez encore vos illusions. Votre intention était de changer la façon de faire des affaires, vous vouliez que la firme de votre père devienne une entreprise propre et humaine.

— Comment savez-vous tout ça ?

— Ces derniers mois, j'ai fait des recherches sur vous, j'ai lu plusieurs entrevues que vous avez données dans des magazines au cours des sept dernières années. Quand vous étiez PDG, par exemple, vous ne cachiez pas votre intention de changer la philosophie de Lavoie inc.

— Tout de même, vous avez mené une enquête… disons… exhaustive.

Ferland camouflait mal sa fierté, ce qui lui donnait un air curieusement gamin.

— Oui, les enquêtes, ça me fascine.

Il reprit aussitôt son air réservé.

— Plus les années passaient, moins vous donniez d'entrevues, et lorsque vous en accordiez, elles étaient de moins en moins optimistes, de plus en plus formelles et conventionnelles. Comme si vous réalisiez votre incapacité à changer les choses. Votre départ de l'entreprise, après six ans, aurait pu laisser présager que vous vouliez faire quelque chose de plus engagé socialement, de plus humanitaire, à l'image de vos rêves de jeunesse… Mais non. À la surprise générale, vous créez une émission qui fait fi de la dignité humaine et de l'intelligence des participants. Une émission au potentiel intéressant, mais qui s'avère finalement insignifiante.

— Vous vouliez me rencontrer pour m'insulter ? rétorqua Maxime, qui n'arrivait pas à prendre vraiment une voix courroucée.

— Non. Je constate juste que le Maxime Lavoie d'aujourd'hui n'a plus rien à voir avec le jeune Maxime Lavoie… ni avec celui qui est devenu PDG d'une grande entreprise.

Il prit son verre et l'examina avec prudence, comme s'il était conscient qu'il allait loin et risquait de se faire expédier dehors à tout moment. Tout de même, il poursuivit :

— Dans *Vivre au Max*, vous mésestimez vos concurrents. Votre personnage est trop gros, trop exagéré. Et dans certains sourires, vous vous trahissez.

La déception envahit tout à coup Maxime, au point que toute tension en lui se relâcha.

— Vous croyez que vous êtes le premier à ébaucher cette théorie ? Plusieurs journalistes ont déjà écrit que je jouais un rôle, qu'au fond je riais de mes concurrents, comme le font d'ailleurs bien des animateurs d'émissions.

Il se levait tout en parlant, comme pour abréger cet entretien futile.

— Sauf que l'argumentation de ces journalistes repose sur l'idée que vous n'êtes intéressé que par l'argent et la gloire, rétorqua Ferland. Je crois qu'ils ont tort. D'ailleurs, vous dites vous-même perdre beaucoup d'argent avec cette émission.

Debout, Maxime tergiversait. Devait-il l'écouter encore un peu ? Plus rapidement, comme conscient de sa situation précaire, le psychologue expliqua :

— Si vous aviez toujours été un ambitieux, un assoiffé d'argent, un carriériste sans scrupule, oui, j'y croirais. Mais jusqu'à vingt-huit ans, et même durant vos premières années chez Lavoie inc., vous étiez le contraire de ce type. Et on ne change pas aussi profondément. Vous pouvez, à force de désillusions, devenir cynique, oui, mais un homme intègre et instruit, qui a longtemps été un humaniste et qui a voulu changer le monde ne peut pas, comme ça, devenir aussi bête, aussi artificiel, aussi insignifiant. Par contre, il peut…

Il chercha ses mots un moment, puis formula autrement :

— Quand on a cru en une personne pendant longtemps, quand on y a cru avec fureur, on peut, si cette personne ne change pas et nous déçoit trop, la haïr avec tout autant d'énergie.

Il leva enfin les yeux vers son hôte. Maxime ne bougeait plus. Il avait complètement oublié que, vingt secondes plus tôt, il avait l'intention de donner congé à ce quinquagénaire banal.

— Votre mépris des gens n'est pas la conséquence de votre soif d'argent et de pouvoir, ajouta Ferland. Il est votre motivation. Votre raison d'agir. J'oserais même dire votre…

Il se mordilla les lèvres.

— … votre solution.

Silence. Maxime avait beau être debout devant son visiteur, il avait tout de même l'impression que Ferland le surplombait.

— Un autre verre ? demanda enfin le milliardaire.

Ferland ne répondit rien. Maxime réalisa que le verre du psychologue était à peine entamé et, après avoir attrapé le sien, il se dirigea vers le bar. Il se prépara un autre gin tonic, ignorant ses mains tremblantes. Maintenant, il n'y avait plus de doute : il avait *vraiment* bien fait de rencontrer cet homme. L'espoir revint, mais aussi la peur, encore plus grande.

— Pourquoi vous vous êtes autant intéressé à moi ?

Ferland prit une gorgée de son verre avant de répondre.

— J'ai vu votre discours, à la télé, lorsque votre concurrent est mort. Vous parliez de votre mission, qui était de réaliser les rêves des gens. Cela m'a intrigué parce que… vous touchiez une fibre très personnelle.

En revenant vers les fauteuils, verre en main, Maxime redoubla d'attention.

— Quand j'ai écouté vos émissions, j'ai été secoué. Dans l'insignifiance des rêves de vos concurrents, j'ai reconnu la propre insignifiance de mes objectifs. Aviez-vous donc compris quelque chose que, moi, je n'avais pas encore saisi ?

Maxime s'installa dans son fauteuil en déposant son verre sur la table et croisa les jambes. Il réfléchissait à toute vitesse, se demandant comment poursuivre cet entretien sans trop se dévoiler… du moins pas tout de suite, pas avant de comprendre la véritable raison de cette rencontre.

— Qu'entendez-vous par votre fibre personnelle, vos objectifs insignifiants ?

Ferland eut un sourire désabusé.

— Je vous ai dit, tout à l'heure, que cette rencontre a lieu parce que nous espérons y trouver chacun quelque chose d'important.

Tout à coup, la peur qui rongeait sournoisement Maxime depuis tout à l'heure explosa dans son sternum. D'un bond, il fut sur le psychologue et le fouilla sans ménagement, à la recherche d'un micro ou d'un magnétophone miniature. D'abord ahuri, Ferland sursauta avec tant de force que son pied droit percuta brutalement la table, faisant ainsi choir son verre de gin tonic sur le tapis, mais il finit par ricaner, sincèrement amusé.

— Si vous pensez que je suis ici pour vous faire chanter, vous faites vraiment fausse route !

À moitié rassuré, Maxime se rassit en le jaugeant d'un regard tout de même soupçonneux. Avec sérieux, Ferland ajouta :

— Dites-moi si j'ai vu juste jusqu'à maintenant.

— Dites-moi avant ce que vous êtes venu faire ici !

La peur, maintenant, prenait presque toute la place. Lui qui pourtant avait espéré rencontrer quelqu'un qui le comprît, voilà que la lucidité de Ferland le terrorisait. Il songea à Luis. Peut-être devrait-il lui demander un petit service lorsqu'il reviendrait… Peut-être, oui…

Quelqu'un entra dans le salon : c'était Gabriel. Ferland l'observa discrètement. Maxime lui lança :

— Gabriel, laisse-nous, s'il te plaît.

Depuis qu'il s'occupait du jeune adolescent, c'était la seconde fois qu'il lui demandait de partir. Maxime s'en voulut sur le coup, faillit rectifier le tir, mais se retint. Il ne voulait rien cacher à son protégé, mais cette conversation était si déroutante qu'il devait la vivre seul. Gabriel parut surpris, du moins un peu, mais il sortit lentement. Ferland voulut alors prendre une gorgée de son verre, réalisa qu'il était renversé puis se lança :

— Je vous ai dit que si vous ne m'aviez pas appelé, je serais mort en ce moment. Voyez-vous, je suis très, très désillusionné. Au point que j'ai décidé d'arrêter de voler… et de me laisser tomber.

Maxime haussa les sourcils, saisissant mal le sens de ces derniers mots. Ferland leva des yeux tout à coup allumés :

— Puis je vous ai vu. Vous qui, j'en suis sûr, êtes aussi un grand désillusionné. Mais vous, vous avez trouvé une solution. Une solution qui manipule et se joue de la futile quête de sens des pauvres gens. Votre condescendance pour les individus, votre émission médiocre, tout cela a nécessairement un but, alors que moi, je n'en ai plus. Je veux savoir quel est ce but, *votre* but. Lorsque je le saurai, je déciderai si la mort est encore la seule issue.

Les deux hommes se mesurèrent du regard un moment.

— Et qu'est-ce qui vous fait croire que moi, j'ai besoin de partager ce supposé but avec quelqu'un ? demanda l'animateur.

— Le fait que vous ayez organisé cette rencontre.

La peur de Maxime s'envola d'un coup. Il savait maintenant que cet homme ne serait pas son ennemi, peu importe comment se terminerait cet entretien. Pour être l'ennemi de quelqu'un, il faut se battre. Et Ferland n'avait plus l'énergie pour cela. Ni le désir. En fait, il n'avait plus envie de rien. Sauf, peut-être, de trouver une solution plus intéressante que celle qu'il avait envisagée… ou un moyen plus stimulant pour exécuter sa grande sortie.

Maxime sentait une soudaine fièvre bouillir en lui. Ferland avait perdu la foi, c'était clair… et, par conséquent, cet homme *pouvait* le comprendre. Il en était sûr. Le milliardaire prit alors sa décision. Il proposa avec austérité :

— Je vous invite à une série de séances que je vais animer, après les fêtes. Des séances particulières qui, je crois, fourniront le début de la réponse que vous cherchez.

Ferland pencha la tête sur le côté, défiant.

— Vous allez devoir m'en dire plus que ça.

— Vous allez devoir patienter.

Ferland ne trouva rien à répliquer. L'animateur ajouta :

— Et si vous ne pouvez patienter d'ici là, eh bien, suicidez-vous, je n'y peux rien.

Il avait délibérément pris un ton indifférent, par provocation. Mais, au fond de lui, il espérait que Ferland accepte l'invitation.

Le psychologue réfléchissait.

— Vous ne me faites pas marcher, n'est-ce pas ? Si vous voulez juste vous débarrasser de moi, dites-le tout de suite.

— Si je voulais me débarrasser de vous, vous n'auriez même pas besoin de vous suicider.

Qu'est-ce qui lui prenait d'être si transparent ? Mais depuis qu'il avait pris sa décision, il se sentait très sûr de lui. De toute façon, la menace ne sembla pas troubler Ferland, qui se borna à demander :

— C'est quand, ces... séances ?

— Elles débutent en février. La date précise n'est pas encore arrêtée, mais je vous tiendrai au courant.

Ferland cogita encore un bref moment et se leva avec un petit soupir :

— J'imagine que je peux attendre deux mois.

— Parfait. Et rassurez-vous : rien dans ces réunions n'ira à l'encontre de ce que vous êtes. Au contraire.

Ferland parut perplexe, ce qui plut à Maxime, satisfait d'avoir repris les rênes. Il raccompagna son visiteur à l'entrée et le regarda enfiler son manteau. Le psychologue ouvrit la porte et, avec un sourire discret mais satisfait, salua :

— J'attends de vos nouvelles, monsieur Lavoie.

Il ne lui tendit pas la main, comme s'il avait compris que l'animateur éprouvait de la répugnance quant à cette pratique. Maxime chercha quelque chose à dire : une discussion aussi particulière ne pouvait se terminer par un simple au revoir. Pourtant, il se borna à hocher la tête. Il observa le psychologue monter dans sa voiture, rouler vers la grille, disparaître sur la route bordée d'arbres. Il referma lentement la porte.

Les séances, oui... C'est là qu'il se ferait vraiment une opinion sur Ferland.

Il alla dans la chambre de Gabriel. La petite télévision était ouverte et une animatrice annonçait d'un air dramatique que, dans quelques minutes, toute la lumière serait faite sur la discorde entre les deux *morning-men* de CKOI-FM, Normand Brathwaite et Jean-René Dufort. Sur le lit, l'enfant, qui lisait des BD, leva la tête et Maxime eut un sourire repentant.

— Désolé, Gabriel. Mais c'était vraiment… vraiment particulier.

Le garçon ne semblait pas lui en vouloir le moins du monde. Maxime éteignit le téléviseur et s'assit sur le lit, tandis que Gabriel replongeait dans ses illustrés.

— Je sais que tu es d'accord avec ce que je fais. Jamais je ne t'ai obligé à rester avec moi. Si tu restes, c'est parce que tu m'approuves, je le sais.

Il soupira.

— Mais j'ai tellement besoin d'en parler, d'en parler pour de vrai ! La mort de Francis a créé un trou terrible ! Un trou qu'il serait si réconfortant de remplir, ne serait-ce que partiellement. Et ce Ferland semble tellement me ressembler…

Il joua dans les cheveux de Gabriel, qui se laissait faire en lisant.

— Si je pouvais communiquer avec toi… Si tu acceptais de parler, même un tout petit peu…

Il tourna tendrement la tête de l'adolescent vers lui, en lui tenant le menton.

— Un mot, Gabriel… Un seul…

Le garçon serra les lèvres et une désespérance floue, teintée de colère, passa dans ses yeux. Maxime lâcha le menton.

— Excuse-moi. Je ne sais pas ce qui m'a pris… Je sais que tu ne veux plus communiquer avec qui que ce soit. Comment t'en vouloir ? Communiquer, c'est donner quelque chose aux autres…

Son ton devint haineux, une haine dirigée vers l'invisible, vers le passé.

— Et toi, l'enfer t'a tout pris.

Gabriel, le regard soudain plus crépusculaire, tourna une page de son album.

31

— Alors ?

Tout en tournant dans une petite rue, Pierre secoue la tête.

— Je sais pas… Je le trouve bizarre.

— Tu trouves tous les psys bizarres !

— C'est pas ça que je veux dire. C'est juste qu'il avait des drôles de réactions. Il avait quasiment l'air plus intéressé par la fusillade que par mes problèmes. (Courte pause.) À la fin, pourtant, il m'a dit qu'il m'aiderait et il avait l'air très sérieux, très convaincu. Je sais pas trop quoi penser.

— Tu te fais sûrement des idées parce que tu es sur la défensive. Vas-tu revenir le voir ?

— Je me le demande…

Chloé le fustige sans gêne : il ne va pas *flusher* tous les psychologues du Québec après seulement une consultation ! Il peut donner une seconde chance à ce Ferland, non ? Du bout des lèvres, Pierre reconnaît qu'elle a raison. La policière a tout à coup un sourire entendu.

— Tu trouves ça dur, hein ?

— Quoi, ça ?

— Voir un psy, te confier, tout ce processus…

Pierre ne dit rien. Dans la voiture, on n'entend plus que l'animateur de CKMF qui, surexcité, présente le palmarès des hits de la semaine tout en racontant les derniers potins sur les chanteurs de l'heure. Chloé demande si on peut changer de poste.

— Tu préfères CKOI ?

En voyant l'expression de sa collègue, il opte finalement pour l'arrêt pur et simple de la radio. La voiture passe devant un panneau qui annonce un accès à l'autoroute 20 tout près.

— Et si on allait à Montréal? propose Chloé. C'est pas loin, on pourrait en profiter!

— Pour quoi faire?

— Je sais pas, se promener un peu... On pourrait manger là-bas, y a des bons restos.

En sentant son collègue sur le qui-vive, elle cherche rapidement une motivation moins compromettante pour lui et lâche tout à coup:

— On pourrait aller voir ta fille!

Emballée par sa propre idée, elle tente de convaincre son collègue. Comme il ne voit pas Karine souvent, pourquoi ne pas saisir cette occasion en or? Et Chloé, qui ne l'a vue qu'une fois au Charlemagne, à Noël passé, pourrait la connaître un peu plus. Pierre n'est pas sûr de trouver l'idée bonne. Il a tout de même vu sa fille deux fois au cours du dernier mois, ce qui est vraiment exceptionnel. De plus, en voyant son père avec Chloé, Karine se fera des idées et il devra la rappeler pour remettre les pendules à l'heure. Bref, tout cela s'annonce compliqué. D'ailleurs, elle doit travailler à sa boutique en ce moment. Mais il se souvient que Karine lui a déjà dit qu'elle ne travaillait jamais les jeudis et vendredis soirs.

— Elle doit donc finir à six heures, maximum, et il est cinq heures et quart! insiste Chloé qui refuse de lâcher prise. On l'attend dans la voiture, en face de son appartement, et quand elle arrive: surprise! (Elle crie ce dernier mot littéralement en levant ses bras qui percutent le plafond de la voiture.) Combien de fois es-tu allé la voir, *toi,* à Montréal?

— Une fois, ronchonne Pierre, piteux.

— En trois ans? Franchement! Et là, tu es juste à côté et tu n'en profiterais pas? Tu imagines sa joie si tu apparaissais chez elle à l'improviste?

Que répliquer à ça? C'est vrai que Karine ne pourrait plus lui dire qu'il ne fait jamais d'effort pour lui rendre visite. Juste pour ça, ça vaudrait la peine. Comme si elle savait ce qu'il redoutait, la détective ajoute sur un ton entendu:

— Fais-toi-z-en pas: on expliquera ma présence par le fait qu'on devait aller interroger un témoin, toi et moi, à Saint-Bruno.

Pierre proteste, pour la forme, mais cette idée le rassure.

— OK, pourquoi pas...

Chloé pousse un « Yoouhou! » enfantin tandis que Pierre s'engage sur la 20. Malgré lui, il se sent gonflé de fierté à l'idée de faire plaisir à sa fille. Il pianote sur son volant, puis lance enfin :

— Je voudrais te… te remercier.

— De quoi ?

— Ben, depuis le… la fusillade, t'as pris soin de moi… tu m'accompagnes à Saint-Bruno… Pis là, tu me donnes même des conseils parentaux…

Il hausse une épaule, gauche.

— Ben c'est ça… Merci, t'es… T'es ben fine.

Il pianote à nouveau sur son volant. Chloé, souriante, marmonne :

— Pas de problème.

◆

Il retrouve la rue Drolet facilement et stationne sa Suzuki tout près de l'immeuble à logements. Ils regardent l'heure sur le tableau de bord : dix-sept heures quarante.

— Peut-être que c'est sa journée de congé et qu'elle est chez elle, fait Chloé en sortant de la voiture.

Pierre l'imite et, tandis qu'ils traversent la rue, il rétorque :

— Si c'est sa journée de congé, peut-être qu'elle est sortie avec des amies et qu'elle va rentrer juste à minuit, et on aura fait tout ça pour rien.

— Bravo pour l'optimisme !

Dans le hall d'entrée, il hésite une seconde devant les huit sonnettes, puis se rappelle : numéro 4, au premier. Il sonne. À son étonnement, le timbre annonçant qu'on déverrouille la porte du hall retentit presque aussitôt. Chloé va l'ouvrir, toute réjouie de leur chance.

À l'étage, tandis qu'ils avancent dans le petit couloir, Pierre s'attend à voir la porte numéro 4 s'ouvrir, Karine passer la tête et écarquiller les yeux de surprise. Mais non, la porte ne bronche pas. Peut-être est-ce Marie-Claude, sa coloc, qui a répondu. Si c'est le cas, ils attendront Karine en buvant un café, ce sera plus agréable que dans la voiture. Ils s'arrêtent devant la porte, qui ne s'ouvre toujours pas. Aucun œil magique, aucun son de l'autre côté. Pierre frappe trois petits coups. Il perçoit enfin des pas et Chloé lui jette un sourire ravi. La porte s'ouvre et c'est bel et bien Karine qui répond. Et, comme prévu, elle écarquille les yeux.

— P'pa ! souffle-t-elle, pétrifiée.

— Hé ! Salut !

Que fait-elle en robe de chambre à pareille heure ? En fait, ça tient plus du déshabillé que de la robe de chambre. Dormait-elle ? Non, elle est trop maquillée pour cela. Très maquillée, même. En plus, elle porte des talons hauts.

— Mais… mais que c'est que tu fais ici ?

Pierre croit percevoir de l'effroi dans cette voix.

— Ben, je… je passais dans le coin, je voulais te faire une surprise…

Il se demande pendant une seconde s'il a eu une bonne idée, mais Karine sourit enfin.

— Ah, ben, c'est super ! Crime, j'en reviens pas ! Attends une minute !

Elle disparaît à peine deux secondes et revient avec une vraie robe de chambre qu'elle referme sur elle. Elle rit en embrassant son père avec raideur.

— Tu te souviens de Chloé ? présente Pierre.

Les deux femmes se donnent la main, Karine avec un peu trop de vigueur, Chloé avec un sourire incertain. Puis, il y a un flottement, durant lequel une musique en sourdine parvient de l'intérieur, et Pierre demande :

— Heu… On entre ?

— Ah ! Ben oui, voyons, entrez !

On se retrouve dans un petit vestibule et Chloé referme la porte derrière elle. Tout en se frottant les mains, Karine propose d'une voix très rapide :

— Écoutez, je vais m'habiller et on va aller prendre un café sur Saint-Denis, OK ? Parce qu'ici, c'est vraiment en désordre pis…

— Voyons, c'est pas grave, ça ! assure son père en se mettant en marche vers la cuisine.

Et tandis que, derrière lui, Karine rétorque qu'elle préférerait *vraiment* sortir, Pierre jette un coup d'œil par une porte ouverte, qui se trouve être la chambre de sa fille. C'est l'odeur, tout d'abord, qui le fait s'arrêter. Une odeur de haschisch, sans l'ombre d'un doute. Karine prend donc encore de cette cochonnerie, se dit-il en examinant rapidement la chambre. Il remarque que les rideaux sont fermés et que l'éclairage provient d'une ampoule rouge plongeant la pièce dans une ambiance plutôt troublante. D'un lecteur CD s'écoule une musique sensuelle et le détective aperçoit une série de perruques hétéroclites accrochées au mur. Et là, sur la table de chevet, ce bibelot cylindrique, en forme de phallus… Serait-ce un… ?

La porte se ferme brusquement, poussée par une Karine qui ricane avec malaise.

— Ah là là ! Les pères devraient pas avoir le droit de regarder dans la chambre de leur fille de vingt ans !

Pierre la dévisage, démonté. Son maquillage, sa robe de chambre, ses talons hauts…

— On devrait peut-être s'en aller, Pierre.

C'est Chloé qui, à l'écart, prononce ces mots avec un trouble évident, comme si tout à coup elle regrettait d'être venue. Pierre ne comprend pas. Mais il voit le regard que lance Karine à la policière, un regard reconnaissant.

Mais qu'est-ce qui se passe, ici ?

La sonnette de la porte retentit. La jeune fille regarde partout autour d'elle, toujours avec ce masque d'effroi. Non, ce n'est plus de l'effroi, maintenant, c'est de la panique.

La sonnette, à nouveau.

— Tu réponds pas ?

— À cette heure-là, c'est toujours des vendeurs de porte à porte ! Il va se tanner !

Pierre ne sait que rétorquer à ce raisonnement absurde. Tandis que la sonnette se fait entendre encore trois fois, il croit enfin deviner. Ces jeunes ! Ils sont si romantiques, avec leurs mises en scène ! Mais le vibrateur, franchement, c'est un peu trop… Enfin, il aurait préféré ne pas voir ce genre de détails.

Quand la sonnette s'arrête enfin, Karine semble aussi soulagée que si on venait de lui annoncer qu'elle n'avait finalement aucune tumeur. Pierre veut lui dire de se calmer, qu'il comprend très bien ce qui se passe, mais elle ouvre la porte de sa chambre en clamant :

— Bon, alors je m'habille et on sort, d'accord ?

Elle disparaît en refermant rapidement derrière elle. Goguenard, Pierre se tourne vers Chloé, sur le point de lui dire : « Tu vois ? Je suis pas si rigide puisque ça me choque pas ! » Mais la policière a un visage si accablé que cela le désarçonne un moment.

Tout à coup, on frappe à la porte, en même temps qu'une voix appelle :

— Laura ? Tu es là ? Ça fait dix minutes que je sonne en bas ! Laura ?

Laura ? Le type s'est trompé d'appartement. À moins que Karine ait une nouvelle colocataire. Pierre marche vers la porte dans l'intention de l'ouvrir. Chloé veut l'en empêcher, de même que Karine qui a surgi de sa chambre tel un boulet de canon, mais le policier a déjà tourné la poignée. L'homme devant lui est dans la cinquantaine, habillé d'un complet-cravate, et semble complètement désarçonné de tomber sur Pierre.

— Oh, je... Peut-être que je suis trop tôt ?

Regardant derrière Pierre, il ajoute :

— Excuse-moi, Laura. Je sais qu'y est pas tout à fait six heures, mais...

Pierre se retourne et voit que l'homme parle manifestement à sa fille. Mais pourquoi l'appelle-t-il Laura ?

Alors, tout se fige. Karine, pétrifiée, qui lance des regards suppliants vers l'inconnu ; Chloé, qui voudrait être cachée sous terre ; le nouvel arrivant qui, en voyant tout ce beau monde, est à son tour embrouillé...

... et Pierre, qui enfin comprend.

Un trou noir s'ouvre dans son ventre, un abîme sans fond qui aspire tout : ses organes, son cœur, son âme. Il dévisage sa fille sans un mot, le visage pétrifié par l'incrédulité. L'inconnu, juste avant de s'éclipser, marmonne bêtement une excuse que Pierre n'entend pas. Chloé regarde le plancher, la main sur le front. Mais le moment le plus pénible est lorsque Karine tente une ultime défense :

— Écoute, c'est pas ce que tu penses...

Mais, aussitôt, elle se fâche et se met à crier à toute vitesse :

— C't'idée, aussi, d'arriver chez le monde sans prévenir ! *Fuck!* Toi qui viens jamais, il a fallu que tu débarques aujourd'hui ! T'aurais pas pu appeler ?

Tout en parlant, elle a avancé vers son père sans s'en rendre compte, dépassant Chloé qui fixe toujours le sol. Pierre ne réagit pas, tandis que Karine poursuit sur sa lancée :

— J'ai une vie privée, tu sauras ! C'est pas parce que je suis ta fille que tu peux venir fourrer ton nez dans mes affaires ! Si tu m'avais prévenue, je me serais arrangée, t'aurais rien vu pis en ce moment, on prendrait une bonne bière pis ce serait cool ! Mais là, par ta faute, on va...

Seul le bras de Pierre bouge, comme s'il était indépendant du reste du corps ; la main atteint bruyamment la joue de Karine qui, si ce n'eût été du mur du couloir, aurait perdu l'équilibre et serait tombée au sol. Chloé bondit vers Pierre et lui retient le bras, tandis que la jeune fille se redresse en massant sa joue endolorie. Pierre, d'un mouvement sec, se dégage de Chloé, lève un doigt vers Karine, les lèvres serrées, et éructe d'une voix rauque :

— Parle-moi pas.

Le trou noir dans son ventre est monté jusque dans son regard. Karine est si impressionnée par son expression qu'elle ne dit rien, tétanisée, la main collée à sa joue.

— Parle-moi pas, répète Pierre.

Il tourne les talons et marche vers la porte, toujours ouverte. Chloé veut dire quelque chose à la jeune femme, ne trouve rien et, désolée, se lance sur les talons de son collègue.

Pierre est dans l'escalier quand la policière le rattrape. Le corps raide, il regarde droit devant lui, le visage fermé. Chloé fait plusieurs fois le geste de lui toucher l'épaule ou le bras, mais n'ose pas. Elle le suit donc en silence jusqu'à la voiture, dans laquelle il monte en claquant la portière. Chloé s'installe à ses côtés, osant à peine le regarder. Le véhicule démarre. Après une cinquantaine de mètres, Pierre regarde dans le rétroviseur : il voit, devant l'immeuble où habite Karine, un homme sortir d'une voiture. C'est le quinquagénaire de tout à l'heure qui retourne chez sa fille ! Pierre applique les freins brusquement, faisant pousser un petit cri à Chloé. Laissant sa voiture en plein milieu de la rue heureusement déserte, il sort et court jusqu'à l'homme, qu'il saisit par les épaules. Avant que le type puisse rouspéter, Pierre lui assène trois directs en ligne. L'homme tombe sur le sol et reçoit au ventre deux coups de pied qu'il ne voit même pas venir.

— Si tu touches une autre fois à ma fille, vieux câlice, j'te tue ! T'entends-tu ?

Et il lui donne un autre coup de pied.

— J'te tue !

Le pauvre n'a plus la force de répondre. Pierre tourne les talons au moment où Chloé arrive. Sans un regard pour elle, il retourne à la voiture. La détective se penche vers l'homme, lui demande si ça va. Le quinquagénaire, maintenant à quatre pattes, crache un jet de sang et marmonne douloureusement :

— Ça… ça se passera pas comme ça… Je vais por… porter plainte !

Chloé sort son insigne de police et le met sous le nez de l'homme.

— Allez-y, dit-elle sans agressivité. Portez plainte. Et expliquez-moi par la même occasion ce que vous alliez faire dans cet appartement.

L'homme détourne les yeux, penaud, crache encore un peu de salive rougie. Chloé lui met une main sur l'épaule et propose :

— Rentrez chez vous et oubliez tout ça…

Elle repart au trot vers la voiture… qui, tout à coup, démarre sans elle !

— Pierre ! crie-t-elle en redoublant de vitesse.

La Suzuki s'arrête. Chloé la rejoint et, à bout de souffle, monte à l'intérieur où elle dévisage son collègue. Mais ce dernier l'ignore complètement et repart aussitôt.

Soixante-dix minutes sans qu'un seul mot ne soit échangé, durant lesquelles, plus d'une fois, Chloé songe à tenter une approche, mais renonce chaque fois devant l'air implacable de Pierre qui ne quitte jamais la route des yeux. Soixante-dix atroces minutes de silence.

La voiture s'arrête enfin devant l'appartement de Chloé. Les deux mains sur le volant, Pierre regarde toujours devant lui, le visage blanc, la bouche réduite à une mince ligne sèche.

— Pierre, je suis…

— C'est de ta faute, marmonne-t-il toujours en regardant devant lui. C'était ton idée d'aller la voir.

— Je sais. Si j'avais su… Je voulais juste… Je voulais juste que…

— Je le sais, ce que tu veux ! explose-t-il soudain en tournant un visage furieux vers elle. Mais j'ai rien demandé, moi ! Rien ! Tu vois ce que ça donne ? Juste du trouble ! Fait que laisse faire, OK ? Laisse-moi tranquille ! C'est pas compliqué, ça ! Laissez-moi donc tranquille, tout le monde !

Il détourne la tête et se tait, les lèvres tremblantes. Chloé ne semble même pas offusquée, juste triste. Sans un mot, elle sort. Elle a à peine lâché la poignée que la voiture démarre.

14

— Ouais, vous avez ben arrangé ça !

Il dit cela pour faire plaisir à sa fille. Parce que lui, bien sûr, trouvait cette décoration trop criarde à son goût, mais bon, c'était la jeunesse. Si Marie-Claude le remercia, Karine esquissa un petit sourire qui démontrait qu'elle n'était pas dupe.

— C'est sûr qu'en deux ans on a eu le temps de s'installer, dit-elle avec un regard entendu.

Pierre eut un rictus contraint. Depuis qu'il avait aidé sa fille à déménager en 2003, donc deux ans plus tôt, c'était la première fois qu'il venait lui rendre visite. Mais il était si occupé au boulot… En fait, la raison de sa présence ce jour-là était un antique coffre à bijoux que la grand-mère maternelle de Karine lui léguait. Comme Pierre devait aller à Bordeaux pour signer des papiers de transfert, il s'était dit qu'il en profiterait pour donner le coffre à sa fille et lui faire une petite visite. Ils étaient tous les trois plantés au milieu du salon lorsque Marie-Claude proposa de prendre un café dans la cuisine, invitation qu'accepta Pierre.

Ils parlèrent durant une demi-heure. Marie-Claude, surtout. De ses études d'histoire, de la vie à Montréal… Elle posa aussi quelques questions à Pierre sur son travail de policier. Le détective répondit aux questions avec plaisir, malgré l'air vaguement ennuyé de Karine. À un moment, le père demanda à sa fille comment avançaient ses auditions en théâtre.

— Les prochaines sont dans deux mois. Mais je me fais plus d'accroires : chaque fois que j'auditionne quelque part, ça marche pas.

Pierre tenta de l'encourager, mais elle fit un geste résigné.

— C'est pas grave. J'ai une bonne job dans une boutique et ça m'étonnerait pas que je sois gérante bientôt.

Pierre aurait dû remarquer l'air emprunté de Marie-Claude. Mais il ne vit rien. Ou décida de ne rien voir. La nuance est si mince.

Le cellulaire de Marie-Claude sonna et elle changea de pièce pour répondre. Pierre annonça qu'il devait partir.

— Reste donc à souper, proposa Karine.

Elle était sincère, mais n'insistait pas trop. Comme si elle savait que cela serait inutile. Et effectivement, son père répondit qu'il avait du travail, qu'il devait être à Drummondville ce soir-là. Ce qui était vrai. Bon, ce n'était pas obligatoire, mais il avait hâte de replonger dans ce dossier, une histoire de viol vraiment complexe.

Malgré le froid de l'automne, Karine l'accompagna jusque dehors. Alors que Pierre s'apprêtait à monter dans sa voiture, elle lui dit, les bras croisés pour se protéger du froid :

— C'est de valeur que tu restes pas pour souper… Je t'aurais fait un spaghat avec ma sauce que t'aimes tant…

— Désolé, ma belle. On s'est quand même vus pour ta fête cet été.

— Je sais… Mais c'est la première fois que *toi*, tu viens dans mon univers…

Il aurait dû être frappé par cet étrange choix lexical : son « univers ». Mais, encore une fois, il ne releva pas. De toute façon, tenait-il tant à découvrir son univers ? Mieux connaître Karine aurait peut-être impliqué des choses trop complexes, aurait peut-être aussi obligé Pierre à faire face. À quoi ? Il ne savait pas trop au juste. Du moins, il préférait ne pas y penser.

— T'aurais pu en profiter pour… pour voir une autre facette de moi, ajouta-t-elle.

— T'as l'air de bien t'en sortir, en tout cas.

Elle sourit, mais d'un sourire amer et, cette fois, il remarqua : l'ombre qui entourait continuellement sa fille devint si opaque que Karine parut se fondre en elle-même durant quelques secondes. Elle prit même son ton ironique qu'il détestait tant, qu'elle finissait *immanquablement* par adopter :

— *Wow !* T'as tout vu ça en une demi-heure, toi !

— Karine, je suis venu te voir, non ? T'es pas contente ?

Elle approuva de la tête, et il voulut bien y croire.

— Ben oui… C’était une belle surprise.

Quand il démarra, il ne regarda pas dans son rétroviseur. S’il l’avait fait, il aurait vu une jeune adulte qui, seule ainsi sur le trottoir, ressemblait tout à coup à une enfant, et qui se protégeait du froid de ses bras croisés.

20

Frédéric regardait, par la fenêtre de sa maison, les arbres couverts d'une neige qui refusait de fondre. C'était un début d'avril froid, même si les derniers jours de mars avaient laissé présager le contraire. Un piéton passa rapidement, affichant un air morose devant cette soirée glaciale. Le psychologue songeait aux quatre derniers mois qu'il venait de vivre. En décembre, alors qu'il était sur le point de se suicider, il était bien convaincu qu'il ne verrait jamais 2006… mais il avait rencontré Lavoie. Et ce dernier l'avait invité à assister à ses « séances ». La première avait eu lieu en février, la dernière deux semaines auparavant. Frédéric en était encore sous le choc.

Derrière lui, la télé était ouverte et diffusait une émission où des gens venaient régler leurs comptes devant les caméras. L'assistance en studio devait voter pour la personne la plus convaincante. En ce moment, un homme et une femme, manifestement voisins dans la vie, s'engueulaient avec tant de passion qu'ils s'étaient levés de leurs sièges.

— Ta criss de clôture, elle dépasse d'un pied sur mon terrain pis tu le sais ! criait la femme. T'as fait exprès pour l'installer de même, juste pour m'écœurer !

— Pis toi, rétorqua l'homme, tu fais pas exprès, peut-être, pour envoyer ta pelouse dans ma cour quand tu passes la tondeuse ?

— Ça dérange qui ? Ta femme qui passe ses journées à se faire griller en bikini ?

Dans la salle, des « houuuuu » réjouis fusèrent.

— T'es jalouse ! contre-attaqua l'homme. Parce que toi, tu peux pus te permettre de te mettre en bikini !

Rires et applaudissements dans la salle.

Frédéric avait allumé la télévision pour tromper son attente, mais n'y accordait finalement aucune attention. Il repensait aux séances de Lavoie. Après la dernière, le milliardaire et lui avaient peu discuté. Lavoie avait donné deux semaines de réflexion au psychologue. Le délai était maintenant passé et le rendez-vous avait lieu ce soir-là. Lavoie lui avait suggéré de venir chez lui, mais le psychologue avait insisté pour que cela se passe à Saint-Bruno.

Deux semaines durant lesquelles Frédéric avait pensé à cette dernière séance sans arrêt. En tout cas, une chose était sûre : se suicider était pour le moment hors de question.

Pour le moment.

— OK, OK, un dernier mot chacun avant que le monde vote ? proposa l'animateur à la télé, égayé par le comportement de ses invités.

— J'en peux plus, moi ! se lamenta la femme en se laissant retomber dans le fauteuil. J'ai pogné le pire voisin au monde, pourquoi moi ? Maudit que je suis pas chanceuse ! Pensez-vous que c'est une vie, ça ?

Une autre femme dans la salle se leva soudain et cria, en colère :

— Moi, je vis dans un trois et demi avec trois enfants, pas de *chum* pis un salaire de *waitress* ! J'suis prête à changer ma vie contre la tienne n'importe quand !

Face à la fenêtre, Ferland se demanda pour la millième fois si Maxime Lavoie était fou. Et, comme chaque fois, il se répondit que cette question était, au fond, sans importance. Ce qui était fou, c'était que lui veuille le suivre. Et cette constatation lui procurait une singulière stimulation.

Il vit une Audi grise s'arrêter devant sa maison. Le psychologue hocha la tête : le milliardaire avait choisi une voiture discrète, histoire de ne pas être remarqué par les voisins. La portière du côté passager s'ouvrit et Lavoie en sortit.

Moins de cinq minutes plus tard, ils étaient assis l'un en face de l'autre, dans le salon surchargé de Frédéric. Maxime avait son gin tonic en main, le psychologue n'avait rien pris.

— Alors ? fit le milliardaire.

Frédéric regarda ses mains entre ses genoux, puis répondit enfin :

— Vous vous attendez à ce que j'accepte, n'est-ce pas ? que j'aille au bout de cette folie avec vous ?

— Bien sûr. Sinon, entre la dernière séance et aujourd'hui, vous vous seriez déjà tué.

Ferland ne put rien répliquer à cela. Lavoie ajouta :

— Comme je vous l'ai dit après la séance, vous pourriez vous aussi trouver votre flambeau.

Frédéric eut un ricanement de dérision. Flambeau... Ce mot que Maxime avait utilisé durant toute la durée des deux dernières séances, qu'il répétait pour le faire entrer dans la tête des personnes présentes... Flambeau. Une terminologie que le psychologue avait d'abord trouvée simpliste mais qui, une fois mise en contexte, s'avérait assez juste. Oui, assez juste...

Frédéric se leva et fit quelques pas dans la pièce. Il se sentait calme. Au fond, il avait pris sa décision tout de suite après la dernière séance, inutile de le nier. Comme il ne pouvait nier l'excitation qu'il en ressentait. Alors pourquoi cette résistance de mascarade ? N'avait-il pas parfaitement assumé son nihilisme lorsqu'il avait tué son premier sans-abri, l'été précédent ? Les agissements de Lavoie n'arrivaient pas à le choquer, loin de là. Tout ce qu'il voyait, c'est qu'Icare, après avoir monté en vain, pourrait tout simplement modifier la direction de son vol, ce qui en changerait toute la perspective.

Mais Lavoie croyait que si Frédéric le suivait, ce serait pour les mêmes raisons que lui, car le milliardaire était convaincu qu'ils étaient tous deux mus par les mêmes motivations. En cela, il se trompait. Mais Ferland, comme lors de la dernière séance, se dit que s'il voulait lui-même aller jusqu'au bout, il était préférable de ne pas détromper Lavoie.

Le psychologue se tourna enfin vers son invité, qui contemplait avec curiosité la décoration tarabiscotée du salon, et demanda avec un réel intérêt :

— Vous croyez donc que, moi aussi, je pourrais trouver mon... flambeau ?

Lavoie avala une gorgée de gin tonic, prit la peine de reposer le verre sur la table et, en croisant les mains sur son ventre, proposa :

— On pourrait se tutoyer, non ?

2

Tandis qu'il roulait en s'efforçant de ne pas dépasser la vitesse permise, Pierre se préparait psychologiquement à la pluie de reproches qui s'abattrait sur lui dans une vingtaine de minutes. Il faut dire que ce ne serait pas son premier retard. En fait, lorsqu'il allait chercher Karine, il était rarement à l'heure. Il était même arrivé en retard au dixième anniversaire de la petite, le mois précédent. Ce soir, il était censé être au chalet à dix-neuf heures et il était maintenant dix-neuf heures cinquante. Il y serait donc vers vingt heures dix, ce qui ferait immanquablement bondir Jacynthe.

Mais, merde ! dans son travail, on ne pouvait pas *puncher* à cinq heures tous les jours ! Il avait passé l'après-midi à interroger un suspect pour l'affaire du vol de la bijouterie Thériault et, vers dix-huit heures, il sentait que le gars flanchait. Encore une petite demi-heure, et il craquerait ! Pierre ne pouvait tout de même pas dire : « OK, faut que je m'en aille, on reprendra ça demain ! » alors qu'après une bonne nuit de sommeil, le suspect aurait repris tout son aplomb ! Il devait l'achever sans tarder, lui faire cracher le morceau ce jour-là ! C'était ça, être flic, ce que Jacynthe ne comprenait pas ! Ce qu'elle n'avait jamais compris, d'ailleurs. Oui, bon, son collègue Lafond, qui l'avait assisté durant tout l'interrogatoire, aurait pu prendre la relève et sûrement qu'il aurait réussi tout aussi bien que Pierre, au stade où en était le suspect, mais Pierre voulait terminer lui-même ! Le plaisir de faire craquer un suspect, c'était magique ! C'est lui qui l'avait cuisiné toute la journée, il ne laisserait pas le mérite de la grande finale à quelqu'un d'autre !

Finalement, il avait eu besoin d'une heure de plus, mais le suspect avait tout avoué. Pierre s'était empressé de remplir quelques papiers, puis d'appeler au chalet: pas de réponse. Et évidemment, il n'y avait pas de répondeur ! Comment, en 1996, pouvait-on ne pas posséder de répondeur ? Mais ses beaux-parents avaient toujours détesté cette « machine à stress ». Jacynthe et Karine devaient donc l'attendre à l'extérieur en ce moment même ! Et il était dix-neuf heures dix ! Il partit à toute vitesse vers le chalet. Mais pourquoi n'était-elle pas revenue à Montréal avec la petite ? Pourquoi devait-il se taper plus d'une heure de voiture ? Il savait pourquoi. Il se rappelait les mots de Jacynthe :

— J'aimerais que tu ne sois pas trop en retard, Pierre. J'ai eu une semaine harassante et comme mes parents ne sont pas au chalet en fin de semaine, je veux passer une soirée relax, toute seule. Tu peux comprendre ça ?

— Ben oui, franchement, tu me prends pour qui ?

Le ton habituel. Pas vraiment la guerre, mais pas vraiment la bonne camaraderie non plus, loin s'en faut. Une sourde hostilité, viable mais agaçante. Parce qu'elle le trouvait irresponsable et pas fiable.

— Un père divorcé qui voit sa fille une fin de semaine sur deux seulement et qui trouve le moyen d'annuler sa fin de semaine de garde une fois sur quatre, c'est pas ce que j'appelle fiable, Pierre !

Il renonçait à se défendre. À quoi bon ? De toute façon, elle était bien la seule à se plaindre. Karine, elle, ne se plaignait jamais. C'est vrai qu'elle ne parlait pas beaucoup…

Il traversa Saint-Anicet, ce petit village qu'il connaissait tant, en se disant qu'il devrait peut-être se procurer un cellulaire. Ces gadgets étaient de plus en plus à la mode. Il connaissait deux ou trois collègues qui en possédaient et ils affirmaient que désormais ils ne pourraient plus s'en passer. Ce serait bien pratique dans des situations comme celle-ci. À condition qu'il convainque Jacynthe de s'en acheter un aussi…

Il tourna sur un chemin de terre en pleine forêt et le chalet apparut, complètement isolé parmi les arbres, modeste mais bien entretenu, simple mais chaleureux, sa « grande maison de poupées », comme l'appelait Karine, qui adorait venir ici. Les parents de son ex l'avaient acheté pour une bouchée de pain vingt ans plus tôt, en 1976, et Pierre devait bien admettre qu'il avait apprécié chacun des nombreux week-ends qu'il était venu y passer avec Jacynthe et la petite, surtout quand les beaux-parents n'y étaient pas. Tout cela paraissait maintenant si loin…

Il sortit de sa voiture, surpris de ne pas trouver Jacynthe debout sur le gazon bien entretenu, les mains sur les hanches, écarlate de colère contenue. Il marcha vers le côté de la maison où se trouvait la porte d'entrée. Lorsqu'il dépassa la grande haie, le lac apparut, situé à trente mètres à peine de la maison. Combien de fois s'y était-il baigné ? Combien de fois y avait-il lancé Karine ? Jacynthe et lui y avaient fait l'amour deux ou trois fois. Une bouffée de nostalgie lui chatouilla l'intérieur et, chose qui lui arrivait rarement, il se demanda si, après tout, il n'avait pas tout gâché. Normalement, quand cette question venait le frapper ainsi par-derrière, il s'obligeait à se changer les idées. Il s'empressa donc de cogner à la porte. Au moins, le savon qu'allait lui passer son ex l'empêcherait de se complaire dans ce genre de questionnement stérile. Comme on ne répondait pas, il se permit d'entrer. En une minute, il constata que les filles ne se trouvaient pas à l'intérieur. La petite valise de Karine était sagement posée sur le plancher de la cuisine, en attente.

Pierre ressortit, chercha dans les alentours. Son regard tomba alors sur le vieil arbre près de l'entrée. Plus rien ne poussait dans ce cerisier malade, les branches en étaient crochues et le tronc d'un gris maladif. Mais le père de Karine refusait de le couper, prétextant qu'il l'avait planté à l'achat du chalet et que l'arbre durerait aussi longtemps que la maison elle-même. Au bout de la branche la plus basse, on avait transpercé une feuille de papier. Pierre s'approcha et, sans décrocher la feuille, lut le message écrit dessus au crayon feutre noir :

Pour faire changement, tu n'es pas à l'heure. Il est sept heures et demie et tu ne m'as même pas appelée. Enfin, tu as peut-être appelé, mais nous, on t'attend dehors depuis une demi-heure. Comme Karine s'ennuie, je suis partie faire un petit tour de bateau avec elle. J'espère vraiment que tu seras là à mon retour. Merci : grâce à toi, ma soirée de relaxation débute du bon pied.

Exactement ce qu'il avait prévu ! Et encore, ce n'était que de l'écrit, ça, il imaginait comment ça sonnerait oralement tout à l'heure. Mais elle ne crierait pas, non ! Jacynthe ne criait jamais, elle était bien trop raisonnable pour cela. Elle parlait lentement, avec une froideur qui valait tous les cris.

En bougonnant, les mains dans les poches, il marcha vers le quai. Effectivement, le bateau à moteur n'était pas sous son abri. Il regarda le lac, la forêt tout autour. Le voisin le plus près était à un demi-kilomètre. Une retraite vraiment magique. En fait, c'était le seul endroit où Pierre réussissait vraiment à se relaxer. Pourtant, il clamait à tous qu'il n'aimait pas vraiment la campagne ni la nature, mais chaque fois qu'il était venu, il s'était senti… heureux, tout simplement.

C'était l'heure de la journée où le lac était le plus magnifique, ce moment où le soleil de juillet, tout près de la ligne d'horizon, faisait surfer ses rayons sur l'eau. Par le passé, Pierre n'avait jamais manqué ce moment, passant souvent une demi-heure à savourer ce spectacle, lui qui n'était vraiment pas porté sur les activités contemplatives.

La bouffée de nostalgie, encore.

Il regarda sa montre : vingt heures quinze. Elles étaient donc parties depuis trois quarts d'heure ? Ce n'était pas impossible : souvent, elles s'arrêtaient au milieu du lac pour se baigner. À cette heure, par contre, c'était improbable. À moins que Jacynthe ne fût en train de donner un cours de conduite à Karine. Sa fille lui avait dit au début de l'été que maman lui apprenait à conduire le bateau, ce qui ravissait la petite, mais Pierre avait interrogé son ex là-dessus : dix ans, n'était-ce pas un peu jeune pour piloter un motorisé ? Jacynthe lui avait dit que Karine ne conduisait pas vraiment le bateau : elle se mettait derrière le volant et le tenait bien droit, sous l'œil vigilant de sa mère. « Voyons, Pierre, tu pensais que je laissais Karine partir toute seule en bateau ? » Mais non, il n'avait jamais cru une telle chose… Le prenait-elle vraiment pour un idiot ?

Pierre fouilla le lac des yeux. Aucun point mouvant en vue. Il est vrai qu'à trois kilomètres à l'est, il y avait une péninsule qui s'avançait et le lac, échappant à la vue, s'étendait de l'autre côté. Elles devaient être dans cette section. Tout de même, pour quelqu'un qui voulait avoir sa soirée, elle était partie depuis un bon moment. C'était sûrement un moyen pour se venger : le faire attendre à son tour.

L'horizon coupait maintenant le soleil en deux. Des nuages inattendus, qui annonçaient la pluie, commençaient à s'accumuler, brisant les rayons et les éparpillant en couloirs étincelants dans le ciel pourpre et rose. Karine, dans ces moments-là, disait à son père : « Regarde, papa, le ciel est content ! » Elle avait cinq ans dans ce temps-là. Maintenant, elle en avait le double.

Seigneur ! le double...

J'ai tout gâché.

Aussi bien aller les attendre à l'intérieur en écoutant la télévision. Rester là, sur le bord du lac, lui donnait le cafard.

La télévision n'avait pas le câble. Pas étonnant quand on connaissait la famille de Jacynthe. Pierre ne put syntoniser qu'un seul poste qui diffusait un reportage sur la détérioration de l'environnement et l'indifférence de la population devant ce problème croissant. Le policier s'emmerda ferme et, au bout de quinze minutes, il ferma l'appareil.

Vingt heures trente-cinq.

Il retourna au quai. La nuit faisait ses premiers pas dans le ciel empli de nuages. Toujours aucun bateau en vue.

C'est à ce moment que Pierre commença à vraiment s'inquiéter. Jacynthe était prévoyante, elle ne serait pas restée sur un lac à la tombée de la nuit. Surtout sous un ciel couvert. Surtout pendant une soirée où elle avait hâte d'être seule.

Une panne. Son ex ne vérifiait jamais s'il y avait assez d'essence. Elle s'était finalement fait avoir. Et si la panne était survenue de l'autre côté de la péninsule, il n'y avait aucune habitation en vue et cela leur prendrait plus d'une heure pour revenir à l'aide de la minuscule rame de secours.

Il rentra et appela Raymond, le voisin le plus près. Le vieil homme fut d'abord un peu gêné de reconnaître Pierre, qu'il n'avait pas vu depuis cinq ans, mais il comprit rapidement l'urgence de la situation et dit qu'il arrivait tout de suite. En raccrochant, Pierre songea une seconde à appeler la police, qui enverrait des bateaux de reconnaissance, mais cela prendrait trop de temps. Et puis pas besoin de la police pour aller chercher son ex et sa fille bêtement coincées dans un bateau en panne. Parce que, bien sûr, c'est ce qui s'était produit. De quoi pouvait-il s'agir d'autre ?

Raymond n'arriva que vingt minutes plus tard et lorsque le toussotement de son bateau se fit enfin entendre, il faisait parfaitement nuit. Pierre, qui l'avait attendu au bout du quai pendant tout ce temps, eut beaucoup de difficulté à camoufler son exaspération, surtout que la pluie s'était mise de la partie. Avant même que le vieux bateau cabossé fût complètement arrêté, Pierre sauta à bord.

— *Hey*, Pierre, ça fait une mèche ! fit le vieil homme en remontant sa casquette sur sa tête presque entièrement dégarnie.

— On va tout de suite aller de l'autre côté de la péninsule, s'empressa d'ordonner le policier sans même dire bonjour. Vous avez un spot sur ce bateau ?

— Certain !

Il alluma un phare de bonne amplitude et le bateau, malgré son air fragile, fila à toute vitesse sur les flots heureusement plats. Le phare perçait la nuit pluvieuse devant eux sur une bonne cinquantaine de mètres.

— On va les retrouver, ça sera pas long ! assura le vieil homme.

Pierre le croyait aussi. Il s'imaginait même Karine en train de pleurer de fatigue, tandis que sa mère pagayait péniblement en sacrant à voix basse. Évidemment, elle trouverait le moyen de mettre ça sur le dos de Pierre : « Si tu étais arrivé à l'heure, je n'aurais pas été obligée d'emmener la petite en bateau pour la faire patienter ! » Ce qui était un peu vrai, mais quand même…

Les deux hommes gardaient le silence en approchant de la péninsule. Raymond finit tout de même par demander :

— Heu… Pis toi, Pierre, ça va comment depuis… depuis le temps ?

— Ça va, répondit sèchement le policier en scrutant la surface du lac devant lui.

Ce n'était vraiment pas le moment de piquer un brin de jasette ! Surtout que, pour la première fois, le policier était en train d'envisager que les filles n'avaient peut-être pas été retardées par une panne… qu'il s'était peut-être produit autre chose… De l'autre côté de la péninsule, il savait qu'il y avait des rochers tout près de la surface, camouflés par quelques centimètres d'eau à peine. Mais Jacynthe connaissait très bien l'emplacement de ces rochers, donc il n'y avait aucune raison qu'elle en ait frappé un… sauf si elle donnait, à ce moment-là, un cours de conduite à la petite. Mais elle avait dit à Pierre qu'elle se tenait tout près de Karine durant ces « leçons »…

Le bateau dépassa enfin le long doigt de terre… et aussitôt, Pierre vit l'embarcation, à environ deux cents mètres. Ce n'était qu'un point noir dans les ténèbres, mais il sut que c'étaient elles. Il indiqua la direction à Raymond. La forme se précisait, immobile, mais dans une position qui fit aussitôt comprendre au détective qu'effectivement le bateau avait frappé un rocher. Il se leva et se mit à crier :

— Karine ! Jacynthe !

Le motorisé était maintenant à cinquante mètres, et Raymond, qui s'inquiétait aussi, baissa la puissance du moteur au minimum. Ils approchaient lentement et Pierre, couvrant le vrombissement, appelait toujours.

— Karine ! Hé, Jacynthe !

Pourquoi elles ne répondaient pas ? À cette distance, elles l'entendaient certainement, alors qu'est-ce qu'elles attendaient pour *répondre* ? Le faisceau lumineux éclaira enfin l'intérieur de l'embarcation. Assise sur le plancher, une forme était recroquevillée, le visage presque complètement camouflé par le gilet de sauvetage qui remontait jusqu'au menton.

— Karine !

La forme ne bougea pas, mais la position indiquait qu'elle était vivante. Pierre aurait dû être rasséréné, mais il ne l'était que partiellement : il ne voyait Jacynthe nulle part. Raymond coupa le moteur et, en un bond, Pierre fut dans l'embarcation. Il se pencha et prit sa fille par les épaules.

— Karine, ça va ? Pourquoi tu me répondais pas ?

La petite fille ne disait rien. Ses longs cheveux mouillés par la pluie collaient sur ses joues et ses genoux remontés. Pierre lui prit le visage et le tourna brusquement vers lui.

— Karine !

Il vit enfin ses yeux. Sauf que ça ne pouvait pas être le regard de sa petite fille. Des yeux d'enfant ne peuvent pas être si figés, si déconnectés. Pierre sentit le plancher onduler sous ses pieds, même si le bateau ne bougeait pas.

— Karine ! fit doucement Pierre. C'est papa, ma chouette ! C'est moi !

La fillette sembla enfin le voir. Mais rien ne changea ni dans son attitude ni dans son regard.

Elle est trop noire ! Même s'il fait nuit, il y a trop de ténèbres autour d'elle…

— Où est maman, chérie ?

Le cri sortit si vite qu'il sembla déchirer les lèvres de l'enfant. Elle poussa un hurlement strident, puis un autre, et encore un autre, le regard toujours aussi fixe.

— Karine, arrête ! Tu vas… *Arrête !*

Mais elle n'arrêtait pas, et plus elle criait, plus la noirceur s'épaississait autour d'elle, comme si par ses cris elle expulsait de son corps une nuit encore plus profonde que celle qui régnait sur le lac. Pierre se leva, éperdu, regardant partout autour de lui tandis que Raymond tripotait sa casquette entre ses mains tremblantes. Le policier s'approcha du côté tribord et regarda dans l'eau. Rien. Transpercé par les cris de sa fille, trébuchant à deux reprises, il se précipita à l'avant du bateau.

Quelques mètres plus loin, elle flottait sur le dos grâce à son gilet de sauvetage. Son corps n'avait pas dérivé, bloqué d'un côté par le bateau et de l'autre par un rocher dont la pointe dépassait de deux centimètres la surface. Malgré la nuit, il reconnut son visage, tourné vers le ciel, les yeux grands ouverts, le front traversé d'une large ouverture qui ne saignait plus, lavée par les vaguelettes.

Derrière Pierre, Karine criait toujours.

◆

La pluie s'était transformée en averse. On discernait à peine le lac. Raymond était retourné chez lui, dévasté.

Dans le chalet, il y avait maintenant quatre policiers. Ils étaient en face de Karine, assise sur un divan, recouverte d'une serviette. Un des flics, penché sur elle, essayait depuis quinze minutes de la faire parler. Mais la fillette n'avait pas dit un mot. Elle ne criait plus, et son air hagard était plus immuable que jamais.

Le policier se releva, s'approcha de Pierre qui se tenait un peu à l'écart, les bras croisés, le menton au creux de sa paume.

— Vous pourriez essayer, vous…

— J'ai essayé.

Il secoua mollement la tête.

— La psychologue s'en vient ? demanda-t-il.

— Elle est en route. Mais elle est à soixante kilomètres d'ici.

Pierre se couvrit les yeux de la main en soupirant. Le policier expliqua ce qui s'était vraisemblablement passé : la mère avait sûrement fait piloter sa petite, mais cette dernière avait effectué un mouvement sec vers un rocher, tellement sec que la mère n'avait pu intervenir à temps. Le bateau n'allait peut-être pas très vite, mais assez pour que le choc propulse la femme par-dessus bord et que cette dernière s'ouvre le crâne sur le rocher. Sûrement morte sur le coup. La fillette, elle, grâce à sa petite taille, avait été stoppée par le volant et le choc avait dû être amorti par son gilet de sauvetage.

— Mais, bon, j'imagine que vous avez déduit tout ça vous-même, bredouilla le policier.

Depuis leur arrivée, les flics avaient une attitude biscornue vis-à-vis de Pierre, louvoyant entre la compassion envers un civil en crise et le professionnalisme devant un collègue.

Pierre demeura un moment dans cette position, main contre ses paupières closes. Il imaginait Jacynthe tentant vainement de tourner le volant entre les mains de Karine, l'impact du bateau, Jacynthe se fracassant la tête contre le rocher… Mais surtout, surtout, il voyait Karine penchée à l'avant du bateau, hurlant le nom de sa mère, tendant une main éperdue vers le cadavre de Jacynthe qui fixait le ciel de plus en plus couvert. Avait-elle fini par comprendre que sa mère ne répondait pas parce qu'elle était morte ? Était-ce à la suite de cette atroce compréhension qu'elle s'était assise au fond du bateau, avait relevé ses genoux et n'avait plus bougé, tandis que la nuit tombait sur elle et en elle ? Combien de temps Karine avait-elle été seule dans cette position ? Une demi-heure ? Une heure ?

Une douleur aiguë lui transperça la poitrine avec une telle force qu'il se découvrit brusquement les yeux, comme si quelqu'un venait de lui enfoncer une lame dans le corps. Il vit sa fille sur le sofa. Même éclairée par la lampe du salon, elle demeurait sombre, comme si la nuit s'était accrochée à elle.

Essaie. Essaie encore.

Il s'approcha, se pencha vers elle, lui prit les mains.

— Karine, il faut que tu parles. Tu comprends, ma chouette ?

Sa voix tremblait. Il ne voulait pas pleurer.

— C'est papa, Karine. Tu peux parler à papa, hein, ti-poussin ?

La bouche entrouverte, le visage blanc, Karine tourna alors son regard vers son père. Et Pierre crut lire dans ses yeux une émotion. Pire, un message.

Une accusation.

La douleur dans sa poitrine revint avec une telle force qu'il se leva brusquement, convaincu qu'il allait piquer une crise cardiaque. En balbutiant une excuse, il marcha vers la porte et sortit, à la recherche d'air.

La pluie, en lui fouettant le visage, lui fit le plus grand bien. En prenant de grandes respirations, il regarda vers le lac, qu'il entrevoyait à peine. Sur la pelouse, un grand lampadaire qu'avait installé le père de Jacynthe éclairait tout le terrain. Frappé de plein fouet par la lumière, l'arbre mort se détachait de manière sinistre dans la nuit. Au bout d'une branche, une forme blanche dansait dans le vent : le message laissé par Jacynthe.

Pierre s'approcha, déjà complètement trempé par la pluie. Il étira la main vers la branche, arracha la feuille de papier et l'approcha de son visage. Grâce au lampadaire, on pouvait discerner l'écriture, mais la pluie avait fait couler l'encre, et seuls les premiers mots étaient encore lisibles.

« *Pour faire changement, tu n'es pas à l'heure. Il est sept heures et demie et tu ne m'as même pas…* »

Pierre, pétrifié sous la pluie, relut plusieurs fois ces mots, jusqu'à ce qu'ils soient entièrement dilués, jusqu'à ce que toute l'encre noire lui ait dégouliné sur les mains.

32

Pierre regarde ses mains un moment, puis continue sans lever les yeux :

— Elle est restée une semaine à l'hôpital en psychiatrie. Peu à peu, elle a recommencé à parler. Pas beaucoup. Elle avait très bien compris que sa mère était morte, mais elle n'en parlait jamais. En tout cas, pas avec moi. Elle a fini par confirmer à la police ce qui s'était passé : un bête accident. Quand elle est venue vivre avec moi, l'adaptation a été… difficile.

Frédéric Ferland, assis devant lui, l'écoute attentivement, son calepin de notes sur les genoux. Calepin dans lequel il n'a toujours rien écrit depuis l'arrivée de Pierre.

Le détective a encore de la difficulté à croire qu'il est en train de raconter cela à un inconnu, lui qui n'en a jamais parlé à personne. Non, ce n'est pas tout à fait vrai, il en a parlé à sa mère à l'époque. Et une autre fois à une fille avec qui il a couché, il y a six ans, dans un congrès de flics à Toronto. D'ailleurs, le seul fait qu'il se trouve à nouveau dans ce bureau est étonnant. Après sa visite-surprise chez sa fille à Montréal, il a passé les deux journées suivantes à errer dans sa maison ou en ville. Errer et imaginer Karine recevant chez elle des inconnus, des hommes qui la payaient, puis qui la… qui lui…

Une prostituée.

Chaque fois que ce mot épouvantable lui a sauté au visage, il a dû s'asseoir, peu importe où il se trouvait. Hier, alors qu'il marchait dans la rue des Châtaigniers, il s'est carrément assis sur le trottoir, incapable de faire un pas de plus. Comment est-ce possible ? Comment la fille d'un policier peut-elle faire ça ? Par moments, il se dit que c'est de sa faute. Lui qui s'est toujours douté qu'il a été un mauvais père, il en a maintenant la preuve irréfutable. Pourtant, à d'autres moments, il refuse cette responsabilité : n'est-ce pas trop facile qu'il soit le seul coupable ? Après tout, c'est elle qui a fait ses choix ! Et il a toujours donné le bon exemple : il est flic, criss !

Appelle les collègues de Montréal et fais-la arrêter ! Ça lui donnera une bonne leçon !

Une seule fois, cette idée lui a traversé l'esprit, alors qu'il écoutait la télé, et il en a eu aussitôt honte. Pourtant, c'est ce qu'il ferait sans hésitation s'il s'agissait de quelqu'un d'autre, peu importe qui. Mais là, on parle de sa fille ! *Sa fille !*

Il faut qu'il pense à autre chose, qu'il se change les idées. Le lendemain de sa visite catastrophe à Montréal, il est donc allé voir Bernier, son supérieur, pour lui dire qu'il n'avait pas besoin de thérapie et qu'il souhaitait, qu'il *devait* revenir au travail. Alors Bernier a été clair :

— Pierre, je te reprends pas tant que t'as pas eu un suivi avec un psy, ne serait-ce que pendant un mois ! Si toi, tu veux pas t'aider, nous autres, on va le faire, même malgré toi ! Compris ?

Le détective s'est donc résigné. Et pourquoi le nier : il était loin d'être sorti d'affaire ! Il combattait encore très souvent des envies de pleurer, voyait des mitraillettes dans les objets les plus anodins, rêvait constamment à la fusillade. Et entre ces noires pensées, quand il croyait avoir enfin du répit, c'est Karine qui prenait le relais, et d'autres images tout aussi pénibles le hantaient, jusqu'à ce que les souvenirs du massacre reviennent en force.

Deux heures plus tôt, alors que Pierre était sur le point de partir pour Saint-Bruno, le téléphone a sonné. Pris d'un doute, il n'a pas répondu, laissant le répondeur se déclencher, et il a reconnu la voix de Chloé. Ils ne se sont ni vus ni parlé depuis leur retour de Montréal il y a quatre jours. Sur le répondeur, le ton était mesuré :

— Écoute, Pierre, je n'ai pas l'intention de te harceler, mais je veux au moins te laisser ce message : je suis désolée et je suis prête à t'aider ou à t'écouter n'importe quand, jour et nuit. N'hésite pas à m'appeler. Je suis… Je pense à toi, OK ?

Pierre s'est mordillé les lèvres, touché malgré lui. De toute façon, il n'est plus en colère contre Chloé, il sait bien qu'au fond, rien de tout cela n'est de sa faute. Au contraire :

grâce à son idée d'aller rendre visite à Karine, elle a obligé Pierre à ouvrir les yeux sur quelque chose qui durait depuis… Depuis quand, au fait ?

Tu n'as rien vu, rien !

Il est sorti de la maison en se demandant s'il aurait le courage de rappeler sa collègue, elle qui maintenant savait tout, connaissait sa honte et son échec… Puis, quand il est arrivé chez Ferland tout à l'heure, ce dernier l'a accueilli avec bonne humeur, triomphant :

— Je crois avoir trouvé un moyen pour vous aider à combattre votre choc post-traumatique !

Pierre ne connaît pas grand-chose en psychologie, mais cette manière d'annoncer les choses l'a tout de même désorienté, comme si Ferland était un garagiste qui lui annonçait avoir trouvé le problème dans sa transmission. Quand le détective lui a demandé de quoi il s'agissait, Ferland a répondu qu'il lui en parlerait à la fin de la séance, qu'il a encore quelques questions à lui poser avant. Une fois les deux hommes assis, le psychologue lui a demandé s'il rêvait toujours. Pierre a acquiescé.

— Racontez-moi encore votre rêve, dans tous ses détails.

Étrangement, Pierre n'a ressenti aucune lassitude à l'idée de tout répéter. Et cette fois, en s'en rendant à peine compte, il a parlé de la feuille de papier qu'il tient à la place de son pistolet, ainsi que de la silhouette de la petite fille dans le fourgon. Même que ces dernières nuits, une variante s'est ajoutée : la fillette lève la tête et Pierre reconnaît clairement Karine, même s'il sait depuis les premières nuits qu'il s'agit d'elle. C'est sa fille à dix ans, les cheveux tout mouillés, portant tout à coup une ceinture de sauvetage, qui fixe Pierre de ses yeux pleins de rancune et qui pose une question que Pierre ne peut entendre à cause du son des mitraillettes, mais qu'il devine parfaitement par le mouvement des lèvres : *pourquoi ?*

— Cette feuille que vous tenez dans votre rêve, vous savez ce que c'est ? a demandé Ferland.

Résistant pendant quelques secondes à peine, Pierre a raconté la mort de Jacynthe. Sans rien cacher.

Maintenant, il garde le silence un moment, toujours en fixant ses mains. Ferland demande :

— Pourquoi vous ne m'avez pas dit tout ça la semaine dernière ?

— C'était notre première rencontre. J'imagine que... que j'étais pas encore assez à l'aise.

Ce n'est pas la vraie raison. En fait, il ne sait pas trop pourquoi. Avant d'arriver chez Ferland, il n'avait pas prévu du tout parler de sa fille. C'est sorti tout seul, malgré lui. Et il doit bien admettre que cela lui a procuré un certain adoucissement.

Alors va jusqu'au bout! Dis-lui qu'elle est maintenant une prostituée et...

Non. Pas question. Impossible.

Ferland croise une jambe, les yeux rétrécis.

— Dans vos rêves, votre inconscient mêle deux événements : le traumatisme de votre fille à dix ans et la fusillade de l'autre jour. Et le lien qui relie ces deux événements est la culpabilité.

— Je vous ai déjà dit que je me sentais pas si coupable de la fusillade ! Pis je me sens pas si coupable de ce qui est arrivé à ma fille il y a dix ans non plus ! C'est tout de même mon ex-femme qui conduisait le bateau, pas moi !

— Alors pourquoi votre inconscient mêle-t-il ces deux événements ?

Pierre veut objecter quelque chose, puis renonce. Lui qui croyait que les psys servaient à déculpabiliser les gens, voilà que celui-ci fait exactement le contraire ! D'ailleurs, Ferland lui dit tout cela avec distanciation, comme s'il était intéressé par son diagnostic mais pas du tout par la souffrance que cela engendre chez son client. Le psychologue reprend même son air enthousiasmé de tout à l'heure en poursuivant :

— Maintenant que je suis sûr que la culpabilité est la source de votre choc post-traumatique, la solution que j'ai trouvée pour le combattre ne m'apparaît que plus pertinente.

— Et c'est quoi, votre solution ?

— Que ce soit vous qui enquêtiez sur la fusillade.

Pierre se dit qu'il a sûrement mal entendu, mais Ferland poursuit :

— C'est vous qui vous occupiez du cas de... quel est son nom, déjà, Diane Nadeau, c'est ça ?

— Oui.

— Eh bien, vous poursuivriez l'enquête sur Nadeau.

Pierre a donc bien entendu. Et pour la première fois depuis trois semaines, son visage s'éclaire. Ferland, qui n'a pas remarqué, explique :

— Je sais que cela peut sembler drastique comme moyen, mais je crois que si vous réussissez à élucider cette fusillade, vous cesserez de vous sentir coupable.

— C'est parfait ! approuve Pierre. Je suis bien d'accord ! J'ai toujours cru, moi, que le travail était le meilleur moyen pour…

— Je ne parle pas du travail, Pierre, je parle de cette enquête précise, le coupe Ferland avec gravité. Si on vous met sur un autre cas, ça ne donnera strictement rien. Mais peut-être que vous trouvez ma solution trop… trop difficile. Peut-être ne vous sentez-vous pas le courage de reprendre cette enquête. À vous de me le dire.

— Docteur…

— Je ne suis pas docteur.

— … c'est la chose dont j'ai le plus envie au monde.

Ferland hoche la tête et paraît si emballé que le policier se demande si le psychologue n'est pas plus comblé par cette solution que Pierre lui-même.

— Parfait. Je vais donc appeler votre supérieur et le convaincre de vous redonner l'enquête. Je lui expliquerai que cela fait partie de votre démarche thérapeutique.

Enfiévré, Pierre se lève et tend une main reconnaissante vers le psychologue :

— Je suis content de voir que tout s'est réglé rapidement !

— Ah, mais ce n'est pas terminé, rétorque Ferland sans prendre la main tendue. Vous allez continuer à venir me voir.

L'expression de Pierre est si déconfite que le psychologue, amusé, s'empresse d'expliquer : enquêter sur la tuerie est une solution, certes, mais on ne sait pas encore si cela aura les effets psychologiques escomptés. Il faut donc suivre l'évolution de Pierre durant l'enquête, pour vérifier s'il réagit bien ou non au « traitement ». Si les résultats se révèlent négatifs, il faudra envisager une autre solution. Pierre, revenu de sa déception, finit par reconnaître qu'il s'agit là d'une démarche avisée, même si, intérieurement, il est convaincu que ce « suivi psychologique » sera tout à fait superflu. De toute façon, Bernier n'acceptera sûrement pas de redonner l'enquête à Pierre s'il ne poursuit pas ses visites au psy.

— Une rencontre par semaine sera suffisante, estime Ferland. Vous me raconterez comment évolue l'enquête, comment vous vivez cette évolution, et moi, j'analyserai votre état afin de déterminer si le traitement est bénéfique ou non.

Il explique cela avec un sourire presque gamin, mais Pierre est trop réjoui pour le remarquer. Le prochain rendez-vous est pris pour la semaine suivante. Pierre tend à nouveau sa main au psychologue qui, cette fois, la serre.

— Merci, doct... heu, Frédéric ! Je dois vous avouer qu'au départ j'étais pas sûr de l'utilité de voir un psy, mais là... Merci !

— N'allons pas trop vite. Attendons de voir les résultats.

— J'ai ben confiance !

— Moi aussi, renchérit le psychologue, de nouveau souriant.

Deux minutes plus tard, dans sa voiture qui roule vers l'autoroute 20, Pierre donne une série de petits coups satisfaits sur son volant. Bernier qui pensait qu'il devait prendre congé ! Et Chloé ! Et les autres ! Ah ! Il le savait bien, lui, qu'il devait travailler ! Il se connaît ! Il est fait pour l'action, pas pour étaler ses états d'âme ! Même si, tout à l'heure, il a beaucoup parlé de Karine... Mais il le regrette déjà un peu, justement. Un moment d'abattement. Cela lui a fait du bien quelques minutes, mais ensuite ? À quoi bon ? Le constat, de toute façon, est implacable : échec dans son mariage, échec dans sa paternité... Mais pas au travail ! Comme flic, il a toujours excellé ! Pas surprenant qu'il aime tant son boulot ! Maintenant, il est sur le point de mener l'enquête la plus importante de sa carrière. Et il va la réussir, même s'il doit bosser comme un forcené. Quand on travaille, on ne se complaît pas dans les idées noires, on ne réfléchit pas sur plein de choses inutiles qui, de toute façon, s'avèrent tellement décevantes.

Désolé, Jacynthe. Désolé, Chloé. Et même...

Il serre le volant en se mordillant les lèvres, le visage triste.

... désolé, Karine.

Il va retrouver son boulot, son quotidien, son train-train.

Son monde. Où tout est tellement plus simple.

◆

Frédéric Ferland, debout devant la fenêtre, observe Pierre Sauvé monter dans sa voiture. Il suit même le véhicule des yeux jusqu'à ce que celui-ci tourne le coin de la rue.

Incroyable hasard... Tellement incroyable que ce serait idiot de ne pas en profiter. Ferland y a pensé durant les quatre dernières journées, puis il a pris sa décision.

Il marche vers son téléphone et compose un numéro. Tandis qu'il attend qu'on décroche, il examine la cicatrice blanche sur son poignet droit.

— Allô ?

La voix qui répond est calme, un rien funèbre.

— Maxime ? C'est Frédéric.

— Bonjour, Frédéric.

Silence. Même si les deux hommes se connaissent maintenant parfaitement et se rencontrent de temps à autre, il y a toujours une tension latente durant les premières secondes de leurs conversations, comme si l'un craignait que l'autre vienne briser l'insolite et fragile relation qu'ils entretiennent depuis quelques mois. C'est Maxime qui se lance en premier.

— Tu n'appelles pas pour annuler notre souper de demain, j'espère.

— Pas du tout. Je veux juste le confirmer. Et puis, j'ai une grande nouvelle : je pense avoir trouvé mon flambeau.

— Vraiment ? C'est très bien, ça ! Et en quoi consiste-t-il ?

— Eh bien…

Ferland baisse les yeux vers son agenda, à la date de son prochain rendez-vous avec Sauvé.

— … j'aimerais mieux garder cela pour moi, si tu n'y vois pas d'inconvénient.

◆

Manifestement, le capitaine Gilles Bernier n'approuve pas l'idée. Il pianote des doigts sur son bureau en reluquant Pierre comme s'il cherchait à déceler un piège. Devant lui se tiennent Chloé et Gauthier. Ce dernier est un brin tendu. À leurs côtés, Pierre attend, les mains dans le dos, impassible. Bernier soupire, comme s'il abandonnait, et dit :

— OK, Pierre, tu reprends l'enquête avec Chloé.

Le principal intéressé ne dit rien, mais un éclair de jubilation traverse son regard. Gauthier, furieux, bondit presque sur le bureau de son supérieur. On ne peut pas lui enlever une enquête comme ça ! C'est lui qui l'a commencée ! Là-dessus, Bernier lui remet les pendules à l'heure : c'est Pierre et Chloé qui, au départ, travaillaient sur le cas Nadeau, et la fusillade de l'autre jour fait partie de ce cas. Si Bernier a voulu remplacer Pierre, c'est parce que ce dernier a été impliqué dans la fusillade et surtout parce qu'il avait besoin d'aide professionnelle. Mais si maintenant son psychologue lui-même recommande que Pierre reprenne l'enquête…

— T'es fier, là, j'imagine, hein ? maugrée Gauthier tout près du visage de son collègue détective.

Ce dernier le regarde avec aplomb et répond :

— Comme t'as pas idée.

Gauthier marche vers la porte et Bernier lui ordonne :

— Hé, reste encore un peu ! Il faut qu'on dresse le topo à Pierre !

— Chloé peut le faire ! rétorque Gauthier. Elle continue l'enquête, *elle* !

Il sort en refermant violemment la porte. Pierre, peu ému, se borne à dire :

— De toute façon, je suis meilleur détective que lui, et tu le sais.

Chloé a un petit tic agacé. La fatuité de Pierre est bien connue au poste de Drummondville. Les collègues ne s'en formalisent pas trop et souvent même s'en distraient, mais il lui arrive de dépasser les bornes. Comme en ce moment.

— La question est pas là ! réplique Bernier. La seule raison pourquoi je te remets sur le coup, c'est parce que ton psychologue m'a dit que ça faisait partie de ta… de ta « thérapie ». Pis je te préviens : si tu craques une seule fois, si t'as une seule crise d'angoisse, si je décèle le moindre signe chez toi qui risque de nuire à l'enquête, je te renvoie en congé.

— Tu voulais que je voie un psy et maintenant tu ne fais plus confiance à son jugement ?

Les doigts du capitaine tambourinent à nouveau sur le bureau.

— Avoue que c'est toi qui l'as convaincu de cette idée…

— Pas pantoute ! s'indigne Pierre.

Le capitaine passe une main sur son crâne rasé.

— Bon. Chloé va t'expliquer où en est l'enquête.

— On va aller dans mon bureau, propose la détective.

Pierre approuve et les deux enquêteurs sortent de la pièce. Ils traversent la salle principale en silence. D'ailleurs, Pierre n'a pas encore dit un mot à sa collègue depuis son arrivée au poste ce matin, ce qui chamboule complètement la jeune femme. Dans le bureau de cette dernière, cinq photos sont collées au mur et une série d'informations sont inscrites sous chacune d'elles. Après avoir refermé la porte, la détective se tourne vers Pierre :

— C'est… c'est vraiment une bonne idée, Pierre ?

— Veux-tu appeler mon psy et t'obstiner avec lui ? rétorque-t-il froidement.

Chloé soutient son regard.

— Tu es encore en colère après moi ?

— Ben non.

— Pourquoi tu me fuis, d'abord ?

— Je te fuis pas, je suis juste…

Il émet un petit sifflement et détourne la tête. Lui qui s'est toujours méfié de l'intimité entre collègues, voilà que Chloé sait des choses sur sa vie privée, des choses qu'il considère… qu'il trouve… Comme si la jeune femme avait lu dans ses pensées, elle murmure prudemment :

— On dirait que tu as honte.

— Oui, j'ai honte ! Criss, Chloé, ma fille est une…

Il se tait, les lèvres serrées, comme s'il regrettait d'avoir abordé le sujet. Mais sa collègue pousse la porte déjà entre-bâillée :

— Tu peux pas avoir honte de ta fille, Pierre, c'est…

— Je veux pas en parler, coupe sèchement le détective en sortant son carnet et son crayon de son veston.

— Tu devrais l'appeler…

— Chloé !

Il la foudroie d'un regard qui fait comprendre à la policière qu'insister serait non seulement inutile mais risqué.

— OK, reprend-elle d'une voix tout à fait naturelle, sans amertume. Je te fais le topo.

Elle va se placer devant la première photo, celle de Diane Nadeau, et commence ses explications. Une recherche très approfondie a été menée sur Nadeau depuis la fusillade pour vérifier si elle n'était pas membre d'un gang quelconque. L'hypothèse est plutôt farfelue, mais comme son assassinat ressemble beaucoup à un règlement de comptes, il faut tout envisager. Mais rien n'a été trouvé.

— Les quelques personnes que fréquentait Nadeau sont très sages, comme on l'avait déjà remarqué, résume Chloé. Leur activité la plus répréhensible est de magasiner au Wal-Mart.

Pierre lève les yeux de son calepin, désorienté.

— Je magasine, moi, au Wal-Mart…

Chloé esquisse un petit sourire avant de poursuivre ses explications : malgré les apparences, le règlement de comptes entre gangs semble donc bien peu probable. Pourtant, il est clair qu'on a envoyé un commando suicide pour tuer Nadeau, donc il faut qu'elle ait fait quelque chose… mais quoi ?

— Maintenant, voici ce qu'on a découvert sur les quatre membres du commando…

Elle s'approche de la photo du membre numéro un : Louis Robitaille, un homme de cinquante-quatre ans au visage tourmenté, au regard intense, le visage encadré de longs cheveux gris. Artiste-peintre habitant Ville-Marie, une petite ville du Témiscamingue, il a acquis une modeste notoriété dans la région mais faisait plein de petits boulots au noir pour joindre les deux bouts. Divorcé depuis dix ans, sans petite amie connue. Il avait trois enfants, tous adolescents, qu'il voyait de temps en temps. D'après ceux-ci, leur père était un homme frustré car il n'arrivait pas à vivre de son art. Ses amis en dressent le même portrait, mais ajoutent que Robitaille était tout de même un bon vivant qui aimait bien faire la fête. Même s'il n'avait pas un sou, il était très généreux, ce qui rendait sa situation encore plus précaire. Il piquait parfois de spectaculaires crises de rage contre la culture québécoise qui était contrôlée, selon lui, par les bourgeois et les bien-pensants. Une semaine avant la fusillade, il a donné la presque totalité de ses tableaux à des amis, sans leur demander un sou.

— Comme s'il savait qu'il allait mourir, précise Chloé.

Pierre n'arrête pas d'écrire dans son calepin, le visage concentré, silencieux.

Robitaille avait un casier judiciaire, mais rien de sérieux : une bagarre dans un bar il y a trois ans, durant laquelle il avait cassé le bras d'un gars. Ses amis ont confirmé que Robitaille était soupe au lait.

— Voici quelques reproductions miniaturisées de ses peintures, fait Chloé en indiquant de petites affiches collées au mur.

Pierre s'approche : enchevêtrement de motifs, éclats de couleurs, coups de pinceaux écrasés, urgence dans le ton et l'atmosphère.

— Ça représente quoi, au juste ?

— C'est de l'abstrait, explique Chloé en observant les peintures avec tristesse. En tout cas, c'est violent et très chaotique. On y sent une grande souffrance, tu ne trouves pas ?

Pierre hausse les épaules.

Chloé désigne la photo du membre numéro deux, seule femme du commando : Siu Liang, une jeune et jolie Asiatique de vingt-neuf ans aux cheveux d'ébène longs jusqu'aux épaules. Ses parents sont arrivés au Québec alors qu'elle avait six ans et elle n'a jamais quitté Montréal depuis. Dentiste, sans enfant et redevenue célibataire il y a deux ans. Vie normale, beaucoup d'amies. C'était une fille extravertie mais qui tombait facilement dans la déprime. D'ailleurs, elle prenait des antidépresseurs. Son patron affirme qu'elle était compétente et de bonne compagnie. Son ex-conjoint dit qu'il l'a quittée parce qu'il en avait assez de son manque de confiance en elle et en la vie en général, et surtout de son obsession pour l'argent. Personne ne l'a vue durant la semaine précédant la tuerie. Aucun casier judiciaire.

Photo du troisième membre : Richard Proulx, un adolescent de dix-neuf ans au visage ravagé par l'acné, les cheveux blonds courts, la lèvre inférieure transpercée d'un anneau et le regard vacant. Résidant à Roberval, au Lac-Saint-Jean, il travaillait dans une usine de carton, habitait chez ses parents et avait une petite amie âgée de seulement quinze ans, ce qui était la cause de beaucoup de disputes entre sa mère et lui. Quand il ne travaillait pas, il sortait avec ses amis et buvait dans les bars jusqu'aux petites heures. On l'avait pincé six fois à faire du vol à l'étalage et, à seize ans, il avait même volé une voiture, évitant de justesse la prison grâce à son jeune âge. Taciturne et peu éduqué, il n'avait aucune curiosité intellectuelle sauf pour l'astronomie, ce qui lui attirait les quolibets de ses amis. Sa copine a même avoué qu'il la battait parfois quand il avait trop bu. Lui non plus, durant la semaine précédant la tuerie, n'a été vu de personne, sauf évidemment de ses parents qui ont affirmé qu'il était plus renfermé que jamais.

— Il a pris l'autobus pour Montréal la veille de la fusillade, sans prévenir personne, mais il a laissé ce message sur son lit, précise Chloé en montrant un papier sur le mur.

Pierre délaisse un instant son carnet pour s'approcher du message et lit l'unique phrase écrite d'une graphie laborieuse : *« My God, it's full of stars ! »*

— Une phrase du roman *2001 : l'odyssée de l'espace*, explique Chloé. Un classique de la science-fiction que Proulx vénérait.

Enfin, quatrième membre : Philippe Lacharité, quarante-deux ans, visage quelconque, cheveux courts bien peignés sur le côté, rasage impeccable, lunettes sans style. Fonctionnaire depuis douze ans, il vit à Touraine, tout près de Gatineau, avec sa femme et leur fille de huit ans. Homme tranquille, introverti, il partageait tout son temps entre le boulot et la maison, sauf le mercredi où il se rendait avec d'autres collègues à un cinq à sept qui se terminait en fait à dix heures du soir. On a découvert que le cinq à sept en question était suivi d'une visite chez une maîtresse avec qui il entretenait une liaison hebdomadaire depuis deux ans. D'après cette femme, il s'agissait d'une relation morne, qui servait surtout à déjouer leur ennui mutuel. La conjointe de Lacharité a avoué qu'elle se doutait bien de la double vie de son mari, mais elle s'était faite à l'idée, elle-même rencontrant de temps à autre un amant occasionnel de dix ans son cadet. Bref, un mari sans éclat, un père de famille coincé, un collègue de travail anonyme. Tout comme Liang, il prenait des antidépresseurs. Aucun casier judiciaire.

— Sa femme confirme que durant la semaine qui a précédé la fusillade, il a été plus taciturne que jamais.

Chloé fait quelques pas et résume la situation : quatre individus, trois hommes et une femme, de milieux sociaux différents, de conditions différentes, habitant dans quatre régions éloignées les unes des autres. En apparence, ils ne se connaissaient pas et n'avaient aucun ami en commun. Le dimanche 18 juin, la veille de la tuerie, Proulx (qui, selon ses parents, n'était sorti du Saguenay que deux fois) et Robitaille ont pris l'autocar jusqu'à Montréal sans prévenir personne et ont loué chacun une chambre pour la nuit, Proulx dans un Days Inn et Robitaille dans un Best Western (la détective montre les deux cartes d'inscription des hôtels). Le lendemain matin très tôt, Lacharité a annoncé à sa femme qu'il avait une réunion à Montréal et est parti avec sa voiture. Ils se sont rencontrés tous les quatre à Montréal dans une usine désaffectée : la voiture de Lacharité a été retrouvée abandonnée dans le parc industriel de l'arrondissement Saint-Laurent. Les armes devaient les attendre sur place, apportées par le fournisseur. Puis, avec la voiture décapotable de Liang, ils se sont rendus à Drummondville pour faire leur sale boulot.

— Aucun point commun entre eux, conclut Chloé, sauf que, de toute évidence, tous menaient des vies pas très satisfaisantes.

Pierre écrit encore quelques secondes, puis s'approche des photos.

— On a rien trouvé chez eux qui pourrait nous éclairer plus ?

— Je te l'ai dit l'autre jour : ils ont tout détruit avant de se rejoindre à Montréal.

Pierre se souvient, effectivement. Ses yeux se portent sur la photo de Nadeau et il pointe le doigt vers elle :

— Même elle ?

— Non, effectivement. Tu te souviens qu'on avait très peu fouillé chez Nadeau puisque le cas nous semblait clair : crime passionnel suivi d'une tentative de suicide. Mais la fusillade a changé la donne, évidemment, alors nous sommes retournés perquisitionner chez elle, Gauthier et moi. Franchement, on n'a rien trouvé d'intéressant. Le seul élément qui pourrait peut-être nous donner une piste est ceci…

Elle prend sur son bureau un mini-calendrier sur support de l'année 2006, du genre que l'on dépose sur son bureau ou son comptoir.

— Il était sur une étagère, parmi plein de paperasse non intéressante, dit-elle en le tendant à son collègue.

Pierre l'examine en tournant les petites pages représentant chacune un mois de l'année. Il n'y a presque rien d'inscrit dans les carrés des dates, sauf quelques rares rappels liés au travail de Nadeau, du genre : « Fin trimestre job » ou « réunion dép. ».

— Il y a quatre dates qui pourraient peut-être nous apprendre quelque chose, explique Chloé. La première est le 7 février.

Pierre tourne les pages jusqu'au mois concerné. Dans le carré du sept, il est inscrit au stylo : *Invita Vic 3447 Newton 20 : 00*, avec un gros point d'interrogation à côté.

— Le point d'interrogation semble indiquer que Nadeau n'était pas sûre d'accepter une invitation avec un certain Vic. Mais finalement, elle a dû y aller puisque ce Vic revient à trois autres dates : le 23 février, le 11 mars et le 27 mars. Donc, à des intervalles de seize jours.

Pierre se rend à chacune des dates sur le petit calendrier. Dans les deux premiers carrés apparaît uniquement le mot *Vic*, sans point d'interrogation; mais à la dernière date, le 27 mars, il est inscrit ceci: *Vic – 21:00 – déluge*.

— On a trouvé qui est ce Vic? demande le détective.

— Non. Aucun Vic dans l'entourage de Nadeau ni à son travail. Ni de Victor, de Vicky, de Victoria. Ni même de vicaire.

Elle sourit de sa blague. Pierre ne relève pas et, revenant à la première date, relit à haute voix:

— 3447, Newton… C'est une rue proche du centre-ville, non?

— Oui. On est allés au 3447. C'est un dépanneur.

— Un dépanneur?

— Eh oui. On a demandé au proprio, un certain Pepin, s'il n'avait pas un employé ou une employée qui s'appelle Vic ou qui porte ce surnom. On lui a aussi demandé s'il connaissait Diane Nadeau. Il nous a répondu non dans les deux cas. On a posé les mêmes questions à tous ses employés. Même réponse. Sauf pour un employé qui connaît un Vic, mais celui-ci habite à Sherbrooke et ne vient jamais à Drummondville. On est quand même allés le rencontrer, mais ça n'a mené à rien.

— Alors, quoi? Nadeau et ce mystérieux Vic avaient comme lieu de rendez-vous ce dépanneur? Ensuite, ils se rendaient ailleurs?

— Peut-être qu'ils ne se sont rencontrés dans ce dépanneur que le premier soir: aux autres dates, il n'y a plus d'adresse. Mais s'ils se donnaient rendez-vous à cet endroit chaque fois, ce n'était pas nécessaire non plus de réécrire le lieu. Bref, on ne sait pas.

Pierre réexamine les dates sur le calendrier, en particulier celle du 27 mars.

— L'heure a changé, ici. Et ce mot, « déluge », ça veut dire quoi?

Chloé secoue la tête.

— On patauge, je te l'ai dit! En plus, il est très probable que ces adresses et ce Vic n'aient absolument rien à voir avec la fusillade.

— C'est vrai.

Pierre remet le calendrier à sa collègue et retourne examiner le mur recouvert de photos et d'informations.

— Le scénario le plus vraisemblable demeure tout de même le règlement de comptes entre membres de gangs criminels, propose Chloé en s'assoyant sur le coin de son bureau. Ça expliquerait la présence de ces mitraillettes. Ça expliquerait surtout l'espèce d'appel qu'a lancé Nadeau devant la caméra de télévision. Tu te souviens lorsqu'elle a crié : « J'en peux plus, vous m'entendez ? Je pourrai plus tenir longtemps ! » ou quelque chose du genre ? Comme si elle prévenait les membres de son gang qu'elle allait parler. D'ailleurs, elle t'avait dit qu'elle voulait te confier des choses en arrivant à Tanguay. On aurait donc envoyé un commando pour l'éliminer, un commando formé de kamikazes qui savaient très bien qu'ils allaient mourir durant cette mission, aussi conditionnés que des terroristes palestiniens.

Pierre tourne un visage dubitatif vers la détective.

— Tu trouves vraiment que cette hypothèse tient debout, Chloé ? (Il indique les photos de la main.) Tu trouves que ces gens ont le profil de membres de gangs criminels ? d'agents kamikazes ?

— On a envoyé tout ce qu'on sait sur eux à la GRC. Ils nous ont dit qu'il y a plus de criminels qu'on le croit qui ont des doubles vies extrêmement bien camouflées.

Pierre demeure sceptique.

— La GRC a dit qu'elle ferait aussi des recherches, ajoute Chloé.

— On peut se débrouiller seuls, rétorque Pierre.

— De toute façon, ils nous ont dit qu'ils n'ont jamais vu une histoire comme ça. Ils n'y comprennent rien non plus.

Pierre regarde toujours les photos… et, l'instant d'un flash, il voit le corps de Rivard, couvert de balles, qui tend une main implorante vers lui… puis, une vive douleur à son épaule, comme si la balle lui traversait le bras une seconde fois… le sang… les cris… Le détective défaille une seconde et cligne plusieurs fois des yeux avant de réaliser qu'il est dans le bureau de Chloé. Cette dernière, qui a remarqué la déficience de son collègue, fronce un sourcil, mais Pierre s'empresse de demander :

— Vous avez prévenu Postes Canada de nous envoyer tout courrier qui leur serait destiné ?

— Voyons, Pierre, on n'est pas des amateurs…

Le policier continue d'observer les informations sur le mur tout en caressant sa moustache. Même si elle a peu travaillé avec Pierre, Chloé connaît ce geste : il signifie que le détective réfléchit, complètement absorbé. Un sourire se dessine sur les lèvres de la jeune femme et elle laisse échapper :

— En tout cas, je suis contente qu'on retravaille ensemble.

Mais Pierre, qui effleure toujours sa moustache du bout des doigts, ne l'entend même pas. Le sourire de Chloé s'élargit davantage.

◆

Nadine, l'une des participantes de l'émission, se confie à Marianne, toutes deux assises sur le lit de cette dernière.

— Il me disait que c'est moi qu'il préférait, pleurniche Nadine en s'efforçant de ne pas faire trop couler son maquillage. Mais il arrête pas de *cruiser* Amélie, je le vois ben ! Il la fait rire, il la touche tout le temps ! Il fait même semblant que son acteur préféré est Colin Farrell, mais c'est juste pour lui plaire ! En réalité, c'est Seann William Scott, le même que moi ! Je le sais, il me l'a dit !

Du fond de son divan, Pierre hoche la tête. Comment a-t-elle pu ne pas voir le jeu de Sébastien ? C'était pourtant tellement évident ! Ah, les filles…

Oui, les filles… surtout celles de vingt ans qui cachent des choses à leur père…

Pierre se passe une main sur le visage. Peut-il s'écouler ne serait-ce qu'une heure sans qu'il pense à *ça ?*

– Écoute, oublie Sébastien, c'est un écœurant, fait Marianne. Tiens, pour te remonter le moral, je vais te prêter ma blouse bleue que t'aimes tellement, tu la mettras ce soir…

— Ah, t'es fine, Marianne !

Et Nadine prend la jeune fille dans ses bras

Chez Pierre, le téléphone sonne. Le policier sait aussitôt qui appelle. Alors il ne bouge pas, surveille avec méfiance le téléphone accroché au mur comme s'il s'attendait à ce que l'appareil lui saute au visage. Deuxième sonnerie. Et si c'est pour l'enquête ? Il verra bien quand le répondeur se déclenchera. Après la troisième sonnerie, la voix enregistrée de Pierre annonce qu'il est absent, puis, après le « beep » sonore, une voix familière se fait entendre :

— Allô, p'pa… Heu… Je pense que… Faudrait qu'on se parle, hein ? Qu'est-ce t'en penses ?

Le visage de Pierre se durcit. La voix de Karine se veut assurée, un rien effrontée, comme pour donner l'impression que toute cette histoire, au fond, n'est pas vraiment dramatique… mais dans son ton, on décèle les accents de son trouble.

— Rappelle-moi donc quand t'auras deux minutes… Ben, je veux dire… Rappelle-moi, en tout cas, OK ?

Le détective entend une partie de son cerveau ordonner à son corps de se lever pour aller répondre, mais l'autre partie, celle qui est en colère, celle qui ne comprend pas, envoie un contre-ordre au même moment. Et Karine répète, en insistant sur ces mots avec gravité :

— Faut qu'on se parle.

Elle raccroche. Pierre réalise alors qu'il n'a pas respiré durant tout le message de sa fille. Il ouvre la bouche et prend une grande inspiration bruyante. Peu à peu, les voix en provenance de la télévision parviennent jusqu'à son cerveau.

— À mon avis, Marianne fait l'hypocrite, explique l'un des « analystes » de l'émission, au teint si bronzé qu'il en est orange. Il faut se rappeler qu'elle-même a un œil sur Sébastien. Peut-être même qu'ils ont déjà…

Et il a un petit geste convenu, qui déclenche le rire de l'autre analyste, une sexologue qui louche toujours vers le moniteur pour s'assurer que ses cheveux ne sont pas déplacés.

— Hmmm, les prochaines semaines promettent donc d'être émoustillantes ! commente l'animatrice avec un sourire dénué de toute conviction.

Pierre a beau se concentrer sur l'émission, l'écho du message de Karine ne cesse de rouler dans son esprit.

◆

— Tu lis quoi ? demande Chloé en entrant dans le bureau de son collègue.

Assis derrière son bureau, Pierre lui montre ce qu'il tient entre les mains : le petit calendrier de Nadeau.

— Ce dépanneur de la rue Newton comme lieu de rendez-vous me rentre pas dans la tête, explique-t-il. Et ce mot à la quatrième date, *déluge*…

— Je te l'ai dit hier : peut-être que tout ça n'a rien à voir avec notre enquête.

— Je sais, concède Pierre en rejetant le calendrier sur son bureau.

L'air fatigué, il masse son visage des deux mains. Chloé prend un air préoccupé.

— Je suis contente de travailler avec toi, mais… en même temps, je ne peux pas m'empêcher de me demander si ton retour au boulot est une bonne idée.

Pierre laisse retomber ses mains, ennuyé. Chloé s'assoit de l'autre côté du bureau :

— Comment peux-tu te sortir de ton traumatisme si tu travailles sur le cas qui a justement causé ce traumatisme ? Je sais que c'est une idée de ton psychologue mais… Toi-même, tu le trouvais bizarre après ta première rencontre, peut-être que ses compétences sont… heu…

— Pis moi, je te dis que ça marche ! la coupe Pierre avec humeur.

— Tu en rêves encore ?

Il recule la tête. Oui, il en rêve toujours. Et au cours des dernières nuits est apparue une variante de taille, assez épouvantable : il continue à voir Rivard se faire déchiqueter par les balles, il continue à chercher son pistolet, il tient toujours le dernier message de Jacynthe entre ses mains, mais à la fin, la présence de Karine dans le fourgon s'est précisée, au point que maintenant elle est en sous-vêtements et tient entre ses doigts un immonde vibrateur. Tandis que les assassins, tout en brandissant leurs armes vers elle, sifflent vulgairement d'admiration, elle tourne un visage outrageusement maquillé vers son père et lui lance le plus triste et le plus accusateur des regards. Il se réveille chaque fois lorsque les mitraillettes se remettent à tirer.

Bon Dieu ! d'abord la fusillade, ensuite cette affreuse découverte sur sa fille… Avait-il besoin de cela *en plus ?*

— Tu en rêves encore ? répète Chloé.

— Presque plus, ment-il. Pis les rêves sont moins pires.

Chloé n'a pas l'air dupe. Pierre se lève et se met à arpenter le petit local.

— Écoute, Chloé, je me sens déborder d'adrénaline ! Jamais j'ai voulu autant régler une affaire que celle-là ! Si je me retenais pas, je fouillerais toutes les rues Newton de la Terre ! Si je…

Il se tait, comme frappé par une idée. Il marmonne à sa collègue :

— On est vraiment cons…

◆

Les doigts du sergent Boudreault dansent sur son clavier depuis deux minutes, sous l'œil de Pierre et de Chloé qui se tiennent derrière et attendent. Enfin, une courte liste apparaît sur l'écran.

— Voilà, explique Boudreault en s'écartant. Il y a neuf villes ou villages au Québec qui ont une rue Newton. Mais seulement quatre qui ont le numéro 3447.

Les deux détectives examinent les villes en question : Drummondville, Amos, Québec et Victoriaville.

— Vic, c'était pas quelqu'un, marmonne Pierre. C'était une ville.

Chloé relève la tête, piquée :

— Ce n'était pas évident à deviner ! D'habitude, quand les gens parlent de Victoriaville, ils disent *Victo*, pas *Vic* !

Pierre lui lance un petit clin d'œil narquois, regarde sa montre et annonce à sa collègue :

— Parfait. On s'en va à Victo.

◆

Le 3447 est une salle communautaire située tout au bout de la rue Newton, entourée de terrains vagues. Au loin, à environ trois cents mètres, on peut voir deux petites entreprises, ouvertes seulement durant les heures de bureau. Pierre et Chloé font quelques pas vers la salle, s'arrêtent et regardent les alentours. Le ciel est couvert, mais la chaleur est suffocante, ce qui n'empêche pas Pierre, fidèle à son habitude, de porter chemise à manches longues et veston.

— Et cette compagnie, Wizz-Art..., demande-t-il, elle fait quoi ?

Derrière lui, un homme d'une quarantaine d'années, habillé en complet-cravate, se tient près de la voiture de Pierre, un attaché-case dans la main droite. Il se met en marche vers les policiers tout en consultant une feuille de papier.

— De l'infographie. Leurs formateurs voulaient louer la salle pour une réunion d'employés pour leur présenter un nouveau logiciel, ou quelque chose du genre...

— Et ils ont loué la salle les 7 et 23 février derniers, de même que le 11 mars, c'est ça ? poursuit Pierre comme pour lui-même.

— Oui.

— Mais pas le 27 mars ? demande Chloé.

— Non. Le 27 mars, comme je vous l'ai dit, la salle a été louée par le groupe Impec, qui se spécialise dans la… heu… (il consulte sa feuille) dans la fiscalité.

Pierre approuve. Cinq minutes plus tôt, il a appelé Boudreault, à Drummondville, pour qu'il fasse des recherches sur ces deux compagnies. Il attend son rappel d'ici quelques minutes.

— Vous nous faites voir l'intérieur, monsieur Lefebvre ? demande poliment Chloé.

Lefebvre range la feuille dans son attaché-case et, tout en marchant vers l'entrée, fouille dans son veston à la recherche de ses clés.

— Ça doit être passionnant, ça, être policier ? demande-t-il en déverrouillant la porte.

— Oui, assez, répond Chloé en souriant.

— Est-ce que vous avez déjà… heu… tiré sur quelqu'un ?

La détective paraît tout à coup lasse, comme si elle en avait assez de ce genre de questions.

— Non, jamais…

Le bureaucrate paraît un brin déçu et se tourne vers Pierre, comme s'il espérait une réponse plus intéressante de sa part. Mais devant l'air fermé du détective, il s'empresse d'ouvrir la porte.

À l'intérieur, ils montent quelques marches, puis se retrouvent au centre d'un couloir qui s'étire de droite à gauche. Lefebvre marche vers une autre porte et la déverrouille aussi en expliquant :

— La salle proprement dite est de l'autre côté. Aux extrémités du couloir, il y a deux bureaux qui ne servent à peu près jamais, une petite cuisine et les toilettes.

Ils entrent dans la salle, immense pièce très haute avec une scène à l'avant et des dizaines de chaises et de tables empilées le long des murs, le tout éclairé par de nombreux néons.

— Vous louez souvent cette salle à des entreprises ? demande Chloé en montant sur la scène pour l'examiner de plus près.

— Assez, oui. On la loue aussi pour des mariages ou des fêtes de famille. C'est ici, par exemple, que les scouts et le club optimiste tiennent leurs rencontres.

Pierre s'approche des chaises empilées.

— La seule condition, c'est que les locataires doivent laisser la salle en ordre lorsqu'ils partent, poursuit Lefebvre, toujours près de la porte. Et s'ils apportent de l'alcool, ils doivent avoir un permis.

Chloé redescend de la scène et se dirige lentement vers le centre de la salle en examinant le plancher. Le bureaucrate piétine sur place.

— Qu'est-ce que vous cherchez, au juste ?

Il est interrompu par la sonnerie du cellulaire de Pierre. Le policier écoute pendant quelques secondes, puis hoche la tête d'un air entendu, les yeux plissés. Quand il coupe la communication, c'est sans surprise qu'il lance à sa collègue :

— Wizz-Art et Impec existent pas.

— Comment, ça n'existe pas ? bredouille le fonctionnaire en avançant de quelques pas. Ils nous ont payés, les chèques ont passé !

— Peut-être, mais ces compagnies n'ont pas d'existence officielle.

Chloé, peu impressionnée, s'est remise à examiner le plancher.

— On les a appelées une semaine avant leurs réunions pour confirmer les dates ! insiste Lefebvre. Je vous ai même donné les numéros de téléphone, tout à l'heure !

— Maintenant, ces numéros sont hors service, rétorque Pierre sans se démonter. Sûrement des numéros de cellulaires qui ont été détruits depuis.

Lefebvre passe une main sur son front moite, comprenant qu'il a peut-être loué la salle à des criminels.

— Viens donc voir ça, fait alors Chloé en fixant le sol.

Pierre va la rejoindre. Quelques petites taches brunâtres peu visibles, comme délavées, parsèment le plancher de bois, semblables à des éclaboussures qui auraient aspergé le sol sur une distance d'environ quarante centimètres. Le fonctionnaire s'approche à son tour avec prudence, comme s'il s'attendait à trouver quelque chose d'épouvantable. En voyant la cause de toute cette curiosité, il a une expression de soulagement.

— Oui, évidemment, même avec la meilleure volonté, certains locataires font parfois de menues gaffes. Ce qui est le cas de Impec… enfin, de ceux qui se faisaient appeler Impec…

— Comment vous savez que ce sont eux les responsables ?

— Les gens de l'entretien nous ont dit que le 27 mars au matin, ces taches n'existaient pas, et que le lendemain elles y étaient. Nos employés affirment avoir tout fait pour les faire partir, mais sans succès. On a songé à rappeler Impec, mais bon, j'ai laissé tomber puisque je savais déjà qu'on allait changer les planchers en septembre prochain.

Il émet un rire bref, comme pour se convaincre qu'il n'y a rien de grave dans tout cela.

— D'ailleurs, ça paraît très peu. C'est probablement du vin ou quelque chose du genre. Ils n'avaient pas de permis d'alcool, mais parfois les gens trichent. Et comme on n'est pas là pour surveiller…

Il semble soudain se rappeler qu'Impec n'est pas une vraie compagnie et demande :

— C'est *sûrement* du vin, n'est-ce pas ?

Pierre, qui s'est penché aussi sur les taches brunes, les examine encore un moment, puis se relève en disant à sa collègue :

— On va dire aux gars du labo de venir analyser ça.

— Voyons, balbutie le fonctionnaire, vous pensez quand même pas que c'est…

Il n'ose même pas compléter. Très pâle, il marche vers une chaise qui traîne et s'assoit dessus, tenant son attaché-case sur ses genoux.

— Les gars du labo pourraient aussi fouiller le reste de la salle, propose la policière. Pour voir s'il y a des empreintes ou…

— Depuis mars dernier, il doit y avoir des centaines d'autres personnes qui ont passé par cette salle. On trouvera rien d'autre.

Chloé fait quelques pas, regarde autour d'elle d'un air songeur, puis demande à Pierre :

— Qu'est-ce que Diane Nadeau est venue faire ici, ces quatre soirs ?

Pierre, pour toute réponse, observe à nouveau les petites taches à moitié effacées sur le plancher.

◆

Durant les jours suivant la découverte de la salle à Victoriaville, aucun nouvel élément ne vient faire progresser l'enquête. Pierre, qui tenait à interroger lui-même l'entourage des quatre membres du commando suicide, s'est rendu à Montréal, Touraine, Roberval et Ville-Marie (cette dernière ville étant si loin qu'il a loué une chambre d'hôtel sur place). Il voulait savoir, entre autres, s'il était possible que les tueurs se soient aussi rendus aux mystérieuses réunions à Victoriaville. Mais dans le cas de Lacharité et de Proulx, il y avait de solides alibis pour la plupart des quatre dates. Victoriaville ne semblait donc pas leur lieu de rendez-vous. Alors qu'était donc allée y faire Nadeau ? Wizz-Art et Impec sont sûrement le lien. Nadeau et les quatre membres du commando avaient sans doute des liens avec ces compagnies fantômes.

— Mais on sait qu'ils n'ont pas pu tous se rencontrer à Victoriaville ! fait remarquer Chloé.

— Peut-être, mais ça empêche pas qu'ils faisaient peut-être partie d'un gang qui se cachait sous le nom de Wizz-Art ou Impec. Il faut trouver des traces de ces deux fausses compagnies.

Le samedi après-midi, Karine laisse un autre message sur le répondeur de son père. D'une voix qui se veut distante mais teintée de tristesse, elle répète qu'ils doivent se parler mais, encore une fois, Pierre ne rappelle pas. Ce même soir, Chloé l'invite à aller prendre un verre. Il refuse poliment et passe la soirée à broyer du noir, imaginant des dizaines d'hommes entrer chez sa fille, tous avec un regard lubrique et l'écume aux lèvres.

Le lundi, il se rend à son rendez-vous à Saint-Bruno. Ferland le reçoit de fort bonne humeur, en parfait contraste avec l'attitude réservée et froide qu'il affichait lorsqu'il a accueilli le policier dans son bureau, onze jours plus tôt.

— Vous avez pas idée à quel point ça me fait du bien de travailler sur cette affaire ! explique Pierre au psychologue assis devant lui. J'ai vraiment l'impression d'avoir un certain contrôle sur les événements, c'est tellement soulageant !

Ferland, les jambes croisées, hoche la tête et demande tout naturellement :

— Racontez-moi donc le déroulement de l'enquête.

Pierre est pris au dépourvu. Ferland explique :

— Si je veux mesurer les effets de cette enquête sur vous, si je veux m'assurer qu'elle vous aide vraiment et non pas qu'elle vous nuit, je dois savoir comment vous la traitez. Juste votre façon de me la raconter me donnera des indications sur votre état.

— Mais les enquêtes sont confidentielles...

Ferland sourit.

— Les psychologues sont comme les curés, Pierre. Ils sont tenus au secret professionnel.

Tranquillisé, le détective résume toute l'affaire à Ferland ou, du moins, le peu de progrès accompli. Lorsqu'il raconte la découverte de la salle communautaire à Victoriaville, Ferland se penche en avant, redoublant d'attention. À la fin, le policier lève les bras :

— Voilà. Comme vous voyez, c'est vraiment un cas... un cas assez incompréhensible.

— Effectivement, c'est tout à fait fascinant... Et vous en concluez quoi ?

— Si Nadeau faisait effectivement partie d'un gang criminel, on dirait que c'est dans cette salle que les membres se rencontraient. D'ailleurs, les taches sur le plancher sont bien du sang. On a aussi vérifié les autres groupes qui ont loué la salle durant l'année, mais ils sont tous *clean*. Il y a juste ces quatre dates qui sont... louches. Pour être franc avec vous, depuis la découverte de cette salle, on piétine pas mal.

Pierre remarque enfin l'air captivé du psychologue, comme si Ferland était plus intéressé par l'enquête proprement dite que par les effets de celle-ci sur le policier. Mais Ferland n'a-t-il pas avoué à Pierre, l'autre jour, que le travail de détective l'attirait et qu'il aurait même aimé exercer ce métier ? Comme pour rassurer le policier, Ferland lui dit :

— Vous semblez vous en tirer très bien, Pierre. Avez-vous vécu des moments plus difficiles ?

Pierre dit qu'il rêve encore toutes les nuits au massacre, mais se garde bien de parler de la présence accusatrice de sa fille dans le fourgon, vibrateur à la main.

— Les rêves risquent de se poursuivre quelque temps, c'est normal, fait le psychologue d'un air désintéressé. Autre chose ?

Après un balancement, le policier avoue qu'il a eu deux ou trois moments plus difficiles. Par exemple, lorsqu'il a nettoyé son Glock, il a ressenti une furtive défaillance, la tête envahie de déflagrations et de cris. Il a même dû sortir dehors en vitesse pour mieux respirer. Mais ces quelques défaillances ont toujours été discrètes et de courte durée. Et les envies de pleurer ont disparu.

— Ces petits moments d'angoisse m'apparaissent assez normaux aussi, dit le psychologue. Ce qu'il faut savoir, c'est si ces défaillances vous empêchent de travailler ou obscurcissent votre jugement.

— Non, pas du tout. En tout cas, je pense pas.

— Parfait. Rien d'autre ?

Pierre, assis bien droit, frotte lentement et inconsciemment ses deux cuisses. Bien sûr qu'il y a autre chose : Karine. Mais encore une fois, comme lors de sa dernière visite à Ferland, il décide de ne pas en parler. Qu'est-ce que ça donnerait ? En plus, cela n'a rien à voir avec les raisons de sa présence ici. Il réalise tout à coup que le frottement sur ses cuisses a pris une ampleur quelque peu exagérée et il s'oblige à stopper ses mains.

— Non, rien d'autre.

Ferland, qui a remarqué sa nervosité, l'observe un moment puis décide de passer outre :

— C'est très intéressant et cela prend l'allure que je souhaitais : la fusillade vous obsède autant qu'avant, mais pour des raisons différentes. Il y a eu un transfert positif : votre traumatisme s'est transformé en défi. C'est très bien. Mais comme des rechutes sont possibles, je ne veux pas vous lâcher.

Ils se donnent donc rendez-vous pour la semaine suivante et Pierre, en donnant la main à Ferland, remarque encore une fois à quel point le psychologue semble passionné par son cas. Vraiment un drôle de type…

Mais tout à fait efficace, force est de le reconnaître.

◆

Le sixième jour après la visite à Victoriaville, Pierre est convoqué au bureau de Bernier, où l'attend déjà Chloé.

— J'ai ici le courrier qu'a reçu Nadeau ce matin, explique le capitaine. Et cette fois, il y a une lettre personnelle.

Il désigne trois enveloppes sur son bureau : un compte d'Hydro, une offre de rabais d'une compagnie de nettoyage de tapis… et une enveloppe blanche, adressée à Diane Nadeau. Pierre l'ouvre et en sort une simple feuille lignée, qui fait environ la moitié d'une page de format lettre. Le policier la lit à haute voix :

« *Salut, Didi… Eh oui, je fais un petit bond-surprise au Québec, mais je dois repartir dans deux semaines. J'ai appelé mais tu ne réponds pas. Alors comme tu aimes le côté romantique et mystérieux des lettres… Appelle-moi si tu as envie de l'une de nos rencontres secrètes et éclairs. Ça fait un bail, non? Tu en profiteras pour me dire si tu vas mieux. Au fait, as-tu réussi à te qualifier pour cette émission, comment ça s'appelle…* Vivre au Max*? Tu y tenais tellement! Allez, appelle-moi ou, mieux, viens me voir sans prévenir! Ça me donnera de l'énergie pour mes quatre prochains mois en Europe! Je loge au même endroit que d'habitude et je t'attends…* » Et c'est signé: « *Ton Gros Loup.* »

— Gros Loup! commente Bernier. Joli, comme petit nom d'amour…

Pierre le dévisage, comme s'il se demandait si son supérieur était sérieux ou non.

— Manifestement, Gros Loup ne sait pas que sa Didi a tué quatre personnes et qu'elle s'est fait assassiner à son tour, remarque Chloé. On lui rend visite?

— Ça va être difficile, répond Pierre. Il a pas inscrit son adresse sur la lettre. Il est sûrement dans un hôtel, mais comme l'oblitération indique que la lettre a été postée de Montréal, ça nous laisse un choix presque infini…

— On dirait une sorte d'amant secret, qui est souvent à l'étranger, lance Bernier, le ton rêveur.

Pierre approuve en silence tout en examinant attentivement la missive. Elle provient d'un petit cahier aux feuilles détachables: des lignes aux espaces larges, avec une courte ligne isolée en haut, comme pour inscrire une date. Dans le coin droit, en lettres rouges, le mot NOTES. Un cahier de notes, donc, qu'on peut trouver partout. Rien à en tirer. Chloé propose:

— On peut bien questionner l'entourage de Diane Nadeau pour savoir si quelqu'un connaissait ce Gros Loup, mais franchement, s'il était en Europe durant les événements, je ne vois pas en quoi il nous sera utile. Mais, bon, on a rien à perdre. Et on peut prendre les empreintes digitales sur la lettre, pour vérifier si elles sont fichées.

Mais elle dit cela d'une voix assez morne, comme si elle se doutait déjà que cette lettre n'avait rien à voir avec leur enquête. Pierre est du même avis, mais relit tout de même le mot doux pour la troisième fois.

— Elle a auditionné pour *Vivre au Max,* on dirait, fait-il remarquer.

— Comme des milliers d'autres, ajoute Chloé d'un air découragé.

— Vous l'avez écoutée, jeudi passé ? demande le capitaine, emballé. C'était vraiment drôle ! Surtout la fille qui a fait sa déclaration d'amour au chanteur, là, comment il s'appelle… Elle avait l'air tellement conne !

— Pourquoi tu t'intéresses au fait que Nadeau a auditionné pour cette émission ? demande Chloé en ignorant complètement la remarque de son supérieur.

Pierre hésite une seconde, comme s'il questionnait lui-même la pertinence de son idée.

— Comme on cherche des pistes ou des personnes qui pourraient nous en apprendre plus sur elle, peut-être que ceux qui lui ont fait passer l'audition ont remarqué quelque chose, un comportement particulier… Par exemple, ça pourrait être intéressant de savoir quel rêve elle voulait réaliser à *Vivre au Max*, ce serait peut-être révélateur de quelque chose.

— Pas bête, concède Chloé. Au point où on en est…

— Max Lavoie a déjà dit en entrevue que non seulement il lisait tous les rapports d'auditions, mais qu'en plus il les conservait tous, intervient Bernier.

— Oui, j'ai entendu ça moi aussi, approuve Pierre.

— Hé ben ! Des vrais fans de Max Lavoie ! lance Chloé sur un ton sarcastique. C'est encourageant de voir des mâles avec de si nobles modèles !

Les deux hommes la dévisagent sans l'ombre d'un sourire et Chloé décide de ne pas insister.

◆

Pierre actionne les essuie-glaces de sa voiture en maugréant. Dire que la météo avait prévu un ciel dégagé ! La pluie est si forte que la radio devient inaudible, complètement parasitée. Pierre change de poste et, par hasard, tombe sur une tribune téléphonique où l'animateur demande aux auditeurs ce qu'ils pensent de la privatisation du système de santé.

Il est dix-sept heures moins cinq lorsqu'il arrive à Montréal. Tandis qu'il traverse le pont Jacques-Cartier, il examine la circulation complètement bloquée dans l'autre direction.

Comment les gens font-ils pour supporter tous les jours ces « bouchons » ?

— Moi, je suis d'accord qu'on privatise la santé parce que notre gouvernement est trop pourri pour faire fonctionner le système public ! explose un auditeur à la radio. Pourquoi des citoyens qui ont travaillé toute leur vie seraient victimes de ce système-là ? S'il faut payer pour être bien traités, alors payons ! On n'a pas le choix, tous nos docteurs veulent s'en aller ! Et ils ont raison, je les comprends ! Moi, si…

Pierre ferme la radio, assommé par ces discussions emmerdantes. Système de santé public ou privé, qu'est-ce que ça peut bien lui foutre ?

Au centre-ville, il est à nouveau sidéré, comme chaque fois qu'il vient à Montréal, par ces énormes panneaux publicitaires, la plupart recouverts de jeunes filles presque nues qui annoncent des vêtements qu'elles ne portent pourtant pas… Il s'arrête dans un petit snack du centre-ville pour manger rapidement deux hamburgers et une frite. Par la grande fenêtre qui donne sur Sainte-Catherine, il voit une prostituée faire les cent pas sur le trottoir. Tout à coup, il n'a plus faim et jette son second hamburger qu'il a à peine entamé. De retour dans sa voiture, il consulte son plan et se rend compte que, pour aller au Studio Max qui se trouve dans le nord, il aurait dû prendre le tunnel. Tant pis, il traversera toute l'île…

À dix-huit heures dix, il gare sa Suzuki dans le vaste stationnement du studio. C'est donc ici que se déroule cette émission qu'il aime tant, que *tout le monde* aime tant ! Et dans quelques instants, il va rencontrer l'animateur de celle-ci, Max Lavoie en personne ! Un petit picotement parcourt l'épiderme du policier. Pierre n'est pas du genre à s'émouvoir, mais il doit reconnaître que ce Lavoie l'impressionne : son charisme, son succès, son audace… En fait, lui qui n'a pourtant jamais ressenti de nervosité lors des centaines de rencontres qu'il a dû faire pour ses enquêtes, voilà qu'il se sent intimidé pour la première fois de sa carrière. Il est vrai que c'est aussi la première fois qu'il interroge une vedette. Et pas n'importe laquelle ! D'ailleurs, il aurait pu appeler Lavoie ou son agent ou sa secrétaire, mais il avait *envie* de le voir dans son studio, et non pas dans un endroit neutre. Le détective a donc décidé de venir directement à Montréal sans prévenir, un jeudi soir, juste avant l'émission, afin d'être certain de tomber sur la grande vedette. C'est bien sûr enfantin et il a un peu honte de cette procédure tout à fait contraire à ses habitudes mais, bon, c'est un caprice plutôt inoffensif, non ?

Relevant son veston pour se protéger de la pluie, il court vers les grandes portes vitrées, qu'il trouve verrouillées, mais une affiche indique que les bureaux sont à l'arrière. Pierre repart au pas de course. Il se retrouve tout trempé devant un comptoir où une jeune et jolie femme l'accueille en souriant.

— Je voudrais rencontrer monsieur Lavoie.

— Vous avez rendez-vous ?

— Non, mais…

— Monsieur Lavoie ne reçoit que sur rendez-vous, explique la réceptionniste sur un ton mécanique. Et comme en ce moment il se prépare pour l'émission de ce soir, il est très occupé. Il y aurait possibilité d'un rendez-vous dans deux semaines. C'est à quel sujet ?

— Je suis sergent-détective et je viens de Drummondville.

Il brandit son badge. La jeune femme se tait, court-circuitée, comme si devant une telle réponse aucune réplique n'était prévue dans la banque de données qu'elle a si consciencieusement assimilée.

— Rien de grave, assure le détective. Ça ne le concerne pas directement.

La réceptionniste prend enfin une décision et, avec un sourire crispé, soulève le combiné du téléphone.

◆

— Pis, pas trop énervés ? demande Maxime en se claquant dans les mains.

Les trois invités sont assis dans de confortables fauteuils, dans un coin retiré des coulisses, boisson gazeuse ou café en main : une jeune fille dans la vingtaine, une autre femme plus âgée et un jeune trentenaire. Ils sourient tous les trois, entourés de quelques membres de leur famille qui ont le privilège de leur tenir compagnie en coulisses avant le début de l'émission.

— J'ai jamais été aussi excitée, répond la jeune fille.

Les deux autres approuvent en silence.

— Le monde va vous admirer ce soir parce que vous avez du *guts !* les galvanise l'animateur.

Ils acquiescent gravement. Le jeune homme marmonne même :

— Je vais leur montrer que je suis quelqu'un...

— En plein ça, l'aiguillonne Maxime. Pis en plus, vous allez p...

Mais Donald s'est approché de lui et lui marmonne discrètement qu'il doit lui parler. L'animateur a une brève grimace, puis, tout sourire, s'excuse auprès des participants.

— Je t'ai déjà dit de ne pas me déranger quand je parle aux invités ! ronchonne-t-il à son secrétaire une fois à l'écart.

— Y a un flic à la réception qui veut vous voir.

Maxime ne réagit pas, mais intérieurement il se met aussitôt en mode « alerte ». Quand des gens veulent lui intenter un procès (ce qui arrive souvent), on lui envoie des avocats, pas des flics.

— Il paraît que ça n'a pas directement rapport avec vous et que vous n'avez pas à vous inquiéter, fait Donald. Mais, bon, je voulais quand même être discret.

Maxime se sent aussitôt rasséréné.

— Il ne peut pas venir me voir à un autre moment ?

— Il arrive de Drummondville.

Au mot Drummondville, non seulement l'état d'alerte se remet en fonction, mais il est même sur le point d'atteindre le degré « panique ». À un tel point que Donald remarque que quelque chose cloche :

— Ça va, Max ?

— Oui, oui, pas de problème. Envoie-le au salon-rencontre dans cinq minutes.

Donald s'éloigne, mais Maxime s'oblige à demeurer immobile. Il ne veut pas bouger tout de suite. Il faut qu'il retrouve le contrôle complet. Autour, les techniciens travaillent, personne ne fait attention à lui. Enfin, il se met en marche. Sanschagrin, évidemment, choisit ce moment pour apparaître :

— Max, faut que je te parle. Un des procès ne s'annonce pas très bien. Tu sais, la femme qui te poursuit parce que le participant d'il y a trois semaines est allé... heu... déféquer dans sa piscine...

— Plus tard, Robert.

Il franchit la sortie des coulisses, traverse le long couloir et entre dans son bureau. Gabriel joue à un jeu vidéo sur la télévision.

— Il y a un policier qui veut me voir.

L'adolescent se désintéresse de l'écran et tourne la tête vers son tuteur, le regard plus sombre qu'à l'habitude.

— De Drummondville, ajoute l'animateur.

Cette fois, un semblant d'étonnement se lit dans les yeux de Gabriel. Maxime s'appuie contre son bureau, les bras croisés, puis fait un geste nonchalant.

— Je m'inquiète sûrement pour rien.

C'est dans ces moments que le silence du jeune adolescent est le plus difficile à accepter. En ce moment, c'est de Ferland qu'il aurait besoin, de ses conseils, de son appui…

— Tu peux rester si tu veux, mais comme c'est un flic, j'imagine que tu n'y tiens pas vraiment.

Dans l'expression de Gabriel, un rapide acquiescement se laisse percevoir.

— Je comprends, fait le milliardaire. Je vais demander à Luis d'aller te reconduire tout de suite à la maison.

Une minute plus tard, Maxime est dans le salon-rencontre et se regarde dans le miroir: un peu pâle, peut-être, mais en parfait contrôle. Il n'a pas encore enfilé ses vêtements cool pour l'émission, mais c'est parfait: sa tenue actuelle plus ordinaire mettra le flic en confiance.

On cogne à la porte. Maxime s'y dirige en affichant son célèbre sourire qui lui a valu la couverture de bon nombre de magazines. La revue *Filles d'aujourd'hui* a même couronné Maxime le « trentenaire le plus *hot* du Québec ».

Le policier est en civil: chemise banale, veston terne, cravate quelconque. Grandeur moyenne. Cheveux châtains coupés court. Petite moustache plutôt ridicule. Trente-huit ans, peut-être quarante. L'air très austère. Encore humide de pluie.

— Lieutenant Columbo, je suppose?

Le policier ne sourit pas du tout, comme s'il ne saisissait pas très bien. D'accord: le gars n'a pas beaucoup d'humour. Ce ne sera pas simple. Maxime lui tend la main:

— Je plaisante. Maxime Lavoie, enchanté.

— Sergent-détective Pierre Sauvé, répond l'homme en lui tendant la sienne.

Le gars a de la poigne. Malgré la réserve de son visiteur, Maxime décèle l'admiration dans son regard. Donc il n'est pas du côté des détracteurs. Peut-être même écoute-t-il son émission.

Un bon point pour moi.

Maxime l'invite à entrer, lui désigne les confortables fauteuils. Pierre remercie et s'installe. Tout en marchant vers le bar, l'animateur demande :

— À ce que je vois, vous vous êtes fait prendre par la pluie. Est-ce que les Drummondvillois viennent de traverser une semaine aussi aqueuse que les Montréalais ?

— Heu... j'imagine, oui, fait Sauvé d'un air interloqué.

Maxime comprend soudain : le flic est dérouté par son niveau de langage. Donc, il écoute l'émission. Parfait, jouons donc le jeu.

— Que c'est que vous buvez, sergent ? Une petite *shot* de gin ?

Sauvé semble presque choqué.

— Je suis en service. Juste de l'eau, merci.

Un pur, se dit Maxime. OK, il ne poussera donc pas trop la familiarité. Il se prépare un gin tonic, verse de l'eau Évian dans un second verre et revient vers les fauteuils.

— Sergent-détective Pierre Sauvé, comment puis-je vous être utile ? demande-t-il avec bonne humeur en déposant les verres sur la petite table de verre.

Au moment même où ses fesses touchent le fauteuil, il replace l'homme devant lui : c'est le flic qui a survécu à la fusillade de Drummondville ! Impossible que Maxime se trompe : la photo du policier avait fait la une de tous les journaux.

— Un homme comme vous doit pas souvent recevoir la visite de la police, et je m'en excuse, commence Sauvé en sortant un calepin et un crayon de son veston. Mais je vous rassure tout de suite : ma visite a rien à voir avec vous directement.

— Je suis content d'entendre ça : je pensais que vous veniez m'arrêter pour mon délit de fuite de l'autre nuit, quand j'étais ben soûl.

Il rit. L'air impassible du détective lui confirme que l'homme ne pratique l'humour que durant les jours fériés. Il prend donc une autre gorgée de son verre, pour aussitôt se dire d'y aller mollo sinon il va le terminer dans les vingt prochaines secondes.

— J'enquête sur le meurtre d'une femme, Diane Nadeau, qui elle-même a tué quatre personnes. Elle a perdu la vie au cours d'une tuerie, il y a un mois, à Drummondville. J'imagine que vous en avez entendu parler.

— C'est sûr. Vraiment *heavy*. La mort des autres policiers, ç'a dû vous rentrer d'dans.

— Assez, oui, fait Pierre en détournant le regard.

En voyant l'air troublé du policier, Maxime se dit que c'est sans doute un bon moment pour le reconnaître. Il mime donc l'ébahissement et s'exclame :

— Mais... Attendez, vous êtes... Vous êtes celui qui a survécu, *right* ? Votre photo a passé partout dans les journaux, à la télé...

— Oui, c'est moi, convient le détective, morose, et il tourne la page de son carnet par contenance.

— Pis c'est *vous* qui enquêtez sur cette affaire ?

Cette fois, l'étonnement du milliardaire n'est pas feint. Comment peut-on enquêter sur une tuerie durant laquelle on a failli mourir ?

— C'est moi qui l'ai demandé, explique brièvement Sauvé.

Puis, avec un geste du genre : « passons à autre chose », il reprend son aplomb et poursuit :

— Nous explorons toutes les avenues possibles concernant cette femme et...

— Vraiment épouvantable, ce massacre ! le coupe Maxime. Pourquoi ces... heu... ces fous furieux l'ont-ils tuée, au juste ?

— On sait pas encore. Nous cherchons justement un lien entre les assassins et leur victime.

— Est-ce que vous avez des pistes ?

— C'est une enquête policière, monsieur Lavoie. C'est confidentiel.

Sauvé a un petit sourire poli, mais qui lance un message très clair : ne pas insister. Le flic a beau être impressionné par le célèbre animateur, il n'enfreindra pas le code de déontologie. Maxime a souvent remarqué que les gens ont tendance à se confier à lui juste parce qu'il est une vedette. Pas Sauvé, on dirait. Vraiment un pur.

— Je comprends, s'empresse donc de dire l'animateur en levant une main en signe d'excuse.

— Comme je le disais, on explore tout ce qu'on peut trouver sur Diane Nadeau et on a découvert qu'elle a auditionné pour votre émission.

La nervosité en Maxime n'augmente pas mais se confirme. Il attend la suite avec impatience, mais devant le silence du policier, il comprend que c'est lui qui doit réagir.

— Ah, ouais ? Eh ben ! Si ceux qui haïssent mon émission savaient ça, ils se paieraient la traite pas à peu près !

— Est-ce que vous vous souvenez de cette Diane Nadeau ?

Maxime fait teinter les glaçons dans son verre.

— Vous savez combien d'auditions on a eues pour *Vivre au Max,* détective Sauvé ? Soixante-quatre mille ! Trente-deux mille par année ! Pensez-vous que je les ai tous rencontrés ? J'avais quarante-quatre postes d'auditions répartis dans la province.

— Vous avez souvent dit en entrevue que vous lisiez toutes les demandes, car c'est vous seul qui décidez des candidats.

S'il sait ça, c'est parce qu'il connaît ma carrière. Il a beau jouer les purs, c'est un fan.

— C'est vrai. Mais de là à me souvenir de chacune d'elles ! Je me rappelle seulement les trente-trois retenues chaque saison.

— Je comprends très bien, fait Sauvé d'un air conciliant. Je m'attendais quand même pas à ce que vous vous souveniez de l'audition de Nadeau…

Il a même l'air embourbé. *Dieu que les gens deviennent paranos devant les vedettes !* songe Maxime avec dédain.

— … mais je sais que vous conservez tous les rapports, vous l'avez aussi mentionné en entrevue. Je me demandais si je pouvais voir celui de Diane Nadeau.

— Pour quoi faire ?

— Ça pourrait fournir des renseignements supplémentaires sur elle, peut-être nous donner des pistes sur sa personnalité. Le rêve qu'elle voulait réaliser à votre émission, par exemple, ça peut être révélateur. On veut négliger aucune piste, vous comprenez ?

Maxime a presque envie de sourire. Voilà donc tout ce que veut ce flic ? Le rapport de Diane Nadeau ? Le milliardaire termine son verre d'un trait, trouvant son *drink* préféré particulièrement délicieux tout à coup. Il se lève donc et consent sur un ton affable :

— *All right*, détective, je vais trouver le rapport de cette Diane Nadeau ! Comme les rapports sont chez nous, je vais vous le faxer !

Sauvé se lève :

— Trouver un rapport parmi des milliers, ça sera pas trop compliqué ?

— Pas pantoute : je les classe par région et, pour chacune des régions, par ordre alphabétique ! Ça va être ben facile !

— Alors, est-ce que je pourrais l'avoir ce soir ?

Poliment, Maxime explique que l'émission commence dans deux heures, qu'il a plein de choses à préparer et qu'il n'a donc pas le temps d'aller chez lui et de revenir.

— Je peux attendre après l'émission et vous accompagner chez vous, propose le détective. Tant qu'à être à Montréal…

Maxime est pris au dépourvu.

— Vous allez rentrer tard à Drummondville ! Vous avez pas une femme qui vous attend ?

— Non, répond Pierre d'une voix neutre.

Le milliardaire commence à comprendre que Pierre Sauvé, malgré sa taille peu impressionnante et sa moustache des années quatre-vingt, n'est pas seulement un pur mais aussi un zélé. Un zélé obstiné. Il est venu pour avoir ce rapport sur Diane Nadeau et il ne repartira pas sans. Maxime pourrait toujours lui faire croire qu'il sort dans les bars après l'émission, qu'il va souper avec l'équipe, mais après tout, pourquoi mentir ? Pourquoi ne pas collaborer ? Il a *de toute façon* l'intention de lui envoyer ce rapport inoffensif, alors aussi bien avoir l'air le plus coopératif possible et donner ainsi une bonne image à la police, non ? Cordial, l'animateur accepte donc :

— *All right*, détective, on ira chercher ce rapport chez moi après l'émission !

— Merci bien.

— Pis pour profiter au maximum de votre passage dans la grande ville, vous allez assister à l'émission. Je vais vous trouver une bonne place dans la salle. Écoutez-vous l'émission, chez vous ?

— Oui, chaque semaine, fait Pierre, tout à coup moins officiel. Pis je vous avoue que… ben, je trouve ça pas mal bon !

Je le savais !

— Bon, des fois, il y a certains *trips* que je trouve un peu trop poussés, mais… en général, j'aime ben ça.

— Pis je pense que vous allez aimer ça à soir ! clame Maxime qui, cette fois, va jusqu'à lui donner un petit coup sur l'épaule. Bon, moi, faut que j'aille me préparer ! Mais en attendant, vous pouvez vous promener partout ! Vous êtes déjà venu dans un studio de télé ?

— Non.

— Profitez-en ! Vous allez voir, c'est cool ! Je vais prévenir tout le monde que vous êtes mon invité, on vous achalera pas !

Le détective, qui a du mal à cacher son ravissement, prononce un « merci » du bout des lèvres.

◆

Pierre est assis au centre de la deuxième rangée et son regard tout ébahi va de la scène aux gens assis autour de lui. Il n'arrive pas à croire qu'il se trouve là. Il y a quelque chose de surréaliste à voir la scène « pour de vrai » alors qu'il l'a toujours observée à travers l'écran de son téléviseur. De plus, il s'est toujours dit qu'il serait mal à l'aise dans cette foule hallucinée. Mais pour l'instant, les gens sont plutôt dociles et rient des pitreries de l'animateur de salle. Pierre se dit que Chloé serait bien découragée de le voir assis là. Karine, par contre, en brûlerait de jalousie…

Fugace moment d'alanguissement… Il a beau tenir sa fille éloignée de son esprit, elle finit toujours par réapparaître…

Mais il n'a pas le temps de broyer du noir : la musique tonitruante débute, l'éclairage devient celui d'une discothèque et Pierre a la surprise de voir l'animateur de salle, hors de portée des caméras, faire signe aux spectateurs de se lever et d'applaudir. Ils ne se le font pas dire deux fois : la salle si paisible trente secondes plus tôt explose littéralement et si le policier trouvait l'ambiance survoltée à la télévision, ce n'est rien comparé à ce qui se déclenche tout à coup autour de lui. Il se lève aussi et applaudit, en examinant tous ces visages hilares, ces regards exaltés, ces bouches rugissantes, tout cela provoqué par l'arrivée de Max Lavoie sur la scène, relax, cool, parfait. Pierre redouble d'applaudissements en l'apercevant, sentant une petite pointe de fierté à l'idée qu'il vient tout juste de rencontrer la vedette en personne.

Le premier participant, François, un jeune trentenaire, vient expliquer que son rêve était de courir nu en plein centre-ville de Chicoutimi (la ville où il habite) en tenant une pancarte sur laquelle serait inscrit : *Je vous emmerde !* Il a travaillé pendant cinq ans dans une banque, devait se tenir peinard et avoir une belle image. Quand on l'a mis à la porte, il a eu envie de se défouler et de crier enfin au monde ce qu'il pensait de cette société conformiste. Bien sûr, il aurait pu faire ce trip seul, sans l'aide de Max et de son équipe, mais il redoutait qu'on vienne lui donner une raclée à cause du message de sa pancarte. Et puis, s'il se faisait arrêter, il n'aurait aucun support juridique, ce que l'émission peut lui fournir.

Sur vidéo, avec montage dynamique, on assiste donc au coup d'éclat de François, enregistré il y a quelques semaines, qui court flambant nu dans les rues de Chicoutimi en brandissant sa pancarte provocatrice, en pleine heure de pointe. Une ou deux fois, des gars insultés veulent l'arrêter, mais on voit des membres de l'équipe de l'émission intervenir pour les calmer. Pendant le visionnement de la vidéo, on applaudit dans la salle, on rit, on s'éclate, et Pierre lui-même, à plusieurs occasions, ne peut s'empêcher de ricaner. Il se dit que Lavoie a bien du pouvoir pour avoir réussi à tenir secret un tel événement qui, à Chicoutimi, a dû provoquer toute une commotion ! La vidéo se termine lorsqu'on voit la police arrêter l'exhibitionniste, fier de son moment de gloire. Après la vidéo, Max, seul sur scène, explique que l'émission a non seulement payé les médias pour qu'ils ne divulguent pas le *punch* avant aujourd'hui, mais aussi l'amende pour exhibitionnisme. Bref, une demi-heure après son arrestation, le provocateur était libre.

Sur ces mots, un rayon de lumière se dirige vers le fond de la salle et, sorti de nulle part, François réapparaît, complètement nu, et dévale les marches des gradins vers la scène, sous les acclamations de la foule qui cette fois se lève en hurlant d'enthousiasme. Pierre, entraîné par l'énergie ambiante, se retrouve debout à applaudir, large sourire aux lèvres. Arrivé sur scène, François lève les bras de triomphe, tandis que Max, à ses côtés, lance :

— Un gars vraiment libre, *right ?*

— *Right !* vocifère la foule, et Pierre joint son cri à celui des autres, enchanté que sa propre voix fasse partie du groupe, fier d'être *exactement* comme tout le monde.

— De retour après la pause ! annonce Max.

Trois secondes après, l'éclairage devient neutre, la foule se rassoit graduellement et Lavoie, sans un regard pour le participant, s'éloigne vers les coulisses, tandis que François, toujours nu, semble tout à coup gêné au milieu des techniciens qui s'affairent à toute vitesse. Pierre réalise le grotesque de la situation. Il entend même quelques railleries autour de lui, du genre : *Regarde-le, l'ostie de con!* Enfin, François finit par trottiner vers les coulisses, son corps hideusement blanc sous l'éclairage cru, et sa fuite provoque plusieurs rires dans l'assistance. Pierre l'imagine alors courant à poil parmi tous ces techniciens indifférents, jusqu'à ce qu'il trouve ses vêtements. Et demain ? Quand il ira au magasin ou dans un cinéma ? Combien de gens le reconnaîtront ? Depuis qu'il écoute cette émission, c'est la première fois que le détective se demande ce qui va arriver à un invité *après* son passage à la télé. Pourquoi un tel questionnement, tout à coup ? Est-ce à cause de la vue de cet homme abandonné sur la scène, soudainement clownesque sans la mise en scène spectaculaire qui le magnifiait une minute plus tôt ? Qu'est-ce qui lui prend de songer à ça ? De toute façon, l'émission reprend et il se remet à applaudir avec ardeur.

La deuxième participante, Johanne, une femme dans la cinquantaine, vient raconter son rêve : son mari est malade à l'hôpital et il va mourir dans quelques mois. Il a toujours adoré les humoristes mais, pour différentes raisons, n'est jamais allé en voir un en spectacle. Sa femme a donc fait appel à Max Lavoie et ce dernier raconte à la foule :

— Il y a deux semaines, on a donc préparé à monsieur Gagné une petite surprise.

Sur vidéo, on voit le malade, dans son lit d'hôpital, recevoir deux humoristes très connus qui lui présentent quelques numéros. Dans un montage d'environ cinq minutes, les spectateurs ont droit aux meilleurs moments du mini-spectacle privé, durant lequel Gagné rit de bon cœur malgré son sale état. Dans les gradins, on s'amuse aussi, plusieurs personnes sont émues, mais l'enthousiasme est moins palpable que tout à l'heure. Pierre a remarqué que de temps à autre, peut-être une fois toutes les quatre émissions, l'un des trips est la réalisation d'une action humanitaire qui n'aurait pas été possible sans le pouvoir et l'argent de Max Lavoie. Bien sûr, le policier trouve l'action très noble et est souvent touché par la démonstration, mais il doit bien admettre que c'est toujours un peu moins enlevant que les autres rêves, qui sont plus… plus…

Plus quoi, au fait ?

À la fin de la vidéo, on applaudit, et les deux humoristes viennent personnellement témoigner de la fierté qu'ils ressentent d'avoir participé à une si noble action. Ils font même l'accolade à une Johanne en larmes, et on applaudit à nouveau. Quelques personnes pleurent dans la salle, mais Pierre sent que plusieurs spectateurs ont hâte d'assister au prochain trip.

Puis il y a une pause. Les deux humoristes se mettent à parler avec Max Lavoie. Johanne, qui se demande si elle doit demeurer ou non sur scène, finit par s'éloigner vers les coulisses en s'essuyant les yeux. Dans la salle, des gens autour de Pierre interpellent les deux humoristes pour des autographes. L'un des deux, bon joueur, s'approche des gradins, tandis que l'autre sort de la scène sans un regard pour la foule. Le premier humoriste signe quelques autographes, puis serre les mains qu'on lui tend en souriant, répétant des « merci, c'est gentil » par dizaines, se laissant même embrasser sur la joue par deux femmes, l'une jeune et jolie, la seconde énorme au visage porcin. Arrivé près de Pierre, il saisit la main du détective qui, pourtant, ne l'a pas tendue, et, fixant le policier dans les yeux sans vraiment le voir, répète :

— Merci, c'est gentil…

Pourquoi il me dit ça ? se demande Pierre. *Je ne lui ai rien dit…*

Le troisième invité réalise son rêve en direct, sur scène. Nadia, dans la vingtaine, habillée en maillot d'entraînement, musclée mais pas au point d'avoir effacé toute trace de féminité sur son corps, fait du *kickboxing* depuis trois ans. Son rêve, c'est de foutre une raclée à des hommes, n'importe lesquels, et elle veut le faire devant des millions de personnes pour que « tous puissent assister au triomphe de la femme sur la supposée force masculine ». La salle se partage entre les applaudissements des filles et les huées de circonstance de la plupart des gars.

— Mais pourquoi t'as si envie de donner une volée aux gars ? demande Max.

— Parce que ce sont tous des machos idiots qui nous prennent pour des objets et les objets sont écœurés ! répond la fille spontanément.

Applaudissements, huées et rires décuplent dans l'assistance. Pierre ne peut lui-même s'empêcher de crier un ou deux « bouhhh » amusés. Après tout, il faut bien qu'il soit du côté des siens, non ?

Un rideau se lève sur scène et une arène de boxe apparaît. Max explique que Nadia est prête à prendre trois hommes en même temps et attend les volontaires. Il n'y aura pas de gants, ce sera à mains nues, mais évidemment, le combat sera interrompu si cela devient trop *heavy*. Après quelques instants, trois représentants de la gent masculine (deux dans la vingtaine et un au début de la quarantaine) finissent par se proposer et descendent vers la scène, railleurs. Mike, le coanimateur, est habillé en arbitre et, hilare comme à son habitude, explique les règles : à la demande de Nadia, tous les coups seront permis et le combat sera interrompu aussitôt qu'un des pugilistes demandera grâce.

Le combat commence. Pendant les premières secondes, les trois gars s'approchent de la fille, plus cabotins que menaçants, exécutant surtout des simagrées inoffensives pour faire rire l'assistance, mais Nadia décoche alors un premier coup de pied qui atteint l'un des volontaires en pleine poire ; celui-ci s'écroule en se tenant le nez. Surprise dans la salle. Des cris d'encouragement fusent de l'assistance, certains pour Nadia, d'autres contre. Les deux autres hommes, revenus de leur saisissement, bondissent cette fois vers la combattante et Pierre croit même percevoir de la fureur dans leur attitude. Nadia déjoue leurs prises, frappe avec pieds et mains, mais les gars, quoique touchés, résistent bien. Celui au nez tuméfié en profite pour se relever et tout à coup saisit Nadia par-derrière, la tenant immobilisée et à la merci des deux autres. L'un des gars hésite, mais les yeux flamboyant d'une sorte de colère lointaine, il s'avance et frappe sur la mâchoire de la fille.

Pendant une seconde, c'est le silence complet dans la salle. Pierre sent un long frisson désagréable lui parcourir l'échine. Tout à coup, quelqu'un dans l'assistance se lève et crie :

— *All right*, ça lui apprendra !

Plusieurs huées et protestations répondent à cette clameur, puis le brouhaha reprend dans la salle à nouveau polarisée. Pierre cherche Lavoie des yeux en espérant que ce dernier stoppe ce combat avant que cela ne dégénère.

Nadia est étourdie pendant quelques secondes. Le gars qui la maintient immobile la lâche, pris de court par la tournure des événements. Même celui qui a frappé recule d'un pas, étonné de son propre geste. Cette indétermination lui est fatale : la jeune femme, qui reprend vite ses esprits, lui assène un direct au menton qui l'allonge aussitôt. En dix secondes, elle propulse son pied droit d'abord dans le ventre de son second adversaire, puis sur le nez du troisième qui, déjà amoché, se met maintenant à saigner. Les cris dans la salle deviennent passionnés, et dans ce concert cacophonique, on entend autant de « Bravo ! » que de « Salope ! » Pierre est rassuré en voyant Mike intervenir pour annoncer la fin du combat. Deux des trois gars n'insistent pas, sonnés. Celui qui saigne du nez veut continuer, le regard littéralement haineux, mais Mike réussit à le raisonner. Pendant ce temps, Max monte dans l'arène et déclare Nadia championne. Applaudissements et huées se mélangent dans la plus complète cacophonie. La bouche de Nadia sourit, mais pas ses yeux.

Max salue enfin tout le monde et rappelle à tous d'être présents la semaine prochaine pour la huitième émission de…

— VIVRE AU MAX ! scande la foule.

Musique, orgie de lumière, frénésie de la foule… puis, après une minute et demie, tout s'arrête, Max disparaît et les techniciens commencent à s'affairer sur la scène. Les gens se lèvent et commentent l'émission entre eux, tout en marchant vers les sorties.

— Criss, si on me donnait l'occasion, moi aussi, j'en réaliserais, des méchants trips !

— Moi, c'est à mon boss que je casserais la gueule !

— *Hey*, j'aimerais ça avoir un *chum* comme Max ! Ça, c'est un gars qui sort de l'ordinaire ! C'est pas comme mon mari, y est assez plate !

— Ils sont vraiment gentils, hein, les deux humoristes ? Je le savais, moi, que les artistes, c'était du bon monde !

— Ça doit-tu faire du bien de se promener tout nu de même ! Tu dois te sentir libre ! C'est comme dire « *fuck you* » à tout le monde !

Pierre, qui est demeuré assis, remarque un groupe de cinq garçons d'une vingtaine d'années qui, tout en marchant vers la sortie, lancent des regards venimeux vers l'arène de boxe sur la scène. Il entend même l'un d'eux marmonner : « … bonne leçon, l'ostie de salope… » Le policier les regarde sortir d'un air désapprobateur.

Est-ce que c'est des gars comme ça qui paient pour coucher avec Karine ?

Comme s'il voulait fuir cette idée, il se lève enfin et marche vers la scène. Il monte sur celle-ci et commence à errer, curieux et enchanté d'assister à toute cette agitation post-émission. Comme tout le monde sait déjà qui il est, on le laisse tranquille. Il y a même une femme qui s'approche de lui, toute souriante. Dans la quarantaine avancée, elle n'est pas vraiment jolie avec sa drôle de face figée sans aucun pli et ses seins trop gros dans ce chemisier serré. Elle se présente : Lisette Boudreault, relationniste de l'émission.

— Alors, inspecteur, vous avez aimé ça ?

Il dit que oui et remercie chaleureusement.

— Ça doit être quelque chose, être policier ! fait la femme. Vous, avez-vous déjà tiré sur quelqu'un ?

— Écoutez, je… je suis un peu pressé pis…

— Ben oui, moi aussi de toute façon ! Max vous attend dans son bureau ! C'est dans le corridor là-bas. Tout droit, la deuxième porte à gauche.

En traversant les coulisses, le détective passe près des deux humoristes qui discutent en pouffant.

— La jeune qui t'a embrassé, dans la deuxième rangée, elle était *cute* en criss…

— Mets-en. Mettons que c'était mon prix de consolation après la grosse laide qui venait juste de me beurrer la joue !

Mal à l'aise, Pierre allonge le pas et sort enfin des coulisses.

— Alors, détective Sauvé, vous avez aimé ça ? lui demande Lavoie dans son bureau.

Pierre répète ses bons mots, remercie encore une fois.

— Parfait, approuve l'animateur en allant chercher une feuille de papier qui sort de son imprimante. On s'en va chez moi, à Outremont. Vous avez rien qu'à suivre ma limousine, on ira pas vite. (Il tend la feuille à Pierre.) Pis au cas où vous me perdriez de vue, voici un plan du chemin.

Pierre prend la feuille, déjà emballé à l'idée de voir la demeure du milliardaire. Voilà une soirée au cours de laquelle le policier en aura eu encore plus que ce qu'il avait espéré !

◆

Pierre est déjà venu à Outremont, mais pas dans ce coin précis, situé sur le mont Royal. Tout en roulant lentement dans les rues du chic quartier, il jette des regards impressionnés sur les luxueuses maisons, qui sont parfois à cent mètres de distance l'une de l'autre. Il tente d'imaginer l'effet que doit produire toute cette richesse en plein jour.

Comme la pluie a cessé, la limousine est facile à suivre. Les deux voitures se retrouvent dans une rue où les maisons ont disparu, remplacées par la forêt de la montagne. Tout au bout se trouve une haute grille fermée qui, à l'approche de la limousine, s'ouvre toute seule. Une fois la grille franchie, ils doivent encore rouler sur deux cents mètres avant d'apercevoir l'immense habitation, qui tient plus du domaine que de la maison. Pierre ne connaît rien en architecture, mais il sait que c'est moderne, que c'est beau, que c'est riche et que peu de mortels peuvent se payer *ça*.

La limousine s'arrête devant l'entrée et Pierre immobilise sa voiture un peu plus loin. Lavoie sort de sa voiture et, tandis que la limousine s'éloigne, il fait signe à Pierre de s'approcher. Le policier sort de sa Suzuki mais ne fait que quelques pas, un peu embarrassé.

— Je vais vous attendre ici. Je vous dérange assez comme ça.

Lavoie insiste pour que le policier entre, mais Pierre jure qu'il est très bien dehors. En fait, il n'a finalement pas envie de contempler de près tout ce luxe qui risque de souligner la modestie de sa propre vie.

— Comme vous voulez ! lance la star en montant les marches qui mènent à la porte d'entrée. Je reviens dans quelques minutes.

Pierre, les mains dans les poches, fait quelques pas en observant autour de lui la forêt ténébreuse. Difficile de croire qu'on est en plein cœur de Montréal. Ça doit être ça, la vraie richesse : non seulement on peut acheter tout ce qu'on veut sans jamais se demander si c'est raisonnable, mais on peut même transformer son environnement. On peut tricher.

Tricher… Pourquoi avoir pensé à ce mot ?

Les minutes passent. Tandis qu'il admire le décor nocturne, il sent une grande quiétude descendre en lui, qui lui rappelle ses week-ends au chalet des parents de Jacynthe lorsqu'il contemplait le lac durant de longues minutes… Le chalet où il se sentait si bien…

… le chalet où Jacynthe est morte… où l'ombre s'est saisie de Karine…

… Karine qui maintenant…

— Un policier qui admire la nuit !

Pierre se retourne. Lavoie s'approche de lui, caustique.

— Êtes-vous poète, détective Sauvé ?

— Moi ? Pas pantoute !

Maxime lève les yeux vers le ciel et, la voix aérienne, récite :

— *Seul, avec la Nuit, maussade hôtesse,*
Je suis comme un peintre qu'un Dieu moqueur
Condamne à peindre, hélas ! sur les ténèbres.

Pierre ne sait que dire, démonté par le soudain lyrisme de l'animateur qui, une heure plus tôt, riait en regardant un homme nu courir dans les gradins.

— C'est Baudelaire, précise l'animateur.

— Ah. Heu… Un de vos amis écrivains ?

Lavoie tend au détective deux feuilles de papier agrafées.

— Voilà le rapport d'audition de votre Diane Nadeau.

Pierre prend les deux feuilles, combattant son envie de les consulter sur place.

— C'est *freakant*, quand même, de penser qu'une des personnes qui a auditionné pour mon émission était une… une meurtrière, marmonne Lavoie en grimaçant.

— Peut-être que ce rapport nous aidera pas beaucoup mais, comme je vous ai dit, on néglige rien.

Le détective lui donne une vigoureuse poignée de main :

— Merci, monsieur Lavoie.

— Appelez-moi Max.

— Merci, Max. Et…

Pierre se sent rougir un brin.

— … merci de m'avoir invité à votre émission ! C'était ben le fun !

Max fait un signe de la main, du genre : « Y a rien là », puis Pierre retourne à sa voiture.

— Bonne chance dans votre enquête, lance l'animateur.

Pierre le salue tandis que sa voiture s'éloigne vers la grille qui s'ouvre lentement.

Sans difficulté, le détective retrouve le centre-ville et se dirige vers le pont Jacques-Cartier. Quelle soirée ! Lui qui, en écoutant *Vivre au Max,* se disait toujours qu'il ne se sentirait pas à l'aise parmi cette foule qui lui donnait l'impression d'être un véritable zoo… Ce soir, il a fait partie du zoo et, ma foi, il a eu bien du plaisir ! Et ce Max Lavoie… Très sympathique ! Une vedette qui a su rester simple et près du monde ordinaire. Dire qu'il y a des intellos qui croient que Lavoie rit des gens avec son émission !

Tous des jaloux !

◆

Maxime regarde la grille se refermer, les mains dans les poches. Voilà, c'est terminé. Il ne reverra plus ce flic. Parfait.

Il a envie d'aller réveiller Gabriel, juste pour le rassurer, mais il décide d'attendre demain matin. Il songe ensuite à appeler Frédéric Ferland pour lui raconter cette petite visite, puis renonce aussi. Ça peut attendre à leur prochaine rencontre. Là, maintenant, il est trop fatigué.

Pourtant, il demeure un long moment dehors, les mains dans les poches, à contempler la nuit. La bonne humeur et l'enthousiasme ont disparu de son œil pour laisser place à une tranquille mélancolie.

FOCALISATION ZÉRO

Après son passage à *Vivre au Max*, François Rouleau, l'homme qui a couru nu au centre-ville de Chicoutimi, va rejoindre des amis dans un bar de Montréal et ceux-ci le félicitent d'avoir eu tant d'audace. Plusieurs consommateurs le reconnaissent et se foutent de sa gueule. Hautain, il répond qu'il est un rebelle libre. Le lendemain, son ex-femme le prévient qu'elle entreprend des recours légaux pour lui enlever la garde partagée de leur fille. Elle considère qu'un homme assez irresponsable pour se montrer nu devant presque trois millions de téléspectateurs ne peut pas s'occuper d'une enfant de six ans, ce qui est aussi l'avis de son avocat. Durant les semaines suivantes, François suscite les quolibets partout où il va et si, au début, il rétorque fièrement, il commence à baisser la tête devant les moqueries et à s'éclipser sans un mot. Comme il a rempli plusieurs demandes d'emploi avant l'émission, on se met à le convoquer pour quelques entrevues. Mais la plupart des employeurs le reconnaissent et après trois mois, il n'a toujours pas trouvé de travail. De plus, le juge a tranché en faveur de son ex-femme et François doit se contenter désormais de voir sa fille une journée par deux semaines.

Après l'enregistrement de l'émission, Nadia Granger, l'adepte du *kickboxing* qui a servi une raclée à trois gars en direct, va au vestiaire du studio, prend une longue douche et sort dans le stationnement. Elle ne s'est pas vraiment amusée, mais elle est fière d'elle, car ce soir, elle a montré à toutes les femmes du Québec que les hommes, malgré leurs airs supérieurs, étaient des faibles. Depuis sa rupture avec son conjoint violent, il y a trois ans, elle suit des cours de *kick-boxing* de manière ultra-intensive et ce soir, le résultat de cet entraînement a porté fruit. Dehors, quelques spectateurs qui se sont attardés la félicitent et elle remercie. Elle ne voit pas à l'écart un groupe de cinq jeunes d'une vingtaine d'années, qui ont assisté à l'émission, l'observer d'un œil sinistre tandis qu'elle monte dans sa voiture. Quand elle démarre, les jeunes sautent dans leur automobile et la suivent. Le studio étant dans une partie plutôt retirée de Montréal-Nord, le chemin est sans résidences pendant deux bons kilomètres, flanqué seulement de quelques vieilles usines désertes durant la nuit. La voiture des jeunes dépasse celle de Nadia et vient s'arrêter juste devant, obligeant ainsi la jeune femme à freiner. Les cinq gaillards sortent en vitesse et tirent Nadia hors de son véhicule. Durant la première minute, elle se défend bien, casse le nez de l'un, coupe le souffle de deux autres, mais ils sont tout de même cinq et ils finissent par l'assommer. Alors qu'elle est à moitié évanouie, ils la transportent rapidement derrière une des usines fermées et, durant près d'une heure, la violent à répétition, la battent à coups de poing et la mutilent avec une vieille bouteille de bière trouvée sur place. Lorsqu'ils l'abandonnent au bout de cinquante-trois minutes, ensanglantée, le goulot cassé de la bouteille toujours enfoncé dans l'anus, Nadia Granger a encore assez de conscience pour se dire que les hommes sont pires qu'elle ne le croyait, pires que son ex qui l'a traitée comme une chienne durant les dix-huit mois qu'a duré leur relation, que peu importe sa volonté d'être plus forte qu'eux, ils auront toujours le dernier mot.

Ce soir-là, deux millions huit cent cinquante mille spectateurs voient François et Nadia réaliser leur rêve.

Trois mois plus tard, il n'y a personne chez François qui, seul dans sa grande maison, pleure sur une photo de sa fille. Comme il n'y a personne chez Nadia, à l'exception de Frimousse, son bichon maltais, qui observe avec curiosité sa maîtresse pendue dans le salon.

4

— Vous êtes vraiment milliardaire ? demanda l'étudiant.

Debout devant la classe, Maxime ne répondit pas tout de suite et on n'entendit que le vent d'automne qui ébranlait les trois fenêtres du local. Il parlait à ces jeunes depuis cinquante minutes et aucun n'avait encore osé lui poser directement la question. Le PDG de Lavoie inc. jeta un regard vers Francis qui, debout à l'écart, les bras croisés, réprima un sourire. Sur un ton presque d'excuse, Maxime répondit :

— Oui, je le suis.

Les trente-six adolescents parurent impressionnés. Maxime les considéra un moment, à nouveau frappé par le look trash de certains garçons et les vêtements très osés de certaines filles. « On est en l'an 2000, mon vieux. Fais-toi à l'idée. »

— Vous trouvez pas ça contradictoire qu'un riche comme vous vienne nous faire la morale sur la justice et la consommation responsable ? demanda un garçon aux cheveux rouges qui, depuis le début, posait des questions pertinentes.

Quelques-uns de ses condisciples acquiescèrent en silence et intérieurement ; Maxime se dit que ce jeune était fort brillant. Lorsque Francis lui avait demandé de venir dans sa classe de cinquième secondaire pour parler de responsabilités sociales, il avait aussi prévenu son ami que certains élèves particulièrement allumés l'affronteraient.

— Justement, répondit l'homme d'affaires. Je veux vous montrer qu'il est possible d'être riche et responsable.

Ne l'avaient-ils donc pas compris ? Depuis trois quarts d'heure qu'il leur expliquait son parcours atypique ! Quand, deux ans plus tôt, Maxime avait accepté de prendre la direction de Lavoie inc. avec 40 pour cent des actions, c'était dans le but de changer vraiment les choses, de pouvoir enfin accomplir des actions aux impacts réels et significatifs. Et, effectivement, au cours de l'année qui avait suivi, Maxime avait produit l'effet d'une tornade chez Lavoie inc. : finies les mises à pied sauvages pour économiser ; finis les discours antisyndicalistes ; finies les publicités démagogues dans les journaux et à la télé qui exploitaient effrontément la naïveté des jeunes pour les faire encore plus consommer ; finies les campagnes de salissage contre les autres compagnies. De plus, Maxime avait créé deux fondations, une pour aider les enfants et l'autre pour aider les pauvres. Et il s'agissait de vraies fondations qui portaient fruit et qui avaient des résultats directs et concrets, et non pas de couvertures pour bien paraître aux yeux du public ou de paradis fiscaux détournés. De plus, il avait fait ouvrir une usine en Abitibi et songeait sérieusement à en ouvrir une autre en Gaspésie, uniquement pour créer de l'emploi. Il avait augmenté aussi le salaire de base des employés du Québec de deux dollars et demi de l'heure, d'un seul coup. Francis l'avait beaucoup aidé, car Maxime ne prenait aucune décision sans lui en parler. Combien de soirées avaient-ils passées tous les deux au Verre Bouteille, leur bar préféré, à discuter des moyens de rendre Lavoie inc. plus propre, plus honnête, plus humaine ? Bref, au terme de sa première année, Maxime avait été bien fier de lui.

Par contre, le conseil d'administration était inquiet et, souvent, votait contre ses décisions. Mais Masina qui, avec 25 pour cent des actions, était le deuxième actionnaire en importance, soutenait toujours les décisions de Maxime malgré ses propres doutes. De sorte qu'au bout d'un an, la compagnie avait enregistré une baisse de profits de 12 pour cent.

— Mais on a quand même fait trois cent cinquante millions ! avait soutenu Maxime.

— C'est cinquante millions de moins que l'année passée, avait rétorqué Masina. Les actionnaires n'aiment pas perdre de l'argent.

— Perdre de l'argent ? De quoi tu parles, Michaël ? Au lieu d'empocher cinq millions cette année, ils vont empocher deux cent mille de moins, c'est ça ? Au lieu de pouvoir s'acheter un bateau par mois, ils vont devoir s'accommoder d'un par année ? Et toi-même, Michaël ? Vas-tu survivre avec ton nouveau salaire de crève-faim ? Et moi ? Mon Dieu, ça y est, je ne pourrai pas payer mon hypothèque cette année !

Le voilà qui maniait l'ironie mordante, tout comme Francis. Comme si le fait d'être PDG lui donnait une assurance nouvelle.

— Ce n'est pas aussi simple, Max, avait soupiré Masina.

— Oui, ce l'est ! On réussit à faire beaucoup d'argent tout en étant une compagnie honnête et humaine, c'est ça l'important !

C'est ce que Maxime venait d'expliquer à ces jeunes étudiants. Le gars aux cheveux rouges, sans agressivité, insista :

— Quand même, quand on est riche comme vous, c'est facile d'être responsable.

— Au contraire, intervint Francis, les bras toujours croisés. Plus on a d'argent, plus on est tenté d'en faire. Maxime doit lutter contre cette vision des choses jour après jour au cœur de sa propre entreprise, n'est-ce pas, Max ?

— C'est vrai, reconnut le milliardaire avec amertume.

Plusieurs paraissaient peu convaincus dans la classe. Maxime ajouta :

— Mon argent sert beaucoup plus à faire de Lavoie inc. une entreprise responsable qu'à mes fins personnelles.

Une fille lança alors :

— En tout cas, moi, si j'avais de l'argent, je me paierais la traite pis je me poserais pas de questions !

— Mets-en ! renchérit un garçon. Je sortirais tous les soirs pour rencontrer le maximum de filles !

Plusieurs éclatèrent de rire, mais quelques-uns, dont le jeune aux cheveux rouges, affichèrent un air découragé. Maxime sentit un flot de rage monter en lui. Même les étudiants n'ont aucune conscience sociale, eux qui représentent pourtant l'avenir ! Tout à coup, il détesta ces adolescents et il était même sur le point de les envoyer au diable lorsque Francis intervint sur un ton presque placide :

— Ah, je vois. Vous, les jeunes, qui n'arrêtez pas de dire que vous voulez changer le monde, c'est comme ça que vous voulez vous y prendre, c'est ça ? Expliquez-moi donc ça, s'il vous plaît, j'aimerais bien comprendre.

Il y eut des ricanements, des haussements d'épaules et des airs empêtrés. Maxime admira l'attitude de son ami, son ironie mordante. Comment faisait-il pour garder ainsi son sang-froid face à la bêtise ambiante ?

La cloche sonna et, tandis que les élèves se levaient, Francis leur rappela qu'il voulait un commentaire critique de trois cents mots sur cette rencontre pour le prochain cours. Une fois que les deux amis furent seuls dans la classe, Francis s'assit sur le bord du bureau et, souriant, applaudit sans bruit :

— Bravo, monsieur le PDG. Tu t'en es sacrément bien sorti.

— Sauf qu'ils s'en foutent complètement ! rétorqua Maxime en marchant vers les fenêtres.

— Pas tous. Quelques-uns ont été ébranlés, j'en suis sûr. Alexandre, par exemple, le gars aux cheveux rouges…

— Quelques-uns peut-être, mais la plupart envient mon cash et me trouvent ridicule avec mes idéaux. T'as entendu les commentaires à la fin ? Merde ! Tout ce qui les intéresse, c'est de prendre de la bière et de fêter au maximum ! Eh bien, qu'ils fêtent ! Qu'ils se soûlent la gueule ! Et après, ils prendront leur voiture et iront se tuer sur la route, c'est pas moi qui vais m'en plaindre !

— Arrête, Max !

Le milliardaire se retourna, lui-même médusé de ses propres paroles. Francis, assis sur le bureau, le dévisagea sans l'ombre d'un sourire. Il marmonna :

— Parfois, ton agressivité m'inquiète vraiment…

Maxime ne rétorqua rien. Il savait à quoi faisait référence son ami. L'instant d'un flash, il se revit dans une voiture, la nuit… Les phares qui éclairaient Nadine et son amoureux… Le choc de la voiture contre les jambes du garçon… et le mépris qui déferlait en lui, un mépris dévastateur qui confinait à la haine…

Francis s'approcha de Maxime et, en lui donnant une claque amicale dans le dos, lui lança :

— Viens… On va prendre un verre.

◆

Ils burent quelques bières au Verre Bouteille, ce qui les mena au souper. Ils mangèrent donc de la pizza sur place tandis que le bar se remplissait. Comme Maxime, une fois de plus, faisait remarquer qu'il était loin d'être convaincu de son influence auprès des jeunes, Francis lui rétorqua :

— Tu leur as pourtant expliqué les améliorations que tu as apportées chez Lavoie inc. !

– Durant ma première année comme PDG, oui. Mais par la suite, ça s'est passé moins bien, tu le sais parfaitement !

En effet, dès sa seconde année comme président, Maxime avait réalisé qu'il ne contrôlait pas tout. On jouait dans son dos, on prenait des décisions sans son consentement en se disant que, vu sa naïveté et son manque d'expérience, il ne s'en rendrait pas trop compte. Souvent, il découvrait des mises à pied deux mois trop tard, ou des campagnes de publicité qui lui avaient échappé, ou des détournements louches dans ses fondations. Quant à toutes ces magouilles pour payer moins d'impôt, il n'y comprenait rien ! Quelquefois, il trouvait les coupables (ou les boucs émissaires) et sévissait, mais souvent il se perdait dans cette machine trop grosse qu'il n'arrivait pas à maîtriser parfaitement. Il se disait parfois que c'était sûrement Masina qui agissait sous la couverture, question de rassurer le conseil d'administration et d'empêcher ainsi un « putsch ». Bref, les décisions de Max étaient acceptées surtout grâce au vieil Italien, mais discrètement on essayait de limiter les dégâts.

Les profits étaient remontés quelque peu, se situant autour de trois cent soixante-dix millions. Pour Maxime, c'était une autre preuve que son contrôle n'était que partiel. De plus, sa mère était morte d'un anévrisme, seule dans son salon. Elle n'allait pas bien depuis plusieurs années et dépérissait à toute vitesse depuis la mort de son mari (qui, pourtant, l'avait toujours traitée comme un accessoire encombrant mais nécessaire), mais cela avait causé un choc à Maxime, qui y avait vu un avertissement particulièrement ironique du destin.

— Tout de même, tu limites les dégâts, lui fit remarquer Francis qui mangeait comme si sa vie en dépendait. Et maintenant, pour être vraiment utile, tu pourrais songer à tes employés hors-Québec…

— Tu fais référence à nos usines des Philippines, c'est ça ?

— À vos *sweatshops*, oui…

— Masina m'a dit que ce ne sont pas des *sweatshops*.

– Tu en es sûr ? Lui-même le sait-il *vraiment ?*

Le milliardaire avait froncé les sourcils. Francis, la bouche pleine, le regard tourné vers le fond de la salle, se pencha vers son ami :

— Mais là, je pense qu'on devrait changer de sujet…

Il venait de repérer deux jolies filles, seules à une table. Et, effectivement, l'ambiance changea. Toujours aussi habile,

Francis, pourtant loin des standards de beauté masculine, finit par les inviter à leur table et, à un moment donné, Maxime fut bien obligé de dire qui il était. La première réaction des filles fut le scepticisme.

— Voyons, qu'est-ce que le PDG de Lavoie inc. viendrait faire dans un petit bar sur Mont-Royal ? se moqua l'une des deux. Habillé avec un vieux jeans et une chemise fripée en plus !

— Les bars riches du centre-ville me dépriment.

— Me semble, oui ! On veut des preuves !

Le milliardaire, à contrecœur, sortit sa carte d'affaires et les demoiselles, impressionnées, changèrent aussitôt d'attitude.

Plus tard, Francis partit avec une fille (même s'il était clair qu'elle aurait préféré accompagner le PDG) et Maxime, après une hésitation, invita chez lui la seconde, qui ne se fit pas prier. Dans le taxi, il lui récita quelques vers de Baudelaire pour l'épater, mais, de toute évidence, elle ne comprenait pas. La maison jolie mais modeste de l'homme d'affaires la déçut.

— Tu vis ici ? Hé ben… C'est à peine plus grand que chez mes parents.

Ce qui ne les empêcha pas de faire l'amour, mais Maxime, malgré la fougue de sa partenaire, y prit un plaisir très limité, se livrant à l'acte sexuel plus par hygiène que par réel désir. Le lendemain, la fille lui laissa son numéro de téléphone.

— Tu me rappelles, hein ? lui dit-elle sur le pas de la porte, les yeux brillants d'espoir, déjà tout excitée à l'idée de raconter à ses amies avec qui elle avait passé la nuit.

— Pourquoi pas ?

Une fois seul, Maxime examina les sept chiffres inscrits sur le bout de papier. Depuis sa relation catastrophique avec Nadine au cégep

(sublime, cruelle Nadine, sale mirage trompeur)

il avait tenté de nouer une relation amoureuse à trois reprises. Trois fois il avait montré une réelle volonté de s'investir émotionnellement. Trois fois il avait tout plaqué au bout de quelques mois, trop effrayé à l'idée de souffrir encore, trop écœuré par l'envoûtement des filles pour l'argent de son père (ou le sien, depuis deux ans), trop déçu de la tiédeur de ses sentiments comparée au délire de feu et de tempête qu'il avait ressenti avec Nadine.

Il jeta donc le numéro de la fille à la poubelle.

◆

— Comment peux-tu être certain que ce ne sont pas des *sweatshops ?* demanda Maxime.

Masina, assis derrière son bureau, prit un air méfiant.

— Je n'ai jamais dit que ce n'étaient pas des *sweatshops*. Je te dis juste que tout semble très bien aller avec elles.

— Tu peux être plus précis ?

— Tu ne veux pas t'asseoir ?

— Michaël, réponds-moi, s'il te plaît.

— Max, ce ne sont pas vraiment *nos* usines qui sont là-bas, ce sont des sous-traitants qui fabriquent nos produits. C'est à eux de gérer leurs employés et leurs conditions de travail, nous n'avons aucune prise là-dessus.

— Voyons, Michaël, c'est quand même nous qui choisissons nos sous-traitants ! Si on n'aime pas leur politique, on les lâche, c'est tout !

Les lèvres serrées, l'Italien avait reconnu qu'en effet ils pouvaient faire cela. Maxime répéta donc sa question : Masina était-il convaincu que ces usines traitaient bien leurs employés ?

— Je *crois* que oui, mais comment veux-tu que je le sache avec précision ? s'impatienta le vice-président en levant les bras. Crois-tu que nous n'ayons que ça à faire, nous informer des conditions de travail des six usines qui travaillent pour nous à l'autre bout du monde ? Tu penses que je vais me promener là-bas chaque week-end ?

Maxime eut une drôle d'expression, comme s'il songeait tout à coup à quelque chose, puis annonça sans transition :

— Je voulais te prévenir que je prends une semaine de congé dès lundi.

— Ah bon ? Tu vas faire quoi ?

— Je ne sais pas. Me reposer un peu.

Masina n'insista pas. Après tout, Maxime était le PDG.

Deux heures plus tard, Maxime entrait dans le bureau des professeurs de l'école où enseignait Francis. Ce dernier était en train de corriger des copies quand le milliardaire, sans même le saluer, se planta à côté de lui en demandant de but en blanc :

— Si je te paie le voyage, tu viens avec moi aux Philippines ?

Francis leva la tête, éberlué, mais un sourire entendu se dessina rapidement sur ses lèvres :

— Voyage touristique, c'est ça ?

◆

Dès le lendemain, Maxime appela ses sous-traitants aux Philippines et organisa un rendez-vous avec eux. Le lundi suivant, lui et Francis prenaient l'avion.

Ils atterrirent à Manille, après un vol interminable durant lequel ils dormirent peu, et un taxi les mena à leur hôtel. Ils venaient à peine d'y entrer quand Maxime se pétrifia d'abasourdissement.

Dans le hall, assis bien droit dans un fauteuil, les mains sagement posées sur les accoudoirs, Masina attendait. Les deux hommes se regardèrent un moment en silence, le vice-président impassible, le PDG près du comptoir d'accueil, soufflé. Francis se pencha à son oreille :

— Tu as vu le diable ou quoi ?

— C'est Masina.

Francis, qui ne s'étonnait pas souvent, dévisagea le vieil homme avec une totale stupéfaction.

— Attends-moi ici, fit Maxime.

Il marcha vers l'Italien et ce dernier se leva enfin. Son complet-cravate était impeccable, en parfait contraste avec le jeans et le t-shirt de Maxime. Mais le vieil homme ne semblait pas en colère. Juste un tantinet irrité.

— C'est toute la confiance que tu as en moi ?

— Comment as-tu su ? demanda Maxime, pas du tout mal à l'aise.

— Voyons, Max, tu crois vraiment que tu peux me cacher un voyage dans nos usines des Philippines ? À *moi ?*

Une pensée traversa Maxime, une pensée qu'il avait eue souvent au cours des deux dernières années, même s'il s'efforçait de la combattre : il ne faisait pas le poids. Vraiment pas.

— Je sais que tes rendez-vous sont demain, poursuivit Masina. Je veux être avec toi. Tu es trop… trop influençable pour effectuer ces visites seul.

Et il jeta un regard entendu vers Francis, à l'écart. L'Italien, même s'il ne l'avait jamais rencontré, savait de qui il s'agissait : Maxime lui en avait souvent parlé.

— Tu es arrivé quand ?

— Il y a une heure à peine. J'ai moi aussi volé toute la nuit. Mais en jet privé. J'ai pu dormir. Je n'ai pas honte, moi, de profiter de mon standing.

Francis s'était approché, les mains dans les poches, désinvolte. L'air vaincu, Maxime fit les présentations et le sourire sarcastique du jeune enseignant ne tarda pas à apparaître.

— Vous avez cru que votre protégé ne pourrait voyager sans chaperon, c'est ça ? demanda-t-il, ironique.

— Pas vraiment, puisqu'il en avait déjà un, rétorqua Masina sans broncher.

Francis lança un regard entendu, comme s'il disait : « Hé, pas mal, mon vieux… »

— Michaël va venir visiter les usines de Cavite demain avec nous, lâcha Maxime sans enthousiasme.

— Vraiment ? Si vous êtes au courant de ça, c'est que vous avez appelé les usines en question.

— Évidemment.

— Vous les avez évidemment prévenues que monsieur Lavoie était un idéaliste, assoiffé de justice sociale…

L'Italien, cette fois, ne répondit rien et fixa Francis avec dureté, comme s'il comprenait où l'autre voulait en venir. L'enseignant poursuivit :

— Demain, les usines seront donc fin prêtes à nous recevoir.

Maxime sembla enfin comprendre à son tour et dévisagea Masina d'un air outré. Mais le vieil homme, très digne et peu impressionné, se borna à articuler :

— Vous avez trop d'imagination, monsieur Lemieux.

— Vraiment ? Eh bien, puisque nous sommes tous là, pourquoi ne pas aller tout de suite effectuer ces visites ?

Cette fois, l'Italien plissa un œil. Maxime s'anima soudain :

— Mais oui, pourquoi pas ? J'ai vu qu'on louait des voitures à côté.

— Ils ne nous attendent que demain, objecta Masina qui, malgré ses efforts pour le camoufler, paraissait plus nerveux.

— Voyons, ce n'est pas une journée à l'avance qui va les mettre dans l'embarras !

Masina serra les mâchoires et, cette fois franchement contrarié, lança :

— Mais regardez-vous ! Vous n'avez pas dormi de la nuit, et Cavite est à des heures d'ici !

Mais sa voix était peu convaincue, comme s'il avait compris que ses efforts étaient vains.

— Je me sens en pleine forme, moi. Et toi, Max ?

— En pleine forme, approuva le PDG.

Masina lança vers Francis un regard si noir que tout autre individu en aurait été ratatiné de gêne. L'ami de Maxime, lui, soutint ce regard en souriant et ajouta même :

— Et puis, une visite-surprise, c'est tellement plus… instructif.

◆

La voiture de location détonnait dans les rues étroites et encombrées de Rosario, comme le ferait une perle au milieu d'un tas de gravats. Les habitants, envieux, suivaient des yeux l'automobile qui, sans être luxueuse, faisait changement des jeeps de l'armée converties en minibus et des taxis-motocyclettes habituelles. Assis sur le siège du passager, Maxime observait par la fenêtre ouverte le décor qui défilait autour de lui. Il s'était bien sûr attendu à de la misère et à de la pauvreté, mais le choc n'en demeurait pas moins considérable. Francis conduisait, parfaitement serein, et Masina, assis à l'arrière, ne regardait même pas par sa fenêtre, le visage buté. Ses fins cheveux gris étaient plaqués sur son front moite et il avait réussi l'exploit de garder son veston durant tout le trajet, malgré la chaleur torride et l'absence de climatisation dans la voiture. Aucun mot n'avait été dit depuis leur départ de Manille.

La voiture tourna dans une rue à vitesse très réduite pour ne pas frapper les dizaines de piétons qui marchaient en tous sens, puis apparut, pas très loin devant, une grande barrière avec une large ouverture qui laissait passer des dizaines d'employés philippins.

— Voilà Cavite, la plus grande zone franche industrielle des Philippines, commenta Francis.

La voiture franchit l'entrée et le décor changea complètement. Les rues, presque entièrement vides, étaient maintenant bien droites, quadrillées, et les usines s'alignaient côte à côte, ternes, lugubres, manifestement construites à la va-vite et d'une solidité douteuse. Elles comportaient toutes une porte (pour la plupart ouvertes) flanquée d'un gardien, mais la plupart n'avaient pas de fenêtres. Rues et usines s'étendaient presque à l'infini, comme si un architecte fou s'était amusé à répéter un seul motif sur la planète entière.

— Cavite, c'est 207 usines sur 273 hectares. En tout, 50000 travailleurs fabriquent ici les produits que les biennantis de ce monde consomment tous les jours. De grandes marques ont fait confiance au savoir-faire de Cavite: Nike, GAP, Old Navy, IBM... et Lavoie, bien sûr!

Le ton était sardonique. Maxime savait tout cela, il va sans dire, mais son ami prenait manifestement un malin plaisir à réciter ces informations devant Masina. Il jeta d'ailleurs un bref regard dans le rétroviseur en ajoutant:

— Mais je ne vous apprends rien, évidemment.

Masina, qui daignait enfin regarder par la fenêtre, ne lui accorda aucune attention. Si ce n'avait été des gardiens et des quelques camions de marchandises qui quittaient les usines ou s'en approchaient, on aurait pu croire l'endroit abandonné.

— On a trois usines de sous-traitants, ici, fit Maxime en consultant un papier. L'usine 44, l'usine 67 et l'usine 153.

Ils se rendirent à la 44, la plus près. Ils sortirent de la voiture, se dégourdirent un peu les membres puis, sous le soleil sans pitié, marchèrent vers le grand entrepôt gris. Maxime remarqua que l'usine juste à côté n'était plus qu'un tas de planches et de métal noircis, comme si elle avait brûlé récemment. À la porte de l'usine, ils s'annoncèrent au gardien et, trois minutes plus tard, un homme d'une quarantaine d'années à la calvitie avancée, chemise courte et propre, sans cravate, s'approcha d'eux, souriant mais irrésolu.

— Bill Nicholson, directeur de l'usine... Bonjour, messieurs...

À son anglais, Maxime comprit qu'il s'agissait d'un Américain. Les présentations furent vite faites.

— On ne vous attendait que demain, fit remarquer Nicholson avec un sourire embêté.

Et il jeta un drôle de regard vers Masina. Ce dernier réprima un mouvement d'irritation.

— On avait trop hâte de venir, répondit Francis, suave.

Nicholson le regarda de biais, se demandant sans doute quel rôle jouait ce grassouillet à lunettes chez Lavoie inc.

— Il y a un problème? demanda Maxime.

— Non, non! Mais nous n'avons pas ce genre de visite souvent. En fait, c'est la première fois.

On le sentait sur le qui-vive. Masina le rassura enfin:

— Ne craignez rien, monsieur Lavoie est seulement curieux de bien comprendre chaque rouage de sa compagnie.

L'Américain sembla un peu tranquillisé. Enfin, ils entrèrent dans l'usine. La chaleur, déjà accablante à l'extérieur, devint suffocante. Ils n'avaient pas fait dix pas que Maxime sentait la sueur gicler littéralement de tous les pores de sa peau. On lui expliqua que le système d'aération était brisé. Temporairement, bien sûr.

— Et dans votre bureau, il fait aussi chaud? demanda Francis.

Nicholson se renfrogna, comme un gamin qu'on viendrait de prendre la main dans le sac.

— J'ai un petit ventilateur... Mais vraiment petit. Il ne sert presque à rien.

Maxime avait remarqué qu'une minute plus tôt, alors qu'il sortait sans doute de son bureau, le directeur n'avait aucune goutte de sueur sur le visage.

Ils s'immobilisèrent à l'avant de l'usine, en plein centre, et observèrent les deux cents employés qui, devant eux, s'affairaient en silence sur leurs machines sans même lever la tête vers les visiteurs.

— Combien sont-ils payés? demanda Maxime.

— Hein?

— Leur salaire, c'est quoi?

Le directeur, qui épongeait maintenant son front moite, jeta un regard interrogateur vers Masina, mais ce dernier fixait le sol, le visage fermé, ruisselant sous son veston.

— En moyenne l'équivalent de deux dollars américains par jour. Pour eux, c'est beaucoup d'argent.

— C'est faux, rétorqua Francis qui, malgré sa corpulence, semblait peu souffrir de la chaleur. La plus grande partie de ce salaire sert à payer le dortoir ou le transport. Avec la balance, ils s'achètent des nouilles et du riz en sortant de la zone. Finalement, il ne leur reste rien, sinon des broutilles.

Nicholson le dévisagea, comme si un homme nu venait d'apparaître devant lui, puis il demanda à Masina:

— C'est qui, lui, au juste?

— Écoutez, il faut que je boive quelque chose, fit Masina d'une voix lasse, et il enleva enfin son veston.

Nicholson lui dit de le suivre dans son bureau. Les deux hommes s'éloignèrent et Maxime recommença à examiner les travailleurs. Beaucoup plus de femmes que d'hommes.

Jeunes, entre dix-sept et vingt-deux ans environ. Certains devaient avoir quatorze ans, peut-être un peu moins. À quelques mètres de lui, il y avait une longue table autour de laquelle cinq travailleurs, dont quatre étaient des jeunes filles, cousaient le logo « Lavoie » sur des gants de ski alpin. Maxime se demanda si ces gens savaient seulement ce qu'était le ski. De mémoire, il tenta de se rappeler le prix que sa compagnie vendait ces gants en Amérique : soixante dollars ? soixante-dix ? Ces travailleurs, s'ils voulaient s'en acheter une paire, devraient donc travailler durant un mois, et ce, à condition qu'ils ne mangent pas et n'aient aucun loyer à payer. Un léger étourdissement se saisit de Maxime et il sut que ce n'était pas dû à la chaleur. Il regarda vers d'autres tables et remarqua qu'on assemblait des produits d'autres marques que la sienne. Ici, ces marques n'étaient plus des stars qui se faisaient la guerre entre elles. Elles n'étaient que du simple matériel ordinaire assemblé de manière tout à fait banale par des gens qui jamais ne pourraient s'offrir ce qu'ils fabriquaient.

D'un mouvement sec, Maxime essuya la sueur qui lui coulait dans les yeux, son étourdissement se transformant peu à peu en migraine. Il regarda derrière lui, vers le bureau vitré de Nicholson. Il pouvait y voir les deux hommes : le directeur qui parlait avec animation et Masina, verre d'eau à la main, qui avait des gestes apaisants. Maxime eut la désagréable impression d'avoir déjà vécu cette scène... deux ans plus tôt, à la mort de son père, tandis que Masina, dans une serre, rassurait les journalistes...

Masina, le maître du jeu.

Mais pas cette fois. Oh non !

Ses yeux revinrent à la grande salle de l'entrepôt, à tous ces gens cordés qui travaillaient en silence. Qu'est-ce que c'était, là-bas, dans la huitième ou neuvième rangée ? Cette femme qui, en lançant des regards craintifs autour d'elle, remontait sa vieille robe terne et se plaçait un sac en plastique entre les cuisses... Que faisait-elle donc ?

— Il n'y a pas un détail qui te frappe ?

C'était Francis.

— Il n'y a pas de sortie de secours, ajouta-t-il.

C'était vrai ! Il n'y avait que la porte d'entrée ! Maxime songea à l'usine calcinée qui se trouvait juste à côté et, malgré la chaleur torride, sentit un long frisson le parcourir.

Tandis que son regard longeait les murs, il vit un tableau accroché qui portait une inscription: *most gossip workers*. Cinq noms y étaient inscrits. Sa bouche s'ouvrit toute grande d'incrédulité. Ce qu'il avait lu était donc vrai? On pratiquait ce genre de moyens dissuasifs puérils et humiliants dans les *sweatshops*?

Il observa à nouveau tous ces ouvriers, la plupart des jeunes filles, qui travaillaient en silence, sans se regarder… Il devait en avoir le cœur net. Il s'approcha de la première table et salua en anglais:

— Bonjour.

Les cinq têtes se levèrent, tandis que les mains, comme indépendantes du reste du corps, continuaient de s'affairer.

— Vous aimez travailler ici?

Trois des visages dégoulinant de sueur retournèrent à leur besogne, mais deux d'entre eux, une jeune fille et un homme, fixèrent un instant le milliardaire, puis baissèrent les yeux en voyant Nicholson revenir. Il était suivi de Masina, son veston plié sur le bras.

— Ils parlent anglais, non? demanda Maxime.

— La très grande majorité, oui, répondit le directeur. Mais ils ne vous répondent pas parce qu'ils n'ont pas le droit de parler pendant le travail.

— Sinon quoi? On inscrit leur nom sur ce tableau de la honte?

Il désigna du menton l'écriteau sur le mur. Nicholson parut empêtré.

— On est où, ici, à la maternelle? insistait Maxime, outré.

— Cela a un effet dissuasif très efficace, vous savez, se défendit mollement le directeur.

— Et si le tableau ne fonctionne pas, vous faites quoi?

Mais Maxime le savait, il l'avait lu aussi. Il répondit donc lui-même avec répugnance:

— Vous coupez leur salaire, c'est ça?

Nicholson ne répondit rien, de plus en plus mal à l'aise. Maxime sentait la colère monter, il devait se pondérer. Car il savait que lorsque l'agressivité se manifestait…

— Je veux leur parler!

Le directeur jeta un regard interrogatif vers Masina et Maxime dut retenir une envie folle de hurler: *C'est pas lui le patron, criss! C'est moi! Moi!* Le vieil homme eut un imperceptible signe d'assentiment, et l'Américain, après s'être approché de la table, lança sèchement en anglais vers ses employés :

— Cet homme veut vous parler.

Les cinq têtes se relevèrent, mais comme les mains continuaient à travailler, Nicholson crut bon d'ajouter :

— Vous pouvez arrêter, cette interruption ne sera pas déduite de votre paie.

Les mains cessèrent de s'activer. Le mal de tête de Max prit de l'ampleur. Bon Dieu ! il avait l'impression d'être dans les mines de *Germinal* ! Il essuya à nouveau la sueur qui lui picotait les yeux et demanda :

— Vous aimez votre travail ?

Ils hésitaient. Trois des quatre filles finirent par marmonner un *yes* indifférent. La quatrième, en s'essuyant le nez, marmonna : « *It's a job, that's all.* » Sur ces visages en sueur, Maxime ne voyait ni bonheur ni malheur. Seulement une sorte de douce résignation, l'expression de ceux qui se sont habitués à l'idée que leur vie serait ainsi et ne changerait pas. Les quatre travailleuses se remirent au travail sans que leur patron ne leur en donne l'ordre. Seul le travailleur masculin affichait une attitude différente, curieux mélange de défaitisme et d'espoir, et tout à coup, il expliqua en anglais d'une voix rapide et énergique :

— Tout ça est excellent pour notre pays. En ce moment, c'est dur, c'est vrai, mais éventuellement, ces usines et ces contrats vont relancer l'économie locale et, dans quelques années, tout ira beaucoup mieux ici.

Deux ouvrières, sans cesser de travailler, approuvèrent en silence, tandis que les deux autres démontraient une parfaite indifférence. L'homme, tout fier, se remit au travail à son tour. Nicholson eut un petit sourire victorieux vers Maxime :

— Vous voyez ?

— Mais dans cinq ans, votre usine existera-t-elle encore ? demanda Maxime sans se démonter.

— Que voulez-vous dire ?

C'est Francis qui répondit, la voix détendue, le visage inexplicablement sec :

— Il veut dire que le gouvernement, ici, est si misérable que, pour attirer les sociétés, il leur donne un « congé fiscal ». Pendant cinq ans, aucun impôt à régler, aucune taxe foncière et toutes dépenses payées. Bref, le pays se saigne pour elles en se disant qu'après le congé en question, elles paieront enfin, comme toute compagnie responsable… Sauf qu'au bout de cinq ans, soit elles vont dans un autre pays du tiers-monde, soit elles ferment et, sans changer de place, ouvrent sous un autre nom, pour avoir à nouveau droit au congé fiscal.

Il se tourna vers Masina et lui sourit.

— Encore une fois, je suis persuadé que je ne vous apprends rien.

Maxime qui, bien sûr, était au courant de ce genre de pratiques, apprenait que Lavoie inc., son entreprise qu'il s'efforçait de rendre propre, participait à ce genre de combines nauséabondes ! Comment avait-il pu ignorer cela pendant deux ans ? Comment avait-il pu croire Masina quand ce dernier lui disait que tout se déroulait de façon juste ? À moins qu'inconsciemment il se soit fermé les yeux… Pour croire qu'il pouvait changer les choses…

Les cinq ouvriers tout proches, qui travaillaient en silence, avaient sûrement entendu le laïus de Francis. Sur la plupart des visages, aucun changement : la résignation n'avait pas bronché. Seul le travailleur masculin était devenu livide, comme si on venait d'éteindre la dernière petite lueur qui brillait encore en lui. Nicholson, tout à coup cramoisi, prit carrément Francis par le bras et l'entraîna plus loin. Maxime les suivit, de même que Masina, l'air de plus en plus las.

— Vous, vous ne travaillez pas pour Lavoie inc., à ce que je sache, alors dites-moi donc ce que vous êtes venu foutre ici !

— Oh, moi, je voulais visiter une autre usine, celle juste à côté, mais on dirait qu'elle est passée au feu. Ça semble récent. Et comme la vôtre, j'imagine qu'elle n'avait pas de sortie de secours.

Nicholson ne dit rien. Candide, Francis demanda :

— Au fait, y a-t-il eu des morts ?

Le silence du directeur fut pour Maxime la pire des réponses. Masina leva discrètement les yeux au ciel.

— Sortez d'ici, marmonna Nicholson en pointant son doigt vers Francis.

— J'aurais bien aimé aller aux toilettes, avant, répondit le trouble-fête, toujours avec sa grinçante ironie. À condition, bien sûr, que vous déverrouilliez les salles de bain.

Nicholson soupira avec agacement. Maxime se tourna vers l'une des toilettes. Il voulut essuyer la sueur qui lui coulait dans les yeux, mais ses mains et ses manches étaient trop trempées. Il réussit néanmoins à distinguer un cadenas sur la porte.

— Attendez, pas de panique ! s'empressa de justifier Nicholson. Ils ont deux pauses de quinze minutes pour aller aux toilettes !

— Dans une journée de travail de combien d'heures ? demanda Maxime. Douze heures, je suppose ?

Silence.

— Certaines travailleuses ont quinze ans ! poursuivit le PDG, dont le mal de tête gonflait de plus en plus. Elles ne vont donc pas à l'école ?

Silence.

— Douze heures par jour, cinq jours par semaine ? insistait Maxime. Non, pas cinq, qu'est-ce que je dis là ! Au moins six, n'est-ce pas ?

Silence.

Maxime avait maintenant le vertige. Il se passa une main dans les cheveux qui, à cause de la sueur, demeurèrent lissés vers l'arrière. Il entendait Nicholson se défendre :

— Il *faut* verrouiller les salles de bain, sinon ils n'attendent pas leur pause et y vont pendant le travail !

C'était surréaliste. Quelque chose avait déraillé. Lorsqu'ils avaient pris l'avion, ils avaient traversé une sorte de couloir temporel et avaient reculé de cent ans, c'était la seule explication…

Cette femme, tout à l'heure, avec son sac de plastique entre les jambes… Elle urinait ! Elle urinait dans un sac parce qu'elle ne pouvait *plus* attendre ! Et si elle s'était fait prendre ? Aurait-on mis son nom sur le tableau de l'humiliation ? Aurait-on coupé son salaire ? Pour avoir *pissé* ?!

Chancelant, Maxime chercha cette travailleuse des yeux. Mais comment la retrouver ? Elles se ressemblaient tellement toutes dans leurs robes grises, leur silence, leur résignation silencieuse, leur jeunesse… Comment la distinguer parmi toutes ces jeunes femmes qui bossaient six jours par semaine, douze heures par jour, avec deux petites pauses de quinze minutes… Douze heures pour *deux* dollars ! Il se tourna vers Masina. L'Italien ne disait toujours rien. Stoïque, il fixait son président droit dans les yeux. Malgré son étourdissement croissant, Maxime distingua la voix suave de Francis :

— Alors, vous me débarrez la porte des toilettes ou je dois attendre la pause, moi aussi ?

— Je vous ai dit de sortir, vous !

— On sort tous, lança alors Maxime en se mettant en marche, sur le point d'étouffer. Et je vous le dis tout de suite, monsieur Nicholson : vous allez recevoir une lettre indiquant que nous ne ferons plus affaire avec vous.

Cette fois, Masina eut une réaction : il leva les yeux au ciel et poussa un juron en italien. Nicholson, lui, fut plus spectaculaire. Affolé, il courut vers Maxime en demandant des explications, mais ce dernier ne daigna ni ralentir ni le regarder. Le directeur s'adressa donc à Masina, qui lui dit que tout allait s'arranger. Maxime se retourna pour crier :

— Non, ça ne s'arrangera pas, Michaël ! Ma décision est prise !

Il se remit en marche, sans entendre ce que marmonnait l'Italien à l'Américain.

Dans un silence de glace, les trois hommes montèrent dans la voiture. En mettant le moteur en marche, Francis glissa vers son ami :

— Bien joué, vieux…

Tandis que le véhicule s'éloignait, Maxime eut un dernier regard pour l'usine en ruine. Il l'imagina en flammes. Il imagina les deux cents employés incapables de tous fuir par la seule issue, minuscule. Il imagina les morts, trouvés dans les décombres. Surtout les mortes. Les mortes de quinze ans.

Sa chemise lui collait tellement à la peau qu'il l'ouvrit toute grande d'un geste rageur, faisant sauter la plupart des boutons. À l'arrière, Masina avait posé son front plissé sur sa main droite et ne bougeait plus.

La voiture sortit enfin de Cavite et réintégra les rues achalandées de Rosario. Maxime se tourna vers l'arrière, vers ces milliers d'ouvriers qui reviendraient demain pour douze autres heures, toucheraient leurs deux dollars, reviendraient le surlendemain pour douze autres heures, six jours par semaine, jusqu'à ce que la compagnie les jette, les replongeant dans une misère qu'ils n'avaient, au fond, jamais quittée… Puis, on les réengagerait, dans les mêmes conditions, et ils recommenceraient à fabriquer pour quelques sous des bâtons de ski pour que des milliers d'adolescents occidentaux de leur âge puissent s'amuser tout l'hiver.

Son mal de tête devint si violent qu'il dut fermer les yeux. Il les garda clos jusqu'à Manille.

◆

— Tu le savais, Michaël.

Cette fois, Maxime répéta ces mots d'une voix presque douce, face à la grande fenêtre de sa luxueuse chambre d'hôtel climatisée de Manille. Le soleil se couchait. Il avait toujours souhaité visiter l'Asie, mais pas dans de telles conditions, ni pour de telles raisons. Il voyait en bas, dans la piscine de l'hôtel, Francis en train de chanter la pomme à une jolie touriste en bikini qui, assise sur le bord, l'écoutait avec agrément. Maxime se retourna.

— Avoue donc !

Masina, assis dans un fauteuil, leva deux bras las. Une immense fatigue multipliait les rides sur son visage.

— Je le savais et je ne le savais pas…

— Ça veut dire quoi, ça ?

— Ça veut dire qu'on sait tous, en affaires, quelles sont, *grosso modo*, les conditions de ces usines dans les pays asiatiques, mais on ne connaît pas les détails précis !

— Parce que ça ne vous intéresse pas !

— *Parfètemã*, ça ne nous intéresse pas ! rétorqua l'Italien en donnant un coup de poing sur le bras du fauteuil. Comme ça ne t'a pas intéressé, toi non plus, pendant deux ans !

Maxime tiqua. Masina continua :

— On engage des sous-traitants justement pour ne pas avoir à s'occuper de ça !

— Mais on sait comment ils traitent leurs employés ! On le sait très bien !

— Qu'est-ce que tu veux qu'on fasse, au juste ?

— On peut les obliger à mieux traiter les employés !

— Ils refuseront ! Ce serait moins payant pour eux *aussi !* Ils sont tous comme ça, Max !

— Alors ouvrons nos propres usines dans les pays pauvres et offrons de bonnes conditions de travail ! Même si on agit convenablement envers ces gens, ce sera économique pour nous !

— Mais ce le sera beaucoup moins et nous perdrons beaucoup, beaucoup d'argent !

— Ça veut dire combien, beaucoup ? D'accord, mettons ça au pire : au lieu de faire trois cent soixante-dix millions comme en ce moment, on ferait la moitié moins, cent quatre-vingts millions ? Ou pire : cent millions ! Tiens, je suis prêt à être apocalyptique : disons qu'on descend à trente millions !

Masina dévisageait son PDG d'un air déconcerté, se demandant s'il devait rire ou pleurer de cette extraordinaire candeur. Mais Maxime, emporté, continuait :

— Trente millions de profits, Michaël ! Merde ! On n'est pas dans la rue !

— Mais si on veut rester compétitifs, si on veut continuer à être sur l'échiquier international, il faut…

— Mais on s'en *fout* d'être international ! cria Maxime en balayant l'air de sa main droite, comme s'il renversait toutes les pièces de ce fameux échiquier. En tout cas, pas à n'importe quel prix ! À trente millions, on est une bonne petite compagnie québécoise prospère, tout le monde a une vie décente, patrons comme employés, et en plus, on est *propres*, on est humains ! Et le soir, on peut se coucher la conscience tranquille !

Masina, sans cesser de dévisager Maxime comme s'il avait perdu la raison, secoua lentement la tête :

— Max, c'est… c'est insensé !

— Insensé ? Tu me dis que si on ne fait pas au moins trois cent soixante-dix millions de profit, on a des problèmes, et tu me dis que *moi,* je suis insensé ? Criss ! Michaël, en ce moment tu fais tellement de fric que t'auras pas assez de cinq vies pour en dépenser la moitié ! Veux-tu bien me dire pourquoi vous voulez tous posséder autant d'argent ? Qu'est-ce que ça vous donne d'en avoir *plus ?*

– *Accidenti,* Max ! Ce n'est pas qu'une question d'argent !

— Ah non ? C'est quoi, alors ?

Au moment où il posa la question, la réponse lui apparut aussitôt. Et devant le silence éloquent de Masina qui, tout à coup, évitait son regard, il sut qu'il avait vu juste. Bon Dieu ! c'était si évident, si simple et, en même temps, si *enfantin*… Ces hommes d'affaires jouaient, tout simplement. Un immense jeu. Un gigantesque Monopoly à l'échelle planétaire. Et pourquoi, quand on joue au Monopoly, veut-on gagner la partie ? Pour être le meilleur, tout simplement. Et quand on est le meilleur, on a le pouvoir. Pas juste l'argent : le *pouvoir.*

Masina, le maître du jeu… encore et toujours…

Comme s'il avait lu dans ses pensées, le vieil homme leva la tête. Maxime pouvait entendre le message que lançait ce regard cerné aussi clairement que si Masina l'avait hurlé: *Ne brise pas notre jouet!* Maxime lui tourna le dos et retourna vers la fenêtre, nauséeux, ne remarquant même pas qu'en bas, Francis et la fille n'étaient plus là. Après un moment, l'air décidé, il fit volte-face et annonça avec fermeté:

— Les sous-traitants de ce genre, c'est fini! Dès notre retour à Montréal, nous cessons toutes affaires avec eux. Nous ouvrirons d'autres usines au Québec et, s'il faut absolument en ouvrir quelques-unes en Asie, elles traiteront les employés avec dignité.

Il s'attendait à une explosion de la part de son vice-président ou, à la limite, à des supplications. Il n'en fut rien. Masina demeura de marbre et se contenta d'articuler:

— Non, Maxime.

— Pardon?

— Je te dis que cette décision ne passera pas au Conseil. Pour la simple et bonne raison que cette fois je ne te soutiendrai pas. Je voterai contre, comme les autres ne manqueront pas de le faire.

Une pointe de grande tristesse perça son impassibilité, comme s'il avait toujours redouté d'en arriver à cette extrémité. Maxime pointa un doigt accusateur vers lui et cracha:

— Quand j'ai accepté de devenir PDG de cette compagnie, c'était pour la transformer et la rendre humaine! Tu étais d'accord, je m'en souviens très bien!

— Et tu trouves que je ne t'ai pas défendu? se fâcha l'Italien à son tour. Je suis le seul à cautionner tes réformes idéalistes dans la compagnie, tu ne l'as pas remarqué? Même si toi et moi sommes les actionnaires majoritaires, il y a longtemps que le Conseil t'aurait réduit en miettes si je n'étais pas intervenu! Je sauve ton *culo* chaque jour depuis deux ans, Maxime!

— Mais par en dessous, tu sabotes la moitié de mes efforts!

— J'évite le pire! *Porca puttana!* J'essaie d'être fidèle à toi, à ton père et aux actionnaires, tu crois que c'est facile?

Il lissa ses cheveux gris et, retrouvant son flegme, marmonna avec fatalité:

— Mais là, tu vas trop loin. Et même si je te soutenais, le Conseil, cette fois, ne m'écouterait plus et se débarrasserait non seulement de toi mais de nous deux.

— Comment le pourrait-il? Nous sommes majoritaires et…

— Tu ne connais rien, Maxime, marmonna l'Italien en faisant un geste vague. Tout est possible en affaires. Absolument tout.

Maxime ne rétorqua rien, conscient tout à coup qu'effectivement, s'il était encore à la barre de Lavoie inc., c'était grâce au vieil ami de son père. Masina poursuivit gravement :

— Si je laissais Lavoie inc. devenir une binerie, je te respecterais, toi, mais je trahirais les actionnaires, et surtout le nom de ta *famiglia*. Et quand je vais aller rejoindre ton père au paradis, je ne veux pas avoir honte devant lui…

Maxime s'approcha, mit ses deux mains sur les bras du fauteuil de Masina et approcha son visage grimaçant.

— J'ai des petites nouvelles pour toi, Michaël : tu vas rejoindre mon père, oui, mais sûrement pas au paradis…

Masina secoua la tête en soupirant :

— Maxime, tu es… Tu ne vis pas dans le monde réel.

Une illumination, rapide et intense : Maxime se vit prendre Masina à bras-le-corps et le lancer par la fenêtre.

« *Parfois, ton agressivité m'inquiète vraiment…* »

Dérouté par cette vision, il détourna le regard.

Masina se leva péniblement et marcha jusqu'à la porte, comme si ses pieds traînaient toute sa vie derrière eux. Juste avant de sortir, il tourna un visage réellement triste vers Maxime.

— Je suis désolé, Max.

— Si les gens savaient comment sont fabriqués nos produits, on en vendrait beaucoup moins ! lança Maxime de manière puérile.

— Mais ils le *savent,* voyons. Et ceux qui ne le savent pas, c'est parce qu'ils s'arrangent pour ne pas le savoir, comme toi au cours des deux dernières années. Ces informations sont faciles à trouver. Mais les gens aiment nos produits : ils sont beaux, ils sont à la mode et ils procurent un sentiment d'appartenance.

Avec une pointe d'ironie amère, il demanda :

— Alors, vont-ils tous aller en enfer eux aussi, Max ? Tout le monde ira en enfer sauf toi, c'est ça ?

Maxime ne répondait rien, les poings serrés, tandis que Masina sortait enfin de la pièce.

Seul, le PDG de Lavoie inc. fixa la porte fermée en hochant la tête, les yeux flamboyants de rage.

— On va voir, si les gens savent vraiment…

◆

À la réunion suivante du Conseil, Maxime ne proposa même pas qu'on cesse tout commerce avec les *sweatshops*. Il savait que l'avertissement de Masina était sérieux. Mais il ne demeura pas inactif pour autant. De façon anonyme, il envoya d'immenses sommes d'argent à des associations qui prônaient la consommation équitable et le respect des droits humains afin qu'elles diffusent dans les journaux et les grandes chaînes de télé un message dont le titre était:

« Lorsque vous achetez des grandes marques, vous favorisez la misère humaine. »

Suivait un texte dans lequel on résumait la situation des *sweatshops*. Le message nommait plusieurs compagnies « coupables » (Nike, Gap… et, bien sûr, Lavoie). Finalement, on y proposait comme alternative des petites compagnies peu connues mais réputées pour fabriquer des produits équitables. Ce texte parut sur une page pleine du *Journal de Montréal*, du *Journal de Québec*, de *La Presse*, du *Devoir* et du *Soleil*, et ce, durant toute une semaine. Le message passa aussi aux trois grandes chaînes de télé, cinq fois par jour: le texte était écrit en blanc sur un fond noir, et une voix grave en lisait le contenu. Il y avait, chaque fois, une petite phrase ajoutée, du genre: « Le journal (ou le diffuseur télé) se dissocie entièrement du contenu de ce message. » Cela coûta une petite fortune à Maxime, mais il s'en moquait: durant cette semaine, il serait presque impossible de ne pas tomber sur sa « publicité ».

Dès le premier jour, Masina entra dans le bureau du PDG sans se faire annoncer, une copie de *La Presse* entre les mains. Sans brusquerie, il déposa le journal sur le bureau, ouvert à la page de la « pub ».

— Je me suis renseigné, dit-il d'un ton neutre. Je sais que cette pub passe dans les autres journaux, ainsi qu'à la télévision.

En regardant la publicité, Maxime eut une petite moue admirative.

— Que veux-tu que je te dise ? On ne va pas les poursuivre en diffamation, tout de même, hein ?

Masina prit un air déçu. La déception du père qui voit son fils s'adonner à de puériles bêtises.

— Et je suppose que tu es fier, marmonna-t-il.

— De quoi tu parles ? Regarde en bas de l'annonce : c'est payé par « Conso-justice ».

— C'est ce qui étonne le plus tout le monde, ici. On se demande bien où ce groupe a pu prendre l'argent. Ce genre d'associations n'a pas assez de pognon pour un tel tir groupé. Moi, j'ai ma petite idée.

Maxime ne disait rien, soutenait le regard d'aigle de l'Italien. Ce dernier s'installa enfin dans le fauteuil devant le bureau. Son calme était si lisse que Maxime lui-même en était quelque peu désorienté.

— Tu sais que je pourrais te dénoncer au Conseil.

— Tu n'as aucune preuve.

— Tais-toi, fit Masina d'une voix lasse. Je n'aurais aucune difficulté à les convaincre. Mais ton père se retournerait dans sa tombe si la compagnie n'était plus dirigée par un Lavoie, aussi idiot ce descendant soit-il.

Il eut un mince sourire dénué de toute joie.

— Alors je ne ferai rien.

À ce moment, Maxime aurait dû comprendre que ses naïves tentatives pour tout changer étaient vaines. Comme il aurait dû comprendre, devant l'imperturbable assurance que démontrait le vice-président, que ce vieil homme était beaucoup plus fort que lui parce que depuis longtemps, tellement longtemps, Masina jouait le jeu et le maîtrisait *parfaitement*. Mais Maxime ne voulait pas encore le reconnaître. Il ouvrit la bouche et, en posant cette simple question, il démontra sans le savoir qu'il avait perdu :

— Pourquoi ?

Masina hocha la tête, comme si c'était encore plus facile que prévu.

— Pour que tu comprennes.

— Que je comprenne quoi ?

Je m'enfonce ! criait une voix intérieure. *Je m'enfonce parce que je ne fais pas le poids, vais-je finir par l'admettre ?*

Masina reprit le journal qu'il plia soigneusement et, d'une voix désolée, articula :

— Le monde.

◆

Durant l'année qui suivit, les ventes de Lavoie inc. ne baissèrent pas. Ou elles diminuèrent si peu que c'en était insignifiant. Il en fut de même pour les autres compagnies dénoncées par les publicités de Maxime.

Installés dans le minuscule salon de l'appartement de Francis, les deux amis buvaient un verre. Maxime marmonna avec aigreur :

— Ils s'en foutent, Francis… On leur crie la vérité en pleine face et ils s'en foutent…

Il tourna la tête vers la télé, qui jouait en sourdine. On y diffusait un talk-show où l'animateur expliquait à son invité ébahi, qui était un fan de croustilles, différentes recettes à base de chips, ce qui déclenchait l'hilarité dans l'assistance. Maxime grogna :

— Ils aiment mieux ces osties de… de…

Avant que son ami ne lance son verre vers l'écran, Francis saisit la télécommande et changea de poste. Il tomba sur un reportage qui montrait pour la millième fois l'écroulement des deux tours du World Trade Center, survenu deux mois plus tôt. Maxime éclata de rire et récita d'une voix théâtrale :

— *Race d'Abel, voici ta honte :*
Le fer est vaincu par l'épieu !
Race de Caïn, au ciel monte
Et sur la terre jette Dieu !

En désignant l'écran du menton, il cracha :

— Dans quelques mois, tout le monde aura oublié le 11 septembre et fera comme si rien n'était arrivé, tu vas voir ! Ça va devenir un bon sujet de film pour Hollywood !

Il prit une gorgée de son gin tonic.

— Je devrais peut-être tout lâcher, Francis. Démissionner, vendre mes parts…

Mais Francis n'était pas d'accord. Longuement, il s'astreignit à convaincre son ami que ses gestes et actions en tant que PDG n'étaient pas vains. Même si tout n'allait pas parfaitement comme il le souhaitait, la compagnie avait tout de même fait des progrès, non ? La preuve : elle récoltait moins d'argent que du temps de son père !

— Si tu t'en vas, ça va redevenir comme avant ton arrivée, peut-être pire puisqu'ils rattraperont le temps perdu. Tant que Masina te soutient, reste.

Le visage penché vers la petite table sur laquelle trônait la bouteille de gin, Maxime demeurait silencieux. Francis allongea le bras et mit sa main sur l'épaule de son ami.

— Le peu que tu fais est déjà beaucoup.

Maxime, toujours le regard baissé, hocha la tête et marmonna:

— T'as sans doute raison…

Mais il y avait peu d'enthousiasme dans sa voix et, en terminant son gin tonic, il fixait d'un œil noir l'écran de télé où la seconde tour de New York s'écroulait dans un nuage de fumée.

33

NOM : Nadeau

PRÉNOM : Diane

ÂGE : 33

ÉTAT CIVIL : Célibataire (séparée)

OCCUPATION : Secrétaire ressources humaines cégep de Drummondville

RÊVE : Se venger de son ex-conjoint Paul Gendron

DÉTAILS : Ne sait pas trop comment cette vengeance pourrait se faire. Se dit trop idiote pour songer elle-même à une vengeance. S'attend à ce que Max Lavoie ait une bonne idée. Quand on lui demande de proposer tout de même quelques pistes, elle dit qu'elle aimerait qu'il perde son emploi, ou qu'on le pousse à tromper sa nouvelle blonde, ou autre chose. Très bizarre. (voir rapport psy)

À la fin du rapport, il y a le nom de l'analyste, la date (au début de décembre 2005) ainsi que le lieu de l'entrevue : secteur Centre-du-Québec, Drummondville.

— Lavoie avait dispersé quarante-quatre postes d'auditions dans la province, explique Pierre. Je me suis souvenu qu'il y en avait effectivement un ici, au centre-ville, dans un petit local de la rue Lindsay.

— Je m'en souviens aussi, répond Chloé en grimaçant. Il y avait toujours des files d'attente.

Pierre, assis derrière son bureau, consulte le rapport en mâchouillant un crayon. Debout à l'autre bout de la pièce, sa collègue, appuyée contre un mur, a entre les mains une photocopie du même rapport. Tous deux se taisent un moment pour relire la feuille.

— Lavoie a sûrement rejeté cette demande parce que le rêve de Nadeau était trop *heavy*, raisonne Pierre. Son émission a déjà permis à des gens de se venger, mais c'était moins pire que ça.

Chloé secoue la tête et marmonne :

— Quand je pense que tu as assisté à son show, hier, en direct !

— Je me demande si on m'a vu, à un moment donné…

— Non, heureusement !

— Qu'est-ce que t'en sais ?

— Je l'ai écouté.

Pierre lui lance un regard ironique.

— C'était la seconde fois, précise-t-elle. Je savais que tu allais rencontrer Lavoie. (Elle se tait un moment, puis :) C'était encore pire que la première fois.

— Tu prends ça trop au sérieux…

— Ah oui ? Le gars qui courait tout nu, tu penses qu'il ne se prenait pas au sérieux ? Et la fille qui se battait avec les gars, elle faisait ça juste pour rire, peut-être ?

— Pis les humoristes qui ont aidé un homme malade, se défend Pierre. C'était ridicule pis dégradant, ça, je suppose ?

— Ça arrive combien de fois, des trips humanistes comme celui-là ?

— Bon, si on regardait le rapport du psy, maintenant ? propose Pierre, bourru, en tournant la feuille.

Il explique à Chloé que les équipes d'auditions se composaient d'un analyste et d'un psychologue ; ce dernier devait dresser un portrait psychologique général du postulant, afin de s'assurer de l'équilibre mental du candidat. Il lit à haute voix celui concernant Nadeau :

> *Diane Nadeau m'apparaît profondément instable. Elle semble avoir une fixation sur son ex-conjoint. Son univers a toujours tourné autour de ce dernier, dont le départ a manifestement provoqué chez elle une brisure et un très fort sentiment de trahison. Elle nourrit désormais pour son ex un sentiment de haine tellement fort qu'elle réalise peu ou prou l'aspect malsain de la demande qu'elle fait aujourd'hui. Sans qu'elle l'ait exprimé directement, certaines de ses interventions*

laissent supposer qu'elle souhaiterait la mort de son ex, même si elle est consciente que l'émission ne peut aller jusque-là. Elle voit tout de même dans l'émission une sorte de bouée de sauvetage qui pourrait tout régler, ce qui me porte à croire qu'elle est extrêmement influençable. Elle a consulté des spécialistes à quelques reprises dans le passé et elle est en ce moment sous antidépresseurs. J'aurais tendance à diagnostiquer une dépression profonde. De plus, je soupçonne en comorbidité un trouble de la personnalité borderline. Un suivi psychothérapeutique serait souhaitable.

La date de l'audition et le nom de la psychologue suivent.

Les deux détectives se regardent d'un air entendu. Tout cela confirme le portrait qu'ils avaient dressé de Nadeau lors de la première enquête. Mais aucun indice sur le lien entre elle et le commando qui est venu la tuer. Pierre revient à la première page du rapport. Il remarque à nouveau ces trois lettres écrites au stylo, en haut à droite : *DEL*.

— Je me demande ce que veulent dire ces trois lettres, songe-t-il à voix haute.

— Sûrement un code qu'ajoutait Lavoie sur les rapports qu'il ne retenait pas pour l'émission. DEL, ça veut peut-être dire *delete*, ou quelque chose du genre.

— Pas bête.

Pierre ouvre le dossier judiciaire de Nadeau et y joint le rapport d'audition. Il tombe sur la lettre galante qu'elle a reçue et la prend d'un air intrigué.

— Tout de même, elle avait un amant, fait-il remarquer. C'est un signe qu'elle était moins obsédée par son ex, non ?

— Si on se fie à la lettre en question, Nadeau passait des mois sans le voir. Pour elle, ce « Gros Loup » était peut-être juste une sorte de défoulement sexuel, sans lien affectif. D'ailleurs, cet homme qui voyage tout le temps doit être retourné en Europe sans même savoir que sa maîtresse est morte. Il se demande sûrement pourquoi elle ne l'a pas rappelé.

Là-dessus, Bernier, sans s'annoncer, entre dans le bureau et demande si le rapport d'audition leur a appris quelque chose.

— Ça confirme, mais ça ne nous apprend rien, répond Pierre avec résignation.

Bernier hoche la tête, déçu mais pas réellement surpris. Tout à coup, son visage change complètement d'expression :

— Pis toi, il paraît que t'en as profité pour assister à l'émission d'hier soir ?

— Oui, monsieur ! C'est Max Lavoie lui-même qui m'a invité ! confirme Pierre non sans une certaine fierté.

— *Wow !* Comment il est ?

— Super sympathique, très simple. Pas chiant pour deux cennes !

— Donc, t'as vu le gars *live* descendre sur la scène complètement à poil ?

— Je comprends, il est même passé juste à côté de moi !

Bernier s'esclaffe tandis que Chloé, avec un petit soupir mi-exaspéré, mi-amusé, préfère sortir de la pièce.

◆

Le soir, en retournant chez lui, Pierre accepte d'aller reconduire sa collègue. Dans la voiture, il se moque d'elle gentiment :

— Tu refuses de venir travailler avec ton *char* pour pas polluer, mais tu acceptes que quelqu'un d'autre pollue pour te rendre service, par exemple !

— Non, non, mauvais raisonnement, rétorque Chloé qui joue le jeu. Même si tu n'étais pas venu me reconduire, t'aurais pollué de toute façon pour retourner chez vous !

Il sourit et la détective lui fait remarquer :

— Tu devrais sourire plus souvent, ça te va bien.

Pierre ne trouve rien à répliquer à ce compliment, un rien gêné. Puis, sa collègue lui demande d'arrêter à la tabagie Marier et, comme la dernière fois, elle en ressort avec plusieurs journaux sous le bras. Après quelques minutes de route, elle demande prudemment, après hésitation :

— As-tu des nouvelles de Karine ?

Pierre songe un moment à lui dire que sa fille a laissé deux messages sur son répondeur, mais change d'idée. Elle lui demanderait pourquoi il ne l'a pas rappelée et il n'a pas envie de se justifier.

— Non, pas de nouvelles.

— Tu devrais l'appeler.

Pierre n'a aucune réaction et Chloé ne le relance pas ; elle change même de sujet en lui demandant comment va son bras. Pierre répond qu'il ne sent presque plus la blessure.

Lorsqu'il entre chez lui, il constate qu'il y a un message sur son répondeur. Tout à coup, il se dit que s'il s'agit encore de Karine, il la rappelle immédiatement. Mais c'est sa mère qui veut prendre des nouvelles. Sur le coup, il se sent déçu, mais se convainc que c'est un signe qu'il a raison de ne pas vouloir rappeler sa fille.

Le soir, il écoute un film policier. L'histoire est plutôt pépère jusqu'à ce qu'éclate une fusillade totalement surréaliste dans les rues de L.A. En temps normal, cette scène aurait bien diverti le détective, mais ce soir, la chair de poule lui parcourt tous les membres. Étourdi, il lutte pendant quelques minutes en se traitant de mauviette, mais finit par changer de chaîne, la gorge serrée. Les coudes sur les cuisses, il se frotte le visage en prenant deux grandes respirations. Pour la première fois, il se demande si c'est vraiment une bonne chose qu'il s'occupe de cette enquête. Mais ce doute ne dure qu'un instant: c'est la fatigue qui le rend si vulnérable, si fragile, ainsi que cette histoire avec Karine. Comment peut-il douter de ce qu'il fait? De plus, cette solution vient de son psychologue en personne. Ce Ferland sait ce qu'il fait, non?

Il remet la télé à la chaîne du film policier. La fusillade est terminée. Rasséréné, il continue le visionnement.

◆

Le lendemain, Pierre et Chloé passent l'avant-midi à questionner par téléphone, encore une fois, l'entourage de Nadeau et des quatre membres du commando. Rien en commun: ni ami, ni parent, ni endroit, ni âge, ni travail... Quant aux recherches sur Wizz-Art et Impec, les deux compagnies fantômes, elles n'ont rien donné.

Mais à la fin de la matinée, Pierre croit enfin apercevoir l'ombre de ce lien. Il est en train de se remplir un café à la machine distributrice lorsque Gauthier s'approche.

— Alors, l'enquête piétine, il paraît?

Pierre croit que son collègue vient le mettre en boîte pour se venger d'avoir été écarté de l'enquête, mais il se rend compte que Gauthier pose la question sans raillerie. Tout en mettant du sucre dans son café, il répond, laconique:

— Disons que ça avance pas vite.

— On vient de m'informer que tu étais allé questionner Max Lavoie parce que Nadeau a auditionné pour son émission.

— C'est vrai. On néglige aucune piste qui pourrait nous renseigner.

— Lavoie, il est comment ?

— Ben sympathique.

— Ça me surprend pas. Il a l'air cool.

Court silence. Gauthier reste là, indécis. Pierre, tout en brassant son café, se demande ce que veut son collègue au juste. S'attend-il à des excuses pour avoir été « tassé » si cavalièrement l'autre jour ?

— Le jeune de Roberval, Richard Proulx, il a auditionné aussi, laisse finalement tomber Gauthier.

Pierre le regarde enfin.

— Comment tu sais ça ?

Gauthier explique que c'est lui qui a interrogé les parents de Proulx qui, évidemment, n'arrêtaient pas de pleurer. La mère (ou le père, le détective n'était plus bien sûr) affirmait que rien n'intéressait son fils sauf l'astronomie, qu'il était amorphe la plupart du temps… puis elle (ou il) avait glissé que Richard avait eu un petit regain d'énergie l'automne d'avant lorsqu'il avait auditionné pour *Vivre au Max*. Mais au bout de deux mois, comme il n'avait aucune nouvelle et qu'il en avait conclu que sa demande avait été rejetée, il était retombé dans son indolence habituelle.

— Et il auditionnait pour réaliser quel rêve ? demande Pierre.

— Aucune idée.

— Pourquoi t'as pas mentionné ça dans ton rapport ?

— Voyons, Pierre, pourquoi j'aurais noté ça ? La mère ou le père a glissé ça par hasard dans son témoignage, c'est un détail qui n'avait rien à voir avec notre cas.

Pierre doit reconnaître que c'est vrai. Tout de même, il ne peut s'empêcher de croire que *lui*, il l'aurait noté… Gauthier ajoute :

— Mais quand j'ai su que tu étais allé voir Lavoie à propos de Nadeau, ce détail-là m'est revenu et… Je me suis dit que ça pourrait peut-être t'intéresser.

Pierre comprend enfin. En racontant cette histoire, Gauthier désire montrer qu'il n'en veut plus à son collègue et reconnaît ainsi avoir réagi trop promptement l'autre jour. Il est même prêt à aider s'il le peut.

— Ben… merci, Sam.

Gauthier hausse une épaule, feignant un certain détachement.

— Pas de problème…

Après un court silence embourbé, les deux hommes se séparent, aucun d'eux ne sachant comment présenter directement ses excuses à l'autre.

Cinq minutes plus tard, Pierre fait venir Chloé et Bernier dans son bureau et leur transmet l'information fournie par Gauthier. Bernier a une petite moue étonnée, mais sans plus. En fait, il semble surtout chercher une position confortable. Chaque fois qu'il n'est pas dans son bureau, le capitaine est mal à l'aise. D'ailleurs, il est plus souvent dans son bureau que dans sa propre maison. Tout le monde au poste sait que le couple de Bernier bat dangereusement de l'aile depuis quelques années et que moins le capitaine est en présence de sa femme (qu'il ne se décide pas à quitter), mieux il se sent.

— Tu songes à quoi, au juste ? demande-t-il enfin.

— Que les cinq auraient passé une audition pour l'émission ? poursuit Chloé.

— C'est loin d'être sûr, je le reconnais, mais admettons que ce soit ça, le fameux lien entre eux qu'on cherche depuis cinq semaines…

— D'accord, admettons. Alors ? Ça démontrerait quoi, au juste ?

— Peut-être qu'ils se sont rencontrés durant ces auditions, propose le détective.

Bernier soupire en se massant le front. Pourquoi une histoire aussi dingue est-elle arrivée sous son mandat ? Lui qui travaille à Drummondville pour avoir une vie tranquille !

— Il y avait des auditions partout au Québec, pourquoi les quatre membres du commando auraient auditionné à Drummondville ?

— Je sais pas, peut-être qu'ils étaient tous dans le coin à ce moment-là.

— Voyons, Pierre, t'es pas sérieux ! fait Bernier. En plus, on n'est pas sûrs du tout qu'ils se sont déjà rencontrés ! Peut-être que les quatre kamikazes ont juste rempli un contrat de…

— Écoute, là ! rétorque Pierre avec humeur. Ça fait un mois qu'on cherche un lien entre ces cinq personnes-là ! Est-ce qu'elles se connaissaient, est-ce qu'elles se sont rencontrées, est-ce qu'elles ont juste été engagés par quelqu'un d'autre, je le sais pas ! Mais faut ben qu'il y ait un lien quand même ! On a cherché, on est retournés interroger tout le monde, pis on a rien trouvé ! Là, on apprend qu'il y en a deux sur les cinq qui ont auditionné pour l'émission *Vivre au Max!* C'est sûrement juste un hasard, mais criss! on peut-tu vérifier si les autres ont aussi auditionné? On peut-tu juste faire ça? Parce que sinon, le prochain *move*, c'est de vérifier si elles ont acheté leurs bobettes au même magasin!

Le rire cristallin et pimpant de Chloé danse tout à coup dans la lourde atmosphère de la pièce. Pierre la dévisage, peu habitué à faire rire les gens. La détective, sans cesser de sourire, approuve tout de même:

— T'as raison, Pierre. Il faut tout essayer…

Pierre s'assoit enfin.

◆

Le dimanche soir, après deux jours de coups de téléphone, les résultats sont peu encourageants: personne dans l'entourage de Siu Liang, Louis Robitaille ou Philippe Lacharité n'est au courant de la moindre audition pour *Vivre au Max*. Si la femme de Lacharité et le patron de Liang confirment que le fonctionnaire et la dentiste aimaient l'émission, les amis de Robitaille jurent que le peintre n'aurait jamais auditionné pour une telle niaiserie.

— Il faut dire qu'on a pas réussi à rejoindre les deux meilleures amies de Siu Liang, rappelle Pierre. Elles sont peut-être parties ensemble pour le week-end. On leur a laissé un message pour qu'elles nous rappellent le plus rapidement possible. Pis si on a rien de plus d'ici deux jours, on appelle Lavoie pour lui demander carrément de fouiller dans ses archives.

Mais il dit cela sans y croire vraiment et Chloé semble penser la même chose: la piste des auditions pour l'émission ne mène sans doute nulle part.

Tandis qu'il conduit sa voiture sous la pluie, Pierre songe à sa fille. Depuis qu'il s'est dit qu'il lui répondrait si elle tentait de le joindre à nouveau, Karine n'a plus donné signe de vie. Alors pourquoi attendre un troisième appel? Pourquoi ne pas l'appeler tout de suite?

Parce que c'est à elle de tout avouer, d'assumer, de s'excuser et de demander pardon…

Il réalise alors que sa voiture va croiser le restaurant Jucep dans quelques secondes. Lui qui, depuis cinq semaines, évite ce chemin, a été distrait par ses pensées et est maintenant sur le point de se retrouver sur les lieux de la fusillade. Il serre son volant avec force et accélère.

Sa voiture passe exactement où était le fourgon. Pierre croit même entendre le son des AK-47… les cris de Rivard… et là, par terre… C'est rouge, ça ne peut être de la pluie… Mon Dieu, c'est du sang, plein de sang dans la rue, ça déborde jusque sur les trottoirs ! La ville ne l'a donc pas encore nettoyé ? Il accélère toujours, le visage couvert de sueur. Il doit s'éloigner de cet endroit… Mais il va trop vite, il va emboutir cette voiture devant… Non, ce n'est pas une voiture, c'est un fourgon ! Un fourgon arrêté, la porte arrière ouverte sur cette silhouette qui tourne son visage familier vers lui !

Pierre freine de toutes ses forces en poussant une sorte de couinement strident. Un autre son aigu retentit et, éperdu, il se retourne : une voiture s'est arrêtée à quelques centimètres de la sienne et le chauffeur en sort déjà, furibond. Le policier reporte son regard halluciné devant lui : aucun fourgon. Seulement le boulevard Saint-Joseph qui s'allonge en ligne droite. Pierre appuie son front contre le volant. De l'autre côté de la vitre de sa portière, le conducteur de la voiture arrière, dégoulinant de pluie, s'agite en tous sens en vociférant :

— Ostie de malade, tu sais pas conduire ? Envoie, sors ! Sors, qu'on règle ça !

Pierre garde la tête contre le volant tout en prenant de grandes respirations.

◆

Lundi après-midi, à son rendez-vous chez Ferland, Pierre résume où en est l'enquête et, devant l'air captivé de son auditeur, se dit une fois de plus que la curiosité du psychologue dépasse le simple intérêt clinique.

— Vous croyez donc que Nadeau et les quatre tueurs ont tous auditionné pour l'émission *Vivre au Max ?*

— C'est une piste mais, franchement, c'est peu probable. Et effectivement, elle semble mener nulle part.

Ferland hoche la tête, de plus en plus intéressé.

— Quand même, c'est intéressant. Vous devriez retourner voir Lavoie et lui poser carrément la question.

Voilà que son psy se permet des conseils pour l'enquête, à présent ! Poliment, Pierre dit :

— On a l'intention de l'appeler, Frédéric. On sait comment faire notre travail.

Ferland se sent obligé de se justifier et lève une main en signe de défense :

— Je ne dis pas ça pour me mêler des affaires de la police ! Comprenez-moi bien, Pierre : je vous ai conseillé de reprendre cette enquête pour que vous régliez vos comptes avec vos démons intérieurs. Moins l'enquête ira bien, plus vous aurez l'impression que vos démons gagnent. D'ailleurs, comment a été votre semaine, côté moral et émotif ?

À contrecœur, Pierre admet que ç'a été plus difficile.

— Vous savez pourquoi ? relance le psychologue. Parce que votre enquête piétine ! Mais vous ne devez pas faiblir. Vous devez aller au bout des pistes pour être plus fort que votre traumatisme.

— Je comprends, mais soyez sûr que je fais l'impossible dans cette enquête pis que je suis le premier à vouloir… heu… foutre une raclée à mes… mes démons, comme vous dites…

Ferland remonte ses lunettes.

— Très bien. Comme vous me semblez plutôt mal en point, j'aimerais qu'on se revoie plus rapidement. Que diriez-vous de jeudi, dans trois jours ?

Pierre n'est pas convaincu de l'utilité de la chose, mais accepte : si Bernier apprenait que son détective n'est pas coopératif, il pourrait lui enlever l'enquête. Juste avant qu'il ne sorte du bureau, Ferland lui demande avec curiosité :

— Ce Max Lavoie, il est comment ?

— Très sympathique ! Un gars super simple, proche du monde !

— Proche du monde, oui…

Et en marmonnant ces mots, Ferland a un sourire que Pierre n'arrive pas à interpréter.

— Est-ce que vous écoutez son émission ? demande le policier.

— L'année dernière, je ne l'écoutais pas, mais cet été, je n'en manque pas une.

— C'est bon, hein ?

— Non, pas vraiment.

La réponse désarçonne complètement Pierre. Sans autre explication, Ferland lui souhaite une bonne fin de journée.

Dehors, la pluie tombe pour la sixième journée d'affilée et Pierre, en montant dans sa voiture, se dit qu'il n'a pas vu un mois de juillet aussi pourri depuis des lustres. Il vient à peine de démarrer que son cellulaire sonne. C'est Chloé.

— J'aurais pu t'appeler il y a une demi-heure, mais je ne voulais pas te déranger pendant ta rencontre.

— Qu'est-ce qui se passe ?

— Les deux amies de Siu Liang qu'on n'arrivait pas à joindre ont rappelé à vingt minutes d'intervalle. Effectivement, elles étaient ensemble à la campagne. Je les ai questionnées et elles affirment que Liang a auditionné pour la première saison de *Vivre au Max* il y a presque deux ans, en octobre 2004.

Pierre arrête sa voiture à un feu rouge et écoute attentivement.

— Elles disent que Liang en parlait peu parce qu'elle craignait de ne pas être choisie, poursuit Chloé. C'est d'ailleurs ce qui est arrivé et ça l'a beaucoup déprimée.

La détective fait une petite pause et ajoute :

— Ça fait trois sur cinq, Pierre. J'avoue que ça commence à être intrigant.

— Très.

Il réfléchit rapidement, regarde l'heure sur le tableau de bord : dix-sept heures dix.

— Trouve-moi le numéro de téléphone des Studios Max et rappelle-moi.

Il raccroche. Le feu tourne au vert et Pierre se remet en route. Trente secondes plus tard, Chloé le rappelle pour lui donner le numéro. Pierre le mémorise, coupe la communication et compose la série de chiffres. Le secrétaire de l'animateur lui dit que monsieur Lavoie ne reviendra que le lendemain. Évidemment, il refuse de divulguer le numéro personnel de son patron.

— Je suis policier ! insiste Pierre. J'ai vu monsieur Lavoie la semaine dernière !

— Et alors ? répond froidement le secrétaire. Même si vous étiez le pape, je ne vous donnerais pas ce numéro. Monsieur Lavoie est un homme très sollicité qui...

Pierre coupe la communication en maugréant et s'arrête à un nouveau feu rouge. Il réfléchit rapidement. Il est bien conscient que rebondir chez le célèbre animateur sans prévenir est plutôt cavalier et qu'il est très possible que Lavoie ne soit tout simplement pas chez lui ; mais il se trouve si près de Montréal que cela serait bête de ne pas essayer. Et puis, Ferland l'a drôlement fouetté avec son petit discours, au point que le détective se sent incapable de rentrer tout bonnement chez lui et d'appeler Lavoie demain.

Son psy veut qu'il aille au bout des pistes ? Eh bien ! il va y aller !

Trois minutes plus tard, il roule sur l'autoroute 20 en direction de Montréal.

◆

Comme tout bon policier, Pierre a un excellent sens de l'orientation et, malgré la pluie violente, trouve son chemin sans difficulté dans les rues d'Outremont. Il arrête sa voiture devant la grille fermée et, le veston relevé sur la tête, court jusqu'à l'interphone. Il appuie sur le bouton et, après ce qui lui semble une éternité, une voix nonchalante, avec un léger accent espagnol, demande de quoi il s'agit.

— Je voudrais voir monsieur Lavoie.

— Monsieur Lavoie est absent.

Et voilà, il fallait s'y attendre. Pierre demande tout de même :

— Vous attendez son retour pour bientôt ?

— Vous êtes qui, au juste ?

— Je suis de la police.

Silence. Pierre lisse ses cheveux trempés.

— Vous êtes encore là ? demande-t-il.

— Vous êtes vraiment flic ?

— Sergent-détective, répond Pierre, piqué par cette arrogance. Si vous voulez voir ma carte, hésitez pas à venir me rejoindre !

— Monsieur Lavoie devrait être de retour bientôt. Revenez dans trente minutes.

— Pis si je l'attendais confortablement avec vous ? Je sais pas si vous l'avez remarqué, mais c'est pas le temps idéal pour une balade en voiture…

Nouveau silence. Pierre, qui a de plus en plus l'impression de se transformer en éponge, est sur le point de perdre patience lorsqu'un timbre électrique se fait entendre et que la grille s'ouvre. Le détective retourne rapidement dans sa Suzuki et, une minute plus tard, se stationne près de la grande maison.

Il gravit quatre à quatre les marches vers l'entrée, où un Espagnol en livrée l'attend dans l'embrasure de la porte ouverte.

— Je peux voir votre badge ? demande le majordome d'un air hautain.

Pierre le lui met littéralement sous le nez. L'Espagnol daigne enfin s'écarter et Pierre entre. Tandis qu'il essuie l'eau sur son visage, le majordome lui indique à contrecœur le salon.

— Vous pouvez attendre monsieur Lavoie, il ne devrait pas tarder. Vous voulez quelque chose ?

— Ça va aller, fait Pierre, renfrogné.

Le majordome s'éloigne. Sympathique, l'hispano ! Si tous ceux de sa race sont comme lui, Pierre est bien aise qu'il n'y en ait pas trop à Drummondville !

Le salon est immense et, comme Pierre s'y attendait, chic et moderne, tout en tons de blanc et de noir. Même la table de billard, dans le fond, est blanche. Les grandes fenêtres ont une vue splendide sur la forêt qui entoure la maison. C'est quand même beau, la richesse… Pierre savait bien que la vue de l'intérieur de cette maison le déprimerait. Par contre, il se console en constatant que la télévision est plus petite que la sienne. L'écran diffuse un vidéoclip de chanson hip-hop et la musique jaillit des quatre haut-parleurs à un volume heureusement raisonnable. À trois mètres de la télé, installé dans un divan en cuir, un adolescent d'environ treize ans, bien habillé, cheveux noirs et bouclés, fixe l'écran avec attention. Debout à l'entrée du salon, Pierre examine un moment le jeune et le reconnaît enfin : c'est le neveu de Lavoie. L'animateur le trimballe presque partout avec lui. Comment il s'appelle, déjà ?

— Salut, fait Pierre avec un sourire de convenance.

L'adolescent tourne la tête vers le visiteur, qui fait quelques pas.

— Je suis policier pis je viens rencontrer monsieur Lavoie.

Au centre du visage impassible du garçon, le regard brille tout à coup d'une sourde hostilité. Pierre s'empresse de préciser :

— Rien de grave. Ça concerne pas directement ton oncle.

Aucune réaction chez l'adolescent. Pierre s'assoit dans un fauteuil.

— Je vais l'attendre. Tu peux continuer à regarder la télé.

Le jeune retourne donc à l'écran. Pierre jette un œil vers celui-ci. Le chanteur, un Noir recouvert de bijoux clinquants, est assis dans une sorte de trône et contemple avec orgueil trois filles en bikini qui marchent à quatre pattes autour de lui. Pierre se gratte la tête, quelque peu indisposé. Il essaie d'imaginer comment il aurait réagi si, lorsqu'il était adolescent, on avait diffusé de telles images à la télé. Mais peut-être qu'il est trop vieux jeu. Après tout, c'est peut-être vrai qu'aujourd'hui c'est cool pour une fille d'avoir l'air de… enfin, de…

— Tu aimes ce genre de musique ? finit-il par demander.

L'adolescent le regarde, entêté dans son mutisme. Pierre se sent vaguement mal à l'aise. N'a-t-il pas déjà entendu une entrevue où Lavoie précisait que son jeune protégé a une sorte de trouble psychiatrique ou quelque chose du genre ? Ça expliquerait son drôle d'air… mais ça n'explique pas pourquoi cette lueur agressive persiste dans son regard. Qu'est-ce qu'il a, il n'aime pas les visiteurs ? De plus en plus embarrassé, Pierre croise les jambes en regardant vers les grandes fenêtres et il se sent soulagé lorsque le garçon se saisit d'un *game boy* qui traîne à ses côtés pour se mettre à jouer. Eh bien, Lavoie ne doit pas s'amuser tous les jours avec un tel protégé… Pourtant, il doit l'aimer beaucoup : lorsqu'une photo de la star paraît quelque part, l'adolescent est à ses côtés une fois sur deux.

Le temps passe lentement et le policier, qui commence à en avoir assez des vidéos remplis de jeunes filles qui se caressent entre elles et des commentaires puérils de l'animateur qui parade entre chaque clip, se demande s'il doit attendre encore lorsqu'il entend la porte d'entrée s'ouvrir. Il se lève tandis que l'Espagnol marche rapidement vers l'entrée. De sa position, Pierre ne peut voir la porte à cause du mur du salon, mais, malgré les geignements de la chanteuse en string qui se recouvre le corps de champagne, il peut entendre l'Espagnol articuler :

— Un visiteur vous attend.

— Un visiteur ? Et tu l'as fait entrer ?

La seconde voix est celle de Lavoie.

— C'est un policier, précise le domestique.

Silence. Des pas se font entendre et Maxime Lavoie apparaît dans l'entrée du salon, à peine mouillé, habillé en complet-cravate comme s'il revenait d'une réunion d'affaires.

En reconnaissant le détective, il affiche une expression tout à fait stupéfaite.

— Bonjour, monsieur Lavoie, fait Pierre en s'avançant à son tour, la main tendue.

Il s'attend à une exclamation joviale, du genre : « Hé ! Détective Sauvé ! » mais Lavoie, tout en tendant une main récalcitrante, bredouille :

— Ah, c'est vous, détective... heu... Comment, votre nom, déjà ?

— Sauvé, répond Pierre avec une petite pointe de déception. Pierre Sauvé.

Ils se donnent la main, mais l'animateur ne regarde même pas son visiteur. Il se tourne plutôt vers le majordome et lui ordonne :

— Miguel, va aider Luis au garage, il y a des problèmes avec la limo.

L'Espagnol s'incline et sort de la maison. Lavoie revient enfin à son visiteur.

— Est-ce qu'il y a quelque chose qui ne va pas ? Je croyais qu'on avait tout réglé la semaine dernière.

Pierre peut comprendre que sa visite indispose quelque peu Maxime Lavoie, mais franchement, il s'attendait à une réaction moins ouvertement réticente. En fait, réticente n'est pas le mot juste. C'est plus que ça.

— Absolument, s'empresse de confirmer Pierre. Le rapport de Diane Nadeau ne nous a pas appris grand-chose, mais il nous a au moins permis de confirmer ce qu'on pensait d'elle déjà.

— Alors ? fait Lavoie, qui n'a toujours pas souri depuis son arrivée.

— Ben, heu...

Décidément, le Max Lavoie qui se tient devant Pierre n'a plus rien à voir avec celui qu'il a rencontré la semaine dernière. Pierre s'en sent responsable et une pointe de culpabilité lui vrille la poitrine, lui qui pourtant ne se laisse jamais impressionner par les gens qu'il interroge.

— ... nous avons découvert d'autres éléments assez spéciaux et vous pourriez encore nous être utile...

Lavoie le considère un moment, durant lequel on n'entend que la musique en provenance de la télé. La star regarde alors vers le salon, comme s'il songeait à quelque chose, et demande :

— Vous êtes resté avec Gabriel jusqu'à ce que j'arrive ?

— Oui.

— Et… tout a bien été ?

Pierre ne comprend pas trop où veut en venir l'animateur.

— Heu… oui, oui… Il joue depuis une quinzaine de minutes à son jeu vidéo.

Il ajoute en observant l'adolescent :

— C'est un petit gars qui aime jouer, on dirait.

À ces mots, Gabriel lâche le *game boy* et se lève d'un bond comme si le divan était devenu électrifié. Complètement transformé, ses yeux dilatés de rage tournés vers le policier, des sons sifflants et rauques fusent tout à coup de sa bouche crispée, et Pierre songe aussitôt aux feulements menaçants d'un chat. Lavoie rejoint rapidement son neveu et, en lui mettant les mains sur les épaules, l'apaise gentiment, lui assure que tout va bien et, peu à peu, Gabriel se calme. Mais au lieu de se rasseoir, il sort de la pièce, non sans avoir dévisagé Pierre avec animosité.

— Excusez Gabriel, fait Lavoie. Il est… Il a parfois des crises de ce genre, il ne faut pas prendre ça personnel. Assoyez-vous.

Pierre obéit, encore quelque peu secoué par la réaction du garçon. Lavoie s'installe à son tour, ferme la télé à l'aide de la télécommande et demande :

— Alors, détective, qu'est-ce que je peux encore faire pour vous ?

Il est plus affable que tout à l'heure, certes, mais il est encore loin du Max Lavoie convivial de la dernière fois. Même son langage est différent.

— Comme je vous l'ai déjà dit, nous cherchons un lien entre Diane Nadeau et ses quatre assassins. Et on vient peut-être d'en découvrir un : deux des membres du commando avaient aussi auditionné pour votre émission.

Pierre s'attend à une exclamation ou, du moins, à de grands yeux incrédules. Mais Lavoie, les bras croisés, ne réagit pas. Ou, plutôt, le policier a l'impression qu'il *s'efforce* de ne pas réagir : il voit bien la surprise passer sur son visage, mais elle est vite réprimée. Pierre, un peu démonté par cette attitude, se tait toujours et attend que son hôte dise quelque chose. Lavoie se gratte le coude, puis il lâche enfin d'une voix dénuée d'émotion :

— Et alors ?

— C'est tout l'effet que ça vous fait ?

— Vous savez combien de gens ont auditionné en deux ans ?

— Soixante-quatre mille, vous me l'avez dit l'autre soir.

— Exact. Ça fait beaucoup de monde, détective.

— Oui, mais soixante-quatre mille par rapport à la population totale du Québec, c'est loin de trois personnes sur cinq.

Sans cesser de gratter son coude, Lavoie étudie le policier avec de plus en plus d'attention, la mâchoire serrée. Pierre connaît bien ce genre d'attitude : celle de quelqu'un sur la défensive. Pourquoi donc ?

— C'est un hasard, tout simplement.

— C'est ben possible, je l'admets, mais dans mon métier, il faut tout envisager avant de conclure au hasard.

— Où voulez-vous en venir, détective ? demande assez sèchement Lavoie. J'ai un rendez-vous pour souper, je dois me changer, alors j'aimerais que vous alliez rapidement au but.

Mais pourquoi réagit-il ainsi ? Un peu penaud, Pierre explique :

— Je me suis dit qu'ils ont peut-être tous les cinq passé une audition pour votre émission et que c'est au cours de ces auditions qu'ils se sont rencontrés... Enfin, s'ils se sont rencontrés, ce qui est pas encore sûr.

— Comment voulez-vous qu'ils se soient rencontrés au même poste d'auditions ? Ils venaient de Montréal, de Touraine, de Roberval, de Ville-Marie et de Drummondville !

— Comment vous savez ça ? demande Pierre, abasourdi.

— Comment je sais quoi ?

— Les endroits d'où ils viennent...

Lavoie se tait une seconde. Ses doigts s'activent un peu plus vite sur son coude.

— C'était écrit dans les journaux, répond-il enfin.

— Oui, mais... Vraiment, vous avez toute une mémoire ! Bravo !

Lavoie attend la suite et, cette fois, il montre clairement des signes d'impatience. Pierre se sent carrément misérable : il aurait aimé revoir la vedette amicale et serviable de l'autre soir. Il continue donc, presque sur un ton d'excuse :

— Écoutez, j'avoue que je sais pas trop ce que je cherche au juste, mais c'est le premier semblant de lien que j'ai, alors... Bref, ce que j'aimerais, c'est que vous alliez dans vos archives. Vous allez y trouver les rapports d'auditions de Richard Proulx et de Siu Liang, les deux dont nous sommes certains, mais vous pourriez vérifier si les deux autres y sont aussi.

— Vous croyez que je vais trouver ces rapports en quelques minutes ?

Pierre s'étonne à nouveau :

— Mais… Vous m'avez dit, l'autre jour, qu'ils étaient classés par région et par ordre alphabétique…

Lavoie ne dit rien, mais ses grattements sont maintenant presque frénétiques. Pierre poursuit :

— D'ailleurs, je vous suggère de commencer par les chercher tous les quatre dans la région de Drummondville, pour voir si ma première théorie est bonne. Sinon, regardez dans leur région respective. Je vous ai écrit leur nom et leur ville, ici…

Il sort de sa poche un papier et le tend à Lavoie. Ce dernier ne s'en préoccupe pas, agacé.

— Détective Sauvé, avouez que votre hypothèse est vraiment farfelue.

Pendant un moment, Pierre se sent encore coupable de tant importuner Lavoie… pour aussitôt se traiter d'idiot. Mais qu'est-ce qui lui prend de démontrer si peu d'assurance ? Ce n'est vraiment pas son genre ! Est-ce parce que Lavoie est une star, une star qu'il admire ? C'est indigne de lui, indigne du bon flic qu'il est ! Et d'ailleurs, pourquoi Lavoie rechigne-t-il tellement à l'aider ? Il ne lui demande pas la lune, quand même ! Pierre oublie donc sa ferveur pour la vedette, prend le visage officiel et imperturbable qu'il affiche toujours durant ses enquêtes et, d'une voix égale mais ferme, explique :

— Vous avez sûrement raison, mais c'est une piste que je veux vérifier jusqu'au bout, quitte à me tromper. Je vous demande donc quelques minutes de votre temps pour me rendre service. Après, vous ne me reverrez plus. Est-ce trop vous demander, monsieur Lavoie ?

Et il tend toujours la feuille de papier au bout de son bras. Lavoie soutient son regard. Il a cessé de gratter son coude. Enfin, son visage se décontracte et il présente même un sourire désolé.

— Bien sûr que non, détective. Vous avez raison, ça ne va prendre que quelques minutes.

Il se lève, plus détendu, et attrape la feuille. Le policier croit enfin reconnaître, jusque dans son langage, le gars sympathique de la semaine dernière :

— Je m'excuse, vraiment... Je vous l'ai dit, je suis crevé pis j'ai un souper tout à l'heure... Mais c'est pas une raison pour être plate, hein ?

— Je comprends, monsieur Lavoie, c'est moi qui m'excuse de vous déranger, fait Pierre, conciliant.

— Pis on sait jamais ! Si votre théorie est la bonne, ce serait vraiment *flyé*, *right ?* Je reviens dans cinq minutes.

— Je peux vous accompagner pour vous aider...

— Non, non, s'empresse de répondre Lavoie. J'aime fouiller dans mes affaires moi-même. Relaxez, ce sera pas long. Vous voulez un verre ?

— Non, merci.

— C'est vrai : jamais en service ! OK... (Et, prenant une voix grave comme celle de l'acteur Schwarzenegger :) *I'll be back !*

Devant l'absence de réaction du détective, il se souvient que le flic a autant d'humour qu'un ouvre-boîte et sort enfin.

Seul, Pierre est rassuré de voir la star plus coopérative. Tout de même, tout à l'heure, il était tellement antipathique ! A-t-il laissé transparaître, l'espace de quelques minutes, sa vraie personnalité ? Pierre espère bien que non. Cela signifierait que Lavoie est une vedette qui est prête à jouer les hypocrites quand ça l'arrange mais qui, de manière générale, déteste être dérangé par le commun des mortels. Ce serait décevant, non ?

Au bout de six minutes, l'animateur est de retour avec quelques feuilles de papier entre les mains. La mine désolée, il lance :

— *Sorry*, détective, mais votre théorie vient de planter. J'ai ben trouvé les auditions de Proulx et Liang, mais aucune trace des deux autres : Robitaille pis Lacharité ont pas auditionné pour mon émission.

Pierre se lève, dissimulant mal sa déception. Une autre fausse piste ! Comme pour enfoncer le clou, Lavoie tend les feuilles de papier vers le policier en ajoutant :

— Proulx a passé son audition dans sa propre région, au Saguenay, de même que Liang, à Montréal.

Pierre prend les rapports d'une main et se gratte la tête de l'autre. À croire que le destin s'amuse à lui donner de vains espoirs. Remarquant son air désappointé, Lavoie conclut :

— Vraiment désolé.

— C'est pas votre faute.

Il regarde les deux rapports sans enthousiasme, puis demande à l'animateur s'il peut tout de même les apporter. On ne sait jamais : ils pourront peut-être lui apprendre quelque chose sur la personnalité des tueurs. Après une très brève hésitation, Lavoie dit qu'il n'y voit pas d'inconvénients. À la porte d'entrée, les deux hommes se serrent la main.

— Je m'excuse encore de mon air bête de tantôt, détective Sauvé.

— C'est pas grave. De toute façon, maintenant que c'est clair que cette piste mène à rien, je ne vous achalerai plus.

Juste avant que Pierre ne sorte, Lavoie lui lance avec entrain :

— Continuez quand même d'écouter *Vivre au Max !*

– Certain !

Dehors, la pluie a cessé et le soleil brille pour la première fois depuis une semaine. Pierre jette les deux rapports sur le siège du passager de sa voiture et roule vers la grille. En la franchissant, il jette un coup d'œil dans son rétroviseur, vers la splendide villa qu'il quitte, et émet un petit soupir. Voilà, un bref instant, il aura entrevu ce que sont la gloire et la richesse. Une vie à des années-lumière de la sienne. Il revient à la route devant lui. Il pourra toujours raconter qu'il a discuté avec le célèbre Max Lavoie dans sa propre maison.

Et il ajoutera que sa télévision était plus petite que la sienne !

◆

Par la grande fenêtre du salon, Maxime observe la voiture de Sauvé franchissant la grille. Tout à l'heure, il s'est vraiment demandé s'il ne devait pas refuser tout simplement de retourner fouiller dans ses archives. Mais cela aurait été trop louche, le flic aurait flairé quelque chose. Le milliardaire aurait pu aussi prétendre qu'il ne trouvait pas les rapports de Proulx et Liang, mais cela aussi aurait paru suspect : comment justifier qu'il ne les avait pas alors qu'il se vantait de tous les conserver ? Surtout que Sauvé avait la preuve qu'ils avaient auditionné, alors... De toute façon, ces deux rapports, pas plus que celui de Nadeau, ne peuvent avoir le moindre impact.

Pas con, d'ailleurs, ce flic… Pas con du tout. Mais maintenant qu'il est convaincu que sa piste ne mène à rien…

— … il ne reviendra plus, complète Maxime à haute voix.

Il se tourne vers Gabriel. Ce dernier, qui est revenu au salon écouter la télévision, démontre un furtif allégement. Distraitement, Maxime va lui ébouriffer les cheveux puis marche vers le grand escalier. Un autre danger d'écarté.

À l'étage, il entre dans une grande pièce et marche vers son immense bureau en acajou. Sur le meuble, un dossier ouvert laisse voir une pile de feuilles. Maxime prend les quatre premières, qui sont brochées deux par deux. Ce sont deux rapports d'auditions pour son émission. Sur le premier rapport, on peut lire le nom de Philippe Lacharité. Sur le second, celui de Louis Robitaille.

Non, vraiment pas con, ce détective Sauvé… S'il savait à quel point il est passé près du but…

Le visage funèbre, Maxime dépose les deux rapports sur la pile de feuilles et referme le dossier.

◆

Durant le trajet de retour, Pierre, démonté, révise toute l'affaire dans sa tête. Maintenant que la piste des auditions ne tient plus la route, il faut trouver un autre angle d'attaque pour l'enquête.

Lorsqu'il voit sa maison apparaître à cinquante mètres devant lui, l'enquête cesse immédiatement d'être l'objet de ses pensées. Quelqu'un est assis sur les marches de la petite galerie qui mène à sa porte, une silhouette qu'il reconnaît tout de suite. Le soleil sur son déclin est en partie caché, mais les rayons qui réussissent à passer entre les maisons inondent la jeune femme d'une luminosité magnifique, en parfait contraste avec son visage grave et austère. Sur le sol, à ses pieds, se trouve un petit sac de voyage. Pierre appuie sur les freins sans même s'en rendre compte. Sa voiture s'arrête à deux maisons de chez lui.

Karine, qui a tourné la tête, le voit. Le reconnaît. Le fixe sans bouger.

Pierre respire un peu plus fort. Enfin, il remet sa Suzuki en marche et entre dans l'aire de stationnement. Karine s'est levée. Sans s'occuper des rapports d'auditions sur le siège du passager, le détective sort lentement de la voiture. Il n'a encore aucune idée de ce qu'il va dire, de ce qu'il va faire. Il ne se sent ni fâché ni triste. Mais il a la frousse. Et il n'est pas question qu'il laisse paraître une émotion aussi incongrue. Se construisant un visage de marbre, celui que tous ses collègues connaissent si bien, il fait quelques pas et s'arrête à deux mètres de sa fille.

Ils gardent le silence un bon moment. Il n'y a personne dans la rue, sauf des enfants, plusieurs maisons plus loin, qui jouent à la cachette. Pierre remarque que Karine est habillée de manière plus sobre, plus classique qu'à l'habitude, avec un jeans sans fioritures et une longue blouse très ample, sans décolleté.

— Tu me rappelais pas, alors je suis venue, marmonne-t-elle enfin en évitant le regard de son père.

Il faut qu'il dise quelque chose.

— Pourquoi ? articule-t-il.

Il prend un ton froid, sûrement celui qu'il faut adopter en pareilles circonstances. Elle hausse une épaule. Il la trouve différente, changée. C'est dans son attitude. Moins désinvolte, moins au-dessus de ses affaires. Plus accessible… Elle le regarde dans les yeux.

— Pour qu'on se parle.

— T'es venue t'excuser ?

— C'est plus compliqué que ça, tu penses pas ?

— Je pense pas, non.

Il demeure imperturbable, même si à l'intérieur il se sent contracté à se casser les os. Karine propose :

— On devrait rentrer…

— Tu veux quoi, Karine, au juste ?

— Je te l'ai dit, je veux qu'on se parle tous les deux, qu'on se parle pour de vrai !

Et en disant cela, elle ressemble tellement à sa mère, elle a tellement la voix de Jacynthe que Pierre fait un pas de recul, convaincu pendant une seconde qu'il s'entretient avec un fantôme. Il se ressaisit et crache presque :

— Parler, parler ! J'ai rien à dire, moi !

— Ben je vais commencer, d'abord ! Ça va t'aider ! J'ai… j'ai plein de choses à dire, moi ! Pis pas juste sur le fait que je suis escorte !

— Si c'est pas des excuses, je veux rien entendre !

— Arrête donc ! Pour une fois que… que je suis prête à m'ouvrir, criss ! Tu pourrais en profiter !

Elle a les larmes aux yeux, maintenant, et avec une rage misérable, elle ajoute en serrant les poings :

— Aide-moi un peu, p'pa ! Ç'a déjà été assez dur de venir ici, aide-moi pis écoute-moi ! *Écoute-moi !*

Il ne l'a jamais vue si vulnérable, si seule dans sa détresse, du moins pas depuis des années. La dernière fois, elle était toute petite, recroquevillée dans le fond d'un bateau… Il ressent une soudaine envie de la prendre dans ses bras, mais quelque chose au fond de lui l'en empêche : la peur de tout ce que cela impliquerait, la crainte de l'ouverture vers l'inconnu, l'effroi de saisir le réel à pleines mains et de l'affronter sans détour, sans faux-semblant…

— De quoi tu veux me parler ? balbutie-t-il.

— De tout ! De nous deux, de la mort de maman, de…

Alors, la peur devient épouvante. Lui qui a toujours regretté que sa fille refuse de lui parler de la mort de Jacynthe, voilà que maintenant, devant cette éventualité, il se sent au bord de l'abîme. Il utilise donc la seule arme qu'il connaît pour repousser cette émotion qu'il a toujours fuie : la colère.

— Ah, on y est ! Ce que tu veux, c'est me dire mes torts ! Pour que je me sente coupable ! Tu veux m'accuser de pas avoir été un bon conjoint ni un bon père, c'est ça ?

— C'est pas ça, c'est plus comp…

— Ça marchera pas, ma petite fille ! C'est toi qui as fait tes choix ! C'est pas de ma faute ! Je m'excuse de rien ! *De rien !* C'est toi qui devrais t'excuser, pas moi !

— P'pa, écoute-moi !

— Je veux rien entendre ! crie-t-il soudain.

Silence. Les enfants au loin continuent de jouer. Maintenant, les larmes coulent sur les joues de Karine, qui dévisage son père avec le désespoir de celle qui se doutait que tous ses efforts aboutiraient à ce fiasco. Et Pierre, tout à coup, se sent remué à son tour. Il se calme promptement et propose :

— Si tu abandonnes ce… cette vie immédiatement pis que tu te trouves un vrai travail à Montréal, j'accepte de plus jamais te parler de ça.

C'est pas ça qu'elle veut ! C'est pas ça, et tu le sais !

Il ajoute :

— Avec le temps, tout va peut-être redevenir comme avant…

Le visage de Karine se crispe en une hideuse grimace amère et instantanément, comme si un brouillard avait littéralement jailli de son épiderme, la chape obscure qui l'enveloppe s'épaissit plus que jamais. Rapidement, elle prend son sac à ses pieds, le lance sur son épaule et marche vers la rue. Pierre écarte les bras, excédé :

— Karine ! Reviens ici, voyons ! Karine !

Il ressent alors une violente envie de se jeter vers elle, de la prendre dans ses bras et de la bercer contre lui pendant des heures et des heures, durant lesquelles il lui parlerait longuement, tendrement, lui racontant tant de choses dont il n'a en ce moment aucune idée, mais qui se mettraient à jaillir de lui aussitôt qu'il commencerait à parler, il en est convaincu. Mais il se borne à la regarder s'éloigner, traînant derrière elle sa fumée de ténèbres.

La colère le gagne à nouveau. Elle ne voit donc pas ses efforts ? Il a fait ce qu'il a pu, merde ! et elle ne voit rien, alors tant pis ! C'est elle qui veut tout gâcher, *elle !*

Enragé, il rentre chez lui en claquant la porte.

◆

Pierre pousse une longue expiration en rejetant les feuilles sur son bureau. Chloé, assise devant lui, s'obstine à relire les deux rapports, comme si une révélation allait surgir des feuilles.

Siu Liang a auditionné à l'automne 2004 pour réaliser un rêve absurde : devenir millionnaire afin de pouvoir se retirer du monde. Elle était convaincue qu'une fois riche, elle ferait ce qu'elle voudrait et pourrait se passer de la race humaine qu'elle détestait tant parce que personne ne la comprenait. Le rapport du psychologue la décrit comme une jeune femme influençable en dépression profonde, présentant un trouble de personnalité narcissique et tourmentée par une grande agressivité refoulée. De plus, elle était sous médication. Richard Proulx, lui, nourrissait un rêve encore plus dingue : voyager dans l'espace. Le rapport notait que plus l'audition progressait, plus les motivations de Proulx, d'abord poétiques, devenaient malsaines : au départ, il disait souhaiter contempler les étoiles de près, puis, peu à peu, il avouait vouloir vivre dans l'espace pour ne plus avoir à revenir sur la Terre, ce caillou merdique qui méritait de se désintégrer. Encore là, le psychologue parlait d'un homme manipulable, dépressif, ayant déjà été en observation psychiatrique deux fois et souffrant d'un trouble de personnalité antisocial inquiétant. Sur la première page des deux rapports, tout comme sur celui de Diane Nadeau, on avait inscrit les lettres « DEL », ce qui renforçait l'idée que ce code signifiait « delete » puisque les deux auditions avaient été évidemment rejetées.

Si on avait déjà noté que Nadeau et les quatre membres du commando étaient plutôt déprimés, les trois rapports d'auditions allaient plus loin en dépeignant Nadeau, Liang et Proulx comme influençables, dépressifs, arrogants et nourrissant des rêves malsains.

— Bref, trois osties de malades qui ont fini par exploser ! conclut Pierre. Rien qu'on savait pas déjà !

Chloé, sans quitter les rapports des yeux, ajoute avec tristesse :

— Mais aussi trois personnes infiniment malheureuses, en pleine détresse, et qui ne trouvaient d'aide nulle part…

Pierre jette un regard condescendant à sa collègue, puis se lève en étirant son bras blessé.

— Retour à la case départ ! Me semble que je fais juste ça, revenir à la case départ…

Chloé trouve la formule étrange, comme si la remarque de son collègue embrassait plus large que le travail. D'ailleurs, Pierre n'est pas en forme aujourd'hui et elle n'est pas convaincue que l'embourbement de l'enquête en soit l'unique cause. Elle brûle d'envie de lui demander s'il a eu des nouvelles de sa fille. Elle a la conviction que oui. Mais elle s'abstient. Elle se lève soudain en claquant dans ses mains :

— Bon ! Je vais aller marcher dehors ! Ça va me changer les idées !

— Marcher ?

— Il fait enfin beau, faut en profiter ! Tu devrais venir, ça va te faire du bien !

Pierre, tout à coup, envie son optimisme et sa capacité à se mettre si facilement sur le mode positif. Comment y arrive-t-elle ? Est-ce aussi simple que cela semble l'être ?

— Non, je vais remettre de l'ordre dans les papiers.

— Comme tu veux, monsieur Grognon.

Elle semble tout de même désolée de voir Pierre si maussade. Elle a alors un sourire coquin :

— Au moins, tu as revu ton cher Max Lavoie ! Tu devais être content !

— Ouais… Sauf qu'on aurait vraiment dit qu'il faisait tout pour éviter de m'aider, cette fois. Mais à la fin, il était plus gentil.

— C'est sûr, c'est Max Lavoie !

— T'as pas une marche à prendre, toi ?

Elle ouvre la porte en lâchant son rire que Pierre trouve si agréable. Il songe soudain à quelque chose et demande :

— Dans les journaux, est-ce qu'on avait écrit où habitaient les membres du commando ?

— J'imagine, oui.

— Mais les endroits précis ?

Chloé ne comprend pas. Pierre explique :

— Pour Lacharité, par exemple, est-ce qu'on avait écrit qu'il venait de la région de Gatineau ou de Touraine même ?

— Je ne sais pas. Tu veux qu'on vérifie ?

Pierre réfléchit une seconde et fait un geste las :

— Non… Non, c'est pas important.

◆

Trois jours pénibles.

Trois jours durant lesquels on reprend toute l'enquête depuis le début, durant lesquels on interroge tout le monde à nouveau. En vain.

Trois jours durant lesquels Pierre s'enfonce de plus en plus dans le marasme. Maintenant que l'enquête s'enlise, il recommence à angoisser et les rêves prennent de plus en plus de place durant ses nuits difficiles, rêves où le massacre de Nadeau et la dernière visite de sa fille s'entremêlent de manière surréaliste et cauchemardesque. Le deuxième soir, il va au cinéma. Mais lorsqu'au milieu du film, le gars sort son fusil et tire sur la femme, Pierre, pris de nausée, s'empresse de sortir. Chez lui, il écoute une émission d'affaires publiques où l'animateur, tout en grimpant littéralement sur son bureau, traite une juge de folle, un ministre d'imbécile et tous les bureaucrates de débiles mentaux. Pierre qui, normalement, approuve tout ce que dit cet animateur, ne se souvient même plus deux minutes plus tard des causes de sa véhémence.

Le jeudi après-midi, il va voir Ferland et lui résume sa visite chez Lavoie :

— Nadeau, Liang et Proulx ont bien auditionné, mais comme Lavoie a pas les rapports de Robitaille et Lacharité, le lien que je pensais avoir trouvé entre les cinq ne fonctionne plus.

Ferland écoute attentivement puis, après avoir réfléchi, il propose :

— Vous n'êtes vraiment pas en forme, Pierre, votre état émotionnel est en train de régresser. Je veux qu'on se revoie mardi, dans cinq jours. Et si à ce moment-là vous n'allez pas mieux, je crois que nous allons devoir envisager un autre traitement.

Il prononce ces dernières paroles à contrecœur. Pierre n'a même pas la force de protester.

Ce soir-là, tandis que Chloé continue d'interroger certaines personnes, Pierre demeure au poste et erre sans but. Bernier, qui traîne lui aussi un air morose, lui résume les affaires en cours à Drummondville : des vols de voitures qui ressemblent de plus en plus aux actions d'un gang organisé, une femme de cinquante ans qui s'est coupé les veines dans la toute nouvelle maison qu'elle vient de s'acheter, un vol à main armé dans un dépanneur… Peu à peu, son monologue devient plus personnel pour se transformer en lamentations sur sa propre vie, en particulier sur sa femme qu'il n'arrive pas à quitter par manque de courage. Pierre l'écoute sans aucun intérêt pendant une heure, puis il quitte le poste. Il fait un petit crochet par la salle de billard pour se joindre à quelques collègues, mais sans réussir à se distraire. D'ailleurs, ses coéquipiers ne l'aident pas tellement : ils racontent des blagues et poussent de grands éclats de rire, mais passent malgré tout la moitié de la soirée à se plaindre soit de leur famille, soit de leur travail, soit de leur vie en général. Le barman allume la télé pour la diffusion de *Vivre au Max,* à la grande joie de tous les consommateurs. En voyant Max Lavoie, le détective sent une certaine complicité et cela lui procure un plaisir parfaitement puéril. Mais à un moment, une jeune fille habillée de manière très provocante et vulgaire entre dans le bar, va parler à l'oreille d'un homme au comptoir… et aussitôt, le détective a l'impression de voir Karine.

Cette nuit-là, il rêve à la fusillade, mais cette fois, les quatre assassins ne tuent pas la silhouette dans le fourgon ; ils dirigent plutôt leurs armes vers Pierre et lui disent en souriant :

— Ça donne rien, pauvre con… Tu tournes en rond…

Derrière eux, dans le fourgon, Karine lui lance un regard suppliant. Et au moment où ils tirent vers Pierre, le policier se réveille en suffoquant.

Trois jours pénibles, durant lesquels le détective est sur le point de tout lâcher.

Puis, la quatrième journée, c'est le retournement complet.

◆

Ce n'est pas la première fois que Pierre remarque ce phénomène : une affaire s'embourbe pendant quelque temps et, tout à coup, plusieurs nouveaux éléments apparaissent simultanément, à quelques heures d'intervalle, pour relancer l'enquête.

Ce vendredi, Pierre fait la grasse matinée. Il se lève à dix heures et va manger au resto, trop amorphe pour se préparer de simples rôties. Il est assis devant la petite table depuis deux heures et demie à broyer du noir lorsque son cellulaire sonne. C'est Bernier qui lui dit qu'ils ont du nouveau. Tout à coup intrigué, Pierre sent son corps engourdi se réveiller tandis qu'il file au poste. Aussitôt qu'il entre dans la salle principale, Bernier et Chloé se précipitent vers lui et cette dernière, tout sourire, lui met la main sur l'épaule :

— Tiens-toi bien : il y a vingt minutes, un gars a appelé de Montréal pour parler à un responsable de l'enquête sur le massacre de Drummondville. C'est moi qui ai pris l'appel. Le gars dit être une connaissance de Louis Robitaille, qu'il a rencontré deux ou trois fois au Témiscamingue, lors de vernissages. Il a su, par des amis du peintre, que la police cherchait à savoir si Robitaille avait passé une audition à *Vivre au Max*. Eh bien, il nous a dit que oui.

Pierre hausse les sourcils.

— Comment il sait ça ?

— Le gars nous a dit qu'en janvier dernier, dans un bar à Amos, Robitaille lui a confié qu'il avait auditionné pour l'émission. Il ne l'avait encore dit à personne, par orgueil, mais là, il était tellement soûl qu'il s'en foutait.

— Il auditionnait pour quel rêve ?

— Quelque chose en rapport avec ses peintures, une sorte d'exposition sur lui. Il paraît que la boisson rendait les explications de Robitaille pas mal embrouillées. D'ailleurs, le gars est convaincu que Robitaille a eu honte de lui en parler, parce que le peintre l'a évité quand il l'a revu par la suite.

— C'est qui, ce gars-là ? Comment ça se fait qu'on l'a pas interrogé avant, quand on a rencontré les *chums* de Robitaille ?

— Parce qu'il vit à Montréal et qu'il ne voyait pas le peintre souvent. Mais il n'a pas voulu se nommer. Il nous a avoué ne pas être très net avec la police… Mais quand il a entendu parler de nos interrogatoires, il a tout de même voulu nous donner un coup de main, par respect pour Robitaille. On a retracé son appel, et ça provenait effectivement d'un café d'artistes, à Montréal.

— Attendez une minute ! Ce gars qui appelle pour nous donner cette information, sans vouloir nous dire qui il est… Ça peut être un clown qui veut nous faire marcher !

— Si c'est un clown, il en sait pas mal, intervient Bernier. Il sait qu'on a interrogé les amis de Robitaille, il sait qu'on cherche à savoir s'il avait auditionné pour *Vivre au Max*… Personne ne peut savoir ça, sauf les gens qu'on a interrogés. Donc, cet inconnu a vraiment rencontré les amis du peintre.

— Et puis, pourquoi nous aurait-il donné cette information si ce n'est pas vrai ? poursuit Chloé.

Pierre fait quelques pas en caressant sa moustache. Il a tout à coup l'impression d'être un mineur qui a été enseveli sous la terre pendant des semaines et qui enfin trouve un tunnel… mais en même temps, il demeure circonspect, car il sent que ce tunnel peut s'écrouler sur lui à tout moment. Dans la salle, il n'y a que deux autres policiers qui, maintenant, écoutent la discussion avec intérêt.

— Mais Lavoie m'a dit qu'il avait pas de rapport au nom de Louis Robitaille dans ses archives ! rappelle le détective.

— Je sais, fait Chloé avec un regard entendu.

Pierre observe sa collègue, ensuite Bernier, puis lève une main prudente.

— Pas trop vite ! Avant de conclure que Lavoie m'a menti, faudrait être sûr que ce coup de téléphone-là est fiable !

Il réfléchit encore un moment, puis dit qu'il a peut-être une idée. Tout d'abord, il faudrait trouver dans quelle ville de l'Abitibi-Témiscamingue Max Lavoie a organisé des auditions en automne dernier. Les deux détectives fouillent dans des archives de journaux sur Internet et finissent par trouver : il y avait des postes d'auditions à Val-d'Or, Rouyn et, justement, Ville-Marie, l'endroit où vivait Robitaille.

— On sait que, pour chaque point d'auditions, il y avait un analyste et un psychologue, explique Pierre. On pourra jamais trouver l'analyste, mais si on contacte les psys de la région de Ville-Marie…

— Mais Robitaille avait honte d'auditionner pour l'émission, lui rappelle Chloé. Peut-être qu'il est allé à Rouyn ou Val-d'Or pour ne pas se faire reconnaître.

— Alors, trouvons tous les psychologues de l'Abitibi-Témiscamingue. Il doit pas y en avoir des milliers !

Ils appellent l'Ordre des psychologues du Québec et découvrent qu'il y a quarante-deux psychologues dans toute la région. Ils prennent les numéros en note et, patiemment, se mettent à appeler les quarante-deux professionnels. La plupart du temps, ils tombent sur un répondeur téléphonique et laissent un message qui, en gros, explique qu'ils sont de la police et qu'ils cherchent le ou la psychologue qui a travaillé pour les auditions de *Vivre au Max* en Abitibi-Témiscamingue soit à l'automne 2005, soit à l'automne 2004. Le tout prend quelques heures.

Vers la fin de l'après-midi, Pierre reçoit un premier rappel : une psychologue de Ville-Marie qui dit avoir travaillé pour les auditions en 2004 et 2005. Pierre lui explique qui est Louis Robitaille, décrit le peintre, précise que son rêve avait un lien avec son art… mais la professionnelle, désolée, dit qu'elle ne se souvient pas. Elle a vu des centaines de candidats, alors… Déçu, Pierre raccroche. Quinze minutes plus tard, un autre psychologue, celui-là d'Amos, appelle : il a travaillé pour les auditions à Val-d'Or en 2005. Mais lui non plus ne replace pas Robitaille. Pierre s'assombrit. S'attendait-il vraiment à ce qu'on se souvienne d'un candidat alors que des centaines ont défilé dans chacun des postes d'auditions ?

Vers dix-sept heures quarante-cinq, Chloé apparaît dans la porte du bureau de Pierre :

— Bernier veut nous voir, il a reçu quelque chose qui pourrait nous intéresser.

Au moment où Pierre se lève, le téléphone sonne.

— Je suis Olivier Thibodeau, de Rouyn, se présente la voix nasillarde à l'autre bout du fil. J'ai eu votre message. J'ai travaillé pour les auditions de *Vivre au Max* à l'automne 2004.

Pierre met l'appel sur haut-parleurs afin que Chloé entende la discussion, puis explique la situation au psychologue. Thibodeau, comme ses collègues avant lui, précise qu'il a vu des centaines de personnes en quatre mois et qu'il serait donc peu probable qu'il puisse se souvenir de…

— J'en suis très conscient, mais on peut tout de même essayer, non ? fait Pierre sans grande conviction.

Petit soupir à l'autre bout du fil, puis Thibodeau dit à contrecœur :

— Allez-y, décrivez-moi l'homme.

— Louis Robitaille, de Ville-Marie, cinquante-quatre ans, costaud, longs cheveux gris…

— Vous allez devoir m'aider un peu plus que ça !

— Il était artiste-peintre.

Silence. Pierre poursuit :

— Son rêve avait un lien avec ses peintures, une exposition qu'il aurait voulu organiser.

— Attendez une minute…

Pierre sent le téléphone devenir brûlant contre son oreille.

— Oui, je me souviens de lui, confirme Thibodeau.

— Comment pouvez-vous en être certain ?

— Parce qu'il avait apporté plusieurs de ses tableaux avec lui, vous imaginez ? Il nous les montrait, nous les expliquait, voulait nous convaincre qu'il était un génie et qu'on devait absolument organiser en Europe une immense exposition de son œuvre pour y inviter les plus grands critiques du monde artistique ! Ç'aurait été plutôt farfelu si le gars n'avait pas été si dépressif. Et agressif, aussi… Quand on lui a dit que son temps était terminé, il s'est fâché, a même cassé une de ses toiles et nous a littéralement menacés ! Je ne me suis senti rassuré que lorsqu'un gardien de sécurité est venu le chercher. Vous admettrez que ça s'oublie difficilement.

Pierre remercie le psychologue, raccroche et regarde Chloé dans les yeux.

— Lavoie t'a menti, murmure-t-elle.

Pierre serre les lèvres, puis secoue la tête en faisant quelques pas.

— Mais pourquoi ? Qu'est-ce que ça lui donne ?

— Peur du scandale : quatre tueurs qui ont auditionné pour son émission, c'est pas très bon pour l'image…

D'un air entendu, elle ajoute :

— Et peut-être cinq. Car s'il a menti pour Robitaille, il a peut-être menti aussi pour Lacharité.

— Il n'a peut-être pas menti pour Robitaille, s'entête le détective. Il a peut-être juste égaré le rapport. Ou alors il a mal regardé.

Chloé se met les mains sur les hanches, avec un sourire moqueur.

— En fait, ce qui t'achale dans ça, c'est l'idée que Max Lavoie ne soit pas aussi net que tu l'imagines !

— Franchement ! Je suis plus pro que ça pis tu le sais ! Tu m'insultes, Chloé !

Mais Chloé rigole en se claquant dans les mains. Pierre songe à se fâcher, mais finit par détourner les yeux. Bon, son admiration pour Lavoie est réelle, certes, mais ce n'est pas ce qui l'importune vraiment. En fait, il ne voit pas quel intérêt aurait l'animateur à lui mentir, et la peur du scandale suggérée par sa collègue ne le convainc pas vraiment.

— On en reparlera plus tard, fait Chloé plus sérieusement. Si on allait voir ce que veut nous montrer Bernier ?

Leur capitaine les attend devant une table sur laquelle se trouve un petit colis. Bernier explique qu'ils viennent de recevoir ce paquet par courrier express de la maîtresse de Philippe Lacharité. En faisant du ménage dans ses affaires, elle a retrouvé un vieux manteau d'hiver que son amant enfilait souvent quand il allait lui rendre visite. Elle avait oublié d'en parler aux policiers lors de leur visite et ce n'est qu'en tombant dessus qu'elle s'est souvenue de son existence. Elle a fouillé dedans et a découvert dans les poches des trucs ayant appartenu à Lacharité. Elle a donc envoyé le tout à la police, en se disant que ça pourrait l'intéresser. Tandis que Pierre déballe le paquet, Chloé résume à Bernier leur conversation avec le psychologue de Rouyn.

— Lavoie t'a donc menti, Pierre ! s'exclame le capitaine.

Contrarié, le détective éparpille sur le bureau le contenu du colis : un paquet de cigarettes, quelques pièces de monnaie et deux morceaux de papier pliés en deux. Le paquet de cigarettes, aux trois quarts vide, ne leur apprend rien. Le premier bout de papier est un coupon donnant droit à une entrée gratuite dans un cinéma. Le second papier est une feuille arrachée d'un agenda de poche, comportant les dates des 29, 30 et 31 mars derniers ; mais dans la case du 31, Pierre déchiffre ce court message : *Déluge : 265 Pottier, 21 : 00*

— Ah ben, criss…, marmonne le policier.

Tandis que ses deux collègues consultent le papier à leur tour, Pierre est saisi d'un bref déséquilibre : ce matin, il songeait à tout abandonner et à se laisser couler lentement jusqu'au fond de la dépression, et voilà qu'en quelques heures, les événements le remontent si rapidement à la surface que la tête lui en tourne.

— Comme sur le calendrier de Diane Nadeau ! s'exclame Chloé.

— C'est pas la même adresse, précise Pierre en fouillant dans sa mémoire. Pis la dernière des quatre dates de Nadeau était le 27 mars, pas le 31. Mais dans les deux cas, il y a le mot « déluge ».

— Et tu sais quoi ? fait Chloé. Je suis prête à parier que ce 265 Pottier est l'adresse d'une salle communautaire en Outaouais, qui a été louée par une compagnie qui n'existe pas.

Pierre ne dit rien, mais son silence est éloquent. Il relit le mot énigmatique, ce code qui doit bien signifier quelque chose : déluge… déluge… Tout à coup, une révélation lui traverse l'esprit avec tant de force qu'elle annule sur-le-champ son vertige. Il lève les yeux vers Chloé et Bernier.

— Vous vous souvenez qu'on se demandait ce que voulait dire ce « DEL » sur les rapports ?

Le visage de Chloé s'illumine.

— Merde, Pierre, tu penses que…

Le policier se contente d'effleurer sa moustache. La giclée d'adrénaline qui déferle en lui anéantit toute trace d'effondrement, et tandis que son capitaine essaie encore de comprendre, Pierre demande à Chloé d'une voix sarcastique :

— As-tu envie de visiter la maison de mon *chum* Lavoie ?

6

Le générique de fin commençait à peine que Francis était debout et applaudissait à pleines mains.

— Bravo ! criait-il avec exagération. Un chef-d'œuvre du post-modernisme ! Encore, encore ! Tant qu'à faire du n'importe quoi, on le fait comme ça ! Bravo !

Les nombreux autres spectateurs, tout en quittant la salle, lançaient des regards embarrassés vers le trouble-fête. Assis à ses côtés, Maxime n'arrivait pas à démontrer la même joyeuse ironie que son ami. Et dire que des critiques avaient dit que *Cabin Fever* était jusqu'à maintenant le meilleur film d'épouvante de 2003 !

— Mieux vaut en rire, non ? commenta Francis en arrêtant enfin son petit numéro et en avalant une ultime poignée de pop-corn.

— Désolé, mais je suis trop en maudit ! maugréa Maxime en se levant. Comment les gens peuvent-ils être rendus crétins à ce point ?

Francis cessa de sourire et dévisagea son ami avec reproche. Maxime se renfrogna et marcha vers la sortie. Ils se retrouvèrent dans l'immense stationnement du centre commercial Place Versailles qui, à cette heure tardive, ne comptait que les voitures des spectateurs du film, et marchèrent vers le métro tout près. La nuit était chaude et Francis suggéra d'aller prendre un verre. Maxime accepta du bout des lèvres.

— Je sais que tu es rarement très joyeux, mais ce soir, tu m'as l'air pire que d'habitude, fit remarquer Francis.

Ils franchirent la porte de la station Radisson et, tout en marchant vers le guichet, le PDG expliqua brièvement :

— C'est à cause de la prochaine réunion du Conseil, la semaine prochaine.

Francis prit un air entendu. Il était au courant. Depuis qu'il avait visité les *sweatshops* aux Philippines trois ans plus tôt, et à la suite de son incapacité de convaincre Masina d'en faire des usines respectables, Maxime avait continué à tenter de « sauver les meubles », comme disait son ami. Il y parvenait de moins en moins. Masina n'osait toujours pas lui tenir ouvertement tête au Conseil, mais il prévenait de plus en plus souvent Maxime à l'avance qu'il ne l'appuierait pas dans tel ou tel projet. Le jeune PDG songeait de plus en plus souvent à arrêter le combat. En fait, c'étaient les stimulations de Francis qui le soutenaient. Francis, encore plus idéaliste que lui, encore plus confiant que son ami… Heureusement qu'il était là.

Mais la semaine d'avant, Masina était venu lancer un avertissement plus catégorique à son président :

— À la prochaine réunion, le Conseil va proposer la fermeture de l'usine de la Côte-Nord. Je suppose, évidemment, que tu vas t'y opposer.

— Évidemment.

— Eh bien, moi, je vais l'appuyer.

Derrière son bureau, Maxime avait serré les mâchoires.

— Tu me lâches, Michaël ?

— Je ne te lâche pas. Il y a tout simplement des limites à soutenir tes lubies.

— Sauver des centaines d'emplois, tu appelles ça une lubie ?

— Nous avons ouvert l'usine de la Côte-Nord il y a quinze ans. Elle a commencé à être moins rentable en 1998, mais c'était encore acceptable. Maintenant, cinq ans plus tard, elle nous fait carrément perdre de l'argent.

— Faux : elle ne nous en fait pas faire autant que tu voudrais.

— Ça revient au même. D'ailleurs, c'est de ta faute : tu n'avais qu'à ne pas ouvrir deux autres usines en cinq ans, une en Abitibi et une en Gaspésie ! Il faut fermer celle de la Côte-Nord, sinon on va perdre au minimum vingt millions de dollars.

— Vingt millions sur trois cent soixante-dix, c'est vraiment une catastrophe…

— On ne va pas revenir là-dessus, n'est-ce pas ?

Maxime, buté comme un enfant, avait fait pivoter sa chaise vers la grande fenêtre qui donnait une formidable vue aérienne sur Montréal.

— Je vais m'opposer quand même.

— Tu seras le seul.

Ce n'était pas la première fois que Masina venait prévenir Maxime, mais ce dernier avait senti que cette fois c'était différent. Dans quelques mois, la loyauté du vieil homme pour les Lavoie ne serait plus une raison suffisante pour appuyer le jeune idéaliste. Maxime se retrouverait bientôt tout à fait seul. Comme pour confirmer cette présomption, l'Italien avait ajouté :

— Et j'aime mieux te prévenir : je ne pourrai plus te protéger encore longtemps. Nos actions baissent, nous avons eu des démissions importantes… Le prochain qu'on voudra voir partir, ce sera toi. Le Conseil va bientôt m'obliger à choisir mon camp. Je n'aurai plus le choix. À moins que…

Il n'avait pas poursuivi. Dehors, sur la corniche en pierre de la fenêtre, un faucon était venu se poser. Il apparaissait ainsi au moins deux fois par jour depuis quatre ans et Maxime continuait d'éprouver un véritable malaise à la vue de cet oiseau de proie immobile sur son perchoir.

— À moins que quoi ? avait-il demandé en se tournant vers Masina. Que j'abandonne par moi-même ? C'est ce que tu attends, hein ? Que je vende mes parts et que je lâche la business ?

Masina avait secoué lentement la tête :

— Non, Maxime. J'attends que ta crise d'adolescence se termine et que tu deviennes un *adulto*.

Et Maxime fut convaincu que l'Italien ajoutait mentalement : *L'adulte que ton père aurait souhaité que tu sois*.

– Deux dollars et vingt-cinq, répéta d'un air morne le préposé au guichet.

Maxime sortit de ses pensées, glissa un ticket dans la petite fente et rejoignit Francis de l'autre côté du tourniquet. Ils posèrent leurs pieds sur l'escalier roulant et se laissèrent descendre.

— Tu crois que Masina irait jusqu'à approuver ta destitution si le Conseil la demandait ? lança Francis.

— Je ne pense pas qu'il irait jusque-là. Je suis sûr que, dans mon dos, le Conseil l'a souvent proposée et que Masina m'a toujours protégé. De quelle manière il a convaincu les membres, avec quelles magouilles, ça, je l'ignore. Mais maintenant, il doit songer à se protéger lui aussi. En fait, il n'aura qu'à cesser de me soutenir aux réunions. Ce qu'il fera dans cinq jours. Il espère ainsi que je vais rentrer dans le rang.

— Ce que tu vas faire ? demanda Francis avec un sourire facétieux.

— Tu sais bien que non.

Il soupira.

— Mais je commence à être tanné, Francis. Ben tanné…

Ils arrivèrent en bas et marchèrent jusqu'au quai. Si Masina avait appris que son PDG prenait le métro, il en aurait fait une syncope. Mais Maxime trouvait bête de se déplacer en voiture à Montréal, idée que le vieil Italien ne comprendrait pas. Pas plus qu'il ne comprenait pourquoi Maxime, depuis son accession à la tête de Lavoie inc., s'était accommodé d'un simple bungalow dans Ahuntsic au lieu d'un château à Westmount.

Cinq autres personnes seulement attendaient sur le quai du métro. Du côté de Maxime et de Francis, deux hommes étaient assis, à bonne distance l'un de l'autre : un jeune Noir en cravate, perdu dans ses pensées, et un quadragénaire habillé d'un jeans et d'un t-shirt, assis sur un banc, l'air plutôt hagard. De l'autre côté de la fosse, en face, un couple debout se tenait enlacé en se disant des mots coquins, tandis qu'une adolescente, assise, écoutait la musique de son baladeur en battant la mesure avec sa tête. Maxime et Francis firent quelques pas sur le quai, puis s'arrêtèrent.

— Si tu lâchais tout, ce serait pour faire quoi ? demanda Francis. Retourner enseigner à temps partiel comme moi ?

— Tu as toujours dit que le modeste impact que tu as sur tes étudiants était une façon tout à fait gratifiante de contribuer à l'amélioration de ce monde.

— Pour moi, oui. Mais tes petites réussites en tant que PDG, aussi minimes soient-elles, ont certainement un impact plus grand que les miennes.

— Le problème, c'est que je ne suis plus sûr de vouloir changer les choses.

Francis fronça les sourcils. Maxime lâcha dans un grommellement :

— Après tout, les gens ont peut-être juste ce qu'ils méritent…

La tête basse, il ajouta comme pour lui-même :

— … et des fois, je me dis qu'ils méritent pire.

— Qu'est-ce qui t'arrive, Max ?

Le PDG leva la tête et remarqua l'inquiétude sur le visage de son ami.

— Au début de notre amitié, tu étais comme moi : révolté contre la bêtise et l'injustice, mais convaincu qu'on pouvait changer les choses. Mais avec les années, ton pessimisme empire… Ton agressivité aussi…

Troublé, Maxime détourna le regard. Francis prit un ton ironique, mais d'une ironie plus dure :

— Si tu ne crois plus à rien, si tu détestes tant les gens, qu'est-ce que tu suggères, alors ? C'est quoi, la solution ?

Maxime observa à nouveau son ami, frappé par les paroles de ce dernier, comme si ces mots venaient secouer quelque chose d'inconscient en lui, brasser des cendres anciennes qui n'attendaient qu'un vent nouveau pour les rallumer…

… tel un flambeau…

Mais Francis semblait tout à coup intrigué par quelque chose qui se déroulait derrière Maxime. Ce dernier se retourna. Le quadragénaire, un peu plus loin, s'était levé et se tenait maintenant tout près de la fosse. Le visage toujours égaré, il fixait les rails en prenant de grandes respirations. Francis, tout à coup soucieux, marcha très lentement vers l'inconnu.

— Ça va, vieux ?

Aucune réaction de l'homme, toujours enfoncé dans la contemplation des rails. Maxime se dit que son ami se faisait des idées : il ne croyait tout de même pas que…

— Hé, ça va ? répéta Francis qui s'approchait toujours.

Cette fois, l'homme sursauta, tourna la tête et, le souffle court, lâcha d'une voix fébrile :

— Approche pas !

Alors Maxime comprit que son ami avait vu juste et un désagréable frisson lui engourdit le dos. Francis s'arrêta à trois mètres de l'homme. Plus loin, le Noir ne leur accordait aucune attention, pas plus que les trois autres personnes sur le quai d'en face, particulièrement le couple qui poursuivait ses minauderies.

— C'est juste que t'as l'air de quelqu'un qui a des drôles d'idées, insista Francis, sans la moindre trace de nervosité dans la voix. Quelqu'un qui est sur le point de commettre une grosse erreur…

— T'es qui, toi ?

Le gars voulait avoir l'air menaçant, mais le désarroi l'emportait. Francis se remit à avancer très lentement.

— Quelqu'un qui veut te convaincre qu'il y a d'autres solutions…

Une note basse roula subtilement contre les murs de ciment et Maxime, à l'écart, vit tout au fond du tunnel un point blanc apparaître. Le métro. Celui de leur côté.

— Non, gémit l'homme en se remettant à contempler les rails, ouvrant et fermant ses mains convulsivement. Non, ça donne rien… Je le sais…

— Il y a *toujours* d'autres solutions… Écoute-moi un peu…

— Approche pas, j'ai dit ! cria alors l'homme.

Francis s'arrêta à moins de deux mètres. Maintenant, le Noir les reluquait avec suspicion. Même le couple de l'autre côté, toujours enlacé, observait la scène. Seule l'adolescente au baladeur ne se rendait compte de rien. Maxime voyait avec anxiété le point blanc qui grossissait à vue d'œil dans le tunnel, en synchronisme avec le sourd vrombissement. L'homme, qui respirait de plus en plus rapidement, avança ses pieds, dont la moitié dépassait dans le vide.

— Francis…, souffla Maxime.

— Viens, fit Francis d'une voix plus forte pour couvrir le vrombissement qui gonflait toujours, et il tendit un bras vers le malheureux. Viens, on va sortir et on va aller jaser, OK ?

— *Fuck you !* cria le gars.

Il tourna vers son sauveteur un visage tordu par la misère. Le grondement avait maintenant des résonances de fin du monde, mais Maxime discerna tout de même ce que cria l'homme vers son ami :

— Je les connais, les gars comme toi ! Tu vas me donner de l'espoir, mais ça donnera rien ! Parce que ça changera pas ! T'es une illusion ! Une illusion qui sert à rien, comprends-tu ça ? *À rien !*

Et en hurlant les deux derniers mots, il se jeta dans la fosse, au moment même où le métro surgissait à toute vitesse du tunnel, mais Francis s'était lui aussi élancé, accomplissant malgré sa corpulence un saut spectaculaire qui lui permit d'agripper le bras du misérable au moment où les pieds de ce dernier quittaient le sol. De son autre main, l'homme fit un geste vers Francis, et même plusieurs mois plus tard, Maxime ne saurait toujours pas si l'infortuné avait voulu repousser son sauveteur ou *l'amener* avec lui. Peu importe l'intention du geste, Francis s'en trouva déséquilibré et, les yeux écarquillés d'horreur, il bascula aussi dans la fosse. Le vacarme du métro recouvra tout : l'impact des deux hommes sur les rails, le son à la fois mou et sec des roues passant sur les corps, le long hurlement de Maxime.

Les crissements de frein déchirèrent l'air et lorsque le métro s'immobilisa enfin, le Noir secouait la tête gravement, tandis que le jeune amoureux, de l'autre côté, serrait contre sa poitrine sa dulcinée en larmes. Maxime, les bras écartés du corps, avait toujours la bouche grande ouverte, mais plus aucun son n'en sortait.

Assise sur le banc, l'adolescente au baladeur, le regard dans le cirage, dodelinait toujours de la tête pour battre la mesure.

◆

Les funérailles. Maxime ne parla à personne. Fixa le cercueil d'un œil voilé de ténèbres. Masina assista à l'enterrement, même si sa présence représentait, pour son PDG, la plus mordante des ironies.

Pendant quatre jours, il n'alla pas au bureau. Il restait chez lui, assis dans son fauteuil, à ne rien faire. À entendre dans sa tête les derniers mots du suicidé, ce qu'il avait crié à Francis :

« *T'es une illusion ! Une illusion qui sert à rien, comprends-tu ça ? À rien !* »

Et le train les avait frappés. Le désespéré et le croyant. Le lucide et l'idéaliste. Même résultat pour les deux.

Quand, la cinquième journée, il assista à la réunion du Conseil et que les membres proposèrent de fermer l'usine de la Côte-Nord, tous se tournèrent vers leur président. Masina demeurait impassible, mais son regard était sans concession et le message qu'y lisait le milliardaire ne pouvait être plus clair. Maxime, le visage morne, les yeux cernés, la bouche amère, hocha mollement la tête et marmonna :

— J'approuve.

Satisfaction de tous autour de la table ovale. Masina, d'une voix égale, donna aussi son appui à la proposition. Lorsque les membres du Conseil se levèrent et, tout en sortant, parlèrent entre eux, le septuagénaire prit Maxime par le bras et lui glissa discrètement :

— Heureux de voir que tu embarques enfin dans le bateau.

Puis il se mêla aux autres actionnaires, sous l'œil indifférent de Maxime.

Une minute plus tard, le PDG retournait dans son bureau. Il vit de l'autre côté de la grande vitre le faucon installé sur son perchoir de pierre. Dans un accès de rage, Maxime fonça sur la fenêtre et la martela de son poing droit. Mais l'oiseau l'observait de son œil noir sans broncher d'une plume. Maxime appuya son front contre la vitre. Cinquante-huit étages plus bas, la ville s'étendait, lui apparaissait dans toute sa petitesse et son insignifiance.

« Heureux que tu embarques enfin dans le bateau. »

Masina se trompait. Maxime avait *toujours* été dans un bateau, sauf qu'il s'agissait d'une embarcation de sauvetage. Et lui tentait de sauver tous les gens qui se noyaient autour de lui, même s'il y croyait de moins en moins. Mais l'un des noyés lui avait hurlé qu'il n'était qu'une illusion et qu'il ne servait à rien, puis il avait saisi le bras tendu vers lui pour le tirer vers les flots noirs. Alors, Maxime décida qu'il allait tout simplement changer de bateau. Désormais, il serait dans un yacht de tourisme et, amer, observerait les gens se noyer.

En se disant que s'ils avaient refusé d'apprendre à nager, c'était bien de leur faute.

◆

Pendant neuf mois, Maxime fut un PDG parfaitement passif, qui se borna à accepter les propositions de son conseil d'administration. Pendant neuf mois, il vécut comme un vrai milliardaire : il mangeait dans les bons restaurants, partait souvent en vacances, rencontrait des gens importants. Masina semblait satisfait de la situation, même s'il étudiait souvent son président avec perplexité, comme s'il sentait que quelque chose clochait dans cette attitude. Mais le vieil homme mettait cela sur le compte du chagrin provoqué par la perte de son ami. Pendant neuf mois, Maxime vécut comme sa position de grand homme d'affaires lui dictait de vivre. Il se dit qu'il finirait bien par s'habituer, qu'il finirait bien par y trouver du plaisir. Ce ne fut pas le cas. Il n'y trouva ni agrément ni véritable douleur : sa désillusion, désormais totale, l'empêchait de se sentir coupable ; mais il conservait sur la superficialité de sa vie une lucidité suffisante pour lui éviter d'être heureux. Pendant neuf mois, son cynisme s'exacerba et presque tout ce qu'il entendit autour de lui, presque tout ce qu'il vit à la télévision, presque tous les faits et gestes de « monsieur-et-madame-tout-le-monde » lui confirmèrent qu'il avait eu raison d'abandonner. Pendant neuf mois, il vécut par indifférence, comme un enfant qui boude ses parents tout en continuant de profiter de la maison.

Mais au bout de cette aigre gestation, il réalisa qu'il ne pourrait pas continuer ainsi longtemps, qu'il n'était pas fait pour vivre sans objectif, que l'impudence ne pouvait être son seul moteur. Comment toutefois trouver un moteur lorsque le désir d'aider son prochain s'est transformé en mépris ? Souvent, il se rappelait les derniers mots que lui avait dits Francis, sur le quai du métro…

« Si tu ne crois plus à rien, si tu détestes tant les gens, qu'est-ce que tu suggères, alors ? C'est quoi, la solution ? »

Francis avait posé cette question sur le ton de l'ironie réprobatrice, mais Maxime n'arrivait pas à se sortir ces mots de la tête, comme s'ils lui envoyaient un message involontaire, incompréhensible et pourtant sur le point de lui crever les yeux.

Après neuf mois de cette vie inconsistante, il se demandait pour la première fois si, après tout, le mieux n'était pas de quitter tout simplement ce monde qu'il n'arrivait ni à changer ni à imiter, lorsqu'il entreprit son bref séjour en Gaspésie…

34

Très tôt lundi matin, en cette dernière journée ensoleillée de juillet, une fourgonnette appartenant à la police de Drummondville roule dans les rues d'Outremont, sur les flancs du mont Royal. Pierre est le conducteur. Sur le siège du passager est assise Chloé, et le sergent Boisvert occupe la banquette arrière. On a emmené ce dernier en cas de grabuge, mais Pierre doute fort que Lavoie oppose la moindre résistance. Il s'attend à de la contestation, vraisemblablement de la colère, mais sûrement pas à de l'agressivité. Un homme de son statut ne peut se permettre un comportement si primaire.

Durant le week-end, les deux détectives ont cherché ce 265, Pottier (l'adresse trouvée dans la poche du manteau de Lacharité) en Outaouais et l'ont trouvé : il s'agit effectivement d'une petite salle communautaire dans la ville de Gatineau, du même genre que celle de Victoriaville mais sans traces de sang cette fois. Elle a été louée les 11 et 27 février et le 15 mars par la compagnie Drüls, qui se spécialise dans la confection de jeux de rôle, ainsi que le 31 mars à une compagnie d'électronique, Azert. Après recherches, on s'est rendu compte que ces compagnies n'existent pas.

— Méchantes cabanes, commente Chloé en observant les maisons environnantes.

— Ouais, fait Boisvert, envieux. Y en a qui l'ont, l'affaire…

Chloé le regarde de travers.

— Tu penses qu'ils « l'ont l'affaire » juste parce qu'ils vivent dans des grosses maisons ?

— Comment peux-tu pas être heureux en vivant ici ? rétorque le sergent avec aplomb.

Chloé secoue la tête et préfère ne rien ajouter. Elle se tourne plutôt vers Pierre.

— Il va être surpris de nous voir, à sept heures et quart du matin !

Pierre hoche la tête. C'était son idée, de ne pas prévenir Lavoie de leur visite. Parce que si la star a vraiment quelque chose à cacher, elle aurait tout le temps voulu pour se débarrasser de certains dossiers entre l'appel de la police et l'arrivée de celle-ci. Rien ne vaut une visite-surprise. Surtout avec un mandat. Une autre façon de ne courir aucun risque. Le mandat n'a pas été facile à obtenir (c'était à se demander si le juge était un fan de Lavoie !), mais Pierre a précisé qu'il ne souhaitait obtenir que les rapports d'auditions et qu'il ne mêlerait pas les journalistes à tout cela.

La voiture s'engage sur la route qui s'enfonce littéralement dans la forêt, désormais familière pour Pierre, puis la grille apparaît à cent mètres devant.

— On dirait l'entrée du château de Moulinsart dans Tintin, commente très sérieusement Boisvert.

Quelques secondes plus tard, Pierre appuie sur la sonnette de l'interphone. Pour tout accueil, la voix à l'accent espagnol du dénommé Miguel leur lance sur un ton maussade :

— Je ne crois pas que monsieur Lavoie ait un rendez-vous à sept heures du matin. À moins que vous soyez quelqu'un de très important, je ne veux même pas vous entendre.

— La police, c'est assez important pour toi ?

Soupir électronique, puis :

— Je vais prévenir monsieur Lavoie qu'il va devoir interrompre son petit déjeuner.

— Non, tu nous ouvres tout de suite pis tu vas prévenir monsieur Lavoie après. Et je dis bien : tout de suite.

Moins de trois secondes plus tard, la grille s'ouvre et la voiture roule vers le domaine. Boisvert émet un sifflement d'admiration.

En se dirigeant vers les marches qui montent à la porte d'entrée, Pierre ressent cette exaltation grisante qui explique pourquoi il aime tant être flic, émotion qu'il n'éprouve jamais ni avec d'autres personnes, ni seul chez lui, ni dans aucune autre situation. Ce n'est que lorsqu'il éprouve cette sensation qu'il se sent vraiment, réellement utile, important… vivant.

Il se trouve au milieu de l'escalier lorsque Lavoie apparaît par la porte ouverte, en robe de chambre et décoiffé. La colère qui recouvre ses traits est une expression que bien peu de gens du grand public peuvent se vanter d'avoir déjà vue chez lui.

— Vous pensez pas que vous charriez un peu ?

Plus aucun effort pour cacher son irritation, cette fois, et Pierre se félicite d'avoir un mandat. Lavoie, en voyant les deux autres policiers derrière, s'exaspère :

— Et vous avez amené des amis, en plus !

— Je sais que je suis matinal, mais je voulais pas vous manquer, fait Pierre en s'arrêtant devant lui.

Il présente ses deux collègues qui l'ont rejoint. Boisvert salue humblement, impressionné :

— Bonjour… Vous faites une maudite bonne émission…

Pierre se retient pour ne pas le traiter d'imbécile… mais lui-même ne s'est-il pas senti ainsi, lors de sa première rencontre avec le célèbre animateur ? Lavoie toise Boisvert avec morgue. Quant à Chloé, elle ne montre aucune trace de timidité devant le milliardaire. Au contraire, elle l'observe avec une sorte d'assurance hautaine, une expression que Pierre ne lui a jamais vue. Lavoie ne s'écarte pas de la porte. De toute évidence, il n'a pas l'intention de faire entrer ses invités.

— J'espère que vous avez une bonne raison. Je ne vois vraiment pas ce que je pourrais faire de plus pour vous.

— Nous avons découvert que Louis Robitaille a lui aussi auditionné pour votre émission.

Lavoie soupire et croise les bras. Sous la colère de son regard brille maintenant la méfiance.

— Et alors ?

— L'autre jour, vous m'avez dit que vous aviez pas son rapport. Pourquoi ?

— Vous n'avez jamais songé que je l'avais peut-être tout simplement égaré ? Ou que j'avais mal regardé ? D'ailleurs, je peux retourner voir et fouiller mieux, si vous tenez tant à ce foutu rapport !

Pierre ne répond rien. Lavoie est bien coopératif, tout à coup. Chloé, qui l'observe toujours, semble penser la même chose. Quant à Boisvert, il admire avec envie le décor bucolique autour de la maison. L'animateur, excédé par le silence de Pierre, demande froidement :

— C'est tout ? C'est l'unique but de votre visite ?

— Pas tout à fait…

Pierre brandit devant le visage de Lavoie le rapport d'audition de Liang.

— Ce petit mot sur les trois rapports, « DEL »... c'est vous qui l'avez écrit ?

Lavoie approche son visage du papier, puis émet un ricanement.

— Ne me dites pas que c'est pour ça que vous êtes venu jusqu'ici ! Un coup de téléphone aurait été tout aussi efficace !

Boisvert paraît dérouté par le niveau de langage de Lavoie qui ne parle jamais ainsi à la télé.

— C'est un code pour moi, lorsque je lis les rapports. J'inscris ces lettres sur ceux que je rejette. Ça veut dire « delete ». C'est de l'humour un peu noir, j'avoue, mais, bon... Content ?

Pierre hoche la tête. Exactement ce qu'ils avaient cru eux-mêmes au départ. La voix neutre, il demande :

— C'est pas une abréviation pour « déluge », par hasard ?

Soudainement, le visage de l'animateur *blêmit,* dans le sens littéral du terme. Il décroise lentement les bras et l'inquiétude, qui jusque-là ne faisait que percer, remplit maintenant son regard. Non, en fait, ce n'est plus de l'inquiétude, mais un véritable affolement, mêlé à une confusion totale et impossible à camoufler. Cette expression atterrée ne persiste que quelques secondes, mais c'est suffisant pour Pierre : désormais, il est *convaincu* que Lavoie cache des informations.

— Comment, déluge ? rétorque Lavoie d'une voix trop forte en reprenant son air courroucé. C'est quoi, ça ? De quoi vous parlez ?

Trois questions en cascade. Vieux réflexe pour camoufler le trouble, se dit Pierre. L'animateur-vedette qu'il admirait tant a complètement disparu : le policier a désormais devant lui un menteur et, par conséquent, un suspect. Et les suspects n'ont jamais impressionné le sergent-détective Sauvé. Ils ne sont que des défis à relever. De potentiels trophées de chasse. Du combustible pour son feu intérieur. Il lance un bref coup d'œil vers Chloé, qui approuve d'un imperceptible mouvement de tête, puis annonce à Lavoie :

— Je veux tous les rapports d'auditions de tous ceux qui ont auditionné au cours des deux dernières années.

Cette fois, Lavoie a un sourire frondeur.

— Vous n'êtes pas sérieux !

— Très sérieux.

La star tourne la tête vers les deux autres policiers: Boisvert, qui évite son regard, et Chloé, qui le soutient sans peine. Derrière, à l'intérieur de la maison, Miguel tente de comprendre ce qui se passe. Enfin, Lavoie articule avec aplomb:

— Ça suffit, Sauvé, vous dépassez les bornes. Au lieu de perdre votre temps en venant me harceler, vous devriez enquêter plus efficacement et interroger les bonnes personnes. Et si vous revenez me voir, j'appelle votre supérieur, compris?

Alors que Lavoie fait mine de refermer la porte, Chloé s'approche et exhibe un papier devant l'animateur.

— C'est un mandat, explique-t-elle. Ce qui nous donne l'autorisation de fouiller votre maison jusque dans les entrailles de vos matelas, si on en a envie. Mais nous nous contenterons des rapports d'auditions.

Lavoie lit le mandat d'un air interdit, puis lève les deux bras, retenant manifestement une suprême colère.

— Pourquoi? souffle-t-il. Tout ça parce que je n'ai pas trouvé le rapport de ce Robitaille?

— Pour ça, répond Pierre. Mais aussi parce que sur les cinq personnes impliquées dans la tuerie, il y en a au moins quatre qui ont auditionné. Aussi parce que ces trois lettres, DEL, nous intriguent pas mal. Pis à cause de votre attitude générale.

Le visage du milliardaire se durcit et Pierre y voit une émotion surprenante, une émotion que les gens croient connaître mais qui, dans sa pureté, n'apparaît que très rarement sur des traits humains: la haine. Pierre se laisse troubler pendant un bref moment, mais reprend rapidement sa confiance et demande:

— Alors, vous nous laissez entrer?

◆

Au milieu de la grande pièce vitrée, les trois policiers attendent patiemment, tandis que Lavoie fouille dans un garde-robe de style *walk-in*. Boisvert continue de regarder partout comme un imbécile.

— En voilà cinq, grommelle Lavoie en venant déposer brusquement cinq dossiers sur son bureau.

Et il retourne dans le garde-robe. Pierre et Chloé s'approchent et examinent les chemises. Sur la première est inscrit

« Mauricie », puis une région différente sur les quatre autres : Québec, Charlevoix, Gaspésie et Lanaudière. Chacune contient une quarantaine de rapports d'auditions.

— En voilà cinq autres ! fait Lavoie en venant déposer d'autres chemises.

Même si le policier n'est plus impressionné par le statut du milliardaire, il ne peut s'empêcher d'être frappé par la situation : il se trouve chez la plus grande star québécoise avec un mandat, pour une affaire qui traite d'une des tueries les plus spectaculaires de l'histoire du Québec !

Crois-tu vraiment que cette méga-vedette est impliquée dans cette boucherie insensée ? Vraiment ?

Honnêtement, Pierre ne le croit pas. Mais il sait une chose : Lavoie, impliqué directement ou non, ne lui dit pas tout. Peut-être, effectivement, par peur du scandale. Mais maintenant qu'il est acculé au pied du mur, pourquoi ne pas vider son sac ? Et ce DEL insolite, qui ressemble tant à « déluge »… Mais peut-être n'est-ce qu'un hasard. Peut-être que ce sigle veut vraiment dire « delete ». Mais ça commence à faire beaucoup de hasards…

Peu importe ce que tu nous caches, Lavoie, que ce soit grave ou anodin, je vais le trouver.

Lavoie revient au bureau et dépose d'autres dossiers en lâchant :

— Et voilà les six derniers !

Il croise les bras et toise ses visiteurs avec réprobation. Pierre regarde les seize dossiers d'un œil dubitatif. C'est Chloé qui dit ce qu'il a en tête :

— Vous avez dit que vous conserviez *toutes* les auditions. Il n'y a pas soixante-quatre mille rapports là-d'dans. Quelques centaines au maximum.

Lavoie balance un moment, comme s'il réfléchissait à toute vitesse. Pierre se demande s'ils vont être obligés de fouiller la maison eux-mêmes lorsque Lavoie dit enfin :

— Vous savez combien de boîtes ça représente, soixante-quatre mille rapports d'auditions ? Ça fait cent vingt-huit mille feuilles de papier !

— J'y ai pensé, rétorque Pierre sans se démonter. C'est pour ça que nous sommes venus en minivan.

Lavoie a un geste d'abandon, puis marche vers le placard en lâchant :

— Vous êtes complètement cinglés !

Il traîne hors du *walk-in* deux boîtes en carton, puis retourne dans le placard et en tire deux autres. Avec une ironie sans joie, il dit au détective :

— Il y en a vingt en tout ! Si vous ne voulez pas passer la matinée ici, je vous suggère de vous y mettre tout de suite !

Les trois policiers commencent donc à charger les boîtes dans la fourgonnette, sortant et rentrant dans la maison plusieurs fois. Au bout d'une quinzaine de minutes, tandis que Boisvert descend une des deux dernières boîtes, Chloé et Pierre demeurent dans le bureau et la jeune femme demande :

— Ces boîtes renferment toutes les auditions rejetées, c'est ça ?

— C'est ça, bougonne Lavoie en refermant son garde-robe.

— Pourquoi vous les gardez ?

— Quand j'ai le cafard, je les relis ! fait le milliardaire sur un ton sarcastique.

— Et celles-là, qui sont classées par région ? demande Pierre en indiquant les seize chemises sur le bureau. Pourquoi sont-elles à part ?

De nouveau, Lavoie, tout en rattachant sa robe de chambre, donne l'impression de se faire aller les méninges à la vitesse grand V.

— Ce sont des auditions rejetées, mais qui pourraient être éventuellement sélectionnées, répond-il avec mauvaise grâce. Au cas où un participant annule. Ou si, l'année prochaine, pour la saison trois, il y a moins d'auditions. Une sorte de banque de seconde main.

— Vous en avez pas d'autres à votre studio ?

— Seulement celles des participants qu'on a choisis pour les émissions. Vous les voulez aussi, je suppose ?

— Pas pour le moment, répond Pierre en s'approchant de l'unique boîte restante.

Il regarde à l'intérieur et fronce les sourcils.

— Les auditions dans les boîtes ne sont pas classées ?

— Pourquoi je classerais celles qui sont définitivement rejetées ?

Pierre se tourne vers lui.

— Ça veut donc dire que l'autre fois, quand vous avez cherché le rapport de Robitaille, vous avez fouillé seulement dans les seize dossiers classés, pas dans les milliers de rejetés ?

Lavoie est visiblement coincé. Tandis que Boisvert, de retour et en sueur, va chercher la dernière boîte, Pierre, outré, fait un pas vers l'animateur:

— Cette fois, vous pouvez pas le nier: vous m'avez menti!

— Ben oui! Je n'allais quand même pas relire ces milliers de rapports juste pour trouver celui d'un tueur dont je me fous éperdument!

— Vous auriez pu me le dire qu'ils étaient pas tous classés, tout simplement!

Lavoie se tait et se frotte le front d'un doigt irrité. Chloé ne le quitte pas des yeux. Pierre est maintenant tout près de l'animateur.

— Je vais encore vous laisser une chance, monsieur Lavoie. Je vous répète mes questions pis si vous me donnez enfin des réponses satisfaisantes, on ramène tout de suite vos boîtes et toute cette histoire sera terminée dans deux minutes, d'accord?

— D'accord.

— Avez-vous, oui ou non, le rapport d'audition de Louis Robitaille?

— Je l'ignore. J'avoue que j'aurais dû vous dire, l'autre jour, que je n'avais pas le cœur de fouiller dans ces boîtes. J'imagine que son rapport s'y trouve quelque part.

— Et Philippe Lacharité?

— Je n'en sais rien.

— Pourquoi m'avoir menti? Pourquoi ne pas m'avoir dit que les rapports définitivement rejetés n'étaient pas classés?

— Je ne sais pas. Pour en finir rapidement. Je m'excuse, j'ai été idiot, je l'admets.

Il affecte un air désolé. Pierre continue:

— Que veut dire DEL?

— Je vous l'ai dit: « delete ».

— Ça veut pas dire « déluge »?

— Absolument pas. Je ne sais même pas de quoi vous parlez.

Les deux hommes se défient du regard quelques secondes, puis Pierre désigne les seize chemises sur le bureau:

— OK, on s'en va.

Boisvert, gêné, et Chloé, imperturbable, prennent chacun une moitié des dossiers et les trois policiers sortent de la pièce. Tandis qu'ils franchissent la porte d'entrée que le majordome tient ouverte d'un air hautain, Lavoie les rattrape sur la galerie et va jusqu'à saisir l'épaule de Pierre.

— Tout ça est complètement grotesque ! Vous m'accusez d'avoir un lien avec cette fusillade, c'est scandaleux !

Pierre se dégage sans brusquerie et nuance d'une voix neutre :

— On vous accuse de rien, monsieur Lavoie. On veut juste clarifier certains points. Faites-vous-en pas, vous allez récupérer vos auditions.

Il se remet en marche. Sur la galerie, Lavoie, quelque peu cocasse dans sa robe de chambre désordonnée, regarde les policiers monter dans le véhicule débordant de boîtes, puis, l'air digne et hautain, il leur lance :

— Parfait, amusez-vous bien ! Quand vous aurez perdu suffisamment de temps à lire tout ça, vous vous rendrez peut-être enfin compte de l'ineptie de vos agissements !

Pierre met le moteur en marche. Boisvert, juste avant de refermer la portière, salue modestement le milliardaire. Avant même que la fourgonnette n'atteigne la grille, Lavoie, en furie, est déjà rentré dans son palace.

Les trois policiers gardent le silence jusqu'à ce qu'ils sortent d'Outremont. Une fois sur l'avenue du Mont-Royal, Boisvert demande :

— Ça veut dire quoi, ineptie ?

— Absurdité, répond Chloé.

Puis, avec un enthousiasme juvénile, elle commente :

— C'était amusant, non ? On se serait cru dans un film !

Mais Boisvert, piteux, marmonne :

— Il parle pas pantoute comme à la télévision…

Chloé éclate de rire.

— Tu pourrais tout de suite vérifier si les rapports de Robitaille et Lacharité sont dans les chemises, propose Pierre sans l'ombre d'un sourire.

Tandis que la voiture tourne dans Papineau, Chloé fouille dans le dossier de l'Abitibi : pas de trace de Robitaille. Elle s'attaque ensuite à celui de l'Outaouais : pas de trace de Lacharité non plus. Pierre en conclut qu'ils sont sûrement dans une des vingt boîtes.

— On n'est quand même pas sûrs que Lacharité a auditionné pour l'émission, lui rappelle Chloé.

— Quatre sur cinq ont auditionné, pourquoi pas cinq ? Et avec le message qu'on a trouvé dans le manteau de Lacharité, avoue qu'on a de bonnes raisons de le croire.

— Tu penses vraiment que Lavoie est lié à la tuerie de Drummondville ? demande Boisvert sur un ton incrédule.

Pierre secoue la tête en s'engageant sur le pont Jacques-Cartier.

— Franchement, je le sais pas. Mais il nous cache quelque chose. Avez-vous vu sa réaction quand j'ai prononcé le mot « déluge » ?

— C'est vrai, approuve sa collègue. On aurait dit que tu venais de lui annoncer que tu avais découvert qu'il était pédophile.

— Voyons, Lavoie est pas pédophile ! s'insurge Boisvert.

Chloé éclate de rire à nouveau.

◆

Quand ils arrivent au poste, le plan de match est rapidement mis sur pied. Il ne s'agit pas de lire tous ces rapports, mais juste de mettre la main sur celui de Robitaille et, possiblement, celui de Lacharité. On en profitera pour trouver d'autres rapports qui porteraient le code DEL. Pour ce travail quelque peu aliénant, les deux détectives demandent l'aide de Boisvert ainsi que de cinq autres collègues.

Installés dans une petite pièce comportant une longue table ainsi que les vingt boîtes, les huit policiers se mettent au travail. À deux ou trois occasions, Bernier vient les voir, l'air curieusement nerveux, mais ne reste que quelques secondes chaque fois. Des surprises viennent ponctuer ces longues et lourdes heures : à quelques reprises, les agents tombent sur quelqu'un qu'ils connaissent et ne peuvent s'empêcher de lire le rapport à haute voix. Pierre lui-même déniche l'audition d'un de ses voisins et en dévoile le contenu aux autres : le gars, père d'un garçon de seize ans, rêve d'avoir une piscine creusée afin que toutes les jeunes copines de son fils viennent en bikini se baigner chez lui. Tout le monde fait des gorges chaudes de cet étalage de vie privée, sauf Chloé qui ne semble pas apprécier.

— C'est fou à quoi les gens rêvent, quand même, hein ? commente Pierre.

— C'est surtout triste, marmonne Chloé sans cesser de fouiller dans sa boîte.

Si, de son côté, elle tombe aussi sur des rapports de gens qu'elle connaît, elle n'en montre aucun signe.

Vers seize heures, Pierre examine un rapport dont le nom le pétrifie d'ahurissement : Gilles Bernier ! Sur le moment, il se dit que c'est un homonyme, mais il réalise rapidement qu'il s'agit bien de leur capitaine, qui a passé une audition l'année dernière. Surpris, il lit pour lui-même la description du trip. Bernier, homosexuel refoulé, rêve de coucher avec un Noir, de vingt ou vingt-cinq ans si possible. Il n'a jamais osé. Il voudrait que l'émission de Lavoie l'aide à réaliser ce rêve, mais tout en gardant son anonymat. Il veut bien être à la télé, mais avec un masque, ou quelque chose du genre. S'il osait passer à l'acte, cela lui donnerait peut-être enfin le courage de quitter sa femme. Pierre relit le rapport de l'analyste une deuxième fois.

— T'es tombé sur un autre que tu connais ? demande Boisvert, qui remarque son air renversé.

Le détective, en remettant rapidement le rapport dans la boîte, répond un « non » sec. Quand, plus tard, Bernier revient faire son petit tour, toujours avec son air équivoque, Pierre évite carrément son regard.

Vers vingt et une heures, après douze heures de travail presque continu (les repas ont été pris en quelques minutes), les huit agents sont passés à travers les vingt boîtes. Les yeux embrouillés, les traits tirés, le cou douloureux et les doigts engourdis, ils se regardent avec déception : aucune trace des rapports de Robitaille et de Lacharité. Et aucun autre rapport ne porte le code DEL. Pierre remercie ses six collègues et leur donne congé en leur rappelant que tout ce qui a trait à cette affaire est confidentiel : Lavoie est une star et si son image est entachée sans preuve, la police de Drummondville va avoir de gros problèmes. Les agents ne se font pas prier pour partir. Une minute plus tard, Pierre est seul dans la petite salle avec Chloé.

— On sait que Robitaille a auditionné, résume le détective qui trouve encore l'énergie de marcher de long en large. Pour Lacharité, on n'a pas de preuves mais de fortes présomptions. En plus, DEL ne peut pas vouloir dire « delete », sinon on aurait trouvé ce sigle sur les milliers de rapports rejetés. De deux choses l'une : ou, par hasard, les rapports de Robitaille et Lacharité ont été égarés… ou ils se trouvent ailleurs, dans une autre chemise qu'on a pas. Une chemise qui ne comporterait que les rapports portant la mention DEL.

— Tu penses quoi, exactement ? demande Chloé, appuyée contre un mur, café à la main. Que Lavoie cache un dossier secret ? Un dossier « déluge » qui renfermerait les rapports de Robitaille et Lacharité ?

— Peut-être.

— Et ce serait quoi, ce dossier « déluge » ? Des tueurs à la solde de Lavoie ?

Et elle rit en secouant la tête, comme pour souligner l'absurdité d'une telle supposition. Pierre se gratte le crâne ; lui-même trouve ce scénario plutôt tiré par les cheveux.

— Alors, on fait quoi ? demande la policière. On retourne voir Lavoie et, cette fois, on fouille nous-mêmes sa maison et son studio à la recherche de cet hypothétique dossier ?

— Justement, l'existence de ce dossier n'est qu'une hypothèse, on aura pas un second mandat avec de telles spéculations… De toute façon, s'il existe vraiment un dossier « déluge », c'est sûr que Lavoie l'a maintenant caché en un lieu sûr, qu'on trouvera jamais.

Il lève les bras en soupirant.

— Pis peut-être que je déraille ! Peut-être qu'effectivement, le dossier de Robitaille a été égaré ! Peut-être que les dates avec le mot « déluge » trouvées chez Nadeau et Lacharité ont rien à voir avec le DEL de Lavoie ! Peut-être que tout ça, c'est juste une série de hasards !

Son bras gauche lui fait mal et il se renfrogne en le massant. Il est exténué et le visage de sa collègue indique qu'elle-même n'en mène guère plus large. Il se met les mains sur la tête et conclut :

— Mais là, on a besoin d'un *break*. Demain, on va peut-être voir plus clair.

Il donne rendez-vous à Chloé le lendemain pour treize heures, puisqu'il doit voir son psychologue le matin.

— Si j'étais pas si fatiguée, je t'inviterais à aller prendre une bière, dit en souriant la détective sur le point de sortir de la pièce.

— Une autre fois, pourquoi pas ?

— Des promesses, des promesses !

Elle sort en lui lançant un clin d'œil.

Cette nuit-là, Pierre ne rêve pas à la fusillade. Mais il rêve à Karine. Une Karine égarée qui court vers lui sans s'approcher, comme si elle faisait du surplace. Lui, immobile, la regarde sans réagir, tenté de lever la main pour l'atteindre, mais effrayé à l'idée de ce geste.

Car une fois qu'il aura agrippé la main de sa fille, il n'a aucune idée de ce qu'il devra faire.

◆

Le lendemain matin, Pierre se rend à son rendez-vous chez Ferland. Avec enthousiasme, il lui explique qu'ils ont maintenant des pistes ; complexes et bizarres, mais des pistes tout de même.

— C'est votre visite chez Max Lavoie qui a déclenché tout ça ? demande le psychologue avec intérêt.

— Nous sommes retournés chez lui hier matin ! Mais c'est encore loin d'être certain que Lavoie lui-même est directement concerné.

— Vous êtes retournés chez lui ? Et vous avez découvert quoi, au juste ?

Pierre observe Ferland attentivement, à nouveau traversé par cette idée saugrenue que le psy est plus intéressé par l'enquête que par son client. Le policier réalise alors qu'il est en train de divulguer les détails d'une enquête très secrète, qui concerne en plus l'une des plus grandes personnalités du Québec. Ferland a beau être son psychologue, il est peut-être temps d'établir des limites. Pierre change donc de position sur son fauteuil et commence avec doigté :

— Prenez-le pas personnel, Frédéric, mais l'enquête rentre maintenant dans une phase, heu… vraiment confidentielle, alors vous comprenez…

Ferland rappelle à son client qu'il est lui aussi tenu au secret professionnel. Le détective comprend mais, tout de même, il croit qu'il serait plus professionnel, justement, de ne pas donner trop de détails.

— Mais je dois pouvoir juger des effets positifs ou négatifs de l'enquête sur votre état émotif, insiste le psychologue.

— Pour ça, je peux vous dire que mon état émotif est numéro un ! Cette nuit, pour la première fois, je n'ai pas rêvé au massacre !

Évidemment, il ne précise pas qu'il a rêvé à sa fille.

— À partir de maintenant, je pourrai donc vous dire, *grosso modo*, si l'enquête avance ou pas, mais ça restera… imprécis.

Une réelle déception apparaît sur le visage de Ferland. En fait, plus que cela : de la frustration, comme si Pierre avait devant lui un enfant à qui l'on vient d'enlever son jouet préféré. Mais le psychologue se reprend rapidement et, avec un sourire d'excuse, admet :

— Je comprends. Je crois que je m'étais passionné malgré moi pour cette enquête.

Pierre hoche la tête d'un air conciliant. Ferland lui pose alors une série de questions sur son état émotif ; après quoi, il affirme :

— Effectivement, comparé à la dernière fois, vous semblez aller beaucoup mieux. Il faut croire que cette enquête était finalement ce qu'il vous fallait.

— C'est vrai. En fait, je me sens tellement mieux que je pense que je peux arrêter mes consultations.

Il ne frime pas. L'emportement de l'enquête chasse désormais toute angoisse ; il ne voit plus le massacre comme un moment traumatisant de sa vie qu'il doit fuir, mais comme un défi à relever en hommage à ses collègues morts : s'il a survécu à cette tragédie, c'était justement pour faire justice. En fait, s'il n'y avait pas cette histoire avec Karine, tout serait parfait. Mais Ferland ne voit pas les choses aussi simplement : mettre fin au traitement lui paraît un peu prématuré. Si l'enquête recommençait à faire du surplace, Pierre aurait peut-être une nouvelle rechute.

— Revenons à un rendez-vous par semaine, propose Ferland. Encore deux ou trois rencontres, et, à mon avis, vous serez suffisamment solide pour cesser de me voir. Qu'en pensez-vous ?

Pierre accepte le compromis et les deux hommes se séparent après une solide poignée de main.

◆

Ferland, tout en allumant une cigarette, se poste à sa fenêtre pour observer Pierre montant dans sa voiture. Il fume un moment devant la vitre, songeur, puis va à son téléphone. Il prend à distance les messages laissés sur son répondeur chez lui. Il y en a deux. Sur le premier, il reconnaît tout de suite la voix provocante de Lucie.

— Salut, vieux cochon. Juste un petit coup de fil pour t'inviter à une fête chez moi, samedi dans deux semaines. Ça doit faire presque un an qu'on ne t'a pas vu ! Ne me dis pas que tu es tombé en amour, ce serait vraiment un gâchis total ! En tout cas, si j'étais toi, je manquerais pas ça, il va y avoir beaucoup de monde, ça va gicler toute la nuit ! (rire) Si t'as une nouvelle blonde et qu'elle tombe sur ce message, va falloir que tu lui confesses ton ancienne vie, hein ? (rire) Allez, j'espère que tu vas venir ! Dans tous les sens du mot !

Ferland sourit, mais sait très bien qu'il ne se rendra pas à la partouze. En fait, au cours des derniers mois, il n'a eu aucune relation sexuelle, n'a pratiqué aucune activité extrême, ne s'est plongé dans aucun livre philosophique... Il n'a plus besoin de toutes ces vaines tentatives.

Son flambeau lui suffit amplement.

Le second message est de Maxime Lavoie qui demande au psychologue de le rappeler. Ferland compose donc un numéro. Quand une voix à l'accent espagnol lui répond, il dit seulement : « Bonjour, Miguel, c'est Frédéric. » Vingt secondes plus tard, la voix de la star se fait entendre.

— Bonjour, Frédéric. Que dirais-tu d'un petit brunch chez moi dans trois jours ?

Ces rencontres avec Lavoie, qui ont lieu une fois toutes les deux semaines environ, se déroulent toujours de la même façon. Lavoie raconte des événements importants de son passé qui démontrent, en quelque sorte, à quel point il a tout essayé avant d'en arriver *là*. Puis, il demande à Ferland de raconter à son tour les grandes brisures de sa vie, ce qui procure au milliardaire des preuves supplémentaires de la justesse de ses actions. En fait, ce que recherche Lavoie à travers Frédéric est une oreille complaisante qui le comprenne et lui donne raison. Rôle que le psychologue joue sans trop de difficulté.

— Avec plaisir, Maxime. Je serai chez toi vers onze heures.

— J'en profiterai pour te parler d'un problème assez embêtant.

— Grave ?

— Disons qu'au pire ça pourrait mettre en péril mon flambeau...

— Et le mien ?

— Comment veux-tu que je le sache, puisque tu refuses de me dire en quoi il consiste.

Il y avait du reproche dans la voix de Maxime, mais dénué de réelle rancune. Frédéric, le combiné contre l'oreille, tourne les yeux vers le fauteuil où était assis Pierre Sauvé quelques minutes plus tôt et, avec un mince sourire, dit d'une voix satisfaite :

— En tout cas, je peux au moins te dire qu'il avance...

◆

À treize heures moins cinq, en entrant au poste, Pierre tombe sur Bernier et un certain malaise s'installe entre les deux hommes, comme si le capitaine se doutait que son détective a lu son audition.

— Alors, à part mon enquête, c'est mollo au poste ? demande Pierre pour dire quelque chose.

— Oui et non. On est en train de régler l'affaire des vols de voitures, mais on a un gars qui a enlevé sa fille de huit ans à la sortie de l'école, hier. Il n'avait plus le droit de la voir à cause de son passé violent. J'imagine qu'on va le dénicher assez vite.

Ils ne trouvent rien à se dire de plus et Bernier, emprunté, s'éloigne rapidement. Pierre va rejoindre Chloé.

— Hier, pour trouver les auditions de Lacharité et Robitaille, on a fouillé dans les boîtes, mais pas dans les rapports classés par région, fait remarquer Pierre. Tu sais, ceux qui servent de « banque de seconde main » à Lavoie, comme il dit…

— On a regardé dans les chemises Abitibi-Témiscamingue et Outaouais, lui rappelle Chloé.

— Oui, mais pas dans les autres. Ça ne coûte rien d'essayer, non ? Peut-être que les deux rapports ont été mal classés.

Chloé lui donne raison, puis ils entrent dans la pièce où se trouvent les vingt boîtes. Ils ont la surprise d'y retrouver Boisvert qui, figé au milieu de la pièce, est en train de lire une des auditions.

— Qu'est-ce que tu fous ici ? lui demande Pierre, réprobateur.

Embrouillé, Boisvert admet qu'il est venu jeter un œil sur les rapports classés par région. En fait, il a fouillé dans la chemise « Centre-du-Québec ».

— Comme c'est notre région, j'étais curieux de voir si… heu… si je connaissais du monde qui avait auditionné…

— Pas fort, ça, Boisvert, dit Chloé d'un air outré. Franchement, on fait une enquête, pas du potinage !

Pierre, qui n'a jamais vu sa collègue fâchée, la considère avec intérêt. Mais il doit bien admettre qu'elle a raison. Boisvert lui-même hoche la tête, mais son visage accablé intrigue enfin le détective qui remarque :

— T'as ben l'air bizarre.

— C'est parce que… Je suis tombé sur ce rapport-là pis… Je voulais vous le montrer… Ça chavire pas mal…

Il tend les deux feuilles agrafées. Pierre prend le rapport et le nom lui saute au visage : Henri Guérin ! Leur collègue qui s'est suicidé l'année dernière ! Leur compagnon qui, à deux ans de la retraite, dans un acte de démence déconcertant, a battu sa femme, violé sa voisine et volé une banque pour ensuite se pendre dans une cabane dans les bois ! En voyant l'air de Pierre, Chloé s'approche et lit le nom. Elle n'était pas encore à Drummondville au moment de cette sordide histoire, mais elle en a entendu parler souvent. Enfin, pas si souvent : Guérin est devenu une sorte de sujet tabou au poste.

— Lis son trip, insiste Boisvert.

Pierre lit à haute voix.

Monsieur Guérin, qui est policier, voudrait accomplir un acte criminel en toute impunité. Il dit qu'il n'en peut plus de faire respecter l'ordre, d'avoir une vie si rangée, si ennuyeuse, et que l'envie du crime l'attire de plus en plus. Nous lui avons précisé que nous ne pouvons rien réaliser de criminel.

Pierre tourne la page et lit le rapport du psychologue :

Monsieur Guérin semble en dépression profonde. De plus, comme il ne fait plus la différence entre le bien et le mal, on pourrait soupçonner un trouble d'ordre psychotique. Il est d'ailleurs sous médication depuis longtemps. Si on en juge par ses réponses à certaines questions, il est évident qu'il est extrêmement manipulable. Monsieur Guérin devrait prendre un congé de maladie et consulter un psychiatre. Son médecin le lui a d'ailleurs souvent suggéré, ce qu'il a toujours refusé.

Il laisse retomber ses bras le long de ses cuisses.

— J'ai mon voyage !

— Si vous aviez su…, commence Chloé.

— Si on avait su quoi ? rétorque le détective tout à coup sur la défensive. On avait tous remarqué que Guérin était pas en forme, mais pas qu'il était dépressif au point de… de… Qu'est-ce qu'on aurait pu faire de toute façon, hein ?

— En tout cas, s'il a cru que *Vivre au Max* l'aiderait, ajoute Chloé sans agressivité, c'est parce qu'il devait pas se sentir très compris dans son entourage.

Pierre la dévisage avec l'intention de répliquer quelque chose, mais détourne finalement la tête.

— Je me demande si quelqu'un savait qu'il avait auditionné pour l'émission, se demande Boisvert à haute voix.

Pierre croit bon de préciser :

— Pas un mot là-dessus à personne, OK ? Par respect pour… Par respect pour Henri…

Il trouve sa formule malhabile, mais Chloé et Boisvert approuvent gravement. Puis, il dit à Boisvert qu'il peut disposer et lui ordonne avec sévérité de ne plus venir fouiner dans ces dossiers. L'air repentant et encore secoué, Boisvert quitte la pièce. Pierre réexamine le rapport de son collègue défunt. Est-ce que Guérin, lorsqu'il a auditionné, avait déjà en tête les actes insensés qu'il allait commettre quelques mois plus tard ? Ou croyait-il sincèrement que cette émission allait réaliser son rêve dément de criminalité ? Peut-on être misérable à ce point ? Sans savoir pourquoi, il songe soudain à Karine.

Il remarque alors que la première page du rapport de Guérin est barrée d'un grand X. Curieux… Aucun des milliers de rapports qui lui sont passés sous le nez hier ne portait une telle marque. Il le dit à Chloé qui se met à feuilleter la chemise « Centre-du-Québec ».

— La plupart de ces rapports sont aussi marqués d'un X, dit-elle en tournant quelques pages. Parce qu'ils ont été rejetés, peut-être ?

De plus en plus intrigué, Pierre feuillette une autre chemise, celle de Charlevoix. Presque tous les rapports sont marqués d'un X. Il consulte celle des Cantons-de-l'Est : même chose.

— Ça tient pas debout, dit-il, son regard passant des boîtes aux chemises sur la table. Les rapports classés par région représentent une banque de secours pour Lavoie, pis ils sont tous marqués d'un X comme s'ils étaient éliminés, alors que les milliers dans les boîtes, qui sont définitivement rejetés, ne portent pas ce X !

Chloé, tout en écoutant, continue de feuilleter les rapports dans la chemise « Centre-du-Québec », lorsque tout à coup elle s'écrie :

— Yvonne Peters, tu te souviens d'elle ?

Pierre fouille dans sa mémoire :

— C'est pas cette femme qui s'est suicidée la semaine dernière dans sa nouvelle maison luxueuse, tout près d'ici, à Saint-Guillaume ?

— Exactement, acquiesce Chloé en lui tendant le rapport.

Tandis qu'il prend les deux feuilles agrafées, Pierre sait déjà quel nom il lira sur la première page. Bien sûr, il s'agit d'Yvonne Peters. Qui, selon le rapport, a auditionné en septembre dernier. Qui, toujours selon le rapport, voulait goûter à la vie de reine, ne serait-ce qu'une fois dans sa misérable existence, s'offrir quelque chose qu'elle ne pourrait jamais se permettre en temps normal, afin que tous la traitent enfin en grande dame jusqu'à sa mort. Qui, selon le psychologue du rapport, démontrait de graves signes de dépression, et avait même éclaté plusieurs fois en sanglots durant l'entrevue.

La première feuille du rapport est marquée d'un X.

— Seigneur ! s'exclame Chloé. On fait des découvertes joyeuses aujourd'hui !

Elle essaie d'être ironique, mais n'y parvient pas vraiment. Pierre, songeur, propose :

— Continue à lire les noms du dossier. Au cas où on connaîtrait quelqu'un d'autre. Et au cas où...

Mais il n'ose pas terminer son idée. Une idée trop dingue pour être envisagée. Chloé passe rapidement tous les rapports de la région, puis s'arrête sur l'un d'eux.

— Simon Paradis, de l'Avenir, marmonne-t-elle.

L'Avenir fait partie de la MRC de Drummond. Quand il s'y passe quelque chose, c'est la police de Drummondville qui s'en occupe. Mais ce nom ne dit rien à Pierre.

— Je venais d'arriver à Drummondville et c'est moi qui m'étais rendue sur les lieux, précise la policière.

— Les lieux de quoi ?

Chloé demeure impassible, mais elle est vraiment, *vraiment* blême.

— De son suicide, articule-t-elle.

Pierre se frotte le bras gauche qui, tout à coup, lui fait mal.

— Que dit le rapport ?

Simon Paradis, un jeune homme de trente et un ans, vendeur d'assurances, marié et père de deux enfants, a eu son audition l'année dernière, en novembre 2004. Il souhaitait que *Vivre au Max* l'aide à devenir chanteur. Sauf qu'il ne voulait pas d'un simple passage à la télé, il voulait *vraiment* devenir une *rock star,* aimée et reconnue. L'analyste de l'audition lui a évidemment dit que l'émission n'avait pas un tel pouvoir, que c'était le public qui choisissait ses idoles, mais Paradis insistait et affirmait avoir assez de talent comme chanteur et guitariste pour en être capable. À la fin, selon le rapport, il était devenu suppliant et pathétique, affirmant que personne ne lui avait jamais donné sa chance.

— À la fin de l'été dernier, le groupe des Cowboys Fringants est venu faire un spectacle à Drummondville, explique Chloé. Tu te souviens de ce qui s'est passé ? Durant le show, un dément a sauté sur scène, a littéralement assommé le chanteur, a pris la guitare d'un des musiciens et s'est mis à chanter. Ce fou furieux, c'était Paradis. Évidemment, aucun autre membre du groupe ne jouait : ils étaient pétrifiés et ne savaient comment réagir, impressionnés par l'agressivité du gars. Le son n'était pas coupé, car Paradis avait payé le sonorisateur, qui était dans le coup. La foule a protesté, hurlé, a même lancé des objets sur Paradis qui, dans un état second, chantait toujours. Au bout de deux minutes, trois *goons* sont venus le chercher.

Pierre se rappelle maintenant très bien l'événement survenu onze mois plus tôt. À Drummondville, on en a parlé durant des semaines ! Et il se rappelle maintenant la suite, beaucoup moins farfelue. Chloé termine tout de même l'histoire :

— Trois jours plus tard, la femme de Paradis nous appelle : son mari s'était suicidé dans le garage, par asphyxie. C'est moi, la nouvelle recrue, qu'on a envoyée.

Pierre doit tout à coup s'asseoir. Que se passe-t-il donc ? Au départ, ils ont voulu fouiller dans les rapports de Lavoie pour trouver celui de Robitaille, vraisemblablement celui de Lacharité et, peut-être, quelques autres portant la mention DEL... et voilà qu'à la place ils découvrent des faits qui laissent présager le pire. Comme pour confirmer cette impression, il demande d'une voix égale :

— Est-ce qu'il y a une marque sur la première page du rapport de Paradis ?

Chloé, sans même jeter un œil sur le rapport, répond sur le même ton :

— Un X.

◆

Munis des seize chemises, de crayons et de café, les deux détectives vont s'installer près d'un ordinateur et commencent leurs longues recherches, utilisant autant Internet que le téléphone. À dix-sept heures trente, ils font une pause et commandent une pizza qu'ils mangent presque en silence, plongés dans leurs pensées. Ils reprennent le travail à dix-huit heures. Une heure plus tard, Bernier vient s'informer :

— Vous découvrez des choses étonnantes ?

Sa voix est si ambiguë que Pierre saisit aussitôt le véritable sens de sa question. Le détective regarde son supérieur longuement et bredouille :

— Ça avance…

Par le regard, Pierre veut lui faire comprendre qu'il n'a rien à craindre, qu'il gardera le secret, mais Bernier est déjà reparti.

À vingt heures quinze, ils s'arrêtent enfin. Ils ont entièrement vérifié deux des chemises, celle du Centre-du-Québec, qui contient quarante-quatre rapports, et celle des Cantons-de-l'Est, qui en renferme quarante-trois. Les résultats sont terrifiants. Tous les demandeurs dont le rapport est marqué d'un X se sont suicidés dans les mois qui ont suivi leur audition. Ils se sont enlevé la vie après avoir accompli un acte ou une série d'actes, souvent excessifs, absurdes et irrationnels, ressemblant de près ou de loin au rêve qu'ils voulaient réaliser à l'émission de Lavoie. Les quelques demandeurs dont le rapport n'est pas marqué d'un X (cinq pour le Centre-du-Québec, trois pour les Cantons-de-l'Est) seraient, selon leurs recherches, toujours vivants.

Pierre et Chloé, assis côte à côte, se regardent intensément, comme si chacun voulait lire dans les pensées de l'autre, espérant y trouver une explication plus encourageante, plus logique que l'hypothèse soufflée par les résultats de leurs recherches. Dans le poste de police, on entend les murmures des policiers qui vont et viennent dans d'autres locaux, et pourtant ces sons paraissent tout à coup provenir d'un autre monde, rassurant mais lointain. C'est finalement Chloé qui brise leur mutisme. Elle se claque dans les mains, se lève d'un bond et, en totale opposition avec l'expression qu'elle affichait deux secondes plus tôt, elle lance sur un ton qui n'acceptera aucun refus :

— On a besoin d'un verre ! On y va !

◆

Chloé prend une bonne gorgée de son rhum et dépose son verre. Le Saint-Georges est presque vide. Depuis son arrivée,

Pierre, peu loquace, ne peut s'empêcher de jeter des coups d'œil vers le couple assis à la table d'en face. Tous deux dans la quarantaine. Mornes. Éteints. Ils boivent leur verre sans se regarder, sans dire un mot.

Pierre se penche vers sa collègue :

— As-tu remarqué que les auditions classées dans les chemises concernent des rêves plus difficiles à réaliser que ceux des auditions définitivement rejetées ? Souvent, ils sont carrément impossibles ! Alors, pourquoi les garder dans une « banque de seconde main » ?

La détective approuve, l'air dépassé. Puis elle ajoute plus doucement :

— Ce qui est le plus déprimant, c'est de lire tous ces rapports d'auditions : ces rêves pour la plupart insignifiants, pathétiques, ou alors si désespérés… Toutes ces recherches du bonheur dans la futilité, ces quêtes de sens dans l'éphémère…

— Il faut pas exagérer. Plusieurs passent à l'émission de Lavoie juste pour avoir un peu de fun.

— Crois-tu ? Dans tous ces rapports qu'on vient de lire, tu n'as pas vu toute cette détresse, tu n'as pas entendu tous ces appels à l'aide ?

Pierre n'aime pas trop la tournure de la discussion. Il regarde à nouveau l'homme et la femme devant lui, qui se taisent toujours et fixent leurs verres.

— Toi, Pierre, ce serait quoi, ton rêve ?

— Mais… J'ai tout ce qu'il me faut, moi.

— Vraiment ? Tu travailles douze heures par jour !

— Justement ! C'est là que je suis le plus heureux, quand je travaille.

— Et tu trouves ça normal ?

— Pourquoi pas ? fait Pierre avec agacement. Tu crois que le bonheur est nécessairement dans le couple et la famille ? J'ai déjà donné, tu sauras. Regarde-les, eux autres !

Et il pointe le menton vers les deux zombies silencieux.

— Tu trouves qu'ils ont l'air heureux ? épanouis ?

Chloé demeure silencieuse une seconde, puis répète :

— Tu ne m'as toujours pas dit ce que serait ton rêve…

Pierre ne sait quoi répondre. Chloé avance la tête et, tout à coup, il la trouve superbe, au point qu'une soudaine et incompréhensible envie de l'embrasser se saisit de lui. Envie rapidement anéantie par la phrase de sa collègue :

— Tu ne rêverais pas, en ce moment même, de retrouver Karine, de *vraiment* la retrouver ?

Pierre songe d'abord à se choquer mais, par orgueil, décide d'émettre un grognement ironique :

— C'est pas l'émission de Max Lavoie qui pourrait régler ça !

— C'est en plein ça, Pierre ! rétorque Chloé avec véhémence. *C'est en plein ça !*

Pierre la dévisage. La jeune femme roule son verre entre ses paumes et, le visage réellement attristé, marmonne :

— Le plus triste, c'est que non seulement on encourage les gens à chercher aux mauvais endroits, mais ils y croient.

— Voyons ! Pourquoi ce serait de même ?

— Parce que c'est facile.

Elle prend une gorgée de son verre et grimace, comme si le rhum passait mal, mais elle esquisse tout de même un sourire.

— C'est pour ça que je suis devenue flic, moi. Pour aider les gens.

Son sourire démontre qu'elle est parfaitement consciente du côté ringard de sa profession de foi, mais qu'elle l'assume totalement. Son collègue continue de l'observer, comme s'il la découvrait tout à coup.

— Pour les aider vraiment, insiste Chloé.

Singulièrement ébranlé, Pierre termine sa bière. En face de lui, le couple se lève en silence et marche vers la sortie.

◆

Au cours des deux journées suivantes, les deux détectives dressent une liste de tous les suicidés du dossier « Centre-du-Québec » et questionnent le maximum de gens dans l'entourage de ces personnes, que ce soit des parents ou amis. Dans quelques cas, ils peuvent même fouiller dans la maison du défunt. Ils rencontrent ainsi une quinzaine de personnes qui ne leur apprennent pas grand-chose, sauf dans un cas : sur le calendrier d'un certain Marleau, un homme de Saint-David qui s'est tué il y a deux mois, le mot Victoriaville est inscrit sur trois dates : 7 février, 23 février et 11 mars.

— Les mêmes dates que celles sur le calendrier de Nadeau, fait Chloé, assise sur le bord du bureau de son collègue.

— Mais dans le cas de Nadeau, il y en avait une quatrième avec le mot « déluge », lui rappelle Pierre, qui marche de long en large. Marleau serait donc aussi allé à ces réunions, sauf à la dernière.

— Lui et tous les autres suicidés ?

Pierre secoue la tête, comme pour souligner la démesure d'une telle possibilité.

— Et il se passait quoi, durant ces réunions ? demande Chloé.

— Je me demande surtout qui les organisait.

La détective penche la tête sur le côté.

— Seigneur, Pierre, qu'est-ce que tu insinues ? Qu'est-ce que tu crois que Lavoie *fait* au juste ?

Pierre s'immobilise, une main sur le front, et garde le silence. Que peut-il bien répondre à *ça ?*

Tandis qu'il retourne chez lui, il n'a toujours pas trouvé de réponse à cette question. Sa voiture passe devant le grand terrain de l'exposition, sur lequel règne un joyeux désordre, mélange de vaches laitières que l'on guide jusqu'aux enclos et d'ouvriers qui finissent d'installer une série de manèges : grande roue, montagnes russes, autos tamponneuses… Pierre se rappelle que l'exposition agricole annuelle commence demain. Toute petite, Karine adorait s'y rendre, surtout pour les manèges, ce qui exaspérait Pierre qui, lui, détestait ce genre de sensations fortes inutiles.

Mais s'il pouvait ramener sa fille à cet âge, il l'accompagnerait dans tous les manèges sans rechigner.

Plus tard, il s'installe dans son salon pour regarder l'émission *Vivre au Max* et observe l'animateur avec attention. Lavoie est tout aussi dynamique, souriant, cool… mais le détective le sent un tantinet différent.

Nerveux, Lavoie ? Tu sais qu'on risque de trouver quelque chose de compromettant sur toi, n'est-ce pas ?

Pourtant, lorsque Pierre ose envisager certaines hypothèses, cela lui donne tellement le tournis qu'il se dit que ce n'est pas possible… que c'est de la paranoïa pure… L'émission se poursuit sous le regard préoccupé du détective. En temps normal, il se serait claqué les cuisses de rire en regardant le premier invité, un travesti obèse qui chante du Dalida en faussant de manière pathétique, mais ce soir, il n'esquisse pas même l'ombre d'un sourire. Durant l'exploit du second participant – une femme fait l'amour à un pompier dans un camion filant à toute allure –, le policier songe à ce que lui a dit Chloé sur la désespérance émanant des rapports d'auditions qu'ils ont lus. Et tandis que le dernier invité, qui vient tout juste d'humilier en direct son frère, explique à Lavoie à quel point il a l'impression d'avoir vécu un des plus grands moments de sa vie, Pierre, pris d'un malaise qu'il s'explique mal, accomplit un geste qu'il ne fait jamais au cours d'une émission.

Il ferme le téléviseur.

◆

— Alors, ça avance ?

Bernier, qui, en temps normal, est toujours cerné, paraît aujourd'hui plus amoché que jamais. À croire qu'il n'a pas dormi de la nuit. Debout devant le bureau de leur supérieur, Pierre et Chloé temporisent.

— On a des pistes, mais... rien de concluant encore, répond Pierre.

— C'est-à-dire ?

— On ose pas trop s'avancer.

— Lavoie est impliqué, oui ou non ?

— Sûrement, mais on ne sait pas encore de quelle manière.

— *Wow !* Vous êtes vraiment clairs, merci beaucoup !

Chloé ne peut s'empêcher de glousser. Le capitaine frotte ses yeux puis lève les bras.

— Voulez-vous ben me dire ce qui se passe à Drummond depuis quelque temps ! Un quadruple meurtre, une fusillade sur le boulevard Saint-Joseph, un gang de voleurs de *chars*, pis là, ce maudit Gagnon qu'on retrouve pas !

— C'est qui, ça, Gagnon ? demande Chloé.

— Stéphane Gagnon, le gars qui a enlevé sa fille il y a quatre jours.

— Il a peut-être quitté la ville, propose la policière.

— C'est ça qu'on pense. Quand je vous dis que tout arrive en même temps ! Qu'est-ce que t'as, donc ?

C'est à Pierre qu'il pose la question, car ce dernier paraît soudain intrigué.

— Stéphane Gagnon, marmonne-t-il. Ça me dit quelque chose, ça...

Mais il y a tellement de noms qui lui sont passés sous le nez dernièrement... Tout à coup, ça lui revient. Comme si Chloé avait eu la même idée que lui, elle sort rapidement de la pièce. Bernier demande où elle va, mais Pierre ne répond rien et attend le retour de sa collègue. Elle revient avec l'un des dossiers de Lavoie, celui du « Centre-du-Québec ». Elle consulte rapidement les rapports et en exhibe un :

— Stéphane Gagnon. C'est une des cinq auditions qui ne sont pas barrées d'un X.

Pierre se saisit du rapport et le lit rapidement. Gagnon, qui a passé l'audition en octobre dernier, rêve de pouvoir bénéficier de la garde partagée de sa fille de huit ans, Annabelle. Comme il a un passé violent, la DPJ lui refuse ce droit. Gagnon ne peut voir son enfant que deux heures par mois, en présence de la mère, et il n'en peut plus. Le rapport du psychologue parle de dépression, de médication, de trouble de la personnalité de type borderline…

— Qu'est-ce qui se passe ? demande Bernier. Gagnon est dans les archives de Lavoie ?

Sans répondre, Pierre revient au rapport de l'analyste :

On a beau expliquer à Gagnon que l'émission ne peut pas contrevenir à une décision légale (celle de la DPJ), il nous implore tout de même et nous dit qu'il ne demande pas grand-chose : aller avec sa fille dans un zoo, juste elle et lui, ou dans un parc d'attractions. Malheureusement, nous l'avons prévenu que…

Pierre lève la tête, le front ridé par l'effort de réflexion.

— La foire agricole, ça commence aujourd'hui, non ?

Bernier le dévisage, dérouté par cette question incongrue. Chloé répond que c'est ouvert depuis ce matin. Pierre relit une phrase du rapport.

… aller avec sa fille dans un zoo, juste elle et lui, ou dans un parc d'attractions…

— Gagnon est là-bas, annonce-t-il en marchant vers la porte.

— Mais… mais comment tu sais ça ? bredouille Bernier.

Mais Pierre est déjà sorti, suivi par Chloé.

◆

La voiture de Pierre et les trois autos-patrouille s'arrêtent le long du trottoir, tout près de la clôture en fer forgé qui entoure le terrain de l'exposition, mais les policiers qui en sortent sont tous en civil : plus ils seront discrets, plus ils prendront Gagnon par surprise. À part Pierre et Chloé, il y a Boisvert et cinq autres agents qui, malgré leur air quelconque, cachent tous un pistolet sous leur veste ou leur manteau, qu'ils ont dû enfiler malgré la chaleur. Au guichet, Pierre montre sa plaque de police et la jeune guichetière paraît impressionnée.

— La police ? Y se passe-tu quelque chose ?

— Ça devrait aller… mais n'ébruitez pas notre présence, ce sera plus sécuritaire.

— Sécuritaire ? Allez-vous tirer sur quelqu'un ? insiste la jeune fille, avec un mélange de crainte et d'excitation.

Les policiers entrent enfin sur le site. De la musique pop jaillit des haut-parleurs installés un peu partout. Il y a du monde, mais ce n'est pas la cohue du week-end ou de la soirée. Si Gagnon est ici, ils devraient le trouver sans trop de difficulté. Les policiers se divisent en quatre groupes de deux, chaque duo muni d'un walkie-talkie et d'une photo de Gagnon. Un groupe va voir du côté des enclos à vaches, les trois autres se dispersent dans le parc d'attractions proprement dit. Pierre et Chloé déambulent côte à côte parmi les visiteurs qui, pour le moment, sont essentiellement des adultes avec leurs jeunes enfants qui se bourrent de friandises. Les deux policiers scrutent chaque visage qui se trouve dans leur champ de vision. Trois fois, ils aperçoivent un homme seul avec une fillette, pour se rendre rapidement compte que ce n'est pas celui qu'ils recherchent.

— Il a dû se cacher quelque part avec sa fille durant quatre jours, en attendant que l'exposition ouvre, dit Pierre. Enfin, j'espère que j'ai raison…

— Une fois la journée terminée, il aurait sans doute rendu sa fille à sa mère… mais après ? demande Chloé d'un air entendu. Tu crois qu'il aurait fait quoi ?

Pierre ne répond rien, mais il sait très bien que Chloé songe à la même chose que lui. Un collègue les appelle sur le walkie-talkie :

— On l'a trouvé, Pierre. Il fait la file avec sa fille pour la grande roue.

Pierre donne ses ordres aux trois équipes afin de bien cerner Gagnon. Une minute plus tard, lui et Chloé voient apparaître la file pour la grande roue. Une dizaine de personnes attendent sagement et, parmi eux, un jeune trentenaire, avec une moustache blonde, discute joyeusement avec la gamine à ses côtés tout en lui tenant l'épaule. La petite Annabelle paraît lasse. Elle regarde souvent autour d'elle et Pierre croit comprendre : son père lui a sûrement promis que maman arriverait bientôt. Il doit le lui promettre depuis quatre jours. Le détective distingue, de l'autre côté de la file, Boisvert et son acolyte qui approchent. Les quatre autres policiers sont aussi postés à des endroits stratégiques, de sorte que si Gagnon tente une fuite, il ne pourra aller nulle part.

Immobile, le détective étudie rapidement la foule. Beaucoup de risques. Le mieux serait d'attendre que Gagnon ait terminé sa petite virée avec sa fille, pour le cueillir à la sortie de l'expo, en pleine rue, où il n'y aura presque personne. Indécis, il examine le kidnappeur avec plus d'attention. Malgré son air guilleret, l'homme a souvent des regards furtifs autour de lui, accompagnés chaque fois d'une prise plus forte sur l'épaule de sa fille qui, par deux fois, se crispe légèrement sous la poigne. *Il est instable,* se dit Pierre. *Il pourrait faire du mal à sa fille sans le vouloir.* Il se demande toujours pour quelle stratégie opter lorsque Gagnon pose son regard sur lui. Est-ce la paranoïa qui rend l'homme particulièrement physionomiste ou l'est-il de nature ? Toujours est-il qu'en apercevant l'expression de Gagnon, Pierre sait qu'il vient de se faire repérer.

— On y va, marmonne-t-il à Chloé.

Mais ils n'ont pas fait deux pas que Gagnon, prenant sa fille par la main, sort de la file comme pour s'éloigner. Cependant, Boisvert et son acolyte se sont aussi mis en marche, l'expression si peu subtile que le ravisseur, déjà en alerte, les remarque aussitôt. Il piétine sur place, tourne un visage empreint de rancune vers Pierre et lui crie :

— Laissez-nous tranquilles !

Pierre, qui n'est plus qu'à cinq mètres, tend une main autoritaire.

— Ça suffit, Gagnon, vous êtes cerné, vous pouv…

— Laissez-nous tranquilles ! répète-t-il cette fois avec tant de force que tous les gens dans un rayon de dix mètres se tournent vers lui.

Il met les deux mains sur les épaules de sa fille, l'agrippant avec tant de force que la petite pousse un couinement de douleur. Tout va alors très vite. Pierre et Chloé s'arrêtent aussitôt ainsi que les six autres flics, mais Boisvert, alerté par le cri d'Annabelle et ne distinguant Gagnon que de dos, sort son Glock, le met en joue et crie : « Bouge pas, Gagnon ! » À la vue du pistolet, cinq ou six personnes crient, un mouvement de fuite se met en branle dans la foule et la file d'attente de la grande roue s'effiloche autour de Gagnon qui, immobile au centre de la tourmente, tient toujours son enfant avec une hargne dont il n'est pas conscient. Maintenant, trois autres policiers ont sorti leur pistolet, dont Pierre qui, tout en mettant l'homme en joue, traite intérieurement Boisvert d'imbécile. Il n'y a presque plus personne dans un rayon de cinquante mètres. Les quelques curieux qui veulent regarder se font repousser par trois des policiers. Deux hommes et une femme sont figés sur place près de Gagnon, mais l'un des agents leur crie de se tirer de là et ils finissent par détaler comme des lapins. Seul le contrôleur de la grande roue demeure dans sa petite cabine, éberlué. Quatre armes sont maintenant pointées vers le ravisseur.

— Allez, rendez-vous, ordonne Pierre avec autorité. Vous voyez bien que vous pouvez pas aller nulle part…

— Pensez à votre fille, ajoute Chloé.

— C'est justement ça que je fais ! réplique Gagnon avec rage. Ostie, vous auriez pu au moins me laisser finir ma journée avec elle ! *C'est pas compliqué, me semble !*

— Papa, c'est quoi qui se passe ? marmonne la gamine, embrouillée. Pourquoi ils…

— Tais-toi, Annabelle ! rétorque l'homme. Tout va bien, inquiète-toi pas !

Annabelle se tait, lançant un regard interrogateur à Chloé, qui réussit à lui sourire pour la réconforter. Pendant quelques instants, on n'entend que la musique des haut-parleurs qui recouvre en partie les marmonnements des curieux observant la scène de loin.

— C'est fini, Gagnon, fait Pierre en avançant d'un pas.

— Non, c'est pas fini !

Et il serre à nouveau sa fille avec trop de force. Le visage de celle-ci se contorsionne et Pierre croit l'entendre marmonner : « Je veux retourner dans ma maison… »

— Pas tout de suite ! continue Gagnon d'un air buté. Je veux faire un tour de grande roue avec ma fille, c'est clair ? Après, je vous la rends, promis !

Il y a de la supplication dans sa voix.

— Pas question ! rétorque Pierre. Vous al…

— *On va faire un tour de grande roue!* hurle le forcené en plaquant la gamine contre lui.

Annabelle se plaint, répète qu'elle veut partir.

— Vous voyez bien que votre fille en a pas envie!

— Oui, elle en a envie! C'est son manège préféré, pis j'ai jamais monté dans la grande roue avec elle, *jamais*!

Par ricochet, Pierre songe soudain à Karine et rejette cette pensée en se traitant d'idiot. Boisvert et les autres policiers ne bougent pas d'un centimètre, aux aguets. Chloé s'approche de son collègue et murmure:

— Laisse-le faire. Je suis sûre qu'il va la rendre après.

— Je veux pas le laisser seul dans le manège avec la petite!

— Je vais monter avec eux.

Pierre lui décoche un regard soupçonneux, mais Chloé lance déjà vers l'homme:

— Parfait, monsieur Gagnon. Faites votre tour avec Annabelle. Mais je vais monter avec vous, d'accord?

— Hein? Non, non, je veux être…

Chloé donne son Glock à son collègue et marche les bras levés, affirmant qu'elle n'a pas d'arme. Gagnon résiste, s'humecte plusieurs fois les lèvres, puis finit par accepter. La fillette ne quitte pas Chloé des yeux.

Tandis qu'ils montent tous les trois dans la cabine, la policière demande au contrôleur combien de rotations fait la roue pendant un tour normal. Le jeunot réussit à balbutier le chiffre « cinq ».

— Parfait, approuve Chloé. On fait les cinq tours, d'accord?

Le contrôleur, blanc comme neige, hoche la tête, puis met le manège en marche. Tandis que la roue commence sa rotation, Pierre et Chloé se lancent un regard de soutien. Lorsque la détective est hors de vue, le brouhaha des curieux devient plus fort et Pierre se mordille la lèvre inférieure en abaissant son arme. Après tout, peut-être que les méthodes douces peuvent parfois être efficaces…

◆

Lorsque la cabine arrive tout en haut, le visage d'Annabelle s'éclaire de joie, comme si elle avait momentanément oublié la précarité de sa situation. Assise tout près de son père, elle se penche vers l'extérieur de la cabine pour regarder en bas, mais Gagnon, d'une voix très tendre, lui dit tout en l'obligeant à se rasseoir :

— Penche-toi pas, mon lapin, faut pas que tu tombes en bas ! Tu te ferais des gros bobos.

La petite s'assoit mais continue à reluquer vers le bas. Assise en face d'eux, Chloé étudie attentivement Gagnon. Ce dernier semble beaucoup plus calme, rassuré même. Il est affalé sur le siège comme s'il se relaxait après une dure journée de travail. Un sourire aérien flotte sur ses lèvres et, tandis qu'il regarde sa fille impressionnée par le manège, il marmonne :

— J'ai réussi…

La cabine arrive en bas, passe devant le pauvre contrôleur. Durant ce bref passage, Chloé a le temps de voir Pierre qui darde son regard sur elle. Elle revient à Gagnon.

— Vous avez réussi quoi ?

Elle est convaincue qu'il ne parle pas de l'enlèvement de sa fille, du moins pas *uniquement* de cela. Gagnon semble se rappeler la présence de la policière puis, d'un air condescendant, répond :

— Vous pourriez pas comprendre…

— Vous seriez surpris de tout ce qu'on sait sur vous. On sait que vous avez passé des auditions pour *Vivre au Max*.

L'homme a un grognement insolent et triste à la fois :

— Une perte de temps ! Comment ai-je pu croire que la solution à mes problèmes était là ? J'étais vraiment aveugle…

Chloé se demande s'il frime ou non. Il a l'air sincère. Elle s'assure d'un rapide coup d'œil qu'Annabelle est toujours subjuguée par le spectacle aérien, puis :

— On se doute aussi que… que vous êtes allé à des réunions à Victoriaville, en février et en mars derniers. Vous et pas mal d'autres personnes.

Elle s'attend à ce que Gagnon lui rétorque « Quelles réunions ? » avec l'air de celui qui sincèrement ne comprend pas de quoi on lui parle… ou, plutôt, elle *souhaite* cette réaction : cela prouverait que le dessin qui prend peu à peu forme au fil de l'enquête ne sera finalement pas aussi dément que l'esquisse le laisse présager. Mais l'ahurissement qui apparaît sur le visage de Gagnon pulvérise totalement cet espoir et tout à coup, pour la première fois depuis le début de l'enquête, Chloé se dit : *C'est trop gros ! C'est trop gros pour nous !* Elle s'efforce de repousser cette pensée indigne d'elle.

— Comment vous savez ça ? demande l'homme devant elle.

La cabine passe près du sol pour la seconde fois.

— On ne sait pas tout, répond Chloé. On sait qu'il s'est passé des choses terribles durant ces réunions, mais on ne sait pas lesquelles exactement.

— Non, pas terribles ! corrige Gagnon dont la voix redevient planante. Au contraire… Juste des constats lucides. Et réconfortants, une fois qu'on les assume…

En parlant, il caresse la cuisse de sa fille, l'air absent. Chloé comprend qu'il est dans une bulle si épaisse qu'il a sûrement commencé à se la construire depuis un bon moment. D'une voix qu'elle veut la plus douce, la plus encourageante possible, elle demande :

— Qu'est-ce qui se passe, durant ces réunions ?

L'homme ne répond pas, le visage si détendu qu'il en est troublant.

— Stéphane, expliquez-moi… Je veux comprendre, moi aussi.

Le visage du ravisseur se contracte alors d'une douleur intérieure.

— Il faut souffrir pour comprendre… Il faut se rendre compte que rien n'a de sens… Nous, nous l'avons compris…

Chloé sent la chair de poule courir sur la surface de ses bras. Elle conserve tout de même une voix indulgente en demandant :

— Oui, vous l'avez compris, Stéphane… Et une fois que vous avez compris, vous faites quoi ?

La main du père cajole toujours la jambe de sa fille, laquelle continue à regarder le sol qui approche. La grimace de Gagnon se dissipe et, même si la douleur persiste, une certaine quiétude vient adoucir ses traits.

— On trouve notre flambeau…

La policière penche la tête sur le côté.

— Votre flambeau ? souffle-t-elle.

— Oui, poursuit l'homme dans un état second. Quand on l'a trouvé, on l'allume… et on profite pleinement de son éclat avant qu'il s'éteigne.

Tout à coup, presque extatique, il articule avec emphase, comme s'il récitait un texte appris par cœur :

— L'éphémère ébloui vole vers toi, chandelle… crépite, flambe et dit : Bénissons ce flambeau !

Chloé plisse les yeux, désorientée. Le manège termine son troisième tour et Annabelle lève la tête vers son père, à nouveau inquiète :

— Est-ce que je vais pouvoir retourner chez maman après la grande roue ?

Gagnon regarde sa fille en souriant.

— Oui, mon lapin. Promis.

La fillette, satisfaite, se remet à contempler le sol sous ses pieds qui s'éloigne.

— C'est quoi, ce flambeau ? demande Chloé, qui réalise qu'elle n'a plus du tout de salive dans la bouche.

Gagnon secoue la tête avec dédain. Chloé décide de changer son angle d'approche et pose enfin *la* question, tellement convaincue de la réponse que, malgré l'angoisse qui rampe sous sa peau, elle dit sur un ton plus affirmatif qu'interrogatif :

— C'est Maxime Lavoie qui a organisé ces réunions…

Gagnon la considère avec un réel étonnement.

— Lavoie, l'animateur-télé ? Il a rien à voir là-d'dans, voyons !

Chloé est tellement prise au dépourvu qu'elle ne trouve rien à répliquer sur le moment. Leur cabine arrive tout en haut de la grande roue et, tandis qu'elle entreprend sa descente, la policière demande enfin :

— C'est qui, alors ?

— Il s'appelle Charles… Il a tout compris…

Le regard redevenu vaseux, Gagnon a un petit soupir. Son visage se crispe bizarrement, en une sorte de désespoir réjoui, comme un masochiste qui trouverait un sens à sa souffrance.

— Et il avait raison. Le flambeau ne brûle pas longtemps, mais sa chaleur est si intense… si intense qu'elle annule tout le froid emmagasiné en nous.

Chloé se sent engourdie. Elle n'a aucune idée de ce dont il parle et, pourtant, elle a l'impression de saisir parfaitement. Quand la cabine passe près du sol et commence sa remontée, Annabelle s'écrie avec enthousiasme :

— C'est le dernier tour !

Gagnon contemple la petite.

— Oui, mon lapin. Le flambeau est éteint…

Avec une bienveillance si extraordinaire que Chloé sent les larmes lui monter aux yeux, Stéphane Gagnon dépose un baiser sur les cheveux de sa fille. Ensuite, il relève la tête et regarde au loin. Juste avant que la cabine n'atteigne son plus haut niveau, il revient à la policière et, le visage maintenant illuminé par une mélancolique sérénité, articule d'une voix parfaitement neutre :

— Je peux maintenant me retirer.

Cette phrase brise enfin l'engourdissement de la policière et, à la seconde où elle se rappelle qu'il s'agit de la même formulation que celle qu'a utilisée Diane Nadeau deux mois plus tôt, Gagnon, avec une rapidité en total contraste avec son état léthargique, se lance par-dessus la rambarde de métal de la cabine. En poussant un hoquet d'effroi, Chloé se propulse vers lui, bouscule la fillette hébétée et attrape une jambe de l'homme. Mais l'autre pied lui percute la mâchoire et, sous le choc, elle lâche sa prise.

Le cri de Chloé l'empêche d'entendre les hurlements provenant du sol et qui s'élèvent telle une nuée de corbeaux obscurcissant le ciel. Instinctivement, le souffle court, elle presse contre elle la fillette qui, le visage figé, répète d'une voix molle: « Maman… maman… maman… »

◆

Bernier marche de long en large. Debout derrière son bureau, les bras croisés et fixant le sol avec gravité, Pierre ne bouge pas. Chloé vient de finir de raconter ce qui s'est passé entre elle et Gagnon, assise sur une chaise, le front appuyé sur sa paume droite. Plusieurs fois, elle a été sur le point d'éclater en sanglots, mais a tenu bon.

Tout à coup, le capitaine, excédé, exige des explications: à propos des rapports barrés d'un X, des suicides, de Lavoie; bref, il désire comprendre. Pierre, qui ne veut toujours pas s'avancer, lui demande encore quelques jours.

— De toute façon, si on se fie à ce qu'a dit Gagnon à Chloé, Lavoie a rien à voir là-d'dans ! lui rappelle Bernier.

— Faut voir, rétorque Pierre.

Bernier s'appuie de la main droite sur son bureau et dresse un doigt vers son détective.

— Écoute bien, Pierre… Max Lavoie, c'est *big* ! Juste ses avocats doivent gagner en une heure ce que je me fais en une année ! Nous autres, on est la petite police de Drummondville ! Fait que si tu veux l'inculper de quelque chose, t'as besoin d'avoir un dossier solide, parce qu'il va nous bouffer tout crus !

— Je le sais. C'est pour ça que, pour l'instant, on avance rien.

Bernier approuve, lisse son crâne rasé, puis sort en grommelant qu'il veut être tenu au courant bientôt. Une fois le chef parti, Pierre contourne son bureau, observe sa collègue et, timidement, pose une main sur son épaule.

— Ça va aller?

Elle dit oui, même si toute son attitude démontre le contraire. Pierre hoche la tête et reste planté près d'elle, embarrassé.

— Il a dit qu'il pouvait maintenant se retirer, marmonne la policière. La même expression qu'utilisait Nadeau.

— Exact, fait Pierre. Pis si Lavoie avait encore ses rapports entre les mains, il inscrirait sûrement, dans les prochains jours, un gros X sur celui de Gagnon.

— Mais Gagnon a dit que Lavoie a rien à voir là-dedans!

Pierre, embêté, se masse le cou en retournant derrière son bureau.

— Combien il y avait de rapports dans la chemise du Centre-du-Québec qui n'étaient pas marqués d'un X? demande-t-il enfin.

— Cinq.

— Avec Gagnon en moins, il en reste quatre. Il faut qu'on rencontre ces quatre personnes-là. Elles ont peut-être, elles aussi, participé aux rencontres à Victoriaville. Il faut leur parler avant qu'elles… qu'elles trouvent leur « flambeau », comme Gagnon.

— C'est quoi, cette histoire de flambeau, à ton avis?

— Aucune idée. Mais je me souviens que Nadeau, une couple de semaines avant son quadruple meurtre, avait dit à sa meilleure amie qu'il fallait que « ça flambe au plus vite »…

Ils se taisent. Chloé prend une grande respiration en redressant le torse.

— Je ne pourrai plus travailler aujourd'hui, Pierre, je suis trop…

Elle ne complète pas sa phrase. Le détective regarde l'horloge: dix-sept heures quinze. Franchement, il se sent lui-même un peu secoué: le corps de Gagnon s'est écrasé à un mètre de lui, spectacle dont il aurait très bien pu se passer. Et qui, par ricochet, l'a renvoyé à l'image sanglante de Rivard, criblé de balles.

— OK. On reprend ça demain.

La détective se lève, hésite et demande à Pierre s'il viendrait manger au resto avec elle. Elle est si désemparée qu'elle ressemble à une petite fille perdue dans une forêt funèbre. Il accepte. Elle propose d'aller ailleurs qu'au Charlemagne: elle n'a pas envie de voir des visages connus. Il accepte aussi.

Au restaurant, Chloé mange à peine. Elle se laisse aller peu à peu, explique à Pierre qu'elle a l'impression que c'est de sa faute si Gagnon est mort: elle aurait dû prévoir qu'il se suiciderait, elle aurait dû l'en empêcher... Elle lui a attrapé une jambe et l'a lâchée ! Quelle idiote elle fait, une vraie novice ! Elle pleure même un peu, discrètement mais sans honte.

— C'est insupportable, cette sensation de culpabilité ! gémit-elle en essuyant ses yeux.

Pierre, qui au début de ce repas se sentait rebuté par ce débordement émotif, s'attendrit peu à peu et la dernière phrase de Chloé lui chavire tout à coup l'estomac. Il admet qu'il sait ce qu'elle vit, que la culpabilité qu'il a ressentie à la suite du massacre de Nadeau lui a saccagé l'âme un bon moment et que, même si l'enquête lui fait du bien, il ne peut se débarrasser totalement de ce sentiment destructeur. En fait (mais de cela, il ne dit mot à sa collègue), il sait très bien qu'il est en train de mélanger les choses, qu'il songe surtout à sa relation avec Karine. Il s'efforce aussitôt de repousser sa fille loin de sa conscience, mais n'y arrive pas vraiment.

Appelle-la ! Appelle-la dès ce soir, ostie d'imbécile !

C'est à son tour, soudainement, de ne plus avoir faim. Les deux collègues demeurent immobiles de longues minutes devant leur assiette à moitié pleine, sans dire un mot. Chloé lève le regard vers lui, comme si elle comprenait que jamais ils n'ont été si proches que dans ce silence.

Quand Pierre arrête sa voiture devant l'immeuble où habite la jeune femme, cette dernière tarde à sortir, l'air aux abois. Étonné lui-même de sa sensibilité, Pierre lui dit:

— Je vais te reconduire.

Elle lui lance un regard tout aussi ému que reconnaissant.

Deux minutes plus tard, ils entrent dans l'appartement. Le seul éclairage provient de la fenêtre, éclaboussée du soleil déclinant. Chloé, à nouveau sur le point de pleurer, se tourne vers son collègue.

— Moi qui suis devenue flic pour aider les gens ! Quel gâchis !

— Mais tu aides les gens, voyons !

— Ah oui ? Qui ça ?

Pierre hésite une seconde et répond avec un petit sourire:

— Eh ben... moi.

Elle penche la tête sur le côté, sourit à son tour… puis, elle le prend par le cou, attire son visage jusqu'au sien et l'embrasse sur les lèvres. S'il résiste, c'est au plus l'instant d'un souffle. Leurs lèvres s'ouvrent, et leurs mains se multiplient sur leurs corps fusionnés.

L'acte sexuel s'avère plutôt boiteux. Manifestement, Chloé souhaite une extrême douceur, avec de longues caresses et des mouvements d'apesanteur. Pierre se montre coopératif un moment, mais, peu à peu, il accélère les choses et transforme les attouchements en commodités, mettant cela sur le compte de l'ardeur, alors qu'en fait la tendresse de sa partenaire commence à l'indisposer. Chloé abdique et, à défaut de faire l'amour, accepte de baiser. Au moment de l'orgasme, le détective pousse un long grognement, fixant les seins de Chloé plutôt que ses yeux qu'il sent pourtant rivés aux siens. Il se laisse retomber sur le côté : cela a été agréable. Une jouissance comparable à toutes celles qu'il a vécues depuis sa séparation avec Jacynthe, il y a quinze ans : un orgasme sans caractère, mais tout à fait satisfaisant. Quant à Chloé, il l'a bien entendue gémir, mais il ne saurait dire si elle a joui. Toutefois, en sentant les doigts de la jeune femme le caresser et ses lèvres lui embrasser le cou, il se dit qu'elle doit être comblée.

Elle lui dit qu'elle n'a pas eu de relation sexuelle depuis qu'elle a quitté son ex, il y a deux ans. Le genre de détails que Pierre n'est pas sûr de vouloir connaître. Quand elle lui demande si c'est vrai qu'il n'a eu aucune véritable relation depuis la mort de Jacynthe, il se dit que c'est le moment de partir. Tandis qu'il enfile son caleçon, elle l'assure qu'il peut dormir ici.

— Je te demande pas de déménager, capote pas ! pouffe-t-elle. Je t'offre juste de dormir ici.

— Toutes mes affaires sont chez nous. Ça va être plus simple.

Elle n'insiste pas. Elle n'a l'air ni déçue ni surprise.

Tandis qu'il marche vers la porte, il regarde autour de lui d'un œil curieux. Il fait sombre, mais les couleurs de l'appartement semblent vives et le policier devine bon nombre de bibelots et de tableaux sur les murs. Son regard tombe sur un petit bureau de travail, dans une autre pièce, qui est recouvert de journaux et de coupures diverses. Il se rappelle alors tous ces journaux que Chloé achète à la tabagie. Il a envie d'aller jeter un œil mais se retient : ce ne sont pas ses affaires.

Rien, ici, n'est de ses affaires.

Dans sa voiture, il s'interroge : cette petite partie de jambes en l'air était-elle une bonne idée ? Mieux vaudrait ne pas répéter l'expérience. De nouveau, il se demande pourquoi il résiste tant à Chloé, pourquoi il refuse d'entreprendre une relation avec elle, alors qu'il est clair qu'il la trouve très intéressante. Comme n'importe quelle réponse, une phrase toute simple et pourtant équivoque lui traverse l'esprit :

Tu ne veux pas que ta vie privée contamine ta vie professionnelle.

Qu'est-ce que ça veut dire, ça, au juste ? Curieusement, il décide de ne pas approfondir le sens de cette pensée, comme s'il appréhendait d'y trouver une révélation trop troublante.

Il arrive chez lui à vingt-trois heures dix et il est frappé pour la première fois par l'absence totale de personnalité de sa maison. Les couleurs sont neutres, il y a sur les murs deux ou trois tableaux qui représentent des paysages anonymes, les meubles sont dépareillés… Pourquoi cela lui saute-t-il au visage, tout à coup ? Parce qu'il revient de chez Chloé ? De mauvaise humeur, il va au téléphone et constate qu'il a deux messages. Le premier est évidemment de sa mère, qui veut encore prendre des nouvelles. Le second le paralyse dès les premiers mots :

— Bonsoir, monsieur Sauvé, c'est Marie-Claude, la coloc de Karine… Heu…

Courte pause. La voix de la jeune fille vibre encore des sanglots qu'elle a manifestement émis peu de temps avant l'appel. En un instant, Pierre oublie Chloé, Lavoie et tout le reste de l'enquête, comme s'il savait que tout cela n'est que broutilles en comparaison de ce qu'il va apprendre dans moins de deux secondes. La voix de Marie-Claude reprend enfin :

— Karine est à l'hôpital. C'est… c'est pas mal grave…

Focalisation zéro

Vingt-trois heures vingt.

Chloé Dagenais, couchée dans son lit, caresse son clitoris, a enfin son orgasme puis fixe le plafond, songeuse.

Gilles Bernier, tandis que sa femme dort, s'enferme dans la salle de bain pour regarder des revues pornographiques homosexuelles, son plaisir parasité par la frustration qui lui ronge le cœur.

La petite Annabelle, le visage vacant, n'arrive pas à s'endormir malgré les berceuses de sa mère abattue.

Gabriel, endormi, pousse des gémissements traqués et curieusement enfantins dans son sommeil, et Maxime Lavoie vient lui caresser les cheveux.

Marc Goulet, l'homme qui, quelques heures plus tôt, a humilié son frère devant presque trois millions d'auditeurs dans le cadre de l'émission *Vivre au Max* (en lui criant, entre autres, qu'il était un salaud qui trompait sa femme depuis des années), cherche encore le sommeil, hanté par l'idée que, tout bien considéré, il a peut-être fait une grosse, très grosse bêtise, sans se douter qu'à la même seconde, son frère, qui songe à poursuivre Goulet en cour, pleure à chaudes larmes dans un bar, sa valise remplie de vêtements à ses pieds.

Pierre Sauvé, dans sa voiture, roule à toute vitesse vers Montréal.

35

Maxime joue un moment avec le ticket de métro entre ses doigts, le regard fixé sur la date inscrite sur le petit bout de carton: 12 août 2003. En trois ans, presque jour pour jour, c'est la première fois qu'il raconte la tragédie. Qu'il la raconte *pour de vrai*, qu'il explique ce que ce drame a représenté pour lui.

— Ç'a été la confirmation que je faisais fausse route, que je me démenais inutilement, conclut Maxime. Que je ne pourrais pas changer le monde. Pendant neuf mois, j'ai vécu dans un brouillard, sans savoir quoi faire... puis il y a eu mon petit séjour en Gaspésie. Mais je t'ai déjà raconté ça.

Ferland, assis face à lui, approuve en mastiquant une bouchée de pain. D'ailleurs, chaque fois que Maxime lui raconte une partie de sa vie, le psychologue écoute avec intérêt, pose des questions et, surtout, comprend. Ne serait-ce que pour cette raison, Maxime se félicite d'avoir impliqué cet homme dans son aventure. Il faut bien l'admettre: Frédéric Ferland est un interlocuteur plus stimulant que Gabriel. Maxime tourne la tête vers la fenêtre du salon, à trois mètres sur sa gauche. Gabriel, boîte de Froot Loops entre les cuisses, est toujours sur le divan, le regard rivé à la télé où deux animateurs de Musique Plus entraînent une adolescente dans les boutiques les plus *in* d'Hollywood, provoquant ainsi l'hystérie de la jeune fille qui avoue vivre l'un des plus beaux jours de sa vie. Maxime étire sa main vers la bouteille de vin et emplit son verre. Aucun souffle de vent ne vient balayer la terrasse et les arbres environnants recouvrent les deux hommes d'une ombre confortable. La table est garnie de pâtés, de fromages, de baguettes de pain, de diverses salades et de deux bouteilles de vin, repas que l'animateur a préparé lui-même puisqu'il a donné congé aujourd'hui à ses deux assistants espagnols. Mais l'animateur n'a presque rien mangé, contrairement au psychologue qui dîne avec appétit depuis une heure, tout en écoutant attentivement son hôte.

— Donc, tu avais besoin de quelqu'un pour remplacer Francis, remarque Ferland. Je suis venu remplir ce rôle.

— Cela te froisse ?

— Pas du tout. Je me demande seulement (il prend une bouchée de pâté) si Francis aurait compris ce que tu fais. S'il aurait approuvé.

Maxime s'assombrit. Cette question, il se l'est posée souvent et, chaque fois, le visage chagriné et désapprobateur de Francis est apparu dans son esprit, cette même expression qu'il avait affichée durant cette lointaine nuit universitaire où il avait aidé Maxime à se sortir du pétrin.

Non, son ami n'aurait pas approuvé, le milliardaire le sait bien. Mais il aurait eu tort, voilà tout. Francis n'avait pas vu assez d'ignominies pour admettre la vacuité de tout. Il n'avait pas eu René Lavoie comme père, il n'avait pas été PDG d'une compagnie inhumaine, il n'avait pas été entouré de rapaces uniquement intéressés par son argent, il n'avait pas vu son ami mourir de façon injuste…

… il n'était pas allé en Gaspésie…

— Toi, tu me comprends ? demande Maxime en avançant la tête. Tu m'approuves ?

— Je te comprends, bien sûr.

— Et tu m'approuves ? insiste l'animateur.

Ferland essuie sa bouche avec une serviette, signifiant qu'il a enfin terrassé son appétit, et répond en observant son hôte droit dans les yeux :

— Si j'étais contre toi, Maxime, est-ce que je t'aurais suivi jusqu'à aujourd'hui, en écoutant ta vie et en te posant tant de questions ? Est-ce que je ne t'aurais pas déjà dénoncé ? Et, surtout, est-ce que j'aurais trouvé mon propre flambeau ? C'est grâce à toi que je l'ai trouvé.

— Mais tu refuses de me dire en quoi il consiste !

— Parce que c'est un *work in progress* et te le dire maintenant gâcherait tout.

Maxime recule sur sa chaise. Il s'est longtemps demandé si ce mystère qu'entretient le psychologue autour de son flambeau n'est pas la preuve que Ferland lui joue dans le dos. Mais il a fini par reconnaître que ce raisonnement ne tient pas la route. Comme Ferland vient de le lui dire, il ne l'aurait pas suivi jusqu'à aujourd'hui, il l'aurait dénoncé depuis longtemps.

— Nous brûlerons nos flambeaux ensemble, Max, côte à côte.

Ferland paraît sincèrement enchanté de cette idée et Maxime se sent rassuré. Il met le ticket de métro dans ses poches : tout à l'heure, il ne doit pas oublier de le remettre dans son petit musée privé, en haut. Du salon provient faiblement le bruit de la télévision. Ferland jette un œil vers la fenêtre.

— Un peu contradictoire que tu permettes à Gabriel d'écouter ces conneries, non ?

— Au contraire. Plus il va en écouter, plus il sera convaincu de la légitimité de ce que l'on fait.

Maxime prend une gorgée de vin puis, l'air tout à coup soucieux, examine son verre comme l'aurait fait une voyante avec une boule de cristal. Comme s'il lisait dans les pensées de son hôte, Ferland, tout en remplissant un verre à son tour, tend une perche :

— Au téléphone, tu m'as dit que tu avais un problème…

Maxime dépose son verre et joint ses mains au-dessus de son assiette vide.

— Il y a un détective qui est en train de fouiller dans mes affaires. Au départ, ce n'était pas problématique, mais là, ça commence à le devenir.

Ferland, tout en prenant une gorgée, prend un air intéressé.

— C'est qui, cet inspecteur ?

— Il s'appelle Pierre Sauvé, de Drummondville.

— Drummondville ? Comment il a fait le lien avec toi ?

Maxime lui explique alors les trois visites de Sauvé. Ferland écoute attentivement, mais l'animateur n'aime pas le flegme de son invité.

— Tu n'as pas l'air de réaliser ce que je suis en train de te dire, Frédéric. Il est parti avec tous les rapports. Les classés et les rejetés.

— Et aussi ceux du Déluge ?

— Non, heureusement.

— Pourquoi ne pas lui avoir donné que les rejetés ? Les dossiers classés comportent environ six cent quarante rapports, ton flic n'aurait pas remarqué leur absence sur soixante-quatre mille !

— Il *fallait* que je lui donne les classés : je lui avais dit que je classais tous les rapports ! Si je lui avais donné juste les boîtes, non seulement il se serait demandé comment j'avais pu trouver les rapports de Nadeau, Liang et Proulx si rapidement, mais il aurait su que j'avais menti !

— Il l'a su de toute façon…

— Je sais, je sais, marmonne Maxime en se passant les deux mains dans les cheveux. Mais j'avais trois flics chez moi avec un mandat, tu penses que c'est la situation idéale pour trouver la meilleure solution rapidement ?

— Mais pourquoi lui avoir fait croire dès le départ que tu classais tous les rapports ?

Maxime pose ses deux mains sur la table.

— Écoute, Frédéric : si, dès le départ, je lui avais dit que la majorité de mes soixante-quatre mille rapports n'étaient pas classés, il aurait pu me demander à n'importe quel moment, pour m'éviter du travail, d'y fouiller lui-même pour trouver ce qu'il cherchait. En lui disant que je classais tout, il n'avait plus aucune raison de vouloir mettre son nez dans mes affaires. Je gardais le contrôle et je me débarrassais de lui.

— Tout un contrôle ! fait Frédéric en suivant des yeux le vol d'une mésange. Maintenant, il a tout emporté avec lui.

Maxime penche la tête sur le côté. Il mettrait sa main au feu que le psychologue se fout de sa gueule.

— Pas tout, non, précise-t-il. Je t'ai dit que j'ai conservé le dossier Déluge. Et au cas où Sauvé reviendrait avec un autre mandat, je l'ai caché à un endroit sûr.

— Si la police n'a pas le dossier Déluge, tu n'as pas à t'en faire.

— Frédéric, ils ont tous les autres ! S'ils se mettent à fouiller à fond, ils pourraient faire des rapprochements, remarquer des coïncidences troublantes…

Le psychologue croise ses mains sous son menton.

— Cette idée, aussi, d'avoir conservé tous ces rapports ! Seuls ceux du Déluge sont importants, pourquoi tu n'as pas jeté tous les autres ?

Quelque peu empêtré, Maxime prend une gorgée de vin.

— J'aime garder des objets qui représentent différentes étapes de ma vie. Je t'ai expliqué tout ça en te faisant visiter mon petit musée, l'autre jour…

— Oui, acquiesce Ferland en plissant les yeux. Chaque fois que tu m'as fait visiter ce garde-robe, j'ai été frappé par l'orgueil qu'il renferme. Et c'est aussi à cause de cet orgueil qu'au cours des deux dernières années, tu as souvent dit en entrevue que tu gardais toutes les auditions. Tu ne peux évidemment pas avouer ton projet secret, mais tu veux en révéler le plus possible, divulguer le maximum d'informations sans te compromettre, comme par défi, comme pour narguer cette société que tu méprises, en lui disant : « Regardez, je vous dis presque tout, et vous ne comprenez toujours pas ! » Ton émission a exactement le même but. Tu te dis que malgré toutes les chances que tu donnes aux gens de s'ouvrir les yeux, ils persistent à ne *rien voir.*

— Parce qu'ils le veulent bien, ajoute Maxime avec dépit.

Ferland réfléchit à cette réplique un moment, puis, en prenant son verre, consent :

— Tu as raison.

— Content de te l'entendre dire !

Le psychologue termine son verre et désigne du menton la bouteille.

— Excellent vin, vraiment.

— Tu devrais être un peu plus nerveux, Frédéric. Si je tombe, tu tombes avec moi, tu peux en être certain.

— Écoute, je pense que tu te fais du mauvais sang pour rien. Tu sais exactement ce que la police a entre les mains. Est-ce vraiment suffisant pour qu'elle t'accuse sérieusement de quoi que ce soit ?

— C'est loin d'être impossible. Demain matin, non, mais à force de chercher…

Il se frotte les mains et ajoute d'une voix plus basse :

— J'ai pensé à une solution drastique…

Ferland fronce les sourcils. Le milliardaire précise sur un ton négligent :

— Je pourrais faire disparaître Sauvé, de manière définitive.

Il s'attendait, au mieux, à de l'indifférence de la part du psychologue ou, au pire, à une vague désapprobation, mais certainement pas à cet air effaré.

— Tu… tu veux dire le tuer ?

— Qu'est-ce que tu crois ? Que je vais lui payer un voyage sur Mars ?

Ferland demeure sans voix pendant un bref moment, ce qui étonne l'animateur au plus haut point.

— Je ne crois pas que ce soit très sage, dit-il enfin. Un flic est en train d'enquêter sur toi, et au même moment, il se fait tuer ! Vers qui les soupçons se tourneront-ils, selon toi ?

Maxime y a songé. C'est d'ailleurs pour cette raison qu'il tergiverse.

— Tant que tu n'es pas réellement menacé, tu devrais attendre, poursuit Ferland. Garde cette solution au cas où tu n'aurais vraiment plus le choix.

Il joue les désinvoltes, mais Maxime le sent réellement tendu. Néanmoins, il sait que le psychologue a raison et il finit donc par dire :

— D'accord, je vais attendre. Peut-être qu'on n'aura pas à se rendre jusque-là.

Ferland approuve, ce qui conforte Maxime : bon signe que son invité s'inquiète un peu. Ça prouve qu'il souhaite se rendre jusqu'au bout avec Maxime. Ferland emplit à nouveau son verre :

— Allez, relaxons-nous un peu, maintenant.

Maxime ne réagit pas, songeur, et Ferland fait remarquer :

— Depuis que je te connais, je ne t'ai pas vu t'amuser très souvent, toi…

— S'il y a une chose que tu devrais avoir comprise, Frédéric, c'est que si je fais tout cela, ce n'est certainement pas pour m'amuser.

Ferland devient plus austère et prend une gorgée de son verre en hochant la tête. Maxime poursuit :

— Toi-même, quand je t'ai rencontré, tu n'étais pas vraiment un boute-en-train. Aujourd'hui, par contre…

— Quand tu m'as rencontré, plus rien ne m'intéressait dans la vie. Tu es arrivé… et tout a changé.

Cette remarque pourrait être de la vile flagornerie, mais Max ne met pas en doute un seul instant la sincérité de son compagnon. En déposant son verre, le psychologue ajoute avec un mince sourire :

— De plus, au début de notre relation, il y a eu ces séances à Victoriaville qui étaient… Eh bien, disons qu'elles m'ont quelque peu mis en état de choc. Ce qui était assez normal, non ?

Maxime a un petit signe d'assentiment, sans sourire. Il se souvient lorsqu'il est allé chercher Ferland pour la première séance, il y a quelques mois, en cette froide journée de février…

18

Frédéric se trouvait sur le trottoir depuis une dizaine de minutes et sentait ses joues s'engourdir sous l'effet du froid de février. Il n'avait jamais compris pourquoi les journées les plus ensoleillées de l'hiver étaient souvent les moins chaudes. Il y avait eu une tempête durant la nuit et quelques voisins étaient en train de déblayer leur voiture. Frédéric les observait avec envie : au moins leur activité leur procurait de la chaleur. Il aurait bien attendu dans la maison, mais Lavoie avait insisté pour qu'il soit déjà dehors à l'arrivée de la voiture.

Le célèbre animateur l'avait appelé la semaine précédente. C'était leur premier contact depuis leur seule et unique rencontre du mois de décembre.

— Bonne année 2006, monsieur Ferland, lui avait souhaité Maxime d'une voix parfaitement indifférente. Même si, au fond, il n'y a aucune raison qu'elle soit meilleure que les autres.

— Merci, avait répondu le psychologue, satisfait que l'animateur le rappelle, tel qu'il l'avait promis. À vous aussi.

— Les séances dont je vous ai parlé vous intéressent toujours ?

Et comment, que ça l'intéressait ! Lavoie ne lui avait-il pas dit qu'il comprendrait ses véritables intentions durant ces réunions ?

— La première aura lieu la semaine prochaine, le 5 février. À Brossard, près de chez vous.

Frédéric avait accepté, mais Lavoie avait cru bon de préciser :

— En passant, il se pourrait que vous y rencontriez des gens que vous connaissez. Peu probable, mais pas impossible.

— Comment ça ?

— Cette séance est pour les gens de la Montérégie, région dont vous faites partie.

— Qu'est-ce que… C'est une séance ouverte au public ? s'étonna le psychologue.

— Pas vraiment. Vous posez trop de questions pour l'instant, Frédéric. Répondez seulement à celle-ci : est-ce que le risque de tomber sur quelqu'un que vous connaissez vous importune ou pas ?

Frédéric se souvenait d'une partouze à laquelle il avait participé plus d'un an auparavant, dans sa propre ville, chez un couple reconnu pour organiser des orgies vraiment *hard*. Après avoir baisé avec un couple, il était entré dans une des chambres à coucher dans l'intention d'observer le spectacle en attendant que ses forces lui reviennent. Sur le lit, un homme était en train de s'insérer un bâton de baseball dans l'anus tandis qu'un homme et une femme lui taillaient une pipe. Frédéric avait reconnu un de ses clients et ce dernier l'avait manifestement reconnu aussi, car ses râles de plaisir avaient cessé net. Le psychologue s'était empressé de quitter les lieux. Le client ne s'était pas pointé au rendez-vous suivant, ni à aucun autre.

— Eh bien… Comme je n'ai aucune idée de quel genre de séance il s'agit, je… je préférerais garder l'incognito.

— Vous connaissez des gens dans le Centre-du-Québec ?

— Heu… Pas vraiment…

— Parfait. Deux jours plus tard, le 7, je me rends à Victoriaville pour une séance semblable. Ça vous irait ?

— Comment, vous donnez ces séances à plusieurs endroits ?

— Le 7, à treize heures, attendez-moi dehors devant votre maison. Donnez-moi votre adresse.

À treize heures deux minutes exactement, une jeep qui tirait une roulotte de camping tourna le coin de la rue et vint s'arrêter devant Ferland, qui ne s'attendait pas à un pareil attelage. Il essayait de regarder à l'intérieur de la roulotte par les fenêtres quand la porte s'ouvrit : il reconnut Gabriel. Le psychologue s'empressa d'entrer.

L'intérieur ressemblait à toutes les roulottes habituelles de camping. Lavoie était assis sur l'une des deux banquettes de chaque côté de la petite table. Il fit signe à Frédéric de s'asseoir en face de lui. Ferland obéit, tout en se frottant les mains pour les réchauffer, tandis que l'adolescent retournait s'asseoir aux côtés de son tuteur. Le véhicule redémarra.

— Mon jet privé serait certes plus rapide et agréable, mais il serait moins discret, expliqua Lavoie sans même donner la main à son invité. Et ma limousine serait trop visible.

— Vous croyez qu'une roulotte en plein mois de février, c'est discret ?

— Bien sûr. J'ai l'air de quelqu'un qui vient tout juste de l'acheter. Ou qui s'en va en Floride. De plus, ça évite de coucher dans les hôtels durant nos tournées et d'attirer ainsi l'attention.

— Vos tournées ?

— Comment va le travail ?

Indifférent, Frédéric répondit qu'il ne voyait que cinq ou six clients par semaine, question de se faire un peu d'argent. Pendant un moment, les deux hommes parlèrent de choses sans importance, tandis que Gabriel regardait par la fenêtre. Après une vingtaine de minutes, le psychologue demanda enfin :

— Alors, vous allez m'expliquer plus en détail ce qui se passe ?

Lavoie jaugea son passager, comme s'il délibérait une ultime fois avant de l'impliquer dans ses affaires, puis il ouvrit la mallette déposée sur la table. Il en sortit une chemise qu'il tendit à Ferland.

— Je ne sais pas si vous étiez au courant, mais je lis absolument tous les rapports d'auditions pour mon émission. J'en choisis trente-trois pour la saison. La très grande majorité des milliers d'autres est rejetée… mais j'en conserve aussi un certain nombre, que je classe par région.

Frédéric prit le dossier, sur lequel était inscrit *Centre-du-Québec*. Ce dernier devait contenir près de soixante-dix rapports.

— J'aimerais que vous les lisiez, proposa l'animateur.

— Tous ?

— Disons une dizaine.

Ferland, sans rouspéter, se mit au travail. Le silence s'installa dans la roulotte. Au bout d'un moment, Lavoie ouvrit un panneau sur la paroi du véhicule et un petit bar apparut. Le milliardaire se prépara un gin tonic, tandis que Gabriel, étirant sa main vers le sol, fit apparaître une boîte de Froot Loops déjà ouverte. Durant la quinzaine de minutes qui suivit, les seuls sons dans le véhicule se résumèrent à l'entrechoquement des glaçons dans le verre de Lavoie et aux céréales se brisant sous les dents de Gabriel, qui continuait d'observer le morne décor de l'autoroute 20. Alors que Frédéric terminait la lecture du onzième rapport, Lavoie demanda :

— Et alors ?

Le psychologue leva un regard interrogateur. L'animateur précisa :

— En tant que psychologue, quel point commun décelez-vous entre ces personnes ?

— Eh bien, c'est hasardeux de présenter un diagnostic sur des gens que l'on n'a pas rencontrés… Mais ce qui ressort clairement, c'est que toutes ces personnes sont en pleine dépression, en dépression *profonde,* au point d'en avoir le jugement altéré. En fait, j'espère qu'elles sont suivies par un psy…

— Le psychologue de l'entrevue devait demander cette information au postulant, l'interrompit Lavoie. Si ce dernier voyait un psy au moment de son entrevue, ça devait être indiqué dans le rapport. Aucun de ceux contenus dans ce dossier ne renferme cette mention.

— Dans ce cas…

Frédéric referma le dossier et ajouta avec cynisme :

— … je ne serais pas surpris qu'on retrouve un jour ou l'autre un certain nombre de ces postulants pendus dans leur maison.

— Vous diriez donc qu'ils sont suicidaires ?

— C'est un diagnostic grave, et après un si court rapport, c'est une conclusion précipitée mais… Disons qu'en gros, ils semblent avoir le profil, oui.

— Et c'est exactement pour cette raison que je les ai sélectionnés.

Frédéric n'était pas sûr de comprendre.

— Tous les autres candidats de cette chemise sont aussi dépressifs que ceux que je viens de lire ?

Lavoie s'installa au fond de son siège, fit jouer les restes de glaçons dans son verre presque vide.

— J'ai fait une sélection parallèle à travers mes milliers de demandeurs. J'ai choisi les plus déprimés, les plus dépressifs, les plus instables, les plus inquiétants et les plus manipulables. Par ailleurs, ils pouvaient prendre des médicaments avec ordonnance d'un médecin, mais ne devaient pas être en traitement avec un psy : ils pouvaient en avoir consulté un dans le passé, mais pas au moment de l'entrevue. En deux ans, j'en ai sélectionné environ mille six cents, répartis dans seize régions à travers le Québec. Vous n'avez pas idée du nombre de personnes suicidaires et manipulables qui croient que *Vivre au Max* peut les aider…

— Quand on est suicidaire et influençable, on est prêt à croire n'importe quoi.

— Exactement, marmonna Lavoie.

Il termina son verre d'une gorgée et regarda par la fenêtre. La voiture venait de dépasser la sortie de Saint-Nazaire.

— Vous avez entendu parler de ce gars qui assassinait des gens dans un garage de Saint-Nazaire, il y a quelques années ? demanda l'animateur. Une bien curieuse histoire…

— Pourquoi avez-vous sélectionné les suicidaires parmi tous les auditionnés ? demanda Ferland, ignorant la question du milliardaire.

— Il tuait ses victimes de fort atroce façon, paraît-il.

— Maxime…

— Il aurait même écartelé un adolescent à l'aide d'une chaîne et d'un treuil, vous imaginez ?

Lavoie tourna la tête vers Ferland et ajouta, le visage énigmatique :

— Si on savait tout ce qui passe dans la tête des gens…

Frédéric n'ajouta rien. Gabriel, en mastiquant mécaniquement, contemplait toujours le décor extérieur. Lavoie déposa son verre vide, posa les mains sur ses cuisses et avança le torse.

— Si vous parlez de ce que vous allez apprendre à qui que ce soit, Frédéric, vous pouvez être certain que je le saurai. Et même du fond de ma prison, je trouverai le moyen de vous faire disparaître.

Dès leur première rencontre, le psychologue avait compris que Maxime Lavoie était puissant et que son pouvoir dépassait les normes de la légalité. Mais c'était la première fois que l'animateur y faisait référence de façon si directe. *Il n'y a que dans les films que les gens dangereux se parlent en paraboles,* se dit le psychologue. *Dans la vraie vie, ils disent les choses carrément, pour être sûrs d'être compris*. Et Lavoie n'aurait pu être plus clair. Frédéric sentit un frisson lui parcourir l'échine. Bien que provoqué par la peur, l'effet n'en était pas désagréable, loin de là. Le psychologue avait tout à coup l'impression d'être le protagoniste de l'un de ces romans policiers dont il était si friand.

— Il n'est pas trop tard, ajouta Lavoie. Drummondville est à dix minutes d'ici. Je peux vous y laisser pour que vous preniez le prochain bus. Et j'oublierai que nous nous sommes déjà rencontrés.

— Continuez, souffla Frédéric sans aucune hésitation.

Le milliardaire eut une discrète mimique d'approbation, puis recula tout au fond de sa banquette.

— Les candidats de ce dossier ont reçu une invitation pour la séance de Victoriaville.

— Tous ?

— Les cinquante-deux premiers. Les vingt et un derniers sont ceux de l'année dernière.

— Que voulez-vous dire, l'année dernière ? Vous faites ce genre de séance depuis longtemps ?

— Une chose à la fois, Frédéric. Pour la séance de ce soir, donc, j'ai sélectionné cinquante-deux personnes du Centre-du-Québec et je leur ai envoyé cette invitation.

Il tira de sa mallette une lettre qu'il tendit à Ferland. Ce dernier la lut avec attention.

Nous savons que vous n'êtes pas heureux.

Nous savons qu'en ce moment, la vie est un enfer pour vous. Nous savons que votre existence n'est plus qu'une caverne sombre dans laquelle ne brille plus aucune lumière. Nous savons que tous les moyens que vous avez envisagés pour vous en sortir n'ont rien donné.

Nous savons que vous songez souvent à la mort.

Nous pouvons vous aider et nous savons comment. Si vous voulez vraiment cesser de souffrir, si vous voulez enfin connaître le soulagement dans votre vie décevante, si vous voulez revoir la lumière, venez nous rencontrer. Le 7 février, à vingt heures, au 3447, Newton, à Victoriaville. Même si cela est quelque peu compliqué pour vous y rendre, l'effort n'est rien comparé à ce qui vous y attend. Vous ne serez pas seul : d'autres gens comme vous seront aussi sur place.

Venez. Apportez avec vous cette lettre : elle vous servira de laissez-passer. Nous sommes la solution que vous cherchez.

Frédéric regarda longuement la lettre, comme si elle était écrite en hébreu, puis il leva la tête vers l'animateur.

— Vous retrouvez, parmi vos milliers de rapports d'auditions, les candidats dépressifs pour faire de la prévention du suicide ?

En posant la question, Frédéric sut qu'elle était absurde : ça ne pouvait être le but de Lavoie, cet homme qui, consciemment, produisait une émission pour avilir la population, ce désillusionné qui mésestimait son prochain.

— Vous verrez vous-même ce soir, répondit tout simplement l'animateur, le visage dur.

Frédéric revint à la lettre, dubitatif.

— Vous croyez vraiment que ceux qui reçoivent cette lettre la prennent au sérieux ?

— Pas tous, bien sûr. Mais une bonne partie. Je vous ai dit que les vingt et un derniers rapports du dossier étaient des postulants de l'année passée. En fait, j'en avais convoqué cinquante-quatre, avec le même genre d'invitation à une réunion, qui à ce moment avait lieu à Bécancour, une autre ville de la région Centre-du-Québec. Sur les cinquante-quatre, trente-deux sont venus. Pas si mal, non ?

— Trente-deux ? Pourtant, dans ce rapport, il y en a vingt et un.

— Certains lâchent en cours de route. À la fin des trois séances, il en restait vingt et un. Ce soir est la première des trois séances de 2006 pour cette région.

Frédéric prit la chemise et consulta les vingt et un derniers rapports. Il remarqua que sur la plupart d'entre eux, on avait tracé un grand « X » sur la première page.

— Pourquoi ces rapports sont-ils marqués d'un X ?

Gabriel, la bouche pleine, tourna la tête vers le psychologue, inexpressif, puis vers son tuteur. Lavoie, l'air soudain lointain, ne répondit pas.

◆

C'était une salle communautaire comme tant d'autres. Peut-être plus retirée, éloignée de toute habitation, mais l'intérieur consistait en une grande salle éclairée aux néons, avec une centaine de chaises rangées sur les côtés et une scène à l'avant. Une heure plus tôt, Lavoie et Gabriel s'étaient occupés des chaises : ils en avaient installé une quarantaine pour former un petit groupe, toutes tournées vers l'avant. Devant ce regroupement, on avait placé une table avec feuilles de papier et ordinateur portable relié à un projecteur tourné vers un écran blanc sur pied. Le tout se trouvait sur le plancher même : Lavoie ne voulait pas être sur la scène, il désirait être au même niveau que ses auditeurs.

En arrivant à Victoriaville, ils étaient allés chercher la clé de la salle au centre-ville. Seul Luis, le chauffeur, était sorti de la voiture pour signer les papiers et payer la location. Ensuite, ils avaient préparé la salle. Vers dix-sept heures trente, Luis était allé acheter de la nourriture qu'ils avaient mangée dans la roulotte.

Maintenant seul depuis près d'une heure, Frédéric était assis sur l'une des chaises, dans la dernière rangée. Il jeta un coup d'œil à sa montre : dix-neuf heures vingt-cinq. Les invités arriveraient bientôt. Enfin, s'ils daignaient venir… mais, selon Lavoie, une bonne partie répondrait à l'appel. Que faisait Lavoie, au juste ? Il lui avait dit de l'attendre ici, mais Ferland commençait à trouver le temps long.

Une petite porte au fond s'ouvrit et un homme entra dans la salle. L'entrée principale se situait pourtant à l'autre extrémité, derrière le psychologue. Le nouveau venu, dans la quarantaine, grand et svelte, avait des cheveux bruns épais, courts et légèrement grisonnants, portait des petites lunettes et une barbichette bien taillée. Il était tout habillé de noir : pantalon, chemise et veston, mais sans cravate. Il s'arrêta près des premières chaises et sourit à Frédéric. Ce dernier se demanda comment il devait réagir.

— Vous êtes ici aussi pour la rencontre ? demanda enfin l'inconnu.

— Heu… oui, c'est ça.

— Ça tombe bien, moi, je suis ici pour l'animer, reprit l'inconnu d'une voix cette fois différente.

Et aussitôt, Frédéric la reconnut.

— Maxime ! s'écria-t-il en se levant.

Le milliardaire eut une réaction extrêmement rare chez lui : il éclata de rire. Évidemment, il s'esclaffait souvent dans son émission, mais d'un rire convenu, faux. En fait, Frédéric se dit qu'il voyait Lavoie s'esclaffer pour la première fois.

— Vous auriez dû vous voir l'air, Frédéric ! Avouez que je suis méconnaissable ! Vous venez de passer plusieurs heures avec moi, et vous ne m'avez pas reconnu ! Si je n'avais pas repris ma vraie voix, vous seriez encore en train de me prendre pour un autre !

Il expliqua que le maquillage prenait environ une heure à appliquer et qu'il s'était pratiqué chez lui durant plusieurs semaines avant de parvenir à un tel résultat.

— Mais pourquoi ? demanda Ferland.

— L'anonymat, toujours, répondit Lavoie, qui avait repris son sérieux. Vous allez tout comprendre bientôt.

Il consulta sa montre.

— Les premiers arrivants ne devraient pas tarder. Gabriel demeure dans la voiture et c'est Luis qui est à la porte pour l'accueil. Il laisse entrer seulement les gens qui ont leur lettre d'invitation avec eux. Puis, à vingt heures, Luis va dans la voiture pour toute la durée de la séance : je veux être sûr qu'il ne voit rien de ce qui se passe pendant la réunion. Il est fiable, mais moins il en sait, mieux c'est. Gabriel prendra donc sa place près de l'entrée de la salle et s'assurera que ni Luis ni aucun autre curieux ne s'approchent du bâtiment. S'il y a un retardataire, il pourra le laisser entrer, mais pas au-delà de dix minutes de retard. Si Luis ou un autre indésirable s'approchait, Gabriel me préviendrait.

Il désigna un walkie-talkie qui se trouvait sur la table, près de l'ordinateur portable.

— Je croyais Gabriel muet, fit remarquer Ferland.

— Il ne parle pas, mais il peut crier, je vous assure.

— Luis n'a jamais été tenté de savoir ce qui se passait durant vos réunions ? Il n'a jamais raconté à personne que le célèbre animateur préparait de mystérieuses séances ?

— Luis est un homme de Salvador. Je paie Salvador pour qu'il me fournisse du personnel compétent, fiable et obéissant.

— Qui est Salvador ?

— Pour le moment, ce n'est pas important que vous le sachiez, fit Lavoie en ajustant un tantinet sa perruque. Votre rôle pour ce soir est simple : vous devez passer pour un auditeur comme les autres, quelqu'un de la région qui a aussi reçu l'invitation que je vous ai montrée tout à l'heure. Ne parlez à personne sauf si on vous adresse la parole. Vous verrez, ils parlent très peu entre eux au début. Il est arrivé à de très rares occasions que certains se connaissaient et la gêne n'en était que plus grande.

Lavoie marcha vers le panneau mural du contrôle des lumières. Il ferma tous les néons sauf un, celui qui se trouvait au-dessus de l'espace entre la table et les rangées de chaises. La salle se retrouva dans une pénombre apaisante.

— À partir de cet instant, vous ne me connaissez plus, fit Lavoie.

Là-dessus, il se dirigea vers la petite table à l'avant, s'assit derrière elle et, à moitié camouflé par la noirceur, ne bougea plus.

Pendant près de quinze minutes, les deux hommes attendirent en silence, sans bouger. Puis, des pas retentirent derrière Frédéric, qui se retourna : quelqu'un venait d'entrer. Dans la pénombre, ce n'était qu'une silhouette, mais peu à peu, un homme dans la trentaine se précisa, l'air quelconque. Le nouveau venu salua brièvement de la tête. Frédéric répondit de la même manière. L'homme s'immobilisa presque totalement près des chaises, indécis.

— Assoyez-vous, monsieur, fit Lavoie d'une voix un brin modifiée, mais forte, chaleureuse.

Le visage camouflé par la pénombre, il désigna d'une main les chaises. L'homme balbutia un remerciement, enleva son manteau et alla s'asseoir de manière à être le plus éloigné possible de Frédéric. À ce moment, Lavoie s'affairait sur son ordinateur, mais le psychologue aurait parié qu'il faisait semblant.

Cinq longues minutes s'étirèrent, durant lesquelles Lavoie ne leva pas la tête de son portable et l'homme ne cessa de gigoter, de toussoter, de se gratter la tête. Enfin, quelqu'un d'autre arriva, une femme dans la cinquantaine, mince mais trop maquillée, même dans cette noirceur. Elle dévisagea Frédéric et l'autre homme, ne salua pas du tout, puis Lavoie répéta sa petite phrase de bienvenue. Elle s'assit dans la rangée du milieu, sans enlever son manteau de fourrure. Elle et l'homme se lançaient des regards à la dérobée. Une ou deux fois, ils se tournèrent discrètement vers le psychologue, mais en voyant que ce dernier affrontait leur regard, ils se détournèrent brusquement. Impassible, Lavoie continuait de s'affairer sur son clavier.

Puis, les gens apparurent de plus en plus fréquemment, souvent en groupe de deux ou trois, même si, manifestement, ils ne se connaissaient pas, étant tout simplement arrivés en même temps. Chaque fois, Lavoie répétait son petit mot. À vingt heures moins cinq, au moins une quinzaine de personnes se trouvaient assises sur les chaises. Si la plupart étaient silencieuses et manifestement tourmentées, certaines échangeaient quelques mots, souvent à voix basse. Une femme tentait même de faire connaissance avec ses voisins, qui ne répondaient que par monosyllabes. L'un d'eux finit même par lui répondre dans un chuchotement agressif : « Crissez-moi donc la paix, vous ! » puis croisa les bras d'un air buté. L'un des hommes lisait un livre de poche, mais Frédéric remarqua qu'il ne changea pas une seule fois de page. Deux ou trois autres personnes se tenaient parfaitement immobiles, fixant le néant devant eux. Frédéric, intéressé, étudiait cette petite foule saugrenue, rassemblée dans cette salle obscure comme si on veillait un mort. Même s'il n'avait encore parlé avec aucune de ces personnes, il sentait bien qu'il y avait ici un terrain d'exploration formidable pour tout psychologue à la recherche de cas graves.

— Vous êtes à bout, vous aussi, hein ? marmonna une voix.

Frédéric se tourna vers sa droite. Son voisin, un homme dans la quarantaine au visage rouge et qui, depuis son arrivée, combattait une irrésistible envie de pleurer, le dévisageait avec un espoir si exacerbé que cela en devenait presque comique.

— Pardon ? demanda le psychologue.

— Si vous êtes venu vous aussi, c'est parce que vous n'en pouvez plus… hein ? Hein ?…

Le gars était si contracté que Frédéric sentit qu'il lui aurait sauté au visage s'il avait répondu « non ».

— Oui. C'est pour ça, oui.

L'homme hocha la tête avec violence, au point que le psychologue craignit qu'elle ne se détache du tronc.

Quelques personnes arrivèrent encore. À vingt heures, un homme chauve quitta sa chaise et marcha vers la sortie.

— Où allez-vous, mon ami ? lui lança sans agressivité Lavoie, qui leva la tête de son ordinateur.

L'homme s'arrêta, piétina sur place comme un mauvais élève pris en flagrant délit de plagiat.

— Je… je pense que je ferais mieux de… J'aurais pas dû venir, je suis désolé…

— Allons, nous allons commencer dans trois minutes. Vous êtes ici, aussi bien rester, n'est-ce pas ?

Jamais Frédéric ne l'avait entendu parler avec autant d'affabilité. Plusieurs personnes toisaient le chauve avec curiosité. Ce dernier vacilla encore un moment, eut une sorte de ricanement nerveux et retourna s'asseoir.

Une dernière personne entra, puis Maxime se leva en souriant.

— Je crois que nous pouvons commencer, annonça-t-il.

Frédéric examina l'assistance : un peu plus d'hommes que de femmes. Tous des adultes entre vingt et soixante ans, mais surtout entre trente-cinq et cinquante-cinq. Si l'on se fiait à l'habillement, ils provenaient de tous les milieux. Deux hommes étaient même en complet-cravate. Le psychologue compta rapidement : trente-trois. Trente-trois des cinquante-deux personnes convoquées étaient venues en espérant trouver une solution à leur détresse. Maxime contourna la table, fit quelques pas et s'arrêta. L'éclairage du néon tombait maintenant sur lui et, ainsi illuminé dans la noirceur ambiante, il ressemblait à une apparition réconfortante mais mystérieuse. Tous le regardaient. Tous se taisaient. Il y avait de l'électricité dans l'air. Lavoie, sous son déguisement, paraissait contrôler parfaitement la situation. Il n'avait ni son air taciturne naturel, ni l'attitude enthousiaste qu'il affichait durant son émission, mais plutôt une sorte de sérénité tranquille et mélancolique. Le silence vibrait d'attente.

— Je m'appelle Charles. Je vous félicite d'avoir répondu à l'invitation. Certains d'entre vous ont dû faire une bonne heure de route pour venir ici. Bravo. Vous avez pris la bonne décision. Il y aura trois réunions. La seconde dans deux semaines, et la dernière dans un mois. Elles seront toutes ici. Toutes gratuites. Vous pouvez cesser de venir à n'importe quel moment.

Courte pause. Quelques toussotements, quelques déplacements sur les chaises. Puis Lavoie poursuivit :

— Vous êtes ici parce que vous cherchez une solution à votre mal de vivre. Une vraie solution. Pas une illusion. Car des illusions, il y en a beaucoup. Combien d'entre vous ont déjà consulté un psychologue ?

Aucune réaction, malaise diffus.

— Allons, pas de gêne ici. Regardez-vous : vous êtes tous dans la même galère, vous êtes tous frères et sœurs dans la souffrance.

Un brave osa lever la main, puis, peu à peu, on l'imita. Au bout du compte, vingt-cinq personnes levèrent la main. Elles se regardèrent entre ells, rassurées.

— Cette thérapie vous a-t-elle aidés ? Je veux dire *vraiment* aidés ? Laissez-moi deviner : vous vous êtes senti mieux pendant un certain temps, quelques mois peut-être, mais après… le marasme est revenu. N'est-ce pas ? Peut-être que certains d'entre vous ont tenté une seconde thérapie, peut-être même une troisième… et finalement, vous avez abandonné parce que vous avez compris qu'à long terme, ça ne donnait rien.

La plupart hochaient silencieusement la tête, comme si cela les réconfortait d'entendre quelqu'un qui comprenait leur long chemin de croix.

— Il y en a même sûrement un certain nombre parmi vous qui sont sous médication.

Frédéric, à voir l'expression de plusieurs visages, comprit que c'était effectivement le cas. Lavoie leva les bras, toujours la voix coulante :

— Des médicaments pourquoi ? Parce que vous êtes dépressifs ? Est-ce une solution, prendre des pilules toute sa vie, puis en prendre des plus fortes quand les anciennes ne font plus effet ? Ou alors, vous êtes sous médication parce que vous vous êtes claqué une dépression ? Et alors ? Dans quelque temps, lorsque vous serez supposément guéri et que vous cesserez de prendre vos pilules, il faudra combien de mois avant de vous en taper une autre ? Combien, même, en sont à leur deuxième, troisième dépression ?

Hochements de tête, visages approbateurs… mais aussi quelques airs indéterminés, Frédéric le remarqua. Certains se demandaient où voulait en venir Lavoie.

— Les thérapies et les médicaments ne sont pas la solution. Pas plus que ces optimistes naïfs qui vous disent que le bonheur est à la portée de tous, ces vendeurs de rêves qui sont tellement entourés de ouate qu'ils ont décroché du réel. Rien de tout cela n'est une solution pour vous, rien de tout cela ne viendra à bout de votre détresse, de votre souffrance, de votre lassitude de la vie.

— Excusez-moi, mais…

Toutes les têtes se tournèrent vers la voix. C'était une femme d'environ trente-cinq ans. Pusillanime, elle poursuivit tout de même :

— … mais comment en savez-vous autant sur nous ? Comment savez-vous que… (hésitation) que je suis dépressive et même… heu… (hésitation) eh bien, oui, j'ai des idées suicidaires, c'est vrai, mais… mais comment savez-vous que nous nous sentons comme ça ? Et comment avez-vous eu nos adresses ?

Quelques marmonnements d'approbation se firent entendre. Frédéric, curieux de voir comment le milliardaire allait s'en tirer, tourna son attention vers Lavoie. Ce dernier continuait d'afficher son air détendu.

— Vous croyez vraiment que la vie privée existe encore en 2006 ? Les renseignements que vous donnez à vos psychologues, à vos patrons, à vos médecins, aux sondeurs, à votre banquier, au gouvernement... Tout cela est informatisé. Et qui dit informatique dit accessibilité. Il y a peut-être des Américains en ce moment même qui étudient votre dossier en se demandant si vous êtes un terroriste potentiel.

Frédéric haussa un sourcil. Lavoie y allait un peu fort, mais il est vrai que les gens avaient tendance à croire à ce genre de scénario paranoïaque. Surtout les gens dépressifs.

— Depuis deux ans, je fouille dans toutes les banques de données possibles, je fais le tri et je choisis les cas qui ont le plus besoin de mon aide.

L'assistance parut éblouie, il y eut encore des marmonnements, mais sans plus. Lavoie donna des statistiques sur la consommation des médicaments, sur les résultats plus ou moins positifs de bon nombre de thérapies. À l'aide de son ordinateur, il projetait des chiffres sur l'écran et les commentait. Il se tourna ensuite vers la petite foule :

— J'aimerais maintenant que vous témoigniez. Certains d'entre vous désirent-ils raconter la thérapie qu'ils ont suivie dans le passé ? Ou tout autre moyen pour essayer de vous en sortir ?

Au départ, il n'y eut pas de volontaires, mais Lavoie les incita tellement qu'une femme finit par parler, puis un homme... et finalement, près du tiers des personnes présentes livra un résumé de sa triste histoire. Tous s'entendaient pour dire que leur vie s'enlisait de plus en plus et même s'ils affichaient un visage triste, Frédéric voyait très bien la consolation qu'ils ressentaient à témoigner ainsi devant des gens qui vivaient les mêmes souffrances qu'eux. Thérapie de groupe, songea le psychologue. Excellent moyen pour créer des liens et établir la confiance. Mais où Lavoie voulait-il en venir ?

Les gens témoignèrent pendant plus d'une heure et quart puis Lavoie s'adressa à tous :

— Pour ce soir, ce sera suffisant : il s'agit de la réunion la plus courte. Vous avez constaté que vous n'êtes pas seuls et qu'au bout du compte, toutes vos histoires se ressemblent un peu. Je veux qu'au cours des deux prochaines semaines, vous songiez à ce que nous venons d'entendre. Demandez-vous aussi ce qui a du sens, en ce moment, dans votre vie. Y a-t-il quelqu'un ou quelque chose qui signifie quelque chose pour vous et qui peut vous donner envie de continuer? Revenez dans seize jours, le 23 février, ici même, à la même heure. À nouveau ce sera gratuit et je ne vous demanderai rien en échange. Et nous irons plus loin dans notre réflexion. J'espère tous vous revoir le 23.

Peu à peu, les gens remettaient leur manteau et partaient, la plupart intrigués. Frédéric vit même sur le visage de plusieurs un certain contentement. En mettant son bonnet, l'homme à ses côtés lui demanda:

— Allez-vous revenir?

— Je crois bien, oui.

— Moi aussi! fit l'homme avec un enthousiasme presque enfantin. Je sens que ce Charles comprend beaucoup de choses. On est sur le bon chemin, je pense!

Quand il ne resta que Ferland dans la salle, Lavoie reprit sa voix normale et déclara:

— Parfait. Ça s'est bien passé.

Il alla allumer tous les néons et commença à démonter l'écran, à fermer son ordinateur, à ranger les dossiers. Le psychologue se leva et fit quelques pas en se grattant la joue.

— Jusqu'à maintenant, tout ça ressemble à de la thérapie de groupe.

— Je sais, fit Lavoie sans cesser de ranger les choses. Je veux installer un lien de confiance.

Frédéric l'observa s'affairer quelques instants et demanda:

— La police n'est jamais venue?

— Pourquoi viendrait-elle? Ces gens reçoivent une invitation pour être aidés. Rien d'illégal là-dedans. Ceux que ça n'intéresse pas ne viennent pas, c'est tout. D'ailleurs, une vingtaine ne se sont pas présentés ce soir.

Il prit son walkie-talkie et appela Gabriel:

— Fais signe à Luis qu'il peut venir.

Puis, en se tournant vers le psychologue:

— Il est vrai que l'année dernière, des policiers sont venus deux fois à la première des trois séances: une fois dans les Cantons-de-l'Est et une fois en Mauricie. Les flics sont arrivés une demi-heure avant le début de la séance et m'ont dit (j'étais heureusement déjà déguisé!) qu'un individu était allé les voir avec la lettre d'invitation. L'individu en question trouvait louche qu'un organisme mystérieux en sache tant sur lui.

— Qu'avez-vous répondu ?

— Je leur ai dit que j'étais psychiatre. Je leur ai montré mes papiers… faux, bien sûr. Je leur ai dit que je louais des salles un peu partout dans le Québec pour des rencontres de groupes. Évidemment, je loue les salles sous de faux noms de compagnies, mais ça, les flics ne le savent pas. Je leur ai dit que des collègues psychologues me refilaient des noms de gens en détresse pour que je leur envoie ce genre de message. Je prétends, naturellement, que ce type d'échange de services est fréquent dans le milieu psychiatrique.

— Ce qui est faux.

— Bien sûr, mais les flics l'ignorent. De toute façon, les deux fois où ils sont venus me voir, ils l'ont fait par obligation, juste pour s'assurer que tout était réglo. Je les ai embobinés bien rapidement. Je les ai même invités à assister à la réunion, pour démontrer ma bonne foi. Ils ont refusé et sont partis sans plus d'explications.

Luis arriva et, tout en chantonnant une chanson espagnole, commença à sortir le matériel. Lavoie lui donna un coup de main. Puis, après que tout fut chargé dans la jeep, ils retournèrent dans la roulotte bien chauffée. Gabriel était déjà assis à la table et finissait de préparer un arsenal typiquement féminin : petit miroir, démaquillant, crèmes diverses, serviette… Lavoie enleva son manteau et alla s'installer à ses côtés.

— Vous devriez vous asseoir, conseilla-t-il à Frédéric en retirant ses lunettes. Nous allons démarrer d'une seconde à l'autre.

Comme pour confirmer ses dires, la roulotte bondit et Frédéric, déséquilibré, se cogna le front contre une armoire. Il s'installa face à l'animateur, qui retirait maintenant avec délicatesse sa fausse barbichette, puis admit :

— Je ne vois pas où vous voulez en venir.

Tout en répondant, Lavoie entreprit d'enlever ses verres de contact, qui modifiaient la couleur de ses yeux verts.

— Il faut assister aux trois réunions pour comprendre.

— Et ces trois réunions, vous les donnez à travers tout le Québec ?

— Dans seize régions, pour être précis. J'ai commencé il y a huit jours. J'ai déjà fait l'Abitibi, l'Outaouais, les Laurentides, Lanaudière, Montréal, la Montérégie, les Cantons-de-l'Est…

et, ce soir, le Centre-du-Québec. Demain, ce sera Chaudière-Appalaches, puis le Bas-Saint-Laurent, et ainsi de suite. Quatre fois le même circuit pendant neuf semaines *non-stop,* soixante-douze réunions en tout, une par soir. D'ailleurs, durant ces neuf semaines, je prétends que je suis en vacances et personne ne sait où je suis. Je dors et mange dans cette roulotte pendant tout ce temps pour m'assurer de n'être reconnu par personne. C'est intensif, je vous jure.

— Pourquoi vous faites le circuit quatre fois ? Vous avez dit ne tenir que trois réunions dans chaque région ?

Lavoie étendit une crème sur son visage, frotta sa peau et, graduellement, décolla le latex qui recouvrait ses joues, son front et sa mâchoire... enfin, Frédéric se dit qu'il devait s'agir de latex mais, au fond, il n'en avait aucune idée.

— Il y a une tournée pour une quatrième réunion, mais celle-ci ne concerne que quelques personnes seulement.

— Que voulez-vous dire ?

— Vous êtes trop pressé, Frédéric...

Face au petit miroir, il détacha lentement une fine pellicule de sa joue. Au bout de quelques minutes, la roulotte ralentit, puis s'arrêta. Par la fenêtre, Frédéric reconnut l'entrée d'un motel.

— Il y a une chambre réservée à votre nom et déjà payée, expliqua l'animateur. Demain, vous prendrez l'autobus pour retourner chez vous. Nous, nous continuons notre tournée et, dans seize jours, nous serons de retour ici, dans la même salle, pour la seconde réunion de la région. Libre à vous de revenir. Vous connaissez maintenant l'endroit, vous pourrez venir en voiture.

Il alla ouvrir la porte de la roulotte. Frédéric, toujours assis, continuait à réfléchir à toute vitesse :

— Mais si je...

— Plus de questions, maintenant.

Le psychologue se leva enfin et sortit. Il s'immobilisa dans le stationnement désert du motel, puis se tourna vers la roulotte. Lavoie inclina la tête.

— Bonsoir, Frédéric.

Et il referma la porte. La jeep démarra aussitôt et la roulotte disparut rapidement dans la nuit.

Frédéric savait qu'il reviendrait dans seize jours, aucun doute là-dessus. Pour la première fois depuis fort longtemps, il se sentait rongé par une curiosité d'une redoutable intensité.

Icare retrouverait-il le plaisir de voler ?
Il entra dans le motel.

◆

— Alors, avez-vous trouvé quelque chose qui, dans votre vie, a du sens pour vous ?

Assis à peu près à la même place que deux semaines plus tôt, Frédéric regarda autour de lui. Il avait compté vingt-neuf personnes ce soir, donc quatre n'étaient pas revenues. D'ailleurs, Lavoie le lui avait dit avant la réunion : « Vous allez voir, il va y en avoir moins ce soir. C'est parfait. Le fait de prolonger les rencontres sur trois réunions permet une sorte d'écrémage. » Le psychologue n'avait à peu près rien fait durant les deux dernières semaines, rencontrant ses quelques clients avec distraction : il ne songeait qu'à la prochaine réunion, curieux de voir où voulait en venir Lavoie.

Ce soir-là, le décor était identique à celui de la première séance : même néon unique allumé au-dessus de Lavoie (toujours travesti, bien sûr), même écran blanc monté à l'avant, mêmes haut-parleurs de chaque côté de l'écran. Cette fois cependant, quelques personnes s'étaient saluées. On était évidemment loin de la grande fraternité, mais il y avait nettement moins de malaise que la première fois. Le quadragénaire assis à côté de Ferland lors de la première séance revint s'installer aux côtés du psychologue et le salua d'un air complice.

— J'avais hâte de revenir… et vous ?

— Absolument.

L'homme avait hoché la tête, avait tenté de sourire, mais le résultat s'était avéré pathétique : il voulait se convaincre que désormais, grâce à « monsieur Charles », tout irait mieux alors que, manifestement, il avait atteint le fond du baril. Un peu comme tout le monde ici, d'ailleurs…

Devant l'absence de réaction, Lavoie répéta sa question :

— Alors, personne d'entre vous n'a trouvé quelque chose qui donne un sens à sa vie ?

Visages penauds. Finalement, une femme leva la main et dit sans trop de conviction :

— J'ai deux enfants…

— Ils ont quel âge ?

— Vingt-trois et vingt-six ans.

— Vous les voyez souvent ?

La femme baissa la tête. Son silence était des plus éloquents. Trois autres personnes tentèrent une réponse : l'un parla de sa conjointe, l'autre de son hobby, un autre de son fils de huit ans. Mais Lavoie, rapidement et avec habileté, leur démontra que tout cela n'était que des leurres. En fait, Frédéric réalisa que c'était beaucoup plus subtil : en leur posant des questions précises, le milliardaire amenait les gens à se rendre compte par eux-mêmes de la futilité de leur réponse. Enfin, plus personne n'intervint. Lavoie demanda :

— Dois-je comprendre que plus rien n'a de sens dans votre vie ? que plus rien ne vous motive à continuer ? Dois-je comprendre que c'est ce qui vous rend si malheureux ?

Plusieurs hochèrent la tête en silence. Encore quelques phrases comme celles-ci, se dit Ferland, et certains allaient se mettre à pleurer littéralement. Surtout que, désormais, une sorte de climat de confiance semblait bel et bien installé.

— En fait, fit Lavoie, vous êtes malheureux parce que votre vie est vide.

L'animateur se croisa les mains dans le dos et commença à marcher de long en large, la voix soudain pleine d'assurance et d'autorité.

— Que ce soit par égoïsme, ignorance, naïveté, désillusion, paresse ou négligence, vous avez priorisé le vide durant toute votre existence. Peu importe votre âge, que vous ayez vingt ou cinquante ans, vous réalisez tout à coup l'insignifiance de votre vie en vous disant qu'il est trop tard.

Frédéric remarqua que le ton était plus provocateur que celui de la première séance. D'ailleurs, tous les auditeurs s'en rendaient compte, car un certain étonnement apparaissait sur la plupart des visages.

— Vous aimeriez reprendre goût à la vie, continua Lavoie en marchant vers son ordinateur. Mais savez-vous ce qu'est cette « vie » à laquelle vous souhaitez tant vous adapter ?

Il appuya sur une touche et sur l'écran portatif apparut une photo en noir et blanc : deux soldats, dans une rue, assis sur une grosse pierre, en train de fumer une cigarette, tandis que devant eux s'alignaient des dizaines de cadavres ensanglantés, formant une colonne si longue qu'elle disparaissait à l'horizon, comme si la route en était bordée sur des kilomètres.

— Le XXe siècle, siècle du progrès et des droits humains ? Vraiment ? C'est sans doute pour cette raison que les génocides se sont suivis avec une régularité presque cynique. Génocide arménien en 1915, puis juif pendant la Seconde Guerre mondiale, puis cambodgien à la fin des années soixante-dix…

Sur l'écran, les photos se succédaient. Si les soldats changeaient d'allégeance, passant de nazis à Khmers rouges, les cadavres, eux, demeuraient identiques dans l'abandon, dans l'injustice, dans l'horreur.

— Il y a peu de temps, nous avons eu droit au génocide rwandais, devant lequel les grands gouvernements démocratiques de ce monde sont demeurés indifférents. En ce moment même, au Darfour, l'Histoire est sur le point de se répéter.

Les regards de l'assistance rivés à l'écran reflétaient un mélange de misère, de révolte et d'indécision. Certains se demandaient manifestement ce qui se passait. Frédéric se sentait sur le qui-vive : n'allaient-ils pas tous se lever d'une seconde à l'autre pour demander le but de cette séance de photos ? Il est vrai qu'ils avaient été convoqués à cause de leur profil psychologique : instables, dépressifs… et extrêmement manipulables. Lavoie parla encore du nombre révoltant des innocents morts durant les guerres, photos-chocs à l'appui, puis un enfant de six ans habillé en guenilles, pioche à la main, apparut sur l'écran, lançant un regard vide vers l'objectif.

— Deux cent quarante-six millions d'enfants travaillent dans le monde, expliquait Lavoie, soit 18,5 pour cent de la population mineure mondiale. Presque un enfant sur cinq, vous réalisez ? De ce nombre, de huit à vingt millions s'adonnent à la prostitution et au trafic de drogue. Dix-huit mille enfants meurent de faim chaque jour. Sans compter que, sur notre belle planète où tout se consomme, on vend encore des femmes et des enfants : cinquante mille par année en Afrique, soixante-quinze mille en Europe de l'Est, trois cent soixante-quinze mille en Asie…

Pendant dix minutes, il aligna les chiffres et les statistiques, tous plus démoralisants les uns que les autres, dressant un portrait apocalyptique de la situation mondiale. Si la plupart écoutaient attentivement, quelques-uns gigotaient sur leur chaise, comme s'ils commençaient à suffoquer. Frédéric lui-même se sentait tendu : jusqu'où irait Lavoie dans ce pamphlet anti-humaniste ?

L'animateur, à un moment, leva les bras :

— Évidemment, vous pourriez toujours rétorquer que tout cela se passe loin de nous et que nous n'y pouvons rien.

Réponse extrêmement égoïste mais couramment utilisée. Très bien. Revenons donc ici, chez nous, dans notre beau pays…

Il alla appuyer sur une autre touche de son ordinateur et, sur l'écran de toile, une photo d'une grande ville en plan éloigné apparut, recouverte de fumée sur un ciel gris.

— Chez nous, donc, 75 pour cent de la pollution vient du transport. Et pourtant, la vente de voitures augmente d'année en année. Comme si ce n'était pas assez, notre gouvernement rejette Kyoto en expliquant que les objectifs fixés par ce dernier sont trop difficiles à atteindre, alors que ce protocole représente une solution minimum et insuffisante.

Il aligna de nouveaux chiffres accablants sur la pollution et donna plusieurs exemples de l'absence d'agissements concrets des gouvernements dans ce domaine. Puis, la photo d'une femme en pleurs apparut.

— Chaque année, cent mille Québécoises sont victimes de violence physique de la part de leur conjoint. Dans 75 pour cent de ces cas, les enfants en sont témoins et même 20 pour cent d'entre eux participent. Et il ne s'agit pas de la seule forme de violence qui sévit chez nous : au cours des trois dernières années, les délinquants associés aux gangs de rue ont triplé.

Il parla aussi du décrochage scolaire, de la drogue, du fossé de plus en plus grand entre les pauvres et les riches, chiffres et statistiques toujours à l'appui. Au bout d'une quinzaine de minutes, un homme se leva, l'un des rares habillés en complet-cravate, et s'exclama :

— Pourquoi vous nous dites tout ça ? Vous voulez qu'on se sente coupable ? J'ai rien à voir là-dedans ! Ça ne me concerne pas personnellement !

— Ah non ? fit Lavoie avec un aplomb impressionnant, avançant même de quelques pas vers l'assistance. L'Amérique du Nord représente seulement 6 pour cent de la population mondiale et pourtant, nous utilisons de 40 à 50 pour cent des ressources naturelles de la planète ! Ça concerne qui, à votre avis ? Ces vêtements que vous portez, qui ont tous été fabriqués dans des pays pauvres, ça ne vous concerne pas ? Les grandes chaînes de magasins que vous fréquentez parce que ça coûte moins cher mais qui exploitent leurs employés et qui écrasent les petits commerces, ça ne vous concerne pas non plus ?

L'homme cligna des yeux, pris de court. Lavoie regarda tout le monde avec la même hargne :

— La pollution que nous produisons avec notre voiture pour aller au dépanneur au coin de chez nous, les mendiants que nous croisons, les enfants de nos voisins que l'on sait battus, la pute que l'on paie, la drogue qu'on achète, notre total manque d'implication sociale sous prétexte qu'on n'a pas le temps, rien de tout ça ne nous concerne, c'est ça ?

Tandis qu'il parlait, les photos continuaient de défiler derrière lui, chacune d'elles scandant ses accusations comme une chorégraphie bien huilée : des enfants recouverts d'ecchymoses, un itinérant dormant dans la rue, un Wal-Mart, une manifestation anti-homosexuelle… Une femme, cette fois, se leva, rouge de colère :

— Alors, si tout va mal, c'est de notre faute ?

— C'est la faute à qui, sinon ? rétorqua Lavoie en levant à nouveau les bras. Aux autres ? Mais quels autres ? *Nous sommes les autres !*

— Pourquoi on ne se rend compte de rien, alors ? Parce qu'on est cons ?

— Non, on n'est pas cons, répondit Lavoie. Mais on ne veut pas réfléchir ! On n'en a pas envie ! Déjà qu'on travaille sept à dix heures par jour, on ne se fera pas chier à réfléchir en plus ! Faisons comme tout le monde, à la place ! Écoutons les mêmes conneries que tout le monde, mangeons la même merde, achetons les mêmes cochonneries et pensons tous la même chose ! C'est plus simple ! C'est rassurant ! Et pendant un certain temps, ça marche ! On se croit heureux parce qu'on est ce qu'on nous dit d'être ! Et on y croit, n'est-ce pas ? *N'est-ce pas ?*

Il cria presque ces derniers mots, les poings serrés. Et à le voir si passionné, Frédéric comprit que le milliardaire ne jouait pas un rôle, contrairement au personnage de son émission débile. Non, en ce moment même, éclairé par ce néon froid, Maxime Lavoie se révélait entièrement, se montrait, malgré son déguisement, sous son vrai jour, sans détours et, surtout, sans nuances.

Un silence total tomba sur la salle. Malgré la pénombre, le psychologue devina l'extrême tristesse sur les visages, non pas comme si, tout à coup, tout ce qu'ils entendaient ce soir leur était révélé pour la première fois, mais comme s'ils ne pouvaient plus *prétendre* ne pas le savoir, et dans l'esprit de Frédéric s'imposa l'image d'un maître qui met le nez de son chien dans ses excréments. L'homme et la femme debout résistèrent, puis finirent par se rasseoir, presque à contrecœur.

— Ça marche, mais pour un temps seulement, reprit Lavoie. On finit par se rendre compte d'une chose abominable : même si on remplit notre vie de futilités, de mouvements vains et d'activités insipides, elle devient de plus en plus vide.

De nouveau le silence. Lavoie se remit à marcher de long en large et demanda, la voix dynamique :

— Allez-y, réfléchissez ! Comment votre vie est-elle devenue vide peu à peu ? Par quelles actions ? Pensez-y vraiment ! Et dites-le-nous ! Dites-le fort !

Après quelques secondes de silence seulement, une femme osa dire d'une voix honteuse :

— J'ai marié un homme riche juste pour pouvoir m'acheter plein de choses... mais je l'aime pas...

Elle en parla durant quelques minutes avec dépit. Tous l'écoutaient, impressionnés. Après le témoignage de la femme, un jeune homme affirma d'une voix brisée :

— J'ai pas d'instruction... J'aimais pas l'école... Je me suis ramassé avec une job plate...

À son tour, il se livra, la voix tremblante. Il avait à peine terminé son témoignage qu'un homme d'âge mûr lui lança, hargneux :

— Tu penses que l'éducation et un bon travail changent tout ? Moi, je suis médecin, et jamais j'ai aimé mon travail ! Je suis devenu docteur juste pour le standing ! Et pour faire plaisir à mes parents !

Il se confia aussi... ainsi que plusieurs autres : vies de couple mornes, amitiés hypocrites, frustrations diverses, recherche de plaisirs insignifiants, penchant pour le moindre effort, incapacité à relever des défis, complaisance dans la superficialité, conformisme à outrance par peur de la différence... Ils parlaient avec animation, mais aussi avec ressentiment, vis-à-vis des autres et aussi vis-à-vis d'eux-mêmes. Et tous écoutaient avec intérêt. Même le voisin de Ferland y alla de son petit témoignage, lui qui, en tant que publicitaire, avait passé sa vie à pousser les gens à consommer en les prenant pour des imbéciles. Lavoie n'intervint pas une seule fois, écouta d'un air neutre, les mains dans le dos. Enfin, après une heure de frénésie et une douzaine de témoignages, ce fut le silence. Certaines personnes paraissaient carrément exténuées. Lavoie hocha la tête, comme s'il comprenait tout cela, et commenta :

— Vous voyez ? Vous avez écouté le système toute votre vie et maintenant vous réalisez qu'il est faux, qu'il vous a trompés. Et ce système, c'est nous-mêmes, c'est vous, c'est tout le monde. Même si on veut le combattre, ça ne changera pas parce que les gens ne veulent pas que ça change.

Rumeurs dans la salle. Quelques questions se firent entendre clairement :

— On fait quoi, alors ?

— Si rien va changer, on est foutus !

— C'est quoi la solution ?

Lavoie leva à nouveau les bras, pose si théâtrale que Frédéric esquissa un sourire. Mais l'effet fut presque instantané : tous se turent, attendant avec impatience les paroles de l'animateur. Car, manifestement, *lui* avait une solution. Sinon, pourquoi leur aurait-il dit tout cela ? Pourquoi les aurait-il convoqués ?

— Vous avez un pas d'avance sur tous les autres, fit Lavoie d'une voix dramatique. Ce soir, vous avez compris. Vous avez regardé la réalité en face. Vous avez constaté le vide. Cela vous donne un avantage.

Les visages étaient maintenant presque extatiques. Il y en avait bien quelques-uns qui démontraient des signes de défiance, mais la très grande majorité trépignait d'impatience, attendait la révélation, enfin ! *Enfin !* Lavoie se remit les mains dans le dos, souriant.

— Oui, il y a une solution. Une solution qui vous fera vivre les moments les plus puissants, les plus formidables, les plus euphorisants de votre vie. Une solution qui vous illuminera de l'intérieur. Et cette solution, je vous la soumettrai dans seize jours, samedi le 11 mars.

Il y eut quelques exclamations de dépit. Lavoie poursuivit en levant un doigt :

— Je comprends votre impatience, mais ce que j'ai à vous dire prendra un certain temps. Nous avons abondamment parlé ce soir, il se fait tard, je sens beaucoup de fatigue. Réfléchissez à tout ça pendant les deux prochaines semaines. Le 11 mars, ce sera la dernière réunion. À la fin, je ne vous demanderai pas d'argent, je ne vous ferai rien signer, je ne vous vendrai rien. Mais vous sortirez de cette réunion transformés, croyez-moi. Et encore une fois, je vous suggère fortement de ne parler de tout ça à personne : vous êtes des privilégiés. On ne vous comprendrait pas.

Il salua et les gens commencèrent à se lever. Cette fois, beaucoup parlaient entre eux, visiblement secoués. Frédéric, en se levant à son tour, les observa marcher vers la sortie : combien reviendraient deux semaines plus tard ? Il fit quelques pas vers Lavoie, mais celui-ci secoua la tête et brandit discrètement deux doigts de sa main droite. Le psychologue comprit : le milliardaire lui disait qu'il allait lui reparler dans deux semaines, pas avant.

Ferland, malgré sa déception, marcha vers la sortie avec les autres.

◆

Évidemment, le psychologue passa une bonne partie des deux semaines suivantes à repenser à la réunion. Le vide... Bien sûr. Le psychologue lui-même ne faisait-il pas tout, depuis plusieurs années, pour le combler ? Il avait tout fait, oui... sauf s'intéresser aux autres. Sauf s'intéresser à tout ce qui n'était pas son petit lui-même. N'est-ce pas ce qu'avait dénoncé Lavoie au cours de la dernière séance ? Cet égocentrisme, cette superficialité généralisée qui faisait que les gens créaient leur propre abîme ? Frédéric, qui songeait à cela tandis qu'un client lui racontait ses problèmes, eut un discret sourire. Était-il en train de devenir un disciple du gourou Lavoie ? Bien sûr que non. Au fond, au cours de ces deux séances, le psychologue n'avait rien appris de nouveau ni sur l'être humain ni sur lui. Le discours de Lavoie était loin d'être nouveau. En fait, tout cela le laissait parfaitement indifférent. Ce qui l'intriguait, c'était le but poursuivi par le milliardaire. Il avait bien une ou deux hypothèses, mais, tout aussi floues fussent-elles, elles laissaient entrevoir un dessein si tordu que le psychologue en venait à croire qu'il se trompait sûrement.

Trois jours avant le 11 mars, il trouva un message sur son répondeur. C'était Lavoie qui lui demandait d'arriver quarante minutes avant le début de la réunion : il avait des choses à lui dire avant l'arrivée des autres.

Lorsque le psychologue entra dans la salle désormais familière (Luis le laissa passer en le saluant amicalement, comme s'il s'agissait d'une vieille connaissance), il trouva Lavoie en train de monter l'écran et le projecteur, déjà affublé de son déguisement, tandis que Gabriel plaçait les chaises.

— Alors ? demanda le milliardaire avec gravité, en s'approchant de Frédéric. Qu'en pensez-vous jusqu'à maintenant ?

— J'avoue que les deux premières séances étaient habiles. Vous les avez mis dans un climat de confiance, ils sont maintenant convaincus qu'ils forment un petit groupe de privilégiés. Ils vous prennent pour un grand sage. Bravo.

— Il est vrai que les deux premières réunions ont essentiellement cette utilité. Mais elles servent aussi, comme je vous l'ai déjà dit, de « filtreur ». Ceux qui seront encore présents ce soir seront les plus fragiles, les plus misérables. Ceux qui iront jusqu'au bout.

Frédéric voulut demander au bout de quoi, mais il savait qu'il n'aurait pas de réponse. En tout cas, pas tout de suite.

— Et le reste de votre... heu... tournée, ça se déroule tout aussi bien ?

— Comme sur des roulettes.

Il dit cela sans sourire, sans véritable trace de fierté, comme si le fait que ses *affaires* allaient bien n'avait rien de réjouissant. Frédéric imagina le milliardaire répéter ces réunions dans seize régions, encore et encore, devant des assistances différentes et pourtant parfaitement identiques...

— Vous devez être fatigué, dit le psychologue.

— Ça commence, oui.

Il s'étira, fouilla dans ses poches et en sortit une petite pastille en plastique.

— Voilà pourquoi je vous ai fait arriver plus tôt ce soir. Vers la fin de la séance, je vais rencontrer les participants un par un, en leur accordant quelques minutes chacun. Ces rencontres se feront à l'écart pour que personne ne nous entende. Mais vous, vous le pourrez grâce à ceci.

Il tendit la pastille à Frédéric.

— Quand les rencontres individuelles commenceront, mettez cet écouteur dans votre oreille. Moi, j'actionnerai un petit émetteur caché dans mon veston. Vous pourrez tout entendre.

Frédéric hocha la tête et rangea la pastille dans sa poche, ravi. Il avait l'impression d'être un agent *undercover,* comme dans les histoires policières qu'il lisait. Gabriel finissait de placer les dernières chaises. Lavoie s'approcha encore plus de son invité.

— Je ne veux aucune réaction de votre part durant toute la soirée, vous m'entendez ? Aucune. Si vous faites le moindre geste qui risque de bousiller la séance, vous ne sortirez pas de cette salle vivant.

Il proféra cet avertissement sans l'ombre d'une émotion. C'était la seconde fois que Frédéric recevait une menace du milliardaire. À nouveau, il ne ressentit aucune frayeur. Juste la confirmation qu'il était sur le point de vivre quelque chose d'unique. Sans attendre de réponse, Lavoie marcha vers la petite table sur laquelle se trouvait son ordinateur tout en lançant d'une voix débonnaire :

— Vous pouvez vous asseoir et attendre, maintenant.

◆

— C'est notre dernière réunion. Qu'êtes-vous venus chercher, ce soir ?

Ils étaient vingt-cinq. Quatre de moins que la semaine précédente. Les prévisions de Lavoie s'avéraient justes. L'ambiance en ce début de réunion était un mélange de fébrilité, d'optimisme et de nervosité. Tous espéraient enfin avoir une réponse, mais demeuraient tout de même sur leurs gardes : combien de fois avaient-ils cru avoir trouvé la solution, pour se rendre compte plus tard que tout était à recommencer ? Le voisin habituel de Frédéric, assis à sa gauche, se frottait les mains depuis son arrivée dans la salle. Lavoie, placé sous le seul néon allumé, les mains croisées devant lui, répéta :

— Qu'êtes-vous venus chercher, ce soir ?

— Un sens à notre vie ! répondit un homme, tout fier.

Lavoie eut une moue équivoque :

— Je n'ai jamais dit que c'est ce que j'allais vous proposer.

Un silence confondu suivit cette phrase, puis une femme fit un second essai, les yeux brillants d'espoir :

— Vous allez nous montrer comment être heureux !

— Je n'ai jamais dit cela non plus.

— Mais oui, vous nous l'avez dit !

— Je vous ai dit que vous verriez la lumière, oui. Que vous connaîtriez des moments de bonheur, oui… Mais ces moments ne dureront pas longtemps.

Vingt-cinq visages s'allongèrent, éberlués. Frédéric plissa les yeux. Ça y était, le moment de vérité approchait. Lavoie, l'air triste, secoua la tête :

— Au cours des deux dernières réunions, nous avons vu que l'être humain est vil et égoïste, qu'il se complaît dans l'insignifiance et le conformisme ; bref, nous avons vu à quel point la Vie est vide. Et vous croyez pouvoir être heureux dans un tel contexte ? Cela démontre encore plus à quel point vous êtes axés sur vous, sur vos petites personnes. À quel point il est trop tard. Vous ne pouvez pas être heureux, oubliez ça. Personne ne peut l'être vraiment.

Frédéric sentit l'ambiance de la salle se métamorphoser en un clin d'œil : le désordre éclata dans l'assistance, les rumeurs augmentèrent.

— Mais il y a des gens qui sont heureux, marmonna une pauvre petite voix, quelque part.

— Ce sont ceux qui contrôlent, ceux qui propagent le vide, parce que cela fait leur affaire, répondit Lavoie.

— Mon voisin est agent d'immeubles, il contrôle rien du tout ! lança un Noir grassouillet. Pourtant, il a l'air heureux !

— Parce qu'il n'a pas encore réalisé le vide de sa vie, de *la* vie ! Vous-même, vous avez quel âge ? Trente-cinq ? Quarante ? Vous vous êtes cru heureux pendant longtemps, j'en suis sûr, et puis, tout à coup, que s'est-il passé ? À un moment, vous avez *vu* l'abîme à vos pieds et cela vous a tellement terrifié que vous êtes tombé dedans !

Frédéric ressentit un bref éblouissement. N'était-ce pas le constat que lui-même faisait depuis tant d'années ? Lavoie désigna tout le monde devant lui d'un large mouvement de la main.

— C'est ce que vous avez tous réalisé, peu importe votre âge. Et c'est ce que les quelque mille deux cents personnes qui se suicident annuellement au Québec réalisent aussi ! Sans compter les milliers d'autres qui ne sont pas heureux, mais qu'on gave de médicaments, pour qu'ils *croient* l'être ! Sans compter non plus les milliers et les milliers d'autres qui ne se tueront pas, qui ne prennent pas de médicaments, mais qui vivent leur vie sur le pilote automatique !

Le regard tout à coup lointain, comme s'il se parlait à lui-même, il ajouta d'une voix tremblante :

— Quant à ceux qui veulent se battre contre ça, qui veulent changer les choses, ils réalisent rapidement que c'est perdu d'avance, et leur dégoût pour l'humanité n'en est que plus grand…

Cette fois, un vent de peur souffla sur l'assistance, une terreur brute qui se peignait sur chaque visage.

— Mais vous… vous nous avez dit que vous aviez une solution ! récrimina quelqu'un.

— Oui, il y en a une ! fit Lavoie. Une solution qui vous illuminera, qui confirmera votre décision, qui vous donnera un ultime moment de bonheur avant l'acte final !

— Quelle décision ? Quel acte final ? demandèrent deux ou trois personnes en même temps.

— Notre suicide.

Frédéric sursauta : c'était la femme assise à sa droite qui avait dit ça. Toutes les têtes se tournèrent vers elle. Cheveux bruns mi-longs, dans la trentaine, elle avait un visage anxieux, dur mais aussi résigné. D'une voix neutre, elle précisa :

— Vous êtes en train de nous dire que nous avons raison de vouloir nous suicider… c'est ça ?

Lavoie redevint aussitôt le centre d'attention. Frédéric se demanda si le milliardaire oserait aller jusqu'au bout de son raisonnement. L'animateur croisa à nouveau les mains devant lui et répondit dans un souffle :

— C'est ça.

Un brouhaha assourdissant éclata dans l'assistance tandis que Frédéric se raidissait, sidéré par l'audace du milliardaire. Pourtant, il le voyait venir depuis la dernière séance, sans réellement croire que Lavoie irait jusque-là. Dans la salle, certains se levaient, d'autres s'indignaient ; plusieurs lançaient des questions tandis que quelques-uns pleuraient silencieusement, sonnés. Le voisin de gauche de Frédéric ne cessait de répéter d'une voix tremblante : « Oh, mon Dieu… Oh, mon Dieu… », mais le psychologue en remarqua aussi quelques-uns qui ne réagissaient pas du tout, attendant la suite avec une sinistre passivité. Au milieu de ce chaos, une femme se leva, la même qui avait protesté fermement lors de la dernière réunion (Frédéric aurait d'ailleurs parié qu'elle ne reviendrait pas ce soir) et, le visage tordu par la colère et la détresse, elle attrapa son manteau d'une main et marcha vers le fond de la salle.

— C'est scandaleux ! cria-t-elle pour se faire entendre, sans ralentir le pas. Vous êtes fou raide ! Je vais vous dénoncer !

Lavoie ne tenta même pas de la retenir. On entendit la porte se refermer violemment. Frédéric ressentit une certaine appréhension : n'irait-elle pas directement chez les flics ? Si c'était le cas, la police allait débarquer dans moins d'un quart d'heure… Le brouhaha continuait, trois ou quatre personnes semblaient se demander si elles devaient partir aussi, mais Lavoie, la voix énergique, clama :

— D'autres veulent la suivre ? Allez-y ! Retournez chez vous, dans votre vie intolérable ! Que ferez-vous ? Vous irez consulter à nouveau un psy qui va devenir une béquille ? prendre d'autres médicaments ? jouer encore le jeu du bon citoyen ? Durant combien de temps allez-vous pouvoir endurer cela avant de passer à l'acte, avant de poser le geste que vous redoutez mais auquel vous n'échapperez pas de toute façon ?

— C'est pas possible, vous êtes… C'est affreux, je suis sûr qu'il y a une autre solution ! s'écria un homme qui pleurait sans s'en rendre compte.

— Non, y en a pas, il a raison ! répliqua une femme dans la vingtaine. La vie est poche, on est poches, tout est poche, ça donne rien !

Et la débandade reprit de plus belle. Lavoie les considéra un instant, stoïque, puis décocha un rapide coup d'œil vers Frédéric. Ce dernier soutint son regard.

— Et vous, vous êtes meilleur que les autres ? cria alors un jeune homme en pointant le doigt vers Lavoie. Vous nous avez trompés ! Vous dites aux gens de se tuer, mais vous, vous continuez à vivre !

— Plus pour longtemps, rétorqua Lavoie.

Les clameurs cessèrent presque complètement et tous, y compris ceux se trouvant debout, dévisagèrent l'orateur avec incrédulité.

— Qu'est-ce que vous croyez, que ma philosophie ne s'applique qu'à vous ? Je suis cohérent. J'ai commencé à organiser ces réunions l'année dernière, à la suite de plusieurs années de désillusions. Encore quelques rencontres de ce genre dans d'autres régions du Québec, et je me retirerai à mon tour.

Le psychologue s'étonna du choix de ce mot, « se retirer ».

— Oui, se retirer ! poursuivait Lavoie. Suicider est un terme trop technique. Que fait-on quand, durant une partie, on se rend compte qu'on ne peut plus gagner ? On se *retire*, tout simplement ! Mais avant de se retirer, on tente un dernier coup d'éclat !

— Vous n'avez pas l'intention de vous tuer, espèce de menteur ! lui cria un homme d'origine arabe.

— Quel avantage aurais-je à vous mentir ? Qu'est-ce que j'ai à gagner à tout cela ? Je ne vous demande pas d'argent ni d'adhérer à une secte ! Je ne vous ai pas trompés : depuis la première réunion, je vous ouvre les yeux ! En fait, ils étaient déjà ouverts, mais je vous ai aidés à comprendre ce que vous voyiez ! Je vous ai rendus lucides ! Et vous n'êtes pas les seuls ! Ce ne sont pas que les fous ou les lâches qui s'enlèvent la vie…

Il appuya sur une touche de son ordinateur et une liste de noms apparut sur l'écran, certains accompagnés d'une photo.

— Voici des gens célèbres et intelligents qui se sont retirés, annonça Lavoie.

Comme tout le monde, Frédéric plissa les yeux pour mieux lire. Il reconnut plusieurs noms : Dalida, Dédé Fortin, Patrick Dewaere, Romy Schneider, Ernest Hemingway…

— Virginia Woolf, grande écrivaine ! clamait Lavoie. Kurt Cobain, méga-vedette rock ! Romain Gary, écrivain majeur du XXe siècle ! Des gens célèbres, qui avaient le succès et la gloire, qui avaient du talent ! Et, pourtant, ils ont choisi la mort ! Même Sénèque, philosophe sous l'empire romain, avait déjà compris l'absurdité de la vie ! Et Bettelheim, grand psychanalyste qui étudiait l'humain ! Et Deleuze, un philosophe qui aurait dû saisir le sens de la vie ! Tous ont choisi la mort ! Car ils ont compris que tout était vain !

La plupart des spectateurs s'étaient rassis en lisant d'un air découragé la liste de noms. Quelques-uns restaient debout, irrésolus. Lavoie, après une courte pause, annonça plus posément :

— Il y a deux étapes dans la vie : la première est celle où l'on vit dans le vide…

Il appuya sur une autre touche de son ordinateur et, sur l'écran, en un montage éclaté accompagné d'une musique pop abrutissante, défila une série de scènes brèves, sans suite logique : un clip rap, un gars de l'émission *Jackass* en train de vomir devant ses amis hilares, une chroniqueuse qui montre comment bien se maquiller, un animateur télé qui crie que les assistés sociaux sont tous des paresseux, des fans qui pleurent devant Boom Desjardins, une vedette qui fait la promotion d'un bar branché du Plateau-Mont-Royal, une femme qui explique que la liposuccion a changé sa vie, un chroniqueur culturel qui affirme que le film *Décadence* est au sommet du box office, un chanteur rock qui raconte ses frasques sexuelles… et même des extraits de *Vivre au Max !* Le milliardaire fit quelques pas et son visage éclairé par le néon surgit des ténèbres tel un masque funéraire.

— … et la deuxième est celle où l'on s'en rend compte. Quand on arrive au bout de la seconde étape, on comprend que la mort est la seule issue.

Tous regardaient l'écran, happés par les images. Tout à coup, un moustachu se leva.

— Non ! Non, je suis pas comme ça, moi !

— Moi, oui ! cria une femme. On est tous comme ça ! Toi-même, la semaine passée, tu te plaignais de ta vie plate, comme tout le monde ici !

— Je suis pas comme ça ! s'obstinait le moustachu.

— T'es comme tout le monde, alors ferme ta gueule, marmonna un homme dans la cinquantaine qui n'avait pas dit un mot au cours des trois réunions.

Le moustachu bondit sur l'insolent, mais le quinquagénaire, sans effort apparent, le fit basculer sur le dos et se mit à califourchon sur lui. Presque tout le monde se leva pour mieux voir la bataille. Le quinquagénaire entourait le cou du moustachu suffoquant et serrait de plus en plus. Le visage de l'agresseur était figé en un masque de haine froide, dépersonnalisée, comme si elle n'était pas vraiment dirigée vers l'homme qu'il étranglait, et sa tête, dressée bien droite, se découpait sur l'écran qui continuait à montrer des images tonitruantes. Personne ne disait rien. Tous observaient, les yeux écarquillés, en attente… et Frédéric, lui-même pétrifié, sentit une excitation encore floue naître en lui. À sa droite, la femme aux cheveux bruns observait la scène avec curiosité. Tout à coup, la musique cessa, les images disparurent de l'écran. Le quinquagénaire, surpris par le changement d'ambiance, cligna des yeux puis lâcha le cou du moustachu, qui se mit à respirer bruyamment. Lavoie venait d'appuyer sur une touche de son ordinateur. Calme, il attendait la suite.

Le quinquagénaire, l'air vaguement déçu, retourna s'asseoir sans un mot. Sur le sol, le moustachu, après avoir toussé plusieurs fois, se mit à pleurer, pitoyable. Plusieurs autres sanglotaient aussi. La débâcle était totale. Et pourtant, Frédéric remarqua que cet abattement semblait les soulager. Car ce soir, pour la première fois, ces hommes et ces femmes avaient entendu ce qu'eux-mêmes ne pouvaient s'empêcher de se répéter depuis des mois, voire des années. Une révélation aussi réconfortante que terrifiante.

— Je veux mourir, se mit à psalmodier un homme en sanglots. Je veux mourir…

— Je suis tellement fatiguée, se lamentait la femme de tout à l'heure en se frottant mollement le front.

— Oh, mon Dieu, répétait toujours l'homme à côté de Ferland, le visage maintenant recouvert de larmes silencieuses. Oh, *mon Dieu…*

— Oubliez Dieu, rétorqua Lavoie, qui avait entendu le leitmotiv. Ou bien il n'existe pas, ou bien il nous a tous abandonnés depuis bien longtemps.

Frédéric jeta un coup d'œil à la femme aux cheveux bruns à sa droite : elle demeurait impassible, comme perdue dans de sombres pensées. Le moustachu commença enfin à se relever, puis recula vers la sortie, lançant un regard accusateur vers Lavoie :

— Vous nous aviez promis des moments de bonheur ! pleurnicha-t-il. Vous nous aviez promis que notre vie serait illuminée !

— Et je vais tenir ma promesse, rétorqua fermement l'animateur.

L'homme s'arrêta net et tous se tournèrent vers l'animateur. Frédéric voyait clairement l'espoir démesuré dans leur expression, qu'il ne put s'empêcher de trouver pathétique.

— Quel est votre nom ? demanda Lavoie au moustachu.

— Stéphane Gagnon, bredouilla l'interpellé.

— Venez vous asseoir, Stéphane.

Ce dernier, après une hésitation, s'exécuta. *Ils sont influençables et n'ont aucune estime d'eux-mêmes*, songea Frédéric. *C'est pour cela qu'ils ont été choisis. Même si certains tentent de résister, ils sont convaincus qu'ils sont faibles et que Lavoie est plus fort qu'eux*. Le psychologue avait l'impression de voir une secte se former sous ses yeux.

Quand tout le monde fut assis, Lavoie reprit la parole d'une voix posée :

— Je suis convaincu que vous avez tous une solution, dans votre esprit. Je suis sûr que chacun d'entre vous nourrit une sorte de rêve utopique, que vous savez impossible à réaliser, soit parce qu'il est trop difficile, soit parce qu'il est criminel, soit parce qu'il est dangereux. Mais vous vous dites que si vous pouviez réaliser ce rêve, cela réglerait vos problèmes, donnerait un nouveau sens à votre vie et vous rendrait heureux.

Une stupéfaction indicible apparut dans tous les regards et Frédéric pouvait lire la question dans leurs yeux : « Comment sait-il ça ? » *Parce qu'il a lu vos auditions,* songea le psychologue, ébloui, qui peu à peu décortiquait tous les rouages de cette opération démente. *Parce que son émission n'est qu'un prétexte pour ce qui se passe ce soir...* Comme pour répondre à la question muette de son assistance, Lavoie expliqua :

— Je le sais parce que lorsqu'on constate le vide de sa vie, on se crée un but, un objectif que l'on sait impossible à atteindre. Ainsi, cet objectif devient le bouc émissaire de notre malheur : c'est plus consolant de croire qu'on est misérables parce que notre rêve est hors de portée, que d'assumer le fait qu'on a tout simplement gâché notre vie depuis le début.

Le silence était total. L'animateur avait visé juste. Pour tous ces gens, Lavoie devenait le grand sage qui comprenait, qui savait... et qu'il fallait donc écouter. Même le moustachu, subjugué, buvait ses paroles sans plus aucune trace de résistance dans le visage. Frédéric eut une expression admirative.

— Avouez-le, fit l'animateur en pointant un doigt. Vous nourrissez tous un rêve insensé, que vous voyez comme *la* solution à tous vos problèmes.

Aucun mot ne fut dit, mais leurs attitudes étaient éloquentes. Lavoie approuva en silence.

— Ce rêve est votre flambeau.

Plusieurs froncements de sourcils, y compris de la part du psychologue. L'animateur redressa la tête et, le regard lointain, d'une voix qui ressemblait tout à coup à la vraie voix de Lavoie, il récita :

— *L'éphémère ébloui vole vers toi, chandelle,*
Crépite, flambe et dit : Bénissons ce flambeau !

Il ferma les yeux un instant.

— C'est du Baudelaire, précisa-t-il.

Son air grave réapparut :

— Même si vous réussissiez à réaliser ce rêve, cela ne réglerait rien. Car ce rêve est également un leurre, une duperie. Une insignifiance. Attirant, oui. Efficace aussi. Mais artificiel et éphémère.

Les visages étaient à nouveau atterrés. Lavoie poursuivit :

— Ce rêve est un flambeau qui vous attire, que vous souhaitez allumer de toutes vos forces. Alors vous vous y réchaufferiez avec volupté, il vous illuminerait de toutes ses flammes, vous brûlerait même avec passion. Mais il s'éteindrait rapidement… et après que la lumière aurait traversé un bref moment votre misérable vie, les ténèbres vous sembleraient plus insupportables que jamais.

Quelques complaintes consternées, quelques soupirs dans la pénombre. Puis, une voix s'éleva, non pas accusatrice, seulement désespérée :

— Comment peut-on en être sûrs ?

— Il n'y a qu'un moyen de le savoir.

Ferland devinait ce qu'allait dire Lavoie et il sentit ses membres s'engourdir.

C'est dingue… c'est complètement dingue…

Et pourtant, il demeurait assis, attendant la suite. Lavoie, les mains dans le dos, articula posément :

— Allumez votre flambeau.

Le silence était absolu, comme si l'animateur parlait dans le vide du cosmos. Il se mit à marcher de long en large devant les auditeurs qui n'osaient même plus respirer :

— Ce rêve inaccessible, réalisez-le. Peu importent les conséquences, peu importe le risque, peu importe ce que cela implique. Ou, du moins, réalisez-le en partie, approchez-vous de ce rêve le plus près possible. Et lorsque votre flambeau s'éteindra, lorsque l'euphorie sera terminée, vous verrez ce qui arrivera. Il se peut que le bonheur persiste, que votre vie ait enfin un sens. Alors, tant mieux.

Il s'arrêta de marcher.

— Mais j'en doute fort. Ce qui va sûrement arriver, c'est ceci : lorsque votre flambeau sera éteint, le vide réapparaîtra, plus immense que jamais. Mais, au moins, vous aurez goûté un réel moment d'extase dans votre vie, un moment si puissant qu'il ne pourra plus jamais se répéter.

Un sourire triste étira ses lèvres.

— Alors, vous pourrez vous retirer, la tête haute.

Il y eut un long silence, durant lequel on n'entendit que le doux ronronnement du projecteur. Dans les visages autour de lui, qu'ils fussent figés, larmoyants, illuminés ou graves, Frédéric devinait une sorte de résignation qui, paradoxalement, se teintait d'espoir. L'espoir de connaître enfin un moment de bonheur avant de sombrer dans le néant.

— Je sais pas comment…

C'était le voisin de gauche de Frédéric qui venait de prononcer ces mots. Les lèvres tremblantes, il précisa :

— Je sais pas comment allumer mon flambeau…

Lavoie hocha la tête.

— Je sais que cela peut paraître difficile. Je vous propose de vous rencontrer tous un par un. Une brève rencontre individuelle de trois ou quatre minutes seulement. Je vais diffuser sur l'écran un montage qui dure environ une heure quarante-cinq. Pendant la projection, je vais m'asseoir à cette petite table là-bas et vous appeler un à la fois. Après, ce sera à vous de décider.

Personne ne protesta, plusieurs hochèrent même la tête, y compris l'homme aux côtés du psychologue, aussi apaisé qu'un enfant qui retrouve ses parents au milieu d'une grande foule, souriant au milieu de ses larmes. Même la morne femme assise à droite du psychologue approuva d'un imperceptible mouvement de tête. Frédéric remarqua à nouveau dans l'assistance ce mélange de résignation et d'exaltation. Le moustachu était maintenant paisible. Plus personne ne s'en irait. Même si certains devraient attendre une heure et demie, ils voulaient tous rencontrer ce grand lucide, celui qui savait, celui qui comprenait leur désir de quitter cette vie… et qui leur proposait de le faire dignement, en dépassant les limites qu'on leur avait toujours imposées.

Pas un instant Frédéric ne songea à sortir pour aller alerter la police. Il ne ressentait ni répulsion, ni joie ; ni indignation, ni amusement. Il se sentait juste dans un état second. Icare retrouvait une énergie inattendue. Parce que tout à coup, il avait cessé de voler vers le haut : il avait décidé de bifurquer, de prendre un autre couloir de vol, qui ne menait pas aux confins du firmament, mais ailleurs. Juste ailleurs. L'erreur, quand on vole, c'est de vouloir aller le plus haut possible, alors que juste au-dessus de l'horizon, on peut planer partout et voir les choses d'un point de vue unique.

Lavoie se dirigea vers son ordinateur.

— Lorsque vous m'aurez vu et parlé, revenez vous asseoir et attendez la fin, en silence. Ne parlez pas entre vous pendant les rencontres individuelles. Concentrez-vous sur votre flambeau.

Il appuya sur une touche de son ordinateur. Un film débuta sur l'écran, un collage de longues scènes dramatiques, violentes, tragiques : scènes de guerre, d'émeutes, d'enfants malades, d'accidents de voiture, de scandales politiques. Certaines étaient célèbres (camps nazis, mort de Kennedy,

11 septembre 2001), mais la plupart provenaient de longues recherches qu'avait dû effectuer Lavoie au cours des deux dernières années. Le tout était accompagné d'une musique classique lente et triste, que le psychologue reconnut : le *Requiem* de Mozart. Lavoie alla s'asseoir à une autre petite table du côté gauche de la salle, perdue dans l'ombre. Il consulta ses dossiers et appela un premier nom :

— Stéphane Gagnon.

L'interpellé eut un petit sursaut, puis se leva lentement : il s'agissait du moustachu contestataire, celui qui avait failli se faire étrangler quelques minutes plus tôt. Était-ce un hasard qu'il soit le premier ? Sûrement pas, songea Ferland. S'occuper des éléments négatifs d'abord relevait de la plus élémentaire des prudences. Tandis que Gagnon marchait timidement vers la petite table, Frédéric se rappela l'écouteur miniature dans sa poche et le fixa dans son oreille. Alors qu'il distinguait à peine les deux hommes dans le coin sombre de la salle, il les entendit dans son oreille droite avec une netteté remarquable.

LAVOIE — Si je consulte votre profil, monsieur Gagnon, vous êtes sans emploi depuis un an et votre femme vous a quitté il y a un an et demi.

GAGNON — Oui…

Frédéric imaginait Lavoie en train de consulter ses papiers, tout en faisant bien attention pour ne pas les mettre à la vue de Gagnon afin que celui-ci ne reconnaisse pas son rapport d'audition pour l'émission *Vivre au Max*.

LAVOIE — Vous voyez souvent votre fille ?

GAGNON — Non… À cause de mon… (hésitation) passé psychiatrique, je peux juste la voir deux heures par mois, toujours en présence de mon ex…

Frédéric se rappelait avoir lu ce rapport dans la roulotte. Le rêve de ce gars était de passer un bon moment seul avec sa fille. Lavoie manipulait Gagnon, afin de l'amener lui-même à se révéler.

LAVOIE — Vous avez donc tout perdu : emploi, femme, fille… J'imagine que votre flambeau serait de retrouver tout ça ?

GAGNON — Pas tout, non. Juste… juste le plus important.

LAVOIE — Le plus important…

GAGNON — Annabelle, ma fille… (sanglot abattu) Mais je peux pas… J'ai pas… (sanglots plus forts) J'ai pas le droit !

LAVOIE — Vous allez faire quoi, alors ? Quitter cette vie sans avoir eu la joie de passer un vrai moment de qualité avec votre fille ? Comme tout père en a le droit ?

Cette fois, Gagnon pleurait vraiment, sans retenue. Au loin, dans l'ombre, on voyait son corps incliné qui tressautait. Les autres regardaient le montage sur l'écran, happés par toute cette détresse qui devenait leur complice et leur alibi.

LAVOIE — Allumez votre flambeau et brûlez-le jusqu'au bout, Stéphane… Ensuite, vous pourrez vous retirer la tête haute.

Entre deux sanglots, l'homme bredouilla un « oui » pathétique. Puis, il se leva et retourna s'asseoir. Plusieurs l'observèrent avec curiosité, mais Gagnon ne s'occupa pas d'eux et fixa le montage sur l'écran tout en essuyant ses yeux. La rencontre avait duré à peine quatre minutes.

— Justine Saucier, appela Lavoie.

Une autre rencontre de trois ou quatre minutes. Lavoie mena la discussion de manière à ce que la quadragénaire en vienne à dire ce qui lui donnerait le plus de bonheur : coucher avec son beau-fils de vingt ans. Lavoie lui expliqua qu'elle devait brûler son flambeau, peu importe ce que cela lui coûterait, peu importent les conséquences qui s'ensuivraient, puisque de toute façon elle se *retirerait* par la suite. En larmes, Saucier retourna s'asseoir. Tandis que le pessimiste montage continuait d'hypnotiser l'auditoire, Lavoie rencontra les suicidaires un par un, et Frédéric écouta toutes les discussions, admiratif devant l'habileté de l'animateur : Yvonne Peters, qui voulait vivre comme une reine ; Guy Giguère (le voisin de gauche de Ferland) qui aspirait au titre de meilleur publicitaire de la compagnie ; Marie-Claude Marleau, qui voulait avoir ne serait-ce qu'un seul orgasme dans sa vie ; Joël Boileau, qui souhaitait être une vedette de la radio ; Alexandre Harvey, qui rêvait d'effectuer des cambriolages dans de grosses maisons de riches… Tous devaient trouver un flambeau qui les rapprocherait de ce rêve. Plusieurs pleuraient, d'autres remerciaient carrément Lavoie. Frédéric jetait des regards ardents autour de lui. Seigneur Dieu ! était-il donc le seul à comprendre ce qui se passait *vraiment* ici ? Non… Non, ils comprenaient tous… et ils acceptaient. Avec reconnaissance, ils acceptaient.

Et moi ? Je fais quoi, moi ?

Deux rencontres se distinguèrent des autres : celle avec une certaine Diane Nadeau, la femme taciturne aux cheveux bruns assise à la droite de Frédéric, et celle avec un certain Léo Jutras, le quinquagénaire qui avait failli étrangler Gagnon. Ce qui se dit durant ces deux mini-entrevues fut quelque peu différent… et infiniment plus troublant. *Pourquoi je reste ?* songea le psychologue en écoutant les paroles de Diane Nadeau, dérouté par sa propre impassibilité. *Pourquoi je ne m'en vais pas tout de suite ?* Parce qu'Icare planait toujours. Il n'avait toujours pas décidé s'il se remettrait à battre des ailes dans cette nouvelle direction ou s'il allait se laisser tomber. À la fin de sa discussion avec Diane Nadeau, Lavoie lui parla avec gravité :

LAVOIE — Écoutez-moi : vous êtes différente. Je vous suggère une quatrième réunion. Ici même. Dans seize jours. Le 27 mars, à vingt et une heures.

NADEAU — Mais… mais pourquoi ? Je…

LAVOIE — Il y aura d'autres gens mais beaucoup, beaucoup moins que ce soir. Seulement quelques personnes. Qui sont comme vous, Diane. Qui sont les privilégiées parmi les privilégiées. (Pause) Ne faites rien de grave d'ici là. Attendez. Et venez le 27 mars prochain. Vous ne le regretterez pas. Promettez-moi que vous allez venir.

NADEAU — Je le promets.

LAVOIE — Comme c'est une réunion spéciale, vous devrez utiliser un mot de passe : déluge. Répétez-le.

NADEAU — Déluge.

LAVOIE — Bien.

Silence, puis :

LAVOIE — Votre flambeau sera magnifique, Diane.

Quand ce fut au tour de Léo Jutras, Lavoie lui fit la même invitation. Le quinquagénaire promit aussi. Frédéric observa la vaste silhouette de Jutras retourner s'asseoir, estomaqué par ce qu'il venait d'entendre. Pourquoi, parmi les vingt-cinq personnes présentes ce soir, deux d'entre elles avaient-elles été invitées par Lavoie à revenir le 27 mars prochain ? Était-ce lié aux terribles choses que toutes deux venaient d'évoquer avec le milliardaire ? Sûrement, oui…

Les rencontres individuelles durèrent une centaine de minutes. Après quoi, Lavoie retourna à son ordinateur et appuya sur une touche. Le film s'interrompit et l'*Adagio pour cordes* d'Albinoni, qui avait pris le relais de Mozart, se tut.

On n'entendait plus que quelques reniflements. Personne ne semblait avoir remarqué que Frédéric n'avait pas rencontré « monsieur Charles » et tous fixaient ce dernier, hagards, flottant dans leur petite bulle.

— Ne parlez de tout cela à personne, expliqua l'animateur sur un ton solennel. Surtout pas de votre flambeau. N'en faites même pas mention dans votre journal personnel, ou sur votre site Internet, ou sur votre blogue. Personne ne vous croirait et le souvenir que vous laisseriez, une fois retiré, serait celui d'un taré ou d'une tarée. Retirez-vous la tête haute, avec votre secret. *Notre* secret.

Il croisa les mains devant lui et conclut par ces simples mots, sans emphase, sans gravité :

— Bonne chance.

Les gens commencèrent à se lever, à enfiler leur manteau et, dans un silence total, en se regardant à peine entre eux, ils se dirigèrent vers la sortie. Malgré le calme sur chacun des visages, Frédéric sentait une grande fébrilité dans l'air, comme un ciel couvert qui menaçait d'éclater d'un moment à l'autre afin de se libérer de sa charge électrique. Lorsqu'il ne resta que le psychologue dans la salle, Lavoie s'étira longuement en poussant une profonde expiration. Il se leva, arqua le dos vers l'arrière et lâcha :

— Dieu que ces soirées sont tuantes…

Toujours assis, Frédéric se demanda si le douteux jeu de mots était volontaire ou non. Lavoie, tout en enlevant sa perruque, alla au mur et alluma les lumières. La salle, maintenant parfaitement éclairée, perdit toute son ambiance intime et redevint parfaitement banale.

— Qu'en pensez-vous ? demanda le milliardaire en s'approchant du psychologue.

Frédéric se leva. Il se sentait confus. Mais pas effrayé. Ni scandalisé. Encore moins horrifié.

— C'est comme ça que vous vous vengez de la race humaine que vous détestez tant ? dit-il enfin. En la poussant au suicide ?

— Je ne les pousse à rien du tout, rétorqua l'animateur en enlevant sa fausse barbichette. Ils étaient déjà dépressifs avant d'arriver ici. Je les ai justement choisis pour cette raison.

— Oui. Et aussi parce qu'ils sont influençables. En tout cas, j'ai enfin compris à quoi vous sert votre émission : à dénicher vos suicidaires.

— Entre autres. Mais pas uniquement. Si je n'avais voulu que dépister des suicidaires, j'aurais pu engager une centaine de psychologues pour qu'ils se livrent à une vaste étude auprès de la population du Québec. Cela m'aurait coûté cher, mais moins que mon émission.

Un éclair passa dans son regard.

— *Vivre au Max* est une confirmation.

Il marcha vers la table et, tout en rangeant son ordinateur, expliqua :

— L'an passé, quand j'ai créé l'émission, je me suis dit qu'en plus de m'aider à trouver mes dépressifs, elle servirait aussi de test pour la population.

Il roula l'écran sur son support, le déposa sur le sol.

— En fait, je donnais aux gens une dernière chance de me démontrer qu'ils n'étaient pas aussi vains que je le croyais.

Il regarda enfin Ferland. Outre le mépris, Frédéric lut sur le visage du milliardaire une immense déception.

— Ils ont lamentablement échoué le test.

Il serra les dents un moment, comme perdu dans ses pensées, puis commença à démonter le projecteur sans cesser de parler, la voix de plus en plus colérique.

— Je donnais aux gens la chance de réaliser leurs rêves ! Vous entendez ? Leurs *rêves !* Ils pouvaient demander des choses humanitaires, altruistes, généreuses ! S'ouvrir l'esprit ! Appliquer une certaine forme de justice là où il en manquait ! Et même s'ils voulaient réaliser des souhaits individuels, ils pouvaient demander un meilleur travail, la chance de retourner aux études, un cadeau pour leurs enfants, l'occasion de faire de grands voyages…

Il laissa tomber lourdement le projecteur dans sa boîte.

— De telles demandes, sur soixante-quatre mille, j'en ai eu une sur cinquante. Maximum. Presque tout le reste, c'était… Eh bien, c'était tout ce que vous voyez dans mon émission.

Il prit la boîte de carton, la déposa sur la table. Frédéric l'écoutait sans bouger.

— Si au moins le public n'avait pas suivi, poursuivit Lavoie d'un ton acerbe. Si la très grande majorité des gens avaient dénoncé *Vivre au Max*, cela aurait été encourageant… mais non. C'est en voie de devenir le plus grand succès de la télévision au Québec, rien de moins !

Il se tourna vers son invité.

— Les trois dernières émissions de l'été passé ont été écoutées par deux millions sept cent mille spectateurs, vous vous rendez compte ? C'était pire que ce que j'avais pu imaginer !

Interdit, Frédéric assistait à une transformation subtile mais redoutable : l'amertume de Lavoie qui glissait graduellement vers la haine.

— Alors, je me suis dit : tant pis ! Ils veulent se baigner dans l'insignifiance, dans la connerie, dans l'égocentrisme stupide ? Alors qu'ils y pataugent, jusqu'à la noyade !

— Qu'est-ce qui vous est arrivé pour que vous détestiez tant les gens ?

Lavoie devint mélancolique.

— Beaucoup de choses... Je vous raconterai tout cela plus tard... Enfin, selon la décision que vous prendrez...

Il observa le psychologue d'un air entendu :

— Mais sans doute que mon attitude ne vous surprend pas. Lors de notre première rencontre, avec tout ce que vous m'avez raconté sur vous, j'ai bien compris que vous n'aimez pas les gens non plus.

Pourquoi croit-il ça ? se demanda Frédéric... et, tout à coup, il saisit. Lavoie croyait que la désillusion du psychologue était motivée par les mêmes raisons que la sienne, qu'elles se nourrissaient toutes deux à la même racine, le dédain de l'humain. Sauf que Lavoie se trompait : Frédéric ne ressentait ni mésestime ni haine pour son prochain, juste une tranquille indifférence. Comme celle, au fond, qu'il avait toujours ressentie vis-à-vis de tout ce qui ne participait pas directement à son exploration du plaisir et de l'excitation ultime. Devait-il expliquer cette nuance au milliardaire ? Frédéric était loin d'en être sûr. Lavoie cherchait manifestement quelqu'un qui nourrissait la même haine que lui pour le genre humain et il avait cru reconnaître celle-ci dans le désabusement de Frédéric. Si Lavoie apprenait que le psychologue n'était pas tout à fait au même diapason que lui, peut-être qu'il l'écarterait de ses projets. Et ça, Frédéric ne le souhaitait pas. Inutile de le nier : il voulait savoir jusqu'où irait le misanthrope avec son projet démentiel. Il voulait le savoir parce que c'était...

... c'était diablement intéressant... envoûtant... divertissant...

Il décida donc, sans mentir directement à Lavoie, de ne pas réajuster le portrait que l'animateur se faisait de lui.

— Tout de même, vous les poussez à se tuer, répliqua prudemment Ferland.

— Je vous l'ai dit, je ne les pousse à rien du tout ! Ils savent déjà que leur vie est vaine, que les gens sont vains, que tout est vain ! Plusieurs d'entre eux se seraient tués sans moi ! Quant aux autres, ils auraient continué à vivre inutilement et péniblement ! Je précipite l'inéluctable ! Et je leur donne une motivation pour le faire : le flambeau, ce plaisir ultime qu'ils s'offrent ! Pour qu'ils réalisent qu'une action isolée est par définition éphémère et donc insignifiante, et qu'elle ne peut pas, tout à coup, donner un sens à leur misérable vie !

Il prit le walkie-talkie et l'approcha de sa bouche :

— Gabriel, fais signe à Luis de venir.

Frédéric osa enfin poser la question qui lui brûlait les lèvres depuis la fin de la séance :

— Est-ce que ça… fonctionne ?

Lavoie mit les mains dans ses poches.

— Vous vous rappelez, il y a cinq semaines, lorsque vous avez jeté un coup d'œil dans les rapports du Centre-du-Québec… Parmi les vingt et un rapports de l'année dernière, il y avait un grand « X » sur dix-neuf d'entre eux.

Le psychologue se rappelait. Tout à coup, il comprit la signification de ce X.

— Et c'est comme ça dans toutes les régions, ajouta le milliardaire avec fatalisme.

Luis entra en chantonnant. Si les longues journées de travail des dernières semaines commençaient à le fatiguer, il n'en montrait aucun signe. Il se dirigea vers la table, prit la grosse boîte d'une main et l'écran portatif de l'autre puis, tout en marchant vers la sortie, lança à son patron déguisé :

— Je vous préviens, *boss*, Gabriel a foutu des Froot Loops partout dans la roulotte.

Lavoie n'eut aucune réaction. Frédéric demanda :

— Ces rapports marqués d'un X… Comment pouvez-vous être au courant ?

— Je paie quelques personnes haut placées dans différents centres de santé qui me font parvenir les noms de chaque suicidé du Québec. Bien sûr, j'utilise une fausse identité.

Le psychologue se livra à un rapide calcul mental. Si Lavoie avait organisé ces réunions dans seize régions différentes et qu'en moyenne une vingtaine de « participants » par région étaient allés jusqu'au bout, cela donnait… Dieu du ciel, trois cent vingt ! Et peut-être atteindrait-il le même nombre cette année ! Comme s'il lisait dans ses pensées, Lavoie demanda avec suspicion :

— Ça vous choque ?

— Je suis juste… abasourdi.

Lavoie approuva de la tête, puis alla chercher son manteau, bien plié sur une chaise, ainsi que son portable.

— Nous ferions mieux de partir. Il n'est pas impossible que l'une des personnes de ce soir, dans un sursaut de révolte, décide d'aller prévenir la police pour lui expliquer ce qui s'est passé.

Tandis qu'ils marchaient vers la porte, Frédéric demanda :

— Justement, il y a une femme au tout début de la séance qui est partie en colère. Vous n'avez pas songé qu'elle… heu… qu'elle pourrait foncer directement à la police, justement ?

— Elle a été interceptée par Luis à la sortie.

— Interceptée ?

— Interceptée.

Le psychologue s'arrêta juste avant d'avoir atteint la porte.

— Et qu'est-ce que… que Luis en a fait, exactement ?

— Je ne le sais pas *exactement*. En fait, en ce moment même, elle doit se trouver dans la jeep, recouverte d'une grande bâche noire. Cette nuit, lorsque Gabriel et moi dormirons dans la roulotte dans un coin désert de la ville, Luis ira disposer du corps. De quelle manière, je m'en moque. Je veux seulement qu'on le retrouve le plus tard possible.

Frédéric revoyait l'Espagnol entrer en chantonnant dans la salle.

Dehors, la température nocturne était tout à fait agréable. Dans les alentours, personne en vue. Luis finissait de déposer le matériel sur la banquette arrière du 4X4. Tout en marchant dans la neige sale vers la roulotte, Frédéric ne put s'empêcher de regarder vers la jeep, imaginant ce qui se trouvait à l'intérieur. Cela ne lui procura aucun haut-le-cœur, aucune peur. Il ne ressentit rien du tout. Il se tourna vers la salle communautaire, quelconque et banale. Trente minutes plus tôt s'était pourtant déroulée entre ces murs une réunion parfaitement démentielle. En ce moment même, vingt-cinq personnes retournaient chez elles, transformées, encore plus fragiles et plus instables qu'elles ne l'étaient à leur arrivée, nourrissant des projets qui les conduiraient presque toutes au gouffre. Et cela s'était déjà produit l'année dernière, dans seize régions du Québec, et se répéterait dans les semaines à venir.

— Vous dites que, l'année dernière, pour chaque séance, deux ou trois individus ne se… ne se rendaient pas jusqu'au bout… Ils font quoi ?

Lavoie, qui marchait vers la roulotte, se retourna.

— Comment voulez-vous que je le sache ? J'imagine qu'ils continuent leur vie futile, tout simplement, n'ayant pas le courage ou les moyens de brûler leur flambeau. Certains d'entre eux en parlent peut-être à des amis, mais j'en doute : ces gens sont si isolés, si seuls. Et même si certains en parlaient… Les croirait-on ? Je suis même persuadé que quelques-uns ont dû prévenir la police. Encore là, ont-ils été crus ? Ces gens sont instables, ont des antécédents psychiatriques souvent lourds. Si la police vérifie auprès de la ville pour savoir ce qui s'est produit dans la salle, elle se fera répondre qu'il s'agissait d'une réunion d'employés de telle compagnie. Compagnie fausse, évidemment, mais qui demeure « active » durant quelques semaines, juste au cas où la police ferait des vérifications. Ce qui n'est jamais arrivé.

— Il y a peut-être déjà eu des vérifications après que vous avez « effacé » ces fausses compagnies.

— Possible. Dans ce cas, c'est sûrement un immense mystère pour les flics, mais l'important est qu'ils ne remontent pas jusqu'à moi. C'est pour cela que cette année, je fais les réunions dans des endroits différents : par précaution.

Luis, qui avait fini de ranger les accessoires, alla s'asseoir sagement derrière le volant de la jeep.

— Alors, voilà pourquoi vous faites tout cela, résuma Frédéric. C'est donc là la mission de… de cette immense machine, de cette complexe conspiration qui vous demande tant d'efforts, d'argent et d'énergie ?

Il demandait cela sur un ton douteur, comme s'il disait : « Tout ça pour ça ? » Mais il devait bien admettre que trois cent vingt personnes par année, ce n'était pas rien. Et pourtant, le psychologue ne pouvait s'empêcher de trouver une certaine disproportion entre les moyens et le but.

— Vous ne savez pas encore tout, précisa Lavoie. Il y a une quatrième réunion dans deux semaines avec Diane Nadeau et Léo Jutras.

Frédéric se rappela ce qu'avaient raconté Nadeau et Jutras, tout à l'heure, lors de leur rencontre personnelle avec Lavoie.

— Ces deux-là ne seront pas dans la chemise Centre-du-Québec, poursuivit Lavoie. Ils seront dans un dossier à part, le dossier Déluge. Le petit mot de passe que je leur ai fourni, ça leur donne encore plus l'impression qu'ils ont été *choisis*. Ce qui est le cas, d'ailleurs.

— Pourquoi les avez-vous convoqués pour une quatrième rencontre ?

Des bouffées de condensation voltigeaient autour de la bouche entrouverte du milliardaire.

— Je ne peux pas tout vous dire, Frédéric. Pas avant de savoir si vous voulez continuer avec moi ou pas.

— Continuer ? Qu'est-ce que vous voulez dire ? Vous voulez poursuivre votre… votre action durant encore plusieurs années ?

— Certainement pas. J'ai commencé l'année dernière, et tout s'arrêtera à la fin de l'été prochain.

Frédéric se souvint de ce qu'il avait dit tout à l'heure à l'assistance. La porte de la roulotte s'ouvrit et Gabriel apparut.

— C'est donc vrai ? Vous allez vraiment, vous aussi, vous… vous retirer, comme vous dites ?

— Vous croyez que je mens à ces gens ? Tout ce que j'ai raconté durant cette séance, je le crois sincèrement. Si je veux être conséquent, je dois allumer mon propre flambeau.

— Et votre flambeau, c'est de pousser les gens au suicide ?

Lavoie releva le menton et, en jetant un rapide coup d'œil vers Gabriel qui tenait la porte ouverte, il marmonna :

— En partie…

— Comment, en partie ? insista le psychologue. Que voulez-vous dire ?

— Pas si vite, Frédéric, pas si vite…

Le psychologue, désorienté, se passa une main dans les cheveux et demanda :

— Si je continuais avec vous, vous… vous attendriez quoi de moi ?

— Presque rien, mon cher. De la compréhension, des discussions, une oreille attentive et interactive… Et que vous trouviez votre propre flambeau.

— *Mon* flambeau ?

— Bien sûr. Lorsque je vous ai contacté la première fois, vous étiez sur le point de vous *retirer,* il me semble. Aussi bien le faire en allant jusqu'au bout de vous-même.

Lavoie monta enfin les quelques marches de la roulotte et passa devant Gabriel. Une fois à l'intérieur, il se tourna vers le psychologue :

— Si cela vous intéresse toujours, rendez-vous ici dans seize jours, le 27 mars, à vingt et une heures, pour une dernière réunion. Une réunion, disons… plus « sélecte ». Arrivez un bon deux heures plus tôt. Si vous n'êtes pas là, je comprendrai que l'aventure ne vous intéresse plus… et nous ne nous reverrons jamais. Je sais que vous ne me dénoncerez pas.

Frédéric ne put rien ajouter : en lançant un dernier regard vide d'expression vers le psychologue, Gabriel referma la porte. La jeep, qui attendait ce signal, démarra aussitôt. Seul dans le stationnement désert, le psychologue regarda vers les lumières du centre-ville de Victoriaville, à quelques kilomètres. Il s'alluma une cigarette, aussi étourdi que s'il venait de recevoir un coup sur la tête.

Mon flambeau…

Mais ne le cherchait-il pas depuis des années, son flambeau ? Icare ne volait-il pas depuis si longtemps justement dans l'espoir de l'atteindre ? Pas tout à fait. Frédéric espérait un flambeau éternel, qui ne s'éteindrait jamais. Et cela n'existait pas. Mais voilà que Lavoie venait de lui proposer une tout autre manière de poursuivre sa quête. Était-ce possible ? Frédéric contemplait toujours la nuit. Seize jours encore de vol plané. Et après…

Le psychologue, en marchant vers sa voiture, songea à la haine, l'incroyable haine que vouait Lavoie au genre humain. Sa vie avait sûrement été une suite de désillusions, particulièrement ses années comme PDG de Lavoie inc., mais ça ne pouvait pas tout expliquer. Quelque chose s'était détraqué. Comme si tout ce qu'avait vécu Lavoie dans le passé était une accumulation de bombes et qu'ensuite un événement inconnu de tous avait servi de détonateur. Le psychologue jeta son mégot et s'installa derrière le volant, perdu dans ses pensées.

Il aurait donné cher pour découvrir la nature de ce détonateur…

7

Maxime avait quitté Montréal très tôt le matin, aux alentours de cinq heures. Il voulait être à Gaspé pour le souper, où les dignitaires de la ville l'attendaient pour célébrer le second anniversaire de l'usine Lavoie de la région qu'on avait ouverte en 2002 et qui employait quatre cents Gaspésiens.

— Je me demande pourquoi tu tiens tant à y aller, lui avait dit Masina la veille. Au moins, vas-y en jet ! Onze heures de voiture, c'est absurde !

Au contraire, c'était tout l'attrait du voyage : Maxime aspirait à ce long trajet en solitaire, durant lequel il pourrait se déconnecter complètement de ce monde. Au moment où il sortait du bureau, Masina l'avait retenu par le bras et lui avait dit gravement :

— Je ne suis pas dupe de ta docilité des derniers mois, Max. Je sais que tu es malheureux. Tu ne devrais pas. Ton père serait fier de toi.

Puis, après une courte pause :

— Sois donc heureux : tu as tout pour l'être.

Maxime était sorti sans un mot.

Durant le trajet, il avait pu broyer du noir à sa guise. Depuis neuf mois, il jouait, comme tout le monde, mais maintenant il n'en pouvait plus. À tel point que l'idée du suicide, qui avait fait son apparition depuis quelques semaines, gagnait dangereusement du terrain dans son esprit. Si Francis avait été encore là, il l'aurait secoué, lui aurait ordonné de ne pas abandonner… mais il était mort, justement. Maxime rêvait encore souvent à sa chute dans la fosse du métro, mais dans son rêve, il n'y avait plus d'ambiguïté dans le geste du suicidaire : il entraînait carrément Francis avec lui, le désespoir emportait l'idéal dans la mort avec un ricanement cynique. Elle était peut-être là, l'unique solution : la fosse pour tous. Quelle purge bienfaitrice pour cette Terre corrompue et décadente ! Repartir sur de nouvelles bases en essayant de ne pas répéter les erreurs de la sale race précédente…

Il se trouvait en Gaspésie depuis un petit moment et, tout en roulant à bonne vitesse, contemplait ces formidables paysages dont il ne se lassait jamais ; la route sinuait devant lui, flanquée des falaises vertigineuses d'un côté et du fleuve scintillant sous le soleil de mai de l'autre. Alors qu'il avait dépassé Sainte-Anne-des-Monts, il réalisa qu'il n'était que quinze heures. À ce rythme, il serait en avance, ce qui ne l'enchantait pas. En traversant une bourgade, il croisa une pancarte qui annonçait un point d'observation panoramique tout près. Pourquoi ne pas y aller et lire pendant une petite heure ? Il croyait avoir une édition de poche du *Spleen de Paris* dans le coffre… Et il pourrait contempler le fleuve.

Et peut-être même t'y jeter, pour en finir une bonne fois pour toutes ?

Il suivit donc l'indication et s'engagea sur une route qui sortait de la ville. Rapidement, l'asphalte fit place à de la terre battue, et les habitations se raréfièrent. Après deux kilomètres, il arriva à un embranchement, mais aucun panneau n'indiquait quel côté menait au point d'observation. Maxime se souvenait très bien d'avoir vu un panneau cinq cents mètres plus tôt, mais il n'avait pas fait attention à ce qui y était écrit, perdu dans ses pensées. À tout hasard, il prit à droite. Il roula au milieu de terrains déserts et semi-boisés, parsemés de quelques plaques neigeuses qui résistaient toujours, sans rencontrer aucune habitation. Puis, il croisa un chemin encore plus étroit qui montait vers une maison sortie de nulle part, deux cents mètres plus haut. Il dépassa le chemin tout en observant la demeure, qui semblait vraiment dans un sale état : véritable vestige du passé, elle était toute en bois, mais on ne l'entretenait manifestement plus depuis des lustres. Un vieux pick-up rouillé était stationné tout près, preuve que des gens vivaient dans ce taudis. La route sur laquelle roulait Maxime faisait un grand demi-cercle et disparaissait dans un sous-bois. Pendant vingt secondes, le PDG eut l'impression de rouler en pleine forêt, puis les vastes vallons, de même que la maison délabrée, réapparurent. La masure se trouvait toujours sur sa droite mais plus près, à une centaine de mètres, et vue d'un autre angle. Son état de décrépitude n'en était que plus frappant. Et tout à coup, la route s'arrêtait, coupée par une petite rivière.

Maxime stoppa sa voiture et sortit. Des yeux, il suivit le cours d'eau et, au loin sur sa gauche, distingua le fleuve. Et voilà, il aurait fallu qu'il prenne l'autre embranchement tout à l'heure…

Au moment de remonter dans sa voiture, il vit dans les champs une silhouette qui descendait vers lui, en provenance de la maison. L'homme, maintenant à soixante mètres de Maxime, était habillé d'un jeans troué et d'un t-shirt qui avait déjà été blanc, affichant le logo Molson Dry. Il marchait rapidement et Maxime, malgré la barbe de plusieurs jours de l'inconnu et ses cheveux mi-longs qui fouettaient son visage, devinait très bien la défiance sur ses traits. Quand on vit dans un coin aussi retiré, sans voisin et dans un cul-de-sac, on considère le premier visiteur comme une menace plutôt qu'un compagnon… *Surtout dans un monde où l'homme est un loup pour l'homme*, songea le milliardaire. Quand l'inconnu fut à une dizaine de mètres, Maxime, pour le mettre en confiance, lui lança un « bonjour » apaisant, allant même jusqu'à exhiber l'ébauche d'un sourire, alors qu'il n'en éprouvait aucune envie. D'ailleurs, à quand remontait la dernière fois où il avait fait subir à ses lèvres cette singerie à laquelle il ne croyait plus ? L'homme effectua encore quelques pas, s'arrêta et lança une phrase incompréhensible. Maxime s'approcha en indiquant de la main qu'il n'avait pas compris. Une puissante odeur de sueur et de crasse le cingla avec force. Il comprit qu'elle provenait de l'homme devant lui.

— K'ssé t'viens fair' 'citte ?

Maxime décoda mentalement. Sa difficulté à saisir les mots n'était pas due à l'accent gaspésien de l'inconnu, mais plutôt à une élocution tout simplement épouvantable.

— Je cherchais le plateau d'observation et… heu… je me suis trompé de chemin.

Tout à coup, un cri lointain retentit dans cette ambiance pastorale, comme un hurlement de colère poussé par une femme. Le regard du PDG se dirigea aussitôt vers la maison, un peu plus haut. Tout y était quiet. L'homme, lui, ne tourna pas la tête, mais son air agacé démontrait qu'il avait entendu. Il passa une main dans ses cheveux crasseux et baragouina :

— Cé l'aut' ch'min, c'ui d'gauche… R'tourne là-bas, en arriére… Y n'a deux… C'ui d'gauche…

L'homme avait peut-être trente-cinq ans. Au milieu de sa barbe qui ne poussait que par plaques, une bouche aux lèvres gercées laissait voir des dents tordues et jaunes. La petite vérole rongeait son nez et les yeux, totalement vides d'intelligence, clignotaient sans cesse. Maxime se souvint alors de ce vieux film, *Deliverance,* dans lequel quatre citadins en pleine forêt se faisaient attaquer par des *hillbillies* tellement dégénérés qu'ils en étaient difformes. Ces derniers, d'ailleurs, avaient semblé exagérément caricaturés à Maxime. Pourtant, en ce moment même, il avait l'impression de se trouver face à l'un d'eux.

— Bon. Parfait, merci de la précision.

L'homme renâcla bruyamment, toisa le pantalon propre et la chemise chic de Maxime et, la bouche pleine d'une substance immonde, ajouta:

— C'é privé, 'citte.

Il cracha enfin. Maxime, au-delà de la puanteur, sentait très bien la nervosité émaner de l'homme… et la menace, aussi. Il retourna à sa voiture, se disant que cette brève rencontre n'allait que confirmer son aversion pour son prochain, et, en ouvrant la portière, lança un dernier regard vers la misérable maison. Il vit alors une silhouette en sortir, manifestement un petit garçon. Il était trop éloigné pour qu'on distingue ses traits, mais Maxime lui donnait entre dix et douze ans. Le gamin courut sur quelques mètres puis glissa sur une plaque de neige. Au même moment, une autre personne jaillit de la demeure, une femme qui, d'une main ferme, agrippa le bras de l'enfant qu'elle redressa brusquement. Maxime entendit des paroles rageuses proférées par la femme sans saisir les mots. L'homme tourna à son tour la tête vers la scène. Tout à coup, la mégère se mit à frapper le gamin plusieurs fois et, même de loin, cela semblait être des coups sérieux. Et ce qui parut le plus affreux au milliardaire, c'est que l'enfant ne criait pas, ne tentait même pas de se protéger. Spontanément, par pur réflexe, Maxime fit quelques pas vers la maison. Qu'avait-il l'intention de faire, au juste? De crier à cette femme d'arrêter? D'aller carrément lui faire la morale? En fait, il n'en savait rien, ses pieds s'étaient mis en marche tout seuls, et il n'avait aucune idée de la distance qu'ils auraient parcouru si l'homme ne s'était interposé, déclenchant ainsi un véritable raz-de-marée olfactif.

— Où c'tu vas ?

— C'est votre conjointe, là-bas ?

La femme traînait maintenant l'enfant qui se laissait faire, tout en lui assénant une claque ou deux, puis ils disparurent dans la cambuse. Le silence bucolique s'installa à nouveau. L'homme répliqua avec des petits mouvements secs du menton :

— 'pas d'tes z'affaires, ça, là ! C'é che' nous, ça !

— On ne traite pas son enfant comme ça, voyons !

L'homme fit des gestes désordonnés avec sa main, de plus en plus agité.

— C'é correk, là...

— Écoutez, j'ai vu votre femme en...

— Criss ton camp, là ! Envoueye !

Maxime était grand mais doté d'une musculature plus que modeste. Il ne s'était jamais battu de sa vie et avait failli se claquer un tendon lorsqu'il avait déplacé son frigo le mois d'avant. L'homme devant lui avait beau être le brouillon d'un être civilisé, il aurait sans l'ombre d'un doute l'avantage si un affrontement physique devait s'engager. Ravalant sa révolte, le milliardaire hocha la tête, retourna à sa voiture et, juste avant de monter, osa tout de même :

— Vous devriez avoir honte !

L'homme eut à nouveau un petit geste sec du menton, parfaitement enfantin, mais ne dit mot. Maxime fit faire demi-tour à sa voiture et, tandis qu'il repartait lentement, il sentit un choc brusque : l'autre venait de donner un coup de pied sur le pare-chocs arrière.

— Envoueye, va-t'en ! Pis r'viens pas, sinon tiens !

Et avec son doigt qu'il leva devant ses yeux, il fit mine de tirer un coup de revolver tout en émettant un « pfiouuu ! » puéril avec sa bouche. Après quoi, il donna un coup de karaté dans le vide, puis un autre, et enfin émit un rire saccadé, fier de sa démonstration. Il retourna vers sa maison, tandis que Maxime le suivait dans son rétroviseur, subjugué. Mon Dieu, ce dingue élevait un enfant ! Avec une femme qui ne semblait guère mieux que lui !

La voiture traversa le sous-bois, puis repassa devant le petit chemin cahoteux qui menait au bouge. Maxime vit l'homme qui y entrait rapidement. Cette courte scène l'avait écœuré au point qu'il n'avait plus du tout envie d'aller contempler le fleuve, mais souhaitait au contraire s'éloigner de ce patelin le plus rapidement possible.

Moins de dix minutes plus tard, il était de retour dans la petite ville et s'arrêtait à une station-service pour prendre de l'essence. Une fois son réservoir plein, il entra dans le commerce qui servait autant de station-service que de dépanneur et de petit café. À l'une des trois tables, un jeune dans la vingtaine au look rocker et un homme dans la quarantaine bien habillé regardaient la télévision accrochée dans un coin. On y diffusait une émission de tribune libre.

— Si le gouvernement était plus sévère avec les criminels, y aurait pas mal moins de capotés qui traîneraient dans les rues ! affirmait un auditeur.

— Vous avez raison ! renchérit l'animateur, qui fixait la caméra d'un œil redoutable. Quand notre gouvernement laisse sortir un assassin trop vite, il devient lui-même un assassin, mon cher monsieur ! Par leur négligence, nos dirigeants tuent des innocents !

À la table, les deux hommes approuvèrent énergiquement.

— Enfin, un gars qui se tient debout ! lança le quadragénaire. En tout cas, s'il se lance en politique, moi, je vote pour lui !

Maxime alla au comptoir et paya. Il jeta un regard indifférent vers une immense publicité qui prétendait que boire de la *slush* était l'activité la plus cool à laquelle on puisse s'adonner, puis, tandis qu'il recevait sa monnaie, il demanda :

— Vous pourriez me dire où se trouve le poste de police ?

Maxime avait beau mépriser les gens, la simple idée de cet enfant vivant avec ce père déshumanisé et se faisant sans doute battre tous les jours le révoltait au point qu'il en tremblait de rage. Au fond, sa réaction le rassurait : s'il pouvait encore s'indigner, c'est que tout n'était pas mort en lui.

La caissière, une adolescente de dix-sept ou dix-huit ans qui tentait pathétiquement de ressembler à une *pornstar*, répondit qu'il n'y avait pas de poste de police ici, que le plus près était à une heure de route. Les deux hommes à la table s'intéressaient à la conversation, intrigués par cet étranger.

— Alors, qu'est-ce que je fais si je veux dénoncer quelque chose ?

— Vous voulez dénoncer quoi ?

C'était le quadragénaire qui avait posé la question d'un air soupçonneux. Maxime se tourna vers lui, irrité par l'attitude du gars, attitude partagée par le rocker, sans doute par la caissière aussi. Sans trop réfléchir, il rétorqua froidement :

— Un couple qui bat son enfant.

Haussement de sourcils des deux hommes.

— Où ça ? Ici ? demanda l'homme à nouveau.

— Absolument. Sur la route qui mène au point d'observation. Dans un cul-de-sac. Ils vivent dans une maison pourrie, complètement isolée.

Maxime ressentait un malin plaisir à identifier avec autant de précision les coupables. Que tout le monde du coin le sache, tant mieux ! Assez de silence et d'hypocrisie !

— Les Rousseau ? fit le rocker.

Il paraissait à l'affût.

— Les Rousseau ont pas d'enfant, précisa la caissière. À part de ça, c'est pas un couple, ils sont frère et sœur.

Ses airs de *sex symbol* de bas étage étaient tout à coup atténués par un certain malaise. Maxime insista : il avait bel et bien vu un jeune enfant se faire battre dans cette maison.

— Vous avez mal vu, rétorqua sèchement l'homme bien habillé. Y a pas d'enfant chez les Rousseau.

— Qu'est-ce qu'on en sait ? fit alors le rocker, pusillanime mais comme poussé malgré lui. Ils sont tellement bizarres, personne leur parle jamais ! Pis c'est pas la première fois qu'il y a des drôles de rumeurs sur eux autres !

— Justement, c'est juste des rumeurs ! De toute façon, c'est pas de nos affaires !

Le silence suivit cette sentence, entrecoupé par la télévision en sourdine. Tous trois évitaient maintenant le regard de Maxime, mais le rocker se mordillait les lèvres de rancœur. Le milliardaire marcha donc vers lui et, d'un ton entendu, lui demanda :

— Alors ? Qu'est-ce que je fais si je veux dénoncer quelque chose ?

— Vous devriez oublier ça, marmonna le quadragénaire, les yeux rivés à la télé.

— C'est une petite ville tranquille, ici, monsieur, susurra la caissière. Il se passe rien de mal dans le boutte, vous pouvez être sûr.

Mais Maxime ne quittait pas le jeune homme des yeux. Ce dernier osa enfin répondre :

— Il y a un gars de la Sûreté qui patrouille tout le temps dans le coin, Simon Plourde. Quand il est pas sur la route, il est au Café de Solange, à deux coins de rue d'ici.

Son compagnon eut un haussement d'épaules farouche :

— Déranger Simon pour des niaiseries de même !

Révulsé, Maxime sortit rapidement de la place. Ils savent qu'il se passe des choses chez ces Rousseau, ça saute aux yeux. Mais comment peuvent-ils ignorer qu'ils ont un enfant ? Peut-être ne savent-ils pas qu'ils le battent, mais c'est clair qu'ils ne *veulent pas* le savoir ! Bande de lâches !

Maxime trouva le Café de Solange et se stationna juste devant. À l'intérieur, la serveuse, une rousse dans la trentaine, lui dit que le sergent Simon Plourde venait effectivement souvent ici. D'ailleurs, ce ne serait pas surprenant de le voir apparaître d'ici une heure. Maxime se dit qu'il pouvait bien attendre. Il se sentait si révolté qu'il devait dénoncer ce qu'il avait vu. Ne serait-ce que pour lui, pour se donner l'impression d'être encore un peu utile. Au bar, il but un gin tonic. L'endroit était décoré de manière convenue mais chaleureuse, avec beaucoup de boiseries. Il n'y avait qu'un autre client dans le café, une femme de cinquante ans, assise à une table, qui faisait des patiences. Au bout de quinze minutes, excédé par la musique ambiante, Maxime demanda à la serveuse si c'était possible de changer le disque.

— C'est le disque de Star Académie ! dit-elle, comme si cet argument massue devait confondre Maxime.

Une autre demi-heure passa et un agent de la Sûreté du Québec entra. Dans la quarantaine, grand, costaud, les cheveux en brosse et plutôt bel homme, Simon Plourde salua la caissière sur le ton de l'habitué de la place et s'assit au bar. D'ailleurs, il se fit servir aussitôt une limonade, sans qu'il n'ait à dire quoi que ce soit. Maxime s'approcha de lui et se présenta. En fait, il déclina seulement son prénom, indiqua qu'il était de Montréal mais ne précisa pas son travail : il détestait tellement son statut de PDG qu'il ne s'en vantait pas inutilement. Intrigué, le policier lui donna la main et Maxime, en trois minutes, lui narra la scène vécue une heure plus tôt. Plourde ne l'interrompit pas, mais son expression devenait de plus en plus grave. Deux ou trois fois, il jeta un œil vers la serveuse, pour voir si elle écoutait, mais elle lavait des verres plus loin, chantonnant d'un air rêveur la chanson qui sortait des haut-parleurs. À la fin, il hocha la tête pendant de longues secondes, comme s'il réfléchissait, puis affirma :

— Les Rousseau sont frère et sœur. Ils n'ont pas d'enfants.

Maxime encaissa le coup. Les autres, au dépanneur, lui avaient donc dit la vérité…

— J'ai quand même vu un enfant se faire battre, sergent, qu'il soit aux Rousseau ou non. Assez préoccupant, vous ne trouvez pas ?

— Assez, oui, marmonna Plourde en se frottant le menton.

Quelque chose clochait dans l'attitude du policier, mais Maxime n'aurait su dire quoi au juste. Deux clients entrèrent, saluèrent Plourde et ce dernier leur rendit leur salut. Enfin, il dit au milliardaire :

— Vous avez bien fait de venir m'en parler, monsieur… heu…

— Maxime, c'est parfait.

— Vous restez en ville cette nuit, Maxime ?

— Non, non, il faut que je sois à Gaspé ce soir.

— Tout à l'heure, en sortant, je vais aller rendre visite aux Rousseau, voir ce qui se passe. S'il y a un enfant là-bas, je vais le savoir.

— Il y en a un.

— Alors, je vais le sortir de là, vous pouvez en être sûr.

Il sourit, réconfortant. Maxime trouvait le policier bien décontracté. N'aurait-il pas dû tout de suite se précipiter chez ces Rousseau ? Deux autres clients entrèrent, saluèrent Plourde à leur tour : l'après-midi avançait et le bar s'emplissait peu à peu. Maxime devait maintenant partir s'il ne voulait pas être en retard. Il remercia donc l'agent de la Sûreté en lui donnant la main.

— Mais non, fit le policier, affable. C'est à moi de vous remercier. Si tous les citoyens étaient comme vous, ça irait bien mieux dans notre monde de fous !

Tranquillisé par ce commentaire, Maxime sortit du café.

◆

La soirée anniversaire de l'usine de Gaspé fut aussi assommante que l'avait prévu Maxime. Le maire Bordeleau était un petit arriviste insupportable, les patrons de l'usine ridiculisaient leurs employés et ces derniers étaient parfaitement insignifiants. Plusieurs femmes déployèrent de grands efforts pour charmer le jeune milliardaire, et bien sûr échouèrent toutes. Maxime se consola en se disant qu'il n'était pas vraiment venu pour cette réunion, mais pour la longue route à laquelle il aspirait déjà. Et puis il pourrait toujours rester un jour ou deux pour visiter le coin. Vers vingt-deux heures, il écouta poliment deux notables de la ville qui parlaient de rumeurs selon lesquelles des touristes pédophiles circulaient dans la région, attirés par un mini-réseau secret, puis réussit enfin à s'éclipser.

Une fois dans sa chambre d'hôtel, il se coucha aussitôt. Il tenta de se masturber en songeant à Nadine, son grand amour du cégep. Mais pas la fille vaine et superficielle que Maxime avait pris plusieurs mois à démasquer. Non, dans ses fantasmes, Nadine était l'Idéale, la Pure, l'Être Parfait qu'elle aurait dû être, qu'il avait *cru* qu'elle était. Normalement, ce genre d'imageries oniriques fonctionnait et Maxime pouvait ensuite être des semaines sans ressentir aucune libido. Mais depuis quelques mois, il n'y arrivait plus, et ce soir-là ne fit pas exception. En fait, le souvenir magnifié de Nadine finissait toujours par être remplacé par celui de la jeune fille avec son nouvel amoureux insignifiant, tous deux éclaboussés par les phares d'une voiture qui fonçait sur eux. Le sexe ramolli entre ses doigts, Maxime abandonna. Son dégoût pour l'humanité atteignait de tels sommets depuis quelque temps qu'il n'était même plus dupe de ses fantasmes.

Le lendemain, il fit quelques visites dans les environs mais ne réussit à éprouver aucun réel moment de quiétude. C'est pendant qu'il était appuyé sur une balustrade, à contempler la majesté du fleuve, que l'idée du suicide cessa enfin de lui tourner autour comme une mouche entêtée pour foncer droit sur lui, brutale et sans compromis.

Il devait mourir. Il n'y avait pas d'autre solution.

Que ferait-il de sa fortune ? de ses actions ? Il songerait à tout cela de retour à Montréal. Pour le moment, qu'il profite un peu, pour la dernière fois, des beautés de la nature, qui peut être si belle quand l'Homme ne l'éclabousse pas de sa présence. Cette idée lui donna un semblant de sérénité qui, hélas, fut de courte durée. Le soir, dans sa chambre d'hôtel, il voulut écouter la télé pour passer le temps ; il dégota une ou deux bonnes émissions, mais l'imbécillité de la plupart d'entre elles l'exaspéra tellement qu'il propulsa littéralement l'appareil par la fenêtre, comme s'il était une rock star en état d'ébriété. Il promit au gérant de tout payer et, dans son lit, fixa le plafond durant de longues heures. C'était tout de même incroyable : la télévision pourrait être un outil tellement influent, tellement efficace. Et l'on préférait abrutir les gens… Non, en fait c'était le contraire : la télévision était insignifiante pour répondre aux désirs de ses auditeurs. Elle confirmait le néant. Elle était un miroir qui reflétait le vide, et ce, à la grande joie de tous. Couché sur le dos, il imagina une émission où l'animateur hurlait à pleins poumons à la caméra : « Vous êtes tous des morts-vivants, des zombies, tous ! » tandis que les spectateurs, chez eux, riaient à pleins poumons, espérant que les éclats de leur rire couvrent le silence abyssal de leur vie.

Il s'endormit sur cette idée, qui le poursuivit dans l'inconscient du sommeil.

◆

Le lendemain, il fit encore quelques visites, mais le cœur n'y était pas, l'idée de la mort ne quittait plus son esprit. À la toute fin de l'après-midi, il prit la route en direction de Montréal. Il arriverait aux environs de quatre heures du matin, mais il s'en moquait. L'ambiance nocturne serait parfaitement agencée à ses états d'âme. En route, il ouvrit la radio. Il tomba sur une émission où l'un des animateurs appelait un club échangiste pour demander au proprio si, durant ces soirées, on pouvait aussi échanger ses vieux outils ou ses vieilles cartes de hockey. Le proprio ne savait trop que répondre, tandis que les collègues de l'animateur retenaient tant bien que mal des rires étouffés. Maxime, trop las pour chercher une autre fréquence, enfonça le disque de *Gotan Project* dans le lecteur et aussitôt, les insipidités de la radio furent remplacées par une ambiance néo-tango relaxante.

Aux environs de dix-neuf heures, il arriva dans la petite ville où vivaient les immondes Rousseau. Tandis qu'il traversait le patelin, il se demanda si le sergent Plourde avait découvert ce qui se tramait dans cette sinistre maison. Il songea alors à cette discussion à Gaspé, sur le supposé réseau secret de pédophilie dans la région.

Les Rousseau, isolés, qui étaient censés vivre sans enfant…

Il passa devant le Café de Solange et remarqua que la voiture de la Sûreté y était stationnée. Pourquoi ne pas en profiter pour aller s'informer directement au flic ?

Tu veux te suicider dès ton retour et tu te soucies d'un gamin que tu ne connais pas ?

Justement ! Si l'ultime acte humanitaire qu'il accomplissait en ce monde avait des répercussions positives, il pourrait au moins partir la tête haute. De plus, il n'avait pas encore soupé, aussi bien en profiter pour manger un morceau.

Dans le café, la musique était plus forte que la fois d'avant et il y avait bien une quinzaine de clients. Rapidement, Maxime trouva le sergent Plourde, assis à une table en retrait, en compagnie d'un autre homme d'une cinquantaine d'années. La vue de ce dernier fit hésiter Maxime une courte seconde, mais il finit par s'approcher. Les deux hommes parlaient à voix basse et le quinquagénaire paraissait troublé. Lorsqu'il entendit des pas approcher, Plourde tourna vivement la tête et toisa avec suspicion le milliardaire, maintenant près d'eux. En reconnaissant Maxime, le visage du flic s'allongea d'ahurissement.

— Je pensais que… Vous m'aviez dit que vous ne restiez pas dans le coin !

— Je ne suis pas resté, non plus. J'ai passé deux jours à Gaspé et maintenant, je retourne à Montréal. Je me suis arrêté juste pour… heu…

Il jeta un coup d'œil vers l'autre homme puis revint au policier :

— … pour savoir si vous vous étiez occupé de ce dont on avait parlé.

Plourde fut complètement pris au dépourvu pendant trois secondes puis, tout en se levant, lança à son compagnon :

— Ce sera pas long.

L'autre acquiesça en silence, méfiant. Plourde se dirigea vers un coin de la salle en faisant signe à Maxime de le suivre. Une fois à l'écart, le policier prit une expression désolée.

— Je suis allé rendre visite aux Rousseau. Comme je m'en doutais, il n'y avait aucun enfant chez eux.

— Mais j'en ai vu un ! Se faire battre !

— Rénald Rousseau m'a assuré qu'aucun enfant n'est allé chez lui depuis un bon bout de temps. Mais ils ont une étable et quelques animaux, vous avez peut-être vu Isabelle, sa sœur, battre un cochon qui se sauvait… ou leur chien.

— Vous pensez que j'ai confondu un enfant avec un cochon ?

— Ou un chien.

Maxime le regarda de travers. Sans se démonter, Plourde ajouta :

— Vous avez vous-même dit que vous étiez trop loin pour distinguer clairement.

Maxime fit un pas en avant et, même si le flic était un peu plus grand que lui, il planta son regard dans le sien.

— Écoutez, sergent. J'ai *vu* un enfant se faire battre par une femme chez ces Rousseau. J'étais là et…

— Ça suffit, maintenant, monsieur, coupa le policier qui, tout à coup, laissa tomber toute politesse. Il n'y a pas d'enfant chez les Rousseau, un point c'est tout. Si vous insistez, je vais devoir vous embarquer. Alors retournez à Montréal. Et si vous dérangez d'autres policiers avec vos hallucinations, vous allez être dans le trouble pour de vrai, c'est moi qui vous le dis. Compris ?

Soufflé, Maxime se tut. Le policier continuait de le dévisager durement, comme pour le défier de répliquer quelque chose. Enfin, le milliardaire tourna les talons et quitta l'établissement sans un regard en arrière.

Tandis qu'il roulait dans la rue principale de la petite ville, il frappa de rage sur son volant. Ce crétin de flic s'était borné à aller faire un petit tour chez les Rousseau, à poser une ou deux questions, puis était reparti, satisfait de ne pas avoir de problème à régler ! Il s'en foutait, oui ! Complètement !

Et si tu avais vraiment mal vu, Max ? Si tu t'étais trompé ? Tu es dans un tel état, depuis quelque temps…

Il grimaça. Sa voiture passa alors devant le chemin qui menait vers le taudis des Rousseau. D'un geste brusque, il tourna le volant et s'engagea sur la petite route. Il allait vérifier lui-même. C'était le seul moyen de savoir. Et il n'avait pas peur. De toute façon, il ne voulait pas se battre : juste s'assurer qu'il n'y avait aucun gamin dans cette maison.

La voiture arriva à l'embranchement et s'engagea à droite. À nouveau, il se questionna sur son comportement. Pourquoi se tourmenter avec cette histoire d'enfant battu alors qu'il avait pris la décision de mourir ? Peut-être voyait-il cet enfant comme une dernière chance de se prouver que, finalement, ses actions avaient un impact. S'il y avait vraiment un enfant en danger dans cette maison et qu'il le sauvait ? Ne serait-ce pas la preuve qu'il *pouvait* agir ? Francis ne disait-il pas que même minuscule, chaque effet comptait ? Tandis que la masure apparaissait à contre-jour, Maxime comprit qu'il voulait sauver cet enfant pour se sauver lui-même. Du moins, c'était l'effet qu'il escomptait. Mais est-ce que cela serait suffisant ?

Tu perds ton temps. Plus rien ne te redonnera goût à la vie…

Il fit taire cette voix immédiatement, la trouvant beaucoup trop convaincante.

Sur le point de s'engager sur le chemin cahoteux qui montait jusqu'à la maison, il changea d'idée et continua tout droit, comme la fois précédente : le mieux était que les Rousseau ne le voient pas venir. Peut-être était-ce ce qui était arrivé avec Plourde : le frère et la sœur, voyant le policier s'approcher, avaient eu le temps de cacher l'enfant. Il stoppa sa voiture aussitôt qu'elle pénétra dans le sous-bois et coupa le moteur. Voilà. De cet endroit, impossible de distinguer son Audi de la maison. Il sortit du véhicule, puis du sous-bois, et la maison apparut, à cent mètres. Personne n'était dehors. Mais le pick-up stationné attestait d'une présence. Maxime se mit en marche. De ce point de vue, la demeure baignait dans l'aura écarlate du soleil couchant et son état de délabrement n'en était que plus souligné. Non seulement la peinture ocre s'écaillait partout, mais certains morceaux de bois étaient carrément arrachés, surtout à l'étage, et les fenêtres, la plupart lézardées de fissures, étaient rendues presque opaques par la saleté. Les pieds de Maxime, outre les quelques monticules de neige récalcitrante, devaient éviter moult détritus : pièces de métal indéfinies, vieux outils, bouteilles de bière… À une dizaine de mètres, il s'arrêta. Et maintenant ? Devait-il frapper à la porte et demander carrément à Rousseau s'il y avait un enfant dans cette maison ? Il risquait de se faire dévisser la tête, non ? Pour la première fois, il réalisa que la situation comportait un réel potentiel de danger. Pourtant, il ne ressentait toujours aucune frayeur.

Il s'approcha d'une des fenêtres.

Ce que tu fais est absurde. Va-t'en, retourne à Montréal, et libère-toi une fois pour toutes… Retire-toi !

Il fut étonné par le choix de cette métaphore : se retirer…

D'accord. Mais pas avant une dernière tentative…

La crasse de la fenêtre rendait la vision difficile, mais il devina une salle de séjour, déserte. Enfin, ce qui en tenait lieu. C'était sale et décrépit, mais aussi parfaitement désert. Toujours aux aguets, il longea la façade, contourna un vieux bain rouillé qui traînait et tourna le coin. Une porte apparut, craquelée, l'une des pentures à moitié arrachée, mais bel et bien fermée. Maxime hésitait à frapper. Il tourna la tête vers l'horizon. Le soleil couchant rendait le vallon spectaculaire. À moins de cent mètres se trouvait une vieille grange, encore plus pourrie que la maison, devant laquelle un chien à la race indéfinie fouinait de son museau un tas de neige sale. L'un des deux battants de la grande porte était ouvert et Maxime pouvait entendre des grognements de cochon. Puis, un ricanement d'homme, saccadé, suivi d'un autre rire qui, malgré sa tonalité presque bestiale, s'apparentait vaguement à celui d'une femme. Les Rousseau étaient donc dans la grange, tous les deux. Sûrement en train de nourrir leurs bêtes.

Maxime prit rapidement sa décision : il s'approcha de la porte d'entrée de la maison et l'ouvrit. La poignée était si grasse qu'elle glissa deux fois entre ses doigts avant qu'il parvienne à la tourner.

Tu es fou !

Justement, quand on est sur le point de se suicider, on n'a plus rien à perdre.

Il se retrouva dans la salle de séjour qu'il avait entrevue par la fenêtre tout à l'heure, plongée dans une pénombre qui la rendait encore plus sordide : un divan bancal, deux fauteuils tachés et percés, une petite table jonchée de bouteilles vides et de cendriers pleins, une télévision qui devait avoir trente ans. Dans un coin, on devinait un foyer qui n'avait sûrement pas servi depuis un siècle ainsi que de vieux tisonniers rouillés et poussiéreux. Sur le plancher gisait un grand matelas très propre en comparaison du reste de la pièce. Une odeur de moisi et de renfermé parvint aux narines de Maxime. Il examina cette déchéance et espéra tout à coup s'être trompé. De tout son cœur, il souhaita qu'effectivement il n'y ait aucun enfant là.

Un son provenant de la pièce adjacente attira son attention. Un cliquetis de chaînes. Il se dirigea vers une porte coulissante aux trois quarts fermée et l'ouvrit toute grande. Trois pieds plus loin, une autre porte coulissante était grande ouverte et Maxime la franchit. Il se retrouva dans une cuisine dont l'état était pire que celui du salon. Le linoléum du plancher était arraché à plusieurs endroits, les armoires de bois écaillées et fendues. La crasse recouvrait tout : le comptoir, l'évier, le frigo, les ronds du poêle, les murs. Des restes de nourriture traînaient un peu partout et avaient attiré les mouches. De la vaisselle sale s'empilait à plusieurs endroits. À l'odeur de moisi s'en ajoutait maintenant une autre beaucoup plus forte, insoutenable et pourtant familière. Révulsé, Maxime finit par comprendre, tout en camouflant son nez sous sa main, qu'il s'agissait d'une puanteur d'excréments.

Dans la pénombre, il perçut une forme bougeant près du frigo. Une petite silhouette agenouillée au sol, qui jouait avec quelque chose qui ressemblait à une minuscule auto. Un enfant. Un garçon. Il jouait avec la voiture sans émettre aucun son. Maxime, paralysé, n'arrivait pas à distinguer le visage penché vers le sol, mais les cheveux sombres étaient bien coupés et propres, les vêtements en très bon état et bien lavés, de même que les souliers de course. Une oasis de pureté au milieu de ce dépotoir immonde. De nouveau, le cliquetis se fit entendre et Maxime réalisa que la cheville droite du gamin était attachée à une chaîne, elle-même reliée à un anneau vissé dans le mur.

Le milliardaire demeura silencieux de longues secondes, la bouche et les yeux aussi ronds que des soucoupes. Enfin, il se ressaisit, fit un pas en avant en bredouillant :

— Hé… Hé, garçon…

L'enfant releva la tête brusquement. Il devait avoir dix ans, onze tout au plus. Maxime distingua des traits doux et délicats, mais la bouche était dure. Ce qui le frappa le plus était ses yeux. Très grands, très noirs, ils ne dénotaient aucune émotion. Ni surprise ni peur. Rien du tout.

— Ne crie pas ! Ne crie surtout pas !

Le garçon se leva, impassible. Maxime, qui avait laissé son cellulaire dans la voiture, chercha un téléphone des yeux. Bon Dieu, il avait donc eu raison ! Ces deux salauds retenaient vraiment un enfant prisonnier ! Cet incompétent de Plourde avait bâclé son travail ! Mais où était ce foutu téléphone ? En avaient-ils seulement un ? S'il pouvait au moins trouver quelque chose pour briser cette chaîne… Il remarqua sur le sol, près de l'enfant, un autre matelas, celui-là vieux, taché et percé à plusieurs endroits. Dieu du ciel ! Il couchait là ? Et ce petit seau de métal, c'était quoi ? Ce n'était tout de même pas pour…

Il s'approcha du garçon et, tout à coup, ce dernier émit un cri aigu et ondulant, ressemblant au feulement d'un chat en colère. Maxime l'implora de se taire et le prit par les épaules. L'enfant se raidit sous les mains de l'adulte mais ne bougea pas. Maxime remarqua quelques bleus sur son visage.

— Ne t'en fais pas, je ne te ferai pas de mal…

Curieusement, une muette résignation assombrit le regard du garçon. Sans un mot, lentement, il commença à détacher son short. Maxime l'arrêta aussitôt.

— Qu'est-ce que tu fais ?

Voulait-il uriner dans son seau de métal ? Tout allait trop vite dans la tête du milliardaire. Le gamin, tout en rattachant son short, examinait l'inconnu avec une certaine perplexité.

— Écoute, où est le téléphone ? Tu dois le savoir, toi ! Où est-ce que…

En provenance du salon, le bruit d'une porte qu'on ouvre retentit avec autant de force que si une bombe avait explosé juste à côté de la maison. Pendant un tiers de seconde, Maxime songea à affronter le couple… mais s'ils étaient capables de faire cela à un enfant, Dieu seul sait ce qu'ils pourraient lui faire à *lui*. Non pas qu'il redoutât la mort (au point où il en était !), mais s'il voulait sauver cet enfant, il devait rester vivant.

Je le sauverai ! Ce sera la dernière chose que je ferai avant de mourir, mais je le sauverai !

Il vit un placard dans le mur qui séparait les deux pièces. Il s'y précipita, l'ouvrit et, juste avant d'y entrer, souffla à l'intention de l'enfant un « chuttt » insistant. Le placard était minuscule mais ne contenait heureusement qu'un balai (Seigneur ! avait-il déjà servi ?) et deux pots de peinture sur le plancher. Il remarqua la présence d'une autre porte au fond et comprit que le placard communiquait aussi avec le salon. Voilà qui pourrait s'avérer utile. Au moment où il refermait la porte, les Rousseau entraient dans la cuisine.

— Bon ! ânonnait la voix à peine humaine de Rénald Rousseau. Y vont 'rriver, là… Le 'tit y'é prête ?

— Ben sûr qu'y'é prêt, y'é tout lavé, tout ben habillé, j'l'ai assez frotté, câlisse ! répondit une voix plus articulée que celle de l'homme, mais si rauque et si vulgaire que Maxime n'osa imaginer la femme qui en était dotée.

Sans faire de bruit, il se tourna vers l'autre porte, dans l'intention de sortir par le salon et de filer sans bruit jusqu'en ville pour prévenir Plourde. Mais la porte résista et Maxime, dépité, comprit qu'elle était retenue par un solide crochet de l'autre côté. S'il défonçait, cela risquait d'être trop bruyant.

— Parlant d'ça, poursuivit celle qui devait être Isabelle Rousseau, y m'en a-tu fait un beau, lui là ?

Maxime dénicha une petite fente dans la vieille porte qui communiquait avec la cuisine. Prudemment, il y appliqua son œil gauche.

Rénald Rousseau, portant les mêmes vêtements que deux jours plus tôt, s'approcha d'une lampe accrochée au-dessus du four et l'alluma. Un éclairage pâlot permit à Maxime de découvrir sa sœur, Isabelle, maigre à hurler, flottant dans une salopette malpropre. Elle avait la peau plissée et jaune, des cheveux courts et grisonnant prématurément, et sa bouche semblait déformée. Elle se pencha vers le seau de métal près du gamin, le prit et s'exclama avec béatitude :

— Ouiiiii ! Y m'en a fait un beau gros ! T'es fin, Gaby, t'es fin-fin-fin !

Le garçon silencieux se remit à genoux et lança un regard intrigué vers le placard. Maxime serra les mâchoires : allait-il le dénoncer ? Mais l'enfant reprenait déjà sa petite voiture et, amorphe, poursuivait son jeu.

S'ils viennent vers le placard, je défonce la porte qui donne dans le salon…

La femme apporta le seau près de l'évier, ouvrit une armoire sous le comptoir et en sortit un seau encore plus grand. Elle en ouvrit le couvercle et l'odeur de la pièce, déjà forte, empira aussitôt. Elle y transvida ce qu'il y avait dans le petit seau et Maxime crut voir une masse brunâtre se transvider d'un récipient à l'autre. Il imagina alors le grand seau rempli d'excréments et cette idée lui parut si dingue qu'il se dit qu'il faisait sans doute erreur. Isabelle Rousseau referma le second récipient, le remit sous le comptoir et retourna porter le petit seau près de l'enfant qui jouait toujours.

— 'ai faim, faut man'er, fit l'homme, et chaque mot sortant de sa bouche semblait lui demander un effort extrême.

Ils préparèrent un repas à base de pâtes. Ils en donnèrent un plat à leur prisonnier et tous trois mangèrent en silence, les deux adultes assis à table, l'enfant à même le sol, mangeant avec ses mains.

— Va falloir le r'laver ! finit par dire Isabelle Rousseau.

Son frère approuva en rotant. Il utilisait des ustensiles, mais de manière si rudimentaire qu'il se retrouva rapidement plus barbouillé que le gamin. Le repas se poursuivit pendant une dizaine de minutes. Maxime remarqua que dehors, la nuit était maintenant tombée. Comment allait-il se sortir de cette situation ? S'il avait un peu de chance, les deux dégénérés iraient se coucher sans venir fouiller dans le placard. Alors, Maxime filerait et irait avertir la police. Oui, tout cela était très plausible.

Isabelle se leva, alla ouvrir une armoire et en sortit une boîte de céréales. Même de loin et malgré l'éclairage tamisé, Maxime remarqua qu'il s'agissait de Froot Loops.

— T'ens ! fit la femme en s'approchant de l'enfant. Tu vas travailler dur à soir, tu les mérites !

Elle eut un sourire hideux et Maxime comprit qu'elle n'avait pas de dents supérieures. Manifestement ravi, mais d'un ravissement sobre qui ne se traduisait que par une respiration plus rapide et des yeux plus écarquillés, l'enfant tendit les bras, se saisit de la boîte et fourra sa main dedans. Au même moment, le pied de la femme se détendit et atteignit le petit en plein visage. Sa tête bondit vers l'arrière, il poussa un faible gémissement, mais ne lâcha pas la boîte de céréales. Maxime, dans son placard, se mordit les lèvres d'indignation.

— Hey ! Quessé qu'on dit ? cria la caricature femelle d'une voix encore plus rocailleuse.

— Merci, balbutia l'enfant, la tête basse, tandis qu'un mince filet de sang coulait de son nez.

— 'stie, magane-lé pas à soir ! lança Rousseau, la bouche pleine.

Le garçon mangea ses Froot Loops tandis que l'homme buvait une bière et que la femme desservait la table (en fait, elle empila assiettes et ustensiles sur la vaisselle déjà sale). Au bout de cinq minutes, des coups secs se firent entendre derrière Maxime. Ce dernier se retourna avec épouvante, convaincu qu'on frappait à l'autre porte du placard. Mais il comprit que les coups provenaient de la porte d'entrée en entendant Isabelle s'exclamer :

— Les v'là !

Des pas, qui sortaient de la cuisine et changeaient de pièce. Maxime chercha une fente sur la porte qui communiquait avec le salon mais n'en trouva aucune. Il entendit seulement les pas de nouveaux arrivants, suivis d'une voix gaillarde :

— Salut, Isabelle… Pas trop en avance ?

— Pantoute, entrez !

Cette voix d'homme, Maxime avait l'impression de la connaître…

— Je te présente Laurent.

— 'lut, fit la femme.

— Bonsoir, répondit une voix timide.

Maxime, sans bruit, se retourna vers la porte de la cuisine et colla son œil à la fente. Rousseau s'empressait de laver maladroitement le visage et les mains de l'enfant avec une guenille qui, pourtant, ne semblait pas en état de nettoyer quoi que ce soit. Il se releva au moment où le trio entrait dans la cuisine. En reconnaissant les deux nouveaux venus, Maxime cessa de respirer et crut que plus aucune particule d'air n'entrerait jamais dans ses poumons. Simon Plourde, en tenue de flic, tout à fait à l'aise, présentait à Rénald le dénommé Laurent, qui était le quinquagénaire avec qui le policier s'entretenait une heure plus tôt au café. Maxime comprit alors que ce qui se passait ici était pire qu'il ne l'avait imaginé.

Un flash le traversa : Plourde n'avait-il donc pas vu sa voiture en arrivant ? Mais son cœur reprit son rythme normal quand il se rappela qu'il l'avait camouflée dans le sous-bois. Le policier, s'il s'était stationné près du premier chemin de terre qui montait vers la maison, n'avait pas pu voir l'Audi.

Laurent semblait pris de court par l'allure du frère et de la sœur et, surtout, par l'insalubrité des lieux. Mais lorsque Isabelle lui indiqua l'enfant en disant : « T'ens, c'est lui… », le malaise sur son visage fut éclipsé par une admiration totale. Il s'approcha du garçon, s'accroupit et lui prit le menton en souriant gentiment.

— Salut, mon grand. C'est quoi, ton nom ?

L'enfant ne répondit pas, regardant l'homme avec indifférence.

— Y parle pas ben-ben, expliqua la femme, les mains dans les poches. Y s'appelle Gabriel. Y a onze ans.

— Gabriel, marmonna Laurent. Comme l'Ange… C'est un signe que ce que je fais n'est pas mal aux yeux de Dieu, n'est-ce pas ?

Troublé, il chercha l'approbation des autres, qui affichaient une totale indifférence. Mais cela sembla tout de même le mettre en confiance, car il revint au gamin avec un air plus serein.

— Tu es très beau, Gabriel. On te l'a dit souvent, j'imagine, hein ?

Il attendait une réponse. Gabriel jeta un regard incertain vers la femme, qui fit un petit signe d'assentiment.

— Oui, répondit-il d'une voix sans aucune intonation.

Laurent lui passa une main sur la joue. Plourde, à l'écart, piétinait sur place, impatient. Le quinquagénaire se releva et dit que c'était d'accord. Il sortit une liasse de billets de banque de sa poche :

— Deux mille, c'est ça ?

— Ouain, approuva Rousseau.

Les billets se retrouvèrent dans les mains du propriétaire des lieux, sous l'œil plein de convoitise de sa sœur. Maxime respirait plus fort malgré lui et son front, malgré la température tout à fait normale de la maison, dégoulinait de sueur. Laurent se frotta les mains, les traits tirés en un mélange de malaise et de hâte.

— Heu… Et ça se passe… heu… où ?

— Dans l'salon, à côté, répondit la femme.

Laurent parut peu enchanté par l'idée et bredouilla :

— Il n'y aurait pas un endroit, plus… heu… moins désordonné ? En haut, par exemple…

— C'é not' chamb', parsonne va là, 'ké ? intervint Rousseau avec agressivité.

— Inquiète-toi pas, on ira pas t'déranger, ajouta sa sœur.

Ils rirent tous les deux, elle en se grattant un sein inexistant, lui en prenant une gorgée de bière. Le quinquagénaire lança un regard interrogateur vers Plourde, qui haussa les épaules :

— Si ça ne fait pas votre affaire, Laurent, vous pouvez partir, on ne sera pas pires amis.

Laurent abdiqua et demanda où était la salle de bain. On lui indiqua une porte près du poêle et il alla s'y enfermer. Rousseau se mit à la recherche de quelque chose parmi le fouillis du comptoir tandis que sa sœur demandait au policier :

— Le gars de Montréal qu'y'est venu icitte y a deux jours… T'as dit qu'y a parlé de nous autres au village ?

— À une couple de personnes, oui. Mais tu n'as pas à t'en faire, tu le sais bien.

De la salle de bain fermée, on percevait une litanie et Maxime comprit que Laurent priait. Rousseau, qui avait trouvé une clé, se pencha vers la chaîne de l'enfant et détacha l'extrémité reliée au mur. Le gamin n'en bougea pas davantage. Rousseau sortit la liasse de billets qu'il venait de recevoir, tenta de les compter mais s'embrouilla. Isabelle lui arracha la liasse des mains, compta près de la moitié des billets et les tendit à Plourde, qui les empocha en annonçant :

— OK, je vais aller fumer dehors en attendant. À tantôt.

Il marcha vers le salon et Maxime l'entendit sortir. Rousseau se racla la gorge et cracha par terre, au moment où Laurent sortait de la salle de bain.

— Va avec le monsieur, Gaby, fit Isabelle.

L'enfant, docile, rejoignit Laurent qui lui prit la main, souriant.

— Vous allez voir, fit Isabelle avec un sourire entendu. C't'un p'tit gars qui aime jouer !

Gabriel suivit l'homme vers le salon et Maxime crut discerner sous le masque impassible de l'enfant une indicible détresse. Puis, la femme alla fermer la double porte coulissante, isolant ainsi la cuisine, et tourna vers son frère un visage particulièrement pervers. Le PDG se tourna vers la porte donnant sur le salon et plaqua son oreille contre le bois. Il entendait le pédophile marmonner, il crut même percevoir les mots « pas de mal », « miséricorde divine » et « notre Seigneur à tous »… puis des sons qui ressemblaient à des vêtements qui tombent sur le sol. Et Plourde, pendant ce temps, qui devait fumer une cigarette dehors en observant le ciel étoilé !

Maxime se passa une main dans les cheveux, ses vêtements collés de sueur. Qu'est-ce qu'il allait faire, qu'est-ce qu'il *pouvait* faire ? Seul contre quatre, il n'aurait même pas le temps d'atteindre le pauvre petit ! Il entendit les premiers soupirs, puis les premiers gémissements produits par Laurent, qui traversaient la porte de bois comme des lames de rasoir bien tranchantes.

Seigneur, ils avaient commencé !

Pantelant, il retourna coller son œil à la fente de la porte et tomba sur un spectacle parfaitement inattendu. Le frère et la sœur s'embrassaient, fusionnant leur crasse en une étreinte torride tout en se déshabillant rapidement. Sous l'œil sidéré de Maxime, ils se retrouvèrent rapidement nus et la femme, d'une maigreur digne d'Auschwitz, la peau recouverte d'eczéma, alla au comptoir d'où elle sortit l'immonde seau de tout à l'heure. Elle le déposa sur le sol et s'allongea à son tour sur le plancher, sur le dos. Son frère, déjà en forte érection, s'agenouilla et enfouit sa figure entre les cuisses d'Isabelle.

— Ahhhhh, ouay… Envoye, mon cochon sale, mange-moé… *Come on,* mange-moé !

Mais à l'indécence d'un tel spectacle s'ajouta l'abjection et Maxime crut défaillir de répulsion lorsqu'il vit la femme enfouir sa main dans le seau et en sortir une pleine poignée de matière molle et brunâtre pour s'en couvrir le ventre et les seins, ce qui eut pour effet de redoubler ses grognements de plaisir ainsi que l'odeur déjà infecte dans la maison. Maxime se détourna pour combattre un violent haut-le-cœur et se couvrit les yeux des deux mains en poussant un lamento lancinant, lui-même recouvert par les râles sordides qui envahissaient le placard de tous les côtés.

Comment avait-il abouti là ? Pourquoi était-il venu ? Il ne pouvait pas demeurer ainsi une minute de plus sans réagir, pendant qu'on était en train d'abuser d'un enfant de onze ans, et qu'il entendait les gémissements grandissants…

— *Hoooo, Gabriel, c'est bon!*

… du pédophile, là, tout près, en ce moment…

— *Hooo, mon Dieu, je Te rends grâce!*

… à cette seconde même…

— *Je Te rends grâce pour ces… hoooo! ces plaisirs!*

… non, il ne *pouvait pas!*

Rassemblant toute la force de sa révolte, il se propulsa contre la porte qui menait au salon, épaule première. Passablement pourrie, la porte céda sans problème et sans trop de bruit; Maxime, déséquilibré, s'affala de tout son long sur le plancher et sentit une bourrasque de poussière lui entrer par la bouche et le nez. Il ouvrit les yeux, les cligna plusieurs fois tant ils piquaient et vit enfin la scène qu'il s'était efforcé de ne pas imaginer.

Agenouillé sur le matelas, complètement nu, Laurent, qui s'affairait sur le gamin à quatre pattes devant lui, interrompit son odieuse besogne en apercevant le nouveau venu. Il s'écarta de l'enfant, l'organe déjà ramolli par l'épouvante, et commença à bredouiller :

— Mais… vous… vous êtes qui, vous ? Qu'est-c…

Mais Maxime, tel un tigre en furie, bondit vers le pédophile et le propulsa au sol. À califourchon sur le quinquagénaire, il lui percuta le crâne, deux, trois, quatre fois sur le plancher, mais s'arrêta en constatant que l'autre ne bougeait plus. Il ne se demanda même pas s'il l'avait tué ou non. En se relevant d'un trait, il se tourna vers Gabriel qui, nu, la chaîne pendant à sa cheville droite, dévisageait Maxime avec curiosité. Y avait-il des larmes dans ses yeux ? Dans cette pénombre, le milliardaire n'aurait pu l'affirmer avec certitude.

— Viens-t'en ! souffla Maxime en relevant l'enfant d'un geste brusque. Il faut partir, vite !

— Mauvaise idée…

La voix provenait de la porte d'entrée. Plourde, dans l'embrasure, pointait son pistolet vers Maxime. Le policier paraissait embêté.

— Je vous avais dit de retourner à Montréal. Vous avez la tête dure, on dirait.

Dans le soudain silence, on percevait en sourdine les halètements et grognements du couple qui continuait à copuler de l'autre côté de la double porte coulissante fermée. Gabriel ne paraissait ni terrifié ni déçu par la tournure des événements. Une sourde fatalité couvait dans son regard d'ébène.

— Comment un policier peut-il participer à ça ! cracha Maxime, qui tenait toujours le bras de l'enfant.

— Ça arrondit les fins de mois.

— Si les gens de la région savaient ce qui se passe ici…

Cette fois, le policier rigola.

— Le monde se doute bien que je brasse des affaires pas catholiques avec les Rousseau. Mais ils ont pas intérêt à me mettre dans le trouble.

En voyant l'incompréhension dans le regard de Maxime, Plourde s'amusa à expliquer :

— Si ça va mieux économiquement dans le comté depuis deux ans, c'est grâce au député. Et si le député est si gentil, c'est parce qu'il vient rendre visite aux Rousseau de temps en temps. Les gens ne savent pas trop ce qui se passe, mais ils ne veulent pas vraiment le savoir non plus. Ils veulent juste que ça continue à bien aller dans la région. Alors ils se mêlent de leurs affaires…

Maxime, sur le moment, refusa de croire ce qu'il venait d'entendre… mais il repensa soudain aux trois personnes à qui il avait parlé au dépanneur, à leur attitude ambiguë, à leur hâte de changer de sujet, à leur volonté de ne pas *en entendre parler*… Et dire qu'il avait voulu venir sauver cet enfant en espérant retrouver une certaine flamme ! Quelle ironie ! En fait, ce qu'il trouvait là était la confirmation de ce qu'il avait déjà compris. Comme si un dieu cynique l'avait envoyé dans cette cambuse pour lui montrer qu'en fait, c'était encore *pire*, que même s'il sauvait cet enfant, l'horreur continuait partout, au nez de tous. Cette maison n'était pas sa dernière chance.

Elle était la dernière station d'un chemin de croix, une longue et pénible crucifixion durant laquelle il ne pourrait, impuissant, qu'assister à la décomposition du genre humain.

— Allez ! fit Plourde. Tout le monde dans la cuisine !

Sonné, Maxime, qui avait lâché le bras de l'enfant, se dirigea vers l'autre pièce, suivi de Gabriel. Plourde lui ordonna d'ouvrir la double porte coulissante et le milliardaire obéit.

Dans la cuisine, le cauchemar se poursuivait, et comme si le cerveau de Maxime ne pouvait encaisser une telle décadence d'un seul coup, la scène lui apparut découpée en flashs, comme à travers un kaléidoscope apocalyptique. Rousseau debout grimaçant de plaisir… sa sœur agenouillée en train de le sucer… les mains pleines de déjections qui flattaient les fesses, le ventre et les seins… Et comme lien entre ces images insoutenables, les râles du mâle, les couinements de la femelle, et l'odeur, qui atteignait maintenant des sommets dans l'abomination. Les deux fornicateurs prirent quelques secondes à réaliser l'arrivée du trio. Les yeux de Rousseau s'emplirent de fureur et lorsqu'il parla, la rage déformait tant son élocution déjà problématique que Maxime devina plus qu'il ne comprit ses paroles :

— 'stie ! C'é lui, l'câlisse d'l'aut' jour !

Sa sœur tourna la tête vers l'intrus et, sans cesser de masturber son frère, cria à son tour :

— De quoi y s'mêle ? Gaby, c'est not' enfant, on fait c'qu'on veut avec !

Maxime avait-il bien entendu ? Gabriel n'était pas un gamin kidnappé ! C'était le fruit de l'inimaginable union de ces deux… de ces deux… La tête du milliardaire, déjà en proie à la tourmente, devint l'épicentre d'un véritable cyclone, d'une tornade qui s'anéantissait elle-même.

— Retourne dans ton coin, Gaby ! ordonna la sœur en pointant un doigt gluant vers le mur.

Gabriel, impavide devant ce spectacle, marcha vers le mur, puis Isabelle recommença à sucer son frère.

— Va falloir l'éliminer, déplora Plourde qui tenait toujours Maxime en joue.

— 'tends, grogna Rousseau en retroussant ses lèvres gercées, saisissant la tête de sa sœur à deux mains. 'tends 'minute !…

Il haleta, puis poussa un cri guttural en tendant tous les muscles de son corps. Sa sœur, en gloussant de plaisir, ralentit graduellement la rapidité de sa fellation, tandis que de longs filets blanchâtres dégoulinaient de sa bouche et éclaboussaient sa plate poitrine qu'elle frottait de ses paumes, créant ainsi un mélange de sperme et d'excréments si insoutenable que Maxime tomba à genoux et vomit violemment sur le sol. Et tandis qu'il se vidait les tripes, le cadavre de son père lui apparut, nu sur le carrelage de la piscine, tournant son regard moqueur vers lui en lançant : « Alors, mon fils ? Le jeu te plaît ? »

Plourde, dont la seule réaction fut une discrète grimace, demanda :

— Tu veux que j'aille le tuer dehors ?

— Pas tout d'suite ! répondit Isabelle en suçant ses doigts. Un gars d'la grand' ville, criss ! Faut qu'on en profite un peu !

Le crâne douloureux, la bouche pâteuse, le milliardaire tourna la tête et vit avec épouvante que Rousseau s'approchait de lui. Malgré son éjaculation, sa verge se redressait déjà. Isabelle, de nouveau allumée, s'assit sur le sol, écarta ses cuisses rachitiques et minauda vers Gabriel :

— Viens, Gaby… Viens t'occuper de maman… Envoye…

L'enfant, avec la passivité de celui qui a abdiqué depuis longtemps, avança lentement vers sa mère. Maxime se trouvait toujours à genoux, incapable de ressentir quoi que ce soit tant son âme était en lambeaux. Il voyait la scène, mais un filtre rouge recouvrait sa vision, un filtre qui vibrait, qui palpitait, donnant l'impression que quelque chose cognait et battait sous l'image, sur le point de la faire exploser d'une seconde à l'autre. Rousseau s'immobilisa tout près du PDG, les deux pieds dans les vomissures. Maxime voyait le membre en érection à quelques centimètres de son visage, tremblant et pulsant sous le filtre écarlate. Rousseau n'éructa qu'un seul mot :

— Suce !

Plourde soupira :

— Après, on en finit pour de vrai, hein ?

Il fit quelques pas de recul et, toujours l'arme pointée, prévint Maxime :

— Obéis. Et pas de conneries, sinon…

Sinon quoi ? songea Maxime, perdu dans le cyclone de sa tête. Sinon, il se ferait tuer ? Mourir, enfin… Oui… Se retirer, une fois pour toutes... Mais sous le filtre rouge, sa vision ondulait toujours, gonflait dangereusement. À l'écart, Gabriel commençait à s'agenouiller entre les jambes d'Isabelle.

— Suce ! répéta Rousseau.

Enfin, l'image explosa, laissant échapper la haine, libérée et affamée, qui sauta aux yeux de Maxime, pénétra dans ses rétines, courut jusqu'au cerveau et l'avala en hurlant. Le milliardaire se saisit des hanches de Rousseau et, rapidement, engloutit le sexe dans sa bouche, le plus profondément possible, provoquant un râle de félicité du monstre. Mais Maxime commençait à peine à goûter à l'odieux mélange de crasse, de merde et de sperme qu'il enfonçait de toutes ses forces ses dents dans le membre gonflé. Le râle se transforma en hurlement et l'homme commença à se débattre furieusement. Il frappait à deux mains sur la tête de Maxime, mais ce dernier ne sentait pas les coups, pas plus qu'il ne se préoccupait de la balle de fusil qui allait inévitablement l'atteindre d'une seconde à l'autre. Tout ce qu'il voulait avant de mourir, c'était utiliser sa haine

(*tellement puissante, tellement explosive*)

qu'il concentrait en ce moment dans ses mâchoires, dans ses dents qui s'enfonçaient de plus en plus. En goûtant le sang qui inondait sa bouche, il s'imagina qu'il s'agissait du sang de chaque être humain de la planète, et il en ressentit une joie malsaine, presque sexuelle, qui le fit redoubler d'efforts. Plourde, à la vue de Rousseau qui hurlait et gigotait en tous sens, demeura figé sur place quatre bonnes secondes, le visage comique tant il était incrédule. Enfin, il visa la tête de Maxime et tira. Mais son doigt appuya sur la détente au moment même où le PDG, sentant que ses dents ne pourraient s'enfoncer davantage, tirait de toutes ses forces sans desserrer les mâchoires. Dans un bruit de chairs arrachées, le pénis se détacha, emporté par Maxime qui recula sous le choc, tandis que la balle de pistolet traversait l'espace où se tenait la tête du milliardaire un millième de seconde plus tôt pour terminer sa trajectoire dans la tempe d'Isabelle, toujours étendue sur le sol, la moitié supérieure du corps redressé. La femme poussa un hoquet sec et laissa retomber sa tête sur le plancher où elle se mit à tressauter frénétiquement, sans émettre un son, les yeux roulant dans leurs orbites, comme prise d'une crise d'épilepsie. Gabriel, qui avait le visage enfoui entre les cuisses de sa mère, se redressa vivement. Rénald Rousseau, qui couinait maintenant comme un porc à l'abattoir, tituba vers l'arrière et, les reins contre le comptoir, tenta vainement d'endiguer le flot d'hémoglobine qui fusait de son entrejambe. Maxime se releva rapidement. Sa vision était tout à coup d'une clarté parfaite, comme

(*deux phares d'une voiture fonçant à toute allure*)

si elle était surexposée, chauffée à blanc. Grâce à cette luminosité procurée par sa haine bouillonnante, il vit parfaitement le visage du policier, terrorisé comme s'il faisait face à une apparition apocalyptique. Plourde sembla enfin se rappeler qu'il était armé et visa à nouveau Maxime, mais ses allures de flic plein d'assurance avaient complètement disparu, et c'est d'une voix tremblante qu'il ordonna :

— Stop ! Sinon je tire !

Ses paroles, recouvertes par les cris de Rousseau, étaient à peine audibles, mais Maxime les avait entendues, tout comme il voyait l'arme pointée vers lui. Mais il avançait tout de même, le visage si déformé que Masina lui-même aurait eu de la difficulté à le reconnaître. Il réalisa alors qu'il avait toujours le sexe sectionné de Rousseau dans la bouche. Il le cracha violemment vers le sol et, les dents serrées, la bouche barbouillée de sang, il croassa avec défi vers le policier :

— Tue-moi ! *Envoie, tue-moi !*

Plourde clignait des yeux, interdit devant cette réaction qui allait à l'encontre de toute logique. Et Maxime avançait toujours, souhaitant cette balle de tout son cœur alors qu'il se sentait plus vivant qu'il ne l'avait jamais été.

Tout à coup, une douleur explosa dans son épaule et il se retourna vivement : c'était Rousseau qui, muni d'une clé anglaise qu'il avait sans doute dénichée dans le foutoir du comptoir, venait de le frapper, mais comme la souffrance de sa mutilation le rendait lymphatique, le coup s'était avéré peu énergique. Grimaçant et hurlant des imprécations, il leva l'outil pour un second essai, mais Maxime se jeta sur lui et les deux hommes, soudés en un furieux corps à corps, exécutèrent quelques pas de danse avant de glisser dans le sang qui s'écoulait de la tempe d'Isabelle, toujours dans les convulsions. Ils s'écroulèrent contre le frigo dont la porte s'ouvrit sous l'impact. Rousseau tomba sur les fesses. Maxime, à califourchon sur le mutilé, lui entra la tête dans le frigo, puis en ferma la porte violemment. Sous le choc, Rousseau lâcha la clé anglaise. Maxime ferma une seconde fois la porte, cette fois sur le cou de l'homme. Rousseau cessa aussitôt de bouger, les yeux écarquillés et figés. Maxime se saisit de la clé anglaise et fixa le mort avec un rictus dément. *Un de moins!* songea-t-il. Et cette pensée augmenta sa sensation de pouvoir.

Plourde, qui s'était rapproché durant la courte bataille, tint son pistolet à dix centimètres de Maxime et commença d'une voix toujours ébranlée:

— Je t'ai dit d'ar...

Vif comme l'éclair, Maxime fit un mouvement latéral avec la clé anglaise, qui percuta le poignet du policier. Le pistolet effectua un vol plané et rebondit contre un mur. Plourde n'avait pas fini d'émettre son cri de douleur que la clé anglaise lui écrasait avec une force inouïe la pomme d'Adam. Le policier porta ses deux mains à sa gorge et, les yeux agrandis par la panique, ouvrit et ferma la bouche comme s'il cherchait son air, incapable d'émettre autre chose que de petits couinements rauques. Il ne tenta même pas d'esquiver le coup suivant, qui lui émietta la pommette de la joue gauche. Il s'écroula sur le sol, mais Maxime, à califourchon sur lui, laboura son visage de coups, aveuglé par sa propre puissance haineuse. Lorsqu'il sentit que la clé anglaise ne frappait plus que de la matière molle et informe, il s'arrêta.

La respiration sifflante, il se releva. Il entendit des claquements répétitifs et se retourna en brandissant son arme dégoulinante. Isabelle Rousseau, agonisante, tressautait toujours dans son propre sang qui formait maintenant un véritable lac sous son corps.

— Crève! grogna le milliardaire.

Et sans se rendre compte de ce qu'il faisait, toujours ébloui par cette haine immaculée, il posa son pied sur la tempe perforée et se mit à appuyer de toutes ses forces.

— *Crève!*

Le sang gicla sous le soulier, un épouvantable craquement traversa la cuisine et, le corps traversé d'un ultime soubresaut, la femme cessa enfin de bouger.

Haletant, Maxime contempla le champ de bataille.

Simon Plourde, le visage en bouillie, mort.

Rénald Rousseau, la tête dans le frigo, mort.

Isabelle Rousseau, gisant dans son sang, morte.

Au milieu des cadavres, de l'hémoglobine et de la merde, l'enfant, nu et debout, fixait Maxime, les yeux emplis d'étonnement. La vision du milliardaire redevenait normale. Mais la haine, même apaisée, était toujours présente. Il vit le pistolet sur le sol. Il se pencha, le prit et le considéra, l'air presque hypnotisé. Il ne connaissait rien en balistique, mais comme Plourde avait déjà tiré un coup, l'arme était sûrement prête à servir.

Finis-en. Ici. Tout de suite.

Il balançait pourtant. Repensait aux dernières minutes de la folie meurtrière qu'il venait de vivre, les creusait pour y trouver un sens qu'il avait effleuré...

Une plainte se fit entendre. En provenance de la pièce d'à côté. Le pédophile.

N'ayant aucune idée de ce qu'il allait faire, la démarche maintenant solide, Maxime enjamba les corps et se retrouva dans le salon. Toujours sur le plancher mais redressé, Laurent se massait le crâne en grimaçant. Lorsqu'il vit enfin Maxime, la peur chassa la douleur de ses traits.

— Mais... qu'est-ce qui s'est passé ? Vous êtes qui ?

Malgré la noirceur qui régnait dans la pièce, tout s'éclaira soudain sous les yeux de Maxime, tout redevint saturé comme tout à l'heure. Il comprit : c'était la haine qui s'enflammait à nouveau. Et, avec elle, le sentiment de pouvoir *agir*. Il s'approcha et pointa son arme vers Laurent, le canon à quelques centimètres de son front. Le pédophile leva deux mains implorantes, pleurnichant comme s'il était retombé en enfance.

— Non, non... Faites pas ça ! Si vous me tuez, vous... vous irez en enfer !

Maxime eut un renfrognement singulier, le reflet d'une immense tristesse traversa le fiel de son regard et il marmonna :

— Nous y sommes déjà.

Il tira.

L'écho de la détonation, longtemps. Silence.

Encore un de moins.

À nouveau, il ressentit cette opaque, cette malsaine mais libératrice conviction.

Dehors, le chien aboyait. Maxime déposa l'arme sur une petite table graisseuse et alla s'asseoir dans un fauteuil percé et grinçant. Dans sa tête, le tourbillon était toujours là, mais comme au ralenti, lui permettant de bien distinguer chacune des pensées, des idées, des images qui tournoyaient en son centre. Est-ce cela qu'il était finalement venu chercher là ? La haine ? Cette haine qui, souvent, l'avait effleuré au cours de sa vie, mais que Francis avait toujours réussi à lénifier...

Francis qui n'était plus là.

Maxime s'aperçut enfin que l'enfant était entré dans la pièce, avait le pistolet entre les mains et l'examinait attentivement. Le milliardaire plissa les yeux. Ce gamin s'ajouta alors aux éléments du cyclone, tournoya à son tour au ralenti, parmi toutes les autres images. Gabriel, le visage neutre, dirigea alors le canon de l'arme vers sa poitrine.

— Non ! s'écria Maxime, et il bondit vers l'enfant pour le désarmer.

Gabriel le toisa avec une certaine rancune. Le PDG enfouit l'arme sous sa ceinture et mit ses mains sur les épaules de l'enfant. Comment pouvait-il être si beau alors qu'il était le fruit de deux tumeurs humaines ?

Nous sommes toujours beaux quand nous sommes petits… quand nous sommes purs…

Mais cet enfant n'était pas pur. Il avait connu en quelques années toutes les abjections que le siècle avait vécues. Cet enfant n'était plus un enfant. Peut-être ne l'avait-il jamais été.

— Je te comprends, fit doucement Maxime, sa voix en parfait contraste avec ses yeux fous, ses cheveux en désordre, son visage maculé de sang.

L'expression de Gabriel changea. Tristesse et fatalité. Maxime se demanda pourquoi il l'empêchait de se tuer. Lui-même pourrait en profiter pour en finir avec le garçon, ici et maintenant. Qu'espérait-il, au juste ? Il n'en avait aucune idée. Mais il savait une chose : la haine était en lui et, pendant quelques minutes, ce sentiment était devenu un moteur beaucoup plus actif que le mépris.

— Je te comprends… mais pas comme ça, ajouta Maxime, qui aurait été incapable d'expliquer ce qu'il voulait insinuer par ces mots.

L'homme et l'enfant, immobiles, se mesurèrent du regard un long moment.

◆

Maxime caressa les cheveux de Gabriel qui dormait à poings fermés dans un vrai lit, dans une vraie chambre. L'enfant vivait chez lui depuis un mois. Peu à peu, il s'habituait au fait d'être bien traité, bien nourri, respecté. Il ne parlait jamais. Mais tous deux se comprenaient sans problème.

Le PDG expliquait à son entourage qu'il s'agissait d'un neveu qu'il avait adopté. Gabriel aurait même bientôt un certificat de naissance et d'autres papiers attestant cette histoire. Maxime avait mis le prix pour que le tout soit sûr, discret et rapide. Seul Masina trouvait cette histoire louche.

On avait parlé du « massacre de la Gaspésie » à la télévision, bien évidemment. Le mot pédophilie avait été prononcé à la suite de certaines découvertes dans la maison. Mais, bien sûr, impossible de remonter jusqu'à Maxime. À la télévision, le député de la région criait son indignation. On avait aussi interrogé quelques habitants du coin. La plupart affirmaient que les Rousseau étaient des gens à l'écart et un peu bizarres, mais jamais on ne se serait douté qu'il se passait des choses atroces chez eux.

— Nous autres, on se mêle de nos affaires…

Maxime avait fermé la télévision, mortifié.

Il sourit en remontant la couverture sur l'enfant. Avant, c'était Francis qui donnait la force à Maxime de continuer. Maintenant, Gabriel avait pris le relais. *Non, il ne remplace pas Francis,* s'opposait une voix intérieure. *Il en est le contraire. Francis aurait tout fait pour changer les sentiments qui t'habitent en ce moment, comme il l'avait déjà fait par le passé*. Mais aurait-il réussi, cette fois ? Quelques minutes avant de mourir, sur le quai du métro, ne disait-il pas à Maxime qu'il le trouvait de plus en plus agressif ? Désormais, la haine était là, inutile de le nier. Et elle était un moteur formidable… mais un moteur qui ne servait encore à rien.

Maxime se leva, vit la boîte de Froot Loops près du lit. Gabriel en traînait toujours une avec lui et le milliardaire s'assurait qu'il n'en manquait jamais dans le garde-manger. Quand ils avaient quitté l'ignoble maison, le gamin n'avait voulu emporter qu'une seule chose : ses céréales. Il n'avait pu dire à Maxime où était la clé qui aurait détaché la chaîne pendant à sa cheville (le milliardaire l'avait cherchée en vain et avait scié la chaîne seulement une fois de retour chez lui à Montréal), mais il savait où se trouvaient les quatre boîtes de Froot Loops de la maison.

Maxime prit la boîte et sortit silencieusement de la pièce. Il passa de longues heures assis à réfléchir, comme il le faisait chaque soir depuis un mois, lorsqu'il revenait de ses journées au bureau où il traînait comme un tragique automate. La haine bouillait, le moteur tournait à fond… Mais il tournait à vide. Il fallait trouver une courroie, des cylindres, une transmission…

Au bout d'une heure, il ouvrit la télévision. Il écouta une bonne discussion entre différents intervenants culturels, puis zappa. Il tomba sur une émission ahurissante où les concurrents, pour demeurer dans la compétition, devaient manger des vers de terre et autres bestioles du même genre. Sidéré, il regarda l'émission quelques minutes. Ce n'était pas la première fois qu'il découvrait une télé-réalité, mais cela le consternait tout autant chaque fois. Et ce qui le déprimait encore plus, c'était la popularité grandissante de ces effarantes inepties. Qu'est-ce qui peut bien pousser quelqu'un à aller bouffer des vers de terre devant une caméra ?

L'argent, évidemment. Et la fierté de passer à la télé, sans doute. Mais aussi l'impression de faire quelque chose de spécial, de déjouer le quotidien morne et insatisfaisant. Il zappa et tomba sur une autre télé-réalité : six ou sept femmes *ordinaires* (mais qui ressemblaient toutes à des *playmates*) courtisaient un millionnaire qui, à la fin, ne choisirait que l'une d'elles. Humiliation, mesquinerie, magouille, exhibitionnisme émotif… tout ça pour un homme qu'elles ne connaissaient même pas. Ces femmes croyaient vraiment que l'argent et la gloire régleraient leurs problèmes ? Et ces bouffeurs d'invertébrés, à l'autre chaîne, n'avaient trouvé rien de mieux pour remplir leur vide existentiel ? Ils ne réalisaient donc pas que tout ça n'était qu'un simple pansement, qui se décollerait bien assez vite ? Depuis Moïse, les veaux d'or ont pris toutes sortes de formes pour combler leurs adorateurs…

La haine s'éveillait à nouveau en Maxime, le faisait littéralement trembler. Les images de la tuerie de la Gaspésie clignotaient devant ses yeux, les émotions qu'il avait ressenties revenaient le hanter, le séduire…

— Pourquoi n'allez-vous pas tous vous jeter devant le métro ? râla-t-il vers l'écran.

Parce qu'ils ne veulent pas voir encore. Il faudrait leur ouvrir les yeux. Et s'occuper de ceux qui persistent à les garder fermés. Une image se forma devant lui, faisant disparaître celle de l'écran : Francis était entraîné dans la fosse du métro, mais autour de lui, une multitude de gens l'observaient, puis l'imitaient. Sauf que chacune de ces personnes tenait par la main un individu qui lui-même agrippait quelqu'un d'autre qui lui-même en entraînait un autre… Des dizaines de chaînes humaines, composées d'individus qui ne voulaient pas sauter, sauf celui ou celle qui était au début de la file et qui, volontairement, entraînait tous les autres à sa suite… Maxime demeura de longues secondes sans respirer.

Il ferma la télé.

Pendant trois heures, il ne bougea pas, ne fit que composer mentalement le puzzle qui se formait dans son esprit. Puis, épuisé, il se leva, marcha jusqu'à la chambre de l'enfant et y entra. Il caressa à nouveau les cheveux de Gabriel qui, cette fois, bougea puis ouvrit un œil endormi. Maxime le contempla en silence avec, sur les lèvres, un sourire à la fois victorieux et triste.

— On va enfourcher le veau d'or, murmura-t-il.

36

Pierre a très rarement ressenti la terreur. La peur, oui, à différentes occasions. On peut avoir peur d'arriver en retard quelque part, peur de ne pas être à la hauteur d'une situation, peur du ridicule… ou peur qu'il soit arrivé un accident à notre ex-femme et à notre fille qui sont parties en bateau. Mais la terreur, la vraie, si intense qu'elle n'est supportable qu'à court terme, n'existe que dans l'incertitude, dans l'inconnu, dans l'éventualité du pire. Pierre a toujours été convaincu que le moment le plus atroce pour l'homme qui tombe en bas d'une falaise ou d'un gratte-ciel doit être ce bref instant où il vacille et tente de reprendre son équilibre. Pendant la chute, le sentiment prédominant est sans doute le fatalisme, ou l'abandon, ou les deux. Mais les quelques micro-secondes durant lesquelles cet homme se demande s'il va basculer ou non doivent être saturées d'une terreur pure. Enfin, Pierre n'en sait au fond absolument rien, mais c'est toujours ce qu'il a cru. Avant cette nuit, il a connu la terreur une seule fois : lors du massacre sur le boulevard Saint-Joseph, alors qu'on braquait des armes sur lui. En ce moment, assis sur la chaise inconfortable de la chambre d'hôpital, il éprouve cette émotion pour la seconde fois de sa vie.

Dans le lit devant lui se trouve Karine. Inconsciente. Une sonde traverse son bras, une autre entre dans sa narine droite. Elle semble dormir. Les traits décontractés, belle à couper le souffle. Pourtant, quelques heures plus tôt, elle a tenté de se suicider.

Ce n'est pas Marie-Claude qui l'a appris à Pierre. En fait, le message de la colocataire de Karine était laconique, se bornant à dire sur un ton tragique que monsieur Sauvé devait rappeler rapidement à l'hôpital. La jeune femme a laissé le numéro, affirmant qu'elle-même serait là une bonne partie de la soirée. Pierre a aussitôt appelé : il était vingt-trois heures et Marie-Claude était repartie, mais Pierre a parlé à un médecin qui a commencé en disant que sa fille était dans un état jugé encore critique, qu'il devait venir immédiatement et qu'il aurait des explications sur place. Lorsque le détective, à bout de nerfs, a demandé en hurlant ce qui s'était passé exactement, le médecin a fini par cracher le morceau : Karine avait avalé des médicaments en grande quantité, à un point tel qu'il ne faisait aucun doute qu'il s'agissait d'une tentative de suicide. Durant tout le trajet jusqu'à l'hôpital Notre-Dame à Montréal, ces trois mots n'ont pas quitté l'esprit de Pierre une seule seconde : tentative de suicide.

Sur place, l'infirmière lui a expliqué que Karine était inconsciente depuis son arrivée en début de soirée et que le docteur viendrait lui donner des détails dans quelques minutes. Une fois seul, Pierre a pris la main de sa fille et l'a pressée contre son cœur douloureux, comme s'il espérait que ce contact suffise à le consoler.

— Karine, a-t-il marmonné, la voix brisée. Karine…

Il l'a embrassée sur le front. En fait, il avait une envie folle de la prendre dans ses bras, mais il s'est dit que cela risquait de déplacer les sondes. C'est du moins la raison qu'il s'est donnée. Et maintenant, assis depuis quinze minutes sur cette chaise, il combat la terreur en utilisant une arme bien dérisoire : le raisonnement. Il se dit qu'elle va s'en sortir et qu'après, tout ira beaucoup mieux. Il *faut* qu'elle s'en sorte.

Elle est venue te voir la semaine dernière…

Pour repousser cette pensée, il se lève et s'approche du lit. Tout à coup, il comprend pourquoi elle est si belle, ainsi inconsciente : l'aura de ténèbres qui l'enveloppe depuis dix ans a totalement disparu.

Un médecin entre à ce moment et explique au père ce qu'il sait. Vers dix-huit heures, la dénommée Marie-Claude a découvert, en entrant chez elle, son amie inanimée sur le divan du salon, des flacons de médicaments à ses pieds. La colocataire a confirmé qu'il s'agissait de ses propres médicaments, qu'elle prend pour traiter son diabète. Le docteur estime que Karine a dû les ingurgiter trente minutes avant qu'on ne la découvre. Ce court laps de temps l'a sans doute sauvée, mais a été suffisant pour la plonger dans le coma. Le médecin donne des explications médicales auxquelles Pierre ne comprend rien. Il ne retient qu'une chose : la vie de sa fille n'est plus, à proprement parler, en danger, mais il est impossible de savoir quand elle se réveillera. Peut-être dans dix minutes, peut-être dans un mois… peut-être jamais.

Alors Pierre comprend qu'il s'est trompé : lui qui a toujours cru que la terreur était un sentiment si insupportable qu'on ne pouvait l'éprouver qu'à court terme, il réalise maintenant qu'il va peut-être le ressentir durant très, très longtemps.

◆

Un brouillard… qui peu à peu prend forme… Un visage… Celui du père de Pierre, agonisant dans son lit… qui tout à coup a un soubresaut de vie, écarquille les yeux, réussit à articuler quelques paroles…

— Oh, mon Dieu, c'est fini ! Et il ne s'est rien passé ! Rien !

Pierre sursaute et se réveille, sur le point de tomber en bas de sa chaise. Hébété, il voit une jeune fille debout devant le lit et finit par reconnaître Marie-Claude. Il est neuf heures du matin.

— Du nouveau ? demande la jeune femme avant même de saluer.

Le détective explique qu'il n'y a aucun développement. Après un long silence empli de malaises, il ose enfin demander :

— Est-ce que… est-ce que Karine montrait des… des signes de détresse dernièrement ?

Marie-Claude, qui n'ose regarder le policier dans les yeux, bredouille :

— Karine n'a jamais été une fille tellement… heu… tellement joyeuse. Bon, quand on sortait, elle faisait la fête mais… C'est une fille assez secrète, assez renfermée. J'imagine que je ne vous apprends rien…

Évidemment, qu'elle ne lui apprend rien ! Pourquoi elle lui dit cela ? C'est une accusation ? De nouveau, son vieux réflexe fait surface.

— Mais dernièrement, c'est vrai que c'était pire, ajoute l'amie de sa fille. Elle ne me parlait presque plus, filait vraiment un mauvais coton… En fait, elle était comme ça depuis… (elle devient encore plus embarrassée) depuis la semaine dernière.

Depuis sa visite chez moi, ajoute Pierre mentalement. Il se demande si Marie-Claude est au courant. À voir son attitude, il jurerait que oui. Puis, la coloc dit qu'elle doit partir au boulot : elle voulait juste venir voir s'il y avait eu des changements. Après hésitation, elle tend deux clés à Pierre :

— C'est pour entrer chez nous. Si vous voulez aller voir pour… Enfin, si vous ressentez le besoin d'y aller. Contactez-moi si vous avez des questions. Sur n'importe quoi.

Pierre prend les clés en bredouillant un remerciement. Dix minutes après le départ de Marie-Claude, le cellulaire du détective sonne, mais Pierre n'y accorde aucune attention. À dix heures, le docteur arrive et demande, avec une certaine raillerie que le détective n'apprécie guère, combien de temps il a l'intention de rester dans la chambre. Le médecin rappelle qu'elle peut se réveiller dans une heure comme dans un mois.

— Vous ne pouvez pas rester ici vingt-quatre heures sur vingt-quatre. Nous avons vos coordonnées, détective Sauvé. Nous vous tiendrons au courant.

— OK… Mais je vais venir le plus souvent possible.

Sans saluer, sans même un regard pour sa patiente, le médecin disparaît. Pierre, qui ne peut se résigner à s'en aller, demeure encore une demi-heure dans la chambre. Enfin, il s'approche de sa fille, lui prend la main et la serre avec force. Une boule douloureuse gonfle dans sa gorge, mais il se retient pour ne pas pleurer.

— Reviens vite, ma belle.

Le visage de Karine demeure paisible. Il l'embrasse sur le front et, le corps voûté comme s'il avait vieilli de vingt ans, sort de la pièce.

Dans sa voiture, son cellulaire se remet à sonner. Pierre l'éteint sans même vérifier de qui provient l'appel. Il se dirige vers la rue Drolet. Il est si abattu que, malgré son sens exceptionnel de l'orientation, il se trompe de route et se retrouve dans Rosemont, au milieu d'un bouchon monstre. Qu'est-ce que c'est que ce trafic en plein week-end ? En apercevant des affiches, il comprend que c'est le *Monster Truck* au Stade olympique et, en maugréant, retrouve le bon chemin. Il s'arrête devant l'immeuble où habite Karine et, sans sortir du véhicule, observe la fenêtre de l'appartement, à l'étage. Il sort les clés de sa poche et les examine. Peut-être, s'il va fouiller un peu, découvrira-t-il des lettres, un journal personnel, un message quelconque. Mais pour cela, il devra entrer dans la chambre à coucher de sa fille, cette pièce qu'il a entrevue l'autre jour avec cet éclairage feutré, cette musique sensuelle, ces perruques… et ce jouet indécent, trônant sur la table de nuit… Cette chambre dans laquelle tant d'hommes sont entrés avant lui… À cette seule idée, une fine pellicule de sueur se forme sur son front.

Il remet les clés dans sa poche et démarre.

◆

Pierre entre dans son bureau, s'assoit et se masse le front durant de longues minutes, jusqu'à ce que Bernier, fidèle à ses habitudes, entre sans frapper, avec un petit rictus de reproche.

— Grasse matinée ce matin ?

Chloé suit le capitaine.

— Ça va ? demande-t-elle à son collègue. J'ai essayé de te joindre sur ton cellulaire et…

— Je sais, je sais…

Le doute apparaît sur les traits de la jeune femme et Pierre devine aisément les questions silencieuses qu'elle lui envoie : « *Est-ce que ton absence de ce matin a un lien avec notre soirée d'hier ? Tu regrettes d'avoir couché avec moi et tu veux m'éviter ?* »

— Écoute, Gilles, je voudrais prendre une couple de jours de congé.

Bernier redresse la tête avec réprobation.

— Je le savais que t'étais pas prêt pour cette enquête ! Ton psy a dû trouver son diplôme dans une boîte de…

— C'est pas ça. C'est… Ma fille est à l'hôpital.

Chloé devient soudain plus attentive. Le capitaine demande ce qu'elle a et Pierre, évasif, se borne à dire que c'est assez grave et qu'elle aurait besoin de lui pour deux ou trois jours.

— Chloé pourra très bien poursuivre l'enquête seule pendant ce court laps de temps pis me tenir au courant.

Il évite le regard de sa collègue, qu'il sent vrillé sur lui. À contrecœur, Bernier finit par accepter. Mais si Pierre ne se remet pas en selle bientôt, il devra se faire remplacer. Une fois le capitaine sorti, le policier s'empresse d'expliquer :

— Voilà ce que tu pourrais faire. Tu te souviens, on voulait aller voir les quatre personnes, dans la chemise Centre-du-Québec, qui sont encore en vie… Tu pourrais t'en charger.

Demande-leur carrément si elles ont participé à des réunions spéciales à Victoriaville, cette année ou l'année passée. Pis si oui, qu'elles t'expliquent en quoi consistaient ces réunions.

— Je suis pas une novice, Pierre, je sais comment m'y prendre.

— Je sais ben. Je vais revenir mardi après-midi pis tu me feras le topo de tes rencontres. S'il y a une urgence, appelle-moi sur mon cellulaire pis ce coup-là, je vais répondre, promis.

— Qu'est-ce qui est arrivé à Karine ?

— Un accident. Je te donnerai les détails une autre fois.

Elle ne le croit pas, c'est évident. Elle s'humecte les lèvres et dit :

— Écoute, Pierre, si tu as besoin de parler, n'hésite pas. Après ce qui… après notre soirée d'hier, tu n'as pas à te gêner pour m'appeler.

— Faudrait pas capoter avec notre soirée d'hier ! réplique le policier, un rien agressif. On a pus vingt ans, Chloé !

Contre toute attente, elle éclate de rire, son rire si juvénile, si sincère, si contagieux.

— Voyons, Pierre, je le sais ! Surtout pas toi ! Tu vas avoir quarante ans dans deux semaines, non ?

Elle rit à nouveau. Pierre, au contraire, se renfrogne. Dire que tout le monde voulait lui faire une grande fête pour ses quarante ans… Ça promettait d'être gai, oui. Chloé redevient sérieuse, mais a tout de même un sourire d'encouragement :

— Allez, va voir ta fille… On se revoit mardi.

Elle marche vers la porte. Pierre, traversé par un bref éclair de remords, lui lance d'une voix désinvolte :

— C'était très bien, hier soir.

Chloé le considère avec un sourire mi-hautain, mi-frondeur :

— C'était pas pire…

Et elle sort, sous l'œil rond et déconcerté de son collègue, qui n'attendait pas une réponse si modérée.

◆

Pierre loue une chambre dans un hôtel de la rue Sherbrooke, tout près de l'hôpital Notre-Dame, prend rapidement une douche et retourne dans la chambre de Karine. Il passe la journée sur la chaise, sentant peu à peu la fatigue de sa nuit blanche s'abattre sur lui. Il plonge dans le passé, se rappelle Karine lorsqu'elle était petite, tente de se remémorer les moments où il jouait avec elle, mais en trouve très peu. Pourtant, quelques scènes fortes lui reviennent en mémoire: les baignades au lac du chalet, les trois ou quatre fois où il est allé la voir jouer à la ringuette… et la seule Halloween qu'il a courue avec elle. Elle avait huit ans et était déguisée en lapin. Lui-même s'était affublé en vampire, et elle était si heureuse. À chaque porte, elle annonçait avec fierté: « C'est mon papa! » Plusieurs fois, il se lève et va lui caresser la joue.

Vers dix-huit heures, Marie-Claude est de retour avec une fille et un garçon de son âge, des amis de Karine que Pierre ne connaît pas. Vaguement honteux, le détective les laisse seuls et erre dans l'hôpital, indifférent aux infirmières pressées, aux médecins bourrus et aux patients geignards qu'il croise dans les couloirs encombrés. Parfois, provenant d'une chambre, il perçoit les sons d'une télévision et, importuné par ces bruits qui envahissent sa bulle, il finit par sortir pour aller se promener dans le parc LaFontaine, tout près. Lorsqu'il revient dans la chambre à dix-neuf heures trente, les amis de sa fille sont partis. À vingt heures quarante, le médecin trouve le policier endormi sur sa chaise et lui ordonne presque d'aller se coucher.

Dans sa chambre d'hôtel, Pierre dort comme un loir durant douze heures. Ses rêves vibrent de cris et de pleurs, mais il n'arrive pas à se les rappeler à son réveil.

Tout au long de la journée suivante, Karine ne donne toujours aucun signe d'évolution. En lui caressant l'épaule, Pierre songe: *Et si elle restait comme ça durant des mois? Ou pour toujours?* Il serait incapable de le supporter. Finalement, il se rend compte qu'il avait raison: la terreur n'existe qu'à court terme. Car déjà, ce qu'il ressent est différent: c'est le début du désespoir. Un sentiment moins aigu, mais plus sournois, plus lourd, plus destructeur…

Lorsque le soir il retourne dans sa chambre d'hôtel, il réalise que Chloé ne l'a pas appelé une seule fois. Sur le moment, il apprécie cette délicatesse, puis se dit qu'au fond, cela lui ferait peut-être du bien de lui parler un peu. Il l'appelle et tombe sur le répondeur. Il songe à laisser un message, puis renonce. Il raccroche, déçu. Il se souvient alors de ce qu'il a pensé en sortant de chez Chloé, l'autre soir, cette idée qu'il ne veut pas sortir avec une collègue de travail pour que sa vie privée ne contamine pas sa vie professionnelle… Est-ce ainsi qu'il a toujours vu le travail ? Comme une échappatoire au quotidien ? Au point qu'il a besoin d'une étanchéité totale entre les deux sphères ?

Comme pour s'empêcher de s'enfoncer dans une idée aussi déprimante, il réussit à s'endormir rapidement, indifférent à la dispute qui a lieu dans la chambre d'à côté.

◆

La journée de lundi se passe de la même manière.

Mardi, vers treize heures, debout à côté du lit de sa fille, il se convainc qu'il doit retourner à Drummondville. La nuit passée, il a de nouveau rêvé à la fusillade et Rivard, criblé de balles, tournait un regard accusateur vers lui en geignant : « Tu m'abandonnes, Pierre ! Tu t'approchais du but, et tu nous abandonnes ! » Il doit recommencer à vivre. Reprendre la seule chose qui le comble vraiment : le travail. Pour l'instant, il en a plus ou moins envie, mais il sait qu'il y reprendra goût rapidement. Après tout, c'est l'enquête de sa vie, une enquête comme peu de flics en vivront dans leur carrière.

Et si Karine mourait pendant son absence ?

Non, impossible. Le docteur est catégorique : elle est hors de danger.

Alors, si elle se réveillait pendant que tu n'es pas là ? Serais-tu capable de supporter l'idée que tu as été encore une fois absent pour elle ?

Une chose à la fois. D'abord, retourner à Drummondville pour demander à Chloé un compte-rendu des dernières journées. Ensuite… il verra. Comme pour se remettre dans le bain, il sort son agenda de son veston et constate qu'il a rendez-vous avec son psy cet après-midi. Il en a assez, de ces rencontres avec Ferland ! Maintenant qu'il va devoir faire la navette entre Drummondville et Montréal, il ne compliquera pas les choses avec un psychologue en plus ! Ferland l'a bien aidé, c'est vrai, mais maintenant il n'a plus besoin de lui. Il veut appeler le psychologue pour tout annuler mais réalise que le numéro de téléphone est à Drummondville. Tant pis, il arrêtera une dernière fois à Saint-Bruno sur le chemin du retour.

Et pourquoi ne pas parler à Ferland de Karine ? Et de toi, par la même occasion ?

Ça suffit ! Il n'a plus besoin de Ferland, point final. Il embrasse sa fille sur le front et murmure :

— Je vais revenir très vite. Je te le promets. Attends-moi.

Le visage de Karine ne bouge pas, lumineux. Le cœur brisé, Pierre sort de la chambre.

◆

Frédéric pince les lèvres, croise une jambe et réplique :

— Lors de notre dernier rendez-vous, Pierre, vous songiez aussi à abandonner la thérapie. Je croyais que nous avions conclu une entente.

Assis devant lui, Sauvé ne semble pas apprécier la terminologie employée par le psychologue.

— Je n'abandonne pas, je pense juste que je n'ai plus besoin de… heu… de ces rencontres. Elles m'ont beaucoup aidé… *Vous* m'avez beaucoup aidé, mais là, c'est correct. Je peux faire un bout tout seul.

Frédéric doute que son client aille mieux. En fait, il le trouve en plus mauvais état que la dernière fois, avec des cernes sous les yeux et le teint pâle. Sûrement que l'enquête du policier devient de plus en plus corsée… mais Sauvé ne divulgue plus rien à ce sujet. Comme la semaine dernière, le psychologue tente de raisonner le policier, mais devant l'impatience de ce dernier, il abandonne. Avec un sourire crispé, il dit enfin :

— Eh bien, Pierre, c'est vous qui décidez !

Avant que le détective ne parte, Frédéric va à son bureau, ouvre un cahier de notes et inscrit une série de chiffres sur une page.

— C'est mon numéro de téléphone personnel.

Il arrache la feuille, la plie en quatre et la donne au policier.

— Surtout, n'hésitez pas à m'appeler, à n'importe quelle heure du jour, s'il y a quoi que ce soit dont vous voulez parler. Que ce soit d'ordre émotif… ou d'ordre professionnel.

Sauvé, en rangeant le papier dans sa poche, arque un sourcil et le psychologue se dit qu'il en met peut-être un peu trop.

— Merci pour tout, Frédéric. Sincèrement.

Vingt secondes plus tard, il est parti. Frédéric s'assoit dans son fauteuil, joint les mains et pose ses deux index sur son menton, le visage contrarié.

Pas prévu, ça… Mais au fond, il a fait ce qu'il avait à faire, non ? Son flambeau est maintenant bien allumé, c'est ce qui est important. Il fume une cigarette tout en repensant à son dernier dîner avec Lavoie.

S'il savait tout, il te tuerait sans hésiter.

Le psychologue se lève. Cette éventualité est le dernier de ses soucis. Ce qui l'incommode, en ce moment, c'est qu'il ne pourra plus s'occuper de son flambeau jusqu'à ce qu'il s'éteigne. Bien sûr, ce sera intéressant, mais l'excitation réside *aussi* dans l'observation du processus de combustion. Ce qui, désormais, ne lui sera plus permis. D'ici la grande finale, Icare devra se contenter de faire du surplace. Très frustrant quand on a enfin un plan de vol idéal. Il se laisse retomber dans son fauteuil.

Très, très frustrant…

◆

— Comment va Karine ?

Pierre, assis derrière son bureau, change de position sur sa chaise.

— Un peu mieux. Mais va falloir que j'y aille souvent.

Chloé attend la suite. Pierre toussote puis, prenant un air « professionnel », demande :

— Alors, du nouveau ?

Chloé, qui n'insiste pas, sort son calepin et lance un regard étincelant vers son collègue.

— Tiens-toi bien… Tout d'abord, il y a Paul N'guyen, qui vit ici à Drummondville et qui a auditionné pour l'émission cette année. Il dit n'être au courant de rien. Je lui ai parlé des réunions à Victoriaville, mais il m'a juré qu'il n'a aucune idée de ce dont je parle. Franchement, il avait l'air terrifié et m'a presque mise à la porte. Disons que c'est assez louche comme comportement.

Elle tourne la feuille de son calepin.

— Puis j'ai rencontré Linda Mélançon, à Princeville. Elle a auditionné l'an passé. Elle a beaucoup résisté, mais a fini par m'avouer, en larmes, qu'elle s'était rendue en février et mars de l'année 2005 à trois réunions à Victoriaville, dans une salle communautaire. Pas celle qu'on a visitée l'autre jour, mais quelque chose du même genre. J'imagine que, par précaution, on change de salle d'une année à l'autre. Mélançon m'a résumé le déroulement de la réunion.

Chloé regarde son collègue, le visage tout à coup consterné.

— C'est... c'est affreux, Pierre. Les réunions sont organisées par un certain Charles qui incite les gens présents à se suicider. Il dit que plus rien ne vaut la peine, que tout est vain et que le mieux est de mourir.

Pierre écarquille les yeux, tellement secoué qu'il réussit à ne pas penser à Karine pendant quelques instants. Chloé poursuit:

— Cette femme était tellement bouleversée que je n'ai pas tout compris. Elle pleurait tout le temps et m'a avoué qu'elle n'avait jamais parlé de ça à personne. C'était vraiment... vraiment dur. (Pause.) Il paraît que le dénommé Charles leur dit qu'ils doivent brûler leur flambeau avant de se suicider.

— Leur flambeau... Le même mot qu'a employé Gagnon...

— Je lui ai demandé ce que ça voulait dire, mais elle n'était pas capable d'être très claire là-dessus, son discours était incohérent.

Pierre écoute maintenant attentivement, son intérêt parfaitement éveillé... sauf que Karine est toujours là, discrète mais prête à reprendre l'avant-scène au moindre silence.

— Quand je lui ai demandé pourquoi, après plus d'un an, elle ne s'était pas enlevé la vie, elle m'a répondu qu'elle n'en avait pas le courage. Elle n'arrêtait pas de répéter: « pas le courage, pas le courage ». Elle est devenue presque hystérique et j'ai dû partir: je ne pouvais plus rien en tirer.

— Elle dit qu'elle a assisté à trois réunions. Pourtant, sur le calendrier de Nadeau, il y en avait quatre...

— Elle m'a précisé qu'il n'y en avait eu que trois. Et le mot déluge ne lui dit absolument rien.

Elle tourne à nouveau la feuille de son calepin.

— La troisième personne est aussi intéressante. Il s'agit de Jean-Marc Huard, de Saint-David, qui a auditionné cette année. Non seulement il n'a pas hésité à parler, mais il était même triomphant de tout me dire. Il a assisté aux trois réunions de cette année (lui aussi dit qu'il n'y en a eu que trois) et, si je me fie à la description qu'il en a faite, elles étaient identiques à celles de l'année dernière. Après ces trois séances, il a été quelques jours sans dormir, ne sachant plus si ce Charles avait raison ou non. Puis, au bout d'une semaine, il est venu tout raconter ici même, au poste de police.

— Tu es sérieuse ?

— Il me jure que c'est vrai. Il est venu à la mi-mars. Il affirme qu'on l'a écouté, qu'on a tout noté, mais qu'après trois jours, on lui a dit qu'on ne pouvait donner suite à son histoire. Éperdu, il est retourné chez lui, en a parlé à quelques personnes mais, devant l'incrédulité générale, il a fini par se taire et ronger son frein.

— Qui de nos gars a recueilli sa déposition ?

— J'ai fini par retrouver de qui il s'agissait : Salois et Courteau. Je les ai questionnés. Ils se souviennent très bien de Huard, qui leur a donné l'impression d'être un homme extrêmement instable. Ils ont découvert, tout comme nous, que la salle avait été louée par la compagnie Wizz-Art. Mais lorsqu'ils ont appelé cette compagnie, on leur a répondu et tout semblait dans les normes.

— La compagnie fantôme a donc continué d'exister quelques semaines après les réunions… S'ils avaient appelé trois mois plus tard, ils auraient constaté qu'elle n'était qu'un *front*.

— Ils ont ensuite fait quelques recherches sur Huard et ont constaté que le gars avait consulté des psys dans le passé et était sous médication. Bref, ils ont clos le dossier rapidement.

Pierre ronchonne en croisant les bras.

— Allons, Pierre, toi et moi, on aurait fait la même chose…

Le détective ne répond rien mais se dit intérieurement que sa collègue a sûrement raison.

Est-ce que Karine est réveillée, en ce moment ? Toute seule dans sa chambre d'hôpital, aussi seule qu'elle l'était dans le bateau échoué tandis que le cadavre de sa mère flottait à quelques mètres d'elle…

Il secoue la tête. Il ne pourra pas passer des journées entières ici sans avoir de nouvelles de Karine, il n'y arrivera pas.

— Huard a été un peu plus précis sur la nature de ce « flambeau », poursuit Chloé. Ce serait une sorte de trip ultime qu'il faut réaliser avant la mort, afin de constater à quel point le plaisir qu'on en tire est intense mais éphémère.

Elle referme son calepin en concluant :

— Ni Mélançon ni Huard n'ont mentionné le nom de Lavoie. Il n'y aurait que ce Charles. Et le mot « déluge » ne leur dit absolument rien.

— Pourtant, Lavoie est lié à cette histoire, c'est évident ! rétorque Pierre avec humeur. Ça peut pas être par hasard que les gens classés dans sa « banque de seconde main » aient participé à ces réunions ! Parce que je suis sûr qu'il y avait des réunions dans chacune des seize régions de ces chemises ! Pis cette histoire de flambeau, tu trouves pas que ça ressemble aux trips des auditions ?

— J'ai vérifié. Effectivement, les gens qui se sont suicidés l'ont fait après avoir accompli des actes extrêmes qui se rapprochent du rêve qu'ils souhaitaient réaliser à *Vivre au Max*.

— Comme Nadeau qui voulait se venger de son ex, qui souhaitait même indirectement sa mort ! Pis tu te rappelles ce qu'elle a dit à sa meilleure amie, deux semaines avant de passer à l'acte ?

— Faut que ça flambe…

Silence. Puis, Pierre se lève, excédé :

— Alors, qu'est-ce qu'on attend pour convoquer Lavoie pis lui faire avouer que c'est lui qui pousse ces gens au suicide ?

Tout à coup, au mot « suicide », l'image de Karine, déjà omniprésente, explose littéralement dans son esprit, et le détective se sent défaillir. Chloé le remarque :

— Ta fille va pas mieux, hein, Pierre ?

— Excuse-moi, je…

Il ne pourra pas… Il ne pourra pas enquêter sur un dingue qui incite les gens à se tuer alors que sa propre fille a essayé de…

Un flash : il se revoit deux mois plus tôt avec Karine, en train d'écouter *Vivre au Max*… Karine qui aimait tellement cette émission…

— Pierre ?

Non, ce serait vraiment trop…

— Pierre, à quoi tu penses ?

Le détective se lève et sort de son bureau. Chloé le suit :

— Mais qu'est-ce que tu as ?

Il entre dans la petite salle où se trouvent tous les rapports de Lavoie. Il fouille parmi les dossiers et trouve celui de Montréal, que Chloé et lui n'ont pas encore vraiment examiné. Il l'ouvre et, d'une main fébrile, se met à feuilleter les rapports qui, pour la plupart, sont marqués d'un X. Il entend des bruits sourds résonner dans la pièce et se rend compte que c'est son cœur.

Calme-toi. Tu te fais des idées.

Pourtant, il cherche toujours, il cherche ce qu'il ne veut pas, ce qu'il ne *doit* pas trouver.

— Pierre, vas-tu me répondre ? demande Chloé, maintenant alarmée.

Et tout à coup, il tombe sur le rapport. Ou, plutôt, c'est le rapport qui lui saute au visage. Deux feuilles de papier exactement comme les autres, mais sans X, marquées d'un nom qui se met à briller comme s'il était écrit en lettres de feu, un nom qui grossit et brûle les rétines de Pierre. Le rapport lui glisse des mains et même si Pierre demeure debout, il a l'impression de tomber aussi. Il ne voit pas Chloé ramasser les deux feuilles. Il ne l'entend pas marmonner un « Oh non ! » catastrophé lorsqu'elle lit le nom de Karine sur la première page. Par contre, il perçoit une voix, la sienne, aussi froide qu'un flacon de médicaments qui glisse d'une main rendue molle par l'inconscience :

— On convoque Maxime Lavoie. Le plus vite possible.

◆

À l'autre bout du fil, Lavoie garde le silence un moment, puis demande avec une sécheresse désertique :

— C'est une arrestation, détective ?

— Pas du tout, rétorque Pierre, qui réussit à conserver un ton neutre. C'est juste une convocation pour vous poser quelques questions. J'ai essayé de vous appeler hier, mais vous étiez absent. Si cela avait été une vraie arrestation, j'aurais déjà envoyé des agents vous chercher.

— Et si je refuse ?

— Parlez-en à votre avocat, je suis sûr qu'il vous le déconseillera.

Courte pause. Chloé, face à Pierre, entend toute la discussion retransmise par les haut-parleurs dans le bureau du détective. Lavoie dit enfin :

— Pour cette semaine, c'est impossible, je suis trop pris.

— Trouvez un trou.

Soupir à l'autre bout du fil, puis :

— Bon. Je pourrais me libérer dans deux jours, vendredi.

— Parfait. Au poste de police de Drummondville, à treize heures.

La voix de l'animateur devient aigre tandis qu'il crache presque :

— Vous vous enfoncez de manière vraiment pathétique, détective.

Pierre raccroche sans un mot. Chloé croise les bras :

— Pas sûre, moi, que cette convocation est une bonne idée. Je continue à croire qu'on aurait dû attendre d'avoir plus d'éléments solides pour pouvoir carrément l'arrêter.

— Moi, je te dis que je peux tout lui faire avouer vendredi après-midi !

Chloé ne réplique rien, dubitative. Pierre, qui ne peut tenir en place, marche vers la porte en lançant qu'il retourne à Montréal.

— Karine a voulu se suicider, n'est-ce pas ?

Le policier se retourne, électrifié. Sur le moment, il songe à nier… mais à quoi bon ? La veille, en voyant le rapport d'audition de Karine, sa collègue a évidemment tout compris.

— C'est pour ça que tu es pressé d'affronter Lavoie. Tu prends cette affaire personnel, maintenant.

La policière dit cela sans reproche, avec indulgence.

— Il faut que j'y aille, dit Pierre rapidement.

— Tu veux que je t'accompagne ?

Contre toute attente, il se sent soulagé qu'elle soit désormais au courant. Soulagé de ne plus avoir à faire semblant. Soulagé de pouvoir compter sur elle.

— Oui, répond-il sans hésitation. S'il te plaît.

◆

Ils n'ont pas dit un mot depuis leur départ il y a dix minutes. Mais tandis qu'il engage sa voiture sur l'autoroute, Pierre parle enfin :

— Le rapport d'audition de Karine est sur la banquette arrière. Prends-le et lis-le-moi.

— Tu peux attendre d'être seul si tu…

— Lis-le-moi.

Chloé prend les deux feuilles de papier et s'efforce d'adopter un ton neutre.

> Madame Karine Sauvé est une jeune femme qui a toujours rêvé d'être comédienne mais qui n'a jamais été acceptée dans une école de théâtre. Elle a cessé d'auditionner, trop découragée, mais aimerait montrer aux gens à quel point elle est talentueuse et qu'elle peut adopter n'importe quel rôle.

Pierre tique. Et Karine qui lui affirmait qu'elle auditionnait toujours, qu'elle était convaincue qu'une école l'accepterait bientôt…

— Lis le rapport du psychologue.

Chloé tourne la page.

Karine Sauvé, malgré son très jeune âge, semble avoir beaucoup vécu. Une grande souffrance émane de cette jeune femme. Il est ressorti assez rapidement et assez clairement qu'elle veut être comédienne pour impressionner les gens, pour être aimée, pour être importante aux yeux de quelqu'un : sa mère est morte il y a dix ans et son père semble être plutôt absent.

La policière fait une pause et jette un œil circonspect vers Pierre, qui crispe les mâchoires, sans quitter la route des yeux. Par réflexe de défense, il a envie de dire à Chloé de se taire, de ne pas lire le reste, mais il réussit à demeurer silencieux. Sa collègue poursuit donc :

Malgré ses airs de dure, elle est très influençable, en profonde détresse et a un immense besoin d'attention. À la fin de l'audition, elle a pleuré et a même laissé sous-entendre, sans le mentionner clairement, qu'elle pourrait en finir (idéation suicidaire). J'ai cru aussi déceler certains symptômes de trouble de la personnalité de type histrionique. Cette jeune femme a déjà consulté deux psychologues par le passé.

Pierre serre le volant de toutes ses forces. Il revoit Karine, l'autre soir, devant sa maison…

« *Je veux qu'on se parle, tous les deux, qu'on se parle pour de vrai !* »

— Tu vas trop vite, Pierre…

— Hein ?

— Ralentis un peu.

Il réalise que la voiture roule à 145. Il lève le pied et la vitesse descend rapidement à 115. Le reste du voyage se déroule en silence.

◆

Ils sont tous deux sortis de la voiture. Debout sur le trottoir, ils observent l'immeuble à logements de l'autre côté de la rue depuis une bonne minute.

Tout à l'heure, ils sont allés voir Karine. Pierre, silencieux, est demeuré vingt minutes devant sa fille toujours plongée dans le coma, à lui caresser les cheveux, tandis que Chloé, un peu à l'écart, observait la jeune fille avec tendresse. Puis, le détective a embrassé sa fille et a dit à sa collègue d'une voix neutre :

— On s'en va chez elle.

Mais Pierre, maintenant devant l'immeuble, n'ose pas. Autant tout à l'heure il souhaitait la présence de Chloé à ses côtés dans la chambre, autant maintenant, alors qu'il est sur le point d'entrer dans l'univers de sa fille, il a des scrupules à y emmener quelqu'un avec lui. Comme si elle avait lu dans ses pensées, Chloé lui dit qu'elle va se rendre au café, juste au coin de la rue. Reconnaissant, Pierre la remercie.

— Prends ton temps, ajoute-t-elle.

Le policier entre dans l'immeuble et sonne à l'appartement. Aucune réponse. Marie-Claude est donc sortie et cela l'arrange parfaitement. Grâce aux clés qu'elle lui a données, Pierre ouvre la première porte, monte à l'étage puis ouvre la porte de l'appartement. Il fait quelques pas lentement et a l'impression que ceux-ci résonnent avec une ampleur démesurée. Il s'approche de la chambre de Karine et, après avoir pris une grande respiration, il entre.

Pas d'éclairage sensuel, cette fois : juste le soleil qui pénètre par la fenêtre aux rideaux écartés. Pas de jouet érotique sur la table de chevet. À la place, un livre et un verre vide. Mais les perruques sont toujours suspendues aux crochets. Sur le bureau, il y a un ordinateur portatif ouvert. L'écran de veille représente un chat qui poursuit une souris. Il s'approche de la commode, ouvre les tiroirs avec méfiance. Trois d'entre eux ne contiennent que des vêtements, mais le quatrième est un foutoir de différents objets sexuels : vibrateurs, pénis en latex, menottes et autres trucs inconnus à Pierre qui, de toute façon, s'empresse de refermer cette vision dégoûtante.

Il va au garde-robe et l'ouvre avec prudence, comme s'il s'attendait à ce que sa fille en surgisse, habillée d'un corset de cuir et de jarretelles. Il se retrouve devant une série de costumes hétéroclites. Il y a les classiques : infirmière, religieuse, mariée, sado-maso, écolière, petit chaperon rouge… Puis, d'autres plus particuliers : juge, soldate, prisonnière, indienne, chef cuisinière… Quelques robes très chics, aussi. À chaque costume est suspendue une étiquette qui l'identifie. L'un d'eux ressemble à une sorte d'accoutrement de science-fiction et Pierre lit l'étiquette: Princesse Leia. Partagé entre la fascination et la nausée, il marche vers les perruques qui, elles aussi, portent toute une étiquette.

Qu'est-ce que tu cherches, Pierre?

Il ne cherche rien. Il veut juste comprendre. Connaître un peu plus sa fille.

Mais ta fille n'est pas uniquement ce que tu vois ici. Elle est plus que ça.

— Il faut pas la juger, monsieur Sauvé.

Le détective se retourne. Marie-Claude se tient dans l'embrasure de la porte, mal à l'aise et pourtant l'air déterminé. Pierre ne l'a même pas entendue entrer.

— Elle faisait ça depuis combien de temps? articule-t-il.

— À peu près un an.

Pierre hoche la tête, marche vers la table de chevet. Il y prend le roman: *Les Noces barbares*, écrit par un auteur dont le nom de famille lui semble illisible, quelque chose du genre de Qulefflec, ou Queffelce...

— Elle a tellement trimé dur pour ses auditions, poursuit Marie-Claude. Comme aucune école ne voulait d'elle, elle a essayé de travailler dans des restos ou des magasins, mais elle était trop tête dure pour se plier aux ordres des patrons.

Pierre va au bureau, ouvre quelques tiroirs. Papiers, crayons, différents livres. Pas de journal personnel. La coloc continue:

— Elle ne voulait pas être escorte longtemps. Elle disait que c'était temporaire. Le temps qu'un réalisateur ou qu'un metteur en scène la remarque enfin.

Pierre se retourne vers la jeune fille. Lorsqu'il parle, sa voix est égale et contrôlée, même s'il sent son ventre en proie à mille morsures, comme s'il était empli d'insectes.

— Elle a auditionné pour *Vivre au Max*, tu le savais?

— Bien sûr. Karine ne parlait pas beaucoup d'elle, mais ça, on le savait tous.

Pierre hoche la tête. Sauf lui. Sauf son père. Il regarde autour de lui, puis demande:

— Est-ce qu'elle est allée à... à des réunions mystérieuses, en février ou mars dernier?

Marie-Claude, prise de court par la question, réfléchit, dit qu'elle ne voit pas. Puis, elle demande au policier d'attendre un peu et fouille dans son sac à main. Elle en sort un agenda qu'elle feuillette.

— Attendez… Le 7 mars, il y avait un *party* d'organisé pour Julien, un ami commun. Durant l'après-midi, Karine m'a dit qu'elle n'irait pas, je me souviens que ça m'avait bien déçue. Je lui ai demandé pourquoi, mais elle m'a répondu qu'elle avait autre chose, sans préciser quoi. Elle était plus renfermée que d'habitude. Quand je suis rentrée à trois heures du matin, elle était au salon, l'air vraiment bizarre, comme en état de choc. En me voyant arriver, elle est allée dans sa chambre sans rien me dire.

Pierre sent l'irritation dans son ventre monter le long de son œsophage. Dieu du ciel, Karine s'est vraiment rendue à ces réunions pro-suicide… Elle y est allée ! Sa propre fille !

— En tout cas, poursuit Marie-Claude, c'est à partir de ce jour-là qu'elle a… heu… spécialisé ses services.

— Qu'est-ce que tu veux dire ? demande Pierre, qui voudrait se réveiller dix ans plus tôt, afin qu'il puisse partir de Montréal à l'heure et arriver au chalet à temps, avant que Jacynthe ne parte en bateau avec Karine, ou, mieux encore, se réveiller quinze ans plus tôt, avant même que Jacynthe ne le quitte.

— Ben… avant cette soirée, elle était une… heu… une escorte standard, disons… mais après elle s'est spécialisée en…

Elle hésite, puis marche vers l'ordinateur. Elle se branche sur Internet et inscrit l'adresse « montrealchixxx.com ». Sur l'écran apparaissent en lettres rouges les mots « Montreal Chixxx », flanqués de trois filles habillées d'un simple slip qui fixent l'internaute d'un air lubrique. Marie-Claude s'écarte et propose :

— Le mieux est que vous constatiez par vous-même.

Elle prend un air contrit, et pourtant Pierre voit une certaine arrogance dans son regard, comme si elle disait : « Il est temps que vous voyiez enfin la vérité ! » Pierre se penche vers l'écran. Dans le menu du site, il voit une série d'onglets : « Pictures », « Videos », « Escorts »… En avalant sa salive, il clique sur le troisième onglet et une liste de prénoms de filles apparaît. En voyant celui de « Laura », il se souvient qu'il s'agit du prénom utilisé par le client de l'autre jour. D'une main tremblante, il clique sur « Laura ». Six photos apparaissent, représentant chacune une jeune fille costumée différemment, et même si le visage est camouflé, Pierre reconnaît cette petite tache de naissance sur l'épaule droite. Sa vue devient défaillante. Il réussit tout de même à lire le texte, écrit en français et en anglais :

> LAURA : superbe jeune fille de vingt ans, 5' 6", 36-B/24/35. Laura se spécialise dans les jeux de rôle. Vous avez toujours rêvé de coucher avec une nonne, une infirmière, une juge ou n'importe quel autre personnage sorti de votre imaginaire ou même d'un film célèbre ? Laura se fera un plaisir de se transformer pour vous ! Mieux qu'une actrice : une actrice perverse ! Que demander de plus ?

Pierre cesse de lire, s'assoit sur le lit et fixe le plancher entre ses cuisses. Il entend Marie-Claude dire :

— Je sais qu'elle est allée vous voir, l'autre jour. Elle m'a dit qu'elle voulait enfin tout vous expliquer, qu'elle avait besoin de le faire. Quand elle est revenue, elle ne m'a rien raconté, mais elle était plus renfermée que jamais.

Une note de reproche dans sa voix, le policier la perçoit nettement. Elle ajoute :

— Ça s'est pas bien passé, j'imagine ?

◆

Salvador étudie la grille posée sur son bureau ainsi que les quelques chiffres qui y sont inscrits, les traits crispés par la concentration. Lui qui est déjà tout ridé malgré sa jeune quarantaine n'en paraît que plus ratatiné. Il mâchouille le bout de son crayon et les bijoux à ses doigts étincellent littéralement sous le lustre de la grande pièce, envoyant des reflets dans le visage de Maxime assis en face de lui. Le milliardaire se renfrogne, agacé autant par le miroitement que par l'attitude de l'Espagnol, qui persiste à s'occuper de sa feuille de papier. Les bruits de discussion provenant de la salle à manger du restaurant, située dans la pièce voisine, se font à peine entendre, étouffés par les murs insonorisés.

Les yeux de Salvador s'agrandissent de satisfaction et il inscrit un chiffre dans sa grille.

— Ah oui, un 3… Oui, oui, oui…

Il glousse.

— Étonnants, ces Japonais, susurre-t-il avec son accent loufoque. Comment est-ce que le sudoku pis le hara-kiri ont pu être inventés par la même gang ?

Maxime joue impatiemment avec son verre de gin tonic.

— Alors, Salvador, tu acceptes ou non ?

Salvador soupire et regarde enfin son interlocuteur, l'air ennuyé.

— Pourquoi tu veux que je fasse tuer ce flic ?

— Il m'a convoqué pour un interrogatoire vendredi.

— Un mandat d'arrestation ?

— Non. Mais c'est tout de même emmerdant.

— Même s'il meurt, t'auras un autre interrogatoire avec un autre flic plus tard.

— Oui, mais c'est justement ce que je souhaite : gagner du temps.

Salvador le considère un moment en donnant de petits coups de crayon sur son bureau, comme si on lui demandait d'aller faire des courses alors qu'il vient de s'installer confortablement dans son divan.

— Qu'est-ce qu'il te veut, ce flic, Max ?

— Je t'ai toujours grassement payé pour que tu me fournisses des hommes sans poser de questions.

— Mais tu m'as jamais demandé de faire assassiner un *poli*.

Maxime ne trouve rien à répondre à ça. Il tourne la tête vers l'arrière. Près de la grande porte fermée se tiennent deux gardes du corps, imperturbables. Même si Maxime sait qu'il peut compter sur la complète et totale discrétion de ces hommes, il n'aime pas tellement parler de choses si précises devant eux. Il revient à Salvador qui, à nouveau concentré sur sa grille, marmonne :

— Ah non, *mierda !* ça peut pas être un 3…

Maxime sait qu'il ne doit pas se méprendre sur les airs candides et désinvoltes de l'Espagnol. Il le sait, car lui-même a déjà eu affaire à l'autre Salvador, celui qui est toujours attentif sans en avoir l'air, prêt à apparaître à tout moment. Quand il est venu le rencontrer pour la première fois alors qu'il quittait Lavoie inc. et qu'il préparait son émission, Salvador était assis à ce même bureau. À ce moment-là, c'étaient les mots croisés qui le captivaient. Pendant tout le temps qu'a parlé Maxime, l'Espagnol a donné l'impression de n'être intéressé que par son petit jeu. Et pourtant, à la fin, il a fait un simple geste avec son doigt, sans lever la tête de ses mots croisés, et aussitôt Maxime a senti le ciel lui tomber sur la tête. Il s'est réveillé dans une cave humide et sombre, retenu par des chaînes à un mur de pierre. Trois hommes se tenaient devant lui, dont Salvador, qui n'arborait plus du tout son expression ludique et débonnaire. Il a demandé à Maxime comment il l'avait découvert, comment il savait que lui, Salvador Truscas, restaurateur depuis huit ans, était à la tête d'un des groupes criminels les plus redoutables du Québec. Maxime a répondu qu'avec l'argent, on pouvait tout savoir.

— OK, on résume, a dit Salvador. T'es un des hommes les plus riches d'Amérique, l'ex-PDG de Lavoie inc. qui vient tout juste de démissionner pis qui prépare une émission de télé. Pis tu viens demander à un chef de la pègre de te fournir des hommes, de te rendre quelques petits services, tout ça sans jamais poser de questions ?

— Contre un salaire des plus raisonnables, a ajouté Maxime.

— Pis tu t'attends à ce que je dise : « OK, *no problemo* », comme ça, les yeux fermés ?

— Pourquoi pas ?

Salvador lui a donné un coup de pied dans le ventre, premier d'une longue série.

— C'est quoi, la crosse ?

— Y en a pas, a bredouillé Maxime, le souffle coupé.

Deux autres coups ont suivi, au ventre et en pleine mâchoire.

— On va voir ça.

Et il est sorti avec ses deux hommes. Le temps a passé, atrocement lentement, sans que Maxime puisse faire la différence entre le jour et la nuit. De temps en temps, Salvador descendait, avec un peu d'eau mais sans nourriture, lui donnait trois ou quatre coups de pied et, penché en avant, les mains dans le dos, répétait inlassablement :

— C'est quoi, la crosse ?

Chaque fois, Maxime jurait qu'il n'y en avait pas.

Il savait très bien ce que faisait Salvador pendant qu'il croupissait dans ce cachot : lui et ses hommes fouillaient dans la vie de Maxime, à la recherche d'une arnaque, et s'assuraient qu'aucun policier n'attendait de ses nouvelles. Ils avaient sans doute fouillé sa maison. Comme Maxime avait prévu le coup, il avait loué une luxueuse chambre d'hôtel pour Gabriel. Il avait d'ailleurs expliqué à l'enfant qu'il serait sûrement absent quelques jours, tout en précisant que s'il n'était pas revenu d'ici une semaine, cela signifierait qu'il était mort et que Gabriel devrait se débrouiller. Le garçon n'avait évidemment rien dit, mais Maxime avait vu une fugace inquiétude passer sur ses traits. Le milliardaire lui avait serré les épaules avec plus de force.

Puis, Salvador est revenu avec ses deux hommes et ceux-ci ont détaché Maxime en silence.

— Combien de temps ? a râlé Maxime, affaibli par l'absence de nourriture.

— Trois jours, a répondu l'Espagnol, observant son prisonnier avec, cette fois, un certain respect.

Devant Maxime, un plateau de nourriture est apparu : pâtes, pain et même une bouteille de vin. Tandis que le milliardaire mangeait à même le sol en s'efforçant de ne pas tout avaler d'un coup, Salvador murmurait :

— Je pense qu'on peut essayer de faire de la *business* ensemble…

Pour commencer, Maxime a demandé deux hommes fiables à son service à temps complet, un majordome et un chauffeur qui, à l'occasion, auraient des fonctions plus « costaudes ». Ensuite, il a confié à Salvador le soin de dénicher des squelettes dans les placards de différentes personnes, par exemple de certains membres du CRTC. Salvador a été parfait. Ensuite sont venues des commandes plus précises, dont les armes…

Mais ce soir, Maxime vient voir l'Espagnol pour une mission beaucoup plus délicate, il en est conscient.

— Alors ? demande le milliardaire.

Salvador, mâchouillant à nouveau son crayon, étudie sa grille quelques secondes, puis dit sur un ton négligent :

— Récemment, tu t'es pourtant très bien débrouillé sans nous pour ce genre de *job*.

— Qu'est-ce que tu veux dire ?

— Cette tuerie, à Drummondville… Avec une vraie artillerie lourde. D'après ce que j'ai su grâce à certains contacts, les armes utilisées par ce commando ressemblaient pas mal à celles que je t'ai fournies il y a quatre mois. C'est fou, le hasard, non ?

Il émet un petit son de contentement puis inscrit un chiffre dans sa grille.

— Pour Drummondville, je me suis débrouillé seul parce que je suis certain que tu n'aurais jamais accepté ce contrat, explique Maxime.

— Descendre une fille déjà gardée par la police ? Jamais de la vie ! Ç'aurait été suicidaire. Pis ç'a été le cas, pas vrai ?

Il lève les yeux vers son interlocuteur.

— Pourquoi tu procèdes pas de la même manière pour ton flic ?

— Parce que le commando de Drummondville a attiré l'attention sur moi. Je ne peux pas me permettre de l'attirer davantage. Et ce sera simple pour tes hommes : le policier en question vit à Drummondville, seul. C'est sans risque, rien à voir avec le fait d'aller descendre une fille dans un fourgon de police. Tu n'auras qu'à déguiser ça en vol par effraction qui a mal tourné pour le proprio. Il faut faire ça jeudi.

— Demain ? Tu te fous de ma gueule !

— Ma convocation est pour vendredi. Je veux qu'on règle ça le plus vite possible. Demain soir, c'est mon émission : le policier en question est un fan, il l'écoute tout le temps, il sera donc chez lui. Maintenant qu'il me soupçonne, il doit l'écouter plus que jamais. S'il n'est pas là, tes gars n'auront qu'à l'attendre.

— Ce flic, c'est celui qui a survécu à la fusillade de Drummondville, *si ?*

– *Si.*

Salvador regarde Maxime attentivement.

— T'es un cas, Max. Des domestiques qui servent aussi d'hommes de main, des photos compromettantes sur des gens du milieu de la télé ou de la politique, des achats d'armes, un massacre à Drummondville, pis maintenant le meurtre d'un flic… Y a aussi ces réunions secrètes que tu organises à travers le Québec, durant lesquelles Luis doit parfois faire disparaître des gêneurs… Qu'est-ce que tu prépares, au juste ? À quoi tu joues ?

Un goût de fiel emplit la bouche de Maxime. Le jeu, encore… On y revient toujours.

— Pas de questions, Salvador. Cela a toujours été la règle.

— J'ai envie qu'elle change, la règle.

— Alors, on ne jouera plus ensemble.

L'Espagnol fait tourner son crayon entre ses doigts. De chaque côté de la porte, les deux gorilles ne bougent pas, mais on les sent prêts à intervenir. Maxime ne craint rien : on ne le tuera pas. On n'élimine pas une vache à lait si productive. Salvador dit enfin :

— Quand on s'est rencontrés, t'as dit que notre association durerait environ deux ans. Ça achève, non ?

— Absolument. Et si on joue ensemble jusqu'à la fin, ta prime de départ sera très généreuse, crois-moi.

Ce qui est un mensonge, mais cela n'a aucune importance. Salvador cogite encore un moment, puis, en souriant, il tend le jeu de sudoku à Maxime en lançant :

— Tiens ! J'arrive pas à trouver le bon chiffre pour ce carré. Si tu le trouves, je m'occupe de ton *poli*.

Maxime, exaspéré, prend le jeu et le considère un moment avec une absence totale d'intérêt. Finalement, il inscrit quelque chose et redonne la grille à Salvador, qui jette un coup d'œil au nombre : 1 000 000.

— La moitié tout de suite, explique Maxime en indiquant la mallette à ses pieds. L'autre moitié quand ce sera fait.

Salvador rétrécit les yeux, jonglant mentalement quelques instants, puis relève la tête en souriant :

— J'aime ben ta façon de jouer au sudoku, *hombre*.

◆

Tandis que le serveur enlève les assiettes vides, Maxime jette un œil à sa montre :

— On va devoir prendre le dessert assez vite. Je dois être au studio à vingt heures.

— Pourquoi dois-tu arriver une heure avant l'émission ? demande Ferland, assis en face de lui.

— C'est comme ça, à la télé. Il faut que je m'habille, qu'on me maquille, qu'on me présente les invités de ce soir…

Le restaurant s'emplit peu à peu de clients chics et guindés. Durant le repas, Maxime a parlé de la dernière émission, qui aura lieu la semaine prochaine. Après en avoir discuté longuement, l'animateur demande :

— Ton flambeau secret, il avance ?

Frédéric prend un air contrarié.

— Eh bien… Le processus va bien, mais je n'en profite pas autant que je le voudrais en ce moment. Il faut que je trouve un moyen d'arranger ça.

Maxime a une petite grimace de frustration.

— Si ton flambeau finit de se consumer après le mien, je ne saurai jamais de quoi il s'agit. Et s'il se consume avant, tu ne pourras pas assister à la combustion du mien. Il faut donc que les deux brûlent *vraiment* en même temps !

Frédéric a un sourire de dérision.

— Tu nous entends parler, avec nos paraboles ? Flambeau, combustion…

Maxime fronce les sourcils.

— Tu trouves ça ridicule ?

— Tu sais bien que non.

Maxime ne voit vraiment pas ce qu'il y a d'amusant là-dedans. Ce Ferland, par moments, est vraiment déroutant. Bien sûr, il pourrait toujours l'obliger à lui révéler la nature de son flambeau, mais cela pourrait échauffer le psy au point qu'il laisse tout tomber, ce que le milliardaire ne souhaite pas. Maintenant que Ferland est avec lui dans cette histoire, Maxime veut qu'il assiste à son triomphe final. Le psychologue le rassure :

— Je t'ai déjà dit que c'était exactement mon intention : que la combustion de nos deux flambeaux se termine en même temps. Un gros feu de camp, quoi.

L'animateur approuve. Les deux hommes gardent le silence tandis que le serveur apporte le dessert. Quelques clients reconnaissent et dévisagent la star, mais très peu. Après tout, il s'agit d'un restaurant cinq étoiles, les gens qui s'y trouvent ont un standing à défendre. Pourtant, se dit Maxime, ils ont beau jouer les snobs de la haute classe et se croire plus évolués que la plèbe qu'ils rejettent, la plupart d'entre eux seront devant leur téléviseur tout à l'heure à s'esclaffer devant son émission. En ce moment, ils mangent avec dignité, mais demain, ils exploiteront leurs employés, ou tromperont leur conjoint, ou ignoreront leur enfant, ou trouveront le moyen d'écraser leurs concurrents financiers, ou…

Il reconnaît le sombre séisme qui le secoue intérieurement, qui fait osciller sa vision comme si elle gonflait : c'est la haine qui s'éveille.

— Et avec ton policier, Pierre Sauvé, comment ça se passe ?

Ferland pose la question sur un ton négligent, mais Maxime s'étonne :

— Tu te souviens de son nom ? Je ne t'en ai parlé qu'une seule fois !

Ferland semble pris au dépourvu une seconde, puis répond :

— C'est pratique, quand tu es psy, de retenir les noms.

— Justement, je voulais t'en parler. Il m'a convoqué pour demain matin. Un interrogatoire.

— C'est vrai ?

Ferland ouvre de grands yeux, mais Maxime n'y lit aucune crainte. Juste un immense intérêt.

— Tu es vraiment inquiet, retiens-toi un peu, maugrée Maxime en commençant sa crème brûlée.

— Tu crois vraiment qu'il a finalement trouvé quelque chose ?

Maxime essuie sa bouche avec un air fataliste :

— De toute façon, j'ai décidé de régler ça une fois pour toutes.

Il explique à son complice ce qui va se passer. Tandis que Ferland écoute, son visage s'allonge de plus en plus.

— Ça va se faire durant l'émission, tout à l'heure. Un alibi parfait pour moi, conclut l'animateur.

— Je pensais qu'on avait décidé de ne pas se rendre jusque-là !

— Ça devient trop menaçant.

— Voyons, il ne peut quand même pas te faire un procès et te condamner en une semaine !

— Parle moins fort, Frédéric…

Il prend une gorgée de café et dit que, de toute façon, il est trop tard : tout sera terminé dans moins de deux heures. Ferland secoue la tête, manifestement embrouillé.

— Depuis quand la vie de quelqu'un te tient à cœur, toi ? ironise Maxime.

— Ce n'est pas la question ! C'est juste que… tu triches, et je n'aime pas ça.

— Comment ça, je *triche ?*

Ferland fait un signe de la main et marmonne :

— Il ne faudrait pas que la police remonte jusqu'à nous.

— Rassure-toi : je fais affaire avec des professionnels.

Ils terminent le dessert en silence.

Vingt minutes plus tard, ils quittent le restaurant. À la sortie, ils se donnent la main et se séparent. Frédéric marche sur le trottoir un moment, puis se retourne. Constatant que Lavoie a disparu, il regarde partout autour de lui en allongeant le pas. Merde ! il est en plein centre-ville de Montréal et il n'arrive pas à trouver une cabine téléphonique ! Lui qui a toujours refusé d'avoir un cellulaire, il regrette tout à coup cette décision. Enfin, une cabine apparaît et il s'y engouffre. Après deux ou trois appels, il tombe sur l'assistance-annuaire de Drummondville et demande le numéro de téléphone de

Pierre Sauvé. On lui répond qu'aucun abonné n'est inscrit sous ce nom. Le psychologue comprend : Sauvé, en tant que flic, doit avoir un numéro confidentiel. Ferland a bien sûr son numéro, mais pas avec lui. Il regarde l'heure : dix-neuf heures cinquante.

Il se rend rapidement au stationnement souterrain, trouve sa voiture et s'engage dans la rue Sainte-Catherine rapidement. La soirée est superbe, le centre-ville est donc passablement congestionné. Après dix minutes, il arrive enfin au pont Jacques-Cartier, où l'attend une autre malchance : un accident ralentit la circulation. Ferland prend donc un bon vingt minutes pour une traversée qui, normalement, aurait dû lui en demander trois au maximum. Tandis qu'il file sur l'autoroute 20, il tente de se rappeler où se trouve le numéro de Sauvé : chez lui ou au bureau ? Il opte pour le bureau.

À vingt heures quarante, il fait irruption dans son bureau. Après avoir fouillé partout, il se rend à l'évidence : le numéro est chez lui ! À bout de souffle, il remonte dans sa voiture. À vingt heures cinquante, il entre chez lui, va directement à son agenda et trouve rapidement le numéro de Pierre Sauvé. Mais évidemment, pas question de l'appeler de chez lui. Ni de Saint-Bruno ni même de la Rive-Sud, ce serait une piste trop facile. Il remonte dans sa voiture et file vers Montréal. Cette fois, il prendra le tunnel et, de l'autre côté, s'arrêtera à la première cabine.

Une fois sur l'île, il prend la sortie pour Sherbrooke Est, tourne sur un boulevard et applique les freins à la première cabine qu'il croise. Il constate qu'il est vingt et une heures dix. L'émission est commencée !

Il se jette dans la cabine, le numéro de téléphone en main.

◆

Pierre stationne sa voiture devant chez lui à vingt heures quinze. Il a passé les dernières heures à Montréal, auprès de sa fille inconsciente. Quand il est parti, il l'a embrassée en lui promettant, comme d'habitude, de revenir. Chez lui, il se prépare un modeste souper, perdu dans ses pensées. En fait, il songe au lendemain, à l'interrogatoire de Lavoie. Il voudrait déjà y être. Mais il devra se retenir pour ne pas sauter sur la star, il le sait très bien. Chloé lui a offert de mener l'interrogatoire elle-même, ce qu'il a brutalement refusé.

À vingt et une heures, il allume la télévision et s'installe sur le divan. Il écoute *Vivre au Max* d'un œil torve et, en voyant Max Lavoie s'esclaffer, il se dit en lui-même : *Vas-y, ris, mon gars... Tu ne riras plus longtemps...* Il tente de déceler des traces de nervosité chez Lavoie, des signes qui trahiraient la tension qu'il doit ressentir à la veille de son interrogatoire, mais franchement, le milliardaire doit être un excellent comédien, car le policier le trouve aussi en forme qu'à l'habitude... peut-être même un peu plus.

Il assiste à la présentation de la première invitée sans une once de plaisir et se demande tout à coup pourquoi il a tant aimé cette émission. Pour la première fois, il sent la détresse chez ces hommes et ces femmes qui s'exhibent devant lui. Trois millions de spectateurs écoutent l'émission de Lavoie chaque semaine ; alors qu'auparavant cette pensée lui donnait l'impression d'appartenir à un groupe, Pierre se sent tout à coup infiniment seul.

Dix minutes après le début de l'émission, le téléphone sonne. Il n'a pas aussitôt articulé « Allô » qu'une voix rauque défile à toute allure :

— Détective Sauvé, on veut vous tuer ! Les assassins sont en route, ils sont peut-être déjà devant votre porte ! Attention !

Et la communication s'interrompt aussitôt.

Entraîné à ne pas se figer devant l'inattendu, Pierre prend à peine une seconde pour évaluer la situation. Il raccroche et, s'assurant d'un rapide coup d'œil que la porte d'entrée est toujours fermée et qu'aucune ombre ne se profile par les fenêtres du salon, il bondit vers le placard et en sort son pistolet. Rapidement, il va à la fenêtre et regarde discrètement dehors : la nuit est maintenant tombée, la rue est déserte, tout est calme chez les voisins. Il ramasse son cellulaire sur la table, puis sort prestement. Sur la galerie, il scrute à nouveau les alentours, arme pointée vers le haut. Son cœur bat à tout rompre, mais il se contrôle parfaitement.

Au pas de course, il traverse la rue et va se poster derrière le bosquet de vivaces de sa voisine d'en face. Il jette un coup d'œil vers les fenêtres de celle-ci pour s'assurer qu'on ne l'a pas vu : personne. Il entend même, en provenance de l'intérieur de la maison, l'émission *Vivre au Max*. Plié en deux derrière les plantes touffues, arme au poing, il surveille sa maison juste en face. Il appuie sur un bouton de son cellulaire et le porte à son oreille. Il ne veut pas appeler au poste :

on enverrait des voitures de patrouille et cela ferait fuir les tueurs. Si tueurs il y a. Car il s'agit peut-être d'une sinistre blague. Lorsque Chloé répond, le détective souffle rapidement:

— C'est Pierre ! Viens vite chez moi pis apporte ton *gun*. Il va peut-être y avoir de l'action. Arrive discrètement.

Il coupe sans laisser le temps à sa collègue de répliquer.

Une voiture passe dans la rue. Deux minutes plus tard, un couple approche et met Pierre sur le qui-vive. Mais les tourtereaux s'éloignent rapidement, sans aucun regard vers la maison du policier. Cinq minutes s'écoulent, puis deux nouvelles ombres approchent sur le trottoir, deux hommes habillés de vêtements sombres. Pierre serre son arme avec plus de force. Les deux individus s'arrêtent devant la maison, regardent autour d'eux puis pénètrent dans l'aire de stationnement, manifestement dans l'intention de se rendre dans la cour arrière. Le coup de fil n'était donc pas une blague ! Le policier sort de sa cachette et brandit son pistolet à deux mains en criant un « Stop » autoritaire. Les deux hommes s'immobilisent et se retournent vivement…

… et tout à coup, le décor s'embrouille, change, et Pierre se retrouve sur le boulevard Saint-Joseph, devant quatre tueurs cinglés qui tirent sur ses collègues, puis qui se dirigent vers lui, menaçants… Déstabilisé par ce flash, Pierre sent son corps ramollir et, titubant, abaisse même son arme en portant sa main libre à son front.

Reprends-toi, ostie de con, REPRENDS-TOI !

Le décor réel réapparaît enfin, instable mais clair, et le policier a tout juste le temps de voir l'un des deux hommes sortir rapidement un revolver de sous sa ceinture. Il se jette aussitôt derrière le bosquet en même temps qu'il entend un coup de feu. Plaqué au sol, il vise entre les branches la jambe du tueur et tire. Le gars pousse un cri, atteint à la cuisse, lâche son arme et s'écroule. L'autre homme a aussi sorti un revolver mais n'arrivant pas à discerner sa cible, il tourne les talons et fuit vers l'arrière de la maison.

Pierre se lance à ses trousses. Le premier tueur, sur le dos, jure en se tenant la cuisse. Le détective donne un coup de pied sur le revolver pour l'éloigner de l'homme, puis poursuit sa course. Dans la cour arrière, il voit le fuyard sur le point de traverser la haie de cèdres qui entoure sa maison.

— Stop ou je tire !

L'homme s'arrête et, toujours de dos, lève les bras en criant avec un fort accent :

— OK, OK, je me rends, tirez pas !

Pierre lui ordonne de jeter son arme et le tueur la lance sur le gazon.

— Retourne-toi ! le somme Pierre en s'approchant, pistolet pointé.

L'homme obéit. Il doit avoir vingt-sept, vingt-huit ans, il a les traits hispaniques. Le policier s'arrête à environ trois mètres de lui.

— Pourquoi vous êtes venus pour me tuer, ton *chum* pis toi ?

— On voulait pas te tuer. On est des voleurs, pas des tueurs.

— C'est ça, oui…

Pierre n'a pas de menottes sur lui. Il se demande comment procéder lorsqu'il entend un glissement. Il se retourne : le premier tueur, qui, en rampant sur le sol, a récupéré son revolver, le dirige maintenant vers le détective. Par réflexe défensif, Pierre tire le premier et la tête du gars retombe au sol. Le policier retient son souffle. L'a-t-il tué ?

Il se retourne à nouveau. La haie que l'Espagnol vient de traverser bouge encore. Pierre pousse un juron, traverse la haie à son tour et se retrouve dans la cour du voisin. Tenant son Glock à bout de bras, il regarde autour de lui : personne. Il court vers l'avant de la maison et le voisin sort de chez lui au même moment.

— C'est toi, Pierre ? Qu'est-ce qui se passe, donc ? On dirait que j'ai entendu des…

— Rentre, Denis, pis sors pas ! ordonne Pierre en passant devant lui sans ralentir.

Il se retrouve dans la rue. Il y a bien un ou deux voisins sortis sur leurs galeries, mais pas de trace du tueur.

— Rentrez chez vous, tout le monde, c'est dangereux !

Droite ? Gauche ? Sans raison particulière, Pierre prend la droite. Personne, merde ! Mais il voit une voiture venant de l'opposé tourner dans sa rue : il reconnaît la Honda blanche de Chloé. Au pas de course, le bras gauche douloureux, il retourne chez lui. Sa collègue est déjà penchée sur le corps du premier tueur. Quatre ou cinq voisins sont sortis et observent la scène en marmonnant entre eux. En voyant Pierre s'approcher, Chloé se relève.

— Pierre ! Qu'est-ce qui s'est passé ?

— Il est mort ?

— Oui. C'est toi qui… ?

Un étourdissement saisit le détective. C'est la seconde personne qu'il tue dans sa carrière… Les deux fois en deux mois !

— Pierre, qu'est-ce qui…

— Monte dans ton char pis fais le tour du quartier ! Il y en a un autre qui court toujours ! Un grand latino mince, jeune, habillé en noir ! Moi, j'appelle du renfort.

Chloé se précipite vers sa voiture. Pierre, tout en cherchant son cellulaire, ordonne aux voisins de rentrer ; personne ne l'écoute. Mais où il est, son foutu cellulaire ? Il a dû le perdre dans la poursuite. Pas le temps de le chercher : il rentre chez lui. Là, il appelle au poste, demande du renfort et une ambulance, puis raccroche en prenant de grandes respirations, les paupières closes. Il entend des applaudissements et, interdit, ouvre les yeux.

À la télévision, c'est la fin de l'émission *Vivre au Max*. Lavoie, tout sourire, pointe un doigt vers la caméra et, les yeux étincelants, lance d'une voix tonitruante :

— Soyez là, toute la gang, la semaine prochaine pour la dernière émission de la saison !

Tandis que les applaudissements redoublent d'enthousiasme, Pierre, le visage couvert de sueur, son pistolet le long du corps, fixe le visage souriant de Lavoie.

◆

La petite salle d'interrogatoire, éclairée au néon, ne comporte qu'une table avec trois chaises. Pierre et Chloé attendent en silence, lui assis sur le coin de la table, elle appuyée au mur. Pierre regarde sa montre : treize heures dix. Lavoie est en retard.

Malgré des recherches intenses, l'Espagnol en fuite n'a pas été retrouvé. Par contre, celui qui a été abattu par Pierre a rapidement été identifié : Sandro Puerez, un petit truand de Montréal arrêté deux fois pour vente de drogue. Impossible de le relier à quelque organisation que ce soit. Bernier a suggéré à Pierre de prendre une ou deux journées de congé, ce que le détective a refusé fermement. Ce matin très tôt, sa mère l'a appelé, puis son frère, directement d'Europe (tous deux lui affirmant qu'il devrait abandonner ce travail de fou où l'on se fait tirer dessus à tout bout de champ), de même que quelques journalistes. À bout, il n'a plus répondu au téléphone et a même débranché son répondeur.

— Tu penses quoi ? demande tout à coup Chloé, toujours le dos au mur. Que c'était une sorte de duo de choc comme le commando de la fusillade du boulevard Saint-Joseph ?

Pierre ne répond rien. Chloé, sur un ton entendu, ajoute :

— Deux autres membres du dossier Déluge ?

— Je pense pas, non. Ils avaient pas du tout une attitude kamikaze comme les autres.

Sans raison, comme cela arrive presque toujours depuis six jours, il songe à Karine, étendue sur son lit d'hôpital, et se demande si elle s'est réveillée. Déjà une semaine, et toujours dans le coma…

— Et ce coup de fil anonyme qui t'a prévenu ? demande Chloé.

— Aucune idée. On a établi qu'il provenait d'une cabine téléphonique de Montréal. La voix me rappelait personne, mais elle semblait volontairement changée.

Le gars qui a appelé connaît donc son numéro confidentiel, ce qui est le cas de bien peu de gens, à part sa mère, son frère, sa fille et, il va sans dire, plusieurs flics de Drummondville. Mais ça ne peut être personne parmi eux, évidemment. Alors qui ? Et de Montréal, en plus ?

— En tout cas, ce gars t'a sauvé la vie, fait la jeune femme.

Pierre approuve en silence. Sans ce coup de fil, les deux tueurs seraient sûrement entrés par une des fenêtres arrière du sous-sol, auraient surgi dans le salon et auraient tiré sur Pierre avant même qu'il n'ait le temps de quitter son divan. Qui a bien pu l'appeler ?

La porte du petit local s'ouvre. Boisvert entre, s'écarte et laisse passer un Maxime Lavoie froid, habillé en complet-cravate, attaché-case à la main. L'animateur est seul, sans avocat, ce qui n'étonne pas Pierre. Il n'y a que dans les films que les avocats assistent aux interrogatoires. Dans la vraie vie, il est plus avisé que l'interrogé soit seul, pour éviter à l'avocat tout conflit d'intérêts dans l'éventualité d'un procès. Lavoie a sûrement été *briefé* avant la rencontre. Peut-être même que son avocat l'attend dehors, dans sa voiture.

Boisvert sort en refermant la porte. Le détective et Lavoie se défient du regard. Habituellement, c'est le moment où Pierre se sent le plus tendu. C'est le moment où le plongeur regarde la piscine en bas, prend de grandes respirations, se concentre et se prépare à effectuer son triple saut périlleux, habité par un mélange de nervosité et d'ivresse qui, pour Pierre, représente ni plus ni moins que la plus vivifiante des sensations. Mais cette fois, l'excitation est parasitée par une émotion qu'il ne ressent habituellement pas au début d'un interrogatoire : une sourde colère, qui ressemble dangereusement à de la haine, dirigée vers celui qui, il en est sûr, est en partie responsable de l'état actuel de sa fille. Le fait qu'on ait tenté de le tuer la veille n'a fait que jeter de l'huile sur le feu. Il sait que cette colère risque d'éclater à tout moment et, plus que jamais, il doit se maîtriser parfaitement.

— Assoyez-vous, monsieur Lavoie.

Voix égale, identique à celle qu'il prend toujours dans les interrogatoires. Le milliardaire regarde autour de lui. Il reconnaît, dans le fond de la pièce, les nombreuses boîtes en carton contenant les milliers de rapports rejetés. Sur la table, il contemple un moment les seize chemises groupées en trois piles, ainsi que le magnétophone qui repose sagement. Il daigne à peine regarder Chloé et s'assoit enfin. Pierre s'installe en face et jette un coup d'œil vers la vitre sans tain sur le mur de droite : il sait que, derrière, Bernier suit la scène attentivement. Il actionne le magnétophone, croise les mains sur la table et ouvre le bal :

— Monsieur Lavoie, nous avons ici seize chemises contenant plus de six cents rapports d'auditions. Selon vos dires, ils représentent une sorte de banque de seconde main, qui pourrait servir s'il vous manquait des participants réguliers, c'est exact ?

— Exact.

Chloé, appuyée au mur, les bras croisés, ne quitte pas l'animateur des yeux.

— Pourquoi avez-vous choisi ceux dont les rêves étaient les plus difficiles à réaliser ? Ceux définitivement rejetés (il désigne les boîtes) étaient plus réalisables.

— Et donc beaucoup moins intéressants. Voilà pourquoi je conservais les plus difficiles dans ma banque de seconde main : le défi n'en serait que plus stimulant.

— Certains d'entre eux sont carrément impossibles à concrétiser, fait Chloé sans quitter sa posture.

— Ça reste à démontrer.

— Un homme qui veut devenir une rock star et qui veut que tout le monde l'aime, c'est réaliste, pour vous ?

— Je vous rappelle que ces participants n'ont justement pas été choisis. Mais je les conservais au cas où, un jour, je trouverais le moyen de réaliser certains de ces rêves « irréalisables ».

Pierre se lève, prend une chemise au hasard et, tout en la feuilletant, arpente la pièce en silence. Vieux truc pour installer une certaine tension, pour rendre le suspect nerveux. Mais du coin de l'œil, il constate que Lavoie affiche un contrôle parfait.

— À part plus ou moins soixante-dix d'entre eux, tous les rapports des seize chemises sont marqués d'un X. Qu'est-ce que…

— Nous allons nous sauver du temps à tous les deux, détective Sauvé, d'accord ? le coupe soudain Lavoie. Vous allez me dire que tous les demandeurs dont le rapport est barré d'un X se sont suicidés et vous allez m'accuser d'être le responsable de ces suicides, c'est ça ?

Pierre, pour l'une des premières fois de sa carrière, se retrouve bouche bée face à un suspect. Chloé décolle son dos du mur en décroisant lentement les bras.

— C'est ça, oui ou non ? insiste Lavoie, toujours flegmatique.

Pierre reprend son aplomb :

— Si c'est le cas, vous répondez quoi ?

— Je réponds ceci : accusez-moi formellement et faites-moi un procès, si vous tenez tant à vous rendre grotesque.

Il commence à se lever.

— Alors, voilà, je m'en vais et rappelez-moi lorsque vous aurez votre mandat d'accusation.

— Assoyez-vous, Lavoie, j'ai pas fini avec mes questions ! ordonne Pierre sèchement.

Le milliardaire, hautain, se rassoit. Pierre desserre le nœud de sa cravate, le trouvant tout à coup serré.

— Vous admettez donc que tous les rapports marqués d'un X représentent des gens qui se sont suicidés ?

— Vous l'avez vous-même constaté, non ?

— On a juste vérifié pour le dossier du Centre-du-Québec et quelques autres rapports, mais on imagine que c'est la même chose pour tous les autres dossiers… ce que vous avouez !

— Absolument.

— Pis vous admettez aussi que vous organisiez des réunions avec ces gens ?

— Quelles réunions ? Je n'ai aucune idée de ce dont vous parlez.

— Deux personnes qui ont passé une audition pour votre émission nous ont raconté avoir assisté à des séances pro-suicidaires.

— Et qu'est-ce que j'ai à voir là-dedans ?

Pierre tique. Fausse route. Il change de direction :

— Et Déluge, ça vous dit quelque chose ?

— Encore ce mot farfelu ! Je vous ai dit que DEL voulait dire « delete », et non pas « déluge » !

— Ce serait pas plutôt un code qui désigne des tueurs à votre solde ?

Chloé ouvre de grands yeux, estomaquée que Pierre aille si loin.

— Vous êtes fou ! s'exclame le milliardaire, outré et railleur à la fois.

Pierre réalise qu'il pousse trop fort. Il doit se pondérer un peu. Il fait marche arrière :

— Mais vous admettez avoir inscrit un X sur tous ceux qui se sont suicidés, ce qui représente presque la totalité des six cents rapports de ces chemises !

— Évidemment, que je l'admets ! Qu'est-ce que vous croyez, que je vais prétendre que c'est un hasard ? Vous me prenez pour un imbécile ?

Pierre n'aime pas du tout la tournure que prend l'interrogatoire. Il devrait être ravi de constater que Lavoie ne nie rien, mais l'animateur est trop transparent, trop « coopératif », ce qui n'est pas bon signe du tout. Il pourrait l'interroger sur Diane Nadeau… mais pour lui demander quoi, au juste ? Lui parler encore du Déluge ? Il va répéter les mêmes dénégations. Chloé elle-même a une expression défiante.

— Et maintenant, vous allez me demander pourquoi j'inscrivais un X sur les rapports des suicidés, c'est ça ?

Le détective ne répond rien, de plus en plus dépassé. Il a beau être debout, il a l'impression que c'est Lavoie qui le domine. Ce dernier poursuit :

— Parce que, lorsque j'apprenais qu'un de mes participants potentiels mourait, je le rayais de ma banque, tout simplement !

— Pourquoi vous ne jetiez pas son dossier, alors ?

— Je conserve tout, vous avez dû le remarquer !

Pierre serre les dents.

Et si je n'étais pas allé chercher tous tes dossiers et que ma fille avait réussi son suicide, tu aurais aussi tracé un X sur son rapport ? Pour ajouter un autre trophée à ta morbide collection ?

— Vous trouvez ça normal que la plupart des participants potentiels de votre banque se soient suicidés ? poursuit-il.

— Ils étaient dépressifs, c'est une des raisons pour lesquelles je ne les ai pas officiellement choisis pour l'émission ! Ils n'étaient pas fiables psychologiquement !

— Mais assez fiables pour être potentiellement choisis ?

— Peut-être, oui !

— Pis si je vous disais que ces gens ont participé à des réunions pro-suicidaires qui les poussaient à trouver leur « flambeau », vous diriez quoi ?

— Leur flambeau ? Mais de quoi parlez-vous ?

— Comment vous appreniez que tous ces gens s'étaient suicidés ?

— Je me tenais au courant. Je lis tous les journaux.

Pierre pose ses deux poings sur la table et penche son visage congestionné de rage vers l'animateur.

— Vous pensez que je suis cave au point de croire *ça* ?

Lavoie, le regard un rien narquois, répond :

— Prouvez qu'une seule de mes réponses est fausse, prouvez-le à l'instant. Sinon, laissez-moi partir. Vous ne pouvez pas m'accuser formellement.

— Écoutez-moi, espèce de…

— Pierre !

C'est Chloé qui intervient enfin. Son collègue se tourne vivement vers elle. La policière fait un petit signe du menton vers le miroir sans tain. Pierre comprend et se passe une main dans le visage. Un peu trop émotif, comme interrogatoire. Ça ne lui arrive jamais.

Et tout ce qui se passe dans ta vie, en ce moment, ça t'arrive souvent ?

— On revient dans deux minutes, maugrée le détective.

Il marche vers la porte, suivi de Chloé. Dix secondes plus tard, ils entrent dans le petit bureau dans lequel on peut voir la salle d'interrogatoire par la vitre sans tain. Debout devant celle-ci, les bras croisés, Bernier les attend, l'œil désapprobateur.

— Qu'est-ce qui te prend, Pierre ?

— Il veut un procès ? C'est parfait, il va l'avoir !

— Ça, c'est au procureur de le décider. Mais toi, aujourd'hui, tu veux l'inculper avec quelles preuves ?

— Il a avoué lui-même que…

— Rien dans ce qu'il dit démontre qu'il est coupable de quoi que ce soit.

— Ses réponses sont absurdes !

— Elles sont dures à avaler, nuance le capitaine, mais ça démontre pas sa responsabilité. Tu peux bien le garder prisonnier cette nuit, mais demain matin, le juge va le laisser repartir pis tu le sais. Ça aura donné quoi, à l'exception du scandale que ça risque de créer ?

Pierre a envie de crier à son supérieur: *T'as peur de quoi? Que Lavoie dise à tout le monde que t'es un fif?*, mais il sait que cette pensée est injuste et que Bernier a raison: le garder prisonnier maintenant ne servirait à rien, sinon à se ridiculiser.

— Laissons-le partir mais préparons un dossier solide pour le procureur, propose Chloé. C'est ce qu'on aurait dû faire avant de le convoquer, d'ailleurs…

Un accent de remontrance dans sa voix… Pierre se mordille les lèvres, regarde vers la vitre. Dans l'autre pièce, Lavoie attend, impassible. Le détective se met les deux mains sur la tête, les coudes relevés, et pousse une longue expiration. A-t-il le choix ?

Lorsque lui et Chloé retournent dans la petite pièce, Pierre se plante devant le milliardaire et, à contrecœur, lui annonce qu'il peut s'en aller. Sobre, Lavoie se lève, replace les plis de son veston.

— Mais vous aurez de mes nouvelles bientôt, ajoute le policier d'un air entendu.

— Je n'en doute pas.

L'animateur effectue quelques pas et se retourne:

— En passant, si je lis quoi que ce soit dans les journaux concernant cette affaire, je vous jure que je ne serai pas le seul à subir un procès.

Il sort, sous les regards noirs de Pierre et de Chloé. Bernier entre dix secondes plus tard.

— Vous avez entendu ? Pas un mot à personne là-dessus ! On fait passer le message dans tout le poste !

Pierre marche à son tour vers la sortie et Bernier lui demande où il va.

— À Montréal, voir ma fille.

— Ça suffit, Pierre ! se fâche le capitaine. Je laisserai pas une enquête à un détective qui passe son temps à faire la navette entre Drummondville et Montréal ! Pis en plus, tu ne vois plus ton psychologue, il paraît ?

Pierre fait volte-face et rétorque avec impudence :

— Tu vas m'enlever l'enquête, peut-être ? Après tout ce que j'ai fait ? Après qu'on s'est rendus si loin ? Envoie, enlève-la-moi ! Vas-y !

Bernier, furibond, ne répond rien. Pierre se tourne vers Chloé et, plus doucement, lui dit :

— Désolé, mais là, faut que… que je me pousse un peu. On se voit demain.

Chloé, silencieuse, fait signe qu'elle comprend.

◆

En marchant vers la sortie arrière du poste de police, Maxime croise quelques agents qui le dévisagent avec intérêt. L'animateur, le visage cool, lance des « Salut ! » avec pouce levé et clins d'œil en série. En sortant, il s'assure qu'il n'y a personne dans le stationnement. Il n'aperçoit que son avocat, Veilleux, qui fume une cigarette près de la voiture. Maxime traverse rapidement le stationnement, sous le ciel couvert de cette fin de matinée.

— Allez, on retourne à Montréal.

Mais avant même que Maxime n'atteigne la portière, Veilleux le bombarde de questions :

— Ça s'est bien déroulé ? Tu n'as rien dit de compromettant ? Et vas-tu finir par m'expliquer clairement de quoi il s'agit ?

— C'est des niaiseries, Rémy…

— Tant mieux ! T'as déjà assez de procès sur le dos comme ça, t'as pas besoin en plus d'une affaire aussi dingue !

Maxime commence à contourner la voiture… lorsqu'il aperçoit à l'extérieur du poste, près de la porte qu'il vient de franchir, Pierre Sauvé qui, les bras croisés, regarde dans sa direction.

— Attends-moi une minute, marmonne l'animateur en s'éloignant de la voiture.

— Max, pas de conneries, là !

Maxime marche vers le policier, s'immobilise devant lui et les deux hommes se mesurent du regard en silence. Pierre, l'air soudain sûr de lui, marmonne :

— T'as essayé de me faire tuer, hier soir.

— On se tutoie, maintenant, détective ?

— Fouille-moi, j'ai pas de micros. On est juste entre nous.

Maxime conserve son masque impassible. Pierre fait un pas vers l'avant, tandis que sa bouche se crispe en un rictus victorieux.

— T'as peur de moi. T'as peur parce que j'ai découvert ta combine tordue : ton émission est un prétexte pour pousser plein de malheureux au suicide.

Un éclat de haine traverse son regard.

— Pis parmi eux, y a ma fille… qui a failli mourir… qui est dans le coma en ce moment…

Cette fois, le milliardaire démontre une certaine surprise. Le rictus de Pierre s'agrandit.

— Mais je t'ai découvert, ostie de malade… Je te tiens !

Lavoie secoue la tête et, sans aucune trace d'ironie, d'une voix aigre, il articule :

— Il est trop tard, détective…

Pierre fronce les sourcils tandis que Lavoie, sans un mot de plus, retourne vers la voiture où l'attend Veilleux.

◆

C'est samedi, mais pas question de prendre congé. Les deux détectives et leur supérieur préparent leur plan de match. Bernier soutient que le dossier n'est pas encore assez convaincant pour que le procureur donne le feu vert pour les procédures d'accusation. Chloé pense la même chose.

— On a les dépositions de Huard et Mélançon, c'est vrai, mais c'est peu. Surtout qu'aucun des deux n'implique Lavoie. En fait, l'organisateur de ces réunions serait un dénommé Charles, que personne ne connaît.

Pierre a un mouvement d'impatience, mais sait que ses collègues ont raison : s'ils rencontrent le procureur maintenant et que, dans deux jours, ce dernier leur refuse le mandat d'arrestation pour insuffisance de preuves, ils n'auront réussi qu'à perdre du temps. Aussi bien arriver dès la première rencontre avec un dossier solide.

— Voilà ce qu'on va faire, propose Pierre. On consulte les dossiers des autres régions, on trouve ceux qui sont pas barrés d'un X pis on les questionne. Peut-être que l'un d'eux nous mettra sur la piste de Lavoie. On commence par les régions où vivaient les quatre membres du commando-suicide. Donnons-nous quelques jours pour rencontrer le plus de gens possible.

Une fois Bernier parti, Chloé demande à Pierre si ça va.

— Oui, oui, c'est correct, répond évasivement le détective.

Depuis quelques jours, il a toujours l'air sur l'adrénaline, mais une adrénaline malsaine, qui l'empoisonne tout autant qu'elle le stimule. Chloé propose :

— Écoute, le jour, on peut travailler tous les deux, mais le soir, je continue seule et toi, tu vas retrouver ta fille.

Pierre songe à s'opposer, mais renonce. Parce qu'il sait que Chloé ne voudra rien entendre. Et surtout parce qu'il sait qu'il sera incapable de passer une journée sans voir sa fille. Pour la première fois depuis deux jours, Pierre se détend ; il pose sa main sur l'épaule de sa collègue et lui dit :

— D'accord. T'es vraiment gentille, merci…

— Et si en revenant de l'hôpital, un soir, tu te sens seul, viens me voir, ajoute-t-elle d'un ton tout à fait naturel.

Pierre garde le silence. Chloé ajoute avec un clin d'œil coquin :

— Tu n'as plus besoin d'invitation, maintenant.

Avant que Pierre, les joues rouges, puisse ajouter quoi que ce soit, elle se claque les deux mains en proposant :

— Bon ! On se met au travail ?

◆

Le comptable, assis devant le bureau, consulte son dossier d'un air désolé et conclut :

— Je vous ai prévenu plusieurs fois, Maxime, que vous ne pourriez pas soutenir de telles dépenses pendant bien des années. En deux ans d'émissions spectaculaires et de procès coûteux, vous avez flambé presque toute votre fortune. Il y a bien vos dividendes de Lavoie inc. qui entrent toujours, mais ce ne sera pas suffisant pour produire une troisième année de *Vivre au Max*. Bref, dans trois jours, ce ne sera pas seulement la dernière émission de la saison, mais la dernière tout court.

À moins que vous ne fassiez un formidable coup d'argent dans les six prochains mois.

Maxime, assis de profil de l'autre côté du bureau, fait un geste vague de la main en regardant vers la forêt du mont Royal, à travers la fenêtre. Il a plus ou moins prêté attention à tout ce que vient de lui raconter son comptable, se remémorant plutôt sa rencontre avec Salvador durant le week-end. Maxime est entré dans son restaurant samedi après-midi, tremblant de rage.

— J'essaie de te joindre depuis hier ! a crié l'animateur. En fait, depuis que j'ai appris que tu as manqué ton contrat !

Sans aucune gêne, le chef criminel a précisé que non seulement le meurtre de Sauvé avait échoué, mais que Joan, celui des deux tueurs qui a réussi à se sauver, demeurait introuvable.

— Ça m'étonne pas, a expliqué Salvador. Mes hommes savent que lorsqu'ils échouent une mission, ils ont intérêt à pas réapparaître. Mais on le retrouvera ben…

Maxime a montré de l'agacement tandis que l'Espagnol poursuivait :

— Je te l'avais dit que c'était pas simple de tuer un flic… Il a beau être de Drummondville, il est quand même futé.

Il a souri de toutes ses dents, fier de sa blague, puis a ajouté :

— Le plus plate, c'est que j'imagine que je toucherai pas la seconde moitié de la somme…

— Évidemment que non ! a grogné Maxime. À moins que tu fasses un deuxième essai demain ou lundi !

— Pas question, a répondu Salvador d'une voix tout à coup très sévère. J'ai été assez cave pour accepter une fois, je referai pas la même erreur.

Maxime est parti en colère. Puis, il s'est raisonné : l'interrogatoire avec Sauvé s'est bien déroulé, non ? Manifestement, le détective n'a encore rien d'irréfutable contre lui. Et, surtout, il n'a pas le dossier Déluge. Alors, même si on veut l'accuser formellement, qu'on l'accuse ! D'ailleurs, Maxime se doute bien de ce que fait Sauvé en ce moment : lui et cette petite Dagenais doivent interroger le maximum de gens possible pour préparer un dossier en béton, afin de convaincre le procureur de Drummondville de lui donner un mandat officiel d'arrestation. Comme tout cela prendra au moins quelques jours, Maxime n'a plus à se faire de bile.

Le comptable dévisage son patron.

— Ça n'a pas l'air de vous émouvoir outre mesure...

— De toute façon, le CRTC m'a prévenu que je ne pourrais sûrement plus produire l'émission l'année prochaine.

Et c'était vrai. René Coutu, le responsable du CRTC que Maxime a pu faire chanter durant deux ans, a quitté son poste récemment, au grand soulagement des autres membres du conseil qui ne comprenaient pas le laxisme de leur patron. Le nouveau directeur, John Sanders, a accordé une attention méticuleuse aux centaines de plaintes portées contre l'émission au fil des mois. Et comme Sanders est un pur, sur lequel même Salvador n'a rien pu découvrir (ni maîtresse, ni détournement de fonds, ni le moindre petit vice honteux), il a juré à Lavoie qu'il ferait en sorte que son freak show décadent ne revienne pas pour une troisième saison. Menace qui, bien sûr, a peu impressionné l'animateur.

— Je vous ai aussi souvent prévenu que cette émission était de la folie, insiste le comptable. Voulez-vous bien me dire à quoi vous a servi un show qui n'a duré que deux saisons et qui non seulement ne vous a pas donné un sou, mais vous a complètement ruiné ?

L'ex-milliardaire plisse les yeux, le visage toujours tourné vers la fenêtre, l'expression lointaine.

— Vous comprendrez ça dans trois jours.

— Désolé, Maxime, mais je ne regarde jamais votre émission.

Maxime fait pivoter son fauteuil et contemple son employé avec admiration.

— C'est vrai ? Voilà qui est tout à votre honneur, Raymond.

À nouveau, son esprit gambade hors du bureau. Il songe à demain, à la toute dernière réunion qu'il aura avec les membres du Déluge... Les reproches du comptable le tirent de ses réflexions :

— Je vous annonce que vous avez flambé tout l'héritage de votre père et vous ne trouvez rien de mieux à dire ?

Il secoue la tête :

— Vous êtes vraiment inconscient, Max...

Maxime plante son regard dans celui de l'homme devant lui et, la voix dure, rétorque lentement :

— C'est bien la seule chose qu'on ne peut pas me reprocher.

◆

Mardi matin, à six heures trente, un animateur hilare réveille Pierre en sursaut et le détective, bouffi de sommeil, éteint la radio d'une main molle. Hier soir, il est encore resté à l'hôpital jusqu'à minuit trente. Sur le chemin du retour, il a jonglé avec la remarque que Chloé lui a faite l'autre jour, à savoir qu'il n'a plus besoin d'invitation pour passer chez elle. Tout de même, il ne peut pas rebondir chez sa collègue à une heure trente du matin ! Il marche vers la douche en se promettant de dormir vingt-quatre heures d'affilée lorsque tout sera terminé.

Tandis qu'il déjeune, il songe aux trois dernières journées. Jusqu'à maintenant, Chloé et lui ont réussi à joindre une vingtaine d'individus dans différentes régions. Si une bonne partie ont refusé de parler de ce qui leur est arrivé (par peur ou par honte), neuf ont accepté de rencontrer les détectives. Ils ont admis avoir participé à des réunions pro-suicide soit cette année, soit l'année dernière, et leurs témoignages correspondent en tout point à ceux de Mélançon et Huard. Mais le nom de Maxime Lavoie n'a jamais été mentionné. Peu importe, les deux détectives croient avoir maintenant suffisamment d'éléments troublants. Ils ont donc pris rendez-vous avec le procureur pour demain, mercredi, ce qui leur laisse toute la journée pour monter un dossier solide.

À sept heures quarante-cinq, il est sur le point de sortir (Chloé l'attend au poste pour huit heures) lorsque le téléphone sonne. Convaincu que c'est l'hôpital, il s'empresse d'aller répondre.

— Détective Pierre Sauvé ?

Il connaît cette voix et tente rapidement de la replacer en répondant : « Lui-même. »

— C'est Frédéric Ferland, Pierre.

Le policier retient difficilement un petit soupir. Il ne lâche donc jamais, celui-là !

— Je suis désolé d'appeler si tôt, mais comme je voulais être sûr de tomber sur vous… Je vous ai appelé plusieurs fois au cours des dernières journées, mais vous n'étiez jamais là. Et je n'ai pas le numéro de votre cellulaire. Vous n'avez pas de répondeur à la maison ?

Pierre se souvient avoir débranché son répondeur vendredi, excédé par les appels de sa mère et des journalistes.

— Je rentre très tard à la maison, ces temps-ci. Je suis très, très occupé.

— Bien sûr. Je voulais vous joindre parce que j'ai su que vous aviez été attaqué, jeudi soir.

Cette fois, Pierre ne peut réprimer son soupir. Lui dont le nom n'était jamais apparu dans aucun entrefilet de journal durant dix-sept ans, voilà qu'il faisait les manchettes pour la seconde fois en deux mois !

— Oui, mais j'ai même pas été blessé. Tout est sous contrôle.

— J'imagine que cela est lié à votre enquête ?

— Oui, c'est lié. Maintenant, Frédéric, je vais devoir vous laisser…

— Je comprends. Je me demandais juste si, à la suite de cette seconde attaque, vous ne devriez pas venir me voir pour qu'on en discute. Je pourrais vous recevoir dès cet après-midi.

— C'est gentil, Frédéric, mais je me sens très bien…

— Vous avez *l'impression* de bien aller, mais il est évident que cela a dû vous perturber, même inconsciemment. Si nous parlions un peu, je…

— Je vous jure que je vais bien, le coupe le policier en faisant preuve d'une patience dont il ne se serait pas cru capable.

— Écoutez, Pierre, c'est moi le psychologue et je pense vraiment que vous devriez venir me voir !

Pierre, combiné sur l'oreille, en demeure pantois. C'est la première fois que Ferland lui parle sur un ton aussi sec et autoritaire. Mais il y a aussi dans cette voix, en arrière-plan, une sorte de supplication fiévreuse. On dirait que le besoin du psychologue de revoir Pierre est du même ordre que celui du junkie à s'envoyer un shoot.

Ce n'est pas moi qu'il veut revoir… Il veut avoir des nouvelles de l'enquête…

Il secoue la tête pour chasser cette idée quelque peu farfelue et articule froidement dans le combiné :

— Je vais raccrocher, Frédéric.

— Non, attendez, c'est…

Ricanement penaud.

— Je suis désolé, je me suis emporté, ce n'était pas… Désolé, Pierre.

Le policier ne dit rien. Outre l'insistance du psychologue, quelque chose turlupine le détective dans ce coup de téléphone, mais il ne saurait dire quoi.

— Promettez-moi de m'appeler si vous vous sentez le moindrement angoissé ou si vous avez tout simplement envie de vous confier, propose Ferland d'un ton cette fois posé. Vous avez toujours mon numéro, n'est-ce pas ?

— Oui, je vous remercie.

— Parfait. Et... heu... (brève hésitation, bruit de lèvres humectées) Votre enquête, ça avance ?

L'idée farfelue de tout à l'heure revient à l'esprit de Pierre.

— Oui, ça avance.

— Et Maxime Lavoie, finalement, est-il mêlé à tout ça ou...

— Frédéric, c'est confidentiel, je vous l'ai déjà dit. Je dois y aller, maintenant.

— Oui, oui...

Sa voix devient rapide avec, à nouveau, cette nuance de supplication :

— N'hésitez pas à m'appeler.

— Merci.

Pierre raccroche. Dieu du ciel ! ce Ferland est vraiment un numéro ! Est-ce normal qu'un psy harcèle ses patients jusque chez eux ?

Et qu'est-ce qui le chicote tant à propos de ce coup de fil ?

Au diable ce Ferland ! Il attrape une pomme au passage et sort enfin de chez lui.

◆

Dans les coulisses, Maxime regarde sa montre : quatorze heures cinquante-huit. Dans quelques minutes, il fera son apparition sur la scène. De la salle lui parvient un brouhaha plutôt faible si on songe au nombre de personnes qui s'y trouvent. Mais qu'auraient-elles à se dire ? Elles ne veulent pas parler, elles veulent agir, enfin. Frédéric Ferland, qui est allé regarder discrètement dans la salle, revient et annonce :

— Ils sont soixante-dix, tous assis sagement.

Soixante-dix ! Ils sont presque tous venus, malgré le temps qui a passé et les distances ! Ils sont venus dans cette salle près de Québec, la plupart en voiture, d'autres en autocar, certains en taxi, peut-être même quelques-uns ont-ils fait de l'auto-stop ! Certains d'entre eux ont roulé pendant une dizaine d'heures ! Et en rouleront tout autant pour retourner chez eux ! C'est mieux que Maxime ne l'espérait. Ferland toise l'ex-milliardaire de haut en bas.

— Pas de déguisement aujourd'hui ?

— Non. Aujourd'hui, tout est révélé.

— Ça leur laisse tout de même deux jours pour te dénoncer si l'un d'eux change d'avis.

— Tu oublies ma police d'assurance. Rappelle-toi la quatrième réunion, en mars dernier…

Ferland approuve en silence. L'ex-milliardaire poursuit :

— De toute façon, au point où ils sont rendus, ils ne changeront pas d'idée. Leur présence ici cet après-midi en est la preuve.

Ferland hoche la tête, mais Maxime remarque son air préoccupé.

— Qu'est-ce qu'il y a ?

— Rien. J'ai… j'ai un client qui refuse de me voir pour une dernière rencontre.

— Et ça te dérange ? s'étonne Maxime.

— C'était un cas… intéressant.

L'animateur hoche la tête, puis dit d'une voix grave :

— Dans deux jours, Frédéric… Jeudi soir, nous brûlerons nos flambeaux côte à côte.

Et il ajoute sur un ton de faux reproche :

— Ton foutu flambeau dont tu auras conservé le secret jusqu'à la toute fin !

Frédéric sourit, mais paraît toujours distrait. L'animateur regarde à nouveau sa montre : quinze heures trois. C'est le moment. Il prend une grande respiration, puis traverse les rideaux.

Soixante-dix personnes, hommes et femmes de tous âges, sont assises sur des chaises de bois dans la salle, la plupart silencieuses, le faciès absent. Lorsque Maxime apparaît, toutes le dévisagent avec une perplexité qui se transforme rapidement en un ahurissement total. Les exclamations se mettent à fuser, certains se lèvent d'un bond, convaincus d'avoir été trompés, mais Maxime lève deux bras en un geste apaisant et sa voix forte envahit la salle.

— Du calme ! Ce n'est pas un piège ni une mauvaise blague ! Tout va bien ! Il n'y a jamais eu de Charles. C'est moi depuis le début ! Moi, Maxime Lavoie !

Les gens se taisent peu à peu, mais le doute se lit toujours sur leur visage et certains demeurent debout, comme prêts à détaler au moindre pépin.

— Votre présence ici démontre que vous avez compris et que vous acceptez ! Je peux donc enfin me révéler sous mon vrai jour ! poursuit Maxime avec emphase. Les auditions que vous avez passées pour mon émission m'ont permis de vous trouver, de vous rencontrer et de vous révéler à vous-mêmes !

Peu à peu, les gens debout se rassoient, plus aucun son ne provient de la salle et tous écoutent, ensorcelés.

— Vous attendez ce moment depuis longtemps ! Certains depuis cinq mois, d'autres depuis presque un an et demi ! Vous avez accepté d'attendre parce que vous saviez que ça en vaudrait la peine, qu'agir tous ensemble rendrait votre flambeau encore plus lumineux !

L'animateur observe chacune des personnes présentes avec attention, et annonce sur un ton solennel :

— Votre patience va maintenant être récompensée…

Les soixante-dix paires d'yeux brillent soudain d'un éclat sinistre. Maxime, à nouveau, se sent impressionné : ils sont presque tous là… Bien sûr, parmi les huit absents, il y a cinq morts : Diane Nadeau, qui a bien failli tout gâcher, ainsi que Robitaille, Liang, Proulx et Lacharité, qui ont réparé les pots cassés. Maxime se souvient d'ailleurs de cette journée, il y a deux mois, où il a convoqué ces quatre derniers…

… une convocation non prévue, mais nécessaire…

26

— C'est aujourd'hui, le 12 juin, que Diane Nadeau, accusée d'un quadruple meurtre, comparaissait au Palais de justice de Drummondville pour sa représentation sur sentence.

Le journaliste se trouve devant le Palais de justice. Assis chacun dans un fauteuil, dans le vaste et froid salon du milliardaire, Maxime et Ferland écoutent le reportage télé, le premier d'un air soucieux, l'autre avec attention. Maxime l'a déjà regardé plus tôt, aux nouvelles de dix-huit heures, et s'est empressé d'appeler Ferland pour lui donner rendez-vous ici même, pour les nouvelles de vingt-deux heures.

— Un événement particulier a marqué cette comparution, poursuit le journaliste. Nadeau, qui a déjà plaidé coupable et qui, jusqu'à maintenant, garde un mutisme presque total malgré une nervosité évidente, a soudain craqué tout à l'heure en sortant du Palais de justice.

À l'écran, on voit alors Nadeau, le visage crépusculaire mais torturé, traverser la foule haineuse. Tout à coup, elle aperçoit la caméra et, comme si celle-ci venait de déclencher quelque chose chez la meurtrière, elle avance la tête vers l'objectif et se met à crier :

— Il faut que vous fassiez quelque chose ! Pis vite ! Le plus vite possible ! Je pourrai pas me retenir longtemps, vous entendez ? Je… je ne peux plus ! Je ne peux plus !

L'image change et le journaliste réapparaît, tandis que le visage de Maxime se renfrogne.

— Que signifie cet appel énigmatique ? demande le journaliste en prenant des airs mystérieux. Sans doute ne le saurons-nous jamais. Une chose est sûre, c'est que de telles paroles confirment le désordre mental de…

La télévision s'éteint et on n'entend plus que la mastication de Gabriel qui, sur un divan à l'écart, mange tranquillement ses céréales, la boîte entre les cuisses. Maxime se tourne vers Ferland :

— Tu t'imagines comment j'ai réagi en voyant ça ?

— En tout cas, c'est clair qu'elle s'adresse à toi, explique le psychologue en s'allumant une cigarette. Ce qu'elle te dit, c'est que si tu n'interviens pas rapidement, elle va craquer et tout déballer.

— Je vais donc l'écouter et intervenir, approuve Maxime en saisissant un dossier déposé sur la petite table de verre.

Le dossier porte l'inscription « Déluge ». Maxime l'ouvre, prend les quatre premiers rapports sur le dessus et les tend à Ferland.

— Pendant deux heures, j'ai lu et relu chaque rapport de cette chemise. Je voulais choisir des individus qui, entre autres, proviennent d'endroits différents. Je vais devoir les contacter par téléphone, je n'ai pas le choix. Mais j'utiliserai un cellulaire anonyme que je jetterai après.

Ferland lit les noms des quatre rapports, marqués des lettres DEL : Louis Robitaille, Siu Liang, Philippe Lacharité et Richard Proulx. Maxime croise les jambes :

— Je vais leur donner rendez-vous ici même, à Montréal, dans trois ou quatre jours. Un rendez-vous imprévu, plus tôt que celui du mois d'août que j'ai donné à tous les autres… mais ils comprendront. Ils seront même fiers, j'en suis sûr. Si je me fie à leur profil psychologique et au souvenir que je garde de la dernière séance, ils seront parfaits pour cette mission.

— Quelle mission ?

— Qu'est-ce que tu crois ?

Gabriel fouille dans la boîte de Froot Loops puis, constatant qu'elle est vide, se lève pour se diriger vers la cuisine. Le psychologue commence à lire les quatre rapports avec curiosité. Maxime hoche la tête, approbatif : Ferland, qui a compris, n'a émis aucune objection au projet. Une autre preuve que le milliardaire a vu juste en faisant de cet homme son « associé ». Il croise ses mains sur sa tête et marmonne :

— Mais avant de les appeler, je dois savoir quand Nadeau retournera à Drummondville pour connaître sa sentence…

37

Pierre, assis au pied du lit, n'a pas quitté sa fille des yeux depuis soixante minutes. Tout au cours de cette heure, il s'est concentré sur une seule phrase, qu'il propulse mentalement de toutes ses forces vers Karine ; deux mots dans lesquels il canalise toute son énergie, son espoir, sa vie.

Réveille-toi !

Mais Karine garde les yeux fermés, encore plus belle sans son aura sombre qui s'est évaporée depuis qu'elle est dans le coma.

Pierre et Chloé ont fini de monter le dossier à seize heures cet après-midi. Ils sont maintenant prêts à le présenter au procureur demain et Pierre, tout à l'heure, a avoué à sa collègue :

— J'ai hâte à demain, t'as pas idée !

Pourtant, devant le lit de sa fille, il ne pense plus du tout à Lavoie. Il songe à sa visite à l'appartement de Karine, à tous les morceaux de puzzle qu'il y a découverts. Et maintenant, il les remet en place, un à un. Karine a auditionné pour l'émission *Vivre au Max* dans l'espoir de devenir comédienne. Elle n'a pas été retenue mais a été convoquée à l'une de ces réunions pro-suicide. Après quoi, elle a « spécialisé » ses services, jouant des rôles pour ses clients. Pourquoi ? Pour s'approcher de son rêve de comédienne ? Songeait-elle à se suicider à ce moment-là ? Le gourou fou de ces réunions pro-suicide avait-il réussi à la convaincre d'allumer son… son « flambeau » ?

Mais le plus grave, c'est que, quelques mois après cette réunion, peu de temps après que Pierre eut découvert son vrai travail, Karine est allée le voir. Pas la visite de courtoisie habituelle : une vraie *rencontre*, pour la première fois depuis dix ans.

Une rencontre que tu as rejetée, comme toujours.

Il masse ses tempes douloureuses. Non, c'est faux. À la mort de Jacynthe, par exemple, il a essayé de lui parler, il a été disponible. C'est elle qui refusait de s'ouvrir.

Elle avait dix ans, pour l'amour du ciel ! Dix ans et elle était traumatisée ! C'était toi, l'adulte, toi qui aurais dû persévérer ! As-tu vraiment essayé ? Et pendant combien de temps ? Quelques mois ? Ce silence qui s'est installé entre vous de manière définitive faisait bien ton affaire, avoue-le !

Et à elle aussi. Car le silence peut devenir un cercle vicieux sournois. Le départ de Karine pour Montréal n'était que la concrétisation d'un fossé qui se creusait depuis déjà un bon moment.

Elle a vécu une vie que tu n'as jamais soupçonnée. Et qui, de toute façon, ne t'a jamais intéressé.

Voilà que, par hasard, il découvre sa double vie. Alors que cette choquante révélation pourrait être l'occasion de se découvrir enfin, de se rapprocher, au moment où Karine fait elle-même l'effort de venir le voir, misérable… que fait-il ?

« *Aide-moi un peu, p'pa !* »

Il bousille tout.

« *Ç'a déjà été assez dur de venir ici, aide-moi pis écoute-moi !* »

Pierre croise les doigts sous son menton, la gorge serrée, sans quitter sa fille des yeux. Il l'a rejetée par orgueil, par lâcheté et par peur. Par peur de sa fille qu'il ne connaît pas.

« *Écoute-moi !* »

Il secoue la tête en se redressant sur sa chaise. Non, il ne l'a pas rejetée ! Il était même prêt à lui pardonner si elle changeait de vie ! Il était prêt à tout oublier !

Mais ce n'est pas ça qu'elle voulait ! Ce n'est pas ça qu'elle était venue chercher !

« *Écoute-moi !* »

Il entend si clairement ces deux derniers mots qu'il lève la tête, convaincue que sa fille vient de les prononcer. Mais Karine n'a pas bougé.

Elle est venue te voir dans l'espoir de trouver une preuve, une seule, que ce qui s'était dit dans ces réunions pro-suicide était faux. Non seulement tu n'as pas su la lui fournir, mais tu as confirmé le pire !

Alors, Karine a abandonné pour de vrai. Tant qu'à vivre en traînant avec soi une chape de ténèbres, aussi bien y disparaître définitivement.

Tout à coup, les digues que Pierre s'est efforcé de construire tout au long de sa vie pour empêcher les émotions de le submerger cèdent dans un fracas silencieux, et au cœur du torrent qui déferle en lui roule la culpabilité, la pire des vagues, celle qu'il a toujours redoutée et dont le ressac, qui jusqu'à aujourd'hui lui avait à peine effleuré les pieds, le happe maintenant brusquement, jusqu'à l'étouffer. Emporté par les flots, Pierre ne combat plus, se laisse soulever de sa chaise et échoue sur le lit de Karine. Recouvrant le visage angélique de baisers et de larmes, il bafouille d'une voix brisée:

— Pardonne-moi, Karine... Pardonne-moi, mon bébé, pardonne-moi... Pardonne-moi...

Il répète ces mots, encore et encore, caressant de ses doigts tremblants les joues de sa fille. Quand une infirmière passe vingt minutes plus tard, il pleure toujours.

Durant le trajet de retour vers Drummondville, il songe à cette phrase qu'il a dite à Karine, l'autre jour.

« *Avec le temps, tout va peut-être redevenir comme avant...* »

Il voit tout à coup la vie qui se dessine devant lui si, effectivement, tout redevient comme avant... Il continuera à voir Karine deux fois par année, sans vraiment lui parler, sans vraiment la connaître. Au fil des ans, ces rencontres se réduiront à une seule par an, puis finiront sans doute par disparaître à peu près complètement. Parallèlement, Pierre, par peur de l'engagement et pour se simplifier la vie, persistera à repousser toute relation amoureuse, s'accommodant toute sa vie de petites aventures sans lendemain, et travaillera encore plus pour éviter tout questionnement troublant à ce sujet. À cinquante ans, il sera un détective reconnu mais quelque peu blasé. Le soir, seul, sans conjointe, sans nouvelles de Karine depuis des lustres, sans amis à l'exception de ses collègues qui parlent toujours des mêmes choses, il écoutera la télé. Ira au cinéma. Bricolera un peu. S'intéressera à peu de choses. Puis la retraite. Toujours seul. Avec quelques retraités aussi ennuyants que lui. Avec sa télé et ses petits bricolages. Et il se convaincra que, finalement, il a eu la vie qu'il souhaitait: tranquille, sans confrontation, sans réflexion... sans remise en question... sans changements... sans surprises... égale... banale...

... vide...

Dans un flash terrifiant, le visage de son père agonisant lui apparaît, comme si son pare-brise s'était transformé en écran de cinéma. La bouche édentée du moribond articule ces derniers mots que Pierre a toujours voulu mettre sur le compte du délire et qui, tout à coup, lui paraissent d'une acuité affolante :

— *Oh! mon Dieu! c'est fini… et il ne s'est rien passé! Rien!*

Le visage du mourant grossit et sa bouche, qui ne cesse de répéter le dernier mot, devient démesurée, emplit la vision de Pierre, gigantesque gouffre sans fond sur le point de tout avaler…

Pierre bifurque vers l'accotement, ralentit rapidement, puis immobilise son véhicule. Dans la pénombre, il mord son poing droit de toutes ses forces pour ne pas hurler.

◆

Chloé est en train d'écouter les nouvelles à la télé (commanditées, comme en fait foi le logo au bas de l'écran, par les restaurants McDonald's) lorsqu'on sonne à la porte. Elle va répondre, sachant déjà de qui il s'agit.

Pierre est là. Debout, et pourtant effondré. Chloé ouvre lentement les bras et Pierre s'y réfugie. Ils ne s'embrassent pas. Ils se serrent l'un contre l'autre longuement, se fondent, s'aspirent.

Ils font l'amour, ou du moins quelque chose qui y ressemble beaucoup. Cette nuit, Pierre sait qu'il ne couche pas avec une femme qu'il trouve jolie et qui va lui donner un peu de bon temps : il couche avec Chloé Dagenais. Durant toute la relation, il la regarde dans les yeux, car la dernière chose dont il a envie ce soir est d'être seul. Il veut être avec Chloé. Et Chloé, émue, reste avec Pierre, durant son orgasme à lui, durant son orgasme à elle.

Lorsqu'il enfouit son visage dans le cou de la jeune femme pour reprendre son souffle, Chloé l'entend sangloter. Elle ferme les yeux et lui caresse la nuque, sans un mot.

◆

— Qu'est-ce que tu peux bien me trouver ?

— Quoi ?

Couché sur le dos dans le lit, il promène son regard sur les rangées de livres sur les murs, les reproductions de peintures incompréhensibles.

— Tu es une fille qui lit, qui a de la culture, qui déteste tout ce que moi, j'aime... Pourquoi tu me trouves de ton goût ?

La tête sur le torse de Pierre, Chloé a une petite moue songeuse.

— Je ne sais pas... Peut-être que j'ai senti ta vulnérabilité sous tes airs de *tough*...

Elle éclate de rire et Pierre sourit. Ah ! le rire de Chloé...

— Et puis, pour un gars qui va avoir quarante ans, je trouve que t'as un beau petit cul musclé, ajoute la policière en lui mordant l'épaule.

— Non, mais sérieusement... T'es une flic intello alors que moi...

— Je ne suis pas intello du tout, voyons ! Tu aurais dû connaître mon ex, ça, c'était un intello ! Il était prof à l'Université de Sherbrooke et jugeait tout le monde. Il dénigrait mon travail et me traitait comme si j'étais une de ses étudiantes. Être heureux, pour lui, était un signe d'aveuglement total. J'ai toujours admiré l'esprit critique, mais là, c'était trop pour moi. Au bout de quatre ans, j'ai fini par le comprendre.

Elle se tait un court moment, puis :

— Je pense que j'ai besoin d'un peu plus de simplicité, dans la vie.

— C'est pour ça que tu t'intéresses à un gars simpliste ?

— J'ai dit simplicité, pas simplisme...

Elle tourne la tête vers lui.

— Tu es bien sévère avec toi-même, tout d'un coup ! C'est assez inhabituel.

Pierre ne dit rien un moment, puis :

— Demain, on rencontre le procureur.

Chloé pose à nouveau sa tête sur le torse de son amant, amusée par ce changement de sujet peu subtil.

— Onze témoignages de gens éparpillés dans tout le Québec, ça devrait démontrer l'ampleur de l'affaire.

Pierre s'assombrit.

Dans toutes les régions du Québec depuis deux ans... sans que personne ne s'en rende compte...

— Tu peux dormir ici, si tu veux, susurre Chloé.

— Je veux bien, répond-il spontanément, sans même se demander si c'est sage, dangereux ou quoi que ce soit d'autre.

Ils se taisent et Pierre s'endort rapidement. Pour la première fois depuis la fusillade de la rue Saint-Joseph, il ne fait aucun rêve.

◆

En ouvrant les yeux, Pierre a un court moment d'instabilité : où est-il donc ? Le temps de se redresser, tout lui revient en mémoire. Il a passé la nuit chez Chloé. Cette dernière, d'ailleurs, n'est plus dans le lit. L'horloge indique sept heures vingt. Comme par réflexe, il se sent tout à coup mal à l'aise. De nouveau il est assailli par cette idée que s'il laisse sa vie personnelle envahir sa vie professionnelle, il gâchera cette dernière.

Une fois habillé, il sort de la pièce et marche dans le couloir, guidé par une odeur de café. Il passe devant une pièce qu'il a déjà entrevue lors de sa dernière visite : ce bureau recouvert de papiers... Il y entre, curieux, et s'approche. Des restes de dizaines de pages de journaux de toutes sortes traînent sur le bureau, comme si on les avait découpés. Au milieu de ce fatras se trouve un grand *scrapbook* que Pierre ouvre. Il renferme une grande quantité de coupures de journaux collées sur chaque page.

— Bon matin.

Il se retourne. Chloé, en robe de chambre, joliment ébouriffée, se tient dans l'embrasure de la porte, café à la main. Pierre, embourbé, veut justifier sa présence dans cette pièce, mais sa collègue, souriante et même quelque peu fière, s'approche en disant :

— Tu as découvert ma petite oasis.

— Ton oasis ?

— Ce sont des articles de journaux que je collectionne depuis quelques années, sur l'actualité mondiale. Je ne ramasse que les bonnes nouvelles.

Pierre, encouragé par l'attitude de Chloé, feuillette quelques pages : articles sur des enfants sauvés d'un incendie, sur des dons gouvernementaux pour aider tel ou tel pays pauvre, sur les bienfaits d'une nouvelle technologie, sur une manifestation humaniste qui a eu des effets positifs...

— Pourquoi tu fais ça ?

— Pour ne pas oublier que c'est possible.

Il la regarde. Malgré la tristesse de son regard, son sourire est éclatant, triomphant, plus fort que tout.

— Je n'en trouve pas beaucoup. C'est justement pour cette raison qu'ils sont précieux.

Pierre comprend alors que si le sourire de sa collègue est toujours si riche, c'est parce qu'elle vient périodiquement se brancher sur cette génératrice de papier pour recharger sa batterie.

Et si ta vie personnelle devenait agréable et satisfaisante, en quoi serait-ce un problème qu'elle se mêle à ta vie professionnelle ? Est-ce si impensable ?

Il ressent alors une forte envie de l'embrasser, qu'il repousse bêtement.

— Viens, fait Chloé sans transition, tout simplement. Je t'ai préparé un café.

La cuisine est peinte en orangé, ce qui rend les éclats du soleil encore plus lumineux. Pierre voit le sac de café sur le comptoir et, moqueur, remarque :

— Du Van Houtte ? Ça me surprend.

— Pourquoi ?

— De ta part, toi qui es contre Wal-Mart, contre la pollution, contre plein d'affaires… Je me serais attendu à du café équitable.

Il éprouve un plaisir coquin à la prendre ainsi en défaut. Mais la policière, en remplissant une tasse, hausse une épaule :

— On ne peut pas être de tous les combats, on ne vivrait plus. L'important, c'est d'en choisir quelques-uns et de les mener jusqu'au bout.

Pendant une seconde, il redoute qu'elle lui demande quels sont ses combats à lui, mais elle se contente de lui tendre la tasse :

— Alors, tu veux un bon café non équitable ?

Il boit debout. Elle va s'asseoir avec sa propre tasse et lui demande :

— Tu ne t'assois pas ?

— Si on veut être au poste à neuf heures pour revoir notre stratégie avant de rencontrer le procureur, faut que j'aille prendre ma douche, changer de vêtements…

En avalant une gorgée, elle ajoute d'un air entendu :

— Ç'a été agréable, non ?

Se rappelant ce qu'elle lui a répliqué elle-même la dernière fois, il se dit que l'occasion est trop belle et répond d'un air faussement désinvolte :

— Pas pire…

— Menteur ! rétorque-t-elle en s'esclaffant, et son rire se mêle si bien aux couleurs vives de la cuisine et aux rayons de soleil qui entrent par la fenêtre que Pierre lui-même rit de bon cœur, redécouvrant tout à coup la volupté de cet acte si simple qu'il accomplit trop rarement.

— Ç'a été parfait, dit-il en souriant.

Et puis, ne luttant plus contre son envie, il s'approche d'elle et l'embrasse, un baiser rapide, un peu maladroit mais sincère, reconnaissant. Elle se laisse faire, sans le quitter des yeux.

Est-ce vraiment impensable ?

– À tantôt, balbutie-t-il.

Il s'empresse alors de mettre ses souliers et, les joues rouges, sort de la maison. Dans sa voiture, il se sent tout à coup empli d'optimisme, à un point tel qu'il prend son cellulaire et appelle l'hôpital, convaincu qu'on lui donnera de bonnes nouvelles. Mais on lui dit qu'il n'y a aucun changement chez Karine.

En prenant la route, Pierre sent sa bonne humeur entachée, comme une flaque d'huile qui persisterait au centre d'un lac limpide.

◆

L'après-midi, les deux détectives rencontrent le procureur pour demander officiellement l'autorisation de procéder à une accusation et, par le fait même, à une arrestation en bonne et due forme. Ils déposent le dossier et, à sa grande surprise, le procureur constate qu'il concerne la super-vedette Maxime Lavoie. Pierre explique qu'ils désirent l'arrêter pour deux chefs d'accusation. Le premier et le plus important : Lavoie a incité des centaines de gens au suicide. Et le second : Diane Nadeau, qui est une des victimes de Lavoie, a été éliminée sous les ordres de ce dernier, car elle était sur le point de révéler des faits importants à Pierre. Le procureur demande s'ils ont des preuves formelles. Les deux policiers admettent que non, mais ils ont un dossier qui expose des coïncidences et des faits plus que troublants. Le procureur, qui les écoute pendant plus d'une heure en feuilletant le dossier, demande finalement si on a interrogé Lavoie. Le détective répond que oui, mais que l'animateur nie toute implication dans ces suicides et dans le meurtre de Nadeau (il indique au procureur une copie de la transcription de l'interrogatoire). Le procureur demande ensuite si une seule fois, parmi les onze témoignages des gens interrogés, le nom de Maxime Lavoie a été évoqué. Pierre admet que non.

Le procureur reconnaît que le dossier est troublant (il semble entre autres impressionné par le fait que onze personnes, éparpillées dans le Québec, ont livré le même témoignage, et par ces suicidés dont les rapports sont marqués d'un X), mais ajoute que cette histoire est la plus incroyable qu'il ait jamais entendue au cours de sa carrière pourtant bien entamée. Il étudiera donc le dossier attentivement et donnera sa réponse vendredi après-midi. Pierre et Chloé quittent le bureau, confiants.

◆

Ce mercredi soir, à vingt-trois heures cinquante, Maxime Lavoie dort paisiblement dans son lit.

Frédéric Ferland, couché dans le sien, fixe le plafond, déçu de constater que Sauvé ne l'a pas rappelé.

Chloé Dagenais, assise sur son divan, soupire en regardant la porte d'entrée et se décide enfin à aller se coucher.

Pierre Sauvé, face à sa fille toujours dans le coma, s'est endormi sur sa chaise.

◆

Jeudi matin, Pierre se réveille en sursaut, comme si un flash le tirait carrément du sommeil : il comprend tout à coup pourquoi le coup de téléphone de Ferland, mardi matin, l'intriguait tant. Il décide de vérifier cela plus tard au poste.

En fin de matinée, les deux détectives et Bernier ont une réunion dans le bureau de Pierre et en arrivent à la conclusion que jusqu'à ce que le procureur donne sa réponse demain après-midi, il n'y a plus grand-chose à faire, sinon attendre.

— Il y a encore un point qui me chicote, fait Pierre, assis derrière son bureau. C'est ce maudit mot, « déluge »…

— Peut-être que ce code désignait les personnes les plus potentiellement dangereuses et que Lavoie se servait d'eux pour faire de la sale besogne, comme l'élimination de Nadeau, propose Bernier.

— Mais Nadeau elle-même avait les lettres DEL dans son rapport, rappelle Pierre.

Bernier a une mimique indécise.

— Tu penses toujours qu'il existe un dossier Déluge que Lavoie ne nous a pas donné ? demande Chloé. Un dossier qui contiendrait d'autres rapports ?

— Peut-être. On va tirer ça au clair quand on va arrêter Lavoie.

— Si on l'arrête, précise Chloé.

— Je suis sûr que le procureur va nous donner le feu vert ! rétorque le capitaine, confiant. On a pas de preuves formelles, c'est vrai, mais il y a assez d'affaires troublantes dans ce dossier-là pour procéder à une arrestation, je peux pas croire !

Il ajoute :

— Prenez donc congé jusqu'à demain après-midi. Vous l'avez ben mérité. Surtout toi, Pierre, t'as l'air d'un mort-vivant !

Pierre le remercie sur un ton ironique. Tandis que Bernier sort, le détective ne peut s'empêcher de se demander, mal à l'aise, si son capitaine, après le boulot, se met à la recherche d'un jeune Noir avec qui il pourrait enfin se libérer de son lourd secret…

— C'est vrai, fait Chloé.

— Hein ? s'étonne Pierre, convaincu que la jeune femme vient de lire dans ses pensées.

— T'as vraiment pas l'air en forme.

— Je dors pas beaucoup. Hier, je me suis endormi sur une chaise, à l'hôpital. Quand j'ai ouvert les yeux, il était une heure du matin. Les infirmières osaient pas me réveiller.

Comme pour répondre à une question muette de sa collègue, il ajoute :

— À cette heure-là, j'ai préféré rentrer directement chez moi.

Elle hoche la tête, puis rit franchement.

— On ressemble à deux adolescents, avec ces phrases pleines de sous-entendus !

— Ouais… C'est un peu con, hein ?

Le sourire de Chloé s'attendrit :

— Non… Pourquoi ?

Pierre ne répond rien. Il regarde sa montre : onze heures trente.

— Je vais retourner à l'hôpital cet après-midi, mais en attendant, je t'invite à dîner ?

Sa collègue accepte avec une joie non dissimulée.

— Mais je veux régler une chose avant, précise Pierre en ouvrant un tiroir de son bureau. C'est à propos de cet appel anonyme qui m'a sauvé la vie.

— Tu as trouvé qui c'est ? s'exclame la policière en s'approchant.

Pierre sort son agenda du tiroir.

— Non, mais mon psychologue m'a appelé mardi. Ce matin, en me réveillant, je me suis dit qu'il est une des rares personnes à avoir mon numéro personnel.

— Tu ne penses quand même pas que c'est lui !

— Non, évidemment, mais je veux lui parler (il feuillette son agenda). Peut-être qu'il a donné mon numéro à quelqu'un ou qu'il l'a laissé traîner quelque part… Je sais pas trop, mais bon, ça me coûte rien de l'appeler.

Le policier trouve le numéro et le compose, mais raccroche après cinq coups : Ferland n'est pas à son bureau. Pierre se souvient alors que le psychologue lui a laissé son numéro personnel lors de leur dernière rencontre. Il se met à la recherche du bout de papier remis par Ferland, ne se souvient plus où il l'a mis, et Chloé, narquoise, suggère :

— Regarde dans ton veston. Tu l'as toujours sur le dos.

— Ça veut dire quoi ? demande Pierre, piqué, tout en marchant vers la patère. Tu l'aimes pas, mon veston ?

Il fouille dans la poche et trouve la feuille de papier pliée en quatre. Il la déplie, est sur le point de composer le numéro… quand, tout à coup, Chloé lui enlève la feuille des mains.

— Qu'est-ce qui te prend ? demande Pierre.

La policière étudie le papier un moment, puis le redonne à son collègue :

— Ça ne te rappelle rien, une feuille comme ça ?

Lorsque Ferland la lui avait donnée, Pierre l'avait rangée dans son veston sans faire attention. Il l'examine donc attentivement : feuille arrachée d'un cahier de notes… bleu ciel… des lignes espacées… avec le mot « Notes » écrit en haut… D'un seul coup, ça lui revient. Il se met à fouiller dans son bureau.

— On l'a pas jointe au dossier pour le procureur ? demande Chloé.

— Je pense pas, répond Pierre qui explore le troisième tiroir. Ça apportait rien au dossier.

Enfin, il *la* trouve. Il prend la feuille, comme s'il découvrait un parchemin précieux, et l'approche de son visage. Il s'agit de la lettre qu'a reçue Diane Nadeau après sa mort, envoyée par son amant globe-trotter qui signait « Gros Loup ».

La feuille de papier est identique à celle sur laquelle Ferland a écrit son numéro de téléphone. Pierre relit rapidement la lettre de Gros Loup.

« *Au fait, tu as réussi à être qualifiée pour cette émission, comment ça s'appelle...* Vivre au Max *?* »

— C'est cette lettre qui a tout déclenché, se souvient Pierre à haute voix. Sans elle, on se serait jamais rendus jusqu'à Lavoie.

Il lève la tête vers sa collègue.

— Une lettre qui est tombée du ciel au bon moment...

— Comme ton coup de téléphone anonyme, ajoute Chloé.

Pierre hoche la tête et caresse sa moustache. Effectivement, il y a eu dans cette enquête quelques coups de théâtre qui les ont drôlement aidés...

— Comme aussi cet autre appel anonyme, qui nous a dit que Louis Robitaille avait auditionné pour *Vivre au Max*, tu te souviens ? marmonne Pierre.

Chloé croise les bras :

— Je pense qu'on va oublier notre journée de congé.

◆

Maxime ne se sent pas nerveux. Fébrile, certes, mais pas nerveux. Et, évidemment, il y a la tristesse. Toujours. Qui ne l'a jamais vraiment lâché durant toute sa vie. Qui a empiré avec le temps.

Il prend la chemise « Déluge » qui se trouve sur son bureau, va ouvrir la porte de son *walk-in* et contemple l'intérieur avec gravité et mélancolie. Ses yeux se posent sur chacun des objets se trouvant sur les tablettes, sur chacun des jalons de sa vie d'abord naïve, puis désillusionnée, et finalement active. La photo de Nadine, le livre de Baudelaire, les papiers de Lavoie inc., l'article de journal relatant la mort de Francis, la chaîne que portait Gabriel à la cheville en Gaspésie, le contrat pour *Vivre au Max,* et bien d'autres choses encore. Sur la dernière rangée, il dépose le dossier Déluge, point d'orgue de sa vie. Il a un pincement au cœur en constatant que les autres dossiers sont absents, de même que les boîtes de rapports d'auditions rejetées. Tant pis. L'essentiel est là. En tout cas, il y a suffisamment d'éléments pour reconstruire la vie de Maxime... et tout comprendre.

« Orgueil », avait dit Ferland. Maxime n'est pas convaincu que c'est aussi simple. Certes, il y a sans doute un peu de vanité dans ce garde-robe, mais surtout la volonté qu'on saisisse *pourquoi* il s'est rendu jusque-là, qu'on sache qu'avant d'en arriver à de telles extrémités, il a tenté autre chose… en vain.

Mais les générations futures te maudiront.

Peu importe. Au moins, les clés seront là pour qu'à défaut d'approuver, on comprenne. Il referme la porte du placard sans la verrouiller et sort de la pièce.

Deux minutes plus tard, assis dans sa limousine qui s'éloigne, il regarde vers sa maison et, à l'idée qu'il ne reviendra plus dans cette immense baraque qu'il n'a jamais aimée, il éprouve un réel allégement.

◆

Frédéric regarde sa montre : quinze heures cinquante-cinq. Il est arrivé à son bureau trente minutes à l'avance, trop énervé pour attendre chez lui à ne rien faire.

Sauvé l'a appelé en début d'après-midi : le policier a besoin de parler et veut le rencontrer ! À la dernière minute, comme ça, c'est inespéré ! Frédéric a tout de même réussi à conserver une voix posée et lui a donné rendez-vous pour seize heures. Cette rencontre sera la dernière occasion pour le psychologue de « dynamiser » son flambeau. Un flambeau qu'il a mis du temps à trouver. Mais lorsque Sauvé est devenu son patient, il s'est dit que cela ne pouvait être un simple hasard. Lui qui a toujours envié les détectives, voilà qu'il pouvait participer lui-même à une enquête par l'entremise de son patient. Mieux encore : comme il était intimement lié aux agissements de Lavoie, il pouvait *aussi* être du côté des criminels ! Jouer avec les « gentils » et les « méchants » en même temps ! Suivre l'enquête et, lorsqu'elle piétinait, donner de petits indices pour la relancer ! Pas tout dire, pas tout révéler, non ! Ce serait trop facile et, surtout, trop bref ! Juste… *s'amuser !* S'amuser vraiment ! Être une sorte de maître de jeu qui en sait plus que tout le monde parce qu'il est des deux côtés à fois ! C'est le trip ultime : savoir qu'au fond, tout dépend de soi ! Un mot de trop, et Ferland détruit le grand projet de Lavoie. Un mot de moins, et l'enquête aboutit à un cul-de-sac. Quelle omnipotence ! Quel plaisir ! Quelle *excitation* !

Et surtout, surtout, ne *rien décider!* Le psychologue ne saurait dire s'il espère que Sauvé arrête Lavoie à temps ou non. Au fond, cela lui est égal. Le mystère du dénouement fait partie du plaisir. Si Lavoie réussit, l'événement sera intéressant en soi. Et si c'est Sauvé qui l'emporte, alors Ferland aura la satisfaction d'avoir participé à cette réussite. Bref, à la toute fin, il connaîtra l'exaltation de toute façon, que ce soit celle du criminel ou celle du policier. Voilà en quoi réside l'extraordinaire: dans l'impossibilité d'être déçu! Rien à voir avec les sports extrêmes, les partouzes ou les quêtes philosophiques! Icare a cessé de voler le plus haut possible: il a compris qu'il ne devait pas chercher à dépasser le soleil mais, au contraire, foncer droit vers lui. Et, oui, il se consumera les ailes! C'est ce qu'il a toujours voulu éviter, mais il se trompait! Il a maintenant compris que lorsqu'on allume son flambeau, on ne peut faire autrement que se brûler.

Toutefois, lorsque Sauvé lui a annoncé la semaine dernière qu'il ne voulait plus le voir, Ferland a senti une partie de son flambeau lui échapper. Il se retrouvait condamné à ne plus être au courant des développements de l'enquête et, donc, à ne plus pouvoir intervenir dans celle-ci. Heureusement, il a eu l'occasion de sauver la vie du détective. En effet, si Sauvé était mort, ce n'aurait plus été intéressant, car le dénouement n'aurait plus fait de doute. Ferland a ressenti beaucoup d'excitation à donner ce coup de fil anonyme… mais ensuite, que faire jusqu'au dénouement final s'il ne revoit pas Sauvé? Rien, sinon attendre. Sa brève discussion téléphonique de mardi avec le policier a été une ultime tentative pour le revoir, pour en apprendre un peu plus sur l'enquête, mais cela s'est révélé vain. Le psychologue s'est donc résigné à être passif jusqu'à la conclusion qui se dessinait avec de plus en plus de netteté: Lavoie avait été interrogé, puis relâché, ce qui laissait croire que Sauvé n'avait rien de concret encore pour l'arrêter. Donc, manifestement, Lavoie allait réussir. Le résultat serait intéressant, certes, mais le fait qu'il était maintenant prévisible lui enlevait un certain attrait. Avec amertume, Ferland, depuis deux jours, s'attendait donc à ce que son flambeau, après avoir brûlé avec éclat pendant quelques semaines, s'éteigne sans surprise ce soir.

Mais coup de théâtre: Sauvé veut finalement le revoir! Ferland a une dernière chance de lui donner un petit coup de pouce, subtilement, juste assez pour rétablir les chances entre lui et Lavoie, pour relancer le suspense, pour que la finale, à nouveau, redevienne imprévisible et, donc, parfaitement intense. Pour que le flambeau reprenne tout son éclat, jusqu'à la fin.

On frappe à la porte. Frédéric se lève. Prudence. Doigté, subtilité, finesse... Il doit jouer comme un maître... Il ouvre la porte. Pierre Sauvé est là, toujours habillé comme si on était en automne.

— Bonjour, Pierre. Entrez, je vous en prie.

Sauvé remercie et s'exécute.

— Alors, vous avez encore vécu des événements difficiles dernièrement ? demande le psychologue en allant s'asseoir.

Le policier, d'un naturel sévère, affiche tout de même un air plus grave qu'à son habitude. Indéterminé, il s'assoit et commence :

— Écoutez, monsieur Ferland...

— Oh ! *Monsieur Ferland !* On est bien officiel, aujourd'hui !

— Frédéric, je vous avoue que je suis pas venu pour vous parler de moi. En fait, je voudrais vous poser quelques questions qui ont un rapport avec mon enquête. Est-ce que vous accepteriez d'y répondre ?

Tout à coup, Frédéric comprend que Sauvé a découvert des choses compromettantes sur lui, sur son implication dans toute l'affaire, et cette révélation, loin de l'alarmer, le stimule davantage. Désormais, *lui-même* est menacé, lui-même peut être démasqué ! Il ne devra que mieux jouer, qu'être plus habile que jamais.

Il n'a pas de mandat, donc il n'a rien de solide contre toi. Alors, tout est parfait. Tu as encore le contrôle... et tu peux le garder !

Son flambeau brûle avec une telle force qu'il sent carrément une onde de chaleur passer sur son corps.

— Je ne vois pas en quoi je pourrais vous aider, mais allez-y, répond le psychologue en feignant l'étonnement.

Sauvé, installé au fond de son fauteuil, les mains posées sur les accoudoirs, garde le silence un moment, puis, d'une voix neutre, lui résume son coup de téléphone anonyme.

— Très peu de gens ont mon numéro, conclut-il. Ma famille, quelques collègues, ma compagnie d'assurances, ma banque... pis vous.

Ferland ouvre de grands yeux.

— Est-ce que… est-ce que vous pensez que c'est moi qui…

— Je le sais que ç'a l'air complètement…

— Pourquoi est-ce que ce serait plus pausible que ce soit moi qui vous aie prévenu que… que votre banquier, disons ?

— Je vous avais parlé de mon enquête, du moins au début. Vous auriez pu, de votre côté, apprendre des choses. En plus, l'appel venait de Montréal. De tous les gens qui ont mon numéro, c'est vous qui habitez le plus près de cette ville.

— Il y a sûrement plus de gens que vous le croyez qui possèdent votre numéro, Pierre. Et puis, avec Internet, on peut trouver tous les numéros qu'on veut.

— Je sais, pis s'il y avait eu juste ça, je serais sûrement pas venu vous voir, mais il y a autre chose…

Cette fois, il lui parle du coup de téléphone anonyme au sujet de Louis Robitaille.

— Je me suis rappelé que, quelques jours avant de recevoir ce providentiel coup de téléphone, je vous avais confié que Robitaille, en apparence du moins, avait pas auditionné et que, donc, notre piste menait à un cul-de-sac…

Frédéric mime l'incompréhension, mais intérieurement, il analyse avec jubilation ses « petits indices » à la lumière de ce que lui explique Sauvé. Bon, donner les deux coups de fil du même endroit, Montréal, n'était sans doute pas très avisé. Tout de même, il a eu la présence d'esprit de ne pas appeler de Saint-Bruno ! Pas mal, pour un détective-criminel en herbe, non ?

— Pierre, franchement, je trouve tout ça plutôt…

— Attendez, c'est pas tout…

Il sort de sa poche une feuille de papier et la brandit de la main droite.

— C'est le papier sur lequel vous avez inscrit votre numéro de téléphone personnel.

Il sort une autre feuille et la brandit de l'autre main, plaçant ainsi les deux papiers côte à côte.

— C'est une lettre que Nadeau a reçue, après sa mort.

Il explique comment cette lettre a démarré l'enquête, puis :

— Elle est aussi arrivée au moment où on piétinait. Piétinement dont je vous avais encore une fois parlé juste un peu avant.

— Est-ce que chaque fois que vous…

— Comparez les deux feuilles de papier, Frédéric.

Le psychologue a déjà compris : toutes deux proviennent évidemment du même cahier. Autre imprudence de sa part. C'est tout de même fascinant de voir à quel point les plus petits détails peuvent révéler plein de choses ! Oui, vraiment fascinant ! Il a lu assez de romans policiers pour le savoir, bien sûr, mais de le vivre dans la réalité, c'est autre chose ! Il jubile intérieurement. Jamais il n'aurait rêvé d'être dans une telle situation, une situation qu'il peut encore parfaitement maîtriser. Car, bien sûr, rien de tout cela ne peut servir de preuve, et Sauvé le sait. Mais cela crée une tension parfaitement jouissive. Une sensation qu'aucun orgasme, qu'aucun saut en parachute, qu'aucun meurtre de sans-abri ne peut procurer. Frédéric croise la jambe.

— Vous croyez que je suis le seul à acheter ce genre de cahier ?

Sauvé remet les deux feuilles dans ses poches et explique prudemment :

— Je sais que je n'ai aucune preuve, que je n'ai que trois événements qui sont peut-être juste des hasards, mais…

Son regard plonge dans celui du psychologue.

— … je vous le demande, Frédéric : est-ce que c'est vous qui m'avez aidé de manière anonyme dans ces trois occasions ?

— Enfin, comment aurais-je pu en savoir autant ?

— C'est pas ça que je vous demande ! rétorque Sauvé qui, pour la première fois depuis son arrivée, démontre de l'impatience. Est-ce vous, oui ou non ?

Frédéric réfléchit à toute vitesse. Le plus simple serait de mentir, bien sûr, et Sauvé ne pourrait le prouver. Mais mentir est trop facile, une manière trop simple de s'en sortir. C'est beaucoup plus intéressant de rester sur la corde raide, toujours sur le point de perdre l'équilibre sans jamais tomber. Tout en soutenant le regard du policier, le psychologue articule avec détachement :

— Prouvez-le, détective Sauvé.

Sauvé avance le torse, sidéré, et le fauteuil émet un long craquement.

— Qu… qu'est-ce que vous dites ?

— Vous croyez que c'est moi qui vous ai aidé, alors prouvez-le, c'est votre boulot, non ?

Le policier se lève d'un bond, à la fois égaré et offusqué.

— Criss ! Ferland, à quoi vous jouez, là ?

Toujours confortablement assis, le psychologue observe la réaction de son ex-client avec intérêt. Si, en arrivant, le détective nourrissait toujours des réserves sur son implication dans toute cette affaire, il est clair qu'elles ont maintenant complètement disparu.

— Vous êtes bien agité, tout à coup.

— Frédéric, c'est pas… Y a rien de drôle dans…

Sauvé se passe une main dans les cheveux puis, retrouvant un semblant de calme, prononce d'une voix lente mais alarmée :

— Si vous savez des choses, vous devez me les dire, pis vite !

La tête relevée pour bien voir son visiteur, Frédéric affiche un visage candide.

— Même si c'était le cas, je sais quoi, au juste ? Et comment je l'aurais su ? Et jusqu'à quel point suis-je impliqué ? C'est le genre de questions qu'un détective doit se poser, je crois…

Il se lève et, face au policier, ose un sourire, non pas moqueur, seulement ludique.

— Si le suspect révèle tout lui-même, où est l'intérêt ?

Sauvé affiche maintenant un air si hagard que Frédéric sent un délicieux frisson de plaisir lui parcourir tout le corps. C'est encore plus distrayant qu'il ne l'aurait espéré. Le policier se frotte la bouche, cherchant un moyen de comprendre le comportement inconcevable du psychologue, puis finit par demander sur un ton presque désespéré :

— Si vous… Si c'est vous qui m'avez aidé les trois fois, pourquoi vous… vous refusez de me parler maintenant ? Vous voulez m'aider, oui ou non ?

— Si ça peut vous rassurer, ce que je fais n'est ni pour vous ni pour personne. Uniquement pour moi. Alors ne prenez pas ça personnel.

Sauvé serre les lèvres, le visage dur.

— Suivez-moi au poste…

— Pas question. Et vous n'avez aucun mandat pour m'y obliger.

Le policier le saisit alors par le collet, cramoisi de rage :

— Je vous emmène quand même !

— Parfait. Je vais tout nier, absolument tout, et vous serez obligé de me relâcher au bout de dix minutes.

L'emprise du policier se relâche graduellement, tandis que son visage se tord d'incompréhension, comme s'il avait devant lui une aberration impossible à saisir. Il lâche enfin son ex-psychologue et recule de quelques pas. L'assurance et la menace qu'il tente de dégager sont court-circuitées par l'effarement qui balaie toute autre émotion.

— Mais pourquoi vous agissez comme ça ? Qu'est-ce que vous cherchez, au juste ? Arrêtez de me niaiser pis *parlez-moi* !

— Je crois que notre séance est terminée, Pierre.

Sauvé est si désemparé qu'il oublie tout discernement :

— Dites-moi ce que vous savez ! Est-ce que c'est Lavoie qui organise les réunions pro-suicidaires ? Est-ce que vous savez pourquoi il fait ça ? Est-ce que vous savez au moins ce qu'est le déluge ?

Frédéric sent l'adrénaline envahir chaque millimètre de son organisme.

Tu voulais lui donner un dernier petit coup de pouce, pour rendre la finale encore plus imprévisible, pour relancer le suspense… Alors, c'est le moment ! Vas-y !

– Le déluge ? susurre-t-il. Vous parlez de cette grosse vague spectaculaire, *right ?*

– Vous vous foutez de ma gueule en plus ! grogne le détective en marchant à nouveau sur lui.

— Vous êtes trop énervé, Pierre, rétorque doucement le psychologue, sans l'ombre d'un sourire.

Sauvé se retient, se masse le front d'impuissance, puis pointe un doigt menaçant vers Frédéric :

— Demain ou lundi au plus tard, on va arrêter Lavoie ! Pis si vous êtes impliqué, il va nous le dire !

Il ajoute avec un air écœuré :

— Je sais pas pourquoi vous faites ça… Je sais pas…

Et il sort rapidement, claquant la porte derrière lui. Frédéric va à la fenêtre et observe le policier monter dans sa voiture. Il croit voir une silhouette assise sur le siège du passager, mais il n'en est pas sûr. Puis, après avoir vu la Suzuki disparaître au loin, il se claque dans les mains en poussant un sifflement réjoui. Et voilà, il vient d'insuffler une nouvelle vigueur à son flambeau ! Sauvé a-t-il compris ce que le psychologue lui a dit, à la fin ? A-t-il *vraiment* saisi ? Sur le moment, sans doute que non : il était si confus. Mais le détective a encore quelques heures devant lui… On verra bien. Ça va être captivant ! Ferland en trépigne d'avance.

Mais maintenant, il doit retourner chez lui manger un morceau : il a confirmé à Lavoie qu'il serait au studio vers dix-huit heures trente. Il s'allume une cigarette et quitte son bureau en chantonnant, le pas léger.

◆

— Seulement deux invités, ce soir. Ça va faire drôle…

C'est Bédard, le régisseur, qui émet la remarque. Il est dix-sept heures dix et, pour la dernière de la saison, Maxime a convoqué une réunion juste avant le souper.

— Oui, et ils vont passer tous les deux dans le premier quinze minutes de l'émission, précise Maxime assis au bout de la table. Après, il y aura une pub, et durant le dernier segment, je ferai mes adieux aux auditeurs.

— Sauf que tu nous dis pas ce qui va se passer exactement durant ce dernier quart d'heure, rétorque Chapdelaine, le réalisateur.

— Eh non ! Parce que je veux que ce soit une surprise non seulement pour les auditeurs, mais pour vous aussi.

Les autres personnes autour de la table semblent trouver l'idée fort originale, mais Chapdelaine, un vétéran qui a toujours eu sa méthode de travail et qui n'aime pas tellement qu'on vienne la bousculer, maugrée tout de même :

— Faire du direct sans que personne sache ce qui va se passer dans les quinze dernières minutes, c'est pas très pro !

— *Moi,* je le sais ce qui va se passer, et c'est suffisant, réplique l'animateur avec une pointe d'humeur. Et j'ai le feu vert de Langlois en personne.

— *Come on !* lance Alexandra, la recherchiste. T'aimes pas ça, les surprises ?

Chapdelaine croise les bras, grognon.

— J'espère que tu vas être plus souriant ce soir, ajoute Maxime, parce que j'ai invité un de mes cousins à venir observer ton travail. C'est un jeune qui a étudié en technologie des médias et qui aimerait être réalisateur un jour.

— Ah ! Max ! Tu sais que j'aime pas ça quand des stagiaires me…

— Je me suis dit que ce serait très formateur pour lui de voir le roi des réalisateurs en pleine action, le coupe l'ex-milliardaire d'un air taquin.

Chapdelaine, plus renfrogné que jamais, décide de ne plus rien dire. Maxime se frotte les mains.

— Bon. Je crois qu'on va battre des records d'audience ce soir, non ?

— C'est ce qu'on pense, oui, répond Lisette Boudreault, qui a encore une certaine difficulté à adapter son élocution à ses lèvres récemment gonflées au collagène. On a mis le paquet sur la promo ! C'est pas impossible qu'on pète les trois millions ce soir.

Rumeur impressionnée et enthousiaste autour de la table. Robert Sanschagrin, toujours impeccable dans son complet-cravate, ajoute en consultant ses papiers :

— On a reçu des tonnes d'appels, de lettres et de courriels de gens qui nous implorent de poursuivre l'émission l'année prochaine. La plupart disent que leur vie ne sera plus pareille sans *Vivre au Max,* vous imaginez ?

Maxime considère le producteur délégué. Manifestement, Sanschagrin a su, en deux ans, découvrir les bienfaits de la relaxation. Lui qui, au début, avait des palpitations cardiaques à la fin de chaque émission en songeant aux plaintes qui allaient déferler à la station, sourcille à peine quand on lui annonce qu'une centaine de personnes ont appelé pour hurler leur indignation.

— Il n'y a vraiment aucun moyen que l'émission revienne l'été prochain, Max ? demande Mike, le coanimateur, qui rêve déjà à son propre show.

Maxime, désolé, fait signe que non.

— Même dans une version plus économique ? insiste Bédard.

L'animateur regarde un à un tous ces gens autour de lui qui attendent une réponse. Il sent un flux de bile lui remonter dans la gorge, qu'il s'empresse de ravaler en grimaçant, puis :

— Non, c'est impossible.

Une sonnerie se fait entendre : le cellulaire de Maxime. Ce dernier répond.

— Allô ?

— *Hola*, Max ! *Como esta, compañero ?*

L'animateur met sa main sur son cellulaire et, tout en se levant, fait signe aux autres qu'il revient dans deux minutes. Il marche vers la porte et, une fois dans le couloir principal du studio parfaitement désert, il ramène son cellulaire à l'oreille.

— Salvador, le moment est plutôt mal choisi.

Maxime a encore en tête leur dernière discussion, qui n'a pas été des plus chaleureuses.

— Oui, c'est la dernière de ton show ce soir, tu dois être ben occupé, fait l'Espagnol. Mais je pense que ce que j'ai à t'annoncer vaut la peine de te déranger un peu… On a retrouvé Joan.

— Qui ?

— Joan. Tu sais, celui des deux tueurs qui a réussi à échapper à ton flic. Il se préparait à quitter le sol québécois. On s'est arrangé pour qu'il reste *sous* le sol.

Il pouffe, fier de sa blague. Maxime attend la suite avec impatience.

— Mais avant de pousser son dernier souffle, il nous a dit que c'était pas de sa faute si l'opération avait foiré, que le flic les attendait dehors, caché de l'autre côté de la rue.

Courte pause, puis :

— Comme s'il était au courant qu'on venait lui rendre visite pis qu'il voulait surprendre ses visiteurs…

— Ce qui veut dire ?

— Ce qui veut dire que tu as un *traidor* dans ton entourage, *muchacho*…

— Impossible. Personne ne savait que je voulais éliminer ce flic.

— T'es sûr de ça ?

Tout à coup, Maxime sent un terrible vertige le secouer, comme si on venait de le lâcher dans le vide. Pourtant, il demeure immobile et droit comme un i. Seule sa respiration devient un peu plus forte.

Il ne peut y croire. Il *n'arrive pas* à y croire.

— Max ?

— Merci de ton appel, Salvador, articule l'animateur d'une voix absente. Je te revaudrai ça.

— Justement, justement… Ça devient de plus en plus risqué de travailler pour toi, mon cher Max. Pis là, on dirait que certains membres de ton entourage sont pas fiables. Pas bon, ça. Ni pour toi… ni pour moi.

Sa voix est ironique, mais on y sent vibrer une note plus sérieuse.

— Va falloir que tu m'expliques à quoi tu joues exactement.

— L'entente a toujours…

— L'entente va changer.

Maxime, maintenant, marche de long en large dans le couloir.

— Pas question, l'entente ne change pas, je te l'ai déjà dit.

Un soupir désolé se fait entendre à l'autre bout du fil et Salvador réplique d'une voix faussement triste :

— Alors, tu vas devoir moins compter sur mon aide, *hombre*…

Maxime se gratte la joue d'un mouvement convulsif.

— Écoute, on en reparle plus tard, d'accord ?

Et, sans attendre de réponse, il raccroche. Rien à foutre, des menaces de Salvador ! De toute façon, il n'a plus besoin de lui, maintenant…

« … un traidor *dans ton entourage… »*

Il se passe une main sur les yeux, nauséeux, puis secoue violemment la tête. Non. Tout ne sera pas gâché.

Pas si près du but…

◆

La voiture termine sa traversée du pont Jacques-Cartier en même temps que Pierre conclut le résumé de son étrange rencontre avec le psychologue. Lorsque, plus tôt, le détective a obtenu un rendez-vous avec Ferland pour seize heures, Chloé a insisté pour y aller avec lui. « Ce serait mieux que je sois seul, pour ne pas l'effaroucher », a expliqué Pierre. Chloé était d'accord, mais a proposé de l'attendre dans la voiture. Comme ça, s'il y avait du grabuge ou quoi que ce soit d'imprévu, elle pourrait intervenir.

— C'est que… Après, je voudrais retourner à l'hôpital…

— Je pourrais y aller avec toi ? Tu n'auras plus d'excuses pour ne pas venir me voir le soir.

Pierre a pensé à ses longues heures seul dans la chambre de sa fille à broyer du noir… et il a rapidement accepté l'offre de sa collègue.

Maintenant, en entendant la fin du récit de Pierre, Chloé secoue la tête, complètement décontenancée.

— C'est… c'est totalement incompréhensible, finit-elle par dire.

— En tout cas, pour moi, c'est clair que c'est lui qui nous a aidés les trois fois.

— Mais s'il voulait nous aider, pourquoi ne pas nous avoir parlé directement ? Et pourquoi, aujourd'hui, jouer au chat et à la souris avec nous ?

— Je te jure, Chloé : on aurait vraiment dit qu'il s'amusait !

— Mais comment… comment peut-il être impliqué dans cette histoire ?

— Je sais que ç'a l'air impossible, mais… Écoute, je suis pas sûr qu'il soit directement complice de Lavoie, mais, en tout cas, il sait des choses pis il s'est amusé à nous laisser des indices, sans trop en révéler non plus.

— Mais *pourquoi* ? insiste Chloé. À quoi il joue ?

Un ange passe. La voiture tourne dans la rue Sherbrooke.

— Tu n'as pas menacé de l'arrêter ?

— Il est pas con. Il sait qu'on a rien contre lui. Si on l'amenait au poste, il nierait tout pis on devrait le relâcher.

— Comme Lavoie…

Pierre se tait, morose. Chloé propose :

— On fera analyser son écriture et on la comparera à la lettre qu'a reçue Nadeau. Si nos spécialistes affirment que c'est la même écriture, il est cuit.

— Oui. De toute façon, quand on arrêtera Lavoie, on les confrontera tous les deux.

La voiture entre dans le stationnement de l'hôpital Notre-Dame.

◆

Maxime observe la voiture de Ferland se stationner tout près, entre les autres véhicules, et se répète qu'il doit rester pondéré. Rien n'est encore certain. Car enfin, pourquoi Ferland lui aurait-il joué dans le dos, lui qui a pourtant montré un réel intérêt depuis le début ? Tout simplement parce qu'il ne voulait pas avoir le meurtre d'un flic sur la conscience ? Ridicule ! Comparée au reste, la mort du policier n'aurait été qu'une pacotille. Pourtant, qui d'autre a pu prévenir Sauvé ? Peut-être que ce Joan a menti. Peut-être a-t-il inventé cette histoire juste pour sauver sa peau… Jamais Maxime ne s'est senti si éperdu. Et ce, quelques heures avant la dernière émission !

Garder le contrôle… Ne rien gâcher… Vérifier…

Ferland s'approche, observant avec intérêt Maxime et Gabriel. Ce dernier se tient aux côtés de son tuteur, l'air presque nu sans boîte de céréales entre les mains.

— J'ai droit à un comité d'accueil, maintenant ?

Il ne tend pas la main, car il connaît la répugnance de son complice pour cette convention sociale.

— Je veux qu'on aille faire un tour pour jaser un peu, annonce Maxime.

— Tu as l'air bizarre.

— Allez, viens.

Il marche vers sa limousine. Ferland le suit, intrigué. Luis tient grande ouverte la portière arrière. Ferland s'assoit sur une banquette, Maxime et Gabriel sur l'autre en face. Luis s'installe derrière le volant et, sans attendre d'indication, se met en route.

— Tu n'aurais pas pu me parler dans ton bureau ? demande Ferland, de fort bonne humeur.

Maxime appuie sur un bouton et, derrière lui, un panneau s'élève lentement, faisant disparaître Luis et tout l'avant de la voiture. Le psychologue jette un coup d'œil goguenard aux vitres teintées qui l'entourent.

— Ça fait sérieux, tout ça, non ?

— Ce l'est.

Gabriel ne quitte pas le psychologue des yeux. Maxime se tord les mains, irrésolu quant à l'approche à adopter. Il décide d'y aller directement. De toute façon, il n'a pas le temps de tergiverser. Immobilisant ses mains sur ses cuisses, le corps droit et raide, il demande d'une voix qu'il veut neutre :

— Frédéric, as-tu prévenu Pierre Sauvé qu'il allait être éliminé ?

Le psychologue éclate de rire, ce qui décontracte l'ex-milliardaire pendant quelques secondes, mais le doute revient l'assaillir lorsqu'il entend Ferland marmonner d'un air enchanté :

— Eh bien ! C'est vraiment la journée des révélations !

— De quoi tu parles ?

Ferland remonte ses lunettes sur son nez en secouant la tête, éberlué et jubilant :

— Seigneur ! c'est encore plus palpitant que j'aurais pu le souhaiter !

— Frédéric, merde ! as-tu, oui ou non, prévenu Sauvé ?

Ferland le considère un moment, comme s'il se demandait quoi répondre, puis admet tout naturellement :

— Oui, je l'ai prévenu.

Maxime en reste sans voix. À ses côtés, Gabriel est toujours de marbre, mais un éclair de colère traverse ses yeux noirs.

— Mais… mais pourquoi ? souffle enfin l'animateur.

— Parce qu'il fait partie de mon flambeau.

— Ton flambeau ! explose Maxime en entrant ses ongles dans le cuir de la banquette. Je comprends, maintenant, pourquoi t'as jamais voulu m'en parler ! Tu veux tout saboter ! C'est ça, hein ? ton ostie de flambeau ?

— C'est plus compliqué que ça.

— Comment, plus compliqué ?

Maxime suffoque de rage et se demande par quel miracle il ne s'est pas encore jeté à la gorge de ce sale traître. Pendant une seconde, il se dit qu'il donnerait son âme pour revenir en arrière, au moment où Ferland entrait chez lui pour la première fois. S'il pouvait revivre cette minute, il lui tirerait une balle dans la tête avant même que le psychologue n'ait le temps de s'asseoir.

— Maxime, explique patiemment Ferland, si mon but était vraiment de tout saboter, tu serais déjà sous les verrous, et ce, depuis plusieurs semaines, tu ne penses pas ?

L'animateur grince des dents, incapable de remettre de l'ordre dans ses pensées chaotiques.

— D'ailleurs, poursuit Ferland, cet après-midi même, j'aurais pu tout foutre en l'air, et je ne l'ai pas fait.

— Cet après-midi ?

— Oui, Sauvé est venu me rendre visite.

Nouveau coup à l'estomac pour Maxime.

— Quoi ? Comment ça ?

— Parce que lui aussi a découvert que c'est moi qui l'ai sauvé. D'ailleurs, je ne l'ai pas trouvé très reconnaissant…

— Et… et qu'est-ce que tu lui as dit ?

— Je ne lui ai pas menti, cela aurait été trop facile. Comme tu as remarqué, je ne t'ai pas menti non plus. Mais je ne lui ai pas révélé exactement que c'était moi.

— Tu lui as dit quoi, alors ?

— Presque rien.

— Criss, Ferland, arrête de me niaiser ! crache Lavoie en agrippant le bras de son interlocuteur.

— Presque rien, je te dis ! répond le psychologue dont la sérénité demeure inébranlable. Je lui ai dit que c'était lui le détective, donc que c'était à lui de trouver.

— À lui de trouver ?

Enfin, Maxime comprend. Et cette révélation l'assomme avec une telle force qu'il lâche le bras de Ferland pour se laisser retomber au fond de sa banquette, sonné.

— Dieu du ciel, c'est donc ça, ton flambeau: jouer des deux côtés à la fois !

Ferland, en replaçant sa chemise, prend un air énigmatique. Maxime grimace de dégoût. Le jeu, encore ! Tout le monde joue, partout, tout le temps, toujours ! Lui-même avait dû « jouer » pour arriver à ses fins. Mais le jeu de Ferland était le pire de tous.

La limousine roule toujours dans le quartier industriel, recommençant le même trajet pour la troisième fois.

— C'est ça, hein ? insiste Maxime.

— Je t'ai déjà dit que je ne veux pas parler de mon flambeau.

— Tu m'as aussi dit que mentir était trop facile !

— Je refuse de répondre, c'est différent.

— Mais tu m'as déjà menti : quand tu as prétendu que tu étais comme moi !

— Je ne t'ai jamais dit que j'étais comme toi, nuance Ferland d'un ton tout à coup plus posé. Tu as toujours été convaincu que je l'étais, parce que je te suivais, parce que je t'écoutais… et, surtout, parce que ça t'arrangeait bien.

— C'est vrai. Je croyais que tu approuvais le fait que je pousse des gens au suicide, je croyais que tu approuvais mon projet Déluge… En fait, tu n'approuvais pas. Tu t'en moquais, tout simplement. Tu n'y voyais qu'un moyen pour arriver à ton propre but, ta propre excitation.

— C'est aussi ton cas.

— Non ! rétorque Maxime d'une voix acerbe. Moi, j'agis par conviction ! Je fais ce que je fais parce que je crois *vraiment* que c'est la solution, parce que j'espère que ça servira d'exemple et que d'autres suivront mes pas ! Je ne suis pas indifférent à l'être humain ! Je le hais trop !

Il tend un doigt dédaigneux vers Ferland et poursuit :

— Mais toi… toi, tu es indifférent à l'Homme. Tu n'éprouves ni amour, ni haine, ni quoi que ce soit pour lui. L'être humain t'intéresse seulement s'il peut satisfaire tes besoins personnels. Et c'est ce que tu as vu dans mon projet. Pas un engagement, non ! Seulement un moyen de t'amuser comme jamais tu ne t'es amusé !

Maxime avance le torse, le visage tordu par une immense souffrance intérieure et, la voix brisée, il poursuit :

— Mais je ne m'amuse pas, moi ! Pas du tout ! Quand je vais brûler mon flambeau, ce soir, ce sera l'excitation ultime, oui, mais ce sera surtout la confirmation de ma tragédie, de *notre* tragédie à tous ! Ce soir sera non seulement le plus grand moment de ma vie, mais aussi le plus affligeant !

Ferland ne réplique rien, tout de même impressionné par la virulence de l'animateur. Gabriel regarde à travers la vitre teintée, l'air songeur. Maxime retourne au fond de sa banquette, épuisé, puis donne trois petits coups secs sur le panneau derrière lui. Aussitôt, la voiture effectue un demi-tour. Ferland, qui saisit ce qui se prépare, se met à parler rapidement :

— Écoute, Maxime, je comprends ce que tu ressens en ce moment pour moi, mais je te demande tout de même de me laisser assister à ton émission.

Le visage maintenant calme mais exsangue, Maxime marmonne :

— Comment ai-je pu croire que tu étais comme moi ?

— Si tu n'as pas confiance, enferme-moi à double tour dans ton bureau, sans téléphone, je m'en moque ! Je regarderai l'émission sur ta télé, c'est tout ce que je veux !

La voiture s'immobilise à quelques mètres du studio. Maxime ouvre la portière et Ferland, qui ne s'égaye plus du tout, le retient par le bras :

— Maxime, laisse-moi brûler mon flambeau jusqu'au bout !

L'animateur se dégage brutalement, puis sort, suivi de Gabriel. Le psychologue ne tente même pas de les suivre. Pourtant, il ne semble pas terrifié. Juste déçu. Maxime se penche vers l'intérieur et lance :

— C'est moi qui passerai pour le monstre… et pourtant, tu es bien pire que moi.

Il referme la portière. Ses deux mains lissent ses cheveux lentement, puis il s'approche de la porte avant. La vitre s'abaisse et le visage serein de Luis apparaît.

— Fais ça discrètement, lui dit Maxime. Je ne veux pas qu'on retrouve le corps avant deux ou trois jours.

— Et après ?

— Tu reviens ici. Il pourrait y avoir des problèmes imprévus, ce soir.

— Ah oui ? Comme quoi, *jefe ?* Un troupeau de fans déçus que votre émission soit terminée ?

Il rigole, puis démarre. Maxime prend une grande respiration, le ventre douloureux.

Une trahison. Une de plus.

Il se tourne vers Gabriel, désolé, et lui ébouriffe les cheveux.

— J'aurais dû comprendre que tu es le seul en qui je peux vraiment avoir confiance…

L'adolescent se laisse faire en le fixant dans les yeux.

— Et pour récompense, ce soir, toi aussi tu brûleras ton flambeau.

Mais il ajoute, plus anxieux :

— Si tout va bien…

Car Ferland vient de changer la donne.

◆

Ils se tiennent de chaque côté du lit de Karine depuis une quinzaine de minutes, silencieux. Puis, Pierre finit par parler, sans quitter sa fille des yeux, la voix presque basse :

— Quand elle était petite, elle adorait *La Belle au bois dormant*. Pour elle, dormir cent ans pis se faire réveiller par un baiser était le comble du romantisme.

Il lui caresse la joue, perdu dans ses souvenirs.

— Qu'est-ce qu'elle aimait d'autre ? demande Chloé, les mains entre les cuisses, la tête penchée sur le côté.

Pierre réfléchit.

— Le sirop d'érable… Elle voulait en mettre partout. Dessiner… Si un morceau de papier traînait, elle le couvrait de gribouillis. J'avais laissé traîner un rapport, une fois, pis elle l'avait barbouillé de la première à la dernière page !

Un mince sourire retrousse sa moustache.

— J'étais dans une colère bleue…

Ses lèvres s'avancent maintenant en une lippe de regret.

— Elle adorait aussi qu'on lui chante des chansons. Sa préférée était *Let it Be*. Tous les enfants de son âge trippaient sur des comptines, mais elle, elle aimait les Beatles.

— Pourquoi tu ne la lui chanterais pas maintenant ?

Pierre relève la tête. Chloé ajoute :

— Certains croient que les gens dans le coma sentent les choses autour d'eux.

Pierre revient à sa fille, incertain. Sa collègue, dans un chuchotement, insiste :

— Vas-y…

— Ça fait tellement longtemps…

Il continue à caresser la joue de Karine. Puis, la voix basse, il commence à chanter :

— *When I find myself in times of trouble…*

Il chante le premier couplet, puis le refrain, les yeux rivés au visage angélique endormi. Ses doigts quittent la joue, rejoignent les cheveux. Quand il commence le second couplet, il s'arrête, ne se rappelant plus les paroles. Alors, Chloé prend le relais, la voix aussi basse que celle de Pierre. Ce dernier lève les yeux vers elle et l'accompagne.

À la fin de la chanson, les deux gardent le silence un long moment.

◆

Dans son bureau, Maxime marche de long en large. Gabriel, assis, ne fait rien, comme s'il attendait.

Ferland a dit qu'il n'avait presque rien dit à Sauvé cet après-midi et c'est sans doute vrai. Sinon, la police serait déjà là. Mais inutile de courir des risques. Tout gâcher si près du but, ce serait… ce serait épouvantable. Maxime prend son cellulaire, compose un numéro. À l'autre bout, une voix demande en espagnol de qui il s'agit.

— C'est Max.

Après un court silence, Salvador répond avec son enthousiasme habituel :

— Eh, Max ! Deux conversations dans la même journée !

Mais sa bonne humeur est différente. Plus frondeuse.

— J'ai besoin de ton aide, Salvador.

— Tiens, tiens ! Pourtant, je t'ai annoncé tout à l'heure que tu devrais moins compter sur moi, maintenant… à moins que tu m'informes un peu plus de ce qui se passe.

— Je t'expliquerai tout demain, Salvador, promis. Mais j'aimerais que tu m'envoies une dizaine de tes hommes.

— Pour quoi faire ?

— Il est possible qu'il y ait du grabuge au studio, ce soir. Ce serait étonnant, mais comme je ne veux courir aucun risque…

— Du grabuge ? La police, par exemple ?

— Je n'ai jamais dit que ce serait la police.

— Arrête de me prendre pour un cave, *muchacho*.

L'ironie, maintenant, devient grinçante.

— Pendant presque deux ans, je t'ai posé aucune question sur tes petites affaires parce que tout avait l'air cool. Mais depuis quelque temps, ç'a l'air d'aller moins bien, surtout depuis que tu m'as demandé d'éliminer un flic. Je suis désolé pour toi si tout s'écroule, mais je veux pas être là quand ça va arriver, surtout si la police est invitée.

— Salvador, je te donne deux millions de dollars dès demain si tu m'envoies ces…

— C'est pas une question d'argent, Max. T'es dans la marde… alors, moi, je me retire, c'est tout.

— Tu n'as pas le droit !

— T'as juste à me dire ce qui se passe *vraiment !*

Max réfléchit à toute vitesse, veut inventer une raison, mais ne trouve qu'à ajouter, suppliant :

— Cinq millions, Salvador !

— Plus tu montes ton prix, plus tu me fais peur. Tellement qu'on arrête tout, mon ami. Ç'a été un plaisir pendant deux ans, mais à partir de cette seconde, ne compte plus sur moi, ni sur *aucun* de mes hommes.

— Salvador…

— Évidemment, si tu donnes mon nom à la police, tu te doutes ben qu'aucune prison sera assez sécuritaire pour toi…

— Va chier, sale minable ! C'est moi qui décide, c'est moi qui ai raison, *toujours !*

— *Adios, hombre…*

Salvador coupe la communication. Maxime lance son cellulaire sur un fauteuil en jurant.

◆

Ça ne prend pas du tout la tournure prévue.

Frédéric se sent si démoralisé qu'il ne songe même pas à regarder par les vitres de la limousine pour savoir où on l'amène exactement. Quelle importance, de toute façon ? Bien sûr, l'aventure elle-même a été fascinante, mais à quoi bon s'il ne peut assister à la conclusion ? s'il ne peut voir si ses modestes interventions auront ou non un impact ? Icare va tomber avant même d'avoir atteint le soleil. Une journée qui a si bien commencé ! Peut-être a-t-il été trop ambitieux…

La voiture s'arrête et le psychologue sursaute, tiré de ses amères pensées. La portière s'ouvre et Luis, toujours affublé de son costard trois pièces (est-ce toujours le même ou sa garde-robe en est-elle remplie ?), lui lance avec entrain :

— Terminus, *señor* Ferland.

À l'extérieur, Frédéric regarde autour de lui. Terrain vague, herbes jaunes et folles, plusieurs blocs de pierre fissurés.

Très loin, les gratte-ciel de Montréal. Dans l'autre direction, des échangeurs et des viaducs se découpent sur l'horizon. Le psychologue se tourne de l'autre côté : il croit deviner le fleuve, là-bas. Des grillons forment une symphonie monocorde.

— Avancez, fait Luis.

Frédéric n'est pas du tout surpris de voir le pistolet qu'il tient à la main. Il se met en marche, tandis que derrière lui le chauffeur chantonne une ballade espagnole, ce qui provoque le silence des grillons. Frédéric lève la tête vers le ciel : température douce, peu d'humidité, quelques nuages mais plutôt découvert. Temps superbe pour un vol. Dommage…

— Arrêtez-vous.

Frédéric obéit et se retourne. L'Espagnol, immobile aussi, prend un air désolé :

— Je sais pas ce que vous avez fait pour tout gâcher, *señor,* mais c'est dommage : vous et Max, vous aviez l'air de bien vous entendre.

Il lève son arme. Les grillons se remettent à chanter.

Tout ça pour en finir ainsi bêtement. S'il avait su, Frédéric n'aurait pas interrompu son suicide, huit mois plus tôt. Il pousse un long soupir et, les mains croisées devant lui, attend la balle, espérant que Luis soit un bon tireur.

Un son plus aigu, plus saccadé se fait tout à coup entendre à travers le bourdonnement des insectes. Frédéric reconnaît le son d'un cellulaire. L'Espagnol lance un coup d'œil vers son veston et, pendant un moment, hésite entre terminer ce qu'il a commencé ou répondre, adoptant ainsi une attitude embarrassée qui, dans d'autres circonstances, aurait été du plus haut comique. Il baisse enfin son arme et porte le cellulaire à son oreille.

— Oui…

Son visage devient grave et il se met à parler dans sa langue maternelle. Ce n'est donc pas Lavoie. Intrigué, Frédéric, qui se débrouille en espagnol, écoute attentivement.

— Maintenant ?… Ah bon ?… D'accord… Et le gars que Lavoie m'a demandé d'éliminer ?… Oui, j'allais le… Ah… Ah bon… D'accord… Parfait, j'arrive.

Il referme son cellulaire et le range dans son veston. Il se met en marche vers Frédéric.

— Qu'est-ce qui se passe ? demande ce dernier.

Pour toute réponse, il reçoit la crosse du pistolet en plein visage, qui lui fend la lèvre supérieure, puis un autre coup qui lui casse les lunettes et le nez. Suivent trois coups de poing à l'estomac qui le font choir au sol. Il n'a pas le temps de reprendre son souffle que le pied de Luis l'atteint deux fois au visage, la première fois près de l'œil, la seconde en pleine bouche, lui déchaussant une dent. À moitié assommé, il se dit qu'il va mourir ainsi, battu à mort, et se résigne à souffrir durant de longues minutes… mais après un autre coup de pied dans le ventre, tout cesse. Douloureux, le visage en sang, Frédéric a la force de relever la tête pour voir Luis qui, tout en rangeant son arme et en ajustant sa cravate, explique, de bonne humeur :

— Vous avez de la chance, *señor*. Un simple avertissement sera suffisant pour cette fois. Je vous traduis : si vous parlez de ça à qui que ce soit, on vous retrouvera et vous souffrirez beaucoup, beaucoup plus.

Il marche vers la limousine en reprenant sa chansonnette. Le psychologue veut se relever mais, une fois à quatre pattes, sent une épouvantable nausée lui enfler la poitrine et la gorge. Il se détourne et vomit, entendant à peine la voiture s'éloigner sur la longue route déserte. Toujours sur les genoux, il reprend son souffle, cherche à recouvrer ses esprits.

Quelqu'un a annulé l'ordre… Quelqu'un de plus haut que Maxime… Sûrement ce type, comment il s'appelle, déjà ? Salvador… Oui, sûrement… Un coup de chance incroyable, inexplicable…

Frédéric réussit enfin à se relever. Son œil droit est aveugle, trop enflé. Il ramasse ses lunettes, mais, en constatant qu'elles sont fichues, les laisse choir au sol. Il crache de la bile et du sang, tâte son nez cassé en grimaçant de douleur et essuie tant bien que mal l'hémoglobine sur son visage. La vue embrouillée, il décode l'heure sur sa montre : dix-huit heures vingt. Il n'est pas trop tard pour terminer son vol.

D'une démarche chancelante, il se met en marche sur la route, vers les échangeurs routiers très, très loin.

◆

Assis sur son bureau, Maxime réfléchit toujours. Au moins, ce soir, Luis sera là, si jamais…

Il a tout à coup un pressentiment. En vitesse, il retourne chercher son cellulaire sur le fauteuil et compose un numéro. Luis répond.

— Tu es en route pour le studio ?

— Désolé, *señor* Lavoie, fait l'Espagnol. Salvador vient de m'apprendre que je ne travaille plus pour vous.

— Je te paierai le triple de ce qu'il te paie !

— Hé ! C'est généreux, merci ! Mais, non, désolé. Je suis trop loyal, vous comprenez ? Bonne chance, *señor !*

Il raccroche.

Maxime est maintenant seul ! Luis a-t-il au moins éliminé Ferland ? L'animateur recompose le numéro, mais son ex-chauffeur ne répond pas. Le cellulaire retourne rapidement s'enfoncer dans le fauteuil. Maxime s'oblige au calme. Si Ferland est encore vivant, il ira sûrement écouter l'émission quelque part. C'est ce qu'il voulait, non ? De toute façon, qu'est-ce que Maxime peut faire de plus ? En réalité, il ne peut faire qu'une chose : continuer comme prévu. Et espérer que tout aille bien. Il se tourne vers Gabriel, assis dans un fauteuil. La vue de l'adolescent lui redonne confiance.

Tout ira bien…

Le téléphone sur son bureau sonne et il répond. C'est la réceptionniste :

— Un certain Mario Hétu est là, Max. Il dit que vous l'attendez.

En entendant ces paroles, l'animateur oublie presque tous ses soucis. Il dit qu'il arrive, puis raccroche. Avant de sortir, il se tourne vers Gabriel :

— Je viens te chercher tout à l'heure.

Gabriel lui adresse un petit signe d'assentiment. Un brin de nervosité semble poindre sous son masque impassible.

À la réception, un jeune homme est assis et attend, posé mais le regard allumé. Dans la vingtaine, cheveux longs attachés en queue de cheval, vieux veston sur le dos, peau ravagée par l'acné, il se lève à l'arrivée de Maxime, qui s'exclame avec un large sourire :

— Ah, Mario ! Parfait ! Ponctuel, à ce que je vois !

Il remercie la réceptionniste, qui rougit (elle est follement amoureuse de lui, Maxime le sait), et les deux hommes s'éloignent dans le couloir. Une fois qu'ils sont seuls, l'animateur demande à voix basse :

— Désolé, mais je ne dois pas prendre de risque : mot de passe ?

— Déluge, articule Hétu d'une voix un rien tremblante.

— Bien. Par ici, je vais te présenter l'équipe…

◆

Frédéric arrive chez lui à vingt heures vingt. Après avoir marché une demi-heure, il a fini par atteindre un boulevard achalandé. Les deux premiers taxis, en lui voyant l'allure, ont refusé de le prendre. Le troisième n'a accepté qu'après une promesse d'un généreux pourboire. En route, le psychologue a songé un moment à aller récupérer sa voiture au studio, mais s'est dit qu'il était préférable qu'il ne se montre pas trop dans ce coin. Le taxi a donc pris trente-cinq minutes pour se rendre à Saint-Bruno et Frédéric lui a laissé tout ce qu'il avait sur lui, soit quatre-vingt-trois dollars.

Entré dans sa maison, il claudique jusqu'à la salle de bain où il s'examine : visage tuméfié et recouvert de sang séché, œil droit enflé, chemise tachée… Vraiment une sale gueule. Rapidement, il se lave le visage, enlève sa chemise et tâte ses côtes douloureuses. Il enfile une autre chemise, puis va au salon ouvrir la télé. Il tombe sur la fin d'un quiz et, tandis que les concurrents agitent bêtement la main à la caméra aux côtés de l'animateur qui sourit de ses trois mille dents, une voix dynamique annonce :

— Ne manquez pas, dans trente minutes, la toute dernière de *Vivre au Max !* Max Lavoie vous promet tout un show !

Parfait. Il a amplement le temps de se préparer. De nouveau, l'adrénaline se propage en lui. Frédéric lève les yeux au plafond, examine le luminaire suspendu à un crochet.

Il va au sous-sol et remonte avec un escabeau.

— Alors, vous êtes prêts, ici ? On commence dans vingt minutes.

Dans le petit *boot* de la régie technique, Maxime se frotte les mains avec enthousiasme. Chapdelaine, installé devant la console avec son technicien, ronchonne :

— Ouais, ouais, prêts…

Il lance un œil peu avenant vers Mario Hétu, qui se tient debout près de lui, le regard rivé sur les moniteurs de la console.

— Mais c'est clair, hein ? Ton cousin peut regarder, mais il me parle pas pendant l'émission, ça peut me déconcentrer !

— Pas de problème, l'assure Maxime. Mario est déjà tellement content de voir un vrai réalisateur au travail pendant un show *live*, il ne t'emmerdera pas, tu peux en être certain ! Pas vrai, Mario ?

— C'est sûr, répond le stagiaire d'une voix singulièrement décalée.

Steve, le technicien, qui se veut un peu plus amical, sourit à Hétu en disant :

— Tu vas voir, y a de l'action, à la régie de *Vivre au Max !*

Hétu hoche la tête, l'air visiblement ailleurs.

— Bien ! lance Maxime. Alors, bonne émission !

Après un regard entendu vers Hétu, il sort de la pièce et se retrouve dans les coulisses, où tout le monde s'affaire aux derniers préparatifs de l'émission. Il prend le temps de répondre à quelques questions de certains techniciens, puis se dirige vers le côté cour où Gabriel, assis sur une chaise de plateau, attend patiemment en contemplant d'un œil morne l'agitation qui règne autour de lui.

— Alors, fait Maxime d'un air grave, prêt ?

Gabriel regarde vers le sol : à ses pieds gît un grand sac de toile noir. Il relève la tête et fait un imperceptible hochement. Maxime, après s'être assuré qu'on ne s'occupe pas d'eux, marmonne au garçon :

— Ton flambeau, Gabriel… Enfin…

Les lèvres du jeune adolescent tressaillent, se relèvent aux coins, et un sourire discret apparaît sur son visage, triomphant et triste à la fois, exactement comme celui que Maxime affiche si souvent lorsqu'il est seul avec lui. L'animateur s'approche encore plus, pose sa main sur l'épaule de son protégé et la serre avec force et tendresse en même temps. La voix basse mais vibrante, il souffle :

— Depuis la mort de Francis, tu es le seul être humain qui a compté dans ma vie…

Gabriel ne sourit déjà plus, mais il soutient le regard de son tuteur durant de longues secondes.

Maxime s'éloigne enfin, puis un homme s'approche de lui : Jack Langlois. Le directeur de la programmation s'est mis sur son trente-six et son immense bedaine semble sur le point de faire éclater sa chemise d'une seconde à l'autre.

— Jack ! Heureux que tu aies accepté de venir !

— Penses-tu que j'allais regarder ta dernière chez nous dans mon salon ? *No fuckin' way !* Je veux voir ça en direct !

Il devient plus sérieux.

— Ça me fend le cœur qu'on refasse pas l'émission l'année prochaine… Le plus gros succès de la télé québécoise, t'imagines ?

— Trop cher, Jack, on en a parlé cent fois. En plus, le CRTC aurait sûrement eu notre peau… De toute façon, le monde aurait fini par se lasser.

— *Are you kidding ?* Ça fait trente ans que les téléromans racontent les mêmes niaiseries, pis le monde les écoute pareil !

Il pointe un doigt vers Maxime.

— Promets-moi qu'on va retravailler ensemble, *you little genius !*

– On verra bien…

Langlois donne un petit coup sur l'épaule de l'animateur, lui promet le *party* du siècle après l'émission, puis s'éloigne. Maxime frotte son épaule, comme pour enlever une fiente d'oiseau. Il se remet en marche et s'approche des deux participants de l'émission de ce soir, assis dans un coin. En voyant la star, ils se lèvent, impressionnés : une fille dans la trentaine avancée et un homme plus jeune d'une dizaine d'années.

— Ah ! s'exclame Maxime avec emphase, les bras levés. Les deux chanceux qui vont clore la saison, *right ?*

Ils discutent ensemble durant une dizaine de minutes, puis le régisseur vient chercher Maxime et lui dit qu'on est en ondes dans cinq minutes.

La frénésie, déjà palpable, atteint maintenant des sommets. On installe le micro-casque à Maxime puis ce dernier va se placer à son poste habituel, côté jardin, tout près de la scène. Tous les membres de l'équipe, en passant devant lui, lèvent le pouce en signe d'encouragement et Maxime leur répond de la même manière.

C'est ça, levez votre pouce, souriez… Soyez fiers de participer à la dernière de la pire émission de toute l'histoire de la télévision…

Il entend les bruits de la foule dans les gradins. Plus de quatre cents personnes. Le cœur de Maxime cogne si fort qu'il en a mal à la poitrine.

— Une minute, lui crie le régisseur.

Maxime songe tout à coup à Ferland et l'angoisse, qu'il avait réussi à éloigner temporairement, revient en force. Est-il mort ? En a-t-il révélé assez au flic pour tout gâcher à la dernière minute ?

— Vingt secondes !

Maxime secoue la tête. Au diable ce salaud de Ferland ! Tout va bien aller !

– En ondes !

La musique, la voix virile de l'annonceur, l'orgie de lumières, les cris de la foule, puis, plaquant une expression hilare sur son visage, Maxime bondit sur la scène, gesticule, salue, fait le pitre ; tandis que la foule continue de hurler de joie, l'animateur tonne dans son micro, sa voix giclant littéralement des haut-parleurs :

— Salut, la gang ! Êtes-vous de bonne humeur ?

Un « OUI ! » unanime, extatique, fou, rebondit sur les parois de l'immense studio.

— J'espère ! continue Maxime en se frappant dans les mains. Parce qu'à soir, c'est la toute dernière de *Vivre au Max !* Pis vous allez voir, ça va être vraiment, vraiment spectaculaire !

◆

Le bar ne compte qu'une dizaine de clients, en général dans la trentaine. Il y a une télé au-dessus du comptoir, mais le son est fermé et une musique des années soixante-dix tient lieu d'ambiance sonore. Les deux détectives se dirigent vers une petite table au milieu de la salle et s'y assoient. Quand ils sont sortis de l'hôpital à vingt heures trente, et pendant qu'ils marchaient dans le stationnement vers la voiture de Pierre, Chloé a proposé d'aller prendre un verre dans la rue Saint-Denis, qui était à une dizaine de minutes à pied.

— Tant qu'à être à Montréal, on pourrait en profiter.

Le policier a accepté. Quinze minutes plus tard, ils commandent donc chacun une bière, et Pierre, après sa première gorgée, marmonne :

— Des fois, j'ai l'impression qu'elle se réveillera jamais…

— Tu dois avoir confiance.

Elle pose sa main sur son poignet. Il ne le retire pas.

— Karine va finir par se réveiller, Pierre, c'est presque sûr. Le plus important, c'est ce que tu vas faire *après*.

Elle prend une gorgée de sa bière. Le détective demeure songeur un moment, puis change de sujet :

— Quand je pense à Ferland, j'arrive toujours pas à… à comprendre son attitude.

Il ajoute avec un rictus cynique :

— Il a même eu l'audace d'imiter Lavoie !

— Comment ça ?

— Je l'ai supplié de me dire ce qu'il savait, n'importe quoi. Je lui ai demandé si au moins il savait ce qu'était le déluge. Il s'est foutu de ma gueule en me répondant : « C'est une grosse vague spectaculaire, *right ?* » Il a ajouté un « *right* » comme Lavoie ! Comme pour vraiment me faire comprendre qu'il est de connivence avec lui !

Il secoue la tête en prenant une gorgée de son verre. Maintenant, il se rappelle aussi ce qu'a dit le psychologue tout de suite après, une phrase du genre : « Vous êtes trop énervé, détective », comme s'il insinuait que Pierre devait mieux écouter… Mais écouter quoi ?

— On est pas mal sûrs que le mot déluge désignait le commando qui a tué Nadeau, lui rappelle Chloé.

— Sauf que le rapport de Nadeau aussi comportait les lettres DEL…

Il se masse le visage, épuisé.

— Après ce verre, on retourne à Drummond, sinon je vais m'endormir sur la route.

Tandis qu'il prend une autre gorgée, Chloé propose sans le regarder :

— Tu peux venir chez moi, si tu veux…

— Non…

Chloé hoche la tête, cachant mal sa déception. Pierre ajoute :

— J'aimerais que *tu* viennes chez moi.

Et il sourit. Chloé n'a pas le temps de répondre qu'une voix près du comptoir s'exclame :

— Hé, monte le son, ça commence !

C'est un des consommateurs assis au bar qui vient de lancer cet ordre au barman. Ce dernier éteint la musique, va à la télé et met le son. Sur l'écran, on voit Max Lavoie courir sur la scène de son studio, radieux, tandis qu'en montage alterné on montre la foule debout hurler littéralement de joie. Tous les clients du bar fixent le téléviseur avec intérêt.

— C'est vrai, c'est sa dernière ce soir, marmonne Chloé.

— Oui, pis si tout va bien, sa dernière à vie, ajoute Pierre d'un air entendu.

— Salut, la gang ! lance Lavoie sur l'écran. Êtes-vous de bonne humeur ?

Pierre a peine à croire qu'il y a deux mois, il écoutait cette émission avec plaisir, qu'il était lui-même un admirateur de Maxime Lavoie. Son mal de tête prend maintenant de l'ampleur. Allez, une dernière gorgée, et après ils filent.

— J'espère ! poursuit l'animateur sur l'écran. Parce qu'à soir, c'est la toute dernière de *Vivre au Max !* Pis vous allez voir, ça va être vraiment, vraiment spectaculaire !

Encore ce mot, « spectaculaire » ! Décidément !

Tout à coup, le verre se fige sur les lèvres du détective, tandis que ses yeux, rivés à l'écran, se froncent lentement.

— J'imagine que vous vous attendez à tout un show, *right ?* ajoute Lavoie en claquant dans ses mains.

Le verre redescend lentement, comme au ralenti, découvrant le visage médusé de Pierre.

Le déluge ? Vous parlez de cette grosse vague spectaculaire… right *?*

— Je vous ai préparé tout un punch pour la fin ! fait Lavoie avec un drôle de sourire, ce sourire étrange que Karine avait souvent remarqué. Parce qu'en tant que public fidèle, vous le méritez ben !

— *Fuck !* souffle Pierre.

Il se lève brusquement, tandis que Chloé lui demande ce qu'il y a.

— Viens-t'en, vite ! répond-il en se dirigeant vers la sortie.

Poursuivi par les paroles de Lavoie à la télé (« Et voici maintenant notre première participante… »), Pierre se retrouve rue Saint-Denis et, presque au pas de course, se dirige vers Sherbrooke en bousculant les quelques piétons sur son chemin.

— Pierre, qu'est-ce qui se passe ? demande Chloé sur ses talons.

— Le déluge, j'ai peur que… J'ai peur que ça ait un lien avec ce soir… durant son émission ! répond Pierre sans se retourner. Lavoie a parlé d'un show *spectaculaire*, tu l'as entendu ?

Chloé ne répond rien, mais son visage a blêmi.

— Faut aller au studio, pis vite ! ajoute le détective.

En arrivant rue Sherbrooke, ils se mettent littéralement à courir.

19

Frédéric, debout au milieu de la salle, regardait autour de lui en songeant aux vingt-cinq misérables qui se trouvaient là le 11 mars précédent, seize jours plus tôt. Est-ce que certains d'entre eux avaient déjà commencé à se suicider ? Si l'on se fiait aux résultats obtenus l'année d'avant, on pouvait croire que oui… Mais le psychologue se rappelait surtout la dernière partie de cette réunion, alors que Lavoie rencontrait les participants un par un, les poussant à allumer leur flambeau. Deux d'entre eux, un dénommé Jutras et une certaine Nadeau, s'étaient révélés plus inquiétants que les autres. Et Lavoie les avait tous deux convoqués pour ce soir-là, en leur donnant un mot de passe : déluge.

— Vous croyez qu'ils vont venir ? demanda-t-il.

Lavoie, en train d'étendre sur le sol en ciment une grande bâche grise d'environ deux mètres sur trois, répondit sans cesser de travailler.

— Absolument. L'année dernière, j'ai convoqué en tout quarante personnes pour une quatrième réunion, soit une moyenne de deux personnes et demie par région. Elles sont toutes venues.

Il alla chercher une chaise, qu'il ramena vers la bâche.

— Cette année, pour la quatrième réunion, j'ai convoqué trente-huit personnes à travers les seize régions. Jusqu'à maintenant, elles sont aussi toutes venues. J'imagine qu'il en sera de même ce soir.

Il plaça la chaise au centre de la bâche, puis désigna à Frédéric une table sur laquelle se trouvait un dossier.

— Ça fait un total de soixante-dix-huit personnes en deux ans.

Le psychologue alla chercher le dossier, sur lequel il était inscrit « Déluge ». Il le feuilleta: encore des rapports d'auditions pour l'émission *Vivre au Max*, provenant des quatre coins du Québec. Sur chacun d'eux, on avait inscrit au feutre noir les lettres « DEL ».

— Si pour certaines régions, comme ici, les Cantons-de-l'Est ou les Laurentides, je n'ai trouvé que quatre personnes pouvant figurer dans ce dossier, d'autres en comptent six, comme la Côte-Nord et l'Abitibi, expliqua l'animateur.

Frédéric, sans cesser de feuilleter les rapports, demanda:

— Pourquoi convoquer ces gens pour une quatrième réunion?

— Patience, Frédéric, patience…

Il indiqua la scène à l'avant de la salle, devant laquelle les rideaux étaient tirés.

— Cette fois, vous ne pouvez pas participer à la réunion. Je vous suggère de vous placer derrière ces rideaux et de jeter un œil discret par la mince ouverture.

Des pas se firent entendre: Gabriel entra dans la salle et Lavoie comprit aussitôt.

— Ah, Luis est revenu, dit-il en marchant vers la porte. Allons voir ça.

Frédéric regarda sa montre: dix-neuf heures quinze. On lui avait expliqué, à son arrivée, que l'Espagnol était parti en « mission ». Le psychologue était bien curieux de voir de quoi il s'agissait. D'ailleurs, depuis quelque temps, il se sentait curieux de bien des choses. Et n'était-ce que pour ressentir à nouveau cette sensation qu'il avait cru ne plus jamais éprouver, il était prêt à suivre Lavoie jusqu'au bout de sa folie.

Dehors, c'était déjà la nuit. Malgré la fine neige qui tombait du ciel, la température était douillette, rappelant que le printemps était officiellement commencé depuis peu. La jeep, avec la roulotte attachée à l'arrière, était garée dans le stationnement vide et Luis en descendait.

— Pas de problèmes? demanda Lavoie.

— *No problemo*.

L'Espagnol s'assura qu'il n'y avait personne d'autre dans le stationnement, puis il disparut dans la roulotte. Il en sortit quelques secondes plus tard en poussant devant lui un individu, manifestement un homme, dont la tête était recouverte d'un sac de toile. Aveuglé, les mains attachées dans le dos, le prisonnier marchait avec prudence et Luis le guidait sans ménagement. L'homme n'avait pas de manteau, était habillé d'une combinaison bleue de travail et s'il se tenait silencieux, on percevait sa respiration rapide et égarée.

— Tout à l'heure, il a essayé de se sauver avec son sac sur la tête ! raconta Luis en riant. Vous auriez dû le voir rentrer dans un arbre ! Ça l'a calmé assez vite !

— La chaise est prête, dit Lavoie, qui considéra le prisonnier avec une absence totale d'intérêt.

Luis poussa l'homme vers l'entrée de la salle. Frédéric, bien sûr, demanda des explications.

— Pour chacune des réunions du déluge, Luis doit dénicher un individu comme celui-ci. Homme, femme, peu importe. J'imagine qu'il les trouve dans des endroits discrets, retirés de la foule.

— À quoi sert cet invité-surprise ?

Il n'eut évidemment pas de réponse, mais il se doutait bien que l'invité en question ne devait pas beaucoup se divertir durant la réunion. Et pourtant, encore une fois, la curiosité l'emporta sur l'indignation. Frédéric se contenta donc de hocher la tête.

— Bon, fit le milliardaire en entrant dans la roulotte. Je vais aller me maquiller.

◆

À vingt et une heures cinq, les quatre personnes convoquées étaient arrivées. À l'entrée, Luis leur demandait le mot de passe et elles répondaient « déluge », tout simplement. Lorsque la quatrième personne fut entrée, Luis retourna dans la jeep et Gabriel vint monter la garde devant la porte de la salle.

L'intérieur était, comme la fois précédente, plongée dans une semi-pénombre intimiste. Lavoie, métamorphosé en « monsieur Charles », était planté près d'une table sur laquelle se trouvaient un dossier et un magnétophone, et ne bougeait pas, fixant les quatre invités assis devant lui, silencieux. Deux d'entre eux, les « anciens », affichaient un air funeste. Les deux autres, les « nouveaux », réussissaient à demeurer dociles malgré une certaine anxiété. Un peu à l'écart, dans l'obscurité, on devinait une forme sur une chaise.

Lavoie consulta enfin son dossier « Déluge » et lut rapidement les rapports des deux nouvelles recrues : Diane Nadeau et Léo Jutras. Puis, il remit la chemise sur la table et appela :

— Diane... Léo... Venez ici.

Les deux interpellés, après une brève hésitation, se levèrent et s'approchèrent de leur gourou. Maxime leur parla d'un ton à la fois intime et impersonnel.

— Pour vous deux, c'est votre première réunion du Déluge. L'année dernière, Grégoire et Yannick (il indiqua les deux autres invités) ont eu aussi leur première réunion et ont dû attendre un an pour pouvoir enfin assister, ce soir, à leur seconde. Ils ont fait preuve d'une grande patience, et je les en remercie.

Nadeau et Jutras demeurèrent silencieux. Ils écoutaient attentivement, les traits tendus.

— Vous vous demandez pourquoi *vous* avez été choisis... Vous vous rappelez il y a deux semaines, lorsque je vous ai tous rencontrés individuellement pour vous engager à allumer votre flambeau ? Ces courtes rencontres individuelles ont été enregistrées.

Il étira la main vers le magnétophone.

— On va se rafraîchir la mémoire. Voici notre discussion, Diane.

Lavoie appuya sur *play* et du magnétophone surgirent les voix de l'animateur et de Diane Nadeau.

LAVOIE — *Je vois que vous travaillez aux ressources humaines du cégep de Drummondville... Vous aimez ce travail ?*

NADEAU — *Non.*

LAVOIE — *Votre flambeau serait-il lié à votre travail ?*

NADEAU — *Non.*

LAVOIE — *Je vois aussi que votre conjoint vous a quittée il y a vingt mois... Pour une autre femme ?*

NADEAU (hésitation) — *Oui.*

LAVOIE — *Vous lui en voulez ?*

NADEAU — *Oui.*

LAVOIE — *Il était tout pour vous, c'est ça ?*

NADEAU — *Oui.*

LAVOIE — *Et avec l'autre femme, il semble heureux ?*

NADEAU — *Il...* (voix cassée) *Il vient d'avoir des jumeaux avec elle...*

La voix enregistrée de la femme est d'une froideur implacable. Nadeau, debout, écoute cette conversation qu'elle a eue deux semaines plus tôt, le visage maintenant triste.

LAVOIE — *Votre flambeau concernerait votre ex, c'est ça?*
NADEAU — *Oui.*
LAVOIE — *Qu'est-ce que vous souhaiteriez?*

Silence.

LAVOIE — *Vous n'avez rien à cacher, ici, Diane... Il n'y a plus de règles à respecter, ou de convenances, ou de retenue. Allez au bout de vos désirs.*

NADEAU (la respiration plus rapide) — *Je veux qu'il meure...*

LAVOIE — *Je crois que ce que vous souhaitez est plus précis que cela...*

NADEAU (haletante) — *Je veux le tuer... Je veux les tuer, lui pis l'autre salope, pis même...*

La voix se brisa en un sanglot rauque. Dans la salle, les auditeurs se taisaient. Les traits de Nadeau se convulsèrent, comme sur le point de craquer, mais elle se retint pour ne pas pleurer.

LAVOIE — *Seriez-vous prête à le faire, Diane?*
NADEAU — *Je... je... je...*
LAVOIE — *Sachant que votre vie est finie, que pour vous tout est terminé de toute façon, seriez-vous prête à le faire, pour une dernière satisfaction, pour un ultime moment de bonheur? Le feriez-vous?*

Sur l'enregistrement, les sanglots de Nadeau s'arrêtèrent net. Sa voix, quoique encore tremblante, redevint plus glaciale que tout à l'heure.

NADEAU — *Je crois... je crois que oui.*

Diane Nadeau, qui écoutait sa propre voix, ne réagit pas, mais la tristesse sur son visage se figea soudain.

LAVOIE — *Votre flambeau est légitime, Diane, mais pas comme celui des autres, plus excessif. Écoutez-moi: vous êtes différente. Je vous suggère une quatrième réunion. Ici même. Dans seize jours. Le 27 mars, à vingt et une heures.*
NADEAU — *Mais... mais pourquoi? Je...*
LAVOIE — *Il y aura d'autres gens mais beaucoup, beaucoup moins que ce soir. Seulement quelques personnes. Qui sont comme vous, Diane. Qui sont des privilégiées.* (Pause) *Ne faites rien d'irrémédiable d'ici là. Attendez. Et venez le 27 mars prochain. Vous ne le regretterez pas. Promettez-moi que vous allez venir.*

NADEAU — *Je le promets.*

LAVOIE — *Comme c'est une réunion spéciale, vous devrez utiliser un mot de passe : déluge. Répétez-le.*

NADEAU — *Déluge.*

LAVOIE — *Bien.*

Courte pause, puis :

LAVOIE — *Votre flambeau sera magnifique, Diane.*

Lavoie appuya sur *stop* et regarda la femme droit dans les yeux.

— Vous pensez toujours la même chose, Diane ? Vous n'avez pas changé d'avis ?

Nadeau vacillait, ne savait plus. Lavoie fit un petit signe vers Grégoire et Yannick, les deux « anciens » qui étaient toujours assis.

— Grégoire, Yannick... Dites à Diane ce que sera votre flambeau.

— Je veux tuer mon père, affirma Grégoire d'une voix neutre, sans réticence.

— Je veux tuer mes collègues au bureau, fit Yannick sur le même ton. N'importe lesquels.

Diane les dévisageait et, malgré sa nervosité, on sentait que ces deux affirmations la confortaient.

— Alors ? répéta Lavoie à l'intention de Nadeau. Vous pensez toujours la même chose ?

— Je crois que oui.

À l'écart, dans la pénombre, la silhouette assise sur une chaise émit quelques sons étouffés. Nadeau regarda dans cette direction avec suspicion, mais Lavoie lui dit :

— Ne vous occupez pas de *ça* pour l'instant.

Le milliardaire se tourna vers Léo Jutras. Le colosse quinquagénaire n'avait pas bronché depuis qu'il s'était approché.

— Et vous, Léo, vous souvenez-vous de notre petite rencontre ?

Lavoie appuya sur *play* et une nouvelle discussion se fit entendre :

LAVOIE — *Vous avez cinquante-deux ans, êtes concierge dans un hôpital depuis trente ans, n'avez ni conjointe ni enfant. Exact, Léo ?*

JUTRAS — *C'est ça.*

LAVOIE — *Vous n'êtes pas content de votre vie, n'est-ce pas ?*

JUTRAS — *Non.*
LAVOIE — *Pourquoi ?*
JUTRAS — *On se moque de moi. On s'est toujours moqué de moi. Toujours.*
LAVOIE — *Pourquoi ?*
JUTRAS — *Je sais pas.*
LAVOIE — *Quel serait votre flambeau ?*
JUTRAS — *Il faut que quelqu'un paie. Sinon, c'est pas juste.*

La voix était sèche, rapide, butée.

LAVOIE — *Comment cette personne paierait-elle, Léo ?*

Silence.

LAVOIE — *Qui aimeriez-vous faire payer ?*
JUTRAS — *N'importe qui. N'importe quel salaud ou salope qui a eu une belle vie.*
LAVOIE — *Et vous lui feriez quoi ?*

Silence.

LAVOIE — *Vous ne le savez pas ?*
JUTRAS — *Oui. Mais je sais pas si je devrais le dire.*
LAVOIE — *Pourquoi ?*
JUTRAS — *Parce que.*
LAVOIE — *Rien de ce qui est dit ici ne sortira de cette pièce, Léo. Croyez-vous que j'ai intérêt moi-même à aller tout raconter ?*

Silence, puis la voix égale et sèche répondit enfin.

JUTRAS — *Je le tuerais.*

Léo Jutras, debout devant le magnétophone, n'eut aucune réaction.

Sur le ruban, Lavoie fit la même invitation qu'à Diane Nadeau, les mêmes recommandations, donna le même mot de passe. Puis, le doigt du milliardaire appuya sur *stop*.

— Alors, Léo, pensez-vous la même chose aujourd'hui ?

— Oui, répondit l'homme sans aucune émotion.

Lavoie croisa ses mains devant lui, tandis qu'on percevait les marmonnements assourdis de la silhouette sur la chaise à l'écart.

— Alors tel sera votre flambeau. Votre ultime jouissance avant que vous vous retiriez.

Jutras ne réagit pas, mais Nadeau eut une petite moue dubitative.

— Je… je sais pas si je serais capable…

Lavoie hocha la tête, comme s'il avait prévu cette réaction, et marcha rapidement vers le mur. Il actionna un commutateur et un second néon s'alluma, juste au-dessus de la chaise à l'écart, sur laquelle on put enfin voir clairement un individu en combinaison bleue, un sac de toile sur la tête, les mains attachées derrière le dos et les pieds liés. Le milliardaire s'approcha de celui-ci en faisant signe avec sa main droite:

— Approchez, Diane. Approchez, Léo.

Tous deux obéirent. Sur la chaise, l'homme demeurait silencieux mais respirait rapidement. À la fois solennel et passionné, Lavoie expliqua:

— Qu'est-ce que la vie de quelqu'un lorsque la Vie en soi est si merdique? Vous-mêmes trouvez l'existence si inutile que non seulement vous souhaitez vous enlever la vie, mais vous souhaitez même l'enlever à quelqu'un d'autre. Ce sera votre ultime plaisir: vous venger de l'humanité en l'amputant de plusieurs de ses membres. Et à partir du moment où la Vie est insignifiante, alors toutes les existences se valent et, donc, ne valent rien.

D'un mouvement brusque, il retira le sac de la tête de l'individu. L'homme devait être dans la trentaine, ses cheveux roux frisés collaient sur son front humide de sueur. Il cligna ses petits yeux plusieurs fois, mais ne pouvait parler car sa bouche était recouverte d'un large ruban adhésif noir. Lavoie fit quelques pas de côté et désigna le prisonnier d'un geste théâtral.

— Qui est cet homme? Aucune idée. Et, surtout, aucune importance. Car il est comme tout le monde: il croit vivre parce qu'il bouge, mange et parle. Mais tout ce qu'il fait, c'est se débattre dans le vide. Seulement, il ne l'a pas encore compris. Peut-être, parfois, a-t-il des éclairs de lucidité… Peut-être. Comme tout le monde.

Lavoie se pencha vers une petite valise posée sur la bâche grise, l'ouvrit et en sortit deux revolvers. Il les tendit à Nadeau et à Jutras.

— Prenez-les. Allez, prenez-les.

Jutras s'exécuta sans hésitation, Nadeau mit quelques secondes à obéir. Tandis qu'ils examinaient leur arme, Lavoie s'écarta de quelques pas:

— Ils sont prêts à être utilisés. Vous n'avez qu'à viser et tirer.

Il pointa son index vers l'homme attaché et articula froidement :

— Tuez-le.

Le prisonnier écarquilla les yeux. Nadeau et Jutras levèrent un regard stupéfait vers Lavoie. Ce dernier poursuivit avec hargne :

— Eh bien, quoi ? Vous avez admis vous-mêmes que votre flambeau serait de tuer ! Alors prouvez-moi que vous en êtes capables, prouvez-le à vous-mêmes ! Déversez votre frustration, votre aversion et votre désillusion sur un individu qui, par le simple fait de vivre, est une insulte en soi ! Allez, visez !

Les deux revolvers s'élevaient lentement vers l'homme attaché qui, à moins de trois mètres, se débattait en poussant de véritables cris que le ruban étouffait. Toujours assis à l'écart, Grégoire et Yannick observaient la scène sans broncher, avec l'air de ceux qui avaient déjà passé ce test. Jutras était impassible, mais l'excitation brillait dans son regard tandis qu'il pointait l'arme vers l'homme. Quant à Nadeau, elle se mordillait les lèvres, tourmentée, le revolver tremblant au bout de ses mains, mais on devinait la même lueur dans ses yeux. Et Lavoie continuait, de plus en plus fort, de plus en plus enflammé :

— Vous en rêvez depuis des mois ! Vous rêvez de vous retirer, mais vous voulez crier « *Fuck you* » à tout l'Univers en le faisant ! Alors, criez-le ! Criez-le par le canon de cette arme ! Détruisez ce qui vous a tant trompés, ce qui vous a tant déçus, détruisez ce qui est si futile et inutile, donnez-vous droit à cette dernière revanche avant de vous retirer, et *tuez la Vie ! Maintenant !*

Et ils tirèrent, Jutras froidement, Nadeau avec une sorte de rictus incrédule. Les deux détonations simultanées furent assourdissantes, et l'écho résonna quelques secondes, englouti peu à peu par le total silence qui régnait maintenant dans la salle.

Sur sa chaise, l'homme bâillonné, indemne, roulait des yeux, tellement haletant que sa respiration en était rauque. Jutras, confondu, examinait son arme, tandis que Nadeau semblait frappée autant par l'incompréhension que par une soudaine révélation. Le milliardaire s'approcha et reprit les deux revolvers en murmurant :

— Ils étaient chargés à blanc.

Il rangea les armes dans la valise alors que le prisonnier fermait les yeux et sanglotait. Des gouttes d'urine dégoulinaient de son pantalon jusque sur la bâche.

— Cette mise en scène avait deux buts, expliqua Lavoie en se redressant. Premièrement, il s'agit d'une police d'assurance. Voyez-vous, cette fausse exécution a été filmée.

Il indiqua une petite caméra vidéo montée sur un trépied dans un coin, presque invisible dans l'obscurité.

— S'il vous prenait l'envie de me mettre des bâtons dans les roues, cette vidéo vous mettrait aussi dans de beaux draps.

Il indiqua du menton les deux autres invités de la soirée, toujours assis à l'écart.

— Grégoire et Yannick ont également eu droit à cette mise en scène, l'an dernier.

Les deux interpellés hochèrent la tête. Jutras et Nadeau ne semblaient pas du tout incommodés à l'idée d'avoir été filmés. Lavoie s'approcha d'eux.

— L'autre raison, la plus importante, est que je ne veux pas que vous libériez votre haine tout de suite. Vous devez la garder pour votre flambeau. Je voulais seulement que vous vous rendiez compte que c'est *possible*… que vous êtes capables de le faire.

Tout à coup, il marcha rapidement vers la chaise sur laquelle haletait toujours le prisonnier et, tout en glissant une main sous son veston, articula avec une douceur qui contrastait avec la rapidité de ses mouvements :

— Et je peux vous assurer que c'est aussi simple que satisfaisant.

Sur quoi, il sortit un pistolet et le pointa vers l'homme qui eut à peine le temps d'écarquiller les yeux avant de recevoir la balle en pleine tête. Le sang gicla par la tempe opposée et arrosa la bâche sous la chaise. La victime s'amollit aussitôt et ne bougea plus, les yeux figés pour l'éternité. Nadeau et Jutras fixaient le cadavre comme s'ils étaient envoûtés. Lavoie, sans un regard pour le mort, glissa son arme sous son veston en marmonnant :

— Je suis convaincu qu'en ce moment, vous êtes quelque peu frustrés… n'est-ce pas ?

Court silence, puis Nadeau bredouilla :

— Je peux le faire… Et je veux le faire rapidement !

Elle s'emportait tout à coup, comme en transe.

— Je veux le faire *maintenant* ! Ce soir !

— Pas si vite, la coupa Lavoie tranquillement. Pas ce soir, non. Mais bientôt. Cet été.

— C'est trop loin, rétorqua Jutras d'une voix glaciale.

Lavoie désigna à nouveau Grégoire et Yannick :

— Si eux attendent depuis un an, vous pouvez attendre cinq mois, non ?

Les deux « anciens » n'eurent aucune réaction. Lavoie se planta devant les deux « nouveaux ».

— Si vous agissiez maintenant, vous le feriez comment ? Où ? Avec quelle arme ? À quel moment précis ? Et en agissant de manière isolée et éparpillée, vous croyez que ça aurait autant d'impact sur vous ? Ne voulez-vous pas que votre flambeau brille avec le maximum d'intensité ?

Nadeau et Jutras ne savaient que répondre. Une certaine ardeur émanait d'eux, mais c'était surtout en étudiant leur regard malsain qu'on comprenait qu'ils étaient désormais *ailleurs*. Lavoie posa ses mains sur les épaules de ses deux disciples et, d'un air encourageant, susurra :

– Écoutez-moi. Écoutez-moi attentivement, et votre flambeau brillera avec autant d'éclat que le soleil…

◆

Aussitôt les quatre « élus » sortis, Frédéric surgit de derrière le rideau de la scène, complètement chamboulé. Le visage absent, il marcha tel un somnambule vers Lavoie, qui fouillait parmi les rapports du dossier « Déluge ». Il trouva ceux de Nadeau et de Jutras et, à l'aide d'un crayon-feutre noir, il inscrivit les lettres « DEL » sur les deux feuilles de papier.

— Et voilà, deux de plus ! soupira-t-il d'une voix lasse.

Il referma le dossier et se tourna vers Ferland, qui examinait le cadavre sur la chaise avec curiosité.

— Je sais ce que vous allez me demander, déclara Lavoie. Voici la réponse : deux participants seulement ont refusé de tirer, lors du petit test que je leur ai fait passer. Un homme l'année dernière dans le Bas-du-Fleuve. Et une femme, il y a deux jours, à Laval. Tous deux ont immédiatement quitté la salle… et ont été accueillis par Luis, à l'extérieur.

À ce moment précis, une ritournelle espagnole se fit entendre. Luis passa à côté de Frédéric et alla détacher le cadavre. Cette fois, un début de fatigue se lisait sur son visage, mais il n'en chantonnait pas moins en jetant le corps sur son épaule et en marchant vers la sortie. Une partie du psychologue ne cessait de se répéter qu'il rêvait. Et, pourtant, il ne souhaitait pas vraiment se réveiller.

— Ah, merde, lâcha Lavoie.

Il était penché près de la chaise, au-dessus de la bâche.

— Du sang a giclé hors de la toile, sur le plancher. Va falloir que Luis nettoie ça.

Lavoie fit quelques pas, les mains dans le dos, puis demanda tout simplement :

— Alors ?

Dans la tête de Frédéric, tout allait vite. Il repensait surtout à la fin de la séance, lorsque Lavoie avait expliqué son grand plan final aux deux nouveaux disciples.

— C'est donc ça, votre ultime flambeau, n'est-ce pas ? demanda-t-il enfin, plus sur le ton de la constatation que de l'interrogation.

— Exactement. L'émission *Vivre au Max* est, comme je vous l'ai déjà dit, un alibi et une confirmation. Les quelque six cents désespérés qui, au cours des deux dernières années, se seront suicidés en allumant leur petit flambeau insignifiant sont une confirmation supplémentaire que le vide est omniprésent.

Il redressa la tête, fier mais, comme cela lui arrivait souvent, avec un fond de tristesse.

— Mais mon vrai flambeau, ce sera le Déluge.

Le psychologue repensa à ce qu'avait proposé Lavoie à Nadeau et à Jutras, et un vertige se saisit de lui. Il fit quelques pas dans la salle en se mettant les deux mains sur le crâne. Le milliardaire pencha la tête sur le côté puis demanda :

— Qu'avez-vous ressenti, lorsque j'ai tué l'homme sur la chaise ?

Ferland s'arrêta et se tourna vers le milliardaire.

— Je ne sais pas. De l'étonnement, sans doute.

— De l'horreur ?

— Non.

— Étiez-vous choqué ?

Frédéric balança une seconde, puis avoua d'un ton neutre :

— J'ai déjà tué moi-même. Deux fois. Des sans-abri.

Lavoie haussa les sourcils.

— Vraiment ? Et qu'avez-vous ressenti ?

Le psychologue était sur le point de dire : « Une grande excitation, courte mais réelle », mais s'abstint. Ce n'était sûrement pas le genre de réponse que voulait entendre Lavoie. Ce dernier tuait par haine pure, et non pas pour se procurer de l'excitation.

— Comme vous l'avez dit, répondit enfin Frédéric. C'est facile et satisfaisant.

Une réponse qui le dispensait de mentir tout en demeurant parcimonieux. Lavoie hocha la tête puis ajouta avec amertume :

— Mais c'est aussi tellement dommage… Vous ne trouvez pas ?

Frédéric ne sut que dire, lui qui ne trouvait rien de dommage dans la mort de gens dont il ne se souciait pas le moins du monde, mais il n'eut pas à répondre car l'animateur, tout en rangeant le magnétophone, poursuivait :

— Vous avez vu à quel point ils étaient prêts ? Il y a des gens si accablés, si frustrés, si dégoûtés de leur vie et de la vie en général qu'ils sont prêts à tuer pour faire gicler le pus qui s'accumule en eux depuis tant d'années. Nous en côtoyons tous les jours sans le savoir. Les journaux nous rappellent sans cesse que certains d'entre eux finissent par craquer, incapables d'en supporter davantage, incapables de ravaler encore et encore le poison que sécrète leur âme. Mais la plupart d'entre eux n'auront jamais le courage de passer à l'acte, se sentant trop isolés pour agir, convaincus qu'ils sont les seuls à se sentir ainsi et, donc, qu'ils ont tort.

La mâchoire de Lavoie se contracta.

— Moi, j'en ai déniché soixante-dix-huit. Et je leur ai montré qu'ils avaient raison.

— Vous croyez qu'ils seront tous là, le 15 août prochain, à cette dernière réunion ?

— J'en suis à peu près sûr. S'ils veulent vraiment savoir comment s'y prendre… et s'ils veulent le *matériel* nécessaire à la réussite de leur flambeau, ils devront y être.

Le psychologue passa une main dans ses cheveux poivre et sel.

— Je ne sais pas quoi vous dire…

— Ne dites rien pour l'instant. Il me reste encore une dizaine de jours pour achever ma « tournée ». Après quoi, je retourne à Montréal où un travail tout aussi colossal m'attend : préparer la seconde saison de *Vivre au Max*. Mais je trouverai bien un moment pour vous rencontrer. D'ici là, réfléchissez à tout ça. Demandez-vous si vous voulez me suivre… si vous voulez trouver votre propre flambeau… Qu'en dites-vous ? Je pourrais vous contacter dans deux semaines.

Voilà, ce n'était pas plus compliqué. Aussi simple qu'un coach de baseball qui laisse quelques jours de réflexion à sa recrue potentielle. Lavoie ne prit même pas la peine de prévenir Frédéric de ce qu'il adviendrait de lui s'il allait tout raconter à la police. Il l'avait déjà menacé deux fois, c'était suffisant.

Et il sait que je n'irai pas le dénoncer. Il le sait très bien…

– OK, deux semaines, c'est parfait, marmonna-t-il.

Lavoie se désintéressa alors du psychologue pour aller démonter la caméra vidéo. Luis revenait dans la salle et le milliardaire lui expliqua qu'il y avait du sang à nettoyer sur le plancher. Frédéric marcha vers la sortie en remontant la fermeture éclair de son manteau, ayant peine à croire qu'une telle soirée pouvait se terminer de manière si banale.

Dehors, la neige tombait toujours. Frédéric aperçut Gabriel, appuyé sur le capot de la jeep, en train de manger ses Froot Loops. Les cheveux couverts de flocons blancs, il observait le psychologue en mâchant ses céréales, et Frédéric, mal à l'aise, lui tourna le dos pour marcher vers sa voiture.

Tandis qu'il roulait dans les rues de Victoriaville, il repassa les quatre séances dans sa tête, se concentrant sur les détails les plus violents, les plus dingues, les plus amoraux, comme s'il espérait y dénicher une cause d'indignation, ou du moins une raison de se dissocier de ce projet démentiel. En vain. Au contraire, il ne trouvait que des sources d'enfièvrement. Une fièvre qui, proportionnellement à l'éblouissement, avait grandi à chaque séance. Ce qui lui arrivait maintenant n'était-il pas l'aboutissement logique de sa propre quête ?

Trouver son flambeau…

Le pourrait-il ? Que s'était-il toujours empêché de faire à cause des conséquences fâcheuses qui auraient suivi ? Que pouvait-il se permettre d'accomplir, maintenant qu'il savait qu'il n'y aurait pas de *après* ?

Il stoppa à un feu rouge et observa les deux autres voitures arrêtées de chaque côté de la sienne, les chauffeurs amorphes derrière leur volant… Il examina les quelques piétons qui déambulaient sur les trottoirs enneigés… Peut-être y en avait-il parmi eux qui, si on leur en donnait l'occasion…

Le feu devint vert et Frédéric repartit.

Deux semaines de réflexion. Mais Frédéric aurait beau réfléchir durant tout ce temps, il n'était pas dupe. Il savait qu'Icare avait déjà pris sa décision.

Focalisation zéro

Ce jeudi soir, à vingt et une heures moins cinq, dans tout le Québec, trois millions deux cent mille personnes se trouvent près d'une télévision, attendant avec impatience la diffusion de la dernière de *Vivre au Max*. La grande majorité d'entre elles se trouvent à la maison ; d'autres sont chez des amis et quelques milliers dans des bars où l'on diffuse l'émission. On discute ferme en attendant vingt et une heures : quels seront les derniers participants ? Quelle surprise (qui, d'après les nombreuses pubs, sera de taille) réserve Max à ses fans fidèles ? Et surtout, on regrette à haute voix que l'émission ne revienne pas l'été prochain. Certains avouent sans retenue avoir auditionné, d'autres s'amusent à se demander quel aurait été leur rêve s'ils avaient pu le réaliser, avec un accent de regret et de mélancolie dans la voix.

Parmi ces trois millions de personnes, il y en a près de soixante-dix qui sont discrètes et taciturnes. Qu'elles soient avec leur famille à la maison, chez un ami ou dans un bar, elles ne participent pas à l'ambiance générale, conservant un silence en parfait contraste avec la frénésie qui les entoure, demeurant assises dans leur fauteuil et ne répondant aux questions que par des « oui » ou des « non » laconiques. Mais lorsque les premières notes du générique d'ouverture se font entendre, une flamme s'allume dans leur regard, une réelle tension fige leur visage et elles ne quittent plus l'écran des yeux.

À vingt et une heures précises, la moitié de la population du Québec regarde la dernière émission de *Vivre au Max*.

38

Le réceptionniste de la station de télévision examine le laissez-passer avec attention, puis lève les yeux vers le dénommé Breton. Le gars, dans la quarantaine, la barbe noire bien fournie, habillé de la combinaison verte réglementaire, mâche une gomme et attend avec indifférence.

— Je vous ai jamais vu, me semble…

— Je suis nouveau. Ils m'ont appelé tantôt.

Le réceptionniste lève la tête, redonne le laissez-passer à Breton et dit :

— OK, allez-y. On vous a dit où se trouve le centre de l'entretien ?

Breton dit que oui, puis marche vers le couloir derrière la réception. Une fois seul, son air nonchalant se dissipe et la nervosité apparaît sur ses traits. Il sort un plan de sous sa combinaison, le consulte un moment puis, en regardant autour de lui, se remet en marche. Il tourne dans plusieurs couloirs, consulte son plan à l'occasion, croise un autre employé de l'entretien habillé comme lui, qui le dévisage avec curiosité, mais Breton n'y prête aucune attention. Enfin, il s'arrête devant une porte sur laquelle est inscrit « Régie centrale ». Il regarde sa montre : vingt et une heures cinq. Il a encore dix minutes devant lui.

Il s'appuie contre le mur, les mains dans le dos, et attend.

◆

La voiture roule à toute allure. Sur le capot, le gyrophare lacère la nuit de ses éclats écarlates. Pierre a même actionné la sirène. Il a demandé à Chloé de conduire, tandis que lui, sur le siège du passager, compose le 9-1-1 sur son cellulaire.

— On n'est même pas sûrs qu'il va se passer quelque chose ! fait remarquer la jeune femme en descendant la rue Sherbrooke à vive allure. On se fait peut-être des idées !

— Y a pas de risque à prendre ! Pis si je me trompe, tant pis, j'en assumerai la responsabilité !

Il se met à parler rapidement dans le cellulaire :

— Ici le sergent-détective Pierre Sauvé, de Drummondville. J'ai besoin de renforts urgents ! Transférez-moi à la centrale de Montréal.

Sa main libre tambourine sur sa cuisse. Chloé contourne brusquement une voiture qui, manifestement, se moque du hululement de la sirène. Au téléphone, Pierre répète son identité, puis explique rapidement la situation :

— J'aurais besoin de renforts au studio de Max Lavoie… Je crois que… oui, Max Lavoie, la star ! Écoutez, j'enquête sur lui en ce moment pis j'ai des bonnes raisons de croire qu'un drame risque d'éclater durant son émission… Oui… Pierre Sauvé de Drummondville, criss ! vous vérifierez, vous allez ben voir que je niaise pas !… Oui… Envoyez des renforts là-bas pis je vous rejoins !… Vous savez où c'est ?… Parfait !

Il coupe.

— Tu vas être dans la merde si on fait tout ça pour rien, Pierre.

Le détective ne répond pas. Sa main s'active toujours sur sa cuisse tandis que la voiture tourne dans Pie-IX en faisant crisser ses pneus sur l'asphalte.

◆

Sur l'écran de la télévision, on voit le second invité de *Vivre au Max* se lancer dans une piscine emplie de coquerelles, blattes et autres insectes du même acabit. Le participant a expliqué son geste par son désir de démontrer à tous qu'il est un vrai homme et qu'il est prêt à tout pour le prouver. Debout sur une chaise, un nœud coulant autour du cou, Frédéric se demande quel est le lien entre être un homme et plonger dans un tas de cancrelats. Il tire sur la corde pour s'assurer qu'elle est fixée solidement : l'autre extrémité est attachée au crochet du plafond, où se trouvait suspendu le luminaire quelques minutes plus tôt.

Immobile et droit comme un i, le psychologue attend. Comme il reste moins de vingt minutes à l'émission, il ne croit plus tellement à un éventuel coup de théâtre… mais sait-on jamais ? De toute façon, il ne sera pas déçu, puisque la fin, peu importe sa nature, sera spectaculaire, et donc fascinante.

Icare est maintenant tout près du soleil. Avec délectation, il attend que ses ailes se consument.

◆

Tandis que les gens applaudissent, le second participant, en maillot de bain, le corps marqué de quelques plaques rouges, se tient fièrement aux côtés de Maxime. L'animateur lance à la caméra :

— On revient après la pause, pis restez avec nous : un gros *punch* vous attend !

Nouveaux applaudissements, puis, quand Maxime est assuré qu'ils ne sont plus en ondes, il se met rapidement en marche vers les coulisses. On vient le voir de toutes parts pour lui demander la suite des choses, puisque personne ne sait quelle est la fameuse surprise. Maxime demande donc le silence et tous se taisent, attentifs.

— Écoutez-moi bien. Vous ne vous occupez plus de rien et vous allez tous vous asseoir dans la salle. Les deux premières rangées sont libres exprès pour vous. S'il manque de bancs, restez debout. Mais je veux tout le monde dans la salle ! Je veux que vous profitiez tous de ma surprise !

Intrigué, tout le monde se dirige donc vers les gradins. L'animateur va voir le régisseur.

— Envoie tout de suite sur la scène l'éclairage habituel. Ensuite, fais le tour des bureaux pour t'assurer qu'il n'y a plus personne.

Bédard fait signe que c'est compris et s'éloigne. Le chef-cameraman s'approche alors de Maxime.

— Les cameramen aussi, Max ?

— Oui ! Mais avant, dirige la caméra un vers moi et la deux vers les gradins. Laisse-les rouler et va rejoindre les autres dans la salle.

Décontenancé, le chef-cameraman se dirige vers ses appareils. Toute l'équipe descend vers les gradins, sous l'œil de l'assistance qui se demande bien ce qui se passe. Mike, le coanimateur, est plus paquet de nerfs que jamais, même Robert Sanschagrin ressemble à un gamin qui attend le père Noël. Quant à Langlois, pour être certain d'avoir une vue parfaite sur son décolleté, il s'assoit à côté de Lisette Boudreault, qui est tout émoustillée d'être le centre d'intérêt du directeur de la programmation.

Maxime va à la console de son et ordonne aux deux techniciens d'aller rejoindre les autres: il n'y aura aucune musique, aucun effet sonore d'ici la fin de l'émission. Puis, l'animateur se rend dans la régie et donne la même consigne au réalisateur et au technicien.

— Ah oui? réplique Chapdelaine, plus grognon que jamais. Et qui va réaliser le reste de l'émission?

— Mario peut très bien le faire, répond l'animateur en désignant Hétu, qui se tient toujours debout à l'écart, très discret. Il est encore étudiant, mais tout ce qu'il aura à faire sera de passer de la caméra un à la caméra deux.

Chapdelaine répond qu'il n'est pas question qu'il se prête à ce genre d'improvisation puérile. D'ailleurs, c'est trop risqué. Et puis, a-t-on déjà vu tout un segment d'émission dirigé par un simple étudiant? Maxime a beau insister, Chapdelaine refuse de quitter son poste. Steve, par solidarité, dit qu'il reste aussi.

— Bon, d'accord, fait Maxime. Tant pis pour vous autres, vous n'aurez pas la surprise de la même manière que les autres!

Il vient pour sortir quand le réalisateur pointe le menton vers Hétu.

— Pis lui?

— Il reste avec vous deux. Je lui ai promis qu'il t'observerait durant toute l'émission.

Puis l'animateur s'adresse à Steve:

— Même si Bédard est dans la salle, il garde son casque d'écoute. Quand on sera en ondes, tu le lui diras et il me fera signe.

Steve approuve. Après avoir jeté un regard entendu à Hétu, Maxime sort rapidement. Justement, Bédard l'attrape au passage:

— J'ai fait le tour. Il n'y a plus personne dans les bureaux. Tout le monde est dans la salle.

— Parfait. Va les rejoindre, vite, on rentre en ondes dans trente secondes.

Bédard court vers les gradins. Maxime se dirige vers le centre de la scène et s'immobilise. Les deux caméras sont en marche, l'une tournée vers lui, l'autre vers la foule. Il contemple les quatre cents personnes assises devant lui, y compris toute son équipe technique dans les deux premières rangées, qui attendent avec impatience la suite. Tout le monde sourit, tout le monde est émoustillé, tout le monde adresse des signes à Maxime en levant le pouce. L'ex-milliardaire leur sourit à tous.

On y est, enfin. Il arrive à peine à y croire. Malgré Ferland qui a presque tout gâché, il va réussir.

Ça ne peut plus rater, maintenant. Tout va fonctionner. Tous les flambeaux brûleront.

Le mélange d'élévation et d'amertume qui monte en Maxime est si fort qu'un puissant étourdissement se saisit de lui. Il ferme les yeux un moment et prend trois grandes respirations. Derrière ses paupières closes, Francis apparaît, le visage abattu, le regard désapprobateur.

Désolé, Francis... J'ai vraiment tout essayé, tu le sais bien...

Il ouvre les yeux. Dans la première rangée, Bédard lève sa main puis, lentement, referme un doigt à la fois. Maxime, d'une main tremblante, ouvre son micro-casque. Le dernier doigt du régisseur se referme. L'émission est en ondes. Maxime, sans aucune musique ni effet sonore pour l'accompagner, se frappe dans les mains et s'exclame avec enthousiasme :

— OK, tout le monde ! On est de retour pour la grande finale ! J'imagine que vous êtes tous prêts, *right ?*

– *Right !* rugissent quatre cents bouches ravies.

◆

— Pour toutes ces raisons, je crois qu'on ne devrait pas accepter l'offre de Diamonds.

Autour de la grande table de la salle à manger, les dix membres du conseil d'administration de Lavoie inc. réfléchissent un moment en silence. Masina regarde autour de lui, découragé. Ridicule, cette idée de tenir la réunion chez Dumont ! Mais ce dernier a appelé ce matin pour dire qu'il n'allait vraiment pas bien et qu'il se sentait incapable de quitter la maison. Par contre, si la réunion avait lieu chez lui, il ferait un effort. Les voilà donc réunis dans une salle à manger ! Masina jette un regard noir vers Dumont. Assis à l'extrémité gauche de la table, il n'a effectivement pas l'air très en forme, avec ses cheveux gris en désordre et son teint verdâtre. Il est vrai qu'il affiche une mine de déterré depuis quelques années déjà, mais ces derniers mois, il a vraiment empiré. L'Italien est convaincu que Dumont est en pleine dépression. Ce ne serait pas étonnant qu'on lui indique la sortie du CA bientôt.

— Moi, dit enfin un autre membre du Conseil, je crois au contraire que l'offre est intéressante…

Dumont regarde sa montre, au grand agacement de Masina. Ça fait au moins cinq fois qu'il la consulte depuis dix minutes ! S'il se sent malade au point de ne pouvoir terminer la réunion, qu'il le dise tout de suite ! Comme s'il avait lu dans les pensées du vieil homme, Dumont se lève et bredouille :

— Excusez-moi…

Il marche vers la télévision tout près et l'allume. Masina, offusqué, se lève.

— Jean-Claude, bon Dieu ! Qu'est-ce que tu fais ?

— Je suis désolé mais… ce sera vraiment pas long, s'excuse le quinquagénaire.

Tout le monde proteste, mais Dumont demeure impassible, debout, les yeux rivés sur la télé. Masina reconnaît alors l'émission en cours : c'est l'insipidité qu'anime Maxime. En reconnaissant son ex-président à l'écran, l'Italien sent une immense déception l'envahir, comme chaque fois qu'il songe à Maxime. Mais qu'est-ce qui lui a pris, *porca miseria,* de dépenser tout son argent pour une émission aussi stupide et décadente !

Maintenant, tous les membres du Conseil sont debout, furieux, et demandent des explications à Dumont, exigent qu'il éteigne cette stupide télévision, mais le principal concerné ne semble même pas les entendre. Se tordant lentement les mains, il écoute attentivement la superstar qui clame :

— OK, tout le monde ! On est de retour pour la grande finale ! J'imagine que vous êtes tous prêts, *right ?*

◆

Breton regarde sa montre : c'est le moment. Il sort de la poche de son pantalon un grand sac-poubelle, se place devant la porte « Régie centrale » et frappe. Après quelques secondes, un homme dans la trentaine vient ouvrir.

— Je viens vider les poubelles, fait Breton d'une voix amorphe.

— À cette heure ?

— J'suis nouveau, on m'a juste dit de venir vider vos poubelles.

Le technicien laisse entrer Breton. Ce dernier se retrouve dans une vaste pièce dont les murs sont recouverts de bidules électroniques auxquels Breton ne comprend rien. Mais il voit nettement l'écran du moniteur, sur le mur du fond, qui diffuse *Vivre au Max*. Un second technicien est assis devant le moniteur et écoute l'émission avec intérêt, ne prêtant aucune attention au nouveau venu.

— Y a une poubelle ici, proche du moniteur, et une autre derrière, là-bas, explique le premier technicien.

Breton approuve et marche vers un mur qu'il contourne. Une fois de l'autre côté, hors de vue des deux techniciens, il dresse l'oreille et entend Max Lavoie clamer à la télé :

— OK, tout le monde ! On est de retour pour la grande finale ! J'imagine que vous êtes tous prêts, *right ?*

— J'ai hâte de voir ça ! fait l'un des deux techniciens.

Breton vide la petite poubelle dans le sac, la respiration un peu plus rapide.

◆

La voiture de Pierre arrive au Studio Max à vingt et une heures dix-neuf et, contournant le stationnement rempli de voitures et d'autobus, se dirige vers l'entrée principale, celle du public. Il y a déjà deux voitures de patrouille qui sont arrivées et quatre agents, immobiles près de leurs véhicules, suivent des yeux le nouvel arrivant. La Suzuki se stationne près d'eux et, tandis que la plainte de la sirène agonise, le détective prend son Glock dans la boîte à gants et le range sous sa ceinture. Bon Dieu ! en deux mois il a pris son arme plus souvent que dans tout le reste de sa carrière !

— On leur demandera une arme pour toi, lance-t-il à Chloé en ouvrant la portière.

Tous deux se dirigent vers leurs collègues montréalais.

— Sergent-détective Pierre Sauvé. Ma partenaire, la détective Chloé Dagenais.

— Sergent Alain Parenteau, fait l'un des quatre policiers qui s'avance. Je peux voir votre plaque ?

Les deux Drummondvillois s'exécutent. Tandis que Parenteau examine les pièces d'identité, Pierre explique d'une voix modérée mais rapide :

— Il faut qu'on entre là-d'dans pis qu'on arrête l'émission.

— Pourquoi ? demande Parenteau en remettant les plaques à leurs propriétaires. Qu'est-ce qui se passe ?

— Pour l'instant, je le sais pas, mais il va peut-être se produire quelque chose... quelque chose de grave.

— Peut-être ? demande un autre policier.

— Je suis pas sûr, mais disons que ça me surprendrait pas. Allons-y ! Est-ce que l'un de vous a, dans sa voiture, un pistolet pour ma collègue ?

Tout en parlant, il se met en marche vers les grandes portes vitrées du studio. Tout le monde le suit, indécis.

— Mais... vous pensez qu'il va se passer quoi, exactement ? demande Parenteau.

— On sait pas vraiment, répond Chloé d'une voix plus aiguë qu'à l'accoutumée, mais ça risque d'être très...

Elle cherche ses mots. Pierre, qui secoue les portes récalcitrantes, se tourne vers les policiers, le visage maintenant plus crispé.

— C'est barré.

— Il doit y avoir une autre entrée.

— Oui, à l'arrière, mais perdons pas de temps pis défonçons ces portes tout de suite.

— Défoncer les portes ?

— Oui, défoncer ! Est-ce que ma collègue pourrait avoir une arme, s'il vous plaît ?

L'impatience lui fait maintenant hausser le ton et une fine pellicule de sueur mouille son front. Merde ! C'est vraiment pas le temps de discuter ! Et s'il se trompe, eh bien ! toute la province le lynchera, il n'en a rien à foutre ! Un policier se dirige enfin vers son véhicule pour aller chercher une arme.

— Pis appelez d'autres voitures ! lui lance Pierre.

Le regard anxieux, il appuie son visage sur l'une des portes vitrées : il voit un immense hall d'entrée désert, des kiosques de vente de produits dérivés de l'émission et, tout au fond, deux portes à une cinquantaine de mètres l'une de l'autre, qui doivent mener au studio proprement dit.

— On y va ? demande-t-il à Parenteau.

— Écoutez, détective Sauvé, si on crée un scandale inutilement, ce sera pas...

— J'en prends l'entière responsabilité, d'accord ? le coupe Pierre avec humeur.

— Alors, ou vous nous aidez, ou on y va tout seuls ! ajoute Chloé.

Parenteau soupire en remontant sa casquette, résigné, puis marche vers les portes en faisant signe aux autres de le suivre…

… quand tout à coup, en provenance de l'intérieur du studio, retentit une série de sons que Pierre reconnaît immédiatement.

◆

— OK, tout le monde ! On est de retour pour la grande finale ! J'imagine que vous êtes tous prêts, *right ?*

– *Right !* rugit la foule.

Maxime se tait, regarde en souriant l'assistance devant lui, puis commence, la voix enjouée :

— Après deux ans, *Vivre au Max* tire à sa fin. Une émission qui aura fait date ! Le plus grand succès de la télévision québécoise !

Applaudissements et cris de joie. Maxime lève les mains et, une fois le silence revenu, il continue, la voix plus grave :

— Trois millions de spectateurs et des milliers d'auditions pour participer à l'émission ! Des milliers de gens prêts à montrer à la face du monde l'insignifiance de leurs rêves ! Et des millions d'autres prêts à regarder ces insignifiances !

Plusieurs rires éclatent dans la salle, mais la plupart des gens affichent des expressions interloquées. Dans les deux premières rangées, les membres de l'équipe de Maxime se jettent des regards interdits. Langlois en détourne même son regard du décolleté de Boudreault.

— Ça aurait pu être différent, poursuit Maxime, le visage tout à coup tordu de colère. Vous auriez pu profiter de cette émission pour grandir, pour utiliser ce qu'il y a de plus noble dans l'être humain ! Vous auriez pu utiliser cette émission pour le *mieux* !

Tandis qu'il parle, Gabriel apparaît sur la scène, transportant son grand sac de toile, le visage impassible mais le regard vif. Il s'arrête à quelques mètres de son mentor et dépose le sac sur le plancher. Les regards de la foule désorientée vont de l'adolescent à l'animateur et ce dernier, qui n'a pas accordé la moindre attention à Gabriel, pointe soudain un doigt accusateur vers l'assistance en criant :

— Mais non ! Vous avez choisi de l'utiliser pour le *pire* ! Parce que c'est ce qui vous a toujours le plus attirés, et c'est ce qui vous attirera toujours : le pire !

La foule commence à marmonner. Bédard et Boudreault affichent des visages catastrophés, tandis que Sanschagrin et Langlois, l'un blanc comme neige et l'autre écarlate comme s'il allait exploser, discutent avec animation. Maxime se tourne alors vers la caméra un et crache vers la lentille :

— Et le plus bas vous pourrez aller, le plus bas vous descendrez !

Il revient alors à la foule devant lui. Toute son amertume, tout son mépris, toute sa détresse ne forment plus qu'une seule émotion, émiettée, crucifiée, qu'il s'arrache de l'âme par sa voix tout à coup tragique :

— J'ai voulu croire en vous ! J'ai tellement voulu ! Avez-vous idée à quel point vous m'avez déçu ? à quel point vous êtes décevants ? J'aurais tellement aimé que ce soit différent ! J'aurais tellement aimé que vous *en valiez la peine* !

Des gens maintenant se lèvent et marchent vers les deux portes de sortie en haut des gradins de chaque côté, tandis que la foule s'agite de plus en plus, outrée. Pendant une seconde, Maxime imagine ce qui doit se passer en ce moment même dans le *boot* technique : Chapdelaine sur le point d'interrompre la diffusion… puis, au même moment, Hétu qui intervient pour prendre le contrôle de la console…

Langlois envoie un signe à Bédard, qui se lève et commence à marcher vers la scène, comme pour faire taire l'animateur, mais au même moment, Gabriel, qui fouille depuis quelques secondes dans son sac de toile, se redresse en brandissant un AK-47, le visage incroyablement dur pour un enfant de treize ans. À la vue de l'arme, Bédard se fige aussitôt, éberlué. Boudreault pousse un véritable cri de stupeur, suivi de dizaines d'autres en provenance de la foule. Si quelques-uns continuent d'afficher des airs sceptiques, comme s'ils croyaient encore à une bonne blague de la star, presque tout le monde est maintenant debout, manifestant les premiers signes de l'effroi. Ceux qui se sont rendus aux portes tentent en vain de les ouvrir.

— Mais comme vous avez choisi le vide, alors créons le vide ! s'écrie Maxime.

Il sort alors de la poche de son pantalon un couteau à cran d'arrêt dont il fait jaillir la lame. Dans la salle, la débâcle est à son comble et maintenant tous se dirigent vers les deux portes. Dans le brouhaha de plus en plus égaré, des voix se font entendre, plus fortes :

— Elles sont barrées ! On peut pas les ouvrir !

Gabriel, qui a maintenant un hideux rictus aux lèvres, pointe toujours son arme vers la foule en mouvement. Dans la première rangée, Sanschagrin est paralysé. Bédard, discrètement, a recommencé à avancer vers la scène, sans quitter la mitraillette des yeux. Langlois, qui s'est levé, crie vers l'animateur :

— Criss, Max, qu'est-ce que tu fais là ?

Mais Maxime, le regard soudain lointain, se met à réciter :

— *Certes, je sortirai, quant à moi, satisfait*
D'un monde où l'action n'est pas la sœur du rêve ;
Puissé-je user du glaive et périr par le glaive !

Il lève alors ses deux bras au-dessus de sa tête, applique la lame de son couteau contre son poignet gauche et, tournant un regard épouvantablement fataliste vers la caméra, clame d'une voix forte :

— Allumez vos flambeaux !

Et il entaille profondément son poignet, tandis que Gabriel commence à tirer.

Focalisation zéro

Trois millions deux cent mille auditeurs un peu partout dans le Québec fixent, atterrés, l'écran de télévision où Max Lavoie insulte tout le monde depuis une bonne minute. Au moment où l'animateur prononce la phrase *Allumez vos flambeaux!*, soixante-huit de ces téléspectateurs sortent une arme à feu soit de leur manteau, soit d'un sac, soit de sous leur fauteuil, et, avec un sang-froid teinté d'exaltation, se mettent à tirer.

Trente-neuf d'entre eux, assis dans leur salon, tirent sur les gens installés à leurs côtés. Parmi eux, Tim, trente-six ans, de la Côte-Nord, qui se lève de son fauteuil et, pistolet à la main, exécute sa femme avant même qu'elle ne comprenne ce qui lui arrive. Ou Franco, quarante-sept ans, de Chaudière-Appalaches, qui sort une carabine de sous son divan et abat à bout portant sa conjointe, sa fille de neuf ans et son adolescent de quinze ans qui, la bouche pleine de croustilles, a juste le temps de lancer un regard tétanisé vers son père avant de recevoir la balle en pleine tête. Ou Linda, trente-sept ans, de Charlevoix, qui vide son arme sur son mari en songeant à toutes les fois où il l'a battue, mais qui n'arrive pas à trouver la force de tirer sur sa fille de onze ans recroquevillée dans un coin du salon. Ou Édith, trente-trois ans, de Montréal, une célibataire sans enfants qui a invité quatre de ses voisines d'immeuble à venir écouter l'émission chez elle et qui réussit à en tuer trois à coups de revolver avant que la quatrième réussisse à se sauver en hurlant, l'oreille gauche arrachée par une balle. Ou Denis, dix-neuf ans, de Lanaudière, qui fait cracher deux fois sa carabine sur ses parents et qui fixe d'un air hébété son père qui râle en tenant son ventre en bouillie.

Seize autres, qui étaient invités à écouter l'émission chez des amis, sortent simultanément un pistolet de sous leur ceinture et abattent les gens autour d'eux. Comme James, trente-six ans, à Québec, qui assassine le couple qui l'a invité. Ou Pierrette, cinquante-quatre ans, en Montérégie, qui tire sur son frère et son propre conjoint et qui, en voyant sa belle-sœur revenir des toilettes pour constater le carnage, la tue à son tour. Ou Maurice, cinquante-quatre ans, du Bas-du-Fleuve, qui n'abat qu'une seule des onze personnes présentes, son salaud de patron qui l'exploite depuis quinze ans, laissant les dix autres fuir la maison. Ou Marie-Claude, vingt-deux ans, dans les Cantons-de-l'Est, invitée chez son amante qu'elle doit voir en cachette et à qui elle loge une balle en pleine tête en pleurant. Ou Jacques, vingt-huit ans, dans les Laurentides, invité par des collègues de travail, qui élimine cinq des six personnes rassemblées autour de la télévision tandis que la survivante, une gamine de dix ans, rampe vers la cuisine, le bras droit désarticulé, en appelant sa mère pourtant morte.

Deux prostituées, une à Québec et l'autre à Chicoutimi, font une fellation à leur client tout en jetant un œil vers la télévision ouverte. Discrètement, sans cesser leur travail, elles glissent la main sous le lit et en sortent un revolver. L'une tire directement dans la tête de l'homme sur le point de jouir ; l'autre vise l'entrejambe de son client et, le visage éclaboussé de sang, l'observe pendant quelques instants se tordre de douleur avant de l'achever.

Dumont, en pleine réunion du conseil d'administration de Lavoie inc., sort un pistolet de son pantalon et se met à tirer sur tous ceux qui lui ordonnaient de fermer cette télévision deux secondes plus tôt. Lorsqu'il ne lui reste qu'une seule balle, il arrête de tirer. Tous les membres du Conseil sont morts, sauf Masina, miraculeusement épargné, plaqué contre le mur, paralysé de terreur.

Audrey, quarante et un ans, de Gaspésie, espionne ses voisins par la fenêtre ouverte de leur maison. Le couple écoute *Vivre au Max* et, au moment où Lavoie prononce sa phrase-signal à la caméra, Audrey lève sa carabine mais ne trouve pas le courage de tirer à travers la moustiquaire. Elle entend alors un grognement, se retourne et voit le chien de ses voisins qui la fixe d'un air menaçant. Elle dirige l'arme vers l'animal et, par dépit, appuie sur la détente.

Enrico, quarante-deux ans, en Outaouais, se tient devant la vitrine d'un magasin d'électronique derrière laquelle dix téléviseurs, comme tous les jeudis soirs, diffusent l'émission. Même s'il n'y a pas de son, Enrico parvient à lire clairement sur les lèvres de Lavoie et, au moment où l'animateur prononce sa phrase-signal, le quadragénaire sort une carabine de sous son imperméable (alors qu'il ne pleut pas) et se met à arroser les piétons, réussissant à en atteindre quatre avant que les autres s'éparpillent à toute vitesse. L'une des victimes, un homme atteint au ventre, réussit à se cacher dans une ruelle et va se terrer tout au bout, entre deux poubelles. Lorsqu'il tente de se relever dix minutes plus tard, il n'y arrive pas, trop souffrant. Incapable d'appeler à l'aide, il râle pendant plus d'une heure avant de rendre l'âme.

Bruno, cinquante et un ans, de Lanaudière, qui n'a ni conjointe ni ami, a kidnappé une jeune fille de dix-sept ans le matin même. Maintenant, elle est attachée et bâillonnée devant la télé de Bruno, qui l'oblige à regarder l'émission. Lorsque Lavoie lance sa phrase, l'homme sort une carabine de son placard et tire une balle dans la cuisse de l'adolescente. Après quelques secondes, il lui loge une autre balle dans le bras et l'observe avec intérêt. Un troisième projectile traverse le sein droit de la fille et, finalement, l'air déçu, Bruno l'achève en lui faisant éclater la tête.

Émilie, dix-huit ans, en camping dans les Cantons-de-l'Est, installée avec le reste de sa famille devant la télé qu'on a sortie de la roulotte pour l'occasion, déplie son corps filiforme, lève un pistolet que ses muscles d'anorexique trouvent bien lourd et tire sur son père, sa mère, son frère de quinze ans et sur deux amis rencontrés la journée même. Elle aperçoit, à sa gauche, le campeur voisin qui, penché vers un tas de bois, la fixe avec épouvante. Elle lève son arme et appuie sur la détente. Elle le manque et l'homme se sauve à toutes jambes. Émilie tire à nouveau. La balle rate encore sa cible, mais se fiche dans la gorge d'une autre femme qui passait par là. Émilie contemple les corps de sa famille à ses pieds et remarque à peine les autres campeurs qui approchent en courant.

Parmi les soixante-huit membres du Déluge, six ont en leur possession des Kalachnikov. L'un d'entre eux, Louis, trente-quatre ans, de Québec, participe à un immense *party* gai organisé dans une maison privée. En sourdine, la télévision diffuse la dernière de *Vivre au Max,* écoutée par quelques personnes dont Louis qui, depuis son arrivée il y a quinze minutes, porte un immense sac de toile en bandoulière. Au moment prévu, il l'ouvre et en sort le AK-47. Au départ, il avait l'intention de ne tuer que ses trois anciens amants mais, emporté par l'action, il se met rapidement à viser tout ce qui bouge et tue les huit personnes se trouvant dans le salon, dont deux de ses ex. Ensuite, il sort de la pièce, entre dans la cuisine et tire sur les six hommes présents. Il fait le tour des autres pièces, à la recherche de son troisième ancien petit ami qu'il n'a pas encore vu, mais tous les autres participants du *party* se sont sauvés. Il finit tout de même par dénicher celui qu'il cherchait dans une chambre à l'étage, au lit avec un autre homme, tous deux morts de peur, et il les élimine d'une simple pression de la détente.

Il y a aussi deux barmen, Pete et Serge, l'un qui travaille dans un bar de Laval, l'autre dans un bar de la Mauricie. Au-dessus du comptoir, la télévision diffuse l'émission et personne ne remarque le moment où les deux barmen disparaissent sous le bar, pour en ressurgir avec chacun un AK-47. Pete réussit à tuer les douze clients dans le bar, dont cet imbécile de Fern qui se fout de sa gueule depuis des lustres à cause de son problème d'élocution. Serge, plus émotif, n'en élimine que sept, laissant fuir les quatre autres.

Les quatre derniers, qui portent de longs manteaux malgré la chaleur estivale, sont allés seuls dans quatre bars qui diffusent l'émission. Martine, vingt-quatre ans, dans un bar de Québec, fait cracher l'arme automatique durant de longues secondes et réussit à abattre neuf individus avant que l'endroit ne se vide complètement. Léo, cinquante-deux ans, dans un club du Centre-du-Québec, abat rapidement les six seuls clients sur place, sous l'œil affolé de la barmaid. Quant à Jerry, vingt-sept ans, à Montréal, et Sylvain, trente et un ans, au Saguenay, ils se trouvent dans des bars tellement pleins que lorsqu'ils commencent à tirer, les gens trébuchent les uns sur les autres en tentant de se sauver. Les deux tireurs n'ont aucune difficulté à cribler de balles les dizaines de corps qui se massent en vain devant les deux sorties et prennent même le temps de recharger leur mitraillette. Certains clients réussissent à fuir, essentiellement par les grandes fenêtres pulvérisées, mais deux d'entre eux se tranchent la gorge en voulant traverser les morceaux de vitre effilés et s'écroulent sur le trottoir, tressautant dans leur propre sang. Quatre autres traversent la rue en hurlant et se font frapper par des voitures. À eux deux, Jerry et Sylvain tuent quarante-six personnes. Jerry, sans bouger du bar, fauche même trois curieux qui s'étaient approchés de la vitrine fracassée.

En moins de trois minutes, deux cent quarante-sept personnes meurent par balles aux quatre coins du Québec. Une fois leur œuvre de destruction terminée, les soixante-huit tueurs sentent l'extraordinaire excitation qui les habitait une minute plus tôt s'effilocher, comme si elle s'était usée en quelques secondes. Leur flambeau s'éteint et, une fois les cendres éparpillées, ils constatent avec une terrible acuité l'immense vide de leur vie, qu'ils ont réussi à combler un court moment par le sang, les cris et la haine, mais qui maintenant, dans le silence de la mort, leur apparaît plus abyssal que jamais.

Et ils se disent que Lavoie avait raison.

Malheureux mais rassurés, ils enfouissent le canon de leur arme dans leur bouche et, avec au maximum une minute de décalage entre le premier et le dernier, ils appuient sur la détente.

39

La première personne à recevoir la rafale de balles est Bédard, qui a presque réussi à atteindre la scène. Puis Gabriel se met à tirer au hasard dans la salle, fauchant au passage Langlois et Sanschagrin, ainsi que trois membres de l'équipe technique de l'émission.

Tout en tranchant les veines de son second poignet, Maxime contemple la cohue qui se déclenche sous ses yeux. Tout le monde se précipite en hurlant vers les deux portes qui refusent toujours de s'ouvrir, tandis que Gabriel, la bouche crispée en une grimace mi-jouissive, mi-tragique, tire sur tous ces corps grouillants et hystériques en émettant des petits sons qui peuvent s'apparenter autant au ricanement qu'au gémissement. Et les morts commencent à tomber: sept, puis onze… Maxime lâche son couteau. Les deux bras écartés au-dessus de sa tête, les poignets dégoulinant de sang, il se met à hurler:

— Mourez ! Mourez tous !

Les larmes se mettent à couler de ses yeux fous. Parmi la foule en pleine panique, il les aperçoit soudain: pas seulement Nadine, mais tous les autres étudiants insignifiants de son adolescence; pas seulement son père, mais la maîtresse de ce dernier et tous les journalistes complaisants; pas seulement Masina, mais tous les autres membres insensibles du conseil d'administration; pas seulement le propriétaire du *sweatshop* des Philippines, mais tous les consommateurs qui n'en ont rien à foutre; pas seulement les Rousseau, mais Simon Plourde et tous les villageois complices par leur silence; pas seulement les quatre cents personnes dans la salle, mais les trois millions de spectateurs lobotomisés… Il les voit *tous!* Les sanglots le font littéralement hoqueter, mais tourné maintenant vers la caméra, il continue à cracher d'une voix brisée par la haine et le désespoir:

— Mourez, puisque vous vivez si mal!

L'épouvantable pétarade cesse enfin: la mitraillette est vide. Gabriel, la respiration sifflante et le visage couvert de sueur, se penche rapidement vers son sac pour recharger son arme. Pendant deux secondes, on n'entend que les cris et les lamentations de la foule qui s'empile littéralement devant les sorties verrouillées, quand tout à coup quatre coups de feu résonnent du fond de la salle. Stupéfait, Maxime cherche des yeux la provenance de ces détonations, la vision affaiblie par le sang qu'il perd. Puis les deux portes de sortie s'ouvrent toutes grandes et la marée humaine est aspirée par les deux ouvertures.

Qui a ouvert les portes?

Gabriel, d'un mouvement vif, insère un nouveau chargeur plein dans sa Kalachnikov. Maxime, maintenant chancelant, distingue par chacune des ouvertures des policiers qui réussissent péniblement à entrer en se faufilant parmi la cohue trop hallucinée pour se rendre compte qu'il s'agit de flics. Il reconnaît ceux de gauche: Sauvé et Dagenais! Il cligne des yeux, incrédule… et tout à coup, une rage pure, totale, lui parcourt tout le corps tel un courant électrique. Il tourne son visage convulsé vers la lentille et, malgré la faiblesse qui le gagne de plus en plus, ouvre démesurément la bouche pour crier un seul mot:

— *FERLAND!!!*

◆

En voyant Lavoie hurler vers la caméra « Allumez vos flambeaux », Frédéric, toujours debout face à la télé, corde autour du cou, comprend que Sauvé n'a pas décodé à temps l'ultime indice qu'il lui a laissé cet après-midi. Ébloui, il observe Gabriel tirer sur l'assistance, le montage faisant alterner avec efficacité les plans de la scène avec ceux de la foule livrée au chaos. Eh bien! Frédéric aura été meilleur criminel que détective, pourquoi pas? L'aventure a vraiment été passionnante… Mais, tout à coup, on voit les deux portes de la salle s'ouvrir… et le psychologue distingue des policiers qui entrent ! Et il reconnaît Sauvé ! Il sera arrivé trop tard pour le déluge, mais à temps pour éviter le pire dans le studio ! Et ce, grâce à lui, Frédéric Ferland ! L'enquête policière aura donc partiellement réussi !

Moitié-moitié, songe Ferland avec enchantement. Voilà une fin tout à fait gratifiante ! Comme s'il avait été tout aussi bon criminel que policier ! Dieu du ciel ! qu'aurait-il pu demander de *mieux* ?

Le flambeau achève de se consumer. Icare a maintenant atteint le soleil et ses ailes brûlent rapidement. Ferland n'a jamais éprouvé une telle euphorie et il sait très bien qu'il ne sentira plus jamais rien de tel. Ému, il commence à osciller sur sa chaise, dans l'intention de la faire basculer, et voit au même moment le visage de Lavoie apparaître à l'écran, congestionné de rage, et qui hurle vers la lentille : « FERLAND ! »

– Merci, Maxime, marmonne le psychologue avec une sincère reconnaissance. Merci mille fois.

La chaise bascule et Icare, dépouillé de ses ailes, se laisse enfin tomber.

◆

Dumont, qui vient tout juste de se suicider, gît sur le sol parmi les huit autres cadavres. Masina, toujours contre le mur, respire à toute vitesse, le cœur battant à tout rompre, à tel point qu'il est convaincu, pendant un moment, qu'il va se claquer une crise cardiaque. Mais peu à peu, il comprend que c'est terminé, qu'il a échappé à la mort, et son cœur finit par reprendre un rythme normal. Incapable de réfléchir, de comprendre même ce qui s'est passé, il fait quelques pas puis, avisant la télé toujours ouverte, découvre l'autre scène d'horreur.

Il voit Gabriel, le visage étonnamment expressif, tirer sur l'assistance avec une mitraillette… Il voit la foule hurlante se précipiter vers les sorties, les corps tomber… Et surtout, surtout, il voit Maxime, les bras levés, les poignets dégoulinants, le visage couvert de larmes et de sang, aussi triomphant que vaincu, lancer des anathèmes vers la foule et la caméra…

Les traits du vieil homme d'affaires s'effondrent, comme si son grand âge venait de le rattraper en une seule seconde.

— Oh, Max, Max ! articule-t-il en italien, dans un croassement pathétique. Qu'est-ce que tu as fait !...

Il se laisse tomber dans un fauteuil. Seul, entouré des cadavres de ses collègues, il regarde Maxime hurler « FERLAND ! » vers la caméra, les yeux embrouillés par les larmes.

◆

Au moment où Maxime se met à insulter le public, l'un des deux techniciens du centre de diffusion de la station de télévision s'exclame :

— Incroyable, ça ! T'entends-tu ça ? Il niaise ou quoi ?

Le second technicien a aussi les yeux rivés sur le moniteur. Tous deux ont complètement oublié la présence de Breton qui s'approche lentement derrière eux.

— Étonnant que le réalisateur arrête pas l'émission ! fait remarquer le premier technicien.

Mais lorsque lui et son collègue voient Gabriel commencer à tirer sur la foule, ils réagissent enfin. Jamais, depuis qu'ils travaillent à la station, ils n'ont eu à interrompre une diffusion mais là, ils sont persuadés que c'est le moment de le faire.

— On attend pas que les boss nous appellent ? fait l'un d'eux, incapable de détacher son regard épouvanté du moniteur.

— D'la marde ! Moi, je coupe tout de suite !

Il allonge la main vers la commande d'interruption mais n'a pas le temps de l'atteindre : une balle, tirée d'un pistolet muni d'un silencieux, lui perfore l'arrière du crâne et ressort par la joue droite. Le second technicien, en recevant une éclaboussure d'hémoglobine, pousse un cri en se tournant vers son collègue. En voyant sa tête en bouillie, il se demande stupidement si l'adolescent fou, à la télé, a pu l'atteindre à travers l'écran lorsqu'il reçoit deux balles dans le dos. Il meurt avant même d'avoir touché le plancher.

Maintenant qu'il a tiré trois fois, Breton se sent plus détendu, agréablement surpris du pouvoir qu'il a ressenti en tuant ces inconnus. En fait, c'est la première fois de sa vie qu'il a l'impression de se sentir le moindrement puissant, le moindrement fort, le moindrement en contrôle de quelque chose, et il se dit qu'il y a bien droit. Il observe un court moment l'hécatombe qui se déroule sur le moniteur, puis lance un regard neutre au téléphone qui n'arrête pas de sonner. Il marche vers la porte, l'ouvre et, pistolet en main, appuyé au chambranle, attend patiemment sans quitter le couloir vide des yeux.

Deux minutes plus tard, deux individus débouchent au loin et s'approchent en courant : l'un d'eux est un gardien de sécurité et l'autre une femme habillée d'un tailleur chic. Celle-ci crie déjà vers Breton :

— Mais qu'est-ce que vous faites ? Il faut arrêter la diffusion tout de suite, c'est…

Deux balles lui traversent la poitrine. Le gardien se fige net, la bouche comiquement ouverte en un cercle parfait, et il meurt dans cette attitude grotesque, la gorge transpercée. Breton, toujours dans le cadre de la porte, abaisse son arme. C'était bien de les tuer, ceux-là aussi, mais déjà moins intéressant. Lavoie les avait prévenus, d'ailleurs… Quel homme sage !

Durant les deux minutes suivantes, il tue trois autres personnes, cette fois avec une parfaite indifférence. Il tourne ensuite la tête vers le moniteur et voit les policiers entrer dans la salle. Ce n'était pas prévu, ça. Devrait-il se retirer maintenant ? Aussi bien attendre encore un peu… Lorsqu'il entend, une minute plus tard, des dizaines de pas s'approcher, il se dit que c'est sans doute la police qui arrive. Il ne pourra pas leur résister bien longtemps. Il tourne à nouveau la tête vers le moniteur et, constatant ce qui s'y passe, se dit que son travail est terminé. De toute façon, il n'a plus du tout envie de tuer, l'excitation est passée et il se sent plus vide que jamais. Oui, vraiment, Lavoie a eu raison sur toute la ligne.

Breton introduit le canon du pistolet dans sa bouche. La détonation se mêle aux cris des policiers qui apparaissent enfin.

◆

En ouvrant la porte dont il vient de faire sauter la serrure à coups de revolver, Pierre a l'impression qu'un raz-de-marée fonce sur lui. En constatant qu'il s'agit de dizaines d'individus hurlants et terrorisés, il comprend qu'il a eu raison. Tant bien que mal, il s'avance, se fait repousser, puis finit par entrer, suivi de Chloé et d'un autre flic. Presque tout le monde est sorti, mais il y a encore suffisamment de fuyards pour rendre la vision difficile. Néanmoins, Pierre aperçoit Maxime au milieu de la scène, les mains levées au-dessus de lui, arrosé par son propre sang qui coule de ses poignets. Pendant une fraction de seconde, le détective est convaincu que Maxime le voit aussi… et tout à coup, l'animateur se tourne vers la caméra pour hurler quelque chose. Pierre se fait bousculer, tombe presque, reprend son équilibre et regarde à nouveau vers la scène. Il y a quelqu'un d'autre… On dirait… Oui, c'est Gabriel. Et il tient… On dirait un…

Seigneur Dieu !

— Couchez-vous ! crie le détective de sa voix la plus forte.

Il se jette au sol, imité par Chloé et l'autre flic, mais les fuyards poursuivent leur course et piétinent les trois policiers. Au même moment, une déflagration de mitraillette recouvre les cris et trois autres spectateurs s'effondrent. Pierre, malgré les gens qui lui passent dessus, réussit à se relever, le corps douloureux, et, rapidement, lève son pistolet vers Gabriel qui vise dans une autre direction. Le détective appuie sur la détente deux fois. La première balle rate sa cible, la seconde se loge dans la jambe droite de l'adolescent. Gabriel pousse un cri aigu de douleur et, chancelant, cesse de tirer. Il réussit tout de même à redresser son AK-47, sur le point de rouvrir le feu, mais trois autres détonations éclatent en provenance de la seconde porte, produites par Parenteau et un de ses hommes. Deux des balles atteignent l'adolescent à la poitrine et au ventre. Cette fois, Gabriel lâche son arme et s'écroule.

— Non ! hurle Lavoie en se précipitant vers son protégé.

Il n'y a maintenant presque plus personne dans la salle et Pierre peut courir vers la scène. Confusément, il entend Parenteau ordonner à l'un de ses hommes d'appeler des ambulances au plus vite.

Lavoie, défaillant, affaibli par le sang qu'il a perdu, est penché sur Gabriel et lui soutient la tête. Ce dernier hoquette douloureusement, pris de convulsions, et fixe son mentor avec un regard totalement hagard, comme s'il se réveillait d'un long cauchemar.

— Ça ne devait pas finir comme ça, Gabriel, déplore l'animateur. Je suis désolé, ça ne devait pas finir comme ça !

Gabriel, qui a enfin le regard d'un enfant de treize ans, lève une main tremblante vers Lavoie, en un geste impossible à interpréter, bouge les lèvres et une voix aiguë, presque enfantine, se fait entendre :

— Tu… tu… tu as…

Un jet de sang fuse de sa bouche, puis il meurt en fermant les yeux.

Lavoie se redresse péniblement, se tourne vers Pierre qui s'est approché et crie d'une voix anémique mais encore véhémente :

— Il devait se retirer après avoir brûlé son flambeau au complet ! Vous avez ruiné le seul moment de lumière de sa chienne de vie ! Vous…

Ses reproches sont interrompus par le poing de Pierre qui l'atteint en plein visage. Il se retrouve étendu sur le dos et n'a plus la force de se relever. Le détective, debout au-dessus de lui, le visage rendu méconnaissable par la haine, pointe son Glock vers l'animateur. Même s'il n'y a plus aucun spectateur dans la salle, le policier entend toujours les cris dans sa tête, qui gonflent et gonflent toujours, des cris qu'il réussira à faire taire seulement en éliminant le responsable, en faisant disparaître celui qui a provoqué tant de souffrance…

— Allez-y, croasse Lavoie avec un rictus arrogant. Tirez ! Vous en avez tellement envie, et moi aussi !

Pierre halète. Son doigt tremble sur la détente. Oui, pourquoi pas ? *Pourquoi pas ?*

– Tirez ! crache Lavoie.

— Pierre, non !

Le détective sursaute et se retourne. Chloé, à deux mètres de lui, l'implore du regard.

— Pierre, non, pour l'amour du ciel, ne fais pas ça !

Éperdu, Pierre serre les dents, revient à Lavoie qui le défie toujours. Son pistolet lui semble soudain brûlant. Alors, il le range sous sa ceinture, se penche vers l'animateur et le soulève par le col en éructant d'une voix basse :

— Tu vas vivre, Lavoie !

L'animateur paraît tout à coup consterné. Pierre le lâche et regarde autour de lui, étourdi. Il remarque que certains policiers aident une femme blessée à se relever dans la première rangée. C'est Lisette Boudreault, qui pleure en poussant de petits cris. Le détective voit alors les deux caméras et un affreux pressentiment s'empare de lui. Avec des gestes rageurs, il renverse la première caméra, puis la seconde et, en vitesse, se dirige vers le fond des coulisses ; il trouve rapidement la régie et y entre.

Chapdelaine et Steve sont étendus sur le sol, le crâne éclaté. Hétu, assis dans le fauteuil du réalisateur, est renversé vers l'arrière, mort. Il a encore le canon de son silencieux enfoncé dans la bouche. Le corps voûté, Pierre retourne sur la scène, se répétant mentalement que la chaîne de télévision a sûrement eu l'intelligence d'interrompre la diffusion.

Tout lui semble lent tout à coup, comme s'il se déplaçait dans un rêve qui aurait volontairement ralenti le temps afin que le policier vive ce délire le plus longtemps possible. Dans sa tête, les cris ont diminué d'intensité mais continuent tout de même à planer, comme un écho persistant. Dans la salle, d'autres policiers sont arrivés. Certains ont évacué les blessés, d'autres errent entre les cadavres, complètement dépassés. Parenteau et un autre flic, avec du tissu arraché, confectionnent des bandages de fortune aux poignets de Lavoie, toujours couché sur le sol. Chloé, qui s'est approchée de son collègue, marmonne :

— Il y a une trentaine de morts…

Elle n'en mène pas large elle non plus, mais elle réussit tout de même à faire percer une note de soulagement dans sa voix lorsqu'elle ajoute :

— C'est horrible, je le sais. Mais on a tout de même évité le pire.

— Ici, peut-être…

C'est Lavoie qui prononce ces mots, tandis qu'on le relève et qu'une paire de menottes se referme sur ses bandages. Le visage sombre, tenant à peine debout tant il est affaibli, il ajoute :

— Mais à l'extérieur, le Déluge a bel et bien eu lieu…

Tétanisé, Pierre est incapable de répliquer quoi que ce soit tandis qu'on amène l'animateur vers la sortie.

— Il bluffe ! souffle enfin le détective à sa collègue.

Au même moment, une voix surgit du walkie-talkie de l'un des policiers dans la salle :

— Appel d'urgence, on a besoin de renforts, dans un immeuble à appartements coin Sainte-Catherine et Saint-Hubert. On a signalé des coups de feu. Confirmez, à vous.

Le policier prend son walkie-talkie pour répondre, mais au même moment, un autre agent, sur le point de sortir, reçoit aussi un appel :

— Y a eu une fusillade dans un bar de la rue Crescent, c'est le bordel total ! Besoin du maximum de voitures ! À vous !

Les policiers dans les gradins se jettent des regards effarés, l'un d'eux marmonne même : « Mais qu'est-ce qui se passe, ce soir ? »

Chloé se met lentement la main devant la bouche. Pierre sent un vent glacial lui mordre le ventre et dirige automatiquement son regard vers Lavoie, au fond de la salle, escorté par deux agents. Au moment de franchir la porte, la star tourne mollement la tête vers Pierre et esquisse un sourire, parfaitement victorieux et infiniment triste.

Dans la tête de Pierre, les cris redoublent d'ardeur, gonflent et se multiplient, comme si dans son âme hurlait la totalité du genre humain.

QUARANTE

Vendredi.

Le gardien ouvre la porte de la cellule. Pierre fait quelques pas, suivi de Chloé qui tient un sac en plastique dans ses mains. Maxime Lavoie, étendu sur sa couchette, fixe le plafond. En reconnaissant ses visiteurs, il se redresse, le visage impassible. Pierre garde le silence un moment puis articule :

— Trois cent cinquante-sept. Ça inclut tes tueurs qui se sont suicidés ensuite. Ça inclut les trente-deux personnes tuées dans le studio. Ça inclut même Ferland. Si on ajoute les quelque six cents personnes qui ont assisté à tes réunions aux cours des deux dernières années pis qui se sont suicidées par la suite, ça fait environ mille morts.

Lavoie penche la tête sur le côté.

— Pourquoi vous me dites ça ? Vous espérez me donner des remords ?

Les deux détectives ne disent rien. L'assassin se lève de sa couchette, s'approche du policier.

— C'est pour ça que vous vouliez que je vive, n'est-ce pas ? Vous espérez que je réalise la monstruosité de mes actes ?

Pierre respire un peu plus vite, dégoûté par la proximité de la star déchue. Chloé, qui tient son sac, n'a aucune réaction.

— Vous avez raison sur un point : continuer à vivre m'est absolument intolérable. Mais pas pour les raisons que vous croyez.

Ses traits se crispent.

— Ça m'est intolérable parce que pendant encore longtemps, je vais être obligé de constater ce que j'avais déjà compris…

Le détective arque un sourcil incertain.

— Plus de trois millions de spectateurs ont assisté à la fusillade du studio, poursuit Lavoie d'une voix hargneuse.

Il sourit. Mais cette fois, aucune victoire ne teinte son sourire. Seulement de l'amertume.

— Et vous croyez que ça va changer quelque chose? ajoute-t-il dans un souffle.

Pendant un moment, Pierre ne réagit pas; il retrousse les lèvres avec dédain puis sort de la cellule. Chloé, par contre, ne le suit pas tout de suite. Elle fait un pas vers Lavoie en disant d'une voix neutre:

— C'est pour vous.

De son sac, elle sort un grand *scrapbook* et le tend à l'ex-milliardaire. L'air interrogatif, Lavoie le prend et la policière, le regard triste, ajoute dans un souffle:

— Vous en avez plus besoin que moi.

Tandis que Lavoie feuillette avec perplexité les pages recouvertes d'articles de journaux, Chloé sort enfin de la cellule.

◆

Samedi.

Pierre a quarante ans. Une petite fête devait avoir lieu pour lui au poste, mais il a prévenu ses collègues qu'il ne s'y rendrait pas. De toute façon, personne n'avait la tête à fêter.

Il passe la matinée et une partie de l'après-midi dans la chambre de sa fille, avec Chloé. À l'hôpital, dans les rues, partout, il n'entend parler que du Déluge (les médias ayant mis la main sur les papiers et les archives de Lavoie, tout le monde sait maintenant en quoi consistait son ignoble dessein).

Pierre demeure de longues heures à observer sa fille endormie.

Plus tard, en marchant dans les rues de Montréal, les deux détectives croisent des jeunes qui discutent entre eux:

— Crime, on voyait le monde recevoir les balles pis mourir, as-tu vu ça?

— Ouais, mets-en!

Mélange d'aversion et d'excitation dans leur voix. Pierre frissonne.

Dans la voiture, de retour vers Drummondville, ils écoutent la radio. On y parle bien sûr du massacre. Un psychologue tente de dresser un portrait psychologique de Lavoie. Puis, on fait jouer un extrait sonore de la fusillade du studio. Chloé ferme la radio.

— On est pas arrivés à temps, dit Pierre. J'ai compris trop tard…

— Tu as sauvé trois cent soixante-dix personnes sur quatre cents, rétorque Chloé. C'est énorme.

Elle le regarde en souriant :

— Combien de gens, dans leur vie, peuvent se vanter d'avoir sauvé autant d'individus ?

Il hoche la tête. Il sait qu'elle a raison. Cela le réconforte. Un peu.

Chez Pierre, ils regardent un moment la télévision, comme si le détective avait besoin de voir comment on *en* parle. La plupart des chaînes analysent la fusillade en remontrant en boucle la scène que tout le monde a pourtant déjà vue des centaines de fois. À certaines stations, on la projette même au ralenti ; on distingue nettement les corps qui reçoivent les balles et tombent. Durant le téléjournal, on explique que la chaîne de télévision qui diffusait *Vivre au Max* a l'intention d'interdire aux autres canaux l'utilisation des scènes de la tuerie pour s'en garder l'exclusivité. Deux éditeurs connus de Montréal se battent pour être le premier à publier un livre sur Lavoie. On annonce l'apparition d'une nouvelle émission anglophone inspirée de *Vivre au Max,* qui débutera dès l'automne aux États-Unis. Le journaliste ajoute que l'Europe s'est aussi montrée intéressée par le concept.

Pierre entend alors les mots de Lavoie.

« Vous croyez que ça va changer quelque chose ? »

Il ferme les yeux et marmonne à Chloé :

— Ça suffit…

La policière ferme la télé. Pierre, les yeux clos, sent les mains de la jeune femme lui effleurer la joue, puis sa voix tellement bienveillante, tellement vraie, qui murmure :

— Bonne fête.

Ils s'embrassent.

Ils font l'amour avec une véhémence presque douloureuse, comme si cet acte dépassait leur simple désir, comme si leur fusion était le porte-drapeau d'un espoir beaucoup plus grand qu'eux.

Comme s'ils accomplissaient un acte de résistance.

◆

Dimanche.

Pierre et Chloé sont à l'hôpital depuis plusieurs heures. Tandis que la détective est descendue à la cafétéria manger un morceau, Pierre est demeuré seul dans la chambre. Assis tout près du lit, la main droite de Karine entre ses propres paumes, il fixe le sol, épuisé.

Il sent un mouvement entre ses doigts. Il lève la tête.

Karine a les yeux ouverts. Elle regarde longuement le plafond, puis tourne la tête lentement. Elle aperçoit Pierre.

— Papa…, articule-t-elle d'une voix rauque.

Elle est faible mais parfaitement éveillée, assez pour manifester une certaine inquiétude, comme si elle redoutait la réaction de son père. Ce dernier l'observe sans un mot. Tout à coup, il sent quelque chose *fuir* hors de lui, dégageant ainsi un espace immense et lumineux, où son cœur peut battre normalement et son âme reprendre son ampleur. Il serre la main de sa fille avec force, sans la quitter des yeux, et Pierre se dit qu'elle est si belle qu'il ne permettra pas à son ancienne aura de ténèbres de réapparaître.

— Tu dis rien ? marmonne-t-elle, craintive.

Il secoue la tête. Une de ses mains monte vers le front de sa fille et caresse ses cheveux.

— Parle-moi, souffle-t-il.

Karine cligne des yeux, d'abord étonnée, puis émue. Pierre hoche la tête, esquisse un sourire et, la voix timide mais vibrante de promesses, répète :

— Parle-moi…

Remerciements

Pour m'avoir aidé au cours de mes recherches, pour avoir répondu à mes questions et/ou pour avoir lu et commenté ce roman avant sa publication, je tiens à remercier Suzanne Bélair, Alain Roy, Nicole Robert, Marc Guénette, Denis Halde, Louise Lantagne et Claudine Cyr.

Un merci spécial à Jean Pettigrew, mon éditeur, qui, grâce à ses commentaires constructifs et ses conseils pertinents, fait de moi un écrivain comblé.

Et un merci amoureux et passionné à ma douce Sophie, qui fait briller le soleil depuis dix ans, et dont les conseils d'ordre professionnel et le support moral ont été particulièrement importants pour ce roman.

Patrick Senécal
Janvier 2007

Patrick Senécal…

… est né à Drummondville en 1967. Bachelier en études françaises de l'Université de Montréal, il enseigne depuis quelques années la littérature, le cinéma et le théâtre au cégep de Drummondville. Passionné par toutes les formes artistiques mettant en œuvre le suspense, le fantastique et la terreur, il publie en 1994 un premier roman d'horreur, *5150, rue des Ormes*, où tension et émotions fortes sont à l'honneur. Son troisième roman, *Sur le seuil*, un suspense fantastique publié en 1998, a été acclamé de façon unanime par la critique. Après *Aliss* (2000), une relecture extrêmement originale et grinçante du chef-d'œuvre de Lewis Carroll, *Les Sept jours du talion* (2002) a conquis le grand public dès sa sortie des presses, tout comme *Oniria* en 2004. Outre *Sur le seuil*, porté au grand écran par Éric Tessier en 2003, des adaptations de tous ses romans sont présentement en développement, tant au Québec qu'à l'étranger.

LE VIDE
est le cent quinzième titre publié
par Les Éditions Alire inc.

Il a été achevé d'imprimer
en février 2007 sur les presses de

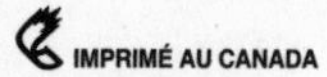